KNAUR

Von Markus Heitz sind bereits folgende Titel erschienen:
Ritus
Sanctum
Kinder des Judas
Blutportale
Judassohn
Judastöchter
Oneiros – Tödlicher Fluch
Totenblick
Exkarnation – Krieg der Alten Seelen
Exkarnation – Seelensterben
AERA – Die Rückkehr der Götter
Wédōra – Staub und Blut
Wédōra – Schatten und Tod
Des Teufels Gebetbuch
Die Klinge des Schicksals
DOORS – Staffel 1
DOORS – Staffel 2

Über den Autor:
Markus Heitz, geboren 1971, studierte Germanistik und Geschichte. Kein anderer Autor wurde so oft wie er mit dem Deutschen Phantastik Preis ausgezeichnet, weshalb er zu Recht als Großmeister der deutschen Fantasy gilt. Mit der Bestsellerserie um »Die Zwerge« drückte er der klassischen Fantasy seinen Stempel auf und eroberte mit seinen Werwolf- und Vampirthrillern auch die Urban Fantasy. Markus Heitz lebt in Homburg.

MARKUS HEITZ

DIE MEISTERIN

DER BEGINN

ROMAN

Besuchen Sie uns im Internet:
www.knaur.de

Aus Verantwortung für die Umwelt hat sich die Verlagsgruppe Droemer Knaur zu einer nachhaltigen Buchproduktion verpflichtet. Der bewusste Umgang mit unseren Ressourcen, der Schutz unseres Klimas und der Natur gehören zu unseren obersten Unternehmenszielen.
Gemeinsam mit unseren Partnern und Lieferanten setzen wir uns für eine klimaneutrale Buchproduktion ein, die den Erwerb von Klimazertifikaten zur Kompensation des CO2-Ausstoßes einschließt. Weitere Informationen finden Sie unter: www.klimaneutralerverlag.de

Originalausgabe März 2020
© 2020 Knaur Verlag
Ein Imprint der Verlagsgruppe
Droemer Knaur GmbH & Co. KG, München
Alle Rechte vorbehalten. Das Werk darf – auch teilweise – nur mit Genehmigung des Verlags wiedergegeben werden.
Dieses Werk wurde vermittelt durch die AVA international GmbH
Autoren- und Verlagsagentur, München
www.ava-international.de
Redaktion: Hanka Leo
Covergestaltung: Guter Punkt, München
Coverabbildung: Anke Koopmann, Guter Punkt unter Verwendung von Motiven von Olly / shutterstock, 80's Child / shutterstock, industryviews / shutterstock, Songquan Deng / shutterstock
Satz: Adobe InDesign im Verlag
Druck und Bindung: CPI books GmbH, Leck
ISBN 978-3-426-22675-9

2 4 5 3

Vorwort

Als ich im Jahr 2000 meine ersten Buchverträge für Ulldart unterschrieb, präsentierte ich dem Verlag damals direkt meine Idee für eine historisch-fantastische Serie: eine Reihe über eine Henkersdynastie, und alles sollte mit einer Frau beginnen.

Denn ja, es gab Henkerinnen.

Das Thema faszinierte mich bereits während des Geschichtsstudiums. Eines meiner Prüfungsthemen war die Gerichtsbarkeit der Frühen Neuzeit, mein Spezialthema der Henker.

Gruselig, finden Sie?

Grausam?

Ziemlich schräg? Na gut, das vielleicht.

Doch man sollte nicht der üblichen klischeehaften Vorstellung anhängen, in der grobschlächtige Kerle mit Masken an der Richtstätte standen und die Axt oder das Schwert schwangen und danach nach Hause gingen, um auf den nächsten Einsatz zu warten. Das Handwerk des Henkers war vielschichtiger, umfassender und durch und durch geprägt von Spezialistenwissen. Und Standesdenken.

Dazu mehr in den Romanen.

Im Jahr 2000 schien die Zeit noch nicht reif für eine solche Idee und eine solche Serie. Der Verlag äußerte sich zurückhaltend, und es war zu spüren, dass man mit dem Thema Probleme hatte. Einige Jahre danach erschien von einem anderen Autor eine Reihe über eine Henkerstochter, die extrem erfolgreich lief. Auch im Ausland. Natürlich ärgerte ich mich, aber so ist das mit Veröffentlichungen: Manchmal ist Timing der entscheidende Faktor.

Doch das Thema ließ mich nicht los, und 2018 ergab sich die Gelegenheit, endlich die Idee umzusetzen: als Hörspiel *Die Meisterin* bei Audible Studios.

Für jene, die lieber selbst lesen, liegt nun der erste Band vor, zwei weitere werden folgen. Und ich bin verdammt froh darüber, dass meine Henkerin doch das Licht der Welt erblicken durfte.

Und nun wünsche ich unterhaltsame Stunden in der Gegenwart und in der Vergangenheit von Geneve Cornelius, die unsterbliche Tochter einer Henkerin, die nie selbst richtete, doch die Prozesse hautnah miterlebte.

Markus Heitz
Im Frühjahr 2019

PS: Und da das Ganze in Leipzig spielt, könnte es durchaus sein, dass es Cameo-Auftritte von Figuren aus anderen meiner Romanen gibt ... Halten Sie die Augen offen.

DRAMATIS PERSONAE

Gegenwart

Geneve Cornelius: Heilkunde-Expertin
Catharina Cornelius: Geneves Mutter & Meisterin, Anführerin der Cornelius-Dynastie
Jacob Christian Heinrich Cornelius: Geneves Bruder & Meister
Alessandro Bugatti: Vatikan-Polizist & Bestatter im Nebenberuf
Giovanni Bugatti: Alessandros Sohn
Giovanna Battista Bugatti: Anführerin der Bugatti-Dynastie
Elisabeth Georgina Sanson: Angehörige der Sanson-Dynastie
Gedeon & Elaine: ein Dämonenpaar (Sukkubus & Inkubus)
Charles Kruger: Geschäftsmann
Samantha Fry: Finanzfrau
Grey: Wicca des Tamesis-Covens
Dara Oschatz: Gestaltwandlerin (Wölfin)
Frau Oschatz: Daras Mutter
William: Gestaltwandler (Wolf)
Kadek: Wechselbalg (Krait)
Monsignore Ignatius: Geistlicher
Horst »Ho« Voigt: Vampir

Luh: Wechselbalg (Krait), Oberhaupt der Cocorda-Familie
Inspector Adamski
Margaret: Empfangsdame bei der Banque Suisse Mondiale
Gabriela Fowley: Mitarbeiterin des MI6
Frau Tirinack: Geneves Patientin
Schwester Mathilde: Mitarbeiterin der Trinitatiskirche
Schwester Alba: Mitarbeiterin der Trinitatiskirche
Mr & Ms Jones: Wirte im *Happy Hangman*

Vergangenheit

Familie Cornelius
Agnes: Angeklagte
Rinaldi: römischer Inquisitor
Flavio & Vincenzo Bugatti: Rinaldis Gesellen
Valentin Stein: Ratsmitglied
Karsten: Schreiber
Hieronymus: fahrender Gelehrter

Fiktionshinweis

Alle Personen und Handlungen sind frei erfunden. Es gibt keinerlei Ähnlichkeiten zu lebenden oder toten Menschen, und sollte es welche geben, basieren sie auf reinem Zufall und sind nicht beabsichtigt.

Kapitel I

Ich möchte Ihnen eine Geschichte erzählen.
Eine Geschichte, die Sie so noch nicht kennen.
Sollten Sie bislang keine Angst vor der Dunkelheit haben, die mehr ist als Schwärze in der Nacht oder das bloße Fehlen von Licht, wird sich das ändern. Und wenn Sie glauben, Sie seien schreckhaft, wird Ihre Furcht wachsen.
Denn sämtliche Wesen, die Sie aus Horrorfilmen, alten Büchern und Märchen kennen, existieren. Diese und mehr. Sowohl die guten als auch die schlechten Kreaturen. Verborgen und doch vor Ihren Augen. Manche wenige Auserwählte kennen und erkennen sie, aber die meisten Menschen der Moderne sind ahnungslos ...
Wer ich bin?
Das erfahren Sie früh genug oder werden es sich ab einem gewissen Punkt der Erzählung denken können.
Meine Geschichte beginnt in Deutschland, in der Stadt Leipzig, und noch genauer in Schleußig, einem Stadtteil, in den man als Tourist eher selten gerät. Die meisten besuchen das Zentrum mit seinen Gässchen und Höfen, schauen sich Museen und das Völkerschlachtdenkmal an, lassen weder Auerbachs Keller noch den Steilen Zahn aus, wie das Hochhaus genannt wird, das abends rot beleuchtet in den Himmel sticht, und erkunden den Zoo. Dabei ist Leipzig so viel mehr, würde meine Tochter jetzt sagen.

Mir gefällt die Stadt nicht. Aber das liegt daran, dass ich keine guten Erinnerungen an sie habe. Doch das ist eine andere Geschichte.

Nehmen Sie sich ein gutes Getränk Ihrer Wahl, suchen Sie sich einen gemütlichen Platz, mit dem Rücken zur Wand und den Blick auf Türen und Fenster, und folgen Sie meinen Worten.

Sie werden Ihnen zeigen, dass ... nein, ich verrate lieber nicht mehr.

Nur eines noch: Achten Sie auf die Schatten in Ihrer Umgebung!

Geneve Cornelius blätterte die vollgeschriebene Seite des Notizblocks um, der auf dem antiken Schreibtisch lag, und warf einen Blick in das aufgeräumte Behandlungszimmer.

Es sah etwas anders aus als die Räume, in denen Geneves Kollegen in der Naturheilkunde ihre Patienten empfingen. Die Liege, die Schränke mit den Milchglasfenstern, in denen die verschiedenen Tinkturen, Salben, Einreibemittel und Arzneien lagerten – die gesamte Einrichtung erinnerte an ein Museum oder eine auf alt getrimmte Gastwirtschaft. Die moderne Wandgestaltung sowie die indirekte Beleuchtung durch seitliche Wandspots hingegen brachen das gepflegte Altertümliche und erschufen einen spannenden Kontrast; so stand auch neben dem Notizblock ein Laptop der neusten Generation.

Geneve, eine brünette Frau mit dem Äußeren einer Dreißigjährigen, erhob sich und öffnete die bodentiefen Fenster, um frische Luft hereinzulassen.

Sofort drang das niemals endende Geräusch von fließendem Wasser herein. Die Weiße Elster zog unmittelbar am Haus vorbei, in dem Geneve lebte und ihre Praxis betrieb. Kinderlachen tönte vom benachbarten Spielplatz herüber, Kanus zogen über den träge gleitenden Fluss, die Ruderer folgten den lauten Anweisungen ihrer Trainer. Hunde bellten, es wurde gerufen und gelacht.

Geneve lächelte in die Sonnenstrahlen und atmete tief ein. Sie richtete ihre Kleidung, die eine Nummer zu groß und damit sehr bequem war, dann wandte sie sich um, ging zur Tür und drückte die Klinke hinab.

Freundlich schaute sie ins Wartezimmer, in dem eine ältere Dame saß und strickte. Ein Babyschühchen. »Was machen die Schmerzen, liebe Frau Tirinack? Haben sie wie versprochen nachgelassen?«

Die Frau, gekleidet in Rentnerbeige mit einem bunten Schal als Accessoire, erhob sich und verstaute dabei Nadeln sowie Wolle in ihrer großen Handtasche. »Ich weiß ja, Sie haben mir das alles erklärt, was in meiner Salbe drin ist. Verstanden habe ich es nicht, aber schauen Sie mal.« Sie streckte die Arme aus, ging langsam in die Knie und kam wieder hoch, runter und hoch, runter und hoch.

Geneve lachte. »Das ist ganz großartig, liebe Frau Tirinack!«

»Meine Gelenke tun nicht mehr weh. Keine Spur von Rheuma.« Die ältere Frau kam auf Geneve zu und kramte aus der Handtasche eine Schachtel Pralinen. »Sie junges Ding essen das bestimmt nicht, weil Sie auf Ihre Linie achten. Wollte Ihnen aber unbedingt was mitbringen.«

Geneve nahm das Geschenk entgegen und gab die Tür frei. »Das ist lieb von Ihnen. Und ich esse alles auf, versprochen. Das trainiere ich wieder runter. Dauerlauf ist zum Glück eine anstrengende Sache.«

»Waren Sie nicht Schwimmerin?«

»Das haben Sie sich gut gemerkt. Doch es musste was Neues her. Ich versuche mich jetzt im Halbmarathon.«

»Dann wünsche ich Ihnen … gute Puste?« Die Frau lächelte. »Die Salbe ist so gut wie aufgebraucht. Wenn Sie noch ein Döschen hätten?«

»Ich fülle Ihnen gleich einen Tiegel ab.«

»Tiegel. Du meine Güte! Dass jemand Junges wie Sie so ein Wort überhaupt kennt.« Frau Tirinack betrat das Behandlungszimmer und setzte sich gleich auf die Liege. »Leider habe ich noch etwas, das mein Hausarzt einfach nicht behandelt bekommt.« Sie streifte sich den rechten, flachen Schuh ab, dessen Sohle abgelaufen war. »Der Leberfleck. Der entzündet sich immer.«

»Ich schaue es mir gerne an.« Geneve schloss die Tür und hockte sich vor die alte Dame, zog den hellgrauen Nylonstrumpf behutsam herab.

Darunter kam ein centgroßer Fleck zum Vorschein, der obendrauf verkrustet war. Die Ränder waren ausgefranst und unregelmäßig.

»Frau Tirinack, was soll denn das?« Geneve hob den Blick, richtete das braune und das grüne Auge auf die Patientin, die versuchte, unschuldig zu tun.

»Was meinen Sie denn damit, Frau Cornelius?«

»Jeder Erstsemestler in Medizin erkennt *das* als möglichen Hautkrebs. Ihr Hausarzt erst recht. Der ist ein guter.« Geneve wandte sich um und zog eine Schublade auf, um ein Pflaster herauszuholen.

»Sie … Sie haben ja recht.« Frau Tirinack gab ihr schlechtes Schauspiel auf und seufzte. »Ich dachte, wenn

Sie was gegen Rheuma machen können, dann auch gegen das Geschwür.«

»Wenn ich Krebs heilen könnte, liebe Frau Tirinack, hätte ich schon den Nobelpreis für Medizin bekommen.« Geneve klebte das Pflaster behutsam auf den Fleck. »Jetzt scheuert es nicht mehr. Und morgen gehen Sie bitte zum Hausarzt und lassen sich eine Überweisung geben. Das sollen sich die Experten anschauen.«

»Die Überweisung habe ich schon«, gab sie zerknirscht zu. »Aber Sie waren meine Hoffnung, Frau Cornelius.«

»Naturheilkunde und altes Wissen vermögen vieles. Aber *das*«, Geneve deutete auf die Stelle am Fuß, »müssen die Kolleginnen und Kollegen von der konservativen Medizin lösen. Sobald Sie eine weitere Diagnose haben, zaubere ich Ihnen ein Mittel, das unterstützend wirkt.«

»Danke.« Frau Tirinack klang enttäuscht.

»Ich kann leider keine Wunder vollbringen.« Geneve schenkte ihr ein aufmunterndes Lächeln. »Sie werden Oma?« Die Frage sollte die alte Dame ablenken. *Mit etwas Schönem.*

»Ja. Mein vierter Enkel. Ich freue mich so!«

»Oh, wie schön! Das Leben ist nicht aufzuhalten.« Geneve öffnete einen Aufbewahrungsschrank und gab in rascher Folge Zutaten in den Mörser, zerstieß sie zu Pulver und rührte es in die neutrale Trägercreme, welche die Haut pflegen würde. »Wie soll er denn heißen?«

»Augustus.«

»Oha. Ein mittlerweile seltener Name.« Geneve füllte die Creme mit einem breiten Spatel in eine Plastikschraubdose. »Der Tiegel sollte für sechs bis acht Wochen reichen. Einmal morgens dünn einreiben, und Sie kommen schmerzfrei durch den Tag. Nachts brauchen Sie die Salbe nicht mehr.«

Die alte Dame legte einen Fünfziger auf den Tisch.

»Lassen Sie mal«, entgegnete Geneve. »Das schenke ich Ihrem Enkel.«

»Das ist sehr nett!« Frau Tirinack strahlte über das Omagesicht. »Sie sind eigentlich viel zu nett. So verdienen Sie doch nichts. Wenn Sie wegen mir Ihre Praxis schließen müssten, dann ...« Sie machte Anstalten, den Fünfziger liegen zu lassen.

»Unterstehen Sie sich! Das geben Sie dem kleinen Augustus von mir.« Geneve schloss den Schrank. »Ich bringe Sie noch zur Tür, Frau Tirinack.«

Die Rentnerin schlüpfte in ihren Schuh. »Dass es solche aufmerksamen jungen Leute wie Sie noch gibt«, sagte sie leise. »Wann haben Sie das alles geschafft, Sie tüchtige Frau?«

»Wie meinen Sie das?«

»Na, die Ausbildung zur Naturheilkunde-Expertin, das Apothekenstudium ... sagt man das so?«

»Ähnlich, Frau Tirinack. Ähnlich.«

»Die ganzen Zulassungen.« Frau Tirinack deutete auf die Urkunden an der Wand. »Sie armes Kind haben kein bisschen Spaß gehabt, glaube ich.«

Geneve lachte und legte ihrer Patientin eine Hand auf die Schulter. »Den hatte ich. Ich war dabei nur sehr zielstrebig.«

Gemeinsam verließen sie das Behandlungszimmer in der alten Villa, gingen plaudernd durch den Flur und erreichten die Haustür.

»Nicht wieder versuchen zu schummeln, Frau Tirinack«, sagte Geneve und öffnete den Eingang. Eine Rampe ermöglichte Menschen mit Beeinträchtigungen das einfache Betreten des kleinen Anwesens. »Ab zum Hautarzt mit Ihnen. Morgen!« Sie drückte die Dame leicht zum Abschied. »Sie werden sehen: Das ist im Handumdrehen verschwunden und geheilt.«

»Sehen wir uns bei der Obdachlosenhilfe? Wissen Sie, die Tippelbrüder vertrauen Ihnen.«

»Natürlich. Ich bin gerne dabei.«

Frau Tirinack erwiderte ihr Lächeln. »Sie sind ein echtes Phänomen, Frau Cornelius. Ich weiß gar nicht, wie ich das anders sagen soll.« Sie ging die Rampe hinab. »Schönen Tag!«

»Ihnen auch.« Geneve winkte ihr nach.

Sobald ihre letzte Patientin hinter dem zugewucherten Schmiedeeisenzaun verschwunden war, zog Geneve ihr Smartphone aus der Tasche. Das Vibrieren zwischendurch hatte sie bemerkt, aber solange sie sich in einer Behandlung befand, war das Nutzen des Telefons tabu.

Eine verschlüsselte Nachricht hatte sie über ihre Website erreicht, von einem Ehepaar. Ein Eric und eine Sia fragten nach einer alternativen Behandlungsmethode für eine pubertierende Jugendliche mit auffälligen Wachstumsstörungen.

Der Zahlencode in der Nachricht verdeutlichte, dass es sich nicht um eine herkömmliche Anfrage handelte, sondern nach mehr verlangte. Nach *speziellem* Wissen.

Geneve kehrte ins Haus zurück und schloss den Eingang. Die restlichen Zeilen des Ehepaars las sie nicht. Für heute hatte sie genug gearbeitet, die Beantwortung der Anfrage musste warten.

Sie nahm im Vorbeigehen die am Vormittag abgelegte Post von der Anrichte, stieg die Treppe hinauf bis zur Dachterrasse und betrat ihr Gärtchen, das sie mit viel Liebe auf den fünf mal sechs Metern zwischen den Schmuckgiebeln der alten Villa angelegt hatte.

Kleine Obststräucher, bekannte und seltene Kräuter, eine Komposition von Blumen und Gräsern, sogar Bäume hatte sie in großen Kübeln zum Wachsen und Gedeihen gebracht. Naturheilkunde zum Anfassen. Auch das medizinische Cannabis spross. Ihre eigene Züchtung.

»Na, ihr Kleinen?«

Tschilpend und flatternd hüpften Spatzen in Schalen mit Sand herum und nahmen ein ausgiebiges Bad, andere planschten im flachen Wasserbecken ihres selbstgebauten Spatzen-Spa, wie sie es nannte.

»Schön, dass ihr Spaß habt. Und keine Katzen in der Nähe sind.« Geneve setzte sich aufs Geländer und ließ sich die untergehende Sonne ins Gesicht scheinen, klemmte die Post unter ihren Po, damit die Briefe nicht davonflogen, und schloss die Augen. Mit einer Hand öffnete sie den Pferdeschwanz.

Der Wind spielte mit den dunklen, schulterlangen Haaren und trug ihr die Geräusche der quirligen Stadt zu. Am meisten mochte sie das Platschen und Gluckern, das Schwappen und Rauschen des Flusses. Wasser bedeutete Leben, und davon hatte Leipzig jede Menge zu bieten.

Das Lauftraining stand abends an, zusammen mit ihrer Freundin Peggy. Geneve mochte das Laufen durch die Parks der Stadt. Wasser war zwar mehr ihr Element, aber das Laufen gestaltete sich unkomplizierter als das Schwimmen.

Auf den unzähligen Runden bekam sie den Kopf frei, und das konnte sie gut gebrauchen. Die Trennung von ihrem langjährigen Freund beschäftigte sie immer noch. Das Malen half kaum, der Sport hingegen schon.

Peggy wusste das, und um Geneve abzulenken, hatte sie sie dazu verdonnert, sie im Anschluss an das Training zu begleiten. Karaoke. Mit Wettbewerb für die beste Darbietung; das Publikum stimmte mit Applaus darüber ab. Für den Gewinner gab es ein paar kostenlose Drinks. Alkoholfrei, sollte Geneve das Rennen machen.

Ihr Smartphone klingelte. Der Klingelton verriet, dass ihr Bruder anrief.

Der Wind drehte auf Norden und wurde kühler, die Sonne war beinahe hinter den größeren Gebäuden versunken.

Geneve öffnete fröstelnd die unterschiedlich farbigen Augen und zog das Telefon hervor. Auf dem Display erschien sein Bild. Äußerlich war Jacob um die fünfzig und damit zwanzig Jahre älter als Geneve, was für Geschwister ungewöhnlich war. Aufgrund ihrer Ähnlichkeit wirkten sie eher wie Vater und Tochter. Jacob trug stets moderne Outfits und gab sich jünger, als er war, um Erfolg bei den Frauen zu haben, doch seine halblangen, blondgefärbten Haare verfehlten die angestrebte Wirkung und machten ihn noch älter.

Geneve nahm den Anruf entgegen. »Hallo, Jacob.«

»Schwesterherz«, grüßte er überschwänglich. Im Hintergrund vernahm sie Prasseln von heftigem Regen und das Rauschen von Reifen auf nasser Fahrbahn. »Schön, deine Stimme zu hören. Bei dem guten Wetter in Leipzig sitzt du doch bestimmt in deinem Dachgarten.«

Sie lächelte schwach. »Wenn du mich *Schwesterherz* nennst, willst du etwas von mir. Von jemandem, der als Verhörspezialist beim Geheimdienst arbeitet, hätte ich mehr erwartet.«

»Da ich dich nicht *verhöre*, sondern mit dir *plaudere*, kann ich weit unten anfangen.« Jacob lachte falsch. »Wie geht es dir?«

Geneve sah auf den Spielplatz vor ihrem Haus, dann auf die dahinfließende Weiße Elster. »Danke. Gut«, erwiderte sie misstrauisch. »Woher die plötzliche Sorge?«

»Ich sorge mich *immer* um dich. Und um Mutter.«

»Dann hast du sie noch nicht angerufen?«

»Ich trau mich nicht. Sie schrieb mir vorhin, dass sie in Paris ist und nicht gestört werden will.« Jacob zog hörbar an einer Zigarette.

»Du hast das Rauchen nicht aufgegeben?«

»Wozu? Ich mag diese ganze verlogene Gesundheitsheuchelei nicht. Die Lebensmittelindustrie stopft die Menschen mit Chemie und verseuchtem Fleisch voll, aber alle verteufeln den Tabak.« Er zog erneut, es knisterte. »Außerdem bin ich im Freien. Noch darf man da ja rauchen. Glaube ich.«

Geneve versuchte zu erraten, was hinter dem Anruf steckte. »Du brauchst irgendein Mittel von mir, habe ich recht? Etwas, das die Zungen deiner ... Klienten lockern soll.«

»Überhaupt nicht.«

»Sondern?«

»Ich will dich zum Essen einladen. Komm nach London, und ich zeige dir die Stadt. Auf meine Rechnung.«

Das machte Geneve noch stutziger. »So kenne ich dich gar nicht.«

»Wir haben uns in den letzten Jahren entfremdet, Schwesterherz. Das wurde mir neulich schmerzlich bewusst«, sagte Jacob freundlich und sanft. »Du fehlst mir.«

Geneve lachte auf. »Beinahe hätte ich dir geglaubt. Aber der letzte Satz war zu viel.«

»Es war ehrlich.«

»Das bin ich anscheinend auch nicht von dir gewohnt. Wie deine Sorge um mich.« Geneve pflückte eine reife Himbeere von einem Strauch, der dank ihrer Tricks bereits im Frühling Früchte trug. Jacobs Leben schien in eine arge Schieflage geraten zu sein, dass er freiwillig Zeit mit seiner Schwester verbringen wollte. »Hat sie dich verlassen und die Kinder mitgenommen?«

»Wer?«

Geneve überlegte. »Cybil.« Sie gratulierte sich dazu, dass ihr der Name noch eingefallen war – und verfluchte, dass ihr prompt das Gesicht von Pierre in den Sinn kam.

Jacob lachte. »Mit ihr bin ich schon seit einem Jahr nicht mehr zusammen. Da siehst du es: Wir reden zu wenig.« Das Prasseln des Regens wurde lauter, es tropfte hörbar auf den Schirm, den er wohl über sich hielt. Ein dunkler anhaltender Trommelwirbel, wie um seinen Worten mehr Bedeutung zu verleihen. »Tu mir den Gefallen, Geneve. Ich muss mich endlich bei dir entschuldigen.«

»Das hast du bereits.«

»Nicht von Angesicht zu Angesicht.«

Geneve seufzte. Es mochte eine Ablenkung sein, wenn sie sich über Jacob statt über ihren Ex ärgern durfte. »Meinetwegen. Ich bin gespannt, wie London sich in den letzten fünfzig Jahren verändert hat.«

»So lange warst du schon nicht mehr auf der Insel?«

»Das hab ich nicht gesagt. Aber London ist dein Revier.« Sie biss sich auf die Lippen, um nichts Verächtliches zu sagen.

»Das übernächste Wochenende?«

»Einverstanden.«

»Sehr gut!« Jacob war zunehmend schwieriger zu verstehen. »Ich organisiere dir ein Hotel, den Flug, einfach alles, Schwesterherz. So gut hast du noch niemals genächtigt.«

Das bezweifelte sie. »Versprichst du, mir den wahren Grund für das Treffen zu nennen, wenn ich in London bin?«

Ihr Bruder lachte, dieses Mal auf die dunkle, finstere Weise, die sie kannte und hasste. »Du kennst mich doch zu gut.«

»Nicht gut genug, um dich zu durchschauen.« Geneve schob die Himbeere in den Mund und zerdrückte die reife Frucht mit der Zunge am Gaumen.

Sofort explodierte der Geschmack, Säure und Süße wurden freigesetzt. Die Pflanzen bekamen einen besonderen Dünger, für den die Agrarkonzerne Tonnen von Geld bezahlt hätten. Aber Geneve behielt die Rezeptur für sich. Das Privileg, ihr Wissen freiwillig zu teilen, konnte ihr keiner nehmen. *Nicht einmal Jacob, der Verhörspezialist.*

»Dann wünsche ich dir einen schönen Abend«, sagte er heiter und mit deutlichem Triumph in der Stimme. »Ich freue mich auf dich. Alles Weitere schicke ich dir via Mail.« Dann legte er auf.

Geneve aß eine weitere Himbeere und nahm die Post zur Hand, blätterte die Umschläge durch, während ihre Gedanken bei dem Anruf ihres Bruders verweilten.

Die Spatzen verschwanden aus dem Spatzen-Spa, dafür kreisten Raben über der alten Villa. Zufällige Beobachter mochten sich über die Formation der schwarzen Vögel wundern, aber niemals erahnen, dass sie einem Menschen galt.

Geneve hörte das Krächzen und hob den Arm zum Gruß. Erst als ihr Blick auf ein schweres, teures Kuvert in ihrer Post fiel, kehrte sie gänzlich in die Gegenwart zurück: Vor ihrem Namen stand ein Großbuchstabe: V.

Das stand nicht für einen zweiten Vornamen.

Sondern für *VETTERIN*.

Geneves Aufregung stieg, als sie behutsam das aufgeklebte Siegel aus dünnem Wachs zerbrach und den Umschlag öffnete.

Überlassen wir Geneve ihrem Brief.

Und rätseln Sie gerne, welcher Schlag Mensch sich in den modernen, hektischen Zeiten auf altmodische Art Zeilen über Länder und Meere hinweg sendet, Tage und Wochen wartet, bis er Antwort auf Fragen bekommt. Und mit großer Spannung jene Neuigkeiten liest, die ebenso binnen Sekunden über elektronische Nachrichtendienste verschickt werden könnten.

Nun, Sie werden bemerkt haben, dass es sich bei meiner Erzählung nicht um eine x-beliebige Geschichte handelt. Es wird komplexer und vielschichtiger.

Und es geht weit, weit zurück in die Vergangenheit.

Doch bevor ich aushole, um Ihnen die Hintergründe zu erläutern, lassen Sie uns den Ort wechseln. Reisen wir über den Ärmelkanal, direkt ins Herz des Landes, das sich einst das »Empire« nannte. Das Britische Weltreich, weltumspannend, riesig und gierig nach den Rohstoffen

und Schätzen jener Länder und Völker, die es unterwarf. Heute ist davon nur ein Abglanz geblieben.
Willkommen in Großbritannien, willkommen in London.
Treffen Sie Jacob Christian Heinrich Cornelius.
Meinen Sohn.

»Dann wünsche ich dir einen schönen Abend. Ich freue mich auf dich. Alles Weitere schicke ich dir via Mail.« Jacob Christian Heinrich Cornelius beendete das Gespräch mit seiner Schwester, verstaute das Smartphone in der Innentasche des leichten Sommertrenchcoats und schnippte den Zigarettenstummel unter dem Schirm heraus in den Rinnstein. Zischend verlosch die Glut, das Wasser schwemmte das Überbleibsel davon.

Jacob wandte sich um und betrat den überfüllten Pub *The Happy Hangman*.

Er stellte den zusammengeklappten nassen Schirm in die Halterung und begab sich zur Nische schräg gegenüber dem Eingang, wo er bereits erwartet wurde. Ein schwerer, dunkelroter Vorhang trennte den dortigen Tisch, an den sechs Personen passten, von den übrigen Gästen ab.

Das Telefonat mit seiner Schwester hatte länger gedauert als geplant. Ihre Störrigkeit und ihr Misstrauen waren schwer zu übertölpeln gewesen.

Er suchte sich einen Weg durch die Gäste, die laut miteinander redeten, um gegen die Livemusik anzukommen, und näherte sich der jungen, kurzhaarigen blonden Frau, mit der er unter anderen Umständen, ohne zu zögern, ein Verhältnis angefangen hätte. Frauen konnte er im Prinzip nie genug haben.

Er gab dem Barkeeper ein Handzeichen, und der Mann zapfte sofort zwei schwarze Biere.

»Mister Cornelius«, sprach die Frau, ohne von ihrem Tabletcomputer aufzublicken. »Sie haben mich warten lassen.«

»Das geschieht äußerst selten.« Er schlüpfte aus dem Trenchcoat, den er an einen Wandhaken hängte, und deutete eine Verbeugung an, bevor er sich ihr gegenüber setzte. »Verzeihen Sie mir bitte, Miss Grey.« Schwungvoll zog er den Vorhang zu, die Gespräche im Pub verkamen zu leisem Gemurmel. »Sie haben mich neugierig gemacht.«

»Die Wirkung erziele ich öfters bei Männern.« Sie hob den Blick, die dunklen Augen schienen Geheimnisse vor ihm zu verbergen.

»Wir reden über Magie.«

»Worüber sonst?« Grey schaltete das Tablet aus und lehnte sich zurück, steckte die rechte Hand lässig in die Tasche ihrer schwarzen Stoffhose. Ihre weiße Bluse mit dem geschnürten Kragen hing locker darüber, die kurze schwarze Lederjacke gab ihr etwas Gefährliches. »Sie haben das Geld?«

»Sie haben die Unterlagen?«

Grey nickte wie in Zeitlupe. »Sie zuerst, Mister Cornelius.«

»Ich dachte, es heißt *Ladies first*?«

»Ich bin emanzipiert genug, um dem schwachen Geschlecht den Vortritt zu lassen.« Sie lächelte fies.

Jacob hatte geahnt, dass das Treffen kein Spaziergang werden würde.

Von außen wurde gegen Holz geklopft, dann schob der Barkeeper den Vorhang zurück und stellte die Biere auf den Tisch. »Bitte sehr.«

»Sir, Verzeihung. Hätten Sie wohl einen Gin Tonic?«, fragte Grey. »Bier ist nicht meine Sache.«

Jacob zog das zweite Bierglas zu sich und reichte dem Mann einen Fünfzig-Pfund-Schein. »Tu uns den Gefallen, Jones.«

Der Barkeeper verschwand ohne einen Kommentar.

»Ich kann mich schwer dran gewöhnen, dass man sich in England seine Getränke selbst holen muss«, sagte Grey leicht genervt, ohne sich zu regen. *Wie eine Killerin auf der Lauer*, dachte Jacob, *die jede Sekunde losschlägt*. »Wenn es wenigstens billiger wäre als im Rest Europas. Aber nein, das auch nicht.« Sie lächelte gefühlsfrei. »Apropos: mein Lohn, Mister Cornelius?«

Langsam griff Jacob in die Sakkoinnentasche und nahm einen dicken braunen Umschlag heraus, den er auf den Tisch legte und zu ihr schob. »Hunderttausend britische Pfund.«

Eine Hand immer noch in der Tasche, zog Grey das Kuvert zu sich und öffnete ihn einen Spalt, um hineinzuschauen; das Papier raschelte. »Sie haben einen interessanten Sinn für Humor.«

»Was meinen Sie?«

»Die Wahl des Ortes. *The Happy Hangman.* Da Sie aus einer Dynastie von Scharfrichtern abstammen.« Grey ließ den Umschlag liegen, als befände sich Altpapier darin. »Dass ausgerechnet *Sie* sich mit schwarzer Magie beschäftigen, macht es geradezu ironisch.« Sie klang unversehens feindselig. »Ihre Vorfahren haben Hexen hingerichtet.«

»Unter anderem. Zudem Gestaltwandler, Zauberer, Ketzer, Teufelsanbeter, Wiedergänger und alles mögliche andere. Zusätzlich zu dem Abschaum, der die Gesetze brach. Wir haben die Rechtsprechung nicht gemacht. Wir dienten ihr nur.« Er lächelte.

»Das ist die beste Ausrede von allen!« Greys Gesicht nahm einen neugierigen Ausdruck an. »Ich wusste gar nicht, dass der britische Auslandsgeheimdienst an Okkultismus, Magie und derlei glaubt.«

»Es ist keine Frage des Glaubens, Miss Grey. *Sie* müssten das wissen. Ich bin ein vielschichtiger Spezialist. Deswegen schätzt mich der MI6. Man muss die Gegenseite kennen, um sie bezwingen zu können.« Jacob unterbrach sich, da Jones mit dem Gin Tonic zurückkam und ihn auf den Tisch knallte, um gleich darauf wieder verschwunden zu sein. »Trinken wir auf unser Geschäft.« Er packte sein Bierglas.

Grey nippte am Drink. »Da Sie großzügig bezahlt haben, sollen Sie bekommen, um was Sie mich gebeten haben.« Sie stellte das Glas ab und zog aus ihrer Lederjacke ein gefaltetes, versiegeltes Pergament, das wie ein Fremdkörper in dem Pub wirkte. »Vierhundert Jahre alt, bestens in Schuss.« Sie warf es vor Jacob, ohne Rücksicht auf Alter, Brüchigkeit und Wert. »Sehen Sie es sich an, Mister Cornelius. Nicht dass es heißt, ich hätte Sie betrogen.«

Jacob öffnete das Siegel, das über die Dekaden abgewetzt und unkenntlich geworden war. Ehrfurchtsvoll faltete er die behandelte Tierhaut auseinander. Es knarrte leise und knisterte warnend, dass er es nicht zu oft tun sollte.

Geschwungene, von Hand geschriebene Zeilen in Altenglisch kamen zum Vorschein, ergänzt von kleinen Skizzen und akribischen Zeichnungen, bei denen es um die Anordnung von Kerzen und Rituallinien ging.

Zufrieden betrachtete Jacob das Blatt. »Sie wissen, was Sie mir brachten, Miss Grey?«

»Da ich vor dem Einbruch die Register genau durchsuchen musste: ja.« Sie hatte ihre Position nicht verändert, wenn man vom gelegentlichen Nippen am Gin Tonic absah. »Ein schöner kleiner Zauber ist das. Eine Anrufung. Sie haben wohl vor, die Hölle freizulassen, Mister Cornelius.«

»Nein.«

»Was wollen Sie dann damit?«

»Informiert sein. Um zu erkennen, falls es jemand versucht.« Das war selbstverständlich gelogen, aber sein Vorhaben ging die Frau nichts an. »Jemand wie Sie, Miss Grey. Sie sind eine Wicca des Tamesis-Covens. Was gibt es Neues von dort?«

»Nichts, was ich mit Ihnen teile, Mister Cornelius.« Grey zeigte auf das Pergament. »Ist alles in Ordnung und wie von Ihnen verlangt?«

Nun lächelte Jacob. *So leicht lasse ich dich nicht vom Haken.* »Seien Sie keine Spielverderberin. Ich weiß, dass Sie und Ihre Wicca-Schwestern seit einer Woche Vorbereitungen in Ihrem Coven treffen. Und was Sie tun wollen, finde ich auch noch heraus. Möglicherweise kann ich Ihnen behilflich sein? Sollte es darum gehen, jemandem zum Reden zu bringen, bin ich der beste Mann dafür.«

Grey ließ sich nichts anmerken. »Ich bedanke mich für Ihr Geld, Mister Cornelius. Haben Sie Bedarf an weiteren Seiten mit Beschwörungen oder Formeln, lassen Sie es mich wissen. Ich stehe Ihnen mit meinem Wissen und meinem Organisationstalent zur Verfügung.« Sie trank den Gin Tonic aus und erhob sich. »Wir beide werden darüber hinaus *niemals* Dinge miteinander teilen. Der Tamesis-Coven arbeitet nicht mit Folterern und Sadisten zusammen, selbst wenn sie vorgeben, es wäre zum Wohle des Landes.« Sie trat durch den roten Vorhang und verschwand.

»Alles im Dienste Ihrer Majestät«, sagte Jacob und hob sein Bier zum Toast. »Lang lebe die Queen.« Mit langen Zügen leerte er das Glas und nahm sich das von Grey verschmähte zweite Bier, während er das Pergament wieder und wieder las und sich dabei ertappte, die Zeilen in Altenglisch halblaut vor sich hin zu murmeln. *Sollte ich besser nicht.*

Sein Smartphone vibrierte, und er zog es aus der Sakkotasche. Unterdrückte Nummer. *Was wird das?* Jacob nahm einen weiteren Schluck Bier und hob ab. »Ja?«

»Mister Smith-Miller, verzeihen Sie die Störung«, vernahm er eine helle, jugendliche Männerstimme. »Hier ist Black. Ich habe Ihre Anfrage bei mir auf dem Tisch. Wegen des Schwertes.«

Den Namen Smith-Miller nutzte Jacob, wenn er Geschäfte betrieb, die nicht sauber waren; der Anruf ging über vier Weiterleitungen auf sein Smartphone und war nicht zurückzuverfolgen. Einer der Vorteile, wenn man für einen Geheimdienst arbeitete, war, dass man sich mit technischem Schnickschnack auskannte.

Der Lärmpegel im Pub war deutlich gestiegen. Der Vorhang konnte die anbrandenden Geräusche nicht ausreichend dämpfen, um ein vernünftiges Telefongespräch zu führen. Zum Gefiedel und Getrommel der Musikanten mischten sich die ersten Chöre der Betrunkenen.

Verdammt.

»Einen Moment, ich muss ... es ist zu laut«, rief Jacob ins Mikrofon und erhob sich. »Bleiben Sie dran.«

Er schnappte sich das Bier, schlüpfte zwischen den Menschen hindurch zum Hinterausgang des *Happy Hangman*, wo sich meistens Raucher unter einem kleinen Blechdach drängten; eine schwache Lampe beleuchtete den Unterstand.

Zu seiner Freude war Jacob alleine im Freien und trank erneut. Der starke Regen war in ein Nieseln übergegangen, es roch nach Feuchtigkeit und Müll aus den nahen Abfalltonnen. »So, Mister Black. Sind Sie noch da?«

»Bin ich.«

»Wie schön. Wir reden von meiner Anfrage bezüglich des Schwertes, mit dem Margaret Pole, die achte Countess of Salisbury, auf Geheiß von Heinrich dem Achten am 27. Mai 1541 hingerichtet wurde?«

»Ebendieses. Quellen sagen, dass es dem Henker nicht gelang, sie schnell und schmerzlos zu töten. Ein Stümper hat ihren Kopf und ihre Schulter buchstäblich in Stücke gehackt«, sagte Black. Vor Jacobs geistigen Auge entstand das Konterfei von Black in Form eines pickligen Jugendlichen, der gelangweilt im Arbeitszimmer des Vaters stand und an den Vitrinen mit alten Schwertern vorbeiging, die er illegal verkaufte. »Ich habe es vor einiger Zeit in meinen Besitz bekommen.«

»Sie können das belegen?«

»Meinen Sie den Ankauf oder die Echtheit?«

Jacob grinste. »Wie sie darangekommen sind, ist mir ziemlich gleich. Die Echtheit ist entscheidend.«

»Ich habe ein Zertifikat von einem Fachmann. Sie können es prüfen lassen.«

»Das werde ich, Mister Black.« Jacob trank das Bier

fast leer und fühlte sich beschwingt. *Der Tag verläuft nach meinem Geschmack.* »Bevor wir zu feilschen anfangen, würde ich es gerne sehen und meinem eigenen Fachmann zeigen.«

»Selbstverständlich. Wann passt es Ihnen, Sir?«

»Morgen? Mittagszeit, im *Happy Hangman*. Sagen Sie dem Wirt Jones, dass ich einen Termin mit Ihnen habe.«

»Geht klar. Bis morgen, Mister Smith-Miller.«

»Bis morgen, Mister Black.« Jacob beendete die Unterhaltung und lachte leise. »Ein grandioser Tag«, murmelte er und stellte das Glas beiseite, steckte sich eine Zigarette an und lauschte mit geschlossenen Augen dem beständigen leisen Rauschen des Nieselregens, der das dünne Blech streichelte. Ohne die Lider zu heben, tastete er nach dem Glas und trank es aus. Der Wind wehte ihm das leise Echo des Big Ben zu, der die klassische und weltberühmte Melodie zur vollen Stunde schlug.

»Mörder«, hallte ein Flüstern von den Wänden des Hofs und aus dem Durchgang wider. »Sohn aus einer Familie von Mördern.«

Ruckartig öffnete Jacob die Augen, seine Blicke huschten über die Umgebung. *Zu viele dunkle Winkel. Rückzug.* Er tastete nach dem Türknauf, aber der Hintereingang ließ sich auch durch heftiges Rütteln nicht aufziehen. »Scheiße.«

Mit einer Hand warf er das Glas gegen die funzelige Lampe über sich, das Licht erlosch. Damit war er kein leichtes Ziel mehr. Jacob duckte sich und bewegte sich hinter einen Stapel leerer Aluminiumfässer, lauschte.

»Mörder«, erklang das echohafte Raunen. »Ihr habt einen Unschuldigen getötet.«

Jacob konnte nicht sagen, ob es sich bei der Stimme um die eines Mannes oder einer Frau handelte. Die Beschaffenheit des Hofs und des Durchgangs machten es unmöglich, den Standort des Wisperers auszumachen. *Ein Scherz?*

»Sie haben sich in der Hintertür geirrt«, rief er. »Verschwinden Sie!«

»Deine Familie, Jacob Christian Heinrich Cornelius, hatte sich den Dienst jener gestellt, die ihre eigenen Wahrheiten aufstellten, um sich an den Unschuldigen zu bereichern«, rollte es durch den Hof. »Keiner ihrer Ahnen lebt mehr. Ich habe für Gerechtigkeit gesorgt. Die Jahrhunderte löschen auch eure Schuld nicht.«

Jacob zückte seine halbautomatische Glock 20 und lud durch. »Ich verstehe nicht, was Sie meinen.« Mit der anderen Hand zog er sein Smartphone und betätigte die Aufnahmefunktion. Möglicherweise würden die elektronischen Spielereien des Geheimdienstes die Stimme analysieren können.

Ein heiseres Lachen wehte gleich Winternachtwind durch den Hinterhof. »Du weißt es genau. Deine Familie machte gemeinsame Sache mit verbrecherischen Ratsherren. Ihr habt Geständnisse erpresst, die der Obrigkeit zupasskamen. Ihr habt die Gierigen reicher gemacht und ihnen die Vermögen von Verurteilten verschafft. Ihr habt den Tod über die Falschen gebracht. Vor allem über *einen*.« Es klirrte leise, eine leere Flasche rollte davon. »Sie sind alle vergangen, Jacob Christian Heinrich Cornelius. Ausgelöscht. Die Kindeskinder der Vermessenen bezahlten und beglichen die Schuld. Du und deine Familie seid die Einzigen, die mir noch fehlen.«

Jacob harrte in seiner Deckung aus, die Glock halb im Anschlag, und blickte im Dämmerlicht umher. *Ich muss ihn irgendwie rauslocken.* Vom Durchgang fiel schwaches Straßenlicht in den Hinterhof, der verwinkelt und vollgestellt war. Schatten boten jedem genügend Schutz. »Sie haben den Falschen, Sie Verrückter!«

Wieder dieses Lachen voller Überlegenheit, Vorfreude und Grausamkeit. »Ich musste lange recherchieren, um dich ausfindig zu machen. Geheimdienst. MI6. Verhörexperte. Oder auch: sadistischer Folterer. Das Wissen deiner Familie taugt auch in der Gegenwart, um Geständnisse zu erlangen.«

Jacob fluchte und blickte sich ununterbrochen um. Er hoffte, dass sich die Hintertür des Pubs öffnete, um ihm ein Entkommen zu ermöglichen. Danach konnte er die bösen Mächte in Gang setzen, um den Flüsterer aufzuspüren. *Ich hetze dir einen widerlichen Geist auf den Hals, du Wichser.* »Wir sollten sprechen.«

»Das tun wir gerade. Solltest du deine Taten bereuen wollen, wäre jetzt ein guter Zeitpunkt.« Die Stimme klang näher als vorher. Der Unsichtbare pirschte sich geschickt an. »Du wirst diesen Hinterhof nicht lebend verlassen, du Schwein!«

Jacob spürte Angst, die seinen Rücken emporkroch, Kälte in seinen Nacken drückte und die Kopfhaut zum Prickeln brachte. Das hatte er ewig nicht mehr gefühlt.

Unvermutet rumpelte es an der Tür. Sie öffnete sich einen Spalt, und Lachen erklang.

»… jemand mal Feuer?«, fragte ein Mann.

Mein Ausweg! Jacob sprang auf.

»Nee. Aber Jones müsste Streichhölzer haben«, erwiderte eine Frauenstimme.

Der Eingang fiel zu, bevor Jacob den Knauf zu greifen bekam. *Shit!*

»Beinahe wäre es ein Aufschub gewesen.« Aus der Dunkelheit flog ein kleiner Gegenstand und landete metallisch klimpernd vor Jacobs Füßen. »Aber nichts rettet dich vor der Gerechtigkeit!«

»Was haben Sie …« Er sah im schwachen Licht das Ding zu seinen Füßen. *Eine Handgranate!*

Fluchend flankte Jacob über den Stapel leerer Fässer und hoffte, dass das Metall die Splitter abfing. Aber er blieb mit dem Sakko an etwas hängen. Der Sprung misslang, und er fiel hinter der Laderampe über das Geländer, schlug hart auf den nassen Asphalt. Den Kopf mit beiden Händen schützend, wartete er auf den Knall und das Pfeifen der umhersirrenden Geschosse.

Doch nichts geschah.

Dann erklang erneut das Lachen, und er bekam einen Tritt von hinten zwischen die Beine. »Eine Attrappe. Um dich aus der Deckung zu scheuchen, du Stück Scheiße!«

Jacob stöhnte und krümmte sich vor Schmerzen. Sofort rollte er sich herum und richtete die Glock in Richtung des vermuteten Angreifers. »Verpiss dich, du Arschloch!«, schrie er und drückte ab.

Knallend lösten sich die Schüsse, peitschend rollten die Detonationen durch Hof und Gasse. Im Aufblitzen des Mündungsfeuers sah er eine Gestalt an sich vorbeihuschen. Jacob schwenkte seinen Arm mit der Pistole zu langsam, um den Feind zu erwischen.

»Gerechtigkeit!« Eine Hand packte in seine halblangen, blondierten Haare und zerrte Jacob hoch.

»Nein! *Ich* bin die Gerechtigkeit.« Jacob schlug um

sich und sprengte den Griff, dann riss er die Waffe hoch. »*Nicht* du!«

Leise surrend fuhr ein Blitz seitlich in seinen Hals, kappte Haut, Muskeln und Sehnen, durchtrennte die Wirbelsäule und setzte ihren Weg zur anderen Seite fort. Blut trommelte leise gegen die Wand und die Alufässer.

Jacob starrte auf seinen ausgestreckten Arm mit der Pistole, die Mündung schwebte vor der Brust des Angreifers.

Aber er konnte nicht auslösen. Seine Finger gehorchten nicht, sein Körper war abgetrennt vom Kopf, der in der Luft zu schweben schien. Aus seinem halb geöffneten Mund kroch ein leiser Hauch voll Schmerz und Qual.

»Du stirbst in einem dreckigen Hinterhof, Jacob Christian Heinrich Cornelius. So lange hast du gelebt, gefoltert, Menschen Schmerzen zugefügt. Aus Vergnügen und unter den abstrusesten Vorwänden. Damit ist es vorbei«, flüsterte die Stimme. »Das Beste daran ist: Niemand wird die Wahrheit erkennen. *Niemand!*«

Jacob sah eine blutige Schwertklinge vor seinen Augen schweben, bevor das Bewusstsein erlosch.

Oh Gott. Ich ... Entschuldigen Sie, ich muss mich erst mal fassen ... Sie haben erlebt, wie mein Sohn sein Leben verlor, und das unter Bedingungen, die man getrost als mysteriös bezeichnen kann.

Ich gestehe, zum derzeitigen Moment meiner Geschichte darf Ihnen das Geschehen mindestens abstrus vorkommen, gerade in Hinblick darauf, was der Mörder meines guten Jacobs alles von sich gab. Drohungen, Anspielungen auf die Vergangenheit und dazu eine Enthauptung.

Wundern Sie sich ruhig.

Stellen Sie Vermutungen an.
Sie erhalten mein Versprechen, dass sich alles aufklärt.
Warum ich Ihnen das erzähle?
Weil ich denke, dass es an der Zeit ist. Dead Men tell no tales, sagt man im Englischen. Tote Menschen erzählen keine Geschichten.
Das ist falsch. Man hört den Toten nur viel zu selten zu. Doch sie haben viel zu berichten.
Kehren wir nun nach Deutschland zurück, nach Leipzig. Nach Schleußig.

Geneve lag im Dunkeln im Bett, die Hände hinter dem Kopf gefaltet. Durch das offene Fenster drang das Gluckern und Plätschern der Weißen Elster, beruhigend und flüsternd. Was sie an anderen Tagen innerhalb von Minuten ins Land der Träume sandte, versagte an diesem Abend.

Sie war exzessiv laufen gewesen und sollte müde genug sein. Aber statt mit Peggy zum Karaoke-Wettbewerb zu gehen, hatte sie den Brief mehrmals gelesen.

Meine liebe Vetterin Geneve!

Ich nehme an, dass Dich mein Brief zu dieser Jahreszeit überrascht. Wir schreiben einander sonst nur sporadisch und normalerweise an Feiertagen, nach alter Sitte.
Nun schreibe ich Dir, da Du Dich aus allem heraushältst. Daher wirst Du nicht wissen, dass es Unruhe zwischen den Familien gibt.
Alle kennen die Feindschaft zwischen Euch, der Familie Cornelius, und den Bugattis. Seit dem

17. Jahrhundert geht das nun schon – habe ich das richtig nachgelesen?
Es gab vor ungefähr drei Wochen bei einem gesellschaftlichen Ereignis unseres Standes in Sankt Petersburg einen Zusammenstoß zwischen der Familie Deibler und der Familie Sanson, eine Nichtigkeit im Grunde. Ich erspare Dir die Einzelheiten. Doch bei dieser Gelegenheit brachte Alessandro Bugatti Euren Streit erneut ins Spiel. Er verfluche, dass sich niemand von den Familien berufen fühle, dieses Kapitel ein für alle Mal zu beenden, indem ein Machtwort gesprochen würde.
In der aufgeladenen Stimmung fühlte sich Eduardo Galván Comella herausgefordert, ein Tribunal anzuregen und bei nächster Gelegenheit darüber abstimmen zu lassen. Du wirst in Erinnerung haben, dass seine Familie zur Zeit der Inquisition eine tragende Rolle spielte. Vermutlich rührt es daher.
Ob es dazu kommt, das weiß ich nicht.
Aber mir ist wichtig, dass Du Bescheid weißt und Deine Mutter in Kenntnis setzt, sofern sie es noch nicht weiß. Von einem Sturm, den man kommen sieht, kann man nicht überrascht werden.
Oh, eine Sache noch.
Im Falle einer Anhörung oder sogar einer Abstimmung wirst Du kein Stimmrecht haben, weil Du nie das Schwert genommen und den Meisterinnenschlag geführt hast.
Doch für mich wirst Du immer eine Meisterin sein, Vetterin.

Es grüßt Dich voller Wärme
Deine Elisabeth Georgina Sanson

Geneve war beunruhigt. Zutiefst beunruhigt.

Sie überlegte, ob sie ihren Bruder und ihre Mutter anrufen sollte, entschied dann jedoch, erst eine Nacht drüber zu schlafen.

Aber der Schlaf blieb aus.

Seufzend schaltete sie das Licht an und starrte an die beleuchtete Stuckdecke.

Ihre Überlegungen drehten sich umeinander und fanden keinen Ausweg. Diese Nachricht traf sie unerwartet. *Wenigstens lenkt es mich von anderen Problemen ab*, dachte sie.

Durch das Plätschern der Weißen Elster erklang unvermittelt ein Rumpeln.

Aus dem unteren Stockwerk ihres Hauses. In dem sie allein lebte.

Einbrecher! Geneve erhob sich, warf sich den Bademantel über den Seidenpyjama und ging zur Tür, öffnete sie einen Spalt und lauschte.

Nach einigen Sekunden erklang das Krachen wieder. Etwas Metallisches rollte über den Boden, gefolgt von einem splitternden Bersten.

Geneve fasste rasch die langen Haare zusammen und steckte sie am Hinterkopf fest. Achtsam, aber furchtlos ging sie die Stufen hinab, nahm im Vorbeigehen den Streitkolben aus der Wandhalterung, der trotz seiner sechshundert Jahre immer noch bestens funktionieren sollte. Dank der unverwüstlichen Physik.

Im Haus war es stockdunkel. Kein Lichtschein verriet den Einbrecher, der sich offenbar durch das Behandlungszimmer oder die kleine Hexenküche wühlte. Vermutlich war er auf der Suche nach Geld oder Substanzen, die zur Herstellung von Drogen benutzt werden könnten.

Als es erneut schepperte, erkannte Geneve ihren Fehler. *Das kam von ganz unten.*

Der Unbekannte befand sich im Keller, in ihrem großen Laboratorium, in dem sie ihre Salben, Tinkturen und Pillen sowie die Farben für ihre Malereien herstellte.

»Das wirst du bereuen, mein Freund«, murmelte sie und umfasste den Streitkolben fester.

Schritt um Schritt ging sie die schmale Treppe abwärts. Durch die angelehnte Tür ihres zweiten Laboratoriums sah sie einen schwachen Lichtschein, hörte erneut das Scheppern.

»Wo ist das verdammte Zeug? Wo steckt es?«, redete ein Mann wirr und keuchte angestrengt, als leide er Schmerzen. »Es muss doch …«

Geneve öffnete den Eingang, den Streitkolben halb erhoben. »Verschwinden Sie, und ich rufe nicht die Polizei«, sagte sie mit Nachdruck.

Im schummrigen Raumlicht erkannte sie die Umrisse eines breitgebauten Mannes in Jeans und hellem T-Shirt, der vor den Ingredienzen in ausgezogenen Schubfächern kniete. Einige Fläschchen hatte er herausgezogen und weggeworfen, der Geruch von konzentriertem Blütenduft, Baldrian und Schafgarbe tränkte die Luft. Ihre wertvollen, alten Dekoktorien lagen umher.

Der Einbrecher wandte den Kopf halb zu ihr, Schweiß tropfte von Stirn und Gesicht, als würde er aus seiner Haut regnen. Er litt deutlich an unnatürlichem Fieber. Aus seinem Mundwinkel rann schaumiger, gelber Speichel. Ein Blick auf die Ampulle in seiner Hand verriet Geneve, dass er die Safranessenz getrunken hatte. *Trottel.*

»Wo ist es?«, grollte der Mann, und sein Auge glomm warnend rot auf.

Ah, ein Kind der Anderswelt. Geneve blieb ruhig, auch wenn sie wusste, dass ihr der Streitkolben unter Umständen nicht helfen würde, den Eindringling loszuwerden. Sie brauchte alternative Methoden. Dafür musste sie herausfinden, womit genau sie es zu tun hatte. »Versuchen Sie, die Beherrschung nicht zu verlieren. Wenn Sie alles zerstören, kommen wir nicht weiter. Was suchen Sie?«

Er sprang auf die Beine, wankte und krümmte die Finger zu Klauen. Älter als zwanzig konnte er nicht sein, die schwarzen Spirallocken fielen ihm ins schlanke Gesicht. Ein leises Knacken erklang, als sich die Knochen sichtlich in ihm verschoben. Seine Gestalt veränderte sich bereits. »Das Wolfskraut!«

»Was wollen Sie damit?«

»Ich brauche es!«

»Wenn Sie das sind, für das ich Sie halte, wird es Sie höchstwahrscheinlich umbringen.«

»Ich bin vergiftet. Ich brauche es als Gegenmittel, sonst …« Der Mann stieß ein Heulen aus und hielt sich die Brust, während sein Körper sich krachend verformte. »Sonst sterbe ich gleich!«

Speichel rann in Strömen aus seinem Mund und zog Fäden. Er brach in die Knie. Vor Geneves Augen verwandelte er sich in einen großen schwarzen Wolf, dessen Augen rot wie Kohlen in der Finsternis glommen. Taumelnd hielt er sich auf vier riesigen Pfoten, stieß ein lautes Heulen aus und erbrach hellgelbes Blut, das schäumte und klumpte. *Ein Wandler.*

»Halten Sie durch.« Geneve hastete zu dem abgesperrten Giftschrank, gab die Zahlenkombination ein und riss die rechte Klappe auf, in denen die gekühlten Arzneien lagerten. »Ich bin gleich bei Ihnen.«

Sie nahm das Fläschchen mit der zweiprozentigen Aristolochia-clematitis-Lösung und zog eine altertümliche Spritze aus Stahl und Glas damit auf. Anschließend mengte sie ein hochdosiertes Beruhigungsmittel aus Cannabis-Extrakt darunter. *Damit müsste es gelingen.*

Der Wolf wälzte sich auf dem Boden durch das Trümmerfeld, das er angerichtet hatte. Er grollte und schnappte um sich. Die großen Kiefer zerbrachen ein Stuhlbein, als bestünde es aus Brotteig. Zwischendurch heulte und bellte er laut, als kämpfte er gegen unsichtbare Feinde.

»Halten Sie still!« Geneve hielt die Spritze in einer Hand und wartete auf eine Gelegenheit, um die Nadel setzen zu können.

Aber die Bestie beruhigte sich nicht und erbrach nochmals.

Dann auf andere Weise. Kurzerhand sprang Geneve auf seinen Rücken und schlang einen Arm von unten um den Kiefer, zog den Kopf in den Nacken, jagte die lange Kanüle in die Halsschlagader und drückte die gesamte Ladung hinein.

Der Wolf bäumte sich noch mehr auf. Er warf Geneve ab, die rücklings auf ihren Arbeitstisch krachte und zu Boden fiel.

Wieder krachten die Knochen des Wandlers. Die Bestie wurde zum Mann, der sich würgend auf den Fliesen krümmte. Rauch stieg aus seinem geöffneten Mund, es stank nach verbranntem Fleisch. Nach einem letzten Keuchen lag er still.

»William?«, rief eine helle Stimme. Schnelle Schritte

stolperten die Treppe zum Laboratorium herab, dann kam eine sehr junge, sehr blonde Frau in einfacher, unauffälliger Straßenkleidung herein. »Oh, nein! Es ... es tut mir schrecklich leid, Meisterin!« Sie drehte das Licht heller und eilte zu Geneve. »Warten Sie. Ich helfe Ihnen beim Aufstehen.«

»Kannst du mir sagen, was das soll, Dara?« Geneve reckte ihr die Hand entgegen und wurde in die Höhe gezogen. Sie richtet Pyjama und Bademantel. »Wieso habt ihr nicht geklingelt, anstatt euch als Einbrecher zu versuchen? Du weißt, dass ich helfe, wo ich kann.« Sie deutete auf den schwach atmenden Mann. »Das war nicht leicht.«

»Er ist durchgedreht und mir abgehauen, und dann ...«

»Langsam. Lass mich erst nach ihm schauen, dann erzählst du mir, was geschehen ist.« Geneve kniete sich neben den Ohnmächtigen und prüfte den Puls. Das Schwitzen ließ bereits nach, die Essenz hatte das Gift neutralisiert. »Was hat ihn gebissen?«

»Sie nannten sich selbst Wechselbalg. Es sind keine Gestaltwandler.«

»Oh. Das ist ... mehr als ungewöhnlich.« Geneve betrachtete die acht Löcher am Hals, aus denen Blut und ein gelbliches Sekret sickerten. *Diese Male sind merkwürdig.* »Jedenfalls hat kein Vampir versucht, deinem Freund das Blut auszusaugen.« Sie zeigte auf eine Kiste. »Reich mir bitte einen Arbeitskittel. Den legen wir ihm unter den Kopf und warten, bis er von selbst aufwacht.«

Dara tat wie geheißen.

»Jetzt die Geschichte dazu.« Geneve setzte sich auf einen intakten Stuhl. »Und versuch nicht, irgendwas zu verheimlichen.«

Die zierliche Blondine schwang sich auf den Arbeitstisch. »William ist bei mir zu Besuch. Ich wollte ihm die Stadt zeigen, das Völki und so. Dabei hat er den Südfriedhof entdeckt und wollte ihn sich anschauen.«

»Nachts. Klar.« Geneve grinste.

»Ich habe ihm gesagt, dass in manchen Gräbern und Mausoleen echt gefährliche Kreaturen leben, aber das interessierte ihn nicht.«

»Und dann hat es euch erwischt.«

Dara schüttelte den Kopf. »Auf dem Rückweg. In der Tram.«

Geneve lachte auf. »Wer hätte gedacht, dass es da bedrohlicher zugeht! Wie ist denn das passiert?«

»Wir stiegen ein. Außer ein paar Typen war das Ding leer. Einer von denen rief Anmachsprüche in meine Richtung, und da ist William ausgerastet. Die Schlägerei war übel. Ich schätze, den Innenraum des Wagens kann die LVB vergessen. Die Meute ist abgehauen, und einer hat ihn in den Hals gebissen. Ich dachte zuerst, es ist ein Vampir, bis ich die gespaltene Zunge sah.«

Geneve nickte. Deswegen hatte William das Wolfskraut gewollt. Es half gegen Schlangengift. »Wie kam er ausgerechnet auf mich?«

»Wir … wir hatten vorher kurz über Sie gesprochen. Weil Sie mir damals geholfen hatten. Gegen die Blutvergiftung. Als ich mich am Silber geschnitten hatte.« Dara langte in die Tasche und legte zwei Fünfhunderter neben sich auf den Tisch. »Reicht das für die Schäden?«

»Ich fürchte, nein. Das kostet das Doppelte.« Geneve blickte über das Chaos und die zerstörten Ampullen. »Alleine die Safranessenz. Und die Behandlung von ihm nochmals zehntausend. Gerne in Gold.«

»Gut. Ich bringe es Ihnen, sobald ich kann. Niemand bleibt der Meisterin etwas schuldig.«

»Vielen Dank.« Geneve und Dara betrachteten den schlafenden Mann. Das Qualmen aus seinem Rachen ließ nach, die Nebenwirkungen des Wolfskrautes verebbten. *Ein seltsamer Vorfall.* »Wegen des Wechselbalgs: Wie sah er aus?«

»Wie meinen Sie das?«

»Welche Hautfarbe hatte er? Irgendeine Auffälligkeit?«

»Weswegen fragen Sie?«

»Damit ich Bescheid weiß, sollte er bei mir auftauchen oder mir über den Weg laufen. Ich würde ihm gerne ein paar Takte zu seinem Gebaren sagen. Es ist nicht klug von ihm, sich in der Öffentlichkeit zu offenbaren. Das kann Auswirkungen für alle haben. Die Inquisition mag offiziell keine Rolle spielen, aber Roms Exorzisten achten in sämtlichen Medien auf Ungereimtheiten, um sich mit Vorfreude auf den Weg zu machen.« Geneve legte Dara eine Hand auf die Schulter. »Das gilt für euch beide erst recht.«

»Waren die schon mal bei Ihnen?«

»Wer?«

»Na, Exorzisten.«

Geneve lachte. »Mehr als einmal. Ich musste auch einen von ihnen zusammenflicken, nachdem … nun ja. Das ist eine andere Geschichte.«

»Sie helfen denen *auch*?« Die Augen der zierlichen Frau wurden groß.

»Ich bin unparteiisch, Dara. Ich helfe, wo ich kann, und bekomme dafür meinen Lohn. Von denen, von euch. Weder mische ich mich in die Händel des Lichts noch der Dunkelheit. Wenn Vampire und Werwölfe sich zerfleischen wollen, nur zu. Wenn sie sich mit der Gegenseite anlegen wollen, ist es mir auch recht. Ich verurteile niemanden und ergreife keine Partei. Wenn sie zu mir kommen, flicke ich sie zusammen. Jeder erhält von mir die passende Medizin.«

»Mh.« Dara schien die Antwort nicht zu gefallen.

»Ich weiß, dass es dir nicht schmeckt. Aber sieh es so: Hätte ich mich einer Seite angeschlossen, zu der du und William *nicht* gehören, wärt ihr jetzt beide tot.« Geneve erhob sich und begann, die zerborstenen Gegenstände einzusammeln. »Da. Ich hatte tolles Purpur hergestellt für mein nächstes Bild. Und meine schönen Sud-Ansätze.« Sie hob lose Blechteile in die Luft. »Weißt du, was das ist?«

Dara grinste. »Ja.«

»Ehrlich?«

»Es ist alt.«

Geneve musste lachen. »Das ist ein Dekoktorium. Aus den Zwanzigern. Ich nutze es, um Absude herzustellen. Hölzer, Rinde, Wurzeln, Insektenhüllen, was das Rezept verlangt. Das kannte man bereits im 14. Jahrhundert.«

»Spannend.«

»Und aufwendig. In dem Fall.« Sie zeigte auf William. »Dein Freund hat mir einen ziemlich einmaligen Ansatz verdorben. Den berechne ich auch. Und das Purpur.«

Dara nahm sich den Besen und half beim Aufräumen. »Er sah aus wie ein Schauspieler.«

»Wer?«

»Der Wechselbalg. Eine Mischung aus einem jungen Connery und Christian Bale. Mit kurzen blonden Haaren.«

»Du meine Güte. Das kann ich mir nicht mal vorstellen.« Geneve warf Splitter in den Abfalleimer. »Ich dachte eigentlich, in Leipzig wäre es ruhig.«

»War es auch. Früher, sagen meine Eltern. Als hier eine Vampirin lebte, die alle Sia nennen. Aus Angst vor ihr hielten sie die Köpfe unten. Aber sie ist verschwunden, und seitdem hat sich die Stadt verändert und ist in Zonen aufgeteilt worden.«

»Gut fürs Geschäft.« Geneve zwinkerte Dara zu. Bei dem Namen Sia klingelte es bei ihr, aber sie vermochte ihn nicht einzuordnen.

»Darf ich Sie etwas fragen?«

»Sicher, Dara.«

»Warum haben Sie sich nicht für eine Seite entschieden?«

»Weil weder die Guten immer das Gute tun noch die Bösen stets nach dem Schlechten trachten. Alles ist eins, mal mehr, mal weniger«, erklärte Geneve behutsam. »Ich habe mich entschieden, nicht zu kämpfen und in Kriege zu ziehen, die nicht die meinen sind.«

»Oder zu richten.«

»Oder zu richten. Ganz genau, Dara.«

Die junge Frau atmete langsam aus. »Sie sind für mich dennoch eine Meisterin. Niemand sonst hätte William retten können.«

»Danke, Dara.« Geneve sah auf den kräftigen, muskulösen Mann, dessen Schlaf unruhiger wurde. »Was machen wir mit ihm, wenn er aufwacht? Soll ich dich begleiten, oder kann ich –«

William öffnete abrupt die Augen, die unvermindert glutrot und wütend leuchteten. Er packte Geneves Fußgelenk. »Es herrscht Unruhe in der Welt. Große Unruhe.

Etwas zieht seine Kräfte zusammen, um loszuschlagen und Vernichtung zu bringen«, sprach er mit grollender Stimme.

»Die Nachwirkungen der Wolfskrautessenz und des Cannabis«, erwiderte Geneve und hielt still. »Es berauscht ihn. Keine Sorge. Er schläft gleich wieder ein.«

»Es ist kein Rausch«, widersprach William flüsternd. »Ich habe es gesehen. Ganz deutlich habe ich es gesehen.«

»Das Gift des Wechselbalgs«, merkte Dara an und kniete sich neben den Verwirrten. »Bitte, William, sch, sch, sch. Nicht aufregen, Liebster. Schlaf. Wenn du erwachst, dann –«

»Jemanden wie Sie werden wir brauchen«, fuhr der Wandler fort, ohne den sinistren Blick von Geneve zu wenden. »Sie werden sich entscheiden *müssen*, Meisterin. Für *eine* Seite.«

»Was meinst du damit?«, fragte Dara aufgeregt.

»Er hat unser Gespräch mitbekommen und fantasiert sich was zusammen«, sagte Geneve. »Das Cannabis-Mittel war sehr stark.«

William ließ ihren Knöchel los. »Sie werden sich entscheiden müssen. Ich sah es. Ganz deutlich. Die Welt braucht Ihre Entscheidung, Meisterin. Sonst …« Die Augen fielen ihm zu, der Lockenkopf sackte auf das improvisierte Kissen zurück.

Geneve blickte auf ihn nieder. *Ein Abend voller seltsamer Geschichten.*

»Meisterin, Sie sollten wissen, dass William gelegentlich Visionen hat.«

»Wenn er betrunken ist. Wie alle«, erwiderte Geneve scherzhaft. »Trat denn schon mal was davon ein?«

Dara nickte. »Alles.«

»Oh, tatsächlich? Na, dann wird es bald sehr spannend in meinem Leben.« Geneve versuchte zu lachen, aber es misslang. »Komm, Dara. Schleppen wir ihn nach oben ins Behandlungszimmer. Er kann die Nacht auf der Liege verbringen. Ich nehme den Oberkörper, du die Füße.«

Zusammen wuchteten sie den schweren Wandler vom Boden und trugen ihn die Treppe hinauf.

* * *

Wenn Sie mich fragen, wie es mit der Wahrheit im Leben bestellt ist, würde ich sagen: wie mit dem Salz im Essen – eine Prise zu viel, und alles ist ruiniert.

Ich denke, es ist an der Zeit, Ihnen mehr Informationen angedeihen zu lassen.

Sie haben bereits einen ungefähren Eindruck von der Welt bekommen, wie sie existiert. Wahrlich existiert. Ja, es gibt das Böse, und seine Erscheinungsformen sind schier unendlich. Und zu Ihrer Beruhigung: Mit dem Guten verhält es sich ebenso, auch wenn man das nicht glauben möchte.

Sonst wären die Horden der Dunkelheit längst die Herrscher über die Welt, und das hat weder mit Religion noch mit Glaube etwas zu tun. Die verschiedensten Glaubensrichtungen machten sich die Beobachtungen von Gut und Böse lediglich zunutze und integrierten sie in ihre jeweiligen Ansätze.

Sollte Ihnen das Illusionen rauben, wie es sich mit Dämonen und Bestien in der Dunkelheit verhält, so geschieht das einzig zu Ihrem Schutz.

Sie wissen nun Bescheid.

Apropos Bescheid: Sie erinnern sich an die erwähnte Fehde?

Zwischen meiner Familie und den Bugattis?

Dazu möchte ich Ihnen etwas von unserem Alltag erzählen, den mein Sohn, meine Tochter und ich hatten. Einst. Vor mehreren hundert Jahren. Ich nehme Sie mit auf eine Zeitreise. In ein Deutschland, das es so, wie es heute ist, noch nicht gab.

In eine Zeit, in der die Gerichte gänzlich anders arbeiteten.

Mit heutigen ... nein, mit den zivilisierten Maßstäben der westlichen Welt wird Ihnen das mitunter grausam erscheinen. Unmenschlich. Menschenverachtend. Damals war es normal und an der Tagesordnung.

Kein Schuldspruch und keine Bestrafung geschahen ohne ein Geständnis. Das mag auf den ersten Blick gut klingen, doch es war alles andere als das. Dieses Eingestehen der Schuld am vorgeworfenen Vergehen musste unter allen Umständen gewonnen werden, um der sogenannten Gerechtigkeit Genüge zu tun.

Mein Sohn und ich sorgten sowohl für diese Geständnisse als auch für die anschließende Umsetzung der auferlegten Strafen. Nur meine Tochter Geneve hielt sich raus, so gut sie konnte.

Ihr weiches Herz. Der Engel der Kerker und Verliese. Ich war ein wenig enttäuscht. Doch ich dachte, dass es schlimmer mit ihr hätte kommen können.

Bis zu dem Tag, an dem ...

Nein, ich beginne von vorn.

Reisen Sie mit mir an den Anfang des 17. Jahrhunderts, in eine deutsche Stadt, deren Namen ich Ihnen vorenthalten möchte. Zu Ihrem eigenen Schutz, weil Sie sonst wegen Unbehagens keinen Fuß mehr in die Nähe setzen würden.

Aber ich versichere Ihnen: Es trug sich so zu, wie ich es Ihnen berichte.

Ratsherr Valentin Stein stand in seiner offiziellen Robe vor der angeketteten Frau und sah mitleidslos auf die Angeklagte herab. Fackelschein und Lampen erhellten den Kellerraum, es roch nach Fäkalien und feuchtem Stroh. Der andauernde Regen drückte das Wasser in die Mauern, der Sandstein sog sich voll und machte den Aufenthalt noch unangenehmer. Verschiedene große und kleine Gegenstände waren mit groben Säcken verhüllt, sodass man nicht erkannte, was sich darunter befand.

»Sie legte bei ihrer Verhaftung durch die Wache kein Geständnis ab und widersetzte sich zudem. Das stimmt uns weniger freundlich und gesonnen, was das Urteil angeht.« Stein schnalzte mit der Zunge. »So ein stures, törichtes Ding.«

Geneve verharrte neben ihrer Mutter, die wie sie ein langes, dunkelrotes Kleid und eine Haube trug, und schwieg. Es war nicht ihre Aufgabe, die Fragen zu stellen.

Sie hatte einen Korb mit angerührten Wundsalben und schmerzlindernden Lösungen dabei, die sie gewiss benötigen würde, um die Wunden der Gefangenen zu behandeln. Denn ein Geständnis musste her, und sollte sich die Frau weiter weigern, würde es erzwungen werden. Ihre Mutter Catharina sowie ihr Bruder, der an diesem Tag anderweitige Aufgaben verrichtete, beherrschten die nötigen Handgriffe und bekamen Geständnisse. Stets.

»Was wird ihr vorgeworfen, Herr?«, fragte Catharina gleichgültig.

»Mehrere Nachbarn im Dorf bezichtigten sie des Diebstahls. Wir haben eine diebische Elster vor uns, die unschuldig tut. Und doch war ihr Nest voller Beute.«

»Lüge!«, rief die dunkelblonde Angeklagte. Das einfache Kleid war an einigen Stellen eingerissen, man hatte sie bei der Ergreifung ruppig behandelt; Kratzer zeigten sich auf der Haut, und die Haare hingen wirr herab. »Nicht ein Mal griff ich nach etwas, das mir nicht zustand.«

»Hier steht's.« Stein reichte Catharina einen Schrieb. »Der Rat hat keine Zeit für großes Aufhebens wegen einer Diebin. Und ich hab weiß Gott Wichtigeres zu tun. Übernimm du das, Cornelius. Bring uns das Geständnis, auf dass der Prozess rasch gemacht werden kann. Ich will das vor den Osterfeiertagen erledigt wissen. Tu, als wäre der Rat anwesend.« Stein öffnete die Tür und rief den Schreiber herein. »Karsten wird wie stets protokollieren.« Dann ging er hinaus, die Ledersohlen scharrten über den Steinboden.

Catharina nickte dem Schreiber zu, der sich auf eine Pritsche setzte, Tintenfass, Feder und Papier im vielfachen Lampenschein bereitmachte, um die entscheidenden Worte festzuhalten, die Erlösung bedeuten würden. Wie üblich scherte er sich nicht um die Henkerin. Wer den Tod brachte, galt als ausgestoßen, als unrein. Die schloss sämtliche Kinder und sogar Gegenstände, die von ihr benutzt wurden, mit ein.

Catharina betrachtete die Zeilen, die Stein ihr überlassen hatte. »Heißest du Agnes Schmitt, bist zweiundzwanzig Jahre, unverheiratet, und wohnst im Dorf Moorweiler?«

Geneve setzte sich auf einen Schemel und stellte den Korb vor die Füße, dann legte sie die Hände auf die Knie und betrachtete die Beschuldigte.

»Das bin ich«, erwiderte Agnes ruhiger als zuvor. »Aber ich stahl nichts.«

»Ratsherr Stein schrieb auf, dass die Anklagepunkte wie folgt lauten: Entwenden mehrerer Stricke. Entwenden zweier Milchkannen. Entwenden zweier guter Messer. Entwenden zweier Pfannen. Und nicht zuletzt: Entwenden zweier Kämme aus Bein und einer Brosche aus Silber«, verlas Catharina gleichmütig. »Alle benannten Gegenstände wurden von dem Dorfschulzen in deinem Hause gefunden.«

»Ich war's nicht!« Das Aufbrausen kehrte zurück. »Sie schoben es mir unter, weil sie mich weghaben wollen aus ihrem schönen Dörfchen, da –«

»Darüber muss ich nicht urteilen. Ich bin hier, Agnes, um dein Geständnis zu hören.« Catharina legte das Papier neben den Schreiber. »Und du *wirst* gestehen.«

»Nein«, kam es trotzig über die Lippen der jungen Frau.

»Hast du gehört, Geneve?« Catharina wandte sich zu ihr. »Wie entschlossen sie klingt.«

»Ja, Mutter.«

»Möchtest du Agnes erklären, dass ihr Stolz und das Leugnen sie nicht retten werden? Jedes *Nein*, jedes *Ich war es nicht* verlängert das Leiden, das ich ihr zufügen muss, um das Geständnis für den Prozess zu erlangen.« Catharina schichtete Reisig in die kleine Esse und entfachte mit einer Fackel das Feuer. Knisternd züngelten die Flammen empor, und sie legte mehrere Scheite nach. »Dein Geständnis sollst du später ohne Folter wiederholen, damit es gültig ist. Doch zunächst brauchen wir ein erstes.«

»Sie muss mir nichts erklären«, sprach die Angeklagte bockig. »Ich weiß, was du mit mir vorhast.« Sie richtete den wütenden Blick auf Geneve. »Wie kommt's, dass deine Mutter sich als Schinderin verdingt? Ist das nicht rechte Männersache?«

»Mein Vater war Henker, bevor er starb«, erklärte Geneve nicht zum ersten Mal. »Solange Mutter keinen neuen Mann findet, der sie heiraten und das Amt des Scharfrichters fortführen will, übernimmt sie es selbst. Zusammen mit meinem Bruder.«

»Wie lange schon?« Ihrer Verwunderung nach hörte Agnes davon offenbar zum ersten Mal.

»Im Herbst sind's sieben Jahre.« Catharina blies ins Feuer, das lauter knackte, und warf mehr Holz auf den Haufen, legte zwei Schippen Kohle nach. »Ich diene dem Gesetz und der Gerechtigkeit, wie es mein Gemahl hielt. Um Gottes Wille zu erfüllen.«

»Dein Mann hat getötet. Seine Seele müsste in der Hölle schmoren«, stieß Agnes feindselig aus. »Aber die Pfaffen stehen euch bei und heißen gut, was ihr tut! *Das ist Unrecht!*«

Geneve verfolgte die Unterredung schweigend und betrachtete dabei den Schreiber. Er spielte gelangweilt mit dem Federkiel und wartete, bis es etwas für ihn zu tun gab. *Er sieht sich als über den Dingen stehend.*

»Mein Mann setzte das von Gott gegebene Recht um. Mit dem Segen der Kirche und des Herrn«, erwiderte Catharina scharf. »Es ist eine ehrbare Zunft.«

»Zunft?« Agnes lachte auf.

»Ich bin Meisterin meines Fachs. Des Richtens. Der Folter«, entgegnete sie und öffnete einen Schrank.

»Ich kenne keinen ehrbaren Handwerker, der euch achtet!«

»Wir verstehen uns als eigene Zunft. Alles lernte ich von meinem geliebten Mann, um Menschen wie dich der Gerechtigkeit zuzuführen. Und nun schau und vernimm, was ich zur Anwendung bringe, um das Erstgeständnis zu hören.« Sie nahm ein Werkzeug aus der Halterung. »Das ist eine Zwickzange. Sie kommt bei der Befragung zur Anwendung und verursacht Quetschungen am ganzen Leib.« Catharina legte sie in die Flammen und betätigte den Fußblasebalg, fauchend schossen die Lohen empor. »Ich erhitze das Eisen nun für die nächste Stufe der Befragung, die wir nur benötigen, solltest du kein Geständnis ablegen. Die glühenden Enden erzeugen weitaus größere Pein.« Sie deutete auf verschiedene Gegenstände auf dem Schränkchen. »Zangen mit spitzen und flachen Enden. Daumenschrauben, um dich zum Sprechen zu bewegen. Zangen, um deine Nägel zu ziehen. Verschiedene Hämmer, um deine Zehen und Finger zu zertrümmern. Glied für Glied. Geneve, zeig du der Angeklagten die übrigen Dinge. Wissen soll sie, was ihr dräut. Im Falle ihres Leugnens.«

»Sicher, Mutter.« Geneve erhob sich und zog die fleckige Abdeckung herab, die ihr am nächsten war. Zum Vorschein kam ein massiver Stuhl. »Der Thron der Schmerzen, wie meine Mutter ihn benannte. Hier werden deine Unterarme und -schenkel in die Pressen eingespannt und über Schrauben gestaucht, bis die Haut reißt und das Fleisch aufplatzt. Durch die Nackenstütze kann man einen Strick ziehen. Zum zusätzlichen Würgen.«

Agnes verfolgte die Erläuterungen, ihr Blick hatte den Trotz zu einem großen Teil verloren. *Wie gut kenne ich diesen Wandel.* Geneve ging zum nächsten Objekt und entfernte das Tuch.

»Der Kantensitz«, stellte sie das Foltergerät vor. »Du wirst auf der Kante des Balkens platziert, und mit der Zeit wird sich die Kante immer tiefer in dich drücken. Mutter wird dich mit Gewichten behängen, um den Schmerz zu erhöhen.« Sie zeigte an die Decke. »Da oben, das ist der Gotteshaken. Dir werden die Hände auf den Rücken gebunden, und du wirst daran aufgehängt und mit Gewichten versehen. Du wirst dann mit Rute, Karbatsche, dem Stock oder der Peitsche geschlagen.« Sie ging zwei Schritte weiter. »Dann haben wir noch die Streckbank, die dich an Händen und Füßen auseinanderzieht, bis die Gelenke aus den Pfannen springen und es dich innerlich reißt und rupft.«

»Das reicht vorerst.« Catharina schürte das Feuer und drehte die Zange, schob sie tiefer in die Glut. »Wir erklären's dir noch einmal genau, bevor wir es zur Anwendung bringen. Was es mit deinem Körper macht. Wie es dich entstellen wird.« Sie zog das Eisen aus der Esse und hielt das glühende Ende der Zange vor Agnes' Antlitz. »Spürst du die Hitze?«

Sie wich vor den schimmernden Enden zurück, die Lider weit aufgerissen, die Nasenflügel geweitet.

Catharina senkte die Zange ins feuchte Stroh, das sofort schwelte und dampfte. Der Rauch brachte die Angeklagte zum Husten. »Deiner Haut, deinen Haaren wird's ergehen wie dem Stroh, und du wirst schreien, flehen und weinen vor Schmerzen.« Sie warf die Zange klirrend zurück ins Feuer, Funken stoben in die Höhe. »Ein Geständnis genügt.«

»Und ... danach?«

Sie zeigt Einsicht. Geneve lächelte Agnes aufmunternd zu. »Ich hab dich noch nie im Kerker gesehen. Es ist wohl dein erstes Mal. Die Strafe wird milde sein.«

»Dein freiwilliges Geständnis vor dem Richter während des Prozesses wird helfen. Vielleicht verfügt er ein Abschneiden eines Ohres?«, fügte Catharina hinzu. »Oder hast du Geld, um eine Strafe zu begleichen?«

»Nein.«

»Mh.« Catharina betätigte wieder den Blasebalg. »Andererseits hast du gleich mehrfach gestohlen.«

»Sie schoben's mir unter!«, behauptete Agnes erneut.

»Sie sagten gegen dich aus. Gute Zeugen, unbescholtene Menschen aus Moorweiler. Womöglich bleibt es beim Auspeitschen, dem Pranger und einer Brandmarkung«, meinte die Scharfrichterin. »Mit etwas Pech wirst du Finger oder eine Hand einbüßen. Oder ich muss dich blenden.«

»Nein«, raunte Agnes entsetzt. »Wie ... wie soll ich denn dann als Korbflechterin arbeiten?«

»Das hättest du dir vorher überlegen müssen.«

»Es könnte auch ein Verweis aus dem Dorf geschehen«, fügte Geneve hinzu. »Für ... ein halbes Jahr oder ein ganzes. Das wäre doch besser als der Verlust des Augenlichts. Je schneller du gestehst, desto besser.«

»*Das* ist es! Sie wollen mich *vertreiben!*« Agnes ballte die Hände zu Fäusten. »Diese Hundsfotte! Wieso kam ich nicht gleich darauf?«

Geneve sah sie neugierig an. »Warum? Was haben –«

»Tochter!«, sprach Catharina mahnend. »Das geht uns nichts an.«

Agnes setzte sich auf das Stroh, zog die Beine an und stützte die Hände darauf, die Ketten klirrten. »Moorweiler ist verflucht. Mit Neid und Missgunst.« Sie wies ihre Handinnenflächen, die vom Flechten der Weidenzweige und des Schilfs gezeichnet waren. »Ich bin erfolgreich mit dem, was ich tue, und nicht verheiratet. Das missfällt den alten und jungen Weibern. Sie haben sich gegen mich verschworen.«

»Das genügt.« Catharina deutete auf die Streckbank und die übrigen Foltergeräte. »Während du auf den Beginn des Verhörs wartest, betrachte diese Dinge nochmals gut. Sie werden deinen Leib und deine Seele peinigen. Ich habe schon die kräftigsten Männer zerbrechen sehen, einige verloren ihren Verstand.«

»Ich bin unschuldig.« Agnes' Trotz kehrte zurück. »Ich lass mich nicht vertreiben.«

»Natürlich. Wie alle, die im Kerker sitzen und auf ihren Prozess warten.« Catharina deutete auf die Esse. »Geneve, gib acht, dass das Feuer heiß brennt. Ich bin gleich zurück.« Sie verließ den Kellerraum.

Karsten, der Schreiber, stieß die Luft aus und lehnte sich gegen die Wand, kreuzte die Arme vor der Brust und schloss die Augen, um ein Nickerchen zu machen.

»Es wär das Einfachste, du legst das Geständnis ab«, sagte Geneve.

»Nein.«

»Es wird dir nichts anderes übrig bleiben. Mein Bruder und meine Mutter werden dich dazu zwingen.«

»Ich hab nichts zu gestehen, da ich nichts stahl.« Agnes wackelte nervös mit den Beinen. »Eine Verschwörung. Gegen mich.«

Geneve hatte die Warnung ihrer Mutter noch in den Ohren, doch letztlich siegte ihre Neugier. Da Agnes sich derart einem Geständnis verweigerte, mochte etwas an ihrem Verdacht dran sein. »Weswegen?«

»Vor wenigen Jahren zog ich in dieses Dorf. Dass ich Münzen hab, erspart von meinem Lohn, das ärgert diese Menschen.«

»Du bist nicht alt. Wie erlangtest du Reichtum, dass du ein Haus kaufen konntest?«

»Eher eine Hütte. Niemand wollte sie. Am Rand des Moores leben die Geister, sagen die Dörfler.«

»Du glaubst nicht daran?«

»Das tat ich nie. Aber die Behausung steht gleich am Schilf. Ich muss nicht weit gehen, nur ein paar Schrittlein über den Steg, um Rohr und Weidenzweige für meine Körbe zu finden.« Agnes seufzte. »Diese alten, hässlichen Weiber. Sie hassen Frauen wie uns.«

»Uns?« Geneve versuchte, Distanz zur Angeklagten zu wahren, die sie zu vereinnahmen suchte. Auch das geschah nicht zum ersten Mal.

»Jung. Hübsch. Mit vielen Jahren vor sich, ohne ausgesoffene Brüste, die bis zu den Knien hängen.« Sie lachte böse. »Ach ja, fast vergaß ich's. Es geht die Mär, dass in dem Haus, das ich kaufte, ein Schatz vergraben liegt. An den wollen sie bestimmt auch.«

Geneve grinste. »Warum haben sie den nicht ausgegraben, als die Hütte verwaist stand?«

»Wegen der Geister. Diese Trottel. Jetzt fürchten sie mich mehr. Nein, sie hassen mich, weil mir nichts durch den Spuk geschieht.« Agnes zeigte auf die Tür. »Wär ich frei, würd ich meine wichtigsten Sachen packen und verschwinden. Ich schwöre es!«

»Du meinst, wenn du flüchten könntest.«

»Ja.«

»Das wird nicht leicht.«

»Ohne Hilfe sicherlich nicht.« Agnes senkte die Stimme zu einem Flüstern. »Wenn es nun wahrlich einen Schatz gäbe, und ich hätt ihn gefunden: Würdest du mich gegen einen Anteil davon –«

Geneve hob die Augenbrauen. »Ich bin eine gute Tochter und ehre das Gesetz.«

»Die dabei zusieht, wie eine Unschuldige gefoltert wird.«

»Es haben alle gestanden, die verurteilt wurden.«

»Das bedeutet nicht, dass sie Schuldige waren.« Agnes zeigte auf die knisternde, glühende Esse. »Kennst du den Schmerz? Denkst du nicht, dass ein jeder und eine jede gesteht, um der Pein zu entkommen?«

»Ich …« Geneve blickte auf den Korb mit den Salben, Tinkturen und Verbandsmaterialien. Die Bilder von versorgten Wunden entstanden in ihrem Kopf.

»Ah. Ich verstehe. Du flickst zusammen, was deine Mutter und dein Bruder aufgerissen, geschnitten und zerquetscht haben. Aber du magst es nicht.« Agnes lehnte sich nach vorne. »Bei allem, was mir heilig ist: Ich. Bin. Unschuldig!«

Das geht mir doch zu nah! Geneve wünschte sich, ihre Mutter und ihr Bruder kämen zurück. Sie wich dem Blick der Angeklagten aus und betrachtete stattdessen den schlafenden, schnarchenden Schreiber, dessen Kopf nach vorne auf die Brust fiel. *Ich könnte ihn wecken, und …* Dabei bemerkte sie verwundert, dass neben

Karstens Schatten ein zweiter ausharrte, stehend und in lauernder Haltung, als habe Geneve ihn dabei ertappt, wie er sich eben davonschleichen wollte. »Was zum ...« Sie rieb sich über die Augen.

Der Schemen war verschwunden.

»Was hast du?«, erkundigte sich Agnes beunruhigt.

»Da ... ich dacht, da ist ... ein Schatten.«

»Ist er doch.«

»Nicht der des Schreibers. Ein anderer. Weder deiner noch meiner.«

Agnes' plötzliches Lachen klang leise und wissend. »Vielleicht kommen die Geister aus dem Moor, um mich zu befreien.«

»Was?« Geneve erhob sich. »Das –«

»Na ja, könnt doch sein, dass sie mich mögen?«

»Das wäre ...«

»Erzähle mir nicht, dass du dich darüber wundern tätest.« Erneut senkte sie die Stimme. »Wer so viele Hexen und Zauberer und Kreaturen der Finsternis im Kerker bei den Verhören gesehen hat, der weiß, dass es die andere Welt gibt.«

»Das ist gewiss keine Besonderheit.« Geneve räusperte sich, ihre Stimme klang belegt.

»Die Menschen *denken*, dass es die andere Welt gibt. Aber du *weißt* es. Du kennst die Wahrheit hinter den Anklagen. Ich seh's an deinen Augen, an deinem Gesicht. Du trägst Geheimnisse in dir.« Agnes deutete auf den Korb. »Diese Mittel – woher hast du die Rezepturen?«

»Aus dem Kloster.«

Agnes lachte zuerst leise, dann lauter, sodass der Schreiber davon erwachte.

»Aus dem Kloster!«, wiederholte Geneve, so fest wie möglich.

Sie wollte noch etwas hinzufügen, als der überzählige Schatten plötzlich erneut zu sehen war. Er kniete neben der Angeklagten und schien ihr etwas ins Ohr zu raunen.

»Heilige Maria Mutter Gottes!«, rief Karsten entsetzt und sprang auf, Tintenfass, Federkiel und Papier fielen auf die feuchte Erde. »Was ... was ist das?«

Geneve blinzelte – und der Spuk war vergangen.

Knarrend öffnete sich die Tür.

Catharina kehrte zurück. Mit ihr kam der verspätete Jacob, mit dem sie eine leise Unterhaltung führte. Ein Blick auf den zitternden Schreiber ließ sie fragen: »Was ist geschehen?«

»Da ... war ein Schatten, der ...«, stammelte Karsten.

»Er ist eingeschlafen und hat schlecht geträumt, Mutter«, unterbrach ihn Geneve, ohne dass sie wusste, warum sie log. *Was tue ich da?*

»Dann war nichts?«, erkundigte sich Jacob misstrauisch.

»Nein.« Geneve lächelte Karsten an. »Du hast dich getäuscht. Vom Schlaf noch ganz benebelt und verwirrt.«

»Ich ... ich weiß doch, was ich sah!« Der Schreiber raffte seine Sachen an sich und stürmte aus dem Raum. »Ich sah's! Mit meinen eigenen Augen!«, tönte es hohl aus dem Gang. »Melden werd ich's. Der Ratsherr muss die Anklage erweitern.«

»Soso. Er hat was gesehen. Denkt er.« Jacob hob das Eisen aus dem Feuer und führte das glühende Ende mit schnellen Bewegungen nach rechts und links, schien rote Striche in die Luft zu malen. »Ich denke, Mutter, wir haben mehr herauszufinden als die Diebstähle.«

»Das wird der Rat entscheiden.« Catharina sah zu Geneve. »War da wirklich nichts, Tochter?«

»Der Schreiber irrte sich«, sagte Agnes leise. »Ich hätt's doch auch sehen müssen.«

»Hast du was gesehen, Schwesterlein?«, hakte Jacob nach.

»Ich ... glaube nicht.«

»Du *glaubst*?« Catharina atmete tief ein. »Ich frage dich noch einmal: War da wirklich nichts?«

Geneve schwieg.

Das war der Anfang von dem, was noch kommen sollte.
Und es kam einiges.

* * *

Kapitel II

Bleiben wir in der jüngsten Vergangenheit, in der mein ganz persönlicher Albtraum im Hier und Jetzt weiterging.
Der Tod eines Menschen hat Konsequenzen, und damit meine ich nicht den bloßen Verlust. Nicht nur Trauer und Schmerz.
Mit einem Anruf wurde ich nach London gebeten, um Dinge zu regeln, die mit dem Tod meines Sohnes einhergingen. Es stünde in den Anweisungen, die er für den Fall seines Todes hinterlassen habe.
Ausgerechnet mich zitierte er nach Großbritannien. Seine alte Mutter. Jacob kannte so viele Menschen, hatte Frauen und Ex-Frauen, aber mich befahlen sie ins einstige Empire.
Meine Gedanken drehten sich während des gesamten Fluges um den Mord an ihm.
Um die Gründe dafür.
Nicht eine Sekunde glaubte ich daran, dass Jacob ein zufälliges Opfer geworden war oder dass es etwas mit seinem Beruf und seiner Tätigkeit beim MI6 zu tun hatte. Fragen Sie mich nicht, wieso ich von Anfang an davon ausging, dass es etwas mit unserer Familienhistorie zu tun haben musste. Ein Gespür. Über Jahrhunderte entwickelt.

»Danke, dass Sie gleich zu uns gekommen sind, Miss Cornelius. Ich weiß, dass es Sie Überwindung kostet, aber die Umstände erfordern es.«

Leise klickernd sprangen die Neonlampen im kühlen Raum an, widerwillig und flackernd, als hätten sie keine Lust, ihre Pflicht zu tun. Außer zwei fahrbaren Tischen aus Edelstahl und einer Wand aus übereinanderliegenden Klappen mit Griffen gab es keine Einrichtung, ein großes Infoboard mit Belegungsnotizen der Fächer hing seitlich neben dem Eingang.

»Ich habe den ersten Flieger aus Paris genommen, Mister Adamski.« Catharina Cornelius betrat den Raum zusammen mit dem Inspector, die Schritte auf den schwarz-weißen Kacheln hallten in dem kargen Zimmer. Sie trug ihre langen, grauen Haare im Dutt am Hinterkopf, ihre Kleidung war die einer konservativen Bankberaterin: unauffällig, hochgeschlossen. Eine Grande Dame, die durch ihr Auftreten einschüchterte.

»Wir erhoffen uns weitere Anhaltspunkte von Ihnen. Nochmals meinen Dank im Namen von New Scotland Yard. Wegen der körperlichen Anstrengung.«

»Nur weil ich über achtzig bin, heißt das nicht, dass ich nicht mehr gut zu Fuß bin.« Catharina verriet mit nichts, dass sie trauerte. Sie war ganz bei sich, konzentriert und bereit, auf das kleinste Detail an der Leiche ihres Sohnes zu achten.

»Sergeant Wilkins, bringen Sie uns bitte etwas Wasser«, rief Adamski, der als vierzigjähriger Ermittler in jede britische Cosy-Crime-Verfilmung gepasst hätte. Der Mann trug sogar Cord.

»Das wird nicht nötig sein. Nicht für mich.« Catharina blickte auf den Belegplan. »Er liegt in der fünf.«

»Ja.« Adamski begab sich neben die entsprechende Klappe, auf der Jacobs Name stand, und legte eine Hand auf den Öffnungsgriff. »Miss Cornelius, wie ich schon am Telefon andeutete: Die Umstände des Todes Ihres Sohnes sind mehr als ungewöhnlich.«

»Ich erinnere mich sehr gut.«

»Dann seien Sie bitte auf einen ungewöhnlichen Anblick gefasst.«

»Hören Sie auf herumzudrucksen«, erwiderte sie bestimmt. »Was hat der Mörder mit meinem Jacob gemacht?«

»Miss Cornelius. Ich habe einen Psychologen und zwei Sanitäterinnen auf dem Gang, die Sie –«

»*Was*, zum Teufel, hat er gemacht?«, unterbrach sie ihn bestimmt.

»Er wurde enthauptet. Und … anschließend verstümmelt.«

Catharina presste die Kiefer zusammen. »Zeigen Sie ihn mir. Bitte.«

Adamski legte den Hebel mit einem Klacken um und öffnete die Luke, um die Liege mit einem metallischen Gleiten herauszufahren, auf der in einem blassblauen Plastiksack menschliche Umrisse erkennbar wurden. »Sind sie bereit, Miss Cornelius?« Er zog Einweghandschuhe aus einer Box von einem umherstehenden Schiebetisch und streifte sie über, bevor er die Hand an den Reißverschluss legte.

»Ich bin so weit.«

Adamski öffnete den Sack und schob die Ränder behutsam auseinander, um den Blick freizugeben. Es knisterte. Luft drang heraus, die nach kaltem Schlachthaus roch.

Catharina betrachtete ihren Sohn, dessen abgeschlagener Kopf ein eigenes Identifikationsschildchen am Ohr trug, damit er nicht verloren ging. Der durchtrennte Hals war nur locker am Rumpf vernäht, ein schmaler Spalt klaffte zwischen Leib und Schädel. Jacobs Augen waren geschlossen, auf den Wangen verschiedene Brandzeichen zu sehen. Klar und deutlich. Am Hals, auf der Brust ging es mit den verkohlten Symbolen weiter, hinab bis zum Bauch.

»Er ist es«, hörte sie sich selbst sagen, obwohl eine Identifizierung nicht nötig war. Es ging ihr mehr darum, es zu begreifen.

»Nochmals mein Beileid, Miss Cornelius. Ich ...«

»Würden Sie mich bitte einen Moment mit meinem Kind alleine lassen, Inspector?«, fragte sie mit monotoner Stimme, ohne den Blick von Jacob zu wenden. »Danach stehe ich Ihnen für Fragen zur Verfügung.«

»Sicherlich, Miss Cornelius. Brauchen Sie vielleicht doch einen Schluck Wasser oder ... ?«

»Nein. Danke. Ich komme raus, wenn ich so weit bin.« Kaum hatte der Ermittler den Raum verlassen, zog sie ihr Smartphone aus der Innentasche des Blazers und wählte umständlich eine Nummer, die faltigen Finger bebten sachte. Sie schaltete die Kamera hinzu.

»Heilpraxis Cornelius, was kann ich –«

»Geneve, hier ist deine Mutter«, sprach Catharina getragen. »Ich würde gerne dein Gesicht sehen. Aktivierst du bitte die Bildübertragung?« Sekunden darauf erschienen die überraschten Züge ihrer Tochter. »Und da bist du, Kind. Jung und hübsch wie eh und je«, sagte sie versunken. »Wie machst du das? Schierling? Aconitum?«

»Deswegen rufst du doch nicht an.« Geneve wirkte verwundert und besorgt. »Ist was in Paris passiert? Soll ich zu dir kommen?«

Catharinas Stimme wurde wieder klar und distanziert. »Ich bin nicht mehr in Paris.«

»Wo... was ist das für ein Raum? Ist das ein Bad? Sieht karg aus.«

»Ich stehe in London, in der Gerichtsmedizin, nachdem mich New Scotland Yard anrief, weil mein Sohn ermordet wurde. Unter rätselhaften Umständen.«

»Das ... tut mir leid.«

»Das tut dir leid? Ist das dein Ernst?« Catharina blieb ruhig.

»Was soll ich sonst sagen? Du weißt, dass Jacob und ich nicht das beste Verhältnis hatten. Sein Lebenswandel, seine Art, sein Beruf. Alles, was ich verabscheue.«

»Sieh dir *das* an, und danach vergisst du alles, was euch entzweite.« Catharina drehte das Smartphone, sodass die Kamera den Toten abfilmte, führte die Linse auf und ab. »Erkennst du die Zeichen, Tochter?«

»Bei den ... das ... das sind eingebrannte Symbole, die von einem erhitzten Richtschwert stammen! Die langen Seitenlinien rühren von der Klinge her«, hörte sie Geneve entsetzt sagen. »Diese Nähte am Hals – man hat ihm den Kopf abgeschlagen?«

»Dein Bruder wurde hingerichtet und gebrandmarkt«, stellte Catharina fest. »Von jemandem, der genau wusste, was er tat.« Sie drehte das Smartphone und blickte in das winzige Objektiv. »*Das* ist eine *Botschaft* an *uns*.«

»An euch.«

»An *unsere* Familie! Wir müssen herausfinden, wer dahintersteckt.«

»Überlass es dem Yard.«

»Dein Bruder arbeitete beim Geheimdienst. Die werden ebenfalls Ermittlungen anstellen oder den Fall an sich ziehen – aber keiner von denen weiß, um was es *wirklich* geht.« Catharina brachte das Smartphone näher an ihr betagtes, zerfurchtes Gesicht heran. »Es war Rache. Und Gott weiß, wir haben genug Feinde.«

»Ihr, Mutter. *Ihr* habt Feinde.«

»Verdammt noch eins!«, rief Catharina erbost. »Sie haben deinen Bruder abgeschlachtet und gedemütigt. Eine von uns wird die Nächste sein.«

»Ich will mit den alten Fehden nichts zu tun haben.«

»Du wirst nach London kommen und mir helfen, die –«, begann sie im Befehlston der vergangenen Jahrhunderte.

»Nein.«

Catharina sog scharf die Luft ein. »Hast du … hast du gerade abgelehnt?«

»Ja.«

»Er ist dein Bruder, Geneve!«, zischte sie.

»Mutter, ich …«

»Ich fordere dich nicht noch einmal auf!«

»Lass den Geheimdienst und den Yard ihre Arbeit machen. Pass auf dich auf, Mutter, und sag mir Bescheid, wann die Beerdigung ist.«

»Geneve, ich …«

Das Gespräch wurde abrupt beendet.

Catharina starrte auf das schwarze Display. Wütend und fassungslos. Sie verstaute das Smartphone im Blazer und gab ihrem Sohn einen Kuss auf die Stirn, bevor sie den Plastiksack schloss und den Toten zurück ins Kühlfach schob.

Wie kann sie nur! Catharina klaubte ihre aufwendig gemachte, silberne Pillendose aus der Handtasche und nahm zwei selbst hergestellte Tabletten heraus, die sie in den Mund steckte. Die beruhigende Wirkung setzte unmittelbar mit dem Auflösungsvorgang ein. Einen Zusammenbruch würde sie sich später erlauben. Nun ging es darum, möglichst viel vom Inspector über die Umstände des Todes in Erfahrung zu bringen. Catharina trat aus dem Kühlraum in den Gang, wo Adamski sich leise mit den Sanitäterinnen und dem Psychologen unterhielt.

»Ich erwarte Ihre Fragen, Inspector«, sagte sie mit fester Stimme.

»Geht es Ihnen gut, Miss Cornelius?«

»Stellen Sie einfach Ihre Fragen. Ich werde das schon aushalten.«

Er führte sie zu einer Sitzbank, auf der sie Platz nahmen, dann holte er einen Notizblock aus seinem Cordsakko. »Wir wollen herausfinden, ob Ihr Sohn gezielt umgebracht wurde oder ein zufälliges Opfer war«, eröffnete Adamski, der nach einer letzten Spur klassischem Aftershave roch. »Wissen Sie von Feinden, die ihm so etwas antun würden?«

»Nein.«

»Können Sie sich erklären, weswegen diese ... archaische Art der Tötung ausgeübt wurde, Miss? Ich meine: köpfen und mit Brandzeichen versehen. Auf die Idee muss man erst einmal kommen.«

»Ein Irrer sondergleichen. Da gebe ich Ihnen recht.«

»Mh. Hatte Ihr Sohn irgendeinen Bezug zum Mittelalter oder zur Reenactmentszene? War er in seiner Freizeit in einer Schauspieltruppe?«

»Nicht, dass ich davon wüsste.«

»Oh. Nun, bei ihm zu Hause fanden wir eine umfangreiche Schwertsammlung. Erwähnte er Ihnen gegenüber einen Streit mit einem Händler, einem Tauschpartner oder ein Geschäft, das anders verlief, als er sich erhoffte?«

Catharina schüttelte den Kopf. »Wir haben nur gelegentlich miteinander gesprochen, Inspector. Sein Beruf führte ihn durch die ganze Welt und ließ ihm nur wenig Zeit, seine alte Mutter zu besuchen.«

»Was wissen Sie von seinem Beruf, Miss Cornelius?«

»Genug, um davon auszugehen, dass der Yard den Fall bald an den MI6 abgeben muss.« Sie lächelte. »Sie haben es doch längst herausgefunden, nicht wahr?«

Adamski lachte andeutend. »Ich wusste nicht, wie weit Ihr Sohn Sie einweihte.«

»Er verriet nie Details. Ich kann Ihnen daher nicht sagen, ob dieser Mord mit seinen Aufträgen für die britische Regierung zusammenhängt.« Catharina faltete die Hände vor der Gürtelschnalle. Der Yard tappte im Dunkeln. »Haben Sie persönliche Gegenstände für mich, die ich als Andenken behalten darf?«

»Wir fanden nichts Persönliches. Tut mir leid, Miss Cornelius.«

»Wie seltsam. Auch nicht seinen Siegelring?«

Adamski horchte auf. »Nein, Miss. Aber ausgeraubt wurde er nicht, sein Geldbeutel war randvoll. Sein Smartphone fehlte zwar, aber wir fanden eines in seinem Apartment.«

»Das graue?«

»Ein goldenes. Soll das heißen, er hatte noch ein graues?«

»Nein, ich verwechsele das immer. Jacob hatte jede Woche ein neues Smartphone.« Catharina erhob sich. »Ich fühle eine gewisse Mattheit, Inspector, und würde mich gerne zurückziehen. Können Sie mir sagen, wo Sie ihn fanden?«

»Im Hinterhof des *Happy Hangman*. Sein Stammpub, wie wir herausgefunden haben. Er war oft dort. Die Leiche wurde von Rauchern gefunden, ungefähr vier Stunden nach dem vermuteten Todeszeitpunkt. Überwachungskameras gibt es dort nicht.«

»Natürlich. Ganz London hängt damit voll, aber wenn mein Sohn ...« Catharina verstummte und reichte Adamski die Hand. »Sollte mir noch etwas einfallen, melde ich mich bei Ihnen.«

»Danke, Miss Cornelius.« Er gab ihr seine Visitenkarte. »Soll ich Ihnen –«

»Mein Taxi steht vor der Tür. Danke.«

Catharina verließ die Rechtsmedizin mit dem Fahrstuhl und trat vor das Gebäude.

Verkehrslärm empfing sie, aus weiter Entfernung tönten Kirchenglocken. Krächzend stieg ein Schwarm Krähen von einer Verkehrsinsel auf und verdunkelte den Himmel für Sekundenbruchteile.

»Ihr alten Freunde«, sagte sie leise. Das Rauschen ihrer Flügel bereitete Catharina einen schwachen Schauder. »Wie oft habe ich euch an den Hinrichtungsstätten gesehen und euch Futter gebracht?«

Sie ging die Stufen hinab und stieg in das wartende schwarze Taxi. »Zum *Happy Hangman*«, sagte sie dem Fahrer.

Entweder hatte der Mörder das Smartphone ihres Sohnes mitgenommen oder es lag noch irgendwo im

Hinterhof. Darauf befanden sich unter Umständen Hinweise, die ihr dienen mochten.

Ihr.

Nicht dem Yard und nicht dem Geheimdienst.

Denn der Mörder würde auf die gleiche Weise sterben wie ihr Kind.

Niemand wusste, wie ich mich fühlte.

Mein fragiles Ich stand kurz vor dem Zerbersten. Ein Kind verloren, das andere verweigerte mir seine Loyalität. In einer Zeit der größten Not!

Ich rettete mich in die Gedanken, Jagd auf den Mörder zu machen. Das funktionierte sehr gut. Es verdrängte den Schmerz und das Leid.

Ich will Geneve keine Vorwürfe machen. Rückblickend. Sie brach mit Jacob vor langer, langer Zeit. Weswegen sollte sein Tod etwas daran ändern? Und Geneve hatte ihre eigenen Schwierigkeiten, viele hundert Kilometer von London entfernt. Denn in Leipzig zog ein Sturm herauf.

Im Grunde hätte ich bei ihr sein müssen, nicht umgekehrt. Doch hinterher ist man meistens schlauer. Und jene, die nicht schlauer wurden, sind uneinsichtig. Oder tot.

Geneve lehnte am späten Morgen frisch geduscht im Türrahmen ihres Kellerlaboratoriums und beobachtete William beim engagierten Aufräumen. Trotz der kurzen Nacht hatte sie bereits Sport gemacht und fühlte sich nun in Jogginghose und Shirt wohl.

Der Wandler brachte die Ordnung zurück, die er unter dem Einfluss des Nervengiftes zerstört hatte. Flasche um Flasche sortierte er neu ein, beschriftete verwischte Etiketten und putzte hartnäckige Flecken von Boden, Wänden und Tischen. Auch die zerbrochenen und zerlegten Dekoktorien setzte er zusammen.

»Er stellt sich recht geschickt an«, sagte Geneve zu Dara, als die mit einem Tablett mit gefüllten Teetassen neben sie trat. »Hat er Erfahrungen mit Naturheilkunde, Pharmazie, einer Hexenküche oder Alchemie?«

»William kommt aus Irland. Vielleicht hatte er Kontakt zum Kleinen Volk. Wer weiß, was er bei denen alles tun durfte?« Dara reichte Geneve eine Tasse, ohne dass das Tablett auch nur wackelte. »Bitte sehr. Einmal frisch gebrühten Schwarztee.«

»Vielen Dank.« Geneve machte eine einladende Bewegung zu dem jungen Mann. »Hey, William. Lassen Sie es gut sein und trinken Sie einen Tee mit uns.«

»Gerne, Frau Cornelius.« Er sprach Deutsch, wenn auch mit einem harten Akzent, der vom Irischen herrührte. »Tee kann man immer trinken.« Er legte den Feudel zur Seite und gesellte sich zu ihnen. Mit einer kurzen Handbewegung streifte er die langen schwarzen Locken zurück, die stattlichen Brustmuskeln zuckten. Die getrockneten, farbigen Flecken auf seiner Kleidung stammten von den Mitteln, dem Safran und dem Purpur, in denen er sich in der vergangenen Nacht beim Verwandeln gewälzt hatte. »Nochmals bitte ich um Entschuldigung, aber … ich wusste mir nicht anders zu helfen.«

»Welches Gift, glauben Sie, setzte der Wechselbalg gegen Sie ein? Sie wollten unbedingt das Wolfskraut, auch wenn es für einen Gestaltwandler wie Sie tödlich sein kann«, fragte Geneve. »Gerade wenn die Dosierung derart hoch ist.«

»Ich habe eine Zeit lang im Dubliner Zoo gearbeitet, als Pfleger. Ich kenne mich ein wenig mit Schlangen aus«, erklärte William. »Ist für einen Iren besonders ironisch, ich weiß.«

»Weswegen?«, erkundigte sich Dara, die neben dem breit gebauten Gestaltwandler noch zierlicher wirkte.

»In Irland gibt es keine Schlangen.« Geneve grinste. »Nur weiter, William.«

»Der Wechselbalg trug seitlich am Hals eine charakteristische Zeichnung. Seine Haut wies die weiß-schwarze Schuppung eines Krait auf. Es war definitiv *keine* Tätowierung«, erklärte William und schlürfte Tee. »Da wusste ich, dass ich nicht überleben werde, wenn ich kein Gegenmittel bekomme.«

»Krait.« Geneve gab ein rätselndes Brummen von sich. »Keine einheimische Schlange. Klingt auch nicht europäisch.«

»Sie kommt aus Asien.«

»Sah der Mann asiatisch aus?«

»Kein bisschen. Ich sagte doch, wie eine Mischung aus Bale und Connery«, warf Dara ein und lehnte den Kopf an Williams Schulter. Er lächelte und gab ihr einen Kuss auf die platinblonden Haare.

»Ach ja, richtig.« Geneve war verwundert. »Ein Wechselbalg. Sieh einer an.«

»Kann mir jemand mehr dazu sagen?«, fragte Dara. »Wechselbalg. Bis zum Auftauchen der Typen hatte ich das Wort in Leipzig noch nie gehört.«

»Weil Wechselbälger kaum mehr auftauchen. Die meisten von ihnen wurden in den letzten Jahrhunderten in Europa erkannt und umgebracht«, erklärte Geneve.

»Und wie entstehen sie?«

»Eine besondere Kraft, sei sie gut oder schlecht, tauscht Kinder aus: Das Menschenkind wird aus der Wiege gestohlen und gegen ein Wesen aus der Anderswelt ausgetauscht. Andere Quellen besagen, dass diese Kraft den Kindern kurz nach der Geburt eine Gabe verleiht, die sie besonders mache. Die Ansichten über Wechselbälger änderten sich über die Jahrhunderte und wurden erst durch die Kirche überwiegend negativ gedeutet.« Sie blickte sich um. »Hast du den Honig mitgebracht, Dara?«

»Oh! Vergessen.« Sie steckte ihre blonden Haare hoch. »Bevor ich den hole: Hatten Sie mit Wechselbälgern zu tun gehabt? Damals?«

Geneve kehrte in ihrer Erinnerung zurück, und sofort zog es unangenehm in den Schläfen. Das Rückerinnern verursachte jedes Mal Schmerzen, die das Cannabis-Extrakt mildern konnte. »Ja. Im Jahr 1275 wütete die Inquisition in Toulouse. Hugo de Beniol jagte alles und jeden, der seiner Ansicht nach mit dem Bösen im Bund stand. Er hat Angéle de la Barthe lebendig verbrannt, weil sie unter der Folter gestand, mit dem Teufel Geschlechtsverkehr gehabt zu haben. Das Kind soll ein Ungeheuer mit Wolfskopf und Schlangenschwanz gewesen sein. Um es zu füttern, habe sie in jeder Nacht kleine Kinder gestohlen.«

»In so was hätte ich mich bestimmt auch verwandelt«, brummte William. »Nach dem Biss des Kraitwesens.«

»Haben Sie es gesehen, Meisterin?«

»Nein. Niemand hatte dieses Kind gesehen. Aber es war da. Ich bin mir sicher.«

»Scheißkatholiken«, fluchte Dara.

»Nicht so einseitig, bitte.« Geneve musste lachen.

»Luther, der gefeierte Reformator, wollte die Wechselbälger gleichfalls töten, da sie seiner Ansicht nach nur ein Klumpen Fleisch ohne Seele seien. Kann man in seinen Tischreden nachlesen. Oder war es eine Predigt? Das findest du schon heraus.« Ihr Blick wurde abwesend, und erneut brannte es in ihren Schläfen. »Wo wir gerade davon sprechen: 1654 verbrannte man im schlesischen Ort Zuckmantel über hundert Menschen, einschließlich Säuglingen und Kindern. Weil sie als Geschöpfe des Teufels galten.«

»Verstehe. Das liegt aber schon verdammt lange zurück. Das Kraitwesen, das William gebissen hat, haben die frischen Vampire mitgebracht«, warf Dara ein und rührte klirrend in der Tasse. »Darauf verwette ich meinen linken Reißzahn.«

»*Frische* Vampire?« Geneve horchte auf. »Was bitte sind *frische Vampire*? Alle, die weniger als hundert Jahre tot sind?«

William lachte.

»Die kamen erst vor ein paar Monaten an, sagt man. Asiaten. Geschäftsleute, die sich in der Eisenbahnstraße niedergelassen haben«, erzählte Dara. »Sie nennen sich nicht Vampire, sondern Manana-irgendwas. Konnte ich mir nicht merken. Sie halten sich sehr zurück und fallen nicht auf. Aber sobald man sich in der Eisenbahnstraße blicken lässt, wird man freundlich zur Rede gestellt und darauf hingewiesen, dass man was kaufen und verschwinden solle, ohne Ärger zu machen.«

»Und? Tust du das?« William hob einen Glassplitter vom Boden auf und warf ihn in den Mülleimer.

»Ich bin erst gar nicht hin.«

»Das klingt, als wäre in der Stadt mehr los als sonst.«

Geneve trank von ihrem Tee. »Ich weiß, dass ein Wechselbalg als Vertrauter perfekt ist. Sie sind mit mehr Möglichkeiten ausgestattet als normale Menschen und können sich gefahrlos dem Licht aussetzen, während die Vampire tagsüber schlafen oder in ihren geschlossenen Räumen bleiben müssen.«

»Mein Vater sagt, Leipzig würde gerade aufgeteilt. Unbemerkt von den Menschen«, ergänzte Dara. »Die Gestaltwandler werden langsam unruhig und überlegen, ob sie sich das bieten lassen sollen. Die Mananalalala haben schon zwei von uns verprügelt.«

Das klingt nicht gut. Geneve sah zwischen William und Dara hin und her. »Ich würde euch raten, entspannt zu bleiben. Keine Eskalation.«

»Wir machen die Schlangen platt«, grollte Dara, was angesichts ihrer Zierlichkeit nicht im Mindesten gefährlich wirkte.

»Na ja«, sagte William. »Das sind keine harmlosen Blindschleichen, my love.«

»Ich meinte etwas anderes«, hakte Geneve ein. »Zwar hat die Kirche im Osten wenig zu sagen, aber die Errichtung einer neuen katholischen Kirche ist ein Statement.«

»Sie meint diesen hässlichen Bunker in der Nähe der Moritzbastei«, sagte Dara zu William. »Wir nennen ihn wegen ihrer Form Sankt Tetris.«

»Die Propsteikirche Sankt Trinitatis. Römisch-katholisch. Das Bistum Dresden-Meißen hat sich den größten Kirchenneubau im Osten Deutschlands seit der politischen Wende hingestellt, mit Gemeindesaal, Priesterwohnungen und Büroräumen«, fügte Geneve hinzu. »Wer zwischen den Zeilen zu lesen versteht, weiß: Das ist eine Warnung an jene, die schon einmal von der bewaffneten Hand der Kirche getroffen wurden.«

Daraufhin schwiegen die Gestaltwandler.

»So weit hat mein Vater gar nicht gedacht«, sagte Dara.

»Nun, die Inquisition wird nicht gleich zurückkehren. Aber ich rate euch, dass ihr euch alle zusammensetzt und beratschlagt, wie vorzugehen ist, bevor die Gebietskämpfe die Aufmerksamkeit der Menschen wecken, da sie sich schlecht mit trivialen Bandenstreitereien oder Clan-Ärger erklären lassen.« Geneve massierte mit einer Hand die brennende Schläfe. *Mehr als warnen kann ich sie nicht. Das geht mich nichts an.*

»Oje. Alle. Da muss nur einer ausflippen von meinen Leuten oder den Manananaten oder … hey! Ich habe eine Idee! Wenn *Sie* das moderieren könnten, Meisterin?«, sagte Dara freudig. »Ihnen würde man zuhören. Sie sind eine Institution.«

Ich hätte nichts sagen sollen. »Ich halte mich raus. Ihr müsst das selbst hinbekommen.« Geneve trank ihren Tee aus. »Aber heute Nachmittag sehe ich jemanden von der Kirche, den ich fragen kann. Unauffällig.«

»Was haben Sie mit der Kirche zu schaffen?«, fragte William verwundert.

»Jemand von der katholischen Gemeinde hält in der Volkshochschule einen Vortrag über die Heilkräuter sowie das Wissen der Hildegard von Bingen. Ich soll was aus moderner Anwendungssicht erläutern. Die Kirche nannte ihre Hexen einfach Nonnen, und schon war es ihnen erlaubt, Tränke und Salben zu mischen. Sogar mit Einhornzutaten, wenn ich mich richtig erinnere.« Geneve wandte sich ab und der Treppe zu. Sie hatte den

Signalton eines eingehenden Internetgesprächs von ihrem Laptop vernommen, der in der Praxis stand. »Sie können mit dem Aufräumen aufhören, William. Bringen Sie mir noch das Geld, und der Schaden ist bezahlt.«

»Sicherlich, Frau Cornelius«, rief er ihr nach. »Und vergessen Sie bitte mein Gebrabbel. Von diesem drohenden Sturm und dass Sie sich entscheiden müssten. Das war keine Vision. Nur die Wirkung des Krait-Giftes. Und des Cannabis. Schlimme Mischung.«

Geneve ging die Treppe hinauf und summte dabei das Lied von Klein Zack. Es schien ihr zum Wechselbalg-Thema gut zu passen. Sie warf einen zufriedenen Blick auf ihre gemalten Bilder an den Wänden. Ihre Idee von einem Pupurea-Gemälde würde warten müssen, dank Williams zerstörerischem Wirken.

»Eine Schande, dass sie nichts tut«, hörte Geneve Dara noch raunen. »Das kann eines Tages unangenehm für sie werden.«

Im Arbeitszimmer ihrer kleinen Praxis blinkte der Internetruf ungebrochen. Als Gesprächsteilnehmerin wurde ihre Mutter angezeigt.

Erst brauche ich was gegen die Schmerzen. Geneve öffnete den schweren Schrank, nahm aus dem Tresor das Fläschchen mit dem Cannabisöl und ließ einen Tropfen auf der Zunge landen. Die Unterhaltung mit ihrer Mutter würde die Anspannung nicht weniger machen.

Die lindernde Wirkung des selbstgewonnenen Medikaments setzt schlagartig ein, das sengende Gefühl schwand aus den Schläfen.

Seufzend warf sich Geneve in den Drehsessel und aktivierte die Übertragung.

Auf dem Monitor erschien das Gesicht von Catharina Cornelius, herrschaftlich und alt, mit den Falten der Jahrhunderte auf den Zügen. Die Haare trug sie im Dutt, die Bluse war hochgeschlossen und mit einer schlichten Silberkette verziert. Im Hintergrund war ein Standardhotelzimmer zu sehen, das zu einer großen Kette gehörte, nichts Teures; durch das geöffnete Fenster klangen Verkehrsgeräusche.

»Damit du es weißt«, knarrte Catharina. »Ich verzeihe dir, dass du mich bislang nicht unterstützt hast.«

Geneve lächelte grimmig. *Manche Dinge ändern sich nie.* »Wann ist Jacobs Beerdigung?«

»Deswegen rufe ich nicht an.«

»Sondern?«

»Ich habe Nachforschungen angestellt. Ein Smartphone deines Bruders ist verschwunden, und weder ich noch der Yard konnten es finden.«

»Mutter, ich –«

»Diese Zeichen, die ihm sein Mörder einbrannte: Ich weiß, wer dahintersteckt.«

»Dann wird es die Polizei auch bald wissen. Die haben –«

»Unfähige Trottel! Die tappen völlig im Dunkeln. Bald kommt noch einer auf die Idee zu glauben, es wäre ein Verrückter, der den Film *Highlander* nachspielt. In dem sich Unsterbliche gegenseitig jagen.«

»Eine Schwertwunde, ein Geköpfter. Nicht abwegig.« Geneve sah zur Tür, an der William und Dara leise redend vorbeigingen. Gleich darauf erklang das Klacken der zufallenden Haustür. Im Haus wurde es still.

»Die eingebrannten Symbole in der Haut deines Bruders haben mich zur Familie Bugatti geführt«, sprach

Catharina mit kalter Wut weiter. »Es ist das persönliche Siegel von Alessandro Bugatti.«

Innerlich erstarrte Geneve. *Das passt.* »Ich …« Sie seufzte. »Ich habe einen Brief bekommen.«

»Von wem?«

»Das tut nichts zur Sache. Darin steht, dass Alessandro Bugatti dieses Kapitel zwischen unseren Familien ein für alle Mal zu beenden –«

»Ich wusste es!«, unterbrach sie Catharina.

»Durch ein Machtwort. Nicht durch einen Mord!«

»Das sehe ich anders.«

»Im Brief steht auch, dass Comella sich eines Tribunals annehmen möchte«, führte Geneve fort.

»Ich wusste es«, wiederholte ihre Mutter stur. »Alessandro Bugatti. Sein Siegel. *Er* hat Jacob gerichtet.«

»Hast du mir nicht zugehört?«

Catharina erhob sich ruckartig von ihrem Stuhl, das Kreuz an der Silberkette baumelte übergroß vor der Linse. »Das ist ein Zeichen. Eine Sache muss zu Ende gebracht werden, die vor langer Zeit begann.«

»Was hast du vor, Mutter?«

»Ich fliege nach Rom und treffe mich mit dem Oberhaupt der Bugattis. Der Tod deines Bruders darf nicht mit einer Polizeiakte enden. Ich will Alessandro Bugatti in die Augen schauen, wenn wir Wiedergutmachung verlangen. Von ihm und allen aus der verdammten Familie.« Catharina blickte in die Kamera und schuf die Illusion, sie würde Geneve in die Augen sehen. »Wir treffen uns am Flughafen. Ich sage dir, wann ich ankomme.«

»Ich werde dich nicht begleiten.« Der Satz fiel ihr erstaunlich leicht. *Es ist nicht meine Angelegenheit.*

Ihre Mutter regte sich nicht. Gebeugt stand sie vor dem Computer. »Geneve. Wenn ich alleine vor die Bugattis treten muss, habe ich nicht nur meinen Sohn, sondern auch meine Tochter verloren. Überlege dir deine Antwort noch einmal.«

»Es tut mir leid.« Das stimmte nicht. »Ich halte mich seit unserem Bruch aus Familiendingen raus, und dabei bleibt es. Wir wissen nicht, was Jacob getan hat, um seinen Tod herauszufordern.«

»Ist *das* deine Antwort?«

»Was ich immer von Leipzig aus für dich tun kann, lass es mich wissen.«

Catharina lehnte sich vor, ihr zerfurchtes Gesicht wurde auf dem Display übergroß. Tränen der Wut und der Enttäuschung standen in ihren Augen. »*Du* wirst *gar nichts* mehr tun. Du bist ja nicht einmal eine Meisterin.«

Der Bildschirm wurde ansatzlos schwarz.

»Ich will euer Leben nicht, Mutter«, sagte Geneve leise zum dunklen Monitor. »Ich wollte es nie.«

Hart, nicht wahr?

Das war der Moment, an dem ich zu weit ging.

Aus der Distanz betrachtet benahm ich mich falsch. Vollkommen falsch. Aber wer möchte mir das verdenken?

Da der Name Bugatti nun bereits mehrfach fiel: Sie haben vermutlich keine Ahnung, um wen es sich handelt. Die meisten Herren denken dabei an einen Sportwagen-Hersteller, manchen fällt noch Mode ein.

Bevor ich in meiner Geschichte voranschreite, sollten Sie etwas über die Bugattis wissen. Oder zumindest über den berühmtesten Vertreter. Vielleicht hörten Sie bereits von ihm, denn Lord Byron und Charles Dickens schrieben über ihn: Giovanni Battista Bugatti, den Henker des Vatikans.

Es stimmt. Der Kirchenstaat hatte eigene Scharfrichter, und alleine Mastro Titta, wie man Bugatti nannte, beendete 516-mal ein Leben.

Beinahe siebzig Jahre, von 1796 bis 1864, stand er im Dienste der Päpste als maestro di giustizia, als Meister der Gerechtigkeit oder auch Justizmeister. Erst mit 85 Jahren ging er in Rente und bekam Monat für Monat dreißig scudi.

Was ein Henker sonst verdiente?

Nun, zu Mastro Tittas Zeiten nicht mehr allzu viel, die Zeiten hatten sich geändert. Die Folter bei Verhören war bereits abgeschafft worden, die Straf- und Prozessordnung der Frühen Neuzeit hatte sich gewandelt.

Bugatti bekam eine Wohnung gestellt und eine kleine Summe aus den Steuern des Vatikanstaates. Für jede Hinrichtung bezog er einen symbolischen Lohn von umgerechnet 0,03 Lire, was in Euro schon gar nicht mehr zu beziffern ist.

Anders gesagt: Nichts.

Weshalb?

Es sollte zeigen, dass er nicht des Geldes wegen tötete.

Damit Bugatti und seine Familie halbwegs über die Runden kamen, bemalte er Schirme mit Papstporträts, die er an Pilger und Besucher von auswärts verkaufte.

Sollten Sie bei Scharfrichtern an Muskelberge denken, die mit nacktem Oberkörper an der Hinrichtungsstätte warten, wie man es in modernen Unterhaltungsfilmen sieht, rate ich Ihnen, diese Vorstellung zu vergessen. Bugatti beispielsweise war klein und stattlich und stets angemessen gekleidet. Er fand eine gute Frau, und auch wenn überall geschrieben steht, er habe keine Nachkommen gehabt: Ich weiß es besser. Sonst müsste ich mich nicht mit der Fehde herumschlagen.

Sein Haus stand im Stadtteil Trastevere, Borgo Sant'Angelo 120. Man kann heute noch daran vorbeilaufen.

Sie können sich nicht vorstellen, was in Rom los war, wenn er sein Haus verließ, um seinem Amtsgeschäft nachzukommen, denn nur dann durfte er durch die Stadt gehen.

Sie halten das für Unterdrückung oder Bevormundung?

Nun, es ging nicht darum, Bugatti zu drangsalieren.

Zum einen sollte ihn der Hausarrest vor Attacken der Hinterbliebenen jener bewahren, die er gerichtet hatte. Zudem war unsere Zunft stets umgeben von Aberglaube. Wir luden Blutschuld auf uns, beendeten Leben und galten bei den meisten Menschen als Verfluchte und Todesbringer.

Dabei haben wir nichts anderes getan, als Gesetze zur Anwendung zu bringen.

Bugatti nannte seine Exekutionen daher folgerichtig »Gerechtigkeiten« und die Verurteilten seine »Patienten«.

Sobald Mastro Titta über die Brücke ging, bedeutete dies für die Römer, dass eine Hinrichtung bevorstand, und die Menschen versammelten sich, um dem populären Schauspiel beizuwohnen.

Die Menschen riefen: »Sega, sega, Mastro Titta!« Säge, säge, Meister Titta.

Oh, ich muss anerkennen, dass Bugatti ein wahrer Meister war.

Am 22. März 1796 richtete er seinen ersten ... nun, bleiben wir doch bei seinem Wort: Patienten. Einen Verwandtenmörder. Eine Keule beendete das Leben des Verbrechers. Titta konnte alles: Axt, Knüppel, Vierteilung, Strang. »In jeder Art der Hinrichtung gleichermaßen bewandert«, schrieb der Chronist Alessandro Ademollo über ihn.

Sie mögen sich fragen, warum zu der Zeit noch so viele Gerätschaften zum Einsatz kamen.

Das änderte sich erst mit der französischen Besatzungsmacht. Die Guillotine erhob sich von da an auch in Italien, und ihr erster Einsatz war am 28. Februar 1810. Die große Gleichmacherin.

Ich war dabei, weil ich mir dieses Gerät anschauen wollte, das angeblich human, schnell und schmerzfrei tötet. Hingerichtet wurde übrigens an diesem Tag eine Frau, die ihren Ehemann vergiftet hatte, da der einen Liebhaber gehabt hatte. Der Hinrichtungsort befand sich auf der Engelsbrücke, und dort stand nun dieses drei Meter hohe Monstrum. Die Guillotine war von sehr eigentümlicher Bauart, hatte eine gerade anstelle einer schrägen Schneide.

Für Bugatti wurden seine »Gerechtigkeiten« damit einfacher. Nach der Restitution des Kirchenstaates auf dem Wiener Kongress 1814/15 durfte der Meister am 2. Oktober 1816 die erste Guillotinierung im Namen des Papstes vornehmen.

Sollten Sie Rom besuchen, finden Sie Bugattis blutbefleckten Umhang, seine Äxte und seine Guillotine im Kriminalmuseum, Museo Criminologico, Via del Gon-

falone 29. Ich gehe gerne dort vorbei. Es ist ein Gruß an die alten Zeiten.

Ja, eine Hinrichtung war stets ein Erlebnis.

Ich sah Titta in seinem scharlachroten Mantel zur Piazza di Ponte Sant'Angelo, zur Piazza del Popolo oder in die Via dei Cerchi laufen. Meistens fanden die Exekutionen an der Engelsbrücke statt, in Sichtweite der päpstlichen Engelsburg.

Priester begleiteten den Delinquenten auf seinem letzten Weg, ausgestattet mit Kreuzen und Tragaltären, um ihm die Hoffnung auf das Ewige nicht zu rauben. Und während der Hinrichtung sammelten Helfer mit Spendenbüchsen Almosen für Seelenmessen der Hingerichteten, damit man für deren Heil betete. Ob sie wirklich für die Verbrecher beteten, lasse ich dahingestellt. Den Kindern, die einer Exekution als Zuschauer beiwohnten, verpasste man eine Ohrfeige, wenn vollstreckt wurde und der abgeschlagene Kopf in den Korb fiel oder über die Bretter polterte.

Zur Ermahnung.

Ja, es war wahrlich ein Erlebnis.

In fast sieben Jahrzehnten diente Bugatti sechs Päpsten. Er machte Notizen in seinem Büchlein, ganz gewissenhaft und beseelt von dem Wissen, einer höheren Gerechtigkeit zu dienen. Rachsucht oder die Lust am Töten waren ihm fremd, was ihn von so manchen seiner Meistervetter unterschied. Beichte, heilige Kommunion, das war Pflicht für ihn.

Unter seinem Exekutionsverzeichnis steht: »Hier endet die Liste Bugattis. Möge die seiner Nachfolger kürzer sein.«

Sie war es.

Aber die Fehde ging weiter, dank seiner Nachfahren, von denen die offiziellen Quellen schweigen.

Und auch der Sturm, von dem ich vorhin sprach und in den meine Tochter zu geraten drohte, zeigte seine Vorboten in Leipzig, wenn auch auf ungewöhnliche Weise.

»Frau Cornelius! Warten Sie einen Moment, bitte!«

Geneve blieb stehen, den Rucksack mit ihren Unterlagen für den Co-Vortrag, Laptop und Gefäßen mit getrockneten Kräutern geschultert. Sie wandte sich um und ließ die Grünphase der Fußgängerampel ungenutzt, die sie über die Löhrstraße gebracht hätte.

Passanten gingen an ihr vorbei, einige grüßten sie. Teilnehmer des Kurses, den sie rund um Naturheilkunde und Kräuter gegeben hatte.

Ein Mann in einer schwarzen Soutane eilte aus dem Eingang der Volkshochschule und schloss zu ihr auf, der Stoff wehte im Fahrtwind der vorbeiziehenden Autos auf dem Tröndlinring. Er machte einen jungen und dynamischen Eindruck, hatte helle Augen und vermutlich einen schnellen Verstand. Die braunen Haare lagen kurz um den Kopf, sein rundliches Gesicht, in dem eine stylishe Brille saß, war glatt rasiert. Der Sprint brachte ihn nicht ins Schwitzen.

»Danke, dass Sie gewartet haben. Ich wollte mich nochmals bedanken, Frau Cornelius. Für die aufschlussreichen Erklärungen zu der modernen Nutzung der Bingen'schen Kräuter; und dass Sie sogar Saatgut von ausgestorbenen Pflanzen verteilt haben, finde ich extrem großzügig.«

»Verzeihen Sie, aber ich entsinne mich nicht, dass wir

beide uns schon einmal gesprochen hätten.« Der Anblick der Soutane erweckte Geneves Neugier und Wachsamkeit.

»Monsignore Ignatius.« Er sprach mit leichtem südeuropäischem Akzent und reichte ihr die Hand. Sein Griff war überraschend fest. »Ich kam eben in den Genuss Ihres kleinen Vortrags. Letzte Reihe. Sie werden mich nicht gesehen haben.«

»Danke, das ist sehr freundlich von Ihnen. Sie sind aus Rom, nehme ich an?«

Er lachte sympathisch. »Was hat mich verraten?«

»Ihr Alter. Das passt nicht zum Titel eines Monsignore. Sie sind allerhöchstens dreißig.« Auch dieser Umstand machte sie aufmerksam. *Was hat das zu bedeuten?*

»Bene, bene! Ich bin zu Besuch in Leipzig, um mehr über Deutschland zu lernen. Hildegard von Bingen gehört selbstverständlich dazu. Niemals hätte ich gedacht, dass sich jemand so gut und genau mit ihren Rezepten auskennt und sie in aktueller Sprache erläutern kann.« Er schmunzelte. »Danke, dass Sie das Einhorn wegließen.«

Geneve überlegte. »Meinen Sie diese Rezeptur aus Bingens *Physica*?« Sie räusperte sich und schwenkte in eine übertriebene Sprechweise, redete etwas lauter gegen den dahinziehenden Verkehr an. »*Zerkleinere die Leber eines Einhorns und gib dieses Pulver in Fett beziehungsweise Schmalz, das aus Eidotter bereitet ist, und mach so eine Salbe. Und es gibt keinen Aussatz, welcher Art auch immer er sei, der nicht geheilt würde, wenn du ihn mit dieser Salbe einreibst, es sei denn, der Aussatz ist der Tod jenes Erkrankten oder Gott will ihn nicht heilen.*«

»Genau jene. Sie kennen es auswendig?«

»Na ja. Es ist einfach zu drollig. Wie das restliche Rezept.«

»Soll das heißen, Sie halten Einhörner für eine Erfindung?« Ignatius zwinkerte.

»Zumindest sind sie ausgestorben.«

»Vielleicht wegen des Rezepts?«, sagte er amüsiert.

»Hildegard von Bingen als Auslöserin für ein Artensterben. Gewagte These.« Geneve betrachtete ihn gespannt. *Schluss mit dem Geplänkel.* »Was kann ich noch für Sie tun, Monsignore? Dass Sie mich ansprechen: Hat das was mit Ihrem Auftrag in Leipzig zu tun?«

»Meinen *Auftrag*?« Ignatius klang überrumpelt.

»Ein junger Priester aus Rom im Osten Deutschlands. Sie tragen einen Ehrentitel, Sie müssen etwas Besonderes sein. Daraus schließe ich, dass auch der Grund Ihres Besuchs etwas Besonderes ist.«

»Sie … sprechen sehr offen, Frau Cornelius.«

»Warum auch nicht? Sie werden sich über mich erkundigt haben.« Sie lächelte glatt. »Für Bingens Kräuterlehre werden Sie sich eher weniger interessieren. Und die Obdachlosenhilfe werden Sie Ihren Mitarbeitern überlassen.«

Ignatius schob die Brille höher auf den Nasenrücken. »Die meisten Menschen begegnen mir weniger direkt.«

»Mein lieber Monsignore. Warten Sie ab, wie ich Ihnen bei einem zweiten Zusammentreffen begegne.« Geneve lehnte sich gegen den Ampelmast und korrigierte den Sitz ihres Rucksacks. »Na? Verraten Sie mir ein bisschen was über sich?«

»Sie kennen die Regina Apostolorum, die katholische Universität in Rom?«

»Finden dort noch immer Hunderte Exorzismus-Experten zusammen, um zu tagen?« Geneves latente Befürchtungen schienen sich bewahrheiten zu wollen. Den Monsignore-Titel trug er nicht ohne Grund.

»Sì, Frau Cornelius. Und bitte klingen Sie nicht so abwertend. Wir Priester, Mediziner, Psychologen und sonstige Experten suchen den besten Weg im Kampf gegen den Teufel. Die Zeiten von Hexenhammer und Folter sind vorbei.«

»Erwarten Sie ein *leider* von mir?«

»Es gibt andere Methoden. Es wurde zudem eine bessere Ausbildung gewünscht. Von Priestern auf der ganzen Welt, von Lateinamerika bis Afrika, Asien, Europa und den USA.«

»Referierten Sie auch?«

»Ist das eine ernst gemeinte Frage oder veralbern Sie mich? Ihr Tonfall schwankt zwischen Ironie und Freundlichkeit.«

Geneve schüttelte den Kopf. »Ich möchte wissen, mit wem ich es zu tun habe.«

»Es ging bei mir um das Handwerk des Teufels. Wir hatten in den fast dreißig Vorträgen und Diskussionen Themen wie *Theologie des Exorzismus als Sakrament* oder *Magisch-okkultistische Rituale und teuflischer Einfluss*. Und nicht vergessen möchte ich das Problem, dass auf dem afrikanischen Kontinent viel zu wenige oder falsche Exorzisten unterwegs sind.«

»Sind es noch immer um die dreihundert Exorzisten, Monsignore?« Sie musterte sein rundliches Gesicht. »Schickte Sie der Papst deswegen in den Osten? Sollen Sie nach Dämonen Ausschau halten?«

Laut hupend beschleunigten mehrere Autos auf ihrer

Höhe schlagartig, die Reifen drehten qualmend durch. Der grauweiße Qualm umwehte Geneve und Ignatius, die sich regungslos gegenüberstanden. Keiner der beiden erschrak.

»Wissen Sie, Frau Cornelius: Wo die Leute keinen Glauben haben, kommen sie zu den merkwürdigsten Ansichten und Ideen. Das Böse breitet sich umso leichter aus.«

»Ja, das klingt nach den Ansichten einer erzkonservativen katholischen Kirche.« Geneve beherrschte sich. Sie wollte den Monsignore nicht vollständig verprellen. *Sonst komme ich nie an nützliche Informationen.* »Jetzt verraten Sie mir doch: Was hat das alles mit meinem Vortrag zu tun?«

Eine Hand legte sich um das Kreuz, das vor seiner Brust baumelte. »Ich hörte, dass Sie Zugang zu einer … anderen Seite der Stadt haben.«

»Ah, verstehe. *Die* andere Seite.« Geneve blieb höflich. »Ich rate Ihnen: Betreiben Sie erst mal Exorzismen an Menschen, bevor Sie sich auf eine härtere Ebene begeben.«

»Das tun wir. Wir haben derzeit zwei bis drei Teufelsaustreibungen pro Tag, allein in Deutschland. Und auch wenn ich es nicht gut finde: Aus den Reihen der evangelikalen Szene sind es sechs bis sieben. Wir müssen also aufholen.«

»Nach strengen Regeln, nehme ich an. Sie sagten ja bereits: ohne Folter, Hexenhammer und was früher alles zum Einsatz kam.«

»Wir sind keine Freikirche, Frau Cornelius. Aber Sie kennen sich ja bestens aus, denke ich. Wir beleuchten den Exorzismus heutzutage wissenschaftlich, juristisch und theologisch.«

»Das klingt im Vergleich zu damals kompliziert.« *Ob es das besser macht?* Geneve dachte an die Todesfälle bei manchen Austreibungen. »Wo wir gerade dabei sind und Sie von modernen Methoden sprachen: Woran machen Sie die Besessenheit heutzutage fest?«

»Sie wären überrascht: Wir haben vier Faktoren. Der Mensch muss in einer fremden Sprache sprechen, er hat übernatürliche Kräfte und kann Dinge sehen, die weit weg sind.« Er machte eine dramatische Pause. »Aber das vierte und entscheidende Kriterium ist: die Abneigung gegen Gott.«

»Da werden sich die Atheisten im Osten auf Sie freuen. Von denen gibt es eine stattliche Menge.« In der Nähe schlug eine Kirchenuhr. »Hören Sie, Monsignore, ich muss los. Mein Lauftraining steht an, und neue Purpurfarbe will gewonnen werden. Was möchten Sie genau von mir?«

»Ein langes Gespräch. Wie ich Sie überzeugen kann, Ihre Neutralität aufzugeben.«

Das kann unschön werden. Nicht nur für mich. Geneve hob die geschwungenen Augenbrauen. »Das wird nicht gelingen, Monsignore.«

»Aber es gehört zu meiner Agenda in Leipzig«, erwiderte er freundlich. »Viele Menschen haben Angst vor Exorzismen. Wegen billiger Horrorfilme und der falschen Darstellung. Aber ich denke, ein Exorzismus sollte so normal sein wie die Kommunion. Oder die Vorsorgeuntersuchung beim Arzt. Es täte den Menschen gut.« Der Blick aus den hellen Augen wurde schneidend. »Doch ich muss auch an jene Kreaturen heran, die dem Bösen dienen, nicht nur an die befallenen Menschen.«

Es wurde Zeit, deutlicher zu werden. »Tut mir leid. Ich bin nicht Ihre Spionin. Sofern das Ihre Intention gewesen sein sollte, mit mir zu sprechen.«

Ignatius lächelte sie entschuldigend an und schlug das segnende Kreuzzeichen vor ihr. »Schicken Sie mir eine Nachricht, Frau Cornelius. Wir können auch unverbindlich über Hildegard von Bingen sprechen. Ich würde Seiner Heiligkeit gerne vergessene Heilkräuter mitbringen.«

Geneve nickte zum Abschied und wandte sich zur Straße. »Dagegen wiederum habe ich nichts. Bis dann, Monsignore.«

»Gott mit Ihnen, liebe Frau.«

Geneve sprang in die nächste Tram am Tröndlinring und sah dem Monsignore nach, der mit den Händen in den Soutanentaschen an einen jugendlichen Don Camillo erinnerte.

Ein Exorzist mit großen Plänen. Sie lehnte den Kopf gegen die Scheibe. Die Glasgebäude der Höfe am Brühl zogen vorbei, die Wagen rumpelten weiter. *Das kann was werden.*

Meine Tochter ahnte nicht, wie richtig sie damit liegen sollte.

Doch zunächst wiegte sie der Sturm in Sicherheit, als sie den Abend auf ihrer Dachterrasse verbrachte. Er tat so, als wolle er vorbeiziehen und es dabei belassen, lediglich Staub aufgewirbelt zu haben.

Aber im Schutze des Staubs näherte sich etwas.

Ein sanfter Nachtwind ließ die aufgehängten Lampions gegeneinanderreiben und die Wimpel flattern, die Weiße

Elster rauschte am betagten Haus vorbei. Der Straßenlärm der Großstadt war weniger geworden, von irgendwo schallte Musik bis zu Geneve hinauf. Ein kleines Orchester probte, es klang nach Klassik.

Ihren Dauerlauf mit Peggy durch den Clara-Zetkin-Park hatte Geneve nach einer halben Stunde abgebrochen, da ihr rechtes Knie unerträglich zu schmerzen begonnen hatte. Die Nebenwirkungen des Mittels, das sie und ihre Familie durch die Jahrhunderte brachte. Beim Schwimmen geschah das seltener wegen der andersartigen Belastung. Gegenüber Peggy tarnte sie es als Krampf und stieg aus dem Training aus. Zu Hause legte sie eine Eispackung auf die Stelle, und der Schmerz klang ab.

Geneve legte den teuren Füller zur Seite und las sich den Brief nochmals durch, den sie auf ihrer Dachterrasse im Schein dreier Öllämpchen geschrieben hatte.

Meine liebe Vetterin Elisabeth Georgina!

Meinen Dank für Deine lieben Zeilen.
Ich fürchte, Deine Informationen bezüglich des
Tribunals werden schneller Wahrheit, als Du es beim
Verfassen des Briefs hast ermessen können.
Es ist so, dass mein Bruder umgebracht wurde, hingerichtet nach alter Sitte der Meisterinnen und Meister.
Auf seinem Körper fanden sich Brandzeichen: das
persönliche Siegel von Alessandro Bugatti. Meine
Mutter reist nun nach Rom, um mit dem Oberhaupt
der Familie zu sprechen und Wiedergutmachung zu
fordern.
Ich befürchte, dass es ausarten wird ...
Die Fehde zwischen den Bugattis und den Cornelius'

geht nun schon so lange, manchmal schwelte sie, mal brannte ein Feuer. Meine Mutter wird dieses Mal Blut verlangen. Du kennst ihre Sturheit und ihr gedankliches Verhaftetsein in alten Zeiten.
Sie bat mich, sie zu begleiten.
Das kommt für mich nicht infrage. Ich halte mich von deren Leben fern, wie ich es die Jahrhunderte über tat, auch wenn mir bewusst ist, dass ich einen nicht unwesentlichen Anteil zu der Fehde beigetragen habe. Stets habe ich gesagt, dass ich dafür geradestehen wolle, sei es auch nur, um die Wogen zu glätten. Aber meine Mutter lehnte es ab. Vermutlich aus Stolz und Trotz. Sie sprach nie mit mir darüber, warum sie in all den Dekaden so handelte.
Nun ist sie bitterlich enttäuscht, dass ich ihr die Gefolgschaft verweigere.

Mein Bruder war kein guter Mensch.
Jacob blieb ein Sadist. Ein Folterer aus Vergnügen, auch wenn er längst sämtliche Informationen von den Delinquentinnen und Delinquenten besaß. Ich wünschte ihm den Tod nicht, doch es war absehbar, dass es irgendwann so kommen musste.
Nur Gott mag wissen, was Alessandro Bugatti dazu brachte, Jacob auf diese Weise zu töten. Da meine Mutter nicht mehr mit mir sprechen wird, bitte ich Dich, Augen und Ohren offen zu halten, ob Dir bezüglich der Angelegenheit in Rom etwas zugetragen wird.
Mich plagen große Ängste, was den Ausgang des Treffens meiner Mutter mit den Bugattis angeht. Zugleich möchte ich nicht eingreifen.

Ich gestehe: Ich fürchtete mich davor, so zu werden wie meine Familie.
Meinen Schwur, mich niemals in die Belange der Lebenden und der Toten einzumischen, werde ich nicht brechen; das müsste ich jedoch, sobald ich einen Fuß nach Rom setze.
Ich hoffe sehr, dass Du mich verstehst. Du bist vermutlich die Einzige.

Ansonsten hoffe ich, dass es Dir und den Deinen gut geht.
Lass bald wieder von Dir hören. Wenn Du nach Leipzig kommen möchtest, mein Gästezimmer steht immer für Dich bereit.

Allerbeste Grüße
Deine Geneve

Sie faltete den Brief nach alter Sitte und steckte ihn in einen großen Umschlag aus Büttenpapier. Über einem Öllämpchen schmolz sie das rote Siegelwachs und ließ es siedend auf das Papier tropfen, bis es einen kleinen roten Hügel bildete, in den sie den Ring mit ihrem Symbol presste. Schwungvoll schrieb Geneve die Adresse auf das Kuvert und legte es zur Seite.

Der Wind frischte auf. Am Abendhimmel zogen erste dunkle Wolken auf und verfinsterten die Sterne. Zwei Lämpchen verloschen in den unsteten Böen, die Blätter der Pflanzen auf der Terrasse raschelten, der Bambus und das Schilf rauschten. Ein Grollen, gefolgt von einem weit entfernten Leuchten am Himmel kündigte ein Gewitter an.

Das wird ordentlich wüten. Geneve nahm den Eisbeutel vom Knie und sah sich noch einmal in ihrem Garten um, ob alles sturmsicher verstaut war. Sie räumte die Öllämpchen in den Schrank. Die Lampions hielten Regen und Wind aus, die Kübel waren verzurrt.

Gerade wollte sie zur Treppe gehen und die Terrasse verlassen, da vernahm sie das Dröhnen eines PS-starken Wagens. Das Auto hielt vor ihrer alten Villa an, der röhrende Motor wurde ausgeschaltet.

Besuch? Um diese Uhrzeit? Hoffentlich kein Notfall. Geneve wurde immer mal nachts aufgesucht, je nach Physis ihrer Kunden. Einige Kreaturen der Dunkelheit verließen ihre Behausungen nie vor Sonnenuntergang, andere fühlten sich erst gegen Mitternacht wohl. Manche Behandlungsformen wurden erst im Licht von Mond und Sterne möglich, es ließ die Salben und Tinkturen die erwünschte Wirkung entfalten.

Geneve ging ans Geländer und blickte hinab.

Ein schwarzer Sportwagen der Marke Maserati stand auf dem Bürgersteig, dem Nummernschild nach ein Mietwagen.

Im gleichen Moment klingelte es an ihrer Haustür Sturm. »Signora Cornelius! Machen Sie bitte auf! Es ist dringend!«, rief ein Mann mit dunkler Stimme.

»Das ist es immer«, rief Geneve vom Balkon. Sie sah den ungeduldigen Besucher nicht, der unter dem schindelgedeckten Vordach stand, und hatte keinen blassen Schimmer, wer zu ihr wollte. »Da Sie noch meinen Klingelknopf betätigen können und Luft zum Herumschreien haben, kann es so schlimm nicht sein.«

»Sie sind auf dem Dach?« Der Besucher trat unter dem Sichtschutz heraus.

Geneve sah einen mittelgroßen Mann um die vierzig in einem perfekt geschneiderten Anzug in hellem Grau, dazu trug er ein schwarzes Gilet und eine dunkelviolette Krawatte. An den Füßen saßen Budapester. In seinem kantigen, nicht unattraktiven Gesicht stand ein gepflegter ausrasierter Bart, die kurzen schwarzen Haare lagen mit Gel am Kopf; an den Seiten glitzerten erste graue Stellen.

»Sie sind Signora Cornelius?«

»Wer will das wissen?«

»Mein Name ist Bugatti. Alessandro Bugatti. Ich nehme an, dass Ihnen mein Name etwas sagt.«

Der Mörder meines Bruders? Geneve klammerte sich an das geschmiedete Geländer und starrte auf den Mann herab. »Was ... was wollen Sie hier?«

»Mit Ihnen sprechen. Es geht um den Tod Ihres Bruders, mit dem ich nichts zu tun habe.« Er zeigte auf den Eingang. »Drinnen wäre mir ganz recht.«

»Einen Moment. Ich komme runter.« Geneve eilte über die Terrasse und hetzte die Stufen hinab. Der Schmerz im Knie war vergessen.

* * *

Kapitel III

Da war meine Tochter plötzlich mit der Vergangenheit konfrontiert und konnte sich nicht mehr von der alten Fehde fernhalten.
Geneve.
Meine gute, warmherzige und freundliche Geneve. Sie hatte niemals das Herz für eine Meisterin, für das Dasein als Scharfrichterin.
Als mein Mann starb und ich sein Amt antrat, da Jacob noch nicht alt genug war, das Schwert zu nutzen, dachte ich, es wäre für eine überschaubare Zeit. Doch es fand sich kein Mannsbild, das bereit war, das bürgerliche Leben aufzugeben und die Unehrlichkeit auf sich zu nehmen, und so blieb es ein ... Familiengeschäft, abgesehen von gelegentlich angeheuerten Handlangern.
Sie erinnern sich, dass man dem armen Mastro Titta einen Hungerlohn zahlte?
Nun, das war zu meiner Zeit anders, das sollten Sie wissen.
Die Todesstrafe gab es schon lange, doch einhergehend mit der Veränderung der Strafordnungen nahm sie in Europa im ausgehenden Mittelalter einen besonderen Verlauf. Zuvor war das Henkersamt vom jüngsten Schöffen, Fronboten, Büttel, Weibel oder Schergen ausgeführt worden, und diese Tätigkeit lag von seinem späteren schlechten Ruf weit entfernt. Doch die Gerichtsboten, die mit dem zusehends »unehrlich« werdenden Amt

nichts mehr zu tun haben wollten, da es unter anderem an Knechte und Unfreie fiel, verlangten eine Trennung von redlichen, »ehrlichen« Arbeiten. Zudem erforderten die zunehmenden Strafpraktiken wie das Verhör, die Folter, Hinrichtungsrituale und auch die Wundbehandlung ein gewisses Maß an Professionalität, die von Amtspersonen nicht erwartet werden konnte.

So absurd es für Sie klingen mag: Voraussetzungen für das Amt des Scharfrichters waren in vielen Städten ein einwandfreier Lebenswandel, man sollte ehrbarer Christ sein und persönliche Zuverlässigkeit haben. Durch Vorlegen von Attesten und des Meisterbriefs musste nachgewiesen werden, dass ein einwandfreies, sicheres Enthaupten mit dem Schwert als Meisterstück abgelegt worden war. Ebenso waren gesiegelte Nachweise von Amtsstellen mit Zeugenunterschriften über gelungenes und kunstgerechtes Hängen, Torturen, Radbrechen und derlei zu erbringen. Wichtig war zudem die Religionszugehörigkeit.

Gut, es gab auch Fälle von einfachem Amtskauf, aber das taten die wenigsten. Diese stellten zumeist die größten Widerlinge unserer Zunft. Sadisten. Die sich am Leid ergötzten.

Ich sah den Unterschied zwischen Geneve und Jacob sofort.

Jacob wurde von seinem Vater mitgenommen, um zu lernen und ins Amt zu folgen, ich assistierte bei allem. Geneve wollte nichts davon wissen. Als sie ins Familiengeschäft einsteigen musste, fand sie mehr Gefallen daran, sich um die Verletzungen derer zu kümmern, die durch die Verhöre gingen. Mit Bravour, wohlgemerkt, aber niemals legte sie quälende Hand an. Auch nicht, als ich die Arbeit alleine machen musste.

Jacob hingegen half, hingebungsvoll und mit überbordender Freude.

Ich erzähle Ihnen später mehr aus meinem Alltag und von Dingen, die Sie gewiss nicht wussten. Dass wir beispielsweise reich waren.

Uns als Zunft ansahen.

Uns Briefe schrieben und wie Könige anredeten, mit »Vetter« und »Vetterin«. Nicht die Gesellschaft stieß uns aus, sondern wir bildeten eine eigene Gesellschaft.

Aber kehren wir nach Leipzig zurück, zu Geneve und diesem Bugatti.

»Also, Sie sind aus Rom zu mir gekommen, um mir zu sagen, dass Sie *nicht* der Mörder meines Bruders sind.« Geneve schenkte Alessandro vom starken Kaffee ein, den sie rasch aufgebrüht hatte.

Draußen donnerte und stürmte es. Der offene Kamin sorgte für sanfte Wärme, das Prasseln und Knacken des Feuers machte den Raum gemütlich, während der Regen laut gegen die Scheiben klatschte.

»Wollen Sie Zucker oder Milch in Ihren Kaffee, Herr Bugatti?«

»Schwarz. Danke, Signora.« Er hatte Mantel und Sakko abgelegt und wirkte wie ein Mann von der Wallstreet oder ein aufstrebender Mafiapate mit sportlicher Figur. »Eigentlich komme ich gerade aus Prag. Ich wollte Ihre Mutter aufsuchen, aber in ihrer Wohnung habe ich sie nicht angetroffen, und eine Telefonnummer habe ich leider nicht.« Er kostete von dem Kaffee. »Fantastico! Der ist sehr gut, Signora.«

»Grazie. Aber lassen Sie sich bitte nicht ablenken.« Geneve setzte sich ihm gegenüber an den Esstisch und hielt die Tasse mit beiden Händen umfangen. Sie trug legere Kleidung und hatte die schulterlangen braunen Haare in einen praktischen Zopf gefasst.

»Da ich wusste, wo ich Sie antreffe, habe ich zuerst versucht, Sie über Ihr Praxistelefon und die E-Mail-Adresse zu kontaktieren. Vermutlich haben Sie das nicht gesehen«, erklärte Alessandro, »also bin ich nach Leipzig gereist.«

»Um zu zeigen, dass es Ihnen ernst ist.«

»Sì. Ich habe die Fotos Ihres toten Bruders in der Presse gesehen und natürlich mein persönliches Siegel erkannt, auch wenn es für einen Laien nicht ersichtlich sein wird. Zum Glück!« Alessandro saß kerzengerade auf seinem Stuhl, als fürchtete er, seine Weste und das Hemd könnten verknittern. In den braunen Augen reflektierten die Flammen des Kamins. »Aber ich war es nicht!«

Geneve blieb unvoreingenommen. »Dann nehme ich an, jemand stahl Ihnen das Schwert?«

»So wahr ich diesen Kaffee bei Ihnen trinke, Signora Cornelius! Ich schwöre es auf meine Familie und auf die Klingen, die sie nutzten, um ihre Aufträge zu vollbringen! Was immer Sie möchten!« Alessandro klang aufgewühlt. »Es ist bereits vor einiger Zeit abhandengekommen, bei einem Einbruch. Als ein Beutestück von vielen. Ich dachte mir nichts dabei.«

»Das haben Sie den Commissari sicherlich damals gesagt.« Geneve sah das Foto ihres einstigen Lebensgefährten auf dem Handydisplay aufleuchten. Er hatte ihr eine Nachricht geschickt. *Idiot!* Mit einem Fingerdruck löschte sie die Mitteilung, ohne sie zu lesen, und ärgerte sich, seine Nummer nicht aus dem Speicher entfernt zu haben.

»No, Signora«, gestand Alessandro zerknirscht. »Ich betrachtete es als persönliche Aufgabe, meine Waffe zurückzuholen, die mir meine Mutter geschenkt hat.«

»Aber Sie wissen nicht, wer die Einbrecher waren und an wen sie ihre Beute verkauften?«

»No.«

»Dann könnte Ihre Geschichte erfunden sein, um mir und meiner Mutter Ihre Unschuld zu beteuern«, fuhr Geneve ruhig fort und beobachtete den Italiener ganz genau. »Sie hätten meinen Bruder in London enthaupten und brandmarken können, um uns anzulügen.«

»Ich habe es Ihnen geschworen, Signora«, erwiderte Alessandro sichtlich beleidigt. »Warum sollte ich Ihren Bruder töten?«

»Wegen der Fehde.«

»Die Fehde! Porca miseria«, stieß er aus. »Diese Fehde ist etwas für die Alten, für Menschen wie Ihre Mutter und meine, die sich in den Erinnerungen aus der Vergangenheit wälzen und sich wünschen, es wäre alles wie früher. Ich habe niemals etwas darauf gegeben. Ich wollte sie sogar aus der Welt schaffen! Gegen den Willen meiner Mutter.«

»Verstehe.« Geneve musterte den Mann unverhohlen. »Aber ich habe keinen Beweis, dass Sie es *nicht* waren.«

»No, no, no. Sie haben auch keinen Beweis *dafür*. Nur Indizien, die drapiert wurden. Und bei allem Respekt: sehr offenkundig drapiert, damit es auch der Dümmste erkennen muss. Nicht mal meine Mutter glaubt, dass ich es gewesen sein könnte. *Das* will etwas heißen.«

Auf Geneve machte er nicht den Eindruck, dass er schauspielerte. »Also jemand, der *kein* Interesse an der

Fehde zwischen unseren Familien hat, soll einen Mord auf Basis der Fehde begangen haben?«, fasste sie zusammen. *Sehr seltsam.*

Alessandro stellte die Tasse auf den Tisch. »Ich gehe sogar noch einen Schritt weiter: Jemand stahl mein Schwert mit genau dieser Absicht. Um die Fehde durch den Tod Ihres Bruders anzuheizen und uns gegeneinander aufzuhetzen.« Er blickte Geneve an. »Ich habe leider kein Alibi für den fraglichen Tag. Ich war unterwegs.«

»GPS-Daten Ihres Telefons? Ihres Wagens?«

»Nein, Signora. Mit dem Rad, ohne Technik. Rund um die römischen Berge.«

»Denken Sie, der Mörder wusste das?«

»Auszuschließen ist es nicht.« Er blickte in das niederbrennende Feuer. »Für mich ist klar: Jemand will den alten Streit eskalieren lassen. Mir ist hingegen nicht klar, weswegen. Wer wäre der Nutznießer?«

Geneve wandte den Blick nicht von ihm ab. »Sie wissen, dass meine Mutter auf dem Weg nach Rom ist?«

»Nein«, erwiderte er verdutzt. »Wann ist sie dorthin aufgebrochen?«

Als er nachfragte, kam es Geneve seltsam vor, dass er nichts davon wusste. »Das ist etliche Stunden her.« *Selbst wenn sie nicht den ersten Flieger bekommen hat, von London nach Rom gehen ständig Maschinen. Oder sie hätte den Zug durch den Eurotunnel nutzen können.*

»Ich schaue nach.« Alessandro nahm sein Smartphone heraus. »Mal sehen, ob … no. Keine Nachricht von meiner Mutter. Sie hätte mir umgehend geschrieben.« Er blickte nachdenklich auf. »Was hat das zu bedeuten?«

»Nichts und alles. Meiner Mutter ist zuzutrauen, dass

sie versuchen wird, heimlich in das Haus der Bugattis einzudringen.« Geneve wurde unruhig. »Oder es gab wirklich keinen Weg von der Insel. Das schlechte Wetter, ausgebuchte Züge.«

»Nicht auszuschließen. Oder …«

»Oder?«

»Es ist etwas passiert.«

Geneve schwieg.

»Ich rufe in Rom an.« Alessandro wählte eine Nummer und erhob sich. »Zur Sicherheit.«

Erneut klingelte es an der Tür, und Geneve schrak zusammen. Während Alessandro ein leises Gespräch auf Italienisch führte, stand sie auf und ging zur Haustür. Ein Blick durch den Spion und danach auf das Videodisplay, auf dem das Bild der Überwachungskamera erschien, zeigte eine Gestalt in einem langen gelben Regenmantel, von dem das Wasser abperlte. Die Kapuze verhinderte einen Blick auf das Gesicht, die Hände hatte die Person in die Taschen gesteckt.

Doch noch ein Notfall? Geneve aktivierte die Sprechanlage. »Guten Abend.«

»Guten Abend«, erwiderte eine Männerstimme, und der Besucher lehnte sich zur Sprechvorrichtung. »Entschuldigen Sie die Störung, Frau Cornelius. Man sagte mir, dass Sie ein Mittel gegen Schlangengift haben. Der Biss ist jetzt ungefähr eine halbe Stunde her.«

»Oh. Da wären Sie im Krankenhaus besser beraten. Am besten ich rufe den Notarzt. Ihr Kreislauf –«

»Nein. Es geht um ein besonderes Gift.«

Geneve ahnte die Antwort auf ihre Frage: »Welche Schlange war es?«

»Ein Krait.«

»Aha.« Geneve wusste, dass der Mann nicht deswegen zu ihr gekommen war. Er stand viel zu ruhig und gelassen vor ihrer Tür. Ginge es um ihn oder einen Freund, wäre er aufgewühlter und drängender. »Warum sagen Sie nicht, was Sie wirklich hertreibt? Und nehmen Sie bitte die Kapuze ab. Ich möchte Ihr Gesicht sehen.«

Der Mann kam der Aufforderung nach und offenbarte Züge, die eine Mischung aus Sean Connery und Christian Bale darstellten.

Geneve atmete tief ein. *Das ist alles andere als Zufall.* »Sie sind der Wechselbalg, der William gebissen hat!«

»Das ist richtig, Frau Cornelius. Entschuldigen Sie bitte, dass ich versuchte, Sie zu täuschen. Aus Verzweiflung, nicht aus bösem Willen.«

»Sie werden verstehen, dass es kein guter Start war. Also, junger Mann: Was wollen Sie und wie heißen Sie?« Geneve nahm sich vor, die Anrede »junger Mann« in Zukunft sein zu lassen. Für jemand, der wie Mitte dreißig aussah, klang es unglaubwürdig. Altbacken.

»Mein Name ist Kadek. Dieser Werwolf hat mich in der Tram bestohlen, als er mich verprügeln wollte. Ich will mein Eigentum zurück.« Seine Züge wurden weich. »Es ist mir sehr wichtig. Ein Andenken an meine Großmutter.«

»Und damit kommen Sie zu mir?«

»Ich finde diesen Widerling nicht! Ich dachte, Sie könnten mir einen Hinweis geben.« Er deutete auf den Eingang. »Oder vielleicht hat er es bei Ihnen sogar versteckt, als er sich gegen mein Gift behandeln ließ.«

»Nicht, dass ich wüsste. Wie sieht das Andenken aus?« Geneve beabsichtigte keineswegs, den Wechselbalg ins Haus zu lassen.

»Ziemlich auffällig. Eine Münze. Gold. Vorne ist eine Schlange geprägt, auf der Rückseite sind balinesische Schriftzeichen.«

Sie dachte nach, ob etwas Derartiges beim Aufräumen aufgetaucht war. »Tut mir leid. Ich habe nichts Derartiges hier gesehen.«

»Sind Sie sicher, Frau Cornelius?«

»Das bin ich. Fragen Sie William. Und nun wünsche ich Ihnen einen angenehmen Abend, Herr Kadek. Bitte versuchen Sie bei Ihrem nächsten Besuch nicht wieder zu flunkern.«

»Nur Kadek. Es ist ein Vorname.«

Geneve wartete darauf, dass er sich umdrehte und ging. Aber er rührte sich nicht. *Dachte ich mir schon, dass er das Feld nicht ohne Weiteres räumt.* »Kann ich noch was für Sie tun?«

»Ich würde gerne selbst nachschauen.«

»Wie gesagt, William –«

»Ich weiß ja nicht, wo ich ihn finde.«

»Sie haben mich gefunden. Ich bin sicher, Sie –«

»Nur weil ich hörte, wie seine kleine Freundin sagte, dass Sie ihr bei einer Vergiftung halfen. Aber wie soll ich einen Werwolf in Leipzig aufspüren, Frau Cornelius? Keiner aus deren Rudel wird mir helfen.«

Das war eine Argument, aber nicht ihre Sache. *Von mir bekommt er gewiss keine Hilfe.* Sie half Lebewesen, soweit sie konnte und man sie dafür bezahlte. Wie sie sich untereinander benahmen, war deren Problem.

»Kann es sein, dass dieser Zeckensack gelogen hat, was die Geschichte in der Tram angeht?« Kadeks Stimme klang misstrauisch. »Sind Sie deswegen so unfreundlich zu mir?«

»Es gibt immer mehrere Versionen einer Geschichte. Die Betroffenen sagen selten die Wahrheit«, erwiderte Geneve. Sie blickte zu Alessandro, der telefonierend und gestikulierend in der Stube vor dem Kamin auf und ab schritt. *Das ist ein sehr langes Gespräch.* »Ich wünsche Ihnen viel Glück.«

Der Wechselbalg machte ein paar Schritte nach hinten und trat unter dem Vordach hervor. »Ich *muss* nach der Münze sehen.« Er zog die Hände aus den Taschen des gelben Regenmantels – und sprang aus dem Stand bis zur Kante des Vordachs, zog sich hinauf und war verschwunden.

Seine Schritte erklangen gedämpft auf den Schindeln über Geneve. Gleich darauf klirrte es. Eine Scheibe im oberen Stockwerk war eingeschlagen worden.

»Hey!«, rief Geneve das Treppenhaus hinauf und stürmte die Stufen aufwärts. »Das ist neutrales Gebiet. Alle halten sich daran.«

»Dann bin ich der Erste, der das anders sieht«, kam es von Kadek irgendwo aus dem oberen Stockwerk. »Sie haben einem Dieb und Schläger Beistand und Unterschlupf gewährt. Das war auch nicht rechtens.«

Krachend und splitternd gingen Einrichtungsgegenstände zu Bruch.

»Kadek! Sie hören sofort damit auf. Wenn meine Staffelei etwas abbekommt, dann … « Geneve hatte das obere Stockwerk erreicht und suchte nach dem Eindringling. Wieder nahm sie den Streitkolben im Vorbeigehen von der Wandhalterung. »Ich habe Sie gewarnt. Für Ihr Verhalten werden –«

Unerwartet standen sie sich im Türrahmen des Schlafzimmers gegenüber.

Kadeks Züge hatten etwas Schlangenhaftes angenommen, weiße und schwarze Schuppen traten durch die Haut hervor. Er öffnete den Mund und zischte sie drohend an. Eine schwarzviolette Zunge kam ebenso zum Vorschein wie mehrere spitze Zähne, aus denen Gift tropfte.

Wenn du dachtest, das macht mir Angst, hast du dich getäuscht. Geneve schlug augenblicklich mit dem Streitkolben zu. »Raus mit dir! Sofort!«

Doch der Wechselbalg wich geschmeidig zur Seite. Das stumpfe Ende knallte gegen das Holz und hinterließ eine sichtliche Vertiefung im Rahmen.

»Wenn du tot bist, kann ich in Ruhe suchen!«, zischelte Kadek und versetzte ihr mit beiden Händen einen Stoß gegen die Schultern, der sie nach hinten warf. »Du durftest lange genug leben, wie man sich erzählt!«

Geneve versuchte noch sich festzuhalten, aber sie ging zu Boden. Sofort zog sie beide Beine zur Abwehr an.

»Unten bleiben«, erklang plötzlich Alessandros laute Anweisung, dann knallte es in rascher Folge.

In Kadeks Gesicht entstanden Löcher, ein Auge platzte, und der Wechselbalg kreischte und zischte vor Schmerzen. Abgesprengte weißschwarze Schuppen flogen davon, Blut floss aus den sich auftuenden Wunden. Stöhnend brach er auf der Schwelle zum Schlafzimmer zusammen und versuchte dabei, nach Geneves Fuß zu schnappen.

»Zurück!«, rief sie und wehrte die Attacke mit dem Streitkolben ab, die Giftzähne bohrten sich teils in Holz, teils brachen sie am Metallbeschlag ab.

Dann lag Kadek tot am Boden, es roch nach frischem Blut.

»Der wird Ihnen nichts mehr tun«, sagte Alessandro und senkte seine Pistole. »Beretta, neun Millimeter. Das stoppt die meisten ... Menschen. Und was auch immer *das* ist.«

In Geneves Ohren fiepte es. Sie blickte auf Kadek, der ihr gegenüber auf den Dielen lag, den zerfetzten Mund halb geöffnet; aus den Giftkanälen sowie den hohlen, nadelspitzen Zähnen sickerte das tödliche Sekret. »Danke.«

»Gern geschehen«, erwiderte er und half ihr beim Aufstehen.

»Woher ... haben Sie die Pistole?«

»Ich bin Polizist. Vatikanpolizei. Im Hauptberuf.« Alessandro tippte den Wechselbalg mit dem Schuh an, die rauchende Mündung auf den Kopf gerichtet. »Ist er *wirklich* tot?«

»Man braucht keine Silbermunition gegen einen Wechselbalg, wenn ... wenn Sie das meinen.« Geneve registrierte, dass ihre Stimme brüchig klang, und ein Zittern breitete sich in den Händen aus. »Von seinem Hirn ist nichts mehr übrig. Das ... das sollte reichen.« Die Vorboten der aufkommenden Schwäche verstärkten sich. *Diese elende Schlange!* »Das ist ... eine Verletzung der Neutralität des Ortes! Jeder hat sich daran gehalten! Alle haben sich daran gehalten!«, stammelte sie fahrig.

»Sie sind ganz schön durcheinander.«

»Ist das ein Wunder? Kadek hat versucht, mein Haus auf den Kopf zu stellen und mich anzugreifen.« Langsam atmete sie ein und aus, drängte die Angst zurück; das Beben ließ sogleich nach. Geneve deutete auf die spitzen Zähne des Toten. »Das Gift hätte mich getötet, bevor ich in den Keller zum Wolfskraut gekommen wäre.«

»Das Gegenmittel?«

»Ja. Es half schon einmal. Bei einem Werwolf.«

»Sechs Giftzähne. Die dreifache Dosis. Das überlebt ein robuster Wandler, aber keine normale Frau wie sie.« Alessandro sicherte seine Beretta und steckte sie in den Holster am Gürtel.

Ein kleiner Kratzer, und ich wäre gestorben. »Danke, Signore Bugatti.«

»Glauben Sie mir jetzt, dass ich mit der Fehde nichts zu schaffen habe?« Er sah sie eindringlich an. »Ich meine, ich hätte Sie eben einfach sterben lassen können.«

Oder mich vorhin schon erschießen. Geneve betrachtete die Leiche des Wechselbalgs, aus dem das Blut unvermindert rann und einen kleinen See um den Toten bildete. »Ich hole eine Plane, und dann wäre es gut, wenn Sie mir helfen könnten, Kadeks Überreste in den Keller zu schaffen.« Sie warf einen Blick in den Raum, in dem Kadek gewütet hatte. Die Staffelei mit dem halb begonnenen Bild hatte zu ihrer Erleichterung nichts abbekommen.

»Ist der Keller der geeignete Ort? Die Schüsse könnten von Ihren Nachbarn gehört worden sein. Die Polizei ...«

»Ich habe da einen sehr leistungsstarken Verbrennungsofen. Das Heizen mit Holz ist wieder angesagt«, erklärte sie.

»Oh, ich verstehe. Sie machen das nicht zum ersten Mal.«

»Eine Leiche entsorgen? Gott bewahre, nein. Nicht alle meiner Kunden, die außerhalb der regulären Öffnungszeiten zu mir kommen, überleben das Leiden, das sie zu mir treibt.«

»Und die Überreste?«

»Erhalten die Angehörigen, sofern es welche gibt.«

»Bene.« Alessandro lächelte sie an. »Bekomme ich zu dem mörderischen Einbrecher noch eine Erklärung, Signora?«

»Später. Ich möchte den Wechselbalg entsorgt wissen.« Geneve deutete abwärts. »Ich bin gleich wieder da.«

Sie ging mit schwachen Beinen die Treppe nach unten bis in den Keller, nahm aus dem Putzschrank einen der bereithängenden Plastikbeutel.

Dabei fiel ihr Blick in ihr Laboratorium und auf den Tisch, über den William sie in seinem Delirium geschleudert hatte. Ein kleiner Aufsteller, gebastelt aus einem mehrfach gefalteten Blatt Papier, befand sich auf der blitzsauberen Oberfläche. *Für meine Schulden* stand mit Filzstift darauf geschrieben. Darunter stapelten sich violette Geldscheine.

Zum Beschweren des Papiers diente eine goldene Münze.

»Nein«, raunte Geneve und betrat den Raum, hob das schwere Geldstück an. *Schlange auf der Vorderseite, balinesische Zeichen auf der anderen.*

Der Wandler hatte Kadeks Andenken als Lohn hinterlassen – und Geneve somit seine Beute untergeschoben.

Kennen Sie das Gefühl, wenn Sie auf einem Schiff mitten im Meer sind und aus den Böen, der schäumenden Gischt und den Wellen erhebt sich eine größere Woge, die alles überragt, was rings um Sie herum zu sehen ist?

Ich wünsche es Ihnen nicht.

Geneve spürte zu diesem Zeitpunkt sicherlich, dass sich etwas Derartiges anbahnte. Dass sie bald im Zentrum von Ereignissen stehen sollte, auf die sie nicht vorbereitet war. Nichts hätte sie darauf vorbereiten können. Auch nicht eine Ausbildung als Meisterin, der sie sich vehement widersetzt hatte.

Was ihr blieb, waren ihre Empathie und ihr Scharfsinn.

Und nicht zuletzt diesen unsäglichen Alessandro Bugatti als Mitstreiter.

Geneve blickte auf das Ziffernblatt der großen Standuhr neben dem Kamin, in dem sie Holz nachgelegt hatte. Sie saß im Wohnzimmer am Couchtisch, hatte eine Flasche Whiskey und zwei Gläser bereitgestellt. *Auf den Schreck.*

Es war kurz nach Mitternacht, die letzten Schläge der dunklen Glocke verhallten just. Der Regen hatte nicht aufgehört, der Wind jedoch die Wut verloren; es rauschte beständig auf das Dach.

Alessandro duschte noch, während sie bereits neue Kleidung trug. Sweater und Jogginghose.

Geneve hatte die Leiche gemeinsam mit dem Italiener in den Keller geschafft, ihn mit gehöriger Anstrengung in kleinere Stücke zerlegt und dem heißbrennenden Feuer übergeben, während das Unwetter seinen Höhepunkt erreicht hatte. Die Hitze im Innern des Ofens war durch ein paar Brocken Koks heftig angefacht worden, und so zerfielen schließlich Fleisch, Sehnen und Knochen zu Asche. Die Reste hatte sie rasch mit einem Hammer pulverisiert. Kadek war Geschichte.

Gehen wir dem Rätsel auf den Grund. Geneve nahm

das Telefon zur Hand, löschte die neu eingegangene Nachricht ihres Ex-Freundes und rief Dara an.

»Meisterin? Ist etwas nicht in Ordnung?«, erklang die besorgte Stimme der jungen Frau.

»Das kann man so sagen.« Geneve ließ die goldene Münze auf der Tischplatte mit einer raschen Fingerbewegung vor sich drehen. Im schnellen Wechsel blinkten das Schlangenmotiv und die Schriftzeichen auf. »Ist William bei dir?«

»Nein.«

»Weißt du, wo er abgeblieben ist, meine Liebe?« Geneve schlug einen Tonfall zwischen freundlich und bestimmt an, damit die zierliche Werwölfin wusste, dass es nicht um irgendeine Kleinigkeit ging.

Dara seufzte. »Wie schlimm ist es, Meisterin?«

»Ich hatte sehr, sehr großen Ärger. Seinetwegen«, antwortete sie und drehte das Geldstück erneut an. Im Hintergrund vernahm sie leise Stimmen. *Ich höre ihn genau.* »Er ist bei dir, meine Liebe. Gib ihn mir, bitte.«

»Meisterin, er ... er wollte gerade aufbrechen. Er muss zurück nach Irland.«

»Da ist mir egal. Sag ihm, dass er das Telefon entgegennehmen soll, oder mein nächster Anruf verbindet mich mit einem Haushalt in der Eisenbahnstraße«, sagte sie im gleichbleibend höflich-bedrohlichen Tonfall. »Er wird wissen, um was es geht. Und schalte das Gespräch auf laut.«

»Was hast du Idiot angestellt?«, hörte Geneve die Wandlerin gedämpft sagen, dazu erklangen Übergabegeräusche des Smartphones. »Hast du ihre Sachen im Laboratorium beim Einräumen durcheinandergebracht?«

»Nein, ich habe alles ordentlich hinterlassen«, antwortete William. Geneve vernahm das schlechte Gewissen aus seinen Worten. »Ja?«

»William, mein Guter«, sagte sie und schnippte gegen die Münze. »Du hast mich angeschwindelt, nehme ich an.«

»Was meinen Sie?«

»Die Sache mit der Tram. Ich hatte Besuch von Kadek.«

»Wer ist das?«

»Der Wechselbalg, der dich gebissen hat, nachdem du versucht hast, ihn zu verprügeln«, erklärte sie sanft.

»*Ich* soll ihn verprügelt haben?«, begehrte William auf und grollte. »Das ist eine Lüge!«

»Nun, er sagte außerdem, dass die Goldmünze, mit der du *deine* Schulden bei mir beglichen hattest, *ihm* gehörte. Du hättest sie ihm gestohlen. In der Tram.« Geneve hielt die Münze an, die Schlange zeigte nach vorne. »Er brach die Neutralität meiner Wohnung, um an sein Erbstück zu kommen.«

»Das ... das tut mir leid.« William klang betreten.

»Das sollte es. Ich musste ihn töten. Sonst wäre *ich* ihm zum Opfer gefallen. Weil *du* ihm die Münze gestohlen hast.« Geneve klang vorwurfsvoll. »Ich werde dieses Geldstück nicht behalten, William. Du wirst vorbeikommen, Kadeks Asche und die Münze abholen und der Familie des Wechselbalgs bringen.«

»Ich –«

»Kadek hatte keine Papiere bei sich. Wenn du nicht weißt, wo seine Angehörigen zu finden sind, gehe in die Eisenbahnstraße und suche, bis du einen der Vampire findest, der dir Auskunft geben kann«, fuhr sie fort.

»Kadeks Spuren führen zu mir, und ich werde bestimmt

nicht auf die Rache seiner Freunde oder seiner Familie warten, während du in Irland Däumchen drehst.«

»Was genau verlangen Sie von mir?«

»Das sagte ich dir schon: Du wirst berichten, was vorgefallen ist und dass der Wechselbalg wegen deines Verhaltens sterben musste.«

»Das tue ich gewiss nicht!«, grollte William.

»Das wirst du! Hättest du ihn nicht bestohlen, wäre es nicht zu diesem Zwischenfall gekommen.«

»Na ja. Er hätte Sie nicht angreifen müssen.«

Geneve lachte bitter. *Netter Versuch.* »Ich diskutiere nicht mit dir darüber und erwarte deinen Besuch innerhalb der nächsten vierundzwanzig Stunden. Wenn ich die Münze samt Kadeks Asche selbst zurückgeben muss, werden deine Probleme weitaus größer sein, mein Lieber. Du weißt, wo du mich findest.« Sie legte auf.

»Ich merke schon: Das wird nicht leicht werden«, sagte Alessandro, der sich unbemerkt von ihr ins Zimmer begeben hatte. »Entschuldigen Sie. Ich wollte nicht lauschen, aber Sie sprachen sehr laut.« Sein Hemd war verschwitzt, Dreck und Späne von den Holzscheiten und Briketts hafteten am Stoff. »Ich glaube fast nicht, dass es zu einer gütlichen Einigung kommt.«

»Was gibt Ihnen die Gewissheit?«

»Dieser William klang stolz und ... wie eben die meisten Wandler klingen, wenn sie Raubtiere sind. Selbst wenn sie Unrecht getan haben, sehen sie die Dinge anders.«

»Sie kennen sich mit Wandlern aus? Sagten Sie nicht, Sie wären Polizist?«

»*Vatikan*polizist.«

Geneve musste lachen. »Sie wollen mit jetzt verraten,

dass es Wandelwesen unter den Priestern, Nonnen und Kardinälen gibt, auf die Sie aufpassen müssen? Und dann schickt der Papst seine Exorzisten in die ganze Welt, anstatt sie in Rom abzufangen?«

»Meine Mutter legte Wert auf … umfassende Bildung«, sagte Alessandro. »Dazu gehörte, dass sie mir in aller gebotenen Heimlichkeit einige Kreaturen der Nacht zeigte. Was ich bis dahin aus Büchern kannte, wurde mir präsentiert. Aus sicherer Entfernung.«

»Und wie fanden Sie es?«

»Faszinierend. Es hatte etwas von einem Forschungsreisenden. Kreaturen, die als ausgestorben gelten, stehen plötzlich recht nahe vor einem.« Alessandro setzte sich. »Wandelwesen sagten mir am meisten zu. Sie sind recht ursprünglich.«

»Und William halten Sie für stolz?«

»Ja. Er wird weder seinen Diebstahl noch eine Provokation in der Tram zugeben. Seine Freundin Dana …«

»Dara.«

»Dara. Sie wird ihm raten, rasch aus Leipzig zu verschwinden und nach … woher kam er?«

»Irland.«

»Auf die grüne Insel zu verschwinden und versuchen, die Wogen von dort zu glätten. Sie mögen in Leipzig eine Institution sein, aber bis nach Großbritannien reicht ihr Ruf nicht, Signora. Oder sehe ich das falsch?«

»Es wird dann nicht mehr mein Problem sein«, sagte Geneve. »Ich bringe die Münze zusammen mit der Asche nach Ablauf der Frist selbst zu den Vampiren und sage denen, was geschehen ist.«

»Und Dara?«

»Wieso?« Geneve ließ die Münze wieder um die eigene Achse kreisen, das Gold rieb leise über das Glas. »Ah, verstehe. Weil sich die Wechselbälger oder die Vampire an die Kleine wenden werden, sollten sie William nicht bekommen. Sie wäre das Druckmittel gegen ihn.«

»Sì, Signora. Hätte ich jetzt gedacht.«

Geneve seufzte. »Das habe ich nicht bedacht. Dara ist ein nettes Mädchen.«

»Dann hoffen wir, dass William ein netter Kerl ist.« Er goss sich vom bereitstehenden Whiskey ein. »Das ist ein guter Tropfen. Hoffentlich kein irischer Whisky?«

Ihr fiel eine weiße Stelle an seinem linken Ringfinger auf. Bis vor Kurzem hatte sich ein Schmuckstück daran befunden. *Ein Ehering?* »Japanisch. Meines Erachtens der beste.«

»Ich bin gespannt.« Alessandro deutete in den Flur. »Sie haben die Gemälde und Zeichnungen angefertigt? Die sind gut.«

»Danke.«

»Wie lange malen Sie schon? Wer so mit Öl arbeitet und die Pinselstriche so sicher setzt, dass er es mit den alten Meistern aufnehmen kann, muss viel Zeit damit verbringen.«

»Ich male täglich.« Geneve legte die goldene Münze auf den Tisch, es klirrte schwer. »Kommen wir zu dem, weswegen Sie eigentlich zu mir gereist sind.«

»Oh, richtig.« Alessandro prostete ihr zu. »Es war mir eine Ehre, Ihnen das Leben zu retten.«

»Schön, dass Sie mich daran erinnern. Nun schulde ich Ihnen einen großen Gefallen, Signore Bugatti. Aber lassen Sie uns darüber nachdenken, wer Interesse daran hat, den Mord an meinem Bruder Ihnen unterzuschieben. Und weshalb.« Sie hob aufzählend einen Finger nach dem anderen. »Die Fehde, die Feindschaft ...«

Geneve sah das Display ihres Smartphones ein weiteres Mal aufleuchten. »Das ist meine Mutter!«, brach es erleichtert aus ihr heraus. »Einen Moment.«

»Naturalmente.« Alessandro goss sich vom Whiskey nach und verfolgte das Gespräch aus dem Sessel heraus.

»Mutter, wo steckst du?«, rief Geneve, noch bevor Catharina etwas sagen konnte.

»Ich bin noch in London«, erklärte Catharina aufgeregt.

»Wo in London?«

»In einer seiner Wohnungen. Im Osten Londons, in der Vyner Street in Hackney. Ich habe von seiner Ex-Frau davon erfahren. Jacob hat hier Aufzeichnungen gehortet, die mich sehr irritieren.«

»Welcher Art sind sie?«

»Es geht um magische Forschungen. Er hat etwas über die Wiccas vom Tamesis-Coven aufgeschrieben und in ihrer Vergangenheit gegraben. Aber es ...« Aus der Wohnung erklang das Krachen von berstendem Holz und einer Tür, die gegen die Wand schlug.

»Mutter?«

»Ich bekomme Besuch«, raunte Catharina. »Ich sehe ... ich sehe noch keinen, aber ich höre Schritte.«

»Verschwinde von dort!«, rief Geneve.

»Das geht nicht. Ich muss erst die Unterlagen einstecken. Dein Bruder war entweder für den Geheimdienst einer Sache auf der Spur, die ...« Sie schwieg, nur ihr Atmen erklang. Sie musste den Hörer dicht an den Mund halten.

»Was ...«, setzte Alessandro an, aber Geneve brachte

ihn mit einer Geste zum Verstummen. Angespannt lauschte sie.

Schwere Schritte gingen über knarrende Dielen am Versteck ihrer Mutter vorbei. Ein leiser Fluch auf Englisch erklang. Die Stimme gehörte einem Mann.

»Mutter«, wisperte Geneve. »Du musst weg!«

»Ich sagte doch, ich kann nicht«, gab sie leise zurück. »Dein Bruder hat –« Dann schrie sie hell auf, keuchte und ächzte.

»Deine Familie hatte sich in den Dienst jener gestellt, die ihre eigenen Wahrheiten aufstellten, um sich an den Unschuldigen zu bereichern«, sprach eine unbekannte Stimme, die rätselhaft hallte. »Keiner ihrer Ahnen lebt mehr. Ich habe für Gerechtigkeit gesorgt. Die Jahrhunderte löschen auch eure Schuld nicht.«

»Sie haben meinen Jacob umgebracht! Sie waren es!«, röchelte Catharina und schrie erneut. Es schepperte und krachte, die Töne drangen verzerrt durch das Smartphone.

Ein heiseres Lachen erklang. »Du weißt es genau. Deine Familie machte gemeinsame Sache mit verbrecherischen Ratsherren. Ihr habt Geständnisse erpresst, die der Obrigkeit zupasskamen. Ihr habt die Gierigen reicher gemacht und ihnen die Vermögen von Verurteilten verschafft. Ihr habt den Tod über die Falschen gebracht.«

»Mutter!«, schrie Geneve entsetzt und sprang auf, als würde sie über die enorme Distanz eingreifen können. *Nein! Das kann nicht sein! Sie darf dort nicht ...*

»Kind, du musst ...« Catharina wurde von einem harten Schlag zum Schweigen gebracht. Mehrmals wiederholte sich das stumpfe Klatschen, stets gefolgt vom Stöhnen und Wimmern ihrer Mutter.

»Ausgelöscht. Die Kindeskinder der Vermessenen bezahlten und beglichen die Schuld. Du und deine Familie sind die Einzigen, die mir noch fehlen.«

Geneve musste mit anhören, wie ihre Mutter würgte, wie ihre Schuhe über den Boden rutschten, wie sie zu schreien versuchte und das Smartphone aufgehoben wurde und fiel. Mehrere Einrichtungsgegenstände gingen zu Bruch.

Abrupt wurde es totenstill.

»Mutter?«, raunte Geneve erschüttert in den Hörer. *Mein Gott! Ist sie tot?* »Mutter, bist du noch …«

»Gerechtigkeit!«, sprach der Unbekannte aus weiter Entfernung und mit dem rätselhaften Hall. Catharinas Handy musste etwas entfernt liegen.

Dann erklang ein dunkles Surren, gefolgt von einem schneidenden Geräusch und einem dumpfen Aufprall. Leise plätscherte und tropfte es.

Geneve kannte diese Geräusche. *Eine Enthauptung.*

»Er hat sie umgebracht«, sagte sie fassungslos zu Alessandro. »Er hat ihr den Kopf abgeschlagen!«

»Signora, ich …« Er wusste nicht, was er sagen sollte.

Eine Weile erklang das Rascheln von Blättern durch das Smartphone, hohes metallisches Klirren war zu vernehmen. Schließlich gingen Männerschritte an dem herumliegenden Smartphone vorbei, kurz darauf wurde die Tür geschlossen.

Sie ist tot. Dieser Bastard hat sie umgebracht! Sie ersparte sich, den Namen ihrer Mutter zu rufen, und legte mit einer Fingerbewegung auf. »Ich muss nach London«, verkündete sie mit bebender Stimme.

»Ich weiß, Signora Cornelius«, erwiderte er einfühlsam. »Und ich komme mit Ihnen.«

»Nein! Das geht Sie nichts an.«

»Oh, da liegen Sie falsch! Ich hörte genau, was sich in der Wohnung zugetragen hat. Es war der gleiche Mann, der Ihren Bruder tötete und die Tat *mir* in die Schuhe schieben wollte«, erklärte er. »Die Adresse der Wohnung habe ich mir aufgeschrieben. Ich werde dorthin reisen, Signora Cornelius. Und nach Hinweisen suchen, um den Kerl zur Strecke zu bringen. Mit oder ohne Ihre Hilfe.«

* * *

Kapitel IV

Erinnern Sie sich, dass ich zu Ihnen sagte, dass Tote keine Geschichten erzählen?

Sie erkennen nun das Missverständnis. Und ich freue mich sehr, dass Sie mir zuhören und meiner Geschichte folgen.

Zwar konnte meine Tochter meinen Tod nicht verhindern, aber zu meinem Trost ließ es sie nicht kalt. Das war mehr, als ich mir erhofft hatte. Und so reiste sie mit diesem Bugatti nach England.

Derweil will ich Ihnen berichten, wie ich seinerzeit an meine Tätigkeit kam.

Mein Mann, den ich aus Liebe heiratete, war kein schlechter Mensch und im Herzen weich. Ganz sicher hat er das Mitfühlende an Geneve vererbt, während Jacob einen gänzlich gegensätzlichen Charakter entwickelte.

Die Weichheit meines Mannes führte dazu, dass er trinken musste, viel trinken musste, um den Aufgaben eines Scharfrichters gerecht zu werden. Branntwein half ihm, die Handgriffe bei den Verhören zu setzen und das anschließende Richten über sich zu bringen.

Unterliefen ihm anfangs noch ein, zwei kleinere Fehler, deren Details ich Ihnen erspare, stieg er eines Tages volltrunken zu einer Enthauptung mit dem Schwert auf den Rabenstein hinauf, wie man die Richtstatt nannte. Er war ein Meister. Wenn er nüchtern war.

Die Enthauptung im Stehen hatte mein Mann dem adligen Delinquenten versprochen, weil es ehrenhafter sei als kniend und mit dem Kopf auf dem schmutzigen Richtblock.

Doch mit dem Dämon Branntwein im Blut und damit in jeder Faser seines Leibes, ging der wuchtige Hieb fehl. Damit meine ich nicht, dass er den Verurteilten nicht traf, sondern die falsche Stelle: Das Schwert ging durch den Arm ins Schultergelenk.

Die Klinge blieb in den Knochen stecken, der Delinquent ging schreiend zu Boden.

Die Menge wurde wütend, weil der Mann über die Gebühr hinaus litt, die das Strafmaß für ihn vorgesehen hatte.

Mein Mann wuchtete und zerrte zuerst an seinem Schwert herum, bis er es sein ließ und die Axt griff. Er brauchte einige Schläge, bis der zerschmetterte Kopf vom Rumpf fiel.

Das Putzen, wie man das Fehlrichten nannte, war für die Meute zu viel. Wütend, weil er gepfuscht hatte, griffen sie zu umliegenden Steinen und bewarfen ihn damit.

Mehrere Geschosse zertrümmerten das Gesicht meines Gemahls, und er verstarb noch an der Richtstätte. Eine Untersuchung des Vorfalls brachte keinen Schuldigen zutage. Niemand verriet, wer die tödlichen Steine warf. Und der Zorn hatte sein Ziel gefunden.

Damit ich als Witwe mit zwei kleinen Kindern nicht mittellos blieb, gewährte mir der Stadtrat, das Amt meines Mannes fortzuführen, bis Jacob alt genug für die reguläre Nachfolge war. Zudem musste ich Schulden abarbeiten. Für Branntwein, den mein Mann vertrunken hatte.

Ich wurde also Scharfrichterin.

Ich hätte auch wieder heiraten können, aber wie ich bereits erwähnte: Es fand sich niemand.

So erhielt ich meine Bestallung. Sie erfolgte ohne Bewerbung und wurde mir durch den Rat ausgehändigt, nachdem ich vor dem Gremium eine Strohpuppe mit einem Rückgrat aus Besenstiel enthauptete. Im Bestallungsbrief standen alle Pflichten und Rechte, die Besoldungsaufschlüsselung der Einzelaufgaben und sogar eine Dienstreiseregelung.

Das mag Ihnen merkwürdig erscheinen, aber oft war ein Henker zuständig für mehrere Gemeinden. Zuweilen waren zwei Henker in einer Großstadt tätig, die sich Ämter und Einkommen teilen mussten. Bei solchen Reisen musste für Vertretung gesorgt und Erlaubnis eingeholt werden.

Von einem Probejahr wurde bei mir abgesehen, nachdem ich vor den Augen des Rates mein echtes Meisterinstück ablegte und einem Mörder den Kopf abschlug. Wie hätte ich ein Rücktritt vom Amt in Betracht ziehen können, mit Schulden und zwei Kindern?

Das Scharfrichteramt gehörte als »unehrliche Tätigkeit« nicht zu den städtischen Ämtern, aber dazu erkläre ich Ihnen später mehr. Oder ich berichte ein wenig von meinen eigenen Erlebnissen oder berühmten Kollegen aus der Vergangenheit.

Jetzt aber zurück in die Gegenwart und nach England, wo Geneve und Bugatti im frühmorgendlichen London das Apartment in Hackney in der Vyner Street aufsuchten, in dem sie meine Leiche vermuteten.

»Hier ist es.« Alessandro, der in seinem italienischen Anzug in dem nobleren Gebäude weniger auffiel als die leger gekleidete Geneve, blieb vor der Tür des Apartments stehen. In Jogginghose, Shirt und mit Turnschuhen sah sie aus wie auf dem Weg ins Fitnessstudio. »Das müsste die Wohnung Ihres Bruders sein. Keine Polizei hier. Die Nachbarn bekamen den Mord nicht mit.«

»Schauen wir nach.« Geneve zerrte ein Taschentuch aus der abgetragenen, dunklen Jeansjacke, legte es über die Klinke und drückte sie herab. »Abgesperrt.«

»Das kann ich ändern.« Alessandro zog ein kleines Etui mit Utensilien heraus, die man zum Knacken eines Schlosses benötigte, und begann, mit den teils elektrisch betriebenen Feinwerkzeugen in der Mechanik herumzustochern, bis sie sich klickend öffnete. »Braucht man gelegentlich als Polizist.«

»Natürlich.«

Alessandro schob die Tür mit dem Fuß auf. »Nichts mit bloßen Händen anfassen«, schärfte er ihr ein. »Hier. Einweghandschuhe.« Er reichte ihr ein Paar. »Habe ich vorhin in der Flughafenapotheke gekauft, während Sie auf Toilette waren.«

»Weitblick.« Geneve musste ihm zugutehalten, dass er vorbereitet war.

»Ermittler mit Tatorterfahrung. Wenn auch nur geringer. So viel wird im Vatikan nicht gemordet. Vergessen Sie die Thriller, die anderes behaupten.«

Sie streiften sich die Latexhandschuhe über und betraten einen Windfang, dessen Tür zum Innenraum aufgetreten worden war. Von dort gelangten sie in die Räumlichkeiten, in denen es durchdringend nach frischem Blut roch: kupfern und süßlich.

Geneve war flau im Magen. Sie fürchtete sich vor dem kommenden Anblick. Schon bei der Anreise hatte sie versucht, sich innerlich zu wappnen. »Der Mord ist jetzt« – sie sah auf ihr Smartphone – »etwas mehr als zwölf Stunden her. Die meisten Menschen werden geschlafen haben, als es geschah.«

»Und bald aufstehen, um zur Arbeit zu gehen.« Alessandro verstaute das Einbrecherwerkzeug und schloss den Haupteingang. »Suchen wir die Leiche.«

Zerstörtes Glas und zerschlagene Möbelstücke lagen überall umher. Knacken und Klirren erklang unter ihren Schuhsohlen, die Holzdielen knarrten, während sie sich durch das Chaos bewegten.

»Der Mörder hat alles durchsucht?« Alessandro ging neben Geneve. »Das passt aber nicht zum Mord aus persönlichen Gründen.«

»Sie erinnern sich, dass meine Mutter sagte, sie habe etwas in den Aufzeichnungen meines Bruders entdeckt?«

»Sie meinen, sie könnte den wahren Grund für den Mord an ihm entdeckt haben. Den man mir in die Schuhe schieben wollte.«

Geneve stand nach dem Abbiegen in der offenen Küche und verharrte unvermittelt. »Oh, nein. Nein«, hauchte sie erschrocken, den Blick auf die Tote gerichtet, die rücklings auf dem Küchenblock lag.

Der Kopf war nach dem Hieb im Ausguss gelandet, Spritzer hatten sich ringsherum verteilt, hafteten auf dem Boden, an den Schränken und den Wänden. Catharinas Arme waren nach rechts und links ausgebreitet, an einigen Fingern haftete herabgelaufenes Rot.

»Die Klinge hat eine Kerbe hinterlassen.« Alessandro

deutete auf die Anrichte. »Da fehlen etliche Stückchen im Marmor. Die Brandzeichen auf der Wange und der Stirn sind meinem Siegel nachempfunden. Aber sie ... sie scheinen von Hand hineingebrannt worden zu sein. Ich tippe auf einen feinen Draht. Oder einen Lötkolben.«

Geneve atmete heftig und starrte auf ihre tote Mutter. *Ich ... dachte, ich finde sie im Bad oder ...*

Der Anblick von Enthaupteten war nichts Neues für sie. Hunderte Male hatte sie so etwas gesehen. Mal mit einem Beil, mal mit einem Schwert, mal mit der Guillotine den Hals und Nacken durchschlagen.

Aber zum ersten Mal sah sie ein geköpftes Familienmitglied.

»Die Klinge war stumpf, die Wundränder sind sehr zerfranst. Und an dieser Stelle hat er das Fleisch sowie die Knochen mit einem Küchenmesser nachträglich ...« Alessandro schien zu bemerken, dass seine Erkenntnisse Geneves Zustand nicht verbesserte. »Verzeihen Sie, Signora. Das war taktlos.«

»Es ... es stimmt, was Sie sagen.« Geneve zwang sich, näher an die Leiche heranzugehen. *Sei professionell. Halte Ausschau. Suche nach Anhaltspunkten,* wiederholte sie beständig und vermochte sich gegen das Herzrasen nicht zu wehren.

Der abgeschlagene Kopf ihrer Mutter lag auf der Seite, im offenen Mund hatte sich die rote Flüssigkeit gesammelt. Catharinas rechtes Auge blickte trüb und seelenlos in das Deckenlicht, die Pupille weit geöffnet. Schmerz und Angst zeigten sich auf den faltigen Zügen der äußerlich Achtzigjährigen.

Das ist furchtbar. Unter dem Schrank schaute ein Smartphone heraus, das Geneve zitternd aufhob. Es war nicht das ihrer Mutter. »Das graue Handy meines Bruders! Meine Mutter hatte es gesucht.«

»Ich habe in dem Durcheinander das Ihrer Mutter gefunden«, verkündete Alessandro. »Der Akku ist leer.«

Bei diesem ist das Sprachmemo aktiviert. Hat Jacob uns noch etwas hinterlassen? Geneve drückte auf Wiedergabe.

»… hatte sich in den Dienst jener gestellt, die ihre eigenen Wahrheiten aufstellten, um sich an den Unschuldigen zu bereichern«, sprach eine hallende Stimme, die nicht ihrem Bruder gehörte. »Keiner ihrer Ahnen lebt mehr. Ich habe für Gerechtigkeit gesorgt. Die Jahrhunderte …«

Geneve stoppte das Abspielen. »Das ist eine Aufzeichnung. Das haben wir vorhin am Telefon gehört.« Sie sah prüfend auf die Anzeige der Datei. »Sie stammt vom Tag, als mein Bruder ermordet wurde, wenn ich mich richtig erinnere. Jacob nahm das auf! Im Hinterhof des *Happy Hangman*.«

»Das ist die Stimme seines Mörders!«

»Ist das nicht merkwürdig?«, sagte Geneve. »Der Mörder spielt meiner Mutter vor, was mein Bruder im Hinterhof aufgenommen hat. Wozu?«

»Hat er es wirklich abgespielt?«

Sie überlegte. »Es waren genau die gleichen Worte.«

»Sind Sie sicher? Das haben Sie sich in der Aufregung gemerkt? Ich könnte das nicht mit Bestimmtheit sagen.«

Geneve steckte das graue Smartphone ein. »Das hören wir uns in Ruhe an. Später. Durchsuchen wir die Wohnung nach den Unterlagen, von denen meine Mutter sprach. Jacob muss etwas Großem auf der Spur gewesen sein.«

»Sagen Ihnen die Andeutungen etwas, Signora Cornelius? Diese Dinge von Ahnen und Jahrhunderten?«

Geneve zögerte. »Es ... ohne zu sehr in Details zu gehen: Ja. Aber auch dafür ist später Zeit. Suchen wir.«

»Va bene.«

Es kostete Geneve Überwindung, sich nicht um die Tote zu kümmern, die auf der Anrichte lag, als käme gleich der Koch vorbei und würde Catharina Cornelius aufbrechen und ausweiden, sie zerlegen und zubereiten. Sie würde später trauern.

Zimmer um Zimmer arbeiteten sich Alessandro und Geneve vorwärts, entdeckten jedoch keine Hinweise auf Akten oder Unterlagen. Dabei fiel ihr auf, wie trostlos die Einrichtung war. Jacob legte keinen Wert auf Gemütlichkeit, aber auf vermeintlichen Style, der die Wohnung zu einem durchdesignten, seelenlosen Möbelausstellungsraum machte. Bilder von seinen Kindern oder von allem, was einem Menschen wichtig sein konnte, fehlten vollständig.

»Zwecklos. Der Mörder muss alles mitgenommen haben.« Alessandro richtete sich auf. »Was tun wir?«

Geneve fühlte eine enorme Müdigkeit. Die Spannung fiel von ihr ab, Traurigkeit und Niedergeschlagenheit gewannen allmählich die Oberhand. *Und doch ...* »Ich kann jetzt nicht aufgeben. Wir beziehen ein Hotel und starten von dort Nachforschungen. Also, ich jedenfalls.«

»Sagen wir der Polizei Bescheid?«

Geneve marschierte zur Tür, vorbei am Leichnam ihrer ermordeten Mutter, und streifte die Handschuhe ab. »Das sollten wir. Danach melde ich mich beim MI6, um nach den neusten Erkenntnissen zu fragen.« Es schmerzte, ihre Mutter, die sie durch die Zeiten und Epochen begleitet hatte, einfach zurücklassen zu müssen. *Bei allen Differenzen, die wir gehabt haben.* »Gehen wir.« Sie lauschte auf den Gang und öffnete den Eingang zur Wohnung, da niemand zu hören war.

Alessandro und sie verließen das Apartment und gingen den Flur entlang zum Ausgang, steckten die Handschuhe ein.

Wieder und wieder rekapitulierte Geneve das Gesehene und das Gehörte. »Es stimmt nichts an diesen zwei Morden«, befand sie, während sie in den Fahrstuhl einstiegen, der sie nach unten brachte. Leise, heitere Musik dudelte aus den Boxen, was ihr surreal erschien. »Diese von meinem Bruder aufgezeichneten Sätze ... Die Wunden sehen völlig verschieden aus, und auch die Brandzeichen sind unterschiedlich eingebracht. Es könnte sein, dass der Mörder meiner Mutter versucht hat, uns mit der Wiedergabe von Jacobs Aufnahme zu täuschen.«

Alessandro blickte nachdenklich auf seine Schuhspitzen. »Zwei Täter, meinen Sie? Vielleicht sollten wir das in Betracht ziehen. Aber welchen Sinn hätte das?«

»Bei verschiedenen Motiven – wer weiß?« Geneve atmete die Kabinenluft ein und glaubte, vom Blutgeruch verfolgt zu werden. Ihr Smartphone vibrierte in der Tasche, und sie zog es heraus. »Das ist ... eine Nummer aus London«, sprach sie erstaunt. *Ich kenne niemanden in der Stadt.*

»Gehen Sie dran?«

Spur oder Falle? Geneve drückte das grüne Hörersymbol. »Cornelius?«

»Miss Cornelius. Entschuldigen Sie die Störung«, erklang eine Frauenstimme mit englischem Akzent. »Mein

Name ist Gabriela Fowley, ich bin Mitarbeiterin des MI6 und untersuche parallel zu Scotland Yard den Mord an Ihrem Bruder. Ich prüfe, ob es Verbindungen zu einem seiner Fälle geben könnte, die er bearbeitete.«

»Verständlich.« Geneve verließ den Lift und blieb seitlich daneben stehen. Sie wollte nicht ins Freie, damit keine Geräusche verrieten, wo sie sich aufhielt. »Verzeihen Sie mir bitte die Zurückhaltung, aber können Sie sich irgendwie … ausweisen? Ich weiß, am Telefon ist das schwierig.«

»Das ist selbstverständlich keine Sache, die ich am Telefon mit Ihnen besprechen möchte, Miss Cornelius. Ich wollte Sie fragen, wann ich bei Ihnen vorbeikommen darf. Mit meinem Ausweis natürlich.«

Geneve kam ein Gedanke. »Kann ich zu Ihnen kommen? In ein offizielles Gebäude des Geheimdienstes? Das würde mir mehr zusagen, glaube ich.«

»Gar kein Problem. Wäre diese Woche noch gut?«

»Heute am besten. Dann ist es erledigt.«

»Oh, wenn Sie das einrichten können, würde mich das sehr freuen. Für die Auslagen kommt der MI6 auf, insofern diese sich in einem angemessenen Rahmen bewegen.«

»Ja, sicher.« Geneve beglückwünschte sich zu ihrer Charade. *Möglicherweise erfahre ich dabei mehr.*

Fowley klang abgelenkt, als täte sie nebenbei noch etwas anderes. »Sagen Sie, haben Sie noch eine Nummer, unter der ich Ihre Mutter erreichen kann? Ich würde sie auch gerne interviewen.«

Geneve sah zu Alessandro, der ihr fragende Blicke zuwarf. Bevor sie antwortete, musste sie sich räuspern, und ihre Stimme klang höher. Sollte ihr Gegenüber eine

Stressanalyse ihrer Antwort machen, wäre ihr Lüge sofort aufgeflogen. »Nein, habe ich nicht, Miss …«

»Fowley. Gabriela Fowley. Ich sage Ihnen rasch die Adresse, wo Sie mich finden. Melden Sie sich beim Empfang, und man wird Sie zu mir bringen. Ich bin bis 20 Uhr im Büro.«

»Gut. Danke.«

»Ich danke Ihnen. Und mein aufrichtiges Beileid zum Tod Ihres Bruders und seiner Familie.«

Geneve, die ihre Fassung mühsam bewahrt hatte, traf die Formulierung hart. *Der Mord an Mutter hat sich schon herumgesprochen?* »Wieso sagen Sie *Familie*?«

»Miss Cornelius, habe ich … oh, das … Verzeihung! Wie schrecklich. Sie können es noch gar nicht wissen«, stotterte Fowley durch die Leitung. »Das tut mir wirklich leid!«

Alessandro gestikulierte fragend. Geneve hielt abwehrend die Hand hoch.

»Heute Nacht kamen die Ex-Frau Ihres Bruders sowie die beiden Kinder bei einem Autounfall ums Leben«, sprach Fowley. »Es geschah auf dem Rückweg von einer Theateraufführung. Ersten Erkenntnissen nach registrierte die Alarmanlage zu Hause einen Einbruch, und Miss McShawn fuhr mit den Kindern rasch nach Hause, um nachzuschauen. Dabei rutschte ihr Wagen aufgrund überhöhter Geschwindigkeit von der Fahrbahn.«

Nicht auch sie noch. Geneve lehnte sich mit dem Rücken gegen die Wand. Sie hatte Cybil nie kennengelernt, aber dass eine Unbeteiligte und vor allem Kinder mit in diese Sache gezogen wurden, ging ihr nah. »Tot?«

»Ja, Miss Cornelius. Nochmals: Verzeihen Sie mir, dass ich –«

»Schon gut. Danke. Wir reden dann später, Miss Fowley.« Geneve legte auf. »Das war der MI6. Es gab noch mehr Todesfälle. Die letzte Ex-Frau meines Bruders und ihre Kinder kamen bei einem Unfall ums Leben. Und in ihr Haus wurde eingebrochen.«

»Das ist kein Zufall.« Alessandro bot ihr seinen Arm an. »Mein Beileid. Einmal mehr.«

»Danke. Aber ich kannte seine Ex-Frauen kaum.« Geneve spürte eine wachsende Abscheu auf den Mörder.

»Ex-Frauen?«

»Es kamen ein paar zusammen in den letzten Jahren.« Sie sah zu Alessandro. »Mein Bruder war ein Mistkerl, auch wenn man nichts Schlechtes über Tote sagen soll.«

Er machte ein grübelndes Gesicht. »Glauben Sie, dass die anderen Gattinnen ebenso auf der Killerliste stehen?«

»Eher nicht. Mit denen hatte Jacob nichts mehr zu schaffen. Mit Cybil blieb er durch die Kinder verbunden.« Geneve stieß sich von der Wand ab und richtete sich auf. »Gut, gehen wir. Suchen wir uns eine Telefonzelle oder etwas in der Art, und dann rufen Sie bitte die Polizei, damit meine Mutter gefunden wird.«

»Va bene.«

Sie verließen das Haus, und London empfing sie mit Straßenlärm. Die Verkehrswege waren bereits übervoll. Busse und Autos bildeten eine Flut, die zäh über den Asphalt kroch und die City mit Abgasen verpestete.

Schweigend gingen sie den Bürgersteig entlang, bis sie an eine Telefonbox kamen, die einigermaßen uneinsehbar von den etlichen Kameras in London stand.

»Ich erledige das schnell.« Alessandro hob den Hörer mit dem benutzten Latexhandschuh ab. »Vorschläge, was ich sagen soll?«

»Dass Sie gegen Mitternacht laute Schreierei gehört hätten und dass Sie sich Sorgen um die Leute machen, die dort wohnen. Das reicht.«

»Gut.« Alessandro legte ein Taschentuch über die Sprechmuschel, wählte den Notruf und setzte die kurze Nachricht geflüstert ab, ignorierte die Nachfragen des Beamten und legte nach wenigen Sekunden wieder auf. »Gehen wir weiter«, sagte er und bewegte sich mit Geneve zusammen weg von der Box.

»Danke, dass Sie das für mich getan haben.«

»Selbstverständlich.«

Geneve und er gingen schweigend durch die Straßen. »Ich brauche jetzt Kaffee. Um meine Gedanken zu ordnen. Schlafen kann ich sowieso nicht.«

»Was halten Sie von dem?« Alessandro deutete über die Fahrbahn zur anderen Straßenseite. »*The Hot Black Brew*. Sieht doch gut aus. Sicher können wir dort ungestört sprechen. Falls Ihnen danach sein sollte.«

Sie betraten das Café, das sich als robuster Laden entpuppte, der zwar einer amerikanischen Kaffeehauskette ähnelte, aber dessen Machart an Großmutters alte Küche erinnerte. Der Geruch von Kaffee hing lockend in der Luft, in den Auslagen gab es alles Mögliche gegen Hunger. Maschinen sprühten und zischten, es wurde geschäumt und gemahlen. Die Angestellten unterhielten sich auf lockere Weise und in Pseudojugendsprache, um zu zeigen, wie trendy und cool es bei ihnen war.

»Setzen Sie sich«, sagte Alessandro. »Ich bringe Ihnen etwas mit. Was darf es sein?«

Geneve betrachtete die Angebote, die von Hand mit Kreide auf eine Tafel geschrieben worden waren. »Einen Americano – das soll wohl schwarzer Kaffee sein.«

Sie belegte die Couch in der hintersten Ecke, von der aus man einen perfekten Blick auf die Straße hatte. Polizeisirenen heulten, zwei Einsatzwagen und eine Ambulanz donnerten vorbei. »Ich wette, die fahren zu Jacobs Apartment«, murmelte sie niedergeschlagen.

Während Alessandro die Bestellung aufgab, prüfte Geneve die eingegangenen Nachrichten auf ihrem Handy. Außer Peggy, die sich nach ihrem Befinden erkundigte, leuchtete die Mitteilung einer unbekannten Nummer auf. *Sprachnachricht?* Geneve betätigte die Wiedergabe.

»Frau Cornelius, ich war bei Ihnen, um mir die Münze und die Urne ... das Kästchen mit der Asche dieses Wechselbalgs abzuholen«, hatte sie Williams Stimme im Ohr. »Aber Sie waren wohl nicht da. Und Sie hatten recht. Ich muss dafür geradestehen. War eine dumme Idee von mir. Rufen Sie mich bitte an, damit wir uns treffen können? Viele Grüße auch von Dara. Sie findet, dass ich das Richtige tue, und das ist mir echt wichtig.« Nach einer kurzen Pause fügte er hinzu: »Ich ... es wäre dringend, Frau Cornelius. Mir wurde bereits eine Botschaft überbracht. Und die klingt nicht gut. Vielleicht können Sie mir dabei helfen, wie ich mich am besten bei der Familie des Wechselbalgs entschuldige. Sonst ... ach, wir reden dann, ja? Nochmals danke, Frau Cornelius.«

Alessandro brachte zwei Kaffeehumpen, zusammen mit Wasser, das er daneben abstellte. »Der Geheimdienst?«

»Nein. William. Der seine Probleme zu meinen gemacht hat.« Geneve stieß genervt die Luft aus und band den Pferdeschwanz neu. Die langen, braunen Haare mochten das britische Wetter nicht. »Das habe ich total vergessen. Der arme Junge. Jemand macht ihm Druck.«

»Er kann ja einbrechen und sich die Münze holen, falls wir nicht rechtzeitig zurück sind. Was ich fast glaube, Signora.« Alessandro setzte sich neben sie, sodass sie beide den Eingang im Blick hatten.

Vor den Fenstern bildete sich wie aus dem Nichts der berühmte Londoner Nebel, der gegen die Scheiben wallte. Die Umgebung, Menschen und Fahrzeuge außerhalb des Cafés wurden zu huschenden und schlendernden Schemen. Der Dunst schien von unerklärlicher Lebendigkeit beseelt zu sein, als würde er von einem Künstler geführt.

Geneve beobachtete das Schauspiel fasziniert und umfasste den Humpen mit beiden Händen. *Wie schade*, dachte sie, *dass ich nichts zu malen dabeihabe.* Es schien sich ein unbekanntes Frauengesicht in den Gespinsten anzudeuten. »Ich würde glatt wieder anfangen zu rauchen.«

»Taten Sie das mal?«

»Ja. Aber es hat meinen Geschmackssinn zu sehr beeinträchtigt. Wenn Sie erst mal hundert Jahre geraucht habe, ist das Entwöhnen nicht leicht.« Geneve hatte es so dahingesagt und wurde sich ihrer Worte erst danach bewusst. *Ah, verflixt. Zu dicht an der Wahrheit.* »Das war ein Scherz.«

»Naturalmente. Für Ihr Alter haben Sie sich sehr gut gehalten.« Alessandro prostete ihr zur. »Die Familie Cornelius. Die einzige Familie unter den Dynastien von Scharfrichterinnen und Henkern, die durch die Jahrhunderte lebt.«

Geneve lachte gespielt. »Das ist unser Mythos, den wir nie loswerden.«

»Sicherlich. Auf den Bildern sind Sie die Einzige, die nicht älter wurde. Äußerlich.«

»Weil ich mir das Rauchen abgewöhnte.« Geneve versuchte, das Thema abzuwürgen. »Wie gesagt: Unfug.«

»Ihr Bruder prahlte gerne damit, dass er Hunderte Jahre alt sei. Hörte ich.«

»Er spielte sich mit dem Quatsch auf. Das brauchte er.« Sie machte eine wegwischende Handbewegung. »Wir haben Wichtigeres zu tun, als über diese alberne Legende zu sprechen.«

»Sie haben recht, Signora.« Noch zwei weitere Polizeiwagen rauschten die Straße mit Sirenen an ihnen vorbei und bogen ab wie heulende, flackernde Gespenster. »Das war die Verstärkung. Man hat Ihre Mutter gefunden.«

»Jetzt bin ich die einzige Cornelius«, murmelte Geneve und schlürfte am Kaffee. *Die Letzte und Einzige.* »Und sagen Sie bitte nicht erneut, dass Sie mich bedauern.« Sie sah nach dem pulsierenden Nebel, der sie zu locken schien, zu ihm ins Freie zu gehen und darin zu verschwinden.

Alessandro atmete lange ein und sparte sich eine Erwiderung.

»Sie fragten mich vorhin danach, wer meinen Bruder umgebracht haben könnte.« Geneve rührte den Kaffee um. »Wir wissen, dass Sie zu … sagen wir, mit einer sehr großen Wahrscheinlichkeit nicht mehr infrage kommen. Alles deutet darauf hin, dass Jacob auf etwas gestoßen ist, dass erst ihn und dann meine Mutter das Leben gekostet hat.«

Sie betrachtete die Gäste, die nach und nach aus den dichten Schwaden ins *Brew* kamen und sichtbar wurden, als wäre ein Schleier von ihnen genommen. Sie erstanden ihr Koffein in flüssig-brauner Form und kehrten mit dem Pappbecher in der Hand in den Nebel zurück, als brächten sie den Gespinsten Opfergaben.

Das unbekannte Frauengesicht entstand erneut jenseits des Glases und musterte Geneve, bevor es sich auflöste, weil ein Passant es durchquerte. *Ist es wirklich nur Einbildung?*

Ein lautes Geschirrklirren vom Tresen riss Geneve aus den driftenden Gedanken. Alessandro schaute sich kurz um und wandte ihr dann wieder seine Aufmerksamkeit zu.

»Die Sprachaufnahme auf dem Smartphone meines Bruders weist auf die Nachfahren der Familie Carstensen hin«, nahm Geneve den Faden wieder auf. »Mein Br… mein Urahne Jacob hatte den fahrenden Handwerker Christian Carstensen im Jahre 1677 verhört und zu einem Geständnis gebracht. Er machte das wohl mit Hingabe.«

»Er hieß *auch* Jacob?«, warf Alessandro ein.

Geneve vernahm keine Spitze. »Ja. Ich glaube. Das sagen … die Aufzeichnungen. Jener Jacob vollbrachte wohl das Kunststück, dass die Missetäter nicht gleich starben. Niemand schwieg unter seinen Händen.« Vor ihrem inneren Auge erschienen in rascher Folge Bilder von damals: Verhöre, Folter, Blut, Wunden, schreiende und flehende Menschen. »In seiner Hochphase hatte er einen solch beeindruckenden Ruf, dass die gewöhnlichen Delinquenten beim Eintreten und der Nennung seines Namens jede Tat gestanden.«

»Dann vermute ich anhand dessen, was ich vorhin hörte, dass Christian Carstensen in Wahrheit unschuldig war?«

»Ja. Den echten Täter fasste man fünf Jahre später.

Josef Huber. Er gestand im Verhör nicht nur den Raub, den man ihm vorwarf, sondern acht weitere Taten. Als die Familie Carstensen im fernen Bremen davon hörte und keinerlei Entschädigung erhielt, schwor sie Rache für den Tod des Unschuldigen. Alle, die daran beteiligt waren, sollten zur Rechenschaft gezogen werden.«

»Und diesen Eid leisteten die Nachfahren ebenfalls?«

»Erstaunlich, nicht wahr?« Geneve stellte die Tasse ab. »Sie verfolgen meine Familie und die Nachfahren der Beteiligten, vom Ratsherrn bis zu den Soldaten, die Carstensen festnahmen. Durch die Jahrhunderte.« Sie warf ihm einen knappen Blick zu. »Dabei sind sie hartnäckiger als die Bugattis, Signore.«

»Die Fehde interessiert mich nicht. Ich betone es nochmals.«

»Das ehrt Sie.« Geneve betrachtete ihn länger. »Es sieht danach aus, als wäre mein Bruder von den Carstensens im Hinterhof getötet worden. Und sie nutzten das Ihnen entwendete Schwert, um die eigenen Spuren zu verwischen«, fasste sie zusammen. »Anscheinend wollten sie, dass die Fehde den Rest der Arbeit für sie erledigt.«

»Was beinahe gelungen wäre. Aber bedeutet das wirklich, dass der Mörder Ihrer Mutter ein anderer ist?«

»Nehmen wir an, der Mörder meiner Mutter hat die Carstensens bei Jacobs Hinrichtung beobachtet, den Toten danach durchsucht und sein Smartphone mitgenommen, nachdem er begriff, welche Gelegenheit zur Vertuschung sich bot«, führte sie aus. »Klingt das nachvollziehbar?«

»Daraufhin folgt der Unbekannte Ihrer Mutter, weil er hofft, dass sie ihn zu weiteren Verstecken Ihres Bruders führt. Als sie das unwissentlich getan hat, bringt er sie um und lässt dabei die Aufnahme aus dem Hof laufen«, ergänzte Alessandro. »Entweder wusste er, dass sie telefoniert, oder er tat es, falls sie ihm entwischte. Damit sie glaubt, es wären die Carstensens gewesen.«

Für Geneve fügten sich die Erklärungen zusammen. »Finden Sie nicht, dass es Sinn ergibt?«

»Auszuschließen ist es nicht.« Überzeugt sah Alessandro nicht aus.

»Ich weiß, es gibt Ungereimtheiten.« Geneve legte das Handy ihres Bruders auf den Tisch zwischen die dampfenden Becher. »Aber die sind auflösbar. Wenn wir den Mörder meiner Mutter schnappen, erfahren wir, wer meinen Bruder tötete. Und an den Killer kommen wir, indem wir vor ihm an Jacobs Aufzeichnungen gelangen, die er unbedingt haben will.«

»Sofern er sie nicht schon hat. Oder es noch welche gibt.«

»Darauf wette ich. Das sagt mir ein Gefühl.«

»Bene. Und was ist mit den Carstensens? Wäre ich an deren Stelle …«

»Warum sie vorgingen, wie sie es taten, finden wir zu einem späteren Zeitpunkt heraus. Ich habe das Gefühl, dass die Sache, wegen der meine Mutter starb, größer ist. Vor ihrem Tod sagte sie etwas über magische Forschungen. Jacob habe etwas über die Wiccas vom Tamesis-Coven herausgefunden. Es sei in ihrer Vergangenheit vergraben oder so ähnlich.« Geneve trank den Becher leer und schüttelte sich. »Das war gar nicht mal so gut. Viel zu süß.«

»Sie haben den ganzen Zucker doch reingetan«, sagte Alessandro und lachte. »Nicht, dass wir uns verrennen:

Es kann auch etwas ganz anderes sein. So eine Geheimdienstsache, an der Ihr Bruder arbeitete.«

»Ich finde es heraus.«

»Nicht ohne mich. Irgendjemand hat mich in diese Sache verwickelt.« Alessandro leerte seinen Humpen ebenfalls. »Besuchen wir die Dame vom MI6?«

Geneve überlegte. »Vielleicht gibt es noch ein Versteck, das wir prüfen sollten.«

»Und das wäre?«

»Es ist ein Scharfrichter-Witz, den Jacob machte. Er fragte mich früher immer: Wer behält die besten Geheimnisse für sich und schweigt bis zum Ende aller Tage?«

»Alora, die Hingerichteten.«

»Richtige Antwort.«

Alessandro machte ein unverständiges Gesicht. »Ein Friedhof?«

Geneve erlaubte sich ein Lächeln. »Wie lautet der Name von Jacobs Stamm-Pub?«

Der Italiener grinste schlagartig. »Das *Happy Hangman*.«

»Er hatte sich dort ein kleines Separee eingerichtet, in die nur ausgesuchte Leute mit seiner Einladung durften. Ich traue ihm zu« – Geneve erhob sich –, »dass er dort Hinweise deponierte, an die sonst keiner kam.«

»Bene. Prüfen wir, was Ihr Gespür sagt.«

Gleich darauf standen sie auf der vernebelten Straße, umgeben von dahinschreitenden und vorbeifahrenden Umrissen. Erneut manifestierten sich die Züge der unbekannten Frau und wichen sogleich zurück, um sich aufzulösen.

»Haben Sie das gesehen?« Geneve steckte die Hände

in die Taschen und sah sich um, als würde sich auch der Mörder in dem wogenden Grau entdecken lassen.

»Was?«

»Das Gesicht. Im Nebel.«

»Nein, Signora. Er narrt Sie.«

Geneve suchte nach der Nebelfrau und bemerkte stattdessen einen kleinen Schatten auf der Fahrbahn, der von den vorbeisurrenden Fahrzeugen knapp verfehlt wurde. *Ist das ein Tier?*

»Ich bin gleich zurück«, sagte sie zu Alessandro und spurtete los.

»Was machen Sie denn?«, rief er ihr nach.

Geneve tauchte durch den Nebel auf der Straße und entdeckte Beagle, der sich mit eingeklemmtem Schwanz zusammenkauerte und leise winselte.

»Hey, Kleiner. Komm her. Ich hole dich da raus«, sprach sie beruhigend und wich einem Wagen aus, der gleich einem wütenden Stier an ihr vorbeitoste.

Der verängstigte Beagle wollte vor ihr davonlaufen, genau vor die Räder eines nahenden Lastwagens. Geneve bekam den Hund im Nacken zu packen und hob ihn hoch, er kläffte erschrocken auf. Die Stoßstange verfehlte die Schnauze um Haaresbreite, und der Fahrtwind zischte grell, gefolgt von einer dröhnenden Hupe.

»Zurück«, hörte sie Alessandros warnende Stimme und wurde ruckartig an der Schulter weggezogen.

Geneve machte notgedrungen einen Satz auf den Gehweg, zugleich erklang das Kreischen von Bremsen. Ein schwarzes Taxi kam schräg neben ihr zum Stehen. Ohne den erzwungenen Sprung hätte es sie und den Beagle erwischt.

Alessandro deutete auf das Fahrzeug, hinter dessen

Scheibe der Fahrer tobte. »So. Unser Taxi ist schon mal da.«

Humor hat er. Geneve streichelte den zitternden Hund. »Wie heißt du denn?«, fragte sie den Beagle und blickte auf die Marke. »Ah, George. Ein Feiner bist du. Nicht wieder auf die Straße laufen.« Sie sah den erschrockenen Besitzer auf sie zukommen, die Leine in der Hand. »Hier. Passen Sie das nächste Mal besser auf George auf.«

Der Beagle wedelte glücklich mit dem Schwanz.

»Haben Sie vielen Dank, Miss!«, sagte der Mann freudig und nahm seinen Hund auf den Arm. »Vielen, vielen Dank! Wie kann ich …«

»Nicht nötig. Habe ich gerne gemacht.« Geneve streichelte George. »Schönen Abend noch.«

»Ihnen auch! Gott mag Sie segnen, Miss!« Der Mann ging weiter und drückte den Beagle überschwänglich an sich.

»Das war ein gewagter Stunt, Signora Cornelius«, sprach Alessandro beeindruckt und vorwurfsvoll. »Sie hätten dabei sterben können.«

»Ebenso wie George. Verdient hatten wir es beide nicht«, erwiderte sie und stieg zur Überraschung des immer noch fluchenden Fahrers ins harsch angehaltene Taxi. »Zum *Happy Hangman*, bitte.«

»Na, Sie machen mir vielleicht Spaß!«, schnauzte er.

»Ich beschere Ihnen Umsatz. Das wird Ihnen *echten* Spaß bringen.« Geneve zwinkerte ihm zu. »Entschuldigen Sie die Umstände.«

»Na, ja. Sie haben ein gutes Herz. Da will ich mal nicht so sein.«

Alessandro folgte ihr in den Wagen. »Im Ernst. Das war mutig.«

Das Taxi fuhr los und schob sich durch den dicken Nebel.

»Sie meinen idiotisch, Herr Bugatti. Aber George konnte ja nichts dafür, dass er ein unaufmerksames Herrchen hat.«

»Va bene.« Alessandro richtete den Anzug. »Woher wussten Sie, dass er da ist? Der Nebel war viel zu dicht, um den Hund erkennen zu können.«

Geneve dachte an das gespinstige Frauengesicht. »Intuition.« Sie atmete durch. »Was ich noch sagen wollte: Vielen Dank, dass Sie dabei sind.«

»Das ist meine Pflicht, Signora.«

»Ist es nicht.«

»Sì, sì. Es geht um meine Ehre. Und mein Schwert«, stellte Alessandro klar. »Es ist eine wundervolle Gelegenheit zu zeigen, dass diese lächerliche Fehde, welche die Bugattis und die Cornelius' entzweite, endlich vergessen sein muss. Wir lösen diesen Fall. Damit ist kein Machtwort mehr nötig, um den Zwist zu beenden.«

Wieder klingelte Geneves Smartphone.

»Die Nummer von Scotland Yard«, flüsterte sie Alessandro zu.

»Sie werden Ihnen sagen wollen, dass sie Ihre Mutter gefunden haben«, erwiderte er gedämpft.

Wie sie dalag. Mit abgeschlagenem Schädel und ... Geneve unterdrückte die aufsteigenden Tränen. Solange sie etwas zu tun hatte, konnten ihr die Trauer und der Schmerz wenig anhaben. *Bei allem Ärger blieb sie meine Mutter.* »Ich behaupte, dass ich im Taxi auf dem Weg zum Flughafen bin. Erst will ich den Pub untersuchen.«

Der schwarze Wagen fuhr sie durch die belebte Innenstadt und hinaus aus dem Nebel, der sich nach wenigen Metern genauso schnell auflöste, wie er aufgekommen war.

Sie werden sich denken: Du meine Güte. Es ist nur ein Schwert, das diesem Bugatti gestohlen wurde. Ein altes, blödes Schwert, das er mal geschenkt bekommen hat.
  Ganz so einfach ist es nicht.
  Solche Schwerter haben eine große Bedeutung. Sie vererbten sich innerhalb der Henkersgenerationen von Vater zu Kind weiter. Das Recht darauf war sogar einklagbar.
  Üblicherweise wurde das Schwert in einer schwarzen Lederscheide getragen, um es besonders zu kennzeichnen, da es die »Unehrlichkeit« seines Trägers übernahm und damit es nicht irrtümlich angefasst wurde. Meistens war ein Henker im Besitz mehrerer Schwerter, um Ersatz zu haben. Die Furcht vor den Waffen war in der Bevölkerung sehr groß.
  Gerade diese Klingen sind beliebte Motive von Sagen, Legenden und Schauermärchen. Wenn Sie heute auf Antikmessen unterwegs sind und ein Original finden, müssen Sie tief in die Tasche greifen. Sollten Sie gezielt danach suchen, achten Sie auf Gravuren in oder unter der Blutrinne, aber auch unterhalb der Parierstange. Meistens sollten es Hinrichtungsdarstellungen oder weise Sprüche sein, um die Blutschuld vom Henker abzuweisen.
  Sie wollen noch mehr Einzelheiten? Oftmals ist der Griff mit Leder, Schlangenhaut oder einer Metallkordel aus Messing, Eisen oder Silber umwickelt. Der Knauf ist nicht einfach ein Stück Metall. Es kommt zumeist kronenförmig daher, besonders schön kann ein achtkantiger Messingkopf mit Gravuren sein.

Die Länge der Klinge schwankt zwischen fünfundachtzig und hundertzehn Zentimetern, was eine enorme Länge ist, gemessen an der Größe der Menschen damals. Damit stieg das Gewicht, und die Waffe bekam beim Schlag eine höhere Durchschlagskraft.

Die Klinge selbst besitzt entweder eine durchgehende Breite um fünf bis sechs Zentimeter oder eine sich verjüngende Klinge von sieben auf fünf zur Spitze hin. Beidseitig geschliffene Schwerter sind bekannt, aber eher etwas Besonderes.

Glauben Sie mir: Wenn man so etwas vererbt bekommt, will man es weder verlieren noch gestohlen bekommen.

Daher verstehen Sie die Hartnäckigkeit des Bugatti-Sprosses jetzt vielleicht etwas besser.

Und nun: Zurück zu meiner Tochter.

Zum Glück für Geneve und Alessandro hatte der *Happy Hangman* bereits geöffnet. Sie setzten sich in Jacobs Separee, je eine Tasse Schwarztee vor sich stehen.

Außer ihnen befand sich ein halbes Dutzend Männer und Frauen im Schankraum. Sie lasen Zeitung oder unterhielten sich leise. Miss Jones, die Frau des Wirts, beäugte die beiden gelegentlich misstrauisch hinter dem Tresen hervor. Eine Frau im Schlabberlook und ein Vorzeigebanker schienen für sie nicht zusammenzupassen.

»Fangen wir an.« Geneve zog den schweren Vorhang um die kleine Sitzgruppe zu. »Sie übernehmen die Sitze, ich den Tisch. Danach die Wände und den Boden.«

»Va bene.« Alessandro klopfte das alte, fleckige Holz behutsam ab und prüfte die Lederbezüge. »Warum haben Sie niemals gerichtet und gefoltert, Signora?«

Mist. Ich dachte, ich hätte ihn von den Gerüchten abgebracht. Geneve reagierte absichtlich ungehalten. »Wird das wieder die alte Leier, Herr Bugatti? Es ist eine Legende, dass die Mitglieder der Familie Cornelius viele Jahrhunderte alt sind.«

Alessandro wackelte an den Nieten der Bezüge. »Scusi. Aber sagen wir, Sie *wären* so alt. Versetzen Sie sich in die Lage Ihrer Ahnin, und beantworten Sie meine Frage.«

»Ist ein psychologischer Test, den Sie bei Ihren Verhören einsetzen?«

»Nein. Ein Zeitvertreib, während wir suchen. Ich mag das Gedankenspiel. Sehen Sie es mir nach.« Er pochte gegen das Mobiliar. »Die Nachricht der Carstensens, in der von Ahnen und dergleichen die Rede gewesen war, brachte mich darauf.« Er streifte die Sakkoärmel in die Höhe, um die Hände frei zu haben. »Oder wir reden über Privates. Mich hat meine Frau verlassen.« Er zeigte auf den nackten Ringfinger mit der hellen Stelle, sein Tonfall war angepisst. »Alles war gut. Wir waren eine glückliche kleine Familie. Wir hatten einen Urlaub in Japan geplant, und plötzlich liegt der Brief auf dem Tisch. Sie: weg. Und als Begründung –«

»Schön. Damit Sie Ruhe geben«, lenkte Geneve ein. Nicht im Geringsten verspürte sie Lust, an ihre Trennung erinnert zu werden. Aber es hatte für einen Herzschlag was Tröstliches, dass es anderen ebenso ergangen war wie ihr. »Ich beschäftigte mich mit den Memoiren meiner Familie durch die Jahrhunderte.«

»Gewiss.«

»Ich hätte Geschichte studieren sollen. Es hat nur für Heilkunde gereicht.«

»Und Chemie. Und Biologie. Ich habe die Zertifikate an der Wand in Ihrem Haus gesehen. Neben Ihren perfekt gemalten und gezeichneten Bildern«, ergänzte Alessandro wie nebenbei. »Das reicht für zwei Leben, nicht wahr? Mindestens.«

Geneve überging den Kommentar. »In den Tagebüchern stand, dass meine Ahnin nicht mehr an die menschliche Justiz glaubte. Sie wusste, dass zu viele Ratsmitglieder bestechlich waren, ebenso wie die Soldaten und all jene, die angeblich für das Gesetz arbeiteten«, erzählte sie weiter. »Und dass Zeugen logen, um Geld zu bekommen. Existenzen wurden mit einem Meineid vernichtet. Daher folterte sie nicht und richtete nicht. Sondern schwor, jenen beizustehen, die in den Zellen saßen, eingekerkert, eingepfercht, geschunden, zerschunden und voller Leid an Körper und Seele. Ganz gleich, ob sie schuldig oder unschuldig waren.« Bilder von Wunden und Elend stiegen vor ihrem inneren Auge auf. »Es war ihre Art von Widerstand gegen das durch und durch fehlerhafte System.«

»Das hat Ihrer Ahnin einen gewissen Ruf eingebracht. Ich erinnere mich an die Geschichten, die ich las. Und hörte.« Er verlieh seiner Stimme eine mokante Betonung. »Und dass sie die Rezeptur für unendliches Leben von einer geheimnisvollen Kreatur als Dank geschenkt bekam.«

»Nicht jeder Legende wohnt Wahrheit inne. Gerade jene über das Elixier der Unsterblichkeit sind höchst fragwürdig.«

»Und dass sie das Wissen von Hexen, Dämonen und anderen Kreaturen der Dunkelheit erlangte, im Austausch für ihre Pflege?« Alessandro klang locker und amüsiert. »Von ihrem überlieferten Wissen über die Armeen von Schatten und Licht profitieren wir alle. Alle Scharfrichter-Dynastien. Bis heute. Ohne diese Erkenntnisse hätte mir meine Mutter niemals die Wesen der Nacht zeigen können.«

Geneve machte eine unbeteiligte Miene.

»Wo wir gerade dabei sind: Hatte Ihre Ahnin jemals Kontakt zu Engeln?«

Geneve beendete das Abtasten der Tischoberfläche und ging zu den schwarzbraun lackierten Holzbeinen über. *Er lässt einfach nicht locker.* »Darüber fand ich nichts. Wie sollte ein Engel in einem Kerker landen?«

»Lucifer. Er war auch ein Engel, bevor er in Ungnade fiel.«

»Wohl wahr. Aber nein. Sollte sie nun Heilige, Engel oder Erzengel getroffen haben, gibt es darüber keine Einträge.« Neben einem massiven Tischbein ertastete sie eine Unregelmäßigkeit auf dem Boden, die sich zunächst nach einem Riss im Lack anfühlte. *Das kommt wie gerufen.* »Die Gedankenspielrunde ist beendet. Ich glaube, hier könnte etwas sein.« Sie leuchtete mit der Handylampe auf die Stelle. »Haben Sie ein Messer für mich?«

»Weil ich Italiener bin?«, entgegnete Alessandro gespielt pikiert.

»Nun, wer seine Dienstwaffe dabeihat, hat vielleicht auch …«

»Hier. Mein Einbruchwerkzeug. Da dürfte was dabei sein.«

»Danke.« Geneve suchte sich ein längliches, millimeterdünnes Blech heraus und stocherte in dem, was sie für einen Schlitz hielt. Das Licht drang nicht tief genug ein, um etwas darin zu erkennen. »Da ist Widerstand!«, stieß sie aufgeregt aus. Behutsam erhöhte sie den Druck.

Leise klackte es. Zwei Steine in der Mauer des Separees schwangen auf, und dahinter kam ein Hohlraum zum Vorschein. *Ein Geheimversteck!*

»Sehen Sie nach, Herr Bugatti.«

»Einen Moment.« Er leuchtete und tastete in der Nische herum. »Da ist … ein Schlüssel.« Er zog ihn heraus und hielt ihn ins Licht. »Sieht aus wie für ein Schließfach. Bankschließfach. Nummer 4223.«

»Sonst nichts?«

»Nein. Leer. Schauen Sie gerne selbst.«

Geneve kam der Aufforderung nach. Sie fuhr mit den Fingerkuppen über die rauen Wände, ohne etwas Ungewöhnliches zu ertasten. »Mh. Leider. Es sei denn, es gibt einen Auslöser für einen weiteren Hohlraum.« Sorgsam prüfte sie die Fugen.

»Ich ahne, zu welcher Bank der Schlüssel gehört«, sagte Alessandro nachdenklich.

»Wie das?« Sie sah ihn verwundert an.

»Da sind schwach geprägte Kennziffern neben der Nummer im Plastik des Griffstückes. Ich prüfe es mal eben.« Er schrieb eine Nachricht auf seinem Smartphone.

Geneve schaute überrascht auf. »Sie überbrücken einfach so das Bankgeheimnis?«

»So weit bin ich noch nicht, Signora.« Alessandro öffnete zwei weitere Fenster auf dem Display und tippte. »Aber zumindest der Name der Bank sollte sich herausfinden lassen.«

»Woher bekommen Sie Ihre Informationen?«

»Direkt aus meinem Büro. Ich lasse das Foto durch

eine Datenbank laufen, die wir für solche Fälle haben. Das Programm prüft das in Windeseile und meldet sich bei mir.« Alessandro setzte sich und trank vom Tee, das Handy behielt er in der Rechten. »Denken Sie, Ihr Bruder hat noch etwas in seinem kleinen Kneipen-Separee versteckt?«

»Suchen wir. Zur Sicherheit.« Geneve wandte sich einem Stuhl zu.

»Ich helfe Ihnen beim …« Alessandro stieß einen Triumphlaut aus und nickte zum Smartphone. »Wir haben einen Treffer. Die BSM, die Banque Suisse Mondiale. Die Niederlassung liegt in der Bond Street.« Er tippte mit dem Daumen auf das Smartphone, wischte und scrollte. »Und sie hat geöffnet.«

»Perfekt.« Geneve tauchte vom Boden auf und ließ sich das Ergebnis zeigen. »Schön. Wir haben die Bank und den Schlüssel. Doch ohne einen Erbschein komme ich nicht an das Schließfach. Und bis der beantragt ist, ausgestellt, übersetzt, eingereicht –«

»Alora. Sie haben doch mich.«

Geneve hob die Augenbrauen. »Jetzt bin ich neugierig. Mit Ihrer Dienstwaffe hat Ihr Plan hoffentlich nichts zu tun.«

»Nein.« Er faltete die Hände. »Sondern *damit*.«

»Sie wollen beten?« Geneve konnte seinen Humor noch nicht richtig einordnen. »Oder sich die Finger brechen?«

»Schauen Sie auf meinen Siegelring. Was sehen Sie?«

»Das Zeichen der Familie Bugatti.«

»Und darunter?«

»Das Symbol des Papstes. Als Anerkennung der treuen Dienste der Familie am Heiligen Stuhl. Wenn ich mich richtig entsinne«, fuhr Geneve fort und wurde ungeduldig. »Spannen Sie mich nicht auf die Folter. Mir ist nicht nach Ratespielen.«

»Sie haben recht. Ich entschuldige mich.« Alessandro nahm einen weiteren Schluck. »Die BSM gehört über Umwege zur Istituto per le Opere di Religione, besser bekannt als Vatikanbank. Die Schweiz und der Vatikan haben eine besondere Verbindung.«

»Oha. Ja, das dachte ich mir.«

»Mit dem Ring und dem Zeichen des Papstes kann ich gewiss etwas arrangieren.« Er erhob sich. »Versuchen wir es, bevor jemand anderes vor uns aufschlägt. Wie der MI6 oder der Yard.«

Deswegen konnte er die Information so einfach abfragen. Geneve schloss das Türchen aus den beiden Backsteinen. Es klickte und verriegelte gehorsam. »Gut. Suchen können wir später immer noch, falls das Schließfach eine Enttäuschung sein sollte.« Sie trank ihren Tee aus. »Danach muss ich schlafen, sonst falle ich tot um.« Geneve zog den Vorhang auf, dann verließen sie das Separee und das *Happy Hangman.*

Mit einem energischen Wink orderte Alessandro ein Taxi, das sie in die Bond Street kutschierte. Die Fahrt verlief schweigsam. Alessandro schrieb auf seinem Smartphone, Geneve hing ihren Gedanken nach.

Eine Spur. Ein Anfang. Geneve kämpfte gegen die überwältigende Müdigkeit an und nickte mehrmals ein. Die Kurzträume rissen sie zurück in die Zeit, in der sie verbinden und pflegen musste. Längst vergessene Gesichter tauchten aus ihrem Unterbewusstsein auf, mal verzerrt vor Schmerzen, dann volle Freude und Dankbarkeit.

Als der Wagen zum Stehen kam, schreckte Geneve endgültig aus der Traumwelt. Sie spürte den dünnen Schweißfilm auf der Oberlippe. Die jüngsten Ereignisse wühlten Erinnerungen auf. Gute und schlechte.

»Wir sind da. Jetzt wird es spannend.« Alessandro bezahlte und stieg aus, um ihr die Tür zu öffnen. »Was glauben Sie, was uns erwartet?«

»Zuerst ein eifriger Bankangestellter.« Geneve verließ den Wagen. »Ich bin so unfassbar müde. Sollte ich einschlafen, nachdem wir das Fach geöffnet haben, bitte wecken Sie mich.«

»Mache ich. Überlassen Sie das Reden gleich mir.«

Nichts lieber als das. Ohnehin sprach Alessandro recht gerne. Dieses Klischee über Italiener passte zumindest.

Sie betraten die eindrucksvolle und in Marmor gehaltene Vorhalle, wo eine blonde Empfangsdame in einem dunklen Kostüm hinter einem Marmortresen an ihrem Computer arbeitete. Leise telefonierte sie mit jemandem per Headset, ihre Stimme war freundlich und sanft. Als sie das Duo bemerkte, beendete sie das Gespräch.

»Willkommen bei der Banque Suisse Mondiale. Mein Name ist Margaret. Wie kann ich Ihnen helfen?«

»Wir müssten ein Blick in das Schließfach 4223 werfen, Signora«, antwortete Alessandro und zog den Schlüssel hervor.

»Einen Moment, Sir.« Margaret gab die Zahl ein. »Kann ich Ihren Personalausweis sehen, Sir? Zur Identifizierung, bitte.«

»Da greifen die *Sonderkonditionen*, die ich bei Ihnen habe, Signora.« Alessandro nahm seinen Siegelring ab und hielt ihn vor die Augen. »Mein Name ist Alessandro

Bugatti. Dies ist das Siegel meiner Familie und jenes des Heiligen Stuhls. Ich bin Commissario bei der Vatikanpolizei und ermittle in einem Fall.« Er legte seinen Dienstausweis auf den Tresen. »Dürfte ich zu den Schließfächern?«

»Einen Moment, Sir.« Falls das Prozedere Margaret aus der Fassung brachte, ließ sie es sich nicht anmerken. Sie schrieb auf ihrer Tastatur, dann sprach sie plötzlich auf Italienisch in ihr Headset.

»Was sagt sie?«, erkundigte sich Geneve. Sie war zu müde, um ihre Italienischkenntnisse zu bemühen.

»Sie telefoniert mit einem Kardinal, wenn ich das richtig höre. Sie vergewissert sich, dass alles seine Ordnung hat«, fasste Alessandro entspannt zusammen.

Margaret lächelte die beiden an. »Commissario Bugatti, es ist mir eine Freude, Ihnen den Zutritt zu den Schließfächern zu ermöglichen.« Sie deutete zur Rechten, wo sich mit einem elektrischen Summen eine Tür öffnete. »Einfach die Stufen hinab. Ich öffne Ihnen die Schleuse, sobald Sie angekommen sind.«

»Vielen Dank, Signora Margaret.« Alessandro ging los.

Vielleicht weiß sie mehr? Geneve pochte auf den Marmortresen. »Können Sie mir vielleicht noch sagen, wann mein ... der Inhaber des Schließfachs zum letzten Mal hier war?«

Die Empfangsdame tippte auf der Tastatur und rief die Listen auf. »Vor genau vier Tagen, Miss.«

»War er alleine?«

»Ja.«

»Haben sich seitdem noch andere Personen nach dem Schließfach erkundigt?«

»Nein, Miss.«

»Danke.« *Es wäre zu einfach gewesen.* Geneve folgte Alessandro durch die Tür. »Wir sind wohl vor dem MI6 hier«, sagte sie zu ihm im Treppenhaus.

»Gut für uns.«

Zischend öffnete sich die Schleuse für sie.

Geneve und Alessandro betraten den hell erleuchteten Raum mit den unzähligen Schließfächern, deren Klappen bronzefarben und poliert glänzten. Es roch nach Putzmittel und Metall.

Er reichte ihr den Schlüssel. »Es gebührt Ihnen, das Fach zu öffnen.«

»4223«, murmelte Geneve und schritt die Wand ab. »Da ist es.« Sie steckte den Schlüssel ins Schloss und drehte. Zweimal klickte es. »Lassen wir uns überraschen.«

Dann öffnete sie die Klappe.

* * *

Kapitel V

Bevor wir meine Tochter und diesen Bugatti dabei begleiten, wie sie den Inhalt des Schließfachs untersuchen, möchte ich zum Ursprung der Fehde zurückkehren, in die ungenannte deutsche Stadt zu Beginn der Frühen Neuzeit, irgendwann im 17. Jahrhundert.

Die von den Nachbarn in Moorweiler als Diebin beschuldigte Agnes verschreckte mit ihren magischen Spielchen den Schreiber im Folterkeller.

Und das hatte Konsequenzen.

Das Unheimliche beschäftigte auch Geneve, die sich eingehend mit der Gefangenen unterhielt, wie sie es stets tat, um den Unglückseligen die Angst zu nehmen und ihnen ein bisschen Gutes angedeihen zu lassen.

Ach ja, noch ein Wort zu den Kerkern und Verliesen der damaligen Zeit.

Gefängnisse im eigentlichen Sinn entstanden erst viel später. Die Angeklagten wurden meistens in den Gewölben der Rathäuser, manchmal sogar in den Räumlichkeiten der Scharfrichter untergebracht, gelegentlich gab es einen eigenen Turm. Erst im Laufe der nachfolgenden Jahrhunderte errichtete die Obrigkeit Gefängnishäuser und Verwahranstalten.

Diese Verliese waren unterirdisch angelegt, bekamen kein Tageslicht, waren oft kalt und feucht. Regelmäßige Reinigungen gab es nicht.

Die Gefangenen selbst oder deren Angehörige muss-

ten für die Unterbringung sogar zahlen, auch wenn das Logis aus einer Bettstatt aus Stroh, einem Eimer für die Notdurft sowie Wasser und Brot als Verpflegung bestand.
Und genau da befinden wir uns.

Leise knisterten die Fackeln, an denen Geneve vorbeiging. Sie trug ein Brett mit Essen auf dem Arm und eine Umhängetasche mit Salben an ihrer Hüfte.

Der Gestank nach Fäkalien und Unrat war in dem engen Sandsteingang allgegenwärtig, die Luft stand. Ratten, eben noch auf der Jagd nach ein paar Brocken Brot, die sie der Gefangenen stehlen konnten, huschten davon.

Geneve, gekleidet in gewohnt auffälliges Rot, damit die ehrbaren Bürger auf der Straße wussten, wer sie war und ihr ausweichen konnten, blieb vor der Zellentür stehen, hinter der man Agnes festgesetzt hatte. Sie pochte dagegen und schaute durch das vergitterte Fensterchen in den halbdunklen Raum, in den notdürftig etwas Ganglicht fiel.

Ein paar dreckige Füße verrieten, dass Agnes ausgestreckt auf dem Bett aus feuchtem Stroh lag. »Oh, woher die Höflichkeit? Seit wann wird denn geklopft?«

»Ich bin's. Ich habe dir etwas zu essen gebracht.« Geneve öffnete das Schloss und schob den Riegel zurück, betrat die stinkende Zelle. »Frisches Brot, Wasser, Haferschleim. Und einen Apfel.«

»Welch Köstlichkeit«, gab Agnes ätzend zurück und richtete sich auf. Die Ketten, die sie mit eisernen Schellen um die Handgelenke mit der Wand verbanden und wenig Raum für Bewegungen ließen, klirrten und rasselten. »Verzeih. Ich will nicht undankbar sein. Es ist besser als der verschimmelte Fraß, den sie mir sonst hinwerfen.«

Geneve stellte das Holzbrett mit den Sachen ab und betrachtete die zerschundenen Handgelenke der Gefangenen. »Deine Haut ist durch die Manschetten wund und aufgerissen.« Sie zog ein Fläschchen aus dem Umhängebeutel. »Lass sehen, damit ich sie versorgen kann.«

»Was ist das?«

»Ein Heilmittel.«

»Aus dem Kloster, ja?«, sagte Agnes spöttelnd.

»Ja.« Geneve klang unsicher. *Sie hört mir die Lüge an.* »Es wird nicht wehtun.«

Agnes reckte die schmutzigen Arme vor, und Geneve machte sich an die Behandlung. »Es riecht nach … Blüten. Kamille. Mohn. Und Leinöl. Es schmerzt wirklich kein bisschen.« Sie nahm den Apfel und biss ab. Der Saft spritzte, und der frische Geruch breitete sich aus. »Oh, köstlich. Süß und saftig! Danke dafür.«

»Das Öl in der Tinktur wird deine Haut geschmeidiger machen und das Eisen darüber gleiten lassen.« Geneve lächelte sie an. »Es sollten keine Narben entstehen.«

»Hilft es auch gegen die Schmerzen der anstehenden Folter, da Mohn und Sonstiges enthalten ist?«

»Nein. Dafür weiß ich bessere Mittel, die ich mitbringe, wenn es so weit ist.« Geneve verlor das Lächeln. »Agnes, gestehst du die –«

»*Was* soll ich gestehen?«

»Dass du eine Hexe bist.«

Agnes lachte bitter. »Oh, nun bin ich keine Diebin mehr, sondern gleich eine Hexe? Das nenn' ich einen Aufstieg.«

»Das hast du dir selbst zuzuschreiben. Dieser Schatten, den der Schreiber sah, weckte den Verdacht.«

»Und warum verhörte mich der Rat noch nicht?«

»Sie wandten sich an die Kirche. Aus Furcht.«

»Vor mir?« Sie lachte böse. »Diese feigen Seelen.«

»Nun, eine Hexe oder Zauberin, welche die Schatten beherrscht, fand sich nirgends in den Beschreibungen. Auch nicht im Hexenhammer. Man erhofft sich Beistand vom Bischof«, erklärte Geneve.

»Dieses vermaledeite Buch! In die Hölle damit«, giftete Agnes. »Gemacht, um uns Frauen zu töten, weil wir wissender sind als die Männer.« Sie biss erneut vom Apfel ab. »Es würd' auch dich treffen.«

»Ich bin keine Hexe.«

Agnes lachte bitter auf. »Und deine wundersamen Salben und mächtigen Tinkturen?«

»Das gottgesegnete Wissen der Hildegard von Bingen.«

»Oh. Bist ein kluges Ding. Vermagst lesen und schreiben und rechnen. Hast gar das Lateinische studiert. Wenn das mal nicht mit dem Teufel zugeht«, erwiderte Agnes grinsend. »Nein, es wird gar eine Epiphania gewesen sein. Wie bei Johanna von Orleans. Die man verbrannt hat.«

»Sei nicht spöttisch.« Geneve blickte sie verärgert an. »Als Tochter der Scharfrichterin muss ich wissen, wie man Gefangene pflegt.«

»Ich weiß *genau*, woher dein Wissen rührt.« Agnes zeigte mit dem angebissenen Apfel in der Zelle herum. »Lässt du mich aus diesem Loch entkommen, sollst du neues Wissen von mir erhalten. Wissen, das dir niemand sonst zu geben vermag.«

»Das kann ich nicht!«

»Ah.« Ihre Augen wurden schmal. »Du denkst, ich wäre *keine* Hexe.«

»Das weiß ich nicht.«

»Hältst das Schattenspiel für Augentrug, das den Schreiber narrte.« Agnes lachte laut. »Ich könnt' dich lehren, wie du dir die Schemen zu treuen Untertanen wandelst.«

»Sei still!«, zischte Geneve und blickte über die Schulter zur Tür. *Das fehlte noch, dass man uns belauscht.* »Wenn es jemand hörte!«

»Einerlei! Sie halten mich doch schon für eine Hexe.« Agnes' Gesicht nahm einen bittenden Ausdruck an. Sie streifte die fettigen Haare zurück, einige Halme fielen heraus. »Lass mich heimlich frei. Alles, was ich brauch, ist eine offene Zellentür und gelöste Fesseln. Draußen sah ich einen Kamin, durch den ich steigen könnt', und ich verschwinde durch den Schlot über die Dächer. Keiner wird mich wiedersehen. Ich versprech's!«

»Ich würd' sofort verdächtigt werden«, widersprach Geneve.

»Nicht, wenn wir es klug anstellen.« Agnes rührte im frisch gekochten Haferschleim, Dampf stieg auf. »Fünf Kinder hab ich, um die ich mich kümmern muss. Bitte! Sonst werden sie von Händlern entführt und als Leibeigene in die Welt verkauft. Und du sollst es nicht reuen!«

»Kinder?«, echote Geneve besorgt. *Davon war nie gesprochen worden. Will sie mich hinters Licht führen?*

»Versteckt haben sich meine Kleinen, als man mich abholte.« Agnes aß mehrere Löffel und scharrte den Brei im Holzteller zusammen. »Ich weiß, dass du mancher Hexe halfst.«

Geneve lachte und klang dabei nervös, ertappt und unsicher. »Unfug.«

»Wir reden untereinander und tauschen Botschaften aus. Ohne dass die Menschen es erahnen.« Agnes betrachtete Geneve glücklich. »Von Gnade, die im Kerker weilt, wurde gemunkelt. Ich wusst' nur nicht, dass sie dich meinen.«

Geneve schrak zusammen. »Was hörtest du?«

»Dass es jemanden im Kerker geben soll, der gnädig sei und der versuche, das Leiden zu lindern.« Sie deutete mit dem Löffel auf sie. »Ei, ei. Die Persona hab ich wohl gefunden. Wir sprechen voller Hochachtung von dir. Und die würd' steigen, wenn du mir die Freiheit lässt.«

»Verstehe doch: Ich *kann* es nicht.« *Aber helfen würd' ich ihr schon gerne.* Geneve überlegte fieberhaft. »Ich weiß! Ich stehe deinen Kindern bei. Einen Eid möcht' ich dir sogleich leisten, dass sie es gut haben werden.«

»Das ist lieb. Aber hören würden sie nicht auf dich und ebenso verborgen halten wie vor den verdammten Schergen der verfluchten Obrigkeit.« Agnes stellte den leeren Teller zurück auf das Brett und behielt das Brot bei sich, steckte es unter die schmutzige Kleidung. Auch das Wasser blieb neben ihr stehen. »Mir taugt einzig die Freiheit.«

Schwere Schritte näherten sich durch den Korridor, viele Stiefel scharrten über den Sandsteinboden. Männer unterhielten sich leise, diskutierten unverständlich, Eisen klirrte und schrammte an den Wänden entlang.

»Sie kommen!« Hastig trank Agnes das Wasser aus und stopfte sich das Brot in den Mund.

»Warte, ich schau nach.« Geneve warf einen raschen Blick aus der Tür und trat dann zurück zu Agnes. »Meine Mutter, mein Bruder und Ratsherr Stein sowie ... drei weitere Männer. Die kenn' ich nicht. Einer von denen muss ein hoher Geistlicher sein. Ich erkenn's an seiner Robe.«

»Dreimal verflucht! Dann hat die Kirche ihnen jemanden geschickt.« Agnes spülte das Brot mit dem letzten Schluck Wasser hinab. »Lass mich frei!«

»Ich darf's nicht!«

»Ich fleh' dich an! Im Namen meiner ...«

Das Geräusch der zahlreichen Schritte hatten die Zelle erreicht.

Catharina begab sich als Erste in den unverschlossenen, schäbigen Raum. »Geneve. Was treibst du?« Helligkeit breitete sich aus, Catharina hatte eine Lampe dabei. »Hatt' ich nicht gesagt, dass das Essen erst nach dem Besuch geschehen soll?«

»Verzeih mir, Mutter. Ich dachte, dass der Besuch noch auf sich warten ließe.« Schnell stellte Geneve das Geschirr zusammen und hob das Brett vom Boden. »Die Herren, ich grüße euch.« Sie verbeugte sich vor dem Ratsherrn und den Neuankömmlingen und wich an die Wand zurück, um ihnen Platz zu machen.

»Das ist sie, Inquisitor Rinaldi.« Ratsherr Valentin Stein deutete mit seinem Gehstock auf Agnes. »Mein Schreiber sagte aus, er habe Schatten gesehen, als seien sie lebendiges Fleisch, welche das Satansweib umspielten und umschmeichelten.«

Der Inquisitor, ein Mann von mehr als siebzig Jahren in einer langen, roten Soutane mit einem großen Kreuz vor der Brust, betrat behutsam den Kerker, als bestünde der Boden aus dünnem Eis. Stroh raschelte unter seinen Schuhen. Rinaldi hatte einen langen, silbernen Bart, und die graumelierten Haare hingen nackenlang unter der Kappe heraus. Ringe blitzten an den Fingern, darunter einer mit dem päpstlichen Legatensiegel. Die Blicke aus seinen kalten, hellen Augen suchten die Wände ab, den Boden, um danach über die Gefangene zu schweifen. Auf und ab.

Er sucht nach Schatten. Geneve verfolgte fasziniert, wie sich Agnes' Haltung im Angesicht des Inquisitors änderte. Hatte sie zunächst eine verächtliche Miene zur Schau getragen, wandelten sich die Züge nun und erhielten etwas Ängstliches.

Außer dem Knacken der Fackeln auf dem Gang blieb es still. Niemand wagte, vor dem hochrangigen Geistlichen das Wort zu ergreifen.

»Strega, vernimm: Ich war einst ein Schüler von Kardinal Giulio Antonio Santorio, dem Leiter des Heiligen Offiziums und Großinquisitor«, sprach Rinaldi bedächtig, dem leichten Akzent nach ein Italiener. »Du wirst mir nichts vormachen und vermagst mich nicht zu täuschen. Du bist eine, die mit den Umbra tenebrai spricht.« Zurückgehaltene Freude zeigte sich auf seinen Zügen. »Wie lange habe ich darauf gewartet, eine Strega zu finden, die diese Kunst beherrscht.«

»Meint das Wort *Strega* eine Hexe, ist's eine Lüge«, gab Agnes mutig zurück.

»Wir sperrten sie wegen mehrfachen Diebstahls ein, aber dann ... dann wandte sie ihre diabolischen Kräfte an, um meinen Schreiber und die Tochter der Henkerin zu verwirren, Eminenz«, erklärte Stein aufgeregt. »Die Teufelsmetze wollte gewiss flüchten!«

»Du warst dabei, Kind?« Rinaldi blickte zu Geneve, indem er nur seine wachen Augen bewegte.

»Ja, Eminenz.« Geneve musste sich darauf konzentrieren, nicht ins Zittern zu verfallen. *Mach dich nicht verdächtig. Es gibt keine Beweise gegen dich.*

»Was sahest du?«

»Nichts! Nichts hat sie gesehen!«, rief Agnes anklagend. »Vernehmt die Wahrheit: Dieser Schreiber bedrängte mich in der Zelle und wollt' mich nehmen. Er bot mir dafür die Freiheit an, und als ich –«

»Schweig, Strega!«, kanzelte Rinaldi sie ab. »Mit dir rede ich gleich.«

»Unzucht getrieben hast du mit dem Teufel, aber nicht mit meinem armen Schreiber«, empörte sich Stein und fuchtelte mit seinem Stab.

»Ich lasse mir nicht …«, setzte Agnes aufmüpfig an.

»Vincenzo, erinnere die Strega daran, wer das Sagen hat«, sprach Rinaldi, ohne die Gefangene anzuschauen. Seine ergründenden Blicke lagen noch immer auf Geneve.

Einer seiner Begleiter, ein Mann von knapp dreißig und recht gedrungener Statur, trat ins Licht und ging auf Agnes zu. Er zog ein Bündel Stricke vom Gürtel, deren Enden mit kleinen Bleigewichten versehen waren. Surrend fuhren die dünnen Seile nieder und trafen Agnes' Arme, die sie sich mit einem Aufschrei schützend vor das Gesicht hielt; die Gewichte ließen die Haut aufplatzen, lange blutige Striemen entstanden.

»Halt ein! Halt ein!« Fluchend rutschte Agnes weg. »Ich hab's verstanden, Pfaffe!«

»Mein Kind, was sahest du?«, fragte Rinaldi erneut Geneve. So freundlich seine Stimme klang, so lauernd blieb der Ausdruck in seinen Augen. »Waren da Schatten?«

»Sprich die Wahrheit, Tochter«, mahnte Catharina aus dem Hintergrund.

»Ja, Herr«, gestand Geneve. *Leugnen ist zwecklos. Er bemerkt es sogleich.*

»Bewegten sie sich wie Menschen?«, hakte Rinaldi freundlich nach.

»Ja, Herr. Sie ... sie ... einer stand neben dem Schreiber, und ein weiterer harrte neben Agnes aus und schien mit ihr zu sprechen.« Geneve fühlte sich, als würde sie Verrat begehen. *Es geht nicht anders.* Jede Lüge würde auf ihre Familie zurückfallen, und das durfte keinesfalls geschehen. *Schon gar nicht vor einem Inquisitor aus Rom.*

»Wollte sie sich mit dieser Zauberei befreien?«

»Das weiß ich nicht.« *Eine Lüge ist es nicht.* »Die Schatten verschwanden so schnell, wie sie gekommen waren.«

Rinaldi nickte ihr zu und schlug ein Kreuz über ihr. »Freue dich. Der Herr beschützte dich vor ihrer grausamen Magie.«

»Ja, Eminenz.« Geneve neigte den Kopf und spürte das Gewicht des Brettes in ihrer Hand überdeutlich. »Danke, Eminenz.«

»Es war mehr als rechtens und allergrößtes Glück, dass man im Vatikan nach Hilfe suchte.« Stein machte ein zufriedenes Gesicht. »Könnt Ihr mir sagen, was genau wir fingen, Eminenz? Es ist demnach keine gewöhnliche Hexe.«

»Nein, Ratsherr. Das ist sie nicht.« Rinaldi ging näher an Agnes heran und gab mit einem Wink zu verstehen, dass er mehr Licht haben wolle. Sein Geselle Vincenzo stand halb über ihr, von den Gewichten an den Stricken tropfte das Blut. »Sie ist in deiner Sprache eine Schattenhexe.« Zufrieden betrachtete er die Gefangene. »Als mich die Anfrage eures Bischofs in Rom erreichte, musste ich einfach anreisen, trotz des beschwerlichen Wegs über die Alpen. Um sie mit eigenen Augen zu sehen. Und das Verhör zu führen.«

»Oh. Meine Henkerin wird –«

»Nicht nötig.« Rinaldi zeigte auf seine Gesellen. »Flavio und Vincenzo wissen, was zu tun ist. Die Bugatti-Brüder begleiteten mich bei unzähligen Verhandlungen. Aber deine Scharfrichterin mag beiwohnen, damit sie lerne.«

»Zu großzügig, Eminenz«, erwiderte Catharina und deutete eine Verbeugung an. »Mein Sohn und ich nehmen das Angebot dankend an.«

»Da sie eine besondere Hexe ist, gilt's, außergewöhnliche Vorsichtsmaßnahmen zu treffen?«, schaltete sich Stein beunruhigt ein, dem wohl mit jedem Herzschlag mehr dämmerte, dass er sich in unmittelbarer Nähe eines gefährlichen Wesens befand.

»Meine Gesellen nehmen dies in Angriff. Sie scheint geschwächt, sonst wär's euch längst übel ergangen.« Rinaldi kniff die Augen leicht zusammen. »Wieso bist du geschwächt, Strega? Was hast du getan? Ein Ritual? Unzucht mit dem Teufel? Eine Zusammenkunft mit deinesgleichen?«

Agnes spuckte gegen seine Robe und lachte wild. »Nichts verrat' ich dir! Gar nichts, du räudiger Diener des Bösen.«

Vincenzo schlug blitzschnell zu. Die Gewichte landeten auf dem Kopf und der Stirn der Angeklagten, ließen die dünne Haut über dem Knochen aufplatzen und Blut hinabströmen.

»Verdrehe nicht die Wahrheit, Strega! Du *wirst* gestehen. *Alles* wirst du gestehen. Jedes Geheimnis, jede Zauberformel, jede deiner Mitstreghe und die Orte eurer Zusammenkünfte«, donnerte Rinaldi, dass seine Stimme von den Wänden und durch den Gang hallte. »Ihr müsst gefunden und ausgemerzt werden, bevor ihr mit euren Künsten mehr Schaden anrichtet als sämtliche anderen Streghe zusammen.« Er blickte Catharina forschend an. »Du bist wie lange schon Henkerin?«

»Acht Jahre, Eminenz. Seit mein Mann starb«, erwiderte sie unbeeindruckt.

»Dann verstehst du dich auf die sachgemäße Tortur.«

»Selbstverständlich, Eminenz.«

»Und auf das Pflegen?«

»Dies vollzieht meine Tochter.« Catharina winkte Geneve näher. »Niemand starb je unter ihren Händen. Nur unter meinen, nachdem das Urteil gesprochen und der Stab gebrochen wurde. Niemals früher.«

Der Inquisitor bedachte Geneve erneut mit einem langen Blick. »Diese Strega wird so rasch nicht gestehen. Das liegt in ihrer Art. Es kommen daher jegliche Formen der Tortur zu Anwendung.«

»Ich heile Quetschungen, Schnitte, Brandwunden jedweder Art, schiene gebrochene Gebeine und weiß, was bei offenen Brüchen und Entzündungen zu tun ist«, ratterte Geneve herunter. »Sie wird leben, Eminenz. Bis zu ihrem Geständnis.« *Oder lange genug, um nichts zu gestehen. Und sie frei sein wird.*

»Sehr gut, Kind. Sehr gut.« Rinaldi sah zu Ratsherr Stein. »Dann erhebe ich hiermit Anklage gegen diese Gefangene. Wegen Hexerei, Zauberei sowie Unzucht mit dem Teufel.« Er wandte sich um. »Scharfrichterin, bereite alles vor. Morgen beginnen wir mit dem ersten Verhör. Flavio, Vincenzo, ihr sichert die Strega.« Dann ging er hinaus, gefolgt von Ratsherr Stein.

»Wir gehen.« Catharina schob Geneve hinaus, Jacob schritt hinterdrein. »Ich kenne dein weiches Herz. Aber verbiete dir *einmal*, es zu zeigen«, raunte sie und ließ etwas Abstand zwischen ihnen und dem Inquisitor und dem Ratsherrn.

»Ich werde mich bemühen, Mutter.«

»Es ist keine Bitte. Es ist eine Anweisung.« Catharina wies mit Blicken zu Rinaldi. »Dieser Mann kennt kein Erbarmen. Ich hab' von ihm gehört. Und sollt' er den leisesten Verdacht gegen dich hegen, wirst du enden wie diese Schattenhexe.«

»Das täte selbst mir leid«, warf Jacob mit einem leisen Lachen ein. »Wo ich dich so gernhab', Schwesterherz.« Er klatschte mehrmals in die Hände. »Heißa, das wird ein Erlebnis! Ich lerne von einem römischen Inquisitor und seinen Gesellen.«

»Du genießt es zu sehr«, mahnte Geneve. *Er ist doch ein rechter Widerling.*

»Ich erteile dem Bösen die nächste Lektion. Als ehrbarer Christ *muss* ich mich darüber freuen. Es ist ein Gebot, wie es in der Heiligen Schrift geschrieben steht. Das solltest du auch tun, bevor Rinaldi misstrauisch wird.« Jacob lachte erneut. »Am besten meidest du das Verhör. Wir rufen dich, wenn's Wunden zu versorgen gäb'.«

Geneve stimmte zu. *Das wird bestimmt übler als alles, was ich miterleben musste.* »Ich könnt' ihr etwas verabreichen, das sie die Schmerzen nicht spüren lässt. Einige Tropfen von der Tinktur aus Laudanum und Nachtwurz, die ich –«

»*Nichts* dergleichen wirst du tun! Die Schattenhexe ist nicht eine von den üblichen Beschuldigten«, unterbrach sie Catharina harsch. »Sie soll bekommen, was sie verdient. Mit vollem Schmerz und ganzem Leid, wie sie es über uns brachte.«

»Hat sie das, Mutter?« Geneve rutschten die Worte zu schnell über die Lippen.

»Wie kannst du daran zweifeln? Du hörtest den Inquisitor«, warf Jacob ein.

So leicht wollte Geneve nicht klein beigeben. »Wieso brachte Agnes mich und den Schreiber nicht um, als sie es vermochte? Es wäre ihr ein Leichtes gewesen. Wie soll man gegen Schatten kämpfen?«

»Weil sie dann immer noch gefesselt gewesen wäre, Tochter.« Catharina stieß die Luft aus. »Welch dämonische Macht sie besitzt! Wir hatten Gottes Beistand. Vor allem du, Tochter.«

In dem Moment erschallte Agnes' gellender Schmerzensschrei, gefolgt von lautem Hämmern.

»Was ... was tun sie mit ihr?« Geneve blieb stehen. »Die Folter beginnt nicht ohne ...«

»Ich denk', ihr die Hände zusammennageln«, erklärte Jacob. »Hab's vorhin gehört. Sie nutzen einen geweihten Silbernagel, damit sie die Finger nicht für einen Zauber benutzen mag.«

»Das ist nicht rechtens.« Geneve hörte das Mitleid in ihrer Stimme. *Ich muss vorsichtiger sein. Sonst sitze ich bald neben der Angeklagten, sofern es Rinaldi mitbekommt.*

»Eine Schattenhexe auch nicht. Sie erfordert offenbar andere Maßnahmen.« Catharina versetzte ihr einen Stoß. »Und jetzt weiter, Tochter, bevor die Eminenz

Verdacht schöpft. Es ist mir gleich, wie du es anstellst, aber befreie deine Stimme von Mitgefühl. Sonst wird es dein Verderben sein.«

»Ja, Mutter.«

Gemeinsam stiegen sie die Treppe hinauf.

Ja, so verlief das erste Zusammentreffen mit der Familie Bugatti.

Es waren die Ahnen des späteren Vatikanhenkers, die mit ihrem Herrn nach Deutschland reisten, um eine Schattenhexe zu verhören. Eine Strega di ombra. Die in der Lage sein sollte, Schattenwesen zu erschaffen.

Ich hatte schon vieles gesehen, was in meinem Kerker auf den Prozess wartete.

Hexen, überwiegend harmlos. Geschöpfe, die man der Gestaltwandelei anklagte. Menschen, die das Blut von anderen tranken oder sich darin suhlten, um ewige Jugend und Schönheit zu erlangen, oder die Herzen fraßen, um die Kraft ihrer Opfer zu erlangen.

Gar Zauberer und sonstige Wesen der Dunkelheit.

Aber eine Schattenhexe war auch für mich neu. Neu und unbekannt.

Unbekannt war auch der Inhalt des Londoner Schließfachs für Geneve und Alessandro Bugatti – und sie mussten erkennen, dass man ein Geheimnis nicht einfach aufdeckt und es versteht.

Geneve und Alessandro saßen in einer der absperrbaren Kabinen aus Milchglas, in denen man die Inhalte der Schließfächer in aller Ruhe begutachten konnte. Vor ihnen auf dem Tischchen ausgebreitet lag der Inhalt von Fach Nummer 4223.

»Was haben Sie alles?« Geneve sichtete ihren Teil: Kodices aus längst vergessenen Zeiten.

»Jede Menge Seiten, herausgerissen aus antiken Almanachen, auf Altenglisch. Zahlreiche Fotografien von Männern und Frauen, nicht älter als drei Monate«, zählte Alessandro auf. Er hatte sein Sakko ausgezogen und auf einem Bügel deponiert, der in der Kabine hing. »Diverse Zeichnungen von Symbolen und Siegeln und dazu Listen mit in erster Linie durchgestrichenen Namen. Zeitungsausschnitte mit Markierungen.«

»Und was ist markiert?«

»Ereignisse aus Politik und Wirtschaft, meistens geht es um bedeutende Vorgänge in Firmen und Regierungen«, sagte er bedächtig und tauschte die Blätter hin und her. »Die Zeichen, die daneben handschriftlich stehen, sagen mir nichts. Wie sieht's bei Ihnen aus?«

»Es hat den Anschein, dass sich mein Bruder mit magischen Forschungen beschäftigte.« Geneve schob die brüchigen Kodices auseinander und hob die handschriftlichen Ergänzungen andeutungsweise an. »Er sammelte alte Bücher über Dämonen und deren Hierarchien, die er mit den Erkenntnissen aus den Verhören von damals kombinierte.«

»Sie meinen, von Ihren Ahnen?«

»Genau. Meiner Ahnen.« *Schon wieder. Wo bin ich nur mit meinen Gedanken?* Geneve blätterte und betrachtete die Ergänzungen in den gedruckten Büchern. Offenbar hatte sich Jacob für die dunkle Seite entschieden und mit dem Beistand der Finsternis nach mehr Macht in seinem Leben getrachtet. *So ein narzisstischer Arsch.* Sie blickte Alessandro an. »Er erforschte Magie, Herr Bugatti. Schwarze Magie.«

»Hatte er denn ein Gespür dafür?«

»Ich bemerkte in den ganzen Jahren nichts.« Ob er in der Lage gewesen war, Hexerei zu betreiben, konnte sie nicht sagen. *Vielleicht, nachdem ich mich durch den nächsten Stapel gearbeitet habe.*

Alessandro stöhnte und sah über ihren Fund. »Das ist ganz schön viel. Sollen wir die Unterlagen mitnehmen und im Hotel weitermachen? Ich könnte langsam etwas zu trinken vertragen.«

»Ich bin unschlüssig.« *Im Stahl- und Marmorbauch der Bank liegen sie sicher.* Geneve zog einen Ordner zu sich. Einen Überblick hatte sie sich immerhin erarbeitet. »Im realen Leben arbeitete Jacob als Verhörspezialist für den MI6. Anscheinend stolperte er bei einem seiner Jobs über ein Netzwerk, das quer über die ganze Welt gespannt ist.«

»In Politik und Wirtschaft«, fügte Alessandro an.

»Jacob nennt sie in seinen Aufzeichnungen *possessionis*.«

»Die Besessenen«, übersetzte er sogleich aus dem Lateinischen. »Ist das der Name für einen Geheimbund oder wirklich das, was es bedeutet?«

»Das müssen wir noch herausfinden.« Ging es wirklich um von Dämonen besessene Menschen, war es eine Verschwörung von ungeheurem globalem Ausmaß. Geneve deutete auf die Liste vor Alessandro. »Wie viele Namen haben Sie dort stehen?«

»Mehr als dreihundert. In so ziemlich allen Ländern der Erde.« Alessandro suchte sich durch die Hinweise. »Aber es gibt Schwerpunkte in den reichen Industrienationen. Auch in Indien, China und … Nordkorea. Da sind noch weitere Pulverfässer darunter.«

»Ich habe so etwas wie ein Tagebuch gefunden. Mehr ein Ermittlungstagebuch.« Geneve schlug es auf. Sie erkannte die Handschrift ihres Bruders. Es schien nur gelegentlich geführt worden zu sein, und manche Seiten waren rausgerissen.

»Etwas, das uns Aufschlüsse bringt?«

»Warten Sie. Ich lese vor.«

Spannender Tag.

Habe nach drei Jahren Ruhe wieder einen niederen possessio gefunden, nachdem ich den vagen Hinweisen gefolgt bin. Dachte schon, diese Sache hätte sich erledigt.

Trent Kingsley. Er redete auch gleich, nachdem ich ihn ein bisschen behandelt habe. Mit seinen eigenen Mitteln. Die Symbole funktionieren sehr gut.

Der MI6 nimmt an, ich hätte einen weiteren Spion zur Strecke gebracht.

Hadere mit dem Umstand, was ich mit meinen Erkenntnissen anfangen soll. Kann gefährlich für die Welt werden.

Ich mache weiter. Muss aber aufpassen, dass meine Absicherung steht. Sie dürfen auf keinen Fall merken, dass ich ihr Netzwerk entdeckt habe.

»Oh. Ihr Bruder schien sich länger schon damit zu beschäftigen.« Alessandro lauschte gebannt.

»Es geht noch weiter.« Geneve las weiter.

Trent Kingsley war ein Volltreffer!

Hat mich angeschrien und versucht, seine dunklen Künste gegen mich zu schleudern. Gut, dass ich mich inzwischen mit diesem Kram auskenne.

Kingsley. Großes Arschloch.
Hat zuerst so getan, als wäre er ein kleines Licht. Sitzt aber in zehn Aufsichtsräten von börsennotierten Firmen und hat Zugang zu verschiedensten Geheiminformationen.
Zum ersten Mal hat er ausgepackt, nachdem ich ihm die Augen langsam mit dem Lötkolben bearbeitet habe. Flüssiges, geweihtes Silber habe ich hineintropfen lassen. Wie in den alten Zeiten.
Wenn ich Kingsleys Gestammel richtig verstanden habe, dient er einem Großdämon, dessen Ziel es ist, seine Macht über die Welt auszudehnen. Seine Verbindungen konzentrieren sich auf Konzerne und die Wirtschaft, dazu einige Geheimdienste und Politik.
Sofern Kingsley mich nicht angeschmiert hat, steht der Dämon kurz davor, seine Leute in wichtige Regierungspositionen in mehreren Ländern zu bringen.
Und dann soll in Europa ein Krieg ausbrechen.
Weil es schon lange keinen mehr gab. Um den Leuten die Hölle zu bringen, die von Europa über die ganze Welt schwappen soll. Verzweiflung wird die Menschen in die Arme der Finsternis treiben, die sich dann großherziger und fähiger zeigen soll als das Gute, welche die Religionen auf dem Globus predigen.
Kingsley meinte, er kenne keine Details, nur das große Ziel.
Ich mache mich auf die Suche nach denen, die in der Hierarchie der possessionis ganz oben stehen.

»Das ... ist erschütternd«, brach es aus Alessandro heraus. »Das muss ich dem Heiligen Vater offenlegen.«

Geneve dachte an ihre alles andere als zufällige Begegnung mit dem Exorzisten in Leipzig. »Ich vermute, der Papst weiß es schon. Oder ahnt es zumindest.«

»Wie kommen Sie darauf?«

»Der Kirchenneubau in Leipzig. Die Ankunft des jüngsten Monsignore, den ich jemals gesehen habe, und das Gespräch mit ihm über Exorzismus«, zählte sie auf. »Der Vatikan wappnet sich.«

»Nur: Wird es ausreichen?« Alessandro deutete frustriert auf die sich stapelnden Unterlagen. »Was wir vor uns liegen haben, sind keine Beweise, mit denen Geheimdienste tätig würden. Haftbefehl gegen Dämonen und Besessene – wir machen uns zum Gespött.«

»Diese Ansicht teile ich. Aber hören wir weiter.« Sie blätterte im Büchlein ihres Bruders um.

Die Zeit läuft mir davon.

Problem: Ich habe den Dämon, der dahintersteckt, noch nicht identifiziert. Aber lange kann es nicht mehr dauern.

Dafür sind sie mir an den Hacken. Habe bei der letzten Mission drei von den Arschlöchern beseitigen müssen. Es war nicht leicht, das dem MI6 zu vermitteln. Zivile Verluste. Gut, dass es Uganda war und kaum jemand dort Fragen stellt.

Und heute, mitten in der Befragung, tickt die Schlampe aus und beißt mir fast das Gesicht weg. Nie war das Foltern schöner.

Habe endlich jene drei Personen, die als Großkoordinatoren dienen und von denen die possessionis abhängig sind:

Samantha Fry (London)
Pierre DeTemple (Frankreich)
Charles Kruger (New Orleans)

Die schnappe ich mir einen nach dem anderen. Finde den Dämon. Dann kann ich mir Verbündete suchen und überlegen, was wir machen. Warum die Macht nicht nutzen?
  Die Welt soll nicht brennen, sondern ein bisschen kokeln – und dann mir gehören.
  Welch Triumph: ein Scharfrichter, ein Ausgestoßener, der zum Herrscher über alle wurde.

»Oje. Größenwahn.« Alessandro prüfte die Listen nach den Namen, die im Tagebuch genannt wurden.
  Geneve betrachtete die Handschrift ihres Bruders, die sich im Laufe der Dekaden gewandelt hatte. *Wahnsinnig. Ganz sicher. Lag es an dem Mittel, das er von mir bekam?*
  »Da sind sie«, verkündete Alessandro. »Fry, DeTemple, Kruger. Sie haben laut der Aufzeichnungen verschiedene weitere Identitäten und Wohnungen auf der ganzen Welt, wo sie tätig sind. Mal als Ärzte, Anwälte. Eine stattliche Zahl an Berufen, die so ein possessio ergreifen kann.«
  Geneve bemerkte, dass es mit den Notizen zu Ende ging. »Einen letzten Eintrag habe ich noch. Danach fehlen die Seiten.«

Es wird Zeit, dass ich mir etwas einfallen lasse.
  Ich habe die possessionis unterschätzt. Dem Namen des Dämons ist nicht beizukommen, und solange ich den

nicht habe, fehlt mir die Handhabe, um gegen ihn vorzugehen.
Falls das überhaupt möglich ist.
Seit einigen Monaten habe ich allerdings eine berechtigte Hoffnung.
Die Wiccas vom ansässigen Tamesis-Coven hatten in der Vergangenheit Kontakt zu diesem Wesen. Nach meinen neusten Erkenntnissen sagten sie sich von ihm los, da sie seine Gefährlichkeit erkannten.
Ich glaube ihnen.
Ich mutmaße, dass dieser Dämon auch in Form einer Muttergöttin erscheinen kann, was die Wiccas zunächst falsch deuteten. Bis sie den Irrtum erkannten. Aber sie planen weiterhin etwas. Vielleicht kann ich das noch nutzen.
In den Aufzeichnungen der Wiccas werden zwei Menschen aufgeführt, die mir weiterhelfen könnten. Der Mann heißt Gedeon, die Frau Elaine.
Die Wiccas berichten davon, dass sich die zwei schon einmal mit dem Dämon und den possessionis anlegten. Wenn ich das richtig gelesen habe, ereignete sich dieser Vorfall vor mehr als hundert Jahren.
Was immer Gedeon und Elaine sind, sie haben ein kleines Geheimnis. Denn sie wurden vor zehn Jahren in London gesehen, sagte mir Grey. Eine unnatürlich lange Lebenszeit.
Ich habe nichts weiter als ein paar Zeichnungen von ihnen, die ungefähr hundert Jahre alt sind. Mithilfe unseres NSY-Phantomzeichners habe ich bessere Bilder anfertigen lassen und jage sie zum einen durch die MI6-Datenbank, zum anderen durch die Kamerasysteme von London. Sobald sie in meiner Stadt registriert werden, bekomme ich eine Nachricht.

Hoffe, die tauchen noch mal auf.
Jetzt weiter im Takt. Ich muss mir endlich einen von dem Trio greifen.

»Dazu kam es offenbar nicht mehr«, sagte Alessandro.
»Nein. Aber nun wissen wir, wer meine Mutter tötete. Und aus welchem Grund.« Geneve schlug das zerfledderte Büchlein zu. *Weil sie bei ihrer Recherche um den Mord an meinem Bruder auf dessen Nachforschungen stieß. Um zu verhindern, dass sich Jacobs Wissen verbreitete, wurde auch sie ausgelöscht.*
»Sì. Die possessionis waren ihm auf den Fersen. Sie fanden heraus, dass es eine alte Fehde zwischen den Cornelius und den Bugattis gibt, und nutzten dies, um eine falsche Spur zu legen«, sagte Alessandro. »Sie konnten nicht ahnen, dass die vermeintlich sichere Ablenkung misslingen würde.«
Geneve blickte über den Haufen Erkenntnisse, die ihnen Jacob hinterlassen hatte. *So eine Scheiße.* Geneve sprach schon lange nicht mehr mit ihrer Familie. Jeder führte sein Leben, abseits der anderen. Sie deutete über die Aufzeichnungen. »Es hat zweier Morde und einer Verschwörung bedurft, um uns zusammenzubringen«, sagte sie mit brüchiger Stimme. *Hätte ich die Tode verhindern können, wäre ich enger mit ihnen gewesen, anstatt mich abzuwenden?*
»Gehen Sie nicht zu hart mit sich ins Gericht, Signora. Ihr Bruder hatte sich entschieden, ins Dunkle zu gehen. Er war unerreichbar für Sie.«
»Die Ironie daran ist, dass Jacob mir mit seiner Hinterlassenschaft eine Aufgabe übertrug.« *Ohne es zu wollen.* Geneve sammelte die Unterlagen ein und packte

sie zurück in die Kassette. *Er würde schäumen, könnte er mich sehen.*

»Und?«

Geneve hörte deutlich, worauf Alessandro abzielte. »Sie wollen wissen, ob ich die Aufgabe annehme.«

»Alora, zuerst würde mich interessieren, wie Sie die Aufgabe definieren.«

Mein Bruder wollte das Schlimmste für die Welt. Ich stand nie für das Unrecht. Geneve packte die letzte Aufzeichnung in die Kiste. »Verhindern, dass dieser Dämon und seine possessionis ihr Ziel erreichen«, sprach sie entschieden. »So es mir möglich ist.« Sie hob die Kassette an. *Ein Verbündeter wäre gut.* »Was mich zu der Frage bringt: Sind Sie dabei, Signore Bugatti?«

»Naturalmente, Signora. Abgesehen davon, dass das Böse die Hand nach der Welt ausstreckt, hat man versucht, mich eines Mordes zu bezichtigen.« Alessandro erhob sich und öffnet ihr die Milchglastür. »Das fordert eine angemessene Antwort.«

»Das freut mich. Sehr sogar.« Geneve gähnte leise. »Wenn ich ausgeschlafen habe, fange ich an, weitere Vorbereitungen zu treffen.« Sie ging an ihm vorbei aus der Glaskabine und deponierte die Kiste im Fach 4223, sperrte ab und steckte den Schlüssel ein. »Ideen?«

»Ich prüfe die Namen, die Ihr Bruder ins Visier nahm.« Schritt um Schritt gingen sie die Treppe hinauf und näherten sich der Schleuse, die von oben geöffnet wurde. »Und wir sollten eine Versammlung unserer Zunft einberufen. Sämtliche Dynastien, die zu unserem Bund gehören. Der Tod von zweien aus der Familie Cornelius ist Grund genug. Sobald wir einen Termin gefunden haben, eröffnen wir den wahren Grund.«

»Die Ahnen von Scharfrichtern und Scharfrichterinnen gegen einen Dämon.« *Das kann nicht gut ausgehen. Aber was bleibt sonst?*

»Das Wissen von Jahrhunderten wird im Kampf gegen das Böse von Nutzen sein, Signora. Die Bugattis haben beste Verbindungen zu Seiner Heiligkeit.«

Geneve wollte die Kirche nach Möglichkeit aus dem Spiel lassen. »Packen wir es an, Signore.«

»Sagen Sie Alessandro, bitte. Ich bin der Ältere von uns beiden und darf es vorschlagen.«

»Oh, sind Sie wirklich der Ältere?«, fragte Geneve spitz. »Hielten Sie mich vorhin nicht für eine Unsterbliche? Ich könnte gut fünfhundert Jahre alt sein, nicht wahr?«

»Es ist ein Mythos. Dachte ich«, gab er grinsend zurück.

»Dann bin ich Geneve für dich.« Sie streckte den Arm aus. »Hand drauf?«

»Hand drauf. Ein historischer Moment«, sagte er und schlug ein. »Die Fehde gehört der Vergangenheit an.«

Mit einem Zischen öffnete sich die Schleuse.

Geneve lächelte ihn an. »Warten wir ab, was deine Mutter dazu sagt.«

Alessandro ließ ihre Hand los, ging vor und steuerte die nächste Treppe an, die zum Empfangstresen führte. »So sehr ich meine Mutter liebe: Darauf gebe ich nichts.«

So einfach.

So einfach wird begraben, was sich über Jahrhunderte zog und unter dramatischen Umständen entstand, die ich Ihnen noch gar nicht schilderte. Das hole ich nach.

Dennoch werden Sie meine Verwunderung verstehen,

wie leicht es sich die Jugend macht – sagen wir, die scheinbare Jugend, was meine Tochter angeht. Zu meinen Zeiten wäre das unmöglich gewesen. Eher hätte ich mir eigenhändig den Arm abgehackt, bevor ich um Verzeihung gebeten hätte.
Sei es drum. Es ergab sich, und es ist gut so.
Auch an anderer Stelle der Welt, um genauer zu sein in Leipzig, gingen die Dinge voran, denn dort sollten Feindschaften im Keim erstickt werden. Dara und William befanden sich auf dem Weg in die Eisenbahnstraße, um eine Entschuldigung zu überbringen. Eine aufrichtige Anteilnahme für die Hinterbliebenen des unglückseligen Kadek, der Krait-Wechselbalg, den die ungestüme Suche nach seinem entwendeten Eigentum das Leben gekostet hatte.

Dara und William schlängelten sich vorbei an den Nagelstudios, Wettbüros, arabischen Restaurants und einer gutbürgerlich-deutschen Imbissstube. Es roch nach Döner und orientalischen Gewürzen.

Die Worte, die den beiden Gestaltwandlern entgegenschlugen, bestanden aus einem bunten Mix Deutsch, Arabisch, Türkisch, zwischendrin asiatische Wörter, die aus den Geschäften drangen oder von Passanten im Vorbeigehen gesprochen wurden. Die Eisenbahnstraße präsentierte sich belebt, auch am Abend.

»Das soll eine schlimme Gegend sein«, sagte William angespannt. In seiner Linken trug er ein Monstrum von einem Blumenstrauß, weiße Lilien, deren Geruch eine Spur hinter ihnen herzog. Dara hielt fünfzig langstielige Rosen mit beiden Händen umfasst.

»Habe ich auch gehört. Wird aber schlimmer gemacht,

als es ist. Außerdem habe ich dich als meinen Beschützer dabei.« Dara bewegte sich angstfrei über das Trottoir. Die Straßenbahn fuhr polternd vorbei, ein Bus folgte ihr mit lautem Motorgrölen. »Die Eisenbahnstraße geriet öfter in die Schlagzeilen.«

»Weil sie ganz erkennbar anders als der Rest von Leipzig ist.«

»Ja, es gibt schon Reibereien. Das kann man nicht verschweigen.« Die zierliche Wandlerin formte mit Daumen und Zeigefinger eine Pistole. »Und Rocker lieferten sich mal eine Schießerei.«

»Jetzt, wenn ich das höre, fühle ich mich gleich wohler.« William knurrte, als er angerempelt wurde. Dafür erntete er von dem jungen Mann Beschimpfungen in einer ihm unbekannten Sprache. »Freundlich sind sie ja. Dem Nächsten stopfe ich die Lilien in den Arsch.«

»Du bist auch nicht einen Millimeter zur Seite gegangen.« Dara nahm seine Hand und balancierte den Strauß in der Armbeuge. »Sei ein bisschen lockerer.«

»Du hast gut reden. Du wirst nicht gleich vor einem Scheißblutsauger stehen und ihm sagen, dass einer seiner Diener umgebracht wurde«, raunte er zurück. »Ich hätte warten sollen, bis Frau Cornelius zurück ist und ich wenigstens die Münze habe. Und die Asche.«

Dara streichelte einmal über seinen breiten Rücken. »Es ist ein erster Schritt, den wir machen. Je eher wir uns bei ihnen melden, desto besser. Vergiss nicht, dass sie meiner Familie eine Botschaft für dich geschickt haben.«

»Ja. Du hast recht«, sagte William zerknirscht. »Woher weißt du, wo wir die Adernlutscher finden?«

»Ich kenne einen von ihnen. Also, einen Alteingesessenen.«

»Woher?«

»Aus einem Grufti-Club in der Innenstadt. Und wir sind in der gleichen Buch-Community und tauschen uns über die Werke aus, die wir gut finden. Ich habe ihn gefragt, ob er jemanden aus der Eisenbahnstraße weiß, der einen Wechselbalg als Diener hat und ihn vermisst.«

William blieb lachend stehen »Kein Scheiß?«

»Kein Scheiß. Was hast du gedacht? Dass wir uns vor der Notaufnahme treffen und dort Blutkonserven klauen oder das Fleisch der Toten aus den Kühlkammern stehlen, um sie anzulocken?« Dara kicherte. »Oh, William. Du bist echt ... in der Zeit stehen geblieben.«

Der irische Wandler legte seine Bedenken nicht ab. »Woher wissen wir, dass er uns nicht verarscht?«

»Würde Lukas nicht tun.« Dara blickte suchend über die Hausnummern. »Da vorne ist es.«

»Schön, dass der Buchlukas gleich einen Termin für uns ausgemacht hat.« Er klang spöttisch. »Scheißblutsauger. Alle weich und hinterfotzig. Ich wette, dass dieses Treffen beschissen läuft.«

»Ich bat Lukas darum. Werd nicht ungerecht, William.« Dara verschärfte ihren Ton. »Weil du dem Wechselbalg die Münze abgenommen hast, laufen wir durch die Gegend, anstatt in Irland die Tage gemeinsam zu genießen.«

Er grollte anhaltend und warf die langlockigen schwarzen Haare zurück, der große Bizeps zuckte. »Das ist die Anspannung. Entschuldige.«

»Angenommen.« Sie zeigte auf einen verbarrikadierten Hausdurchgang. »Das ist es.«

»Ein Abrisshaus.«

»Nein, es wird saniert. Steht doch auf dem Bauschild.«

Sie legte den Kopf in den Nacken. »In den oberen Stockwerken brennt Licht. Sagen wir Hallo und Entschuldigung, lieber Herr Vampir.«

»Ist gut.«

»Weißt du noch alles, was ich dir gesagt habe?«

»Ja.«

»Ich höre.«

William seufzte genervt. »Der Adernlutscher heißt Imothep.« Dann lachte er grollend. »Imothep Vollidiot. Und sein Diener –«

Dara schlug ihm auf den Arm. »Lass das! Am Ende rutscht dir das noch raus. Also, jetzt richtig.«

»Sein Name ist Horst Voigt, man nennt ihn jedoch Ho, weil sein Vater Asiate war«, leierte der Wandler runter. »Er lebt seit seiner Geburt in Leipzig, ist vor etwa vierzig Jahren zum Adernlutscher gemacht worden. Er mag langstielige Rosen aus der Zucht Black Magma, weswegen wir ihm einen Strauß mitgebracht haben. Die Lilien sind für Kadeks Angehörige.«

»Was noch?«

»Ho hat einen kleinen Schwanz.«

»William!«

»Das ist schwer genug für mich«, brauste er auf, und einige Leute warfen ihnen verwunderte Blicke zu. »Nicht glotzen, Gentlemen. Gehen sie weiter, los«, blaffte er sie an.

»Ich merke schon, wir lassen das mit dem Vorbereiten lieber. Das macht es nur schlimmer.« Dara betrat den Hofeingang, in dem vor einer Barrikade aus Bauzaun, Containern und Plane eine Tür mit zwei Dutzend Klingelschildern angebracht war. »Das ist es. Ho Export & Import.« Sie betätigte den Knopf.

William konnte das Grollen nicht unterdrücken.

»Reiß dich zusammen«, knurrte sie. »Du machst mich damit noch nervöser als dich.«

Der Türöffner summte.

Dara drückte den Eingang auf, und sie betraten den großen, kaum beleuchteten Flur. Es roch nach Staub, Maschinenöl und Metallabrieb, dazu ein Hauch von warmem Textil.

»Gehen Sie nach rechts«, rief eine Stimme von weiter entfernt. »Ich bin in der Lagerhalle.«

»Na dann.« William schob sich an Dara vorbei und nahm ihr den Rosenstrauß ab. Er hob ihn, als würde er eine Keule halten. »Wenn ich mit den Blumen zuschlage, glaubst du, ich könnte ihn damit köpfen?«

»Spinner.« Sie versetzte ihm einen Stoß.

Echohafte Unterhaltungen und Gespräche hallten aus größerer Distanz zu ihnen. Es wurden Dutzende Telefonate oder Internetanrufe wie in einem Callcenter geführt. Die Sprache war nicht zuzuordnen. Aus einem anderen Teil des Hauses erklang beständiges helles Rattern wie von Zähl- oder Nähmaschinen.

Nach wenigen Schritten erreichten Dara und William das Büro, dessen Tür angelehnt war. Durch eine Glasscheibe sahen sie in eine weitläufige, dunkle Halle dahinter. Tücher und Folien deckten große und kleine Gegenstände ab. Der Geruch veränderte sich und hatte nun Spuren von altem Holz und Stein.

»Da sind Sie beide. Kommen Sie, kommen Sie.« Im Büro erkannten sie einen groß gewachsenen Europäer, dessen Gesicht einen unverkennbar asiatischen Einschlag hatte. »Wie nett, Sie haben Rosen mitgebracht. Black Magma. Meine Lieblingssorte.« Er kam ihnen entgegen und öffnete die Tür vollständig. »Willkommen bei Ho Export und Import.« An seinem schlanken Leib saß ein hellgrauer Anzug mit aufwendigen Stickereien.

»Vielen Dank, dass Sie uns empfangen, Herr Voigt«, begann Dara in freundlichstem Tonfall.

»Nennen Sie mich bitte Ho. Das tun alle«, sagte er. »Und Sie sind der Schlingel, der sich mit meinem Kadek anlegte?«

»Ja, Herr Ho.« William warf einen raschen Seitenblick zu Dara, die ihn aufmunternd anrempelte. »Ich bin gekommen, um mich zu entschuldigen.« Er reckte die Sträuße nach vorne. »Es lag mir fern, Ihnen und den Angehörigen Ihres Dieners ... Probleme zu machen.«

»Probleme? Interessante Formulierung.« Ho nahm die Blumen entgegen und stellte sie umgehend in brusthohe Standvasen. Es war ihm mit nichts anzumerken, dass es sich bei ihm um einen Vampir handelte. »Wo ist Kadek?«

»Tot, Herr Ho.«

»Haben Sie ihn getötet?«

»Nein. Nicht direkt.« William kostete es Überwindung, von seiner Schuld zu sprechen, was man seiner Stimme anhörte. »Es kam in der Straßenbahn zu einem Wortgefecht zwischen uns, danach gab es eine Rangelei. Dabei fiel ihm eine Münze aus der Tasche.«

»Eine Münze.«

»Ja. Eine goldene. Ich steckte sie ein und hatte nicht vor, sie ihm zurückzugeben. Schließlich hat mich das Arschloch gebissen.«

»William«, raunte Dara warnend.

»Ist doch wahr.«

Ho brummte und lehnte sich gegen seinen Schreibtisch. »Da Sie lebend vor mir stehen, haben Sie es geschafft, sich das Gegengift zu beschaffen. Beeindruckende Leistung. Das Toxin eines Krait ist eines der stärksten der Welt. Schon eine Schlange verabreicht eine Dosis Gift, die ausreicht, um sechs Erwachsene zu töten. Ein Wechselbalg der balinesischen Kultur sondert das Zehnfache ab.«

»Werwölfe sind hart im Nehmen, Herr Ho.«

»Unwidersprochen, Herr …«

»Sie können William zu mir sagen.«

»Danke. Das ist übrigens ein lustiger Aufdruck auf dem Shirt, das Sie tragen. *Kill Thulsa*.«

William bleckte die kräftigen Zähne und ließ die Brustmuskeln zucken. »Sie kennen den Film?«

»Natürlich. Der erste Conan. Thulsa Doom wird am Ende enthauptet.«

»Danke für den Spoiler«, warf Dara ein.

»Dann wussten Sie nicht, dass Thulsa Doom der Anführer eines Schlangenkultes ist?« Hos Freundlichkeit war nun offensichtlich gespielt. »Nette Botschaft, William. Das macht es schwer, an Ihre aufrichtige Entschuldigung zu glauben.«

»Über das Shirt sprechen wir noch«, raunte Dara ihrem Freund zu.

»Also, Kadek biss Sie. Sie haben die Goldmünze behalten und sind los, sich das Antidot zu beschaffen«, fasste Ho zusammen.

»Exakt. Dara erzählte mir von Frau Cornelius und deren Wissen, was Heilkunde angeht. Sie behandelte mich, ich bezahlte sie mit der Münze, und als Kadek bei ihr erschien und sie angriff …«, führte William aus.

»Ich ahne, was geschah: Sie erledigte ihn. Selbstverteidigung.« Der Vampir strich sich über das bartlose Kinn.

»Ich verstehe. Eine Verkettung unglücklicher Umstände. Da kann man Frau Cornelius wenig Schlechtes unterstellen. Kadeks Naturell war sehr aggressiv.«

»Danke, Herr Ho. Danke, dass Sie es so sehen wie wir.« Dara war erleichtert. »Die Münze und Kadeks Asche bringen wir, sobald Frau Cornelius wieder in Leipzig ist. Wir wollen nicht bei ihr einbrechen.«

»Und was soll ich den Angehörigen sagen?« Ho kreuzte die Arme vor der Brust. »Die Lilien sind eine schöne Geste. Aber nicht ausreichend. Es ist im balinesischen Kulturkreis durchaus üblich, für den Tod des Opfers eine Ausgleichszahlung vorzunehmen.«

»Ich habe nichts«, grollte William. »Und außerdem sagten Sie doch eben, dass …«

»Frau Cornelius trifft keine Schuld. Aber Sie, William.« Ho sah den Wandler vorwurfsvoll an. »Sie haben die Münze an sich genommen und den Stein ins Rollen gebracht.«

Das Grollen des Wandlers wurde dunkler und lauter.

»Sachte, sachte«, beschwichtigte Dara ihren Freund. »Wie hoch wäre die Summe, Herr Ho?«

»Ich sagte doch, ich habe nichts!«, beteuerte William. »Es war ein Unfall.«

Ho atmete lange ein und doppelt so lange aus. »Ich würde, ohne Rücksprache gehalten zu haben, mit ungefähr hunderttausend Euro rechnen, die auf Sie zukommen, William.«

»Was?«, jaulte der junge Mann auf.

»Es kann aber auch sein, dass es weniger wird. Oder mehr«, erwiderte der Vampir gelassen. »Oder dass die Familie Ihren Tod fordert. Das bringe ich recht einfach in Erfahrung.«

»Können Sie vergessen«, schmetterte William ihm entgegen. »Das war eine Verquickung von Umständen. Haben Sie selbst gesagt. Ist scheiße gelaufen, ich weiß. Aber wenn der Idiot mich nicht gebissen hätte und nicht eingebrochen wäre, dann …« Er steigerte sich hörbar in Rage. »Ach, Scheiße! Ich Trottel komme auch noch zu Ihnen und entschuldige mich! Ich hätte nach Irland zurückfahren sollen. Das mache ich auch! Heute noch!«

»William, nicht ausflippen. Du verwandelst dich sonst«, bat ihn Dara in leisem Ton.

»Ich verstehe Ihren Unmut.« Ho lächelte. »Aber ich habe die balinesischen Gepflogenheiten nicht erfunden.«

»Können Sie nicht Ihren Einfluss geltend machen?« Dara spielte mit ihren Platinhaaren und schaute ihn gewinnend an. »Sie haben doch gehört, dass es keine Absicht war, Herr Ho. Und befragen Sie Frau Cornelius. Sie wird Ihnen alles bestätigen.«

»Warten Sie. Ich erkundige mich bei der Familie.« Ho zückte sein Smartphone und schrieb eine Nachricht. »Ich gebe mir größte Mühe, die Umstände genau zu schildern, ohne dass ich sie prüfte, William. Ich lege ein gutes Wort für Sie ein. Mehr kann ich nicht machen.« Er drückte auf »Senden«. »So. Während wir auf die Antwort warten, wollen Sie eine kleine Rundführung in meinem Ex- und Importreich?«

»So schnell geht das?« Dara freute sich ehrlich.

»Die modernen Zeiten sind gelegentlich hilfreich. Und umso rascher haben wir Klarheiten geschaffen.«

»Ist mir egal. Ich verschwinde nach Irland«, murmelte William und wandte sich zum Gehen.

»Warten wir doch bitte die Nachricht ab, William.

Möglicherweise kommt alles anders, als wir annehmen. Diese Wechselbälger sind schwer zu durchschauen.« Ho drückte auf ein Paar Schalter an der Wand, klackend erwachten einige Lampen in der anschließenden Lagerhalle zum Leben. »Ich habe da was für Sie, Dara. Das könnte Ihnen gefallen.«

»Oh, das kann ich mir sowieso nicht leisten«, wehrte sie ab. »Bin gerade knapp bei Kasse.«

»Ich schenke es Ihnen. Weil Sie William dazu brachten, wenigstens zu versuchen, ein besserer Wandler zu werden.« Er lachte freundlich und schritt los, um bald darauf im Zwielicht zu verschwinden. »Aber keine Thulsa-Shirts mehr, bitte.«

»Wir sollten verschwinden«, raunte William. »Ich habe meine Schuldigkeit getan, wie ich es Frau Cornelius versprach.«

»Warte wenigstens ab, wie die Antwort ausfällt«, widersprach Dara. »Und ich will mir anschauen, was Ho so treibt. Kann doch sein, dass es mal nützlich ist. Wegen der Sachen, die sich in Leipzig tun.«

William lachte sie aus. »Denkst du, Ho zeigt dir seine dunklen Geheimnisse?«

»Wer weiß? Ich habe Charme. Du übrigens gerade nicht. Und die Provokation mit dem Shirt war dämlich. Los, komm mit.« Dara nahm ihn an der Hand und zog ihn vorwärts. »Herr Ho, was sind das für Maschinen, die unablässig rattern?«

»Nähmaschinen«, erklang die Stimme des Vampirs aus einem Bereich der Halle, der spärlich beleuchtet war. »Ich lasse mir Stoffe aus Bangladesch, Bhutan, Nepal, Pakistan und Sri Lanka schicken. Von Hand bemalt und hergestellt. Daraus machen meine exzellenten

Schneiderinnen alles Mögliche. Ein Sari würde Ihnen gut stehen, Dara. Oder lieber einen Sarong?«

»Da rüber«, wies sie William an. »Dort muss er sein.«

»Ich weiß. Ich kann ihn riechen«, grollte er. Und er roch Verwesung. Alte Verwesung. Sie war überall. Ringsherum. »Was treibt der in seinem Schuppen?«

»Stuhlbezüge, Vorhänge, Abendkleider, Sakkos«, zählte Ho aus dem Halbdunkel auf. »Reine Maßanfertigung, keine Massenabfertigung. Mein Slogan.«

Sie umgingen eine große hölzerne Kiste und erreichten den Halbasiaten, der vor aufgereihten, drei Meter hohen Gegenständen stand, über denen lose dunkle Planen hingen. »Sie haben sich unter Umständen gefragt, was ich hier lagere.«

»Totes«, entgegnete William. »Schon sehr lange Totes. Und es riecht nach Einbalsamierung.«

»Die ausgezeichnete Nase der Werwölfe.« Ho deutete Applaus an und zog mit einer raschen Bewegung die Abdeckung herab. »Bitte sehr. Die original Rekonstruktionen verschiedener Sarkophage. Ich habe sie in ägyptisch, römisch, kretomenoisch, mittelalterlich und was sonst noch gewünscht wird. Mit allem Drum und Dran. Blattgold, Hieroglyphen, Inschriften – für Sammler besonders ausgefallener Dinge. Die Qualität ist außerordentlich, sodass selbst Kunstexperten überlegen müssten, ob sie Altertum oder Neuzeit vor sich haben.«

»Das ist sehr exzentrisch. Wer kauft so etwas?« Dara bewunderte die aufwendigen Arbeiten.

»Und warum riecht es nach Tod?«, fügte William an.

»Reiche Spinner, auch wenn meine Kunden diese Bezeichnung nicht gerne hören würden«, erklärte Ho mit einem Grinsen im Gesicht. »Garten- und Geschäftsdeko, Themenzimmer, Bestattungsbedarf für das ewige Leben, Mottopartys an Halloween und was weiß ich, was sie damit treiben. Momentan läuft es sehr gut.« Er pochte gegen einen Sarg. »Auf Wunsch mit Füllung.«

»Sie haben *Leichen* da drin?« Dara schnupperte. Es roch nach Tod, wie William gesagt hatte.

»Wissen Sie, wie viele alte Mumien und Gebeine jedes Jahr ausgegraben werden oder in Kellern auf Wiederverwertung warten?« Der Vampir lehnte sich zufrieden gegen den Sarkophag. »Ich kaufe sie, ganz legal, und bringe damit den … authentischen Touch ins Spiel.«

»Es riecht nicht *so* alt«, konterte William.

Ho wackelte mit den gezupften Augenbrauen. »Verraten Sie mich bitte nicht. Manchmal muss man nehmen, was man findet. Aber danke für den Hinweis. Ich werde mehr Einbalsamierungsflüssigkeit nutzen, damit die Leichenhunde am Zoll nicht anschlagen.«

»Sie wollen mir hoffentlich keinen Sarkophag schenken, Herr Ho?« Dara sah sich im Zwielicht der Halle um.

»Nein. Sondern *das*.« Ho lehnte sich zur Seite und nahm von einer kleinen Werkbank hinter sich einen fingerlangen Gegenstand, den er ins fahle Licht hielt. »Sehen Sie es als Zeichen meiner Wertschätzung.«

»Das … das ist ein Wolfszahn!« Dara hatte den Gegenstand sofort erkannt. »Und er ist … sehr groß!«

»Man sagt, dass er von einem Wandler stammt.« Ho hielt ihn ihr hin. »Ein Wandler aus dem fernen Ägypten, gestorben vor dreitausend Jahren. Halten Sie ihn in Ehren.«

»Warum geben Sie ihn mir?«

»Ich hoffte, Sie wissen seine Geschichte am meisten

zu schätzen.« Ho hielt den Arm weiterhin ausgestreckt. »Gewöhnliche Sterbliche würden die Historie nicht würdigen. Sie hingegen, Dara, zeigen die nötige Ehrfurcht. Das sehe ich an Ihrem Gesicht.«

William machte einen Schritt nach vorne und witterte laut, schnuppernd sog er die Luft ein. »Der ist auch nicht alt. Wie die Leichen in den Scheißsärgen«, rief er. »Sie treiben nicht nur mit den Überresten von Menschen Handel!«

Ho schnalzte missbilligend mit der Zunge. »Ihre Nase ist ein wenig durcheinander. Von den Gerüchen in der Halle.« Er sah Dara an und schob die Hand mit dem Geschenk einige Zentimeter nach vorne. »Ich schwöre, dass es ein *alter* Fangzahn ist.«

»Ich ... verzichte, Herr Ho.« Dara fühlte sich plötzlich unwohl. »Aber danke, dass Sie mir das wertvolle Relikt anvertrauen wollten.«

»Nun haben Sie mich enttäuscht.« Ho legte den Zahn zurück auf die Werkbank. »Aber wissen Sie was? Ich bewahre ihn auf. Falls Sie sich die Sache überlegen.« Sein Smartphone piepte mit einer neuen Nachricht. »Ah, mit etwas Glück ...« Er langte in die Tasche und zog das Gerät heraus. »Und wir *haben* Glück.«

»Was schreiben sie?«, wollte William ungeduldig wissen.

»Ich darf Ihnen die besten Grüße von Luh ausrichten«, antwortete er. »Luh ist das Oberhaupt der Cocorda-Familie. Sie drückt Hochachtung für Ihren Schritt aus, dass Sie gekommen sind, William, um sich zu entschuldigen. Zum einen bei mir, zum anderen bei der Familie.« Ho hob den Kopf, der Blick aus den kalten, hellen Augen richtete sich auf den Wandler. »Noch eine gute Nachricht für Sie. Luh teilt mir mit, dass sie von einer Entschädigungszahlung absieht.«

»Oh!«, rief Dara erfreut. »Was habe ich gesagt? Es wendet sich zum Guten!«

»Das ist wirklich gut«, sagte William erleichtert. »Können Sie Frau Luh schreiben, dass ich ihr die Münze und Kadeks Asche noch bringen werde?«

»Müssen Sie nicht. Ich kümmere mich darum. Ich wollte Frau Cornelius immer schon kennenlernen.« Der Vampir steckte das Smartphone weg. »Wissen Sie, wann sie zurück ist?«

»Nein. Sie musste dringend weg. Ihr Bruder ist ermordet worden, wie sie mir geschrieben hat«, sagte Dara.

»Oh. Das ist schrecklich. Die Welt wird immer verrückter.« Ho lehnte sich lässig gegen einen der aufrecht stehenden, sehr schweren Sarkophage. »Ich muss mich bei ihr auch noch für Kadeks Eindringen entschuldigen. Das hätte für Sie sehr ... tödlich enden können.«

»Wie für Kadek«, merkte William an.

»Dann verabschieden wir uns von Ihnen, Herr Ho. Danke für die Einblicke in Ihr Geschäft.« Dara drehte sich um, William tat es ihr nach. »Ich wünsche Ihnen viel Erfolg. Weiterhin.«

Sie gingen einige Schritte durch die schwach beleuchtete Halle.

»Die Nachricht von Frau Luh war noch nicht zu Ende«, traf sie die schneidende Stimme des Vampirs in den Rücken. »Was die Wiedergutmachung angeht.«

William blieb stehen und wandte sich halb um. »Ich dachte, sie verzichtet?«

»Ja. Auf *Geld*.«

Dara sah huschende Schatten, die sich lautlos zwischen den abgedeckten Gegenständen bewegten. »Wir sind nicht alleine«, flüsterte sie William zu.

»Ich rieche sie«, erwiderte er knurrend. »Aber ich weiß nicht, was sie sind.«

»Frau Luh drängt darauf, dass ich ein Leben für ein Leben nehme«, rief Ho ihnen zu. »Dagegen kann ich leider nichts machen.« Das scharfe Klicken stammte von einer Waffe, die durchgeladen wurde. »Silbermunition ist eine ausgezeichnete Erfindung, William.«

»Was geht Sie das an? Sie stehen doch über den Wechselbälgern.« Grollend fuhr William herum, seine Knochen knackten und verschoben sich. Die Stimme wurde dunkler, animalischer. Die Wandlung in die Halbform setzte ein, um für den Kampf gewappnet zu sein. »Sagen Sie Ihrer Schlampe, sie soll herkommen und es selbst tun!«

»Raus! Schnell!« Dara versuchte, den aufgebrachten Wandler wegzuziehen.

»Sie irren sich«, erwiderte Ho und hielt eine große Pistole am ausgestreckten Arm. »Ich habe leider keine Wahl.«

»Was?« Dara hob bittend die Hände. »Nein, warten Sie! Wir –«

»Luh und Kadek. Ich bin *deren* Diener. Nicht umgekehrt.« Ho schoss rasch hintereinander.

William brüllte, und Dara schrie auf.

* * *

Kapitel VI

Überraschungen.
Ich war nie eine Freundin von Überraschungen. Sie sind in den seltensten Fällen gut und im allerbesten Fall gut gemeint.
Dara und William hätten auf diese Art der Erkenntnis verzichten können. Ihr eigentlich hehrer Ansatz wurde nicht belohnt, sondern mit dem Gegenteil bedacht. Das bedauere ich.
Auch ich lernte einst, dass das Leben voller Überraschungen steckt, wie der unerwartete Tod meines Gemahls, der mich in die Position der Scharfrichterin versetzte. Unverschuldet, ungewollt, unerwartet.
Ich versprach, Ihnen noch einige Einblicke in mein Leben zu geben. Informationen über eine Zunft, die der Gesellschaft diente und zugleich von ihr ausgestoßen wurde – welch Paradoxon!
Fangen wir doch damit an, dass es nicht nur eine Amtsbezeichnung für unseren Stand gab. Die Begriffe Carnifex, Carnifice und Carnifey beispielsweise wurden aus der römischen Bezeichnung übernommen. In Pfarrbüchern werden Sie Lictor finden, während uns die einfachen Menschen abfällig Häher, Haher, Hoher und Hauher nannten. Ein bisschen schmeichelhafter war die Bezeichnung Freileute, was auf das Außenseiterdasein des Henkers hindeutet. Der Ausdruck wurde leider auch benutzt für Abdecker, Scharfrichterknechte und Gauner.

Kleemeister hingegen klingt freundlich, beinahe verspielt. Das täuscht. Er war eigentlich gemünzt auf Schinder und Abdecker, deren Amt vom Scharfrichter bisweilen mit übernommen wurde. Das liebe Geld zwang uns, zusätzliche, unehrliche Aufgaben zu übernehmen.

Den Begriff Henker nutzte anfänglich der Volksmund und er ist erstmals 1276 in Amtsbüchern zu finden, wechselte aber in der offiziellen Amtsbezeichnung bald zu Scharf- oder Nachrichter, sodass die Bezeichnung Henker später nur noch bei den einfachen Leuten zu finden ist. Nachrichter wurde ab 1368 die allgemeingültige Bezeichnung des Amtes, bis Scharfrichter im gesamten deutschen Sprachraum seit dem 16. Jahrhundert genutzt wurde.

Sicherlich, der Beiname Meister gehörte ebenso dazu. Erinnern Sie sich an Mastro Titta.

Uns bedeutete die Unterscheidung der Scharfrichter hinsichtlich anderer Berufe stets viel. Von unserer eigenen Zunft sprach ich bereits. Wir sind die Meisterinnen und Meister des Richtens, weswegen uns die anderen Zünfte mieden und verachteten.

Was fällt mir noch ein ... ach ja: Peiniger. Suspensor. Züchtiger.

Mit dem Begriff Scherge wurde eigentlich der Gerichtsdiener bedacht, der hin und wieder das Henkersamt übernehmen musste, wenn sonst niemand zu finden war. Sie werden vielleicht noch Schinder finden, was sich vorrangig auf die Tätigkeit als Abdecker bezieht, ebenso wie Wasenmeister.

Ein Beruf, viele Namen.

Und viele Tätigkeiten, die einst ordentlich Geld brachten.

Geld erhielten wir für jede einzelne Tätigkeit, die wir für das Gericht und die Stadt vornahmen. Das reichte vom Prangerstellen, Hinführung zur Richtstätte, das Köpfen, den Kopf aufstecken ... bis hin zum Richtstätte abräumen, Körper verscharren und derlei. Bei der Folter wurden einzelne Arten und Methoden extra aufgeschlüsselt: Daumenschrauben, Beinpresse, Zwicken und natürlich auch das Zusammenflicken hernach.

Eine andere Regelung besagte, dass alles, was der Tote an Habseligkeiten bei seiner Einlieferung unter dem Gürtel trug, an den Scharfrichter fiel. Hierbei gab es Unterschiede von Region zu Region, ebenso wie für die Kleidung des Delinquenten.

Die Auslagen für die Henkersmahlzeit mussten zuerst vom Angeklagten selbst, dann von dessen Verwandtschaft, später vom Henker und letztendlich von der Stadt übernommen werden. Immerhin ein kleiner Fortschritt zugunsten der Verurteilten.

Ach ja, die Wasenarbeit.

So nennt man die unangenehmen Aufgaben, die mitunter Teil der Scharfrichterpflicht in der Stadt war. Wir hatten verendete Tierkadaver zu vernichten, mussten angespülte Tiere, Fische und Selbstmörder weiterleiten und die Hunde- oder Wolfsjagd ausrufen.

Bei Hundeplagen waren wir für das Hundeschlagen, wie wir die Hatz und das Töten der Hunde nannten, verantwortlich. Die Haushunde mussten in dieser Zeit von den Besitzern entsprechend gekennzeichnet werden oder im Haus bleiben. So wurde die Tollwut bekämpft. Hatten wir einen Haushund gefangen, wurde er per Geldzahlung an uns ausgelöst.

Was das mit Selbstmördern zu tun hat?

Nun, ein Selbstmord war eine Sünde, somit fluchbeladen und gottanrüchig.

Der tote Selbstmörder wurde von unsereins unter dem Galgen verscharrt oder, um die Landschaft und die Erde nicht zu verunreinigen, in ein Fass geschlagen und in den Fluss geworfen. Manchmal haben wir sie auch einfach verbrannt und am Rabenstein vergraben.

War es ein sogenannter Melancholie-Selbstmörder, der an Liebeskummer gelitten hatte, wurde er unter Umständen, also je nach Einfluss der Familie, doch auf dem Friedhof beerdigt. Wir erhielten für den Dienst die Kleidung des Toten und den üblichen, mit der Stadt vereinbarten Lohn.

Selbstmörderkörper wurden oft einer nachträglichen Bestrafung unterzogen, denn sie hatten eine schwere Sünde begangen. Gegen Gott. Wir hängten sie bis zur Verwesung an einen Galgen, in der Ansicht, dass die Seele des Toten Gefühlsregungen empfinden kann und leide, solange sie im toten Körper steckt. Beabsichtigt war die totale Auslöschung des Delinquenten für seinen Frevel.

Was noch ... ach ja: Wir hatten Abtritte zu reinigen, warfen die Aussätzigen aus der Stadt, führten mitunter die Aufsicht über die Huren und Spielhöllen, waren auch schon mal Nonnenmacher, Totengräber und Aufseher über das Frauenhaus.

Die Zeiten änderten sich. Und damit auch die Einnahmen.

Aber bevor ich zu weit abschweife, erzähle ich Ihnen die hiesige Geschichte weiter. Dazu reisen wir erneut nach London und besuchen die Bar des Hotels, in dem Geneve und der Bugatti-Spross abgestiegen waren.

Die nächste Überraschung sollte alsbald folgen.

Geneve und Alessandro saßen in der Hotelbar in der hintersten Ecke, Laptop und Tabletcomputer auf dem Tisch, und sichteten erneut sämtliche Materialien, die Jacob Cornelius im Schließfach aufbewahrt hatte. Nachdem sie beide wohlverdient ausgeschlafen hatten, hatten sie bei einem weiteren Besuch in der Bank sämtliche Dokumente mit einer Scanner-App digitalisiert. Die Originale blieben sicher verstaut hinter Stahl und Blech.

Geneve hatte sich umgezogen, trug bequeme, wenn auch weniger nach Jogging-Outfit aussehende Straßenkleidung. Alessandro hingegen blieb seiner Anzuglinie treu.

Die Geräusche aus der Lobby drangen bis zu ihnen, Gäste kamen und gingen, Gepäck wurde durch die Gegend geschoben und gewuchtet, Fahrstühle stießen ihr klassisches *Ping* aus. Leise Gespräche waberten durch den Raum, fünf Geschäftsleute zwei Tische weiter verhandelten, mehrere Kinder rannten umher und spielten Fangen, ganz gleich, wie oft Erwachsene sie ermahnten.

Geneve und Alessandro fielen in dem Trubel am hinteren Tisch nicht auf.

Erst mal die Heimat beruhigen. Sie schrieb ihrer Freundin Peggy in Leipzig eine kurze Nachricht, dass es ihr gut ginge und dass sie diese Woche nicht zum Training erscheinen würde. Die Termine ihrer Patienten sagte sie schweren Herzens via Telefon und E-Mail ab. Für den Trauerfall in der Familie gab es ausschließlich Verständnis.

»Ich habe erste Ergebnisse«, verkündete Alessandro und klickte sich durch seine Mails. »Die Anfragen konnte ich natürlich nicht offiziell stellen; ich nutzte einige Connections.«

»Der lange Arm der Kirche?« In ihren Schläfen zog es. Nebenwirkungen des Mittels, das sie unsterblich machte. Sie hatte es nicht gewagt, das Cannabisöl mit nach London zu nehmen. Daher würden es herkömmliche Schmerztabletten tun müssen. *Auch wenn sie nicht richtig wirken.*

»In dem Fall nein. Ich habe in den letzten Jahren auf Lehrgängen gute Kolleginnen und Kollegen kennengelernt. Wir helfen uns gegenseitig.« Alessandro drehte den Laptop so, dass sie die Bilder sehen konnte. »Alora. Miss Samantha Fry, gebürtige Engländerin. 56 Jahre, in Oxford studiert, eigentlich Betriebswirtschaft, inzwischen aber die Inhaberin einer eigenen Kommunikations- und PR-Agentur. Sehr erfolgreich, mit Klienten aus sämtlichen Bereichen der Wirtschaft und High Society.«

Geneve las die Auszüge aus den Strafregistern. »Weiß wie frischer Schnee.«

»So ist es. Nicht aufgefallen, an keinerlei relevanten Streitereien beteiligt.«

»Verständlich. Es wäre verheerend für ihre Agentur.« Sie scrollte hin und her. »Ausgezeichnet vernetzt, wenn ich mir die Referenzen anschaue. Das sind beste Voraussetzungen für die *possessionis*.«

»Sie hat Dependancen in verschiedenen Ländern.«

»Irgendwelche andere Auffälligkeiten, die uns nutzen könnten?«

»Sie bevorzugt den Aufenthalt in London und verlässt die Hauptstadt selten. Sie ist jedoch gestern abgereist.«

»Ziel?«

»Dubai.«

»Mh.« Geneve lehnte sich in die Polster. In ihren Schläfen pochte es, und jedes Klopfen trug ein Stückchen ihrer Konzentration ab. *Die Tabletten brauchen zu lange.* »Was ist mit dem Franzosen?«

»Pierre DeTemple. Mit dem haben wir ein größeres Problem, Geneve.«

»Welches?«

»Er ist tot.« Alessandro klickte auf die entsprechenden Dateien. »Man findet dazu was in den Zeitungen. Details, die nicht in die Öffentlichkeit gelangten, habe ich von einer Freundin bei der Police Nationale.«

Geneve überflog die Zeilen. *Ein Autounfall. Auf einer Landstraße.* DeTemple und sein Tross kamen ums Leben. Sie blickte Alessandro an. »Alle? Klingt nach einem Zusammenstoß mit einem Munitionstransporter oder einem Tanklastzug.«

»Es wurde im Innenministerium entschieden, dass es sich für die Medien um einen fatalen Unfall handelte.« Alessandro vergrößerte die Aufnahme, die von der Stelle stammte, an denen die Kolonne aus fünf Fahrzeugen von der Fahrbahn abgekommen war und sich in den dichtstehenden Bäume verkeilt hatte.

Die Karambolage musste mit hoher Geschwindigkeit geschehen sein. Die ursprünglichen Formen der Transporter, Limousinen und des SUV waren kaum mehr zu erkennen. Herausgeschleuderte Leichen lagen auf der Fahrbahn und im Unterholz, Gliedmaßen waren abgerissen, und Blut hatte sich in Spritzern und Pfützen verteilt.

Geneve rieb sich die nervenden Schläfen. »Was sagt deine Quelle?«

»DeTemple war ein politischer Hardliner und mischte

im französischen Wahlkampf mit. Seine Verbindungen reichen bis in den Élysée. Daher geht das Innenministerium davon aus, dass einer seiner Leibwächter bezahlt wurde, den Unfall zu provozieren.«

»Keine Fremdeinwirkung?«

»Auch wenn die Hinweise darauf fehlen, die Ermittler glauben nicht an einen simplen Unfall. Die Untersuchungen liefen im Geheimen weiter.« Alessandro nahm seinen doppelten Espresso und rührte Zucker hinein, als hätte die Tasse ein Loch. »So oder so ist er aus dem Spiel und kommt als Schuldiger am Tod deines Bruders und deiner Mutter nicht mehr infrage.«

»Es sei denn, er hat die Morde vor seinem Tod in Auftrag gegeben.«

»Er starb vor …« Alessandro klickte. »Vor drei Monaten. Der Abstand zu den Anschlägen auf deine Familie ist recht groß.«

»Da verlasse ich mich auf dein Ermittlergespür, Commissario.« Geneve goss sich frischen Tee ein und betrachtete einige lose schwimmende Blätter, die dem Beutel entkommen waren und scheinbar ihre Freiheit genossen. Sollte das Klopfen nicht bald nachlassen, zog sie in Erwägung, sich ohnmächtig zu schlagen. *Immer dasselbe mit den Nebenwirkungen.* Doch ohne ging es nicht.

»Kopfschmerzen?«

»So ähnlich. Migräne«, erwiderte Geneve ungehalten. »Die Mittel wirken nicht.«

»Versuch mal Espresso mit Zitronensaft. Mir hilft's.« Alessandro nippte an seinem Getränk. »Ich habe den Mist erst seit meiner Trennung. Mein Dottore meinte, es sei stressbedingt.«

Wieder nahm das Gespräch eine persönliche Wendung, die Geneve nicht gefiel. »Alessandro, das ist nicht böse gemeint, aber ich habe meine eigene Trennung noch nicht verarbeitet, und es ... es schmerzt. Können wir das bitte lassen?«

»Sì. Waren bei euch auch Bambini im Spiel?« Alessandro wartete ihre Antwort nicht ab, sondern rieb über die leere Stelle am Finger, wo sein Ehering einst saß. »Sie hat mir meinen Jungen einfach weggenommen. Giovanni vermisst mich.«

Geneves Lippen wurden schmal. Sie verstand, dass er sein Leiden glänzend verborgen hatte und es unter der Oberfläche schlummerte. *Die Jagd bedeutet für ihn ebenso eine willkommene Ablenkung.* »Nein, keine Kinder. Zum Glück.«

»Ja, das ist wirklich ein Glück.« Alessandro atmete durch.

»Tut mir leid, dass ich ... wenn du möchtest, dann können wir darüber sprechen«, lenkte Geneve ein.

»Vielleicht tut es mir doch gut. Du kennst –«

Alessandros Laptop meldete einen eingehenden Internetanruf.

»Meine Mutter«, sagte er leise zu Geneve.

»Nimm ruhig an. Ich werde in der Zwischenzeit mir die Beine vertreten.«

»Warte. Kann sein, dass sie Informationen für uns hat.« Alessandro drückte die grüne Hörertaste. Die Kamera blieb aus. »Ciao, Mamma.«

»Ciao, Sandro.«

»Mamma, possiamo parlare l'inglese, por favor, perché ...«

»Das müssen Sie nicht, Donna Bugatti. Ich spreche

Italienisch«, unterbrach ihn Geneve in gutem Italienisch. »Ich grüße Sie.«

»Signora Cornelius. Bevor wir in die Thematik einsteigen: Mein Beileid zum Tod Ihrer Mutter.«

»Danke, Donna Bugatti.«

»Ich rufe an, um mitzuteilen, dass die Vorbereitung für eine Einberufung des Dynastien-Bundes laufen und die Forderung geprüft wird. Die Unterlagen, die Sandro einscannte, sind angekommen und an die Familien weitergeleitet«, erklärte sie mit kühler Stimme. »Ich nehme an, dass es dauern wird, bis Entscheidungen bei unseren Freunden gefällt wurden.«

»Das klingt nicht unbedingt positiv, Donna Bugatti.«

»Ich habe keinen Einfluss auf die Dynastien. Und es wäre mir sehr recht, wenn Sie mich nicht ansprechen«, entgegnete sie. »Ich habe Ihnen mein Beileid ausgesprochen, aber damit ist keine Versöhnung zwischen unseren Häusern hergestellt.« Sie räusperte sich. »Geschweige denn die Fehde beendet. Solange eine Cornelius lebt, werden die Bugattis nicht vergeben und vergessen.«

»Mamma, ti prego …«

»Das ist in Ordnung, Alessandro.« Geneve erhob sich und nahm ihren Tee. »Das Telefonat geht mich nichts an. Ruf mich, wenn ihr durch seid.« Sie verließ die Sitzecke, ohne sich ihre Ungehaltenheit anmerken zu lassen.

Diese Scheißfehde!

Geneve kannte die Art der stolzen Donna, welche die Bugattis führte und kommandierte. Eine Gestrige, genau wie Catharina Cornelius. Und obendrein resolut.

Die Sechsundsechzigjährige führte ein Bestattungsunternehmen, das Filialen in Rom, Florenz, Neapel und weiteren italienischen Städten hatte. Die Mafia hatte nach einigen Versuchen, sie auf ihre Seite zu ziehen, die Finger von ihr gelassen. Zu groß waren Einfluss und Macht der Bugattis, die einige Ndrangetha-Schläger eiskalt erledigt und im Krematorium entsorgt hatten. Die ausgebrochenen Goldzähne hatte die Donna an die Paten senden lassen. Als Warnung.

Soll er mit seiner Mutter telefonieren. Geneve setzte sich an die Bar und lächelte der Bedienung zu. Diese trat einen Schritt näher, doch Geneve machte mit einer freundlich-ablehnenden Geste klar, dass sie nichts zu trinken wünschte. *Ich gehe dann mal die …*

»Miss Cornelius«, sagte eine blonde Frau von etwa zwanzig, die wie aus dem Nichts neben Geneve aufgetaucht war. »Eine regelrechte Legende. Eine Ehre, Sie zu treffen, auch wenn die Umstände traurig sind.«

Geneve warf einen Blick auf die Besucherin, die einen weißen Rollkragenpullover unter schwarzem Sakko und gleichfarbiger Stoffhose trug. Die Füße steckten in hochhackigen, blutroten Schuhen. Das Gesicht erkannte sie sofort. *Exakt die Züge der Frau, die sich im mysteriösen Nebel vor dem Café gezeigt hatten.* »Eine Legende bei wem?«

»Sie werden früher oder später mit mir sprechen wollen, dachte ich mir. Bevor Sie mich lange suchen müssen, erspare ich Ihnen den Aufwand.« Sie lächelte. »Ich habe Ihnen eine erste Einladung zukommen lassen, aber Sie sind ihr nicht gefolgt.« Ohne dass sie etwas bestellt hatte, brachte ihr der Barkeeper einen Gin Tonic.

»Würden Sie einem unbekannten Gesicht im Nebel nachgehen?« Geneve blieb ruhig. Die Frau besaß übernatürliche Kräfte. *Die Unterhaltung kann interessant werden.* »Aber dank Ihnen habe ich einen süßen Beagle gerettet. Geben Sie mir einen Hinweis, Miss …?«

»Grey.«

»Ah. *Natürlich.*« Geneve hatte den Namen in den Notizen ihres Bruders gelesen. »Sie gehören zum Tamesis-Coven.«

Grey deutete eine Verbeugung an. »Und ich meinte es ernst, als ich sagte, Sie sind eine Legende unter uns Wiccas. Sie haben vielen Schwestern geholfen. In den dunklen Zeiten, als die Scheiterhaufen brannten und man Jagd auf uns machte.«

Geneve sah zu Alessandro hinüber, der sich gestikulierend mit seiner Mutter unterhielt. Um was es ging, konnte sie höchstens erraten. »Ich konnte das Unrecht nicht ungeschehen machen, aber ich bemühte mich.«

»Deswegen komme ich gerne zu Ihnen, Miss Cornelius.«

»Ganz ohne Ihren Hexennebel. Schön.«

»In der Lobby wäre es doch *zu* auffällig. Ach ja, der Hund war ein Test. Menschen, die nichts unternehmen, um ein wehrloses Tier zu retten, erhalten keine Hilfe von mir. Ich war mir sicher, dass Sie ihn bestehen. Ihr Bruder hätte sich nicht gerührt.« Grey lächelte. »Bevor Sie fragen: George wäre nichts geschehen. Ich hielt mich bereit.«

»Ein Test? Nun denn.« Geneve malte sich aus, wie er verlaufen wäre, hätte ein Elefant auf der Straße gestanden. Sie musste grinsen. »Es freut mich, Ihre Bekanntschaft zu machen.«

»Wie gesagt: Es ist mir zweifach eine Ehre. Wicca- und Tierfreundin.« Grey machte ein bedauerndes Gesicht. »Leider werde ich Ihnen zum Tod Ihres Bruders wenig sagen können.«

»Mir würde es reichen zu erfahren, was er von Ihnen wollte.«

»Ich traf ihn kurz vor seinem Tod. Im *Happy Hangman*.« Grey fixierte Geneve mit ihren dunklen Augen und überlegte wohl, was sie erzählen durfte. Oder wollte. »Ich besorgte ihm eine Beschwörung und übergab sie ihm.«

Geneve horchte auf. »Wir fanden keine in seinen Unterlagen. Auch nicht bei ihm.«

»Dann hat sie vielleicht sein Mörder mitgenommen.« Grey wirkte schlagartig beunruhigt. Sie griff nach dem Drink und nahm einen langen Schluck.

»War Jacob bei Ihrem Treffen nervös?«

»Kein bisschen. Ich würde ihn *überzeugt* wie stets nennen. Sollte er gewusst haben, dass man ihn umbringen wollte, ließ er sich nichts anmerken.« Grey stellte das Glas ab und drehte es hin und her. »Sind Sie in seine Unternehmungen eingeweiht gewesen?«

»Leider nicht. Aber ich habe mich in seine Aufzeichnungen eingelesen. Wir wissen um die possessionis und dass ein Dämon dahintersteckt, der seine Anhänger an entscheidende Positionen überall auf der Welt bringen will.«

»Welcher Dämon?«

Geneve zuckte mit den Schultern.

Abfällig deutete Grey zu Alessandro. »Was haben Sie und dieser vatikanische Handlanger vor?«

»Die Verschwörung zerschlagen und den Mörder meiner Familie zur Rechenschaft ziehen.«

»Das ehrt Sie. Doch Ihr Bruder schien der Meinung gewesen zu sein, es wäre womöglich besser, sich auf die Seite der possessionis zu schlagen. Rechtzeitig.«

»Deswegen recherchierte er wohl über Fry, DeTemple und Kruger. Sprach mein Bruder mit Ihnen über sie?«

»Nicht direkt.« Greys Augen verschmälerten sich. »Ich verstehe.«

»Ja?«

Grey nahm einen Eiswürfel aus dem Gin Tonic und zerbiss ihn, laut brach er auseinander. »Dieser Unfall, bei dem DeTemple und sein komplettes Team ums Leben kamen, war keiner. Ich kann es nicht beweisen, aber …«

»Sie haben uns belauscht!«

»Ich nutzte meine Kräfte, und schon war Ihre Unterhaltung für mich ganz leicht zu verstehen. Ich musste nicht lauschen. Na, nicht *sehr*.« Grey lachte leise. »Verzeihen Sie meine Neugier, Miss Cornelius. Aber die Anwesenheit eines Bugatti-Nachfahren machte mich nervös. Ich traue dem Vatikan nach wie vor sehr viel zu. Auch in England.«

Geneve dachte ungewollt an Monsignore Ignatius in Leipzig. *Das verstehe ich.* »Sie wollten etwas zu De Temples Tod sagen, bevor ich Sie unterbrach.«

Die Wicca nickte. »Elaine und Gedeon. Ich nehme an, dass Ihr Bruder das Paar in seinen Aufzeichnungen erwähnte. Sie streifen schon mehr als zwei-, dreihundert Jahre über die Erde. Jedenfalls weiß unser Coven seitdem von ihnen.«

»So eine Art Unsterbliche.«

»Nein. Und auch nicht wie Sie, Miss Cornelius.«

Geneve zuckte zusammen. »Was immer Sie über mich zu wissen glauben: Kein Wort darüber, wenn Alessandro in der Nähe sein sollte, Miss Grey«, schärfte sie ihr ein. »Ich musste ihm ausreden, dass der Mythos über mich stimmt.«

»Gut.«

»Was wissen Sie über die beiden?«

»Elaine und Gedeon. Sie können bluten und sind verletzbar, aber sie stehen mit höheren Mächten im Bunde, um Jagd auf die Dunkelheit zu machen. Sämtliche Menschen, die sie hetzten und töteten, hatten Verbindung zu einem Dämon. Wie bei DeTemple. Das Pärchen nutzt eigenen Mittel, um ihre Opfer zur Strecke zu bringen. Und das durch die Jahrhunderte.«

»Wissen Sie, wo ich sie finden kann?«

Grey schürzte die Lippen. »Eine Frage, die ich kommen sah.« Sie langte unter ihr Sakko und zog eine beschriftete Karte heraus. »Unsere Schwestern in den USA haben das Paar erkannt und die Meldung an die Coven geschickt.« Sie schob den dünnen Karton über den Tresen. »Das ist die Adresse des letzten Sichtungsortes. Straße, Hausnummer. Ein Hotel. Aber sie bleiben nie lange an einem Ort. Sofern Sie mit denen sprechen wollen, sollten Sie sich beeilen.«

Geneve nahm das Kärtchen und drehte es um. »New Orleans«, stieß sie überrascht aus.

»Exakt das Gebiet, in dem Charles Kruger hauptsächlich zu finden ist«, bestätigte Grey. »Es scheint, als wären sie erneut auf der Jagd, nachdem sie DeTemple ausgeschaltet haben. Kruger will einen neuen Szene-Laden auf der Bourbon Street eröffnen. Das wäre mein Ansatz. An Ihrer Stelle.«

Geneve verstaute das Papier mit der wertvollen Information. *Die Reise nach London lohnte sich.* »Vielen Dank, Miss Grey.«

»Denken Sie, Sie könnten den beiden zuvorkommen?«

»Ich weiß noch nicht, ob ich das möchte.« Sie trank von ihrem Tee, der Barkeeper stellte eine Flasche mit Knabbereien vor den Frauen ab. »Aber wenn ich Informationen über die Verschwörung und den Schuldigen am Tod meiner Familie will, sollte ich das wohl.«

Grey lächelte ihr zu. »Ihr Bruder war ein Arschloch, Miss Cornelius. Ich erlaube es mir, offen zu sprechen, was man in London über ihn dachte. Der Tod eines sadistischen Psychopathen, der sich damit brüstete, jeden zum Sprechen zu bringen, macht die Stadt zu einem besseren Ort. Der MI6 mag um ihn trauern, aber ich nicht. Die Wiccas nicht.«

Geneve dachte ähnlich wie die Hexe, aber sie stimmte ihr nicht offen zu. *So gut kennen wir uns nicht.* Daher beließ sie es bei neutralem Schweigen und einem lauten Ausatmen.

»Damit möchte ich sagen: Achten Sie auf sich. Um Sie wäre es sehr schade.« Überraschend beugte sich Grey vor und gab Geneve einen Kuss auf den Mund. Weich und warm, ein wenig fordernd legten sich die Lippen auf ihre. »Seien Sie von der Großen Mutter gesegnet, Miss Cornelius. Sie möge Sie leiten und schützen. Sollten Sie in New Orleans oder in London Probleme bekommen, bei denen wir helfen können: Melden Sie sich. Sie finden die Nummern eingeprägt auf der Rückseite des Kärtchens.« Grey wandte sich um und verließ die Bar. Ihr Gang auf den Pumps war gekonnt und verfehlte die Wirkung auf die Besucher nicht. Mehrere Augenpaare verfolgten den Ausmarsch der Wicca.

Geneve spürte die warmen, sanften Lippen der Hexe noch auf ihren. *Davon kann so mancher Mann noch was lernen.* Sie drehte das Kärtchen um und las die beiden

Telefonnummern, unter denen sie Hilfe bekommen mochte. »New Orleans«, murmelte sie und rutschte vom Hocker, um zu Alessandro in die Sitzecke zurückzukehren. Er hatte das Gespräch inzwischen beendet. Das leere Teeglas ließ sie auf dem Tresen stehen.

»Du siehst nicht glücklich aus.« Geneve ließ sich neben ihm nieder und warf zwei lange, störende braune Strähnen zurück.

»Meine Mutter ist … ein schwieriger Fall.« Er zeigte auf den Ausgang des Hotels. »Wer war das?«

»Miss Grey. Vom Tamesis-Coven.« Geneve hob das Kärtchen. »Sie weiß, was wir vorhaben, und kam, um mich mit Informationen zu versorgen. Elaine und Gedeon sind in der Nähe von Kruger gesehen worden.«

»Oh. Dann sollten wir schleunigst in die Staaten fliegen, nehme ich an.«

»Ja. Wir brauchen Informationen zur Verschwörung und den Morden an meiner Familie, bevor sie Kruger erledigen.« Geneve nahm ihren Tabletcomputer, schaltete ihn ein und prüfte ihren Posteingang. Mehrere Familienmitglieder des Dynastien-Bundes hatten sich bereits bei ihr gemeldet und für die Übersendung der Dateien bedankt. »Wenn ich meine Mails richtig lese, sehen die meisten unserer Vetterinnen und Vettern kein Problem in einem Treffen, um über die Entwicklungen zu entscheiden.«

»Va bene! Und wir fliegen nach New Orleans.« Alessandro kratzte sich am stoppeligen Kinn. »Jazz-Musik. Gute Stimmung.«

»Und eine dämonische Verschwörung«, warf Geneve ein. Sie rechnete mit weniger Vergnügen, als es den Anschein haben mochte.

Ich versprach nicht zu viel, als ich von Überraschungen redete. Oder?

Und wo wir gerade dabei sind: Springen wir zurück nach Leipzig.

Dara erwachte aus der Ohnmacht und unterdrückte den Drang, vor Schmerzen aufzuschreien. *Ich lebe!* Ihre Augen hielt sie geschlossen. Sie wollte ihren Feinden nicht verraten, dass sie dem Tod entronnen war. Die Silberkugeln mussten sie gestreift haben, eine war ihr durch die rechte Schulter geschlagen, ohne stecken zu bleiben. *Sonst hätte mich das Argentum längst getötet.* Qualvoll blieb es allemal.

Die Geräusche um sie herum verrieten Dara, dass sie sich noch immer in Hos Lagerhalle befand. Aus weiter Entfernung surrte und rumpelte es im gleichbleibenden Takt, Nähmaschinen und Pressen verrichteten ihren Dienst.

Bin ich alleine? Dara lauschte und atmete, so flach es ihr möglich war. Der Druck auf ihrer Brust stammte von keiner Verletzung, sondern von einem schweren Körper, der quer über ihr lag. Warme Feuchtigkeit sickerte über ihren Hals und sammelte sich an einigen Stellen. Es roch durchdringend nach Blut, das jegliche anderen Gerüche übertünchte.

Weg von hier! Da keine Stimmen erklangen, wagte es Dara, die Lider ein wenig zu heben. Die Lichter brannten noch in gleicher schummriger Helligkeit.

»Nein!«, raunte sie unbewusst, als sie den erschlafften Mann über sich erkannte. *William!* Sie richtete sich halb auf und tastete nach seinem Puls. Er hatte versucht, sie vor den tödlichen Geschossen zu bewahren und sein

Leben dafür gegeben. *Nein, nein, nein! Du darfst nicht tot sein!*, dachte sie entsetzt und schob ihn behutsam von sich, um aufstehen zu können. Die Schmerzen in ihrer Schulter brachten sie zum dumpfen Ächzen.

Williams Leiche rollte zur Seite und landete auf dem Hallenboden. Die tödlichen Kugeln waren durch den Shirt-Aufdruck *Kill Thulsa* geschlagen. In den langen schwarzgelockten Haaren haftete das Blut und malte dünne, wirre rote Linien auf den staubigen Beton.

Dieses Schwein! Im Büro sah Dara Ho auf und ab gehen und telefonieren. Sie konzentrierte sich auf die Unterhaltung, um das Gesagte durch die Scheibe zu verstehen.

»Ja, ich habe ihn erledigt, wie Ihr verlangt habt. Und die Kleine gleich mit.« Er lauschte einige Sekunden. »Natürlich. Zum Zeichen an die Wölfe. Die Leichen lasse ich konservieren … Einverstanden.« Er legte auf und rief Anweisungen in einer asiatischen Sprache durch das Gebäude.

»William«, schluchzte Dara leise und berührte sein verzerrtes Gesicht. »William, ich muss verschwinden«, flüsterte sie. »Vergib mir, dass ich dich nicht mitnehmen kann.«

Sie kämpfte sich auf die Beine, taumelte gekrümmt aus dem Licht in die tiefsten Schatten des Raumes und blickte sich nach einem zweiten Ausgang um.

»Dann wollen wir mal. Wir sollen sie konservieren, aber nur die Skelette. Der Rest kann runter.« Ho kehrte in die Halle zurück. Er eilte an den abgedeckten Sarkophagen und Standbildern vorbei, umringt von einem halben Dutzend Helfer, die weiße Kittel, Handschuhe und Atemmasken trugen. »Packt sie in die Kochkessel und …«

Er blieb wie angewurzelt vor Williams Leiche stehen. »Verdammte Scheiße!« Mit einer fließenden Bewegung zog er die Pistole mit der verheerenden Silbermunition und lud durch. »Schwärmt aus. Findet die Schlampe!«

Dara grollte unterdrückt und legte die platinblonden Haare mit einer raschen Bewegung zurück, damit sie besser sah. *Ich werde dich töten. Dich und die Wechselbälger, denen du den Arsch küsst, Ho.*

»Dara«, rief der Vampir und drehte sich um die eigene Achse. »Bist du noch hier?«

Wer antwortet auf so eine bescheuerte Frage? Sie huschte von Deckung zu Deckung. Blut sickerte aus ihrer Schulterwunde, die sich nur langsam schloss. Das Silber hatte ihr Fleisch teils verbrannt, teils vergiftet. Die Schmerzen stammten von der Nekrose, die betroffenen Stellen müssten herausgeschnitten werden, damit die Schulter heilte.

»Dara, hör mir zu. Das ist keine persönliche Sache«, rief Ho. »Wirklich. Aber ich habe einen Auftrag bekommen. Das musst du verstehen.« Mit einem vernehmlichen Klacken spannte er den Hahn. »William wird eine schöne Sargfüllung. Er hat tolle Knochen.«

Dara konnte sich nicht länger beherrschen. Der Vampir reizte sie bis in ihr Innerstes. Sie wollte sich nur noch auf ihn stürzen und ihn zerfleischen. »Damit kommst du nicht durch, Ho!«, rief sie. »Diese Halle wird in Flammen aufgehen, und du wirst in kleine Stücke geschnitten. Leipzig wird erfahren, was du –«

»Ah, wie schön. Du bist noch da«, unterbrach er sie. »Lass uns reden.«

Scheiße. Ich habe mich hinreißen lassen. Dara vernahm das leise Trappeln der Häscher, die sich durch die

Halle von verschiedenen Seiten auf sie zubewegten. Normale Ohren hätten die Schritte nicht vernommen. Vampire waren gefährliche Gegner. Sie hetzte los und trat die Tür zum Büro auf. *Mit Ho redet bald keiner mehr. Mit Toten kann man nicht sprechen!*

Im Vorbeigehen schnappte sie sich einen langen Mantel von Hos Garderobe und warf ihn sich über, um die Wunden zu kaschieren. Durch die Hofeinfahrt trat sie hinaus auf die Eisenbahnstraße.

Es war dunkel geworden, die meisten Geschäfte hatten geschlossen. Nur wenige Nachtschwärmer bevölkerten die Umgebung, blieben im Schein der Lampen. An einer Ecke zum düsteren Park wurde gedealt. Dara konnte den Stoff riechen. *Fast geschafft. Jetzt weiter!*

Hinter ihr kamen Ho und seine sechs Leute, die immer noch Kittel, Masken und Handschuhe trugen, aus dem Durchgang.

»Dara«, rief der Vampir. »Warte! Hör mir zu, was ich dir anbieten kann.«

»Verpiss dich, Balgdiener!« Dara keuchte und hielt sich die verletzte Schulter. Eine Straßenbahn rumpelte an ihr vorbei, hielt einige Schritte vor ihr an und entließ Passagiere in den Abend. Schnell stieg sie in den mittleren Wagen ein.

Das Abfahrtsbimmeln erklang – und durch die zufallende Tür zwängte sich Ho hinein, die Hand mit der Pistole in der Jackentasche. Seine Leute im Laboroutfit blieben zurück.

Dara stand im hinteren Teil und lehnte sich gegen das Fenster. »Lass mich in Ruhe«, drohte sie leise.

Im Wagen saßen außer ihnen noch fünf Menschen, die sich nicht für das Geschehen interessierten. Um diese

Uhrzeit kümmerte man sich besser um seine eigenen Angelegenheiten.

»Das kann ich nicht, Dara.« Ho stand eine Armlänge vor ihr und versperrte ihr den Ausweg. Die Straßenbahn fuhr ruckend los. »Meine Herrin verlangte euren Tod. Ich tat nur, was mir befohlen wurde.«

»Zögerst du wegen der Kameras, mich anzugreifen?«

»Ich zögere nicht. Ich will dir wirklich ein Angebot machen. Weil du mich an jemanden erinnerst.« Ho lächelte ihr angespannt zu. »Meine Herrin darf nichts davon wissen.«

»Was soll das sein?«

»Du verlässt Leipzig, und ich sage, ich hätte dich erledigt. Ich finde andere Gebeine, die ich nutzen kann«, schlug Ho vor. »Kehre nie wieder heim, lege dir einen neuen Namen zu, und für die Wechselbälger wirst du nicht mehr existieren. Kehrst du zu deiner Familie zurück oder versuchst du, Kontakt zu ihnen aufzunehmen, töte ich dich.«

Dara stöhnte leise auf. Ihr Blut rann warm am Arm abwärts und malte rote Pünktchen auf den Wagenboden. »Seit wann gehorchen Adernlecker den Befehlen anderer? Ich dachte, ihr seht euch als die einzig wahren Herrscher.«

»Es sind keine einfachen Wechselbälger. Sie ... sind mächtiger und sandten mir ihre Manananggal.«

»Was soll das sein?«

»Ihre eigenen vampirhaften Kreaturen. Kadek war der Erste einer neuen Krait-Generation, unauffällig und für Europa angepasst. Es wird der Anfang von einer Übernahme sein, die für ganz Leipzig vorgesehen ist. Niemand wird sie aufhalten können.«

Dara spuckte aus. *Scheißkerl.* »Die Meisterin hat einen erledigt. Aber wieso wirst du zum Sklaven?«

»Kadek war ein Nichts, nur einer von unendlich vielen. Bevor ich in dieser Flut untergehe, passe ich mich an und regiere als oberster Sklave über die Geschlagenen.« Ho streckte ihr symbolisch die Hand entgegen. »Ich will dir nichts Böses. Gehst du auf mein Angebot ein? Du wärst eine der wenigen, die den neuen Herrschern entkamen.«

Die Tram hatte den Hauptbahnhof erreicht und hielt. Eine Welle von Mitfahrern schwappte in den Wagen. Ho wurde umspült, ein verliebtes Pärchen schob sich zwischen ihn und Dara. Sie gingen nach kurzem Küssen weiter und quetschten sich zu zweit auf einen Sitz.

Dara wurde schwindlig. Der Blutverlust machte sich bemerkbar, sie verlor weiter Tropfen um Tropfen. »Was ist, wenn ich das Angebot *nicht* annehme?«, fragte sie leise.

Die Tram klingelte, fuhr quietschend und wackelnd los.

»Dann muss ich meinen Auftrag erfüllen, Dara. So leid es mir tut.«

»Ich glaube dir kein Wort, Balgdiener.« *Er will Zeit gewinnen. Mich einlullen. Damit ...*

»Hätte ich dir sonst vom Plan der Wechselbälger erzählt?« Ho sah sie ungehalten an. »Mir gefällt das auch nicht, aber ich ... ich kann mich nicht gegen sie stellen. Niemand kann das.«

Dara klammerte sich mit einer Hand an der Griffstange fest, um nicht zusammenzubrechen. Die Wunden brachten sie zum unterdrückten Stöhnen, ihr Kreislauf drohte zu kollabieren. »Williams Tod muss gerächt werden. Er wollte sich entschuldigen. Und er ...«

»Sie sind weder fair noch freundlich.« Ho lachte bitter. »Frage nicht, was sie mir angetan haben, um mich dazu zu bringen, ihnen zu folgen.«

Dara blickte ihn an, auch wenn sich Doppelbilder vor ihren Augen bildeten. *Fuck. Ich bin gleich erledigt.*

Trotzdem entging ihr das Lächeln ihres Gegners nicht. Und plötzlich wusste sie, was der Vampir beabsichtigte. Er wartete, dass sie zusammenbrach, um vermeintlich Erste Hilfe zu leisten. *Um mich dabei heimlich umzubringen. Vor den Augen der Menschen.*

»Du bist ein Lügner!«, raunte sie matt. »Ich kann es riechen!«

Ho wollte etwas erwidern, doch Dara warf sich mit einem Schrei auf ihn. *Ich muss ihn zuerst erledigen!* Sie packte das Gelenk seiner Waffenhand mit der Rechten, die Linke umfasste seine Kehle, um den Kopf des Vampirs gegen die senkrechte Stange zu schmettern und den Schädel zu brechen. *Sonst ...*

»Zu spät, du Irre!«, rief er und schlug seine freie Hand flach gegen ihren Solarplexus.

Der Einschlag war mörderisch. Dara flog rückwärts gegen die Scheibe und durchbrach sie, wurde schwungvoll aus der fahrenden Straßenbahn katapultiert.

Die erschrockenen Schreie der Passagiere verklangen, je weiter sie sich von ihnen entfernte. Dann schlug sie auf dem Bürgersteig auf.

Bremsen kreischten, die Tram hatte einen Nothalt eingeleitet.

Scheiße. Der Kerl ist Hulk. Dara stemmte sich in die Höhe und sah vor sich Ho aus dem kaputten Fenster springen. Er hielt direkt auf sie zu, die Hand mit der Pistole schräg vor seinen Körper haltend, damit man sie von hinten nicht sah.

»Ich habe dir das Angebot gemacht«, sagte der Vampir bedauernd. »Deine Reaktion deute ich als Ablehnung. Du weißt, was ich tun muss.«

»Fick dich!« Dara stolperte los.

»Dara, bleib stehen!« Ho verfolgte sie gemächlich. »Das wird doch nichts. Du bist langsamer als ein Kleinkind.«

Dara erreichte den Schatten eines großen, kastenförmigen Gebäudes. Sie stürzte über eine Kante in der Pflasterung und rollte sich ächzend auf den Rücken. »Du wirst mich erschießen müssen. Und alle wissen, wer es getan hat.« *Zur Hölle mit dir.*

Ho stand über ihr, die Mündung schwenkte langsam aufwärts. »Ich kann nicht anders.«

»Niemand erschießt irgendwen!«, erklang unvermittelt eine resolute Männerstimme. »Schon gar nicht auf meinem Grund und Boden.«

Dara und Ho wandten den Kopf zu dem braunhaarigen Geistlichen in der schwarzen Soutane, der mit raumgreifenden Schritten auf sie zukam; um seinen Hals lag eine Kette mit einem auffälligen silbernen Kreuz. »Weg mit der Waffe. Sofort!«, verlangte er.

Ho lachte ungläubig. »Ist das zu fassen? Ein Priester kommt dir zu Hilfe! Das wird ein sehr guter Witz, den ich erzählen kann.«

Dara streckte ihre blutige Hand nach dem Geistlichen aus. »Bitte, rufen Sie die Polizei«, sprach sie keuchend. Ihr war jeder Beistand recht. »Ich muss ...«

»Gehen Sie wieder in Ihre Kirche zurück, Pater.«

»*Monsignore* ist der korrekte Titel«, verbesserte der Mann unerschrocken, dessen rundliches Gesicht zu nett und weich wirkte für seinen bestimmten Tonfall. »Die

Polizei ist bereits alarmiert und wird in wenigen Sekunden hier sein. Die Direktion ist gleich um die Ecke.«

»Scheiße!« Ho legte den Hahn nach hinten. »Dann muss ich es rasch beenden.«

»Sie lassen die Frau in Ruhe!« Der Monsignore kniete sich unerschrocken neben Dara, die Gläser seiner Designerbrille reflektierten das Umgebungslicht. »Lassen Sie mich nach ihren Verletzungen sehen.« Er zog den gestohlenen Mantel zur Seite und warf einen Blick auf ihre Wunden. »Oh«, entfuhr es ihm verwundert.

»Verpiss dich, Pfaffe!«

»Helfen Sie mir, Monsignore«, ächzte Dara.

Der Geistliche hob abrupt sein umgehängtes Kreuz, in dessen Mitte eine Glaskapsel saß, die einen rötlichen Gegenstand umschloss. Er richtete es gegen Ho, als wäre es das Selbstverständlichste der Welt. »Vade retro satana. Die Kraft des Herrn soll dich blenden und dir dein Augenlicht rauben.«

»Du verfluchter …«, stieß Ho aus und richtete den Lauf auf den Monsignore.

Ansatzlos flammte das Kreuz auf. Ein gleißender Strahl löste sich fauchend aus der inneren Kapsel und traf den Vampir mitten ins Gesicht. Das Fleisch fing sogleich Feuer, die Brauen und Haare gingen in Asche auf. Prasselnd griffen die Lohen um sich und hüllten den Schädel des Blutsaugers in weiße Flammen.

Kreischend torkelte Ho rückwärts und sprang um die Ecke, um dem leuchtenden Schein aus dem Kreuz zu entgehen. »Das ist nicht das Ende«, kreischte er leidend. »Ich bekomme dich, Dara! Du wirst sterben. Der Pfaffe kann dich nicht retten.« Seine hastigen Schritte entfernten sich.

»Normalerweise hätte ich ihn verfolgt«, erklärte der Monsignore und wandte sich Dara zu. »Aber Ihr Wohl hat Vorrang.«

Was für ein Glück! »Die Polizei«, hauchte sie schwach. »Sie wird …«

»Ich habe die Polizei nicht angerufen. Ich stand vor der Tür und rauchte, als sie beide angerannt kamen. Wie hätte ich nicht eingreifen können, wenn ein Mensch in Not ist?« Er lächelte sie freundlich an. »Mein Name ist Monsignore Ignatius.«

»Dara.«

»Können Sie aufstehen, Dara? Ich helfe Ihnen dabei. Wir überlegen, was wir gegen die Wunden unternehmen können. Ein Durchschuss und Streifschüsse, wenn ich das oberflächlich richtig gesehen habe.«

»Ich kann nicht ins Krankenhaus! Schusswunden müssen gemeldet werden.«

»Ich weiß.«

Dara ließ sich von ihm auf die Beine helfen und lehnte sich entkräftet gegen die Wand. »In meiner Tasche ist mein Smartphone. Rufen Sie meine Familie an. Sie kommt und kümmert sich um mich.«

Ignatius suchte behutsam und zog elektronische Trümmerteile heraus. »Es hat sich wie Sie eine Kugel eingefangen.« Er stützte sie und bewegte sich zusammen mit ihr auf den Seiteneingang des schmucklosen Kastengebäudes zu. »Sie sagen mir, wen ich anrufen soll, und wir versorgen Sie erst mal notdürftig, um die Blutung zu stoppen.«

»In einer Kirche?«

»Die Sankt Trinitatis ist mehr als eine einfache Kirche. Vertrauen Sie mir, Dara.«

Von irgendwoher erklangen Sirenen. Der Tramfahrer oder die Passagiere hatten die Rettungskräfte gerufen.

Ich soll in eine Kirche? Scheiße, nein! »Das kann ich nicht. Ich bin ... Atheistin.«

»Gott ist gnädig. Auch zu den Ungläubigen. Er prüft die meisten, um sie zum Glauben zu führen«, erwiderte Ignatius freundlich.

Daras Beine knickten weg, sie verlor ihre Kraft. »Nein, bitte. Ich ... sage Ihnen die Nummer, Monsignore. Warten wir auf meine Leute.«

»Das können wir drinnen tun. Die Polizei rückt an, und ich will denen nicht erklären müssen, was geschehen ist.« Ignatius hob sie auf seine Arme. Dara hing wie ein nasser Sack an ihm. »Man wird kein Verständnis haben. Sehen Sie das anders, Dara?«

Dara konnte kaum mehr deutlich sprechen. Die Bewusstlosigkeit schlug ihre Krallen in sie. Ihr Kreislauf sackte ab, ihr wurde kalt. *Meine Familie. Sie muss kommen.* »Die Nummer ...«, raunte sie kraftlos.

»Ja, Dara?«

»Sie lautet ...« Ihr wurde schwarz vor Augen.

»Machen Sie sich keine Sorgen«, hörte sie Ignatius' weiche Stimme. Türen wurden geöffnet und hinter ihnen wieder geschlossen, es roch unvermittelt nach Weihrauch. »Sie sind im Hause des Herrn. Das Böse kann Sie auf diesem heiligen Boden nicht erreichen.«

Dara stöhnte leise. *Ich will weg von hier.* »Die Nummer ...«

Erneut öffneten und schlossen sich Türen. Ein Fahrstuhl surrte, und der Geruch veränderte sich von Gewürzen und betagtem, kaltem Qualm hin zu Desinfektionsmittel.

»Schwester Mathilde, wir haben eine Patientin. Schussverletzungen. Ein Schuss durch die Schulter, zwei oder drei weitere in der Seite. Ich konnte es nicht genau sehen.«

»Bitte. Monsignore, Sie müssen meine Leute anrufen«, versuchte es Dara ein letztes Mal und wurde ohnmächtig.

* * *

Kapitel VII

Die Geschehnisse beschleunigen sich, doch noch laufen sie nicht zusammen.
   Passen sie überhaupt zusammen?
   Haben Sie noch ein wenig Geduld. Es wird sich aufklären. Dara war zumindest dem Tod entronnen, im Gegensatz zum unglücklichen William.
   Noch unglücklicher stand es einige Jahrhunderte zuvor um Agnes, die sich in den Fängen von Inquisitor Rinaldi und der Gerichtsbarkeit befand.
   Begehen Sie nicht den Fehler und klagen Sie nun über die katholische Kirche – die meisten Hexenverbrennungen gehen auf weltliche Gerichte zurück. Und die Protestanten beteiligten sich buchstäblich mit Feuereifer daran. Ihr erster Mann, Martin Luther, sorgte mit einer Predigt vom 6. Mai 1526 selbst dafür.
   Ich zitiere in Auszügen daraus:
   »Der Volksmund nennt sie die Weisen Frauen. … Es ist ein überaus gerechtes Gesetz, dass die Zauberinnen getötet werden, denn sie richten viel Schaden an, was bisweilen ignoriert wird, sie können nämlich Milch, Butter und alles aus einem Haus stehlen … Sie können ein Kind verzaubern … Auch können sie geheimnisvolle Krankheiten im menschlichen Knie erzeugen, dass der Körper verzehrt wird … Schaden fügen sie nämlich an Körpern und Seelen zu, sie verabreichen Tränke und Beschwörungen, um Hass hervorzurufen, Liebe, Unwetter, alle

Verwüstungen im Haus, auf dem Acker, über eine Entfernung von einer Meile und mehr machen sie mit ihren Zauberpfeilen Hinkende, dass niemand heilen kann ... Die Zauberinnen sollen getötet werden, weil sie Diebe sind, Ehebrecher, Räuber, Mörder ... Sie schaden mannigfaltig. Also sollen sie getötet werden, nicht allein weil sie schaden, sondern auch weil sie Umgang mit dem Satan haben.«

Und so erging es Agnes.

Die Beschuldigungen wegen Diebstahls gegen sie wurden fallen gelassen. Es stand ein viel stärkerer, gewaltigerer Vorwurf im Raum.

Als vermeintliche Schattenhexe sah sie sich der Anklage der Hexerei, Zauberei und Teufelsbuhlschaft gegenüber, und das zog wiederum die Maschinerie der Qualen nach sich, bis das Geständnis erbracht war. Denn ohne dieses Geständnis, so absurd es unter der Folter erzwungen wurde, durfte keine Verurteilung geschehen. Es musste später noch einmal ohne Folter wiederholt werden, damit es verbindlich wurde. Wer sich dann aber weigerte, erhielt die gleiche Prozedur noch einmal.

Heute spricht man von der Peinlichen Gerichtsbarkeit, was mit Pein zu tun hat. Schmerzen. Qualen, auf die sich versierte Henker und Folterknechte verstanden.

Mein Sohn hatte Agnes nach dem Beginn des Prozesses vollständig entkleidet und rasiert, damit sie keinerlei Zaubermittel verbergen konnte und wir ihre Zauberkraft brachen. Manchmal stecke ihre Macht in den langen Haaren, sagte man, wie bei Simson mit seinen übermenschlichen Kräften. Nur dass die Hexen ihre Macht vom Teufel bekamen, entschied die Kirche. Von Dämonen und finsteren Gestalten.

Danach suchten Jacob, Rinaldi, seine Gesellen und ich am ganzen Körper nach einem Hexenmal. Und wir wurden fündig: Es sah aus wie ein handgroßer tanzender Schatten, der sich unterhalb ihrer Brüste regte, sobald sie sich bewegte. Rinaldi verstand es als weiteres Indiz für ihre Schuld.

Er befragte Agnes im Guten und sachlich, aber sie sprach nicht.

Jacob übernahm im Anschluss die Territion, das Erschrecken, wie man es nannte, indem er ihr nochmals die Folterinstrumente zeigte, wie ich es beim ersten Mal auf Geheiß von Ratsherr Stein getan hatte.

Als Agnes immer noch nicht sprach, folgte die peinliche Befragung. Daumenschrauben, Streckbank, Zangen, alles kam der Reihe nach zur Anwendung, um die Hexe zum Sprechen zu bringen.

Zum Geständnis zu zwingen.

Was meine Tochter Geneve mit ihrem weichen Herzen in dieser Zeit tat?

In einem Nebenraum sitzen und warten, bis sie gerufen wurde, um die Wunden zu flicken. Wie stets.

Geneve las im Schein zweier Kerzen in einem Buch, als sich die Tür öffnete und Jacob in den kleinen Raum trat, der als Vorratskeller des Verlieses diente.

»Es ist vollbracht«, sprach er glücklich und rieb sich die blutbespritzten Finger mit einem Tuch ab. Die umgehängte Lederschürze über seinem Gewand zeigte alte und neue Flecken. »Zumindest ein erster Reigen.«

»Dann gestand sie?« Geneve rechnete fast nicht damit.

»Bei Gott dem Allmächtigen, nein«, rief Jacob freudig. »Das wird sie noch lange nicht. Ich kann mich an ihr austoben und vergnügen, dass ihr Leib knirscht und knarzt und ächzt.«

Wie ich es mir dachte. »Ich hab sie schreien hören. Unentwegt.«

»Das tun sie alle. Aber *sie* gestand nicht.« Lachend warf er sich auf den Schemel und goss sich vom Wein in den Becher. »Gute Teufelshure. Zäh. So gefällt mir das.«

»Du hast sie länger als eine Stunde gefoltert. Ohne Unterlass.«

»Ja, und?«

»Das ist nicht gestattet. Es sind Unterbrechungen vorgesehen, so steht's im Gesetz.« Geneve ergriff Partei für Agnes, soweit es ihr die Gerichtsordnung zubilligte. *Ich bin die Einzige, die das tut.* Wenn auch nur vor ihrem Bruder.

»Das geht nicht auf meine Kappe. Ich hab' nur getan, was der Inquisitor anordnete.« Jacob grinste. »Du und dein weiches Herz, Schwester. Sag so was nicht, steht Rinaldi in der Nähe. Außerdem ist's ein Hexenprozess. Ein crimen exceptum, ein Ausnahmeverbrechen. Da ist Härte verlangt. Ausdrücklich.«

»Was dir Spaß bereitet.« Geneve schlug einen verächtlichen Tonfall an.

»Natürlich! Und ich verdien' damit gute Münzen.« Jacob seufzte selig. »Rinaldi lobte mich. Ich hätte geschickte Hände.«

»Du weißt, dass ihr sie nur dreimal foltern dürft. Gesteht sie nicht und gibt es keine neuen Beweise gegen sie, ist Agnes frei.«

»Einerlei«, sagte er leichthin. »Das sieht die Eminenz anders.«

»Dann handelt er gegen das Gesetz! Damit kann Agnes –«

»Oh, nein. Tut er nicht. Er ist gewitzt.« Jacob lachte und schlug mit der flachen Hand auf den Tisch, dass die Kerzen hüpften und der Schein strauchelte. »Stell dir vor, er sagt, wir *unterbrechen* die erste Befragung nur. Was wir morgen mit ihr tun, ist demnach lediglich eine *Fortsetzung* des ersten Verhörs.« Er trank den Wein hastig. »So ein schlauer Mann, dieser Italiener.«

Mit allen dreckigen Weihwässern gewaschen. Geneve deutete auf ihren Korb mit den Salben, Mitteln und Verbandsmaterial. »Was wird gebraucht?«

»Das wirst du selbst erkennen. Ihre Gelenke sind überdehnt, aber ich hab' noch nichts gebrochen, was wahrlich nicht ganz einfach war. Doch ich ging klug zur Sache. Blutergüsse sind's, mehr nicht.«

»Und deine blutigen Finger?«

»Eine Platzwunde. Sie ist von der Streckbank gefallen, als ich sie losband. Ihre Ungeschicktheit, nicht meine. Du magst es nähen.« Jacob deutete zur Tür. »Los, Schwester. Zeig uns deine Heilkunst. Die Satansmetze muss morgen wieder taufrisch sein, wenn wir das Verhör *fortsetzen*.« Laut lachte er.

Unabhängig von der Abscheu, die Geneve gegen das Verhalten ihres Bruders hegte, gab es Neugier in ihr. »Was sagte der Inquisitor wegen dieser Schattenzauberei?«

»Er parliert viel Italienisch mit seinen beiden Gesellen. Deswegen versteh' ich nicht, ob er sich mit ihnen darüber austauscht.«

»Und was will er von ihr wissen?«

»Das Übliche. Er befragte sie nach Mitschuldigen,

nach weiteren Hexen, mit denen Agnes laut der Lehre auf den Hexensabbaten zusammenkommt.« Er schabte Blut unter den Fingernägeln mit der Messerspitze heraus und wischte es an der Schürze ab. »Aber sie schweigt darüber. Schreien tut sie, doch reden will sie nicht.«

Geneve kannte die Vorgehensweise ganz genau. Die der Hexerei Angeklagten, die in der überwiegenden Mehrheit Frauen waren, wurden nach den Namen der anderen Hexen und ihrem Hexenmeister befragt, woraufhin auch diese gefoltert wurden. Die Liste wurde länger und länger, und man rühmte sich danach, ein Hexennest ausgehoben zu haben. *Es trifft so oft Unschuldige.*

»Er wird sie nicht freilassen«, sagte Geneve.

»Nein.« Jacob goss sich Wein nach. »Wenn ich ein paar Brocken Italienisch richtig verstand, geht's darum, dass die Strega sich die Schatten von Toten untertan machen kann. Sie befehligt sie und sendet sie wie Soldaten aus, um ihre üblen Wünsche zu erfüllen.«

»Ich erinn're mich«, flüsterte Geneve schaudernd. »Ich sah es im Verlies.«

»So wie meine?« Jacob hob die Hände und vollführte Schattenspielchen mit den Fingern, ließ einen Hund und einen Fuchs, danach eine Fledermaus an der Wand entstehen. »Was ich nicht versteh' bei dieser Sache: Warum kommen sie dann nicht und befreien ihre Königin, reißen die Ketten in Stücke und jagen mit ihr davon?«

»Rinaldi wunderte sich, dass sie geschwächt sei.« Geneve erinnerte sich an das erste Zusammentreffen. »Sie hielt vielleicht vor Kurzem ein anstrengendes Ritual ab, das sie gar große Kraft kostete?«

»Der Teufel mag sie die ganze Nacht gepflügt haben. Gut für uns. Sonst bekämen wir ihre Schatten zu spüren.« Jacob senkte die Stimme. »Ich glaub' nicht, dass unser Wissen uns vor ihr bewahrt.«

»Du meinst *mein* Wissen, was *mir* die Weisen Frauen anvertrauten, weil ich ihnen half?«, verbesserte sie kühl. »Und das ich mit *euch* teilte, gegen die Absprachen, die ich mit ihnen traf?«

»Weil *wir* eine Familie sind, Geneve. Weil *wir* uns beistehen. Wir sind Scharfrichter, Ausgestoßene. Wenn wir uns nicht helfen, wer tät's sonst? Diese Hexen und Zauberer und jene, denen du halfst, kommen nicht, um dich zu retten, wenn's dir schlecht erginge.«

»Ich bin keine Henkerin«, beharrte sie. »Und werd's niemals sein.«

»Das weiche Herz. Dachtest du, ich weiß nicht, dass du den Hexen hilfst, die Schmerzen der Befragung zu ertragen? Mit deinen Mittelchen? Damit sie nicht gestehen und in Freiheit kommen?« Jacob lächelte. »Ein ewiger Wettstreit zwischen unserer beider Können. Aber dieses Mal wirst du ihn verlieren.« Jacob legte die Finger mit dem teils getrockneten Blut auf ihre Schulter. »Deswegen hasst du mich. Ich verhöre, foltere, richte und tue meine Arbeit mit größter Inbrunst. Und so bin *ich* Mutters ganzer Stolz.« Er zeigte erneut auf die Tür. »Los, geh zu der Teufelshure. Lind're ihre Schmerzen. Morgen geht's weiter, bei Sonnenaufgang.«

Vater vermachte ihm alles Schlechte, was man einem Sohn geben kann. Geneve erhob sich und nahm ihren Korb mit den Heilutensilien. Ohne ein weiteres Wort verließ sie die Kammer, schritt durch den klammen Gang. Sie wich den Pfützen am Boden aus und betrat die Zelle der Angeklagten.

Die geschorene Agnes lag in einem grobgenähten Leinenkleid, das einem Sack ähnelte, zusammengekrümmt auf dem Stroh und vergoss schluchzend Tränen. Sie zuckte zusammen und machte sich noch kleiner, als sie Geneves Schritte hörte.

»Keine Angst.« Sie kniete sich neben die Gefolterte auf die feuchten Halme. »Ich bin gekommen, um dir etwas gegen die Schmerzen zu geben.«

»Wofür? Damit ich noch länger Schmerz erdulde?« Agnes richtete sich stöhnend auf. »Deine Barmherzigkeit taugt nichts.« Sie zeigte ihre von den Stricken und Eisen aufgekratzten Hand- und Fußgelenke. Zwei dünne Löcher zeigten sich in den Handflächen, durch die der Silbernagel geschlagen worden war. Für die Folter war er entfernt und im Anschluss nicht wieder eingesetzt worden. »Alles in mir tut weh. Meine Gliedmaßen fühlen sich an, als wären sie dreifach länger als sonst, und ich vermag mich kaum zu rühren. Nichts sitzt am rechten Fleck, innen wie außen. Jede Bewegung verursacht Höllenpein.«

»Es sind deine Sehnen und Muskeln. Sie wurden überdehnt wie deine Gelenke.« Geneve betrachtete die geschwollenen Finger, die mit der Presse behandelt worden waren. Blutergüsse zeichneten sich ab. »Ich habe eine Lösung dabei, mit der ich dich einreiben kann. Und etwas gegen die allgemeinen Qualen. Schlafmohn und ein paar Kräuteressenzen.« Sie betrachtete Agnes' Kopfwunde. »Die Platzwunde werd' ich rasch nähen. Ich träufle vorher etwas Tinktur auf die Stelle, damit du die Nadel nicht spürst.«

Agnes setzte sich langsam aufrecht, lehnte sich mit dem Rücken gegen die Wand.

Geneve machte sich an die Arbeit. *Bei einem Mann*

wie Rinaldi ist sie verloren. »Es wär' für dich einfacher, wenn du gestehst.«

Sie seufzte. »Weshalb? Weil sie mich dann töten und ich erlöst bin?«

»Agnes. Rinaldi wird dich nicht freilassen. Auch nicht, wenn du unter der Folter beharrlich schweigst«, sagte sie. »Er sieht in einem Hexenprozess andere Gegebenheiten, als das Recht ihm vorschreibt.«

»Auf dem Scheiterhaufen soll ich vergeh'n. Lebendig verbrannt, um meine verdorbene Seele zu reinigen«, stieß Agnes verächtlich aus. »Ich verzichte. Eher sterbe ich unter der Folter als Unschuldige.«

»Ich kann dafür sorgen, dass mein Bruder dich auf dem Reisigberg ersticht oder dir eine Ader öffnet, sodass du verblutet bist, bevor du die sengende Hitze des Feuers spürst.« Geneve zog den Faden akkurat von Wundrand zu Wundrand und schloss das Fleisch. »Ich weiß, es klingt immer noch grausam. Aber besser als die Leiden des Flammentods.«

»Wie das vorherige Erdrosseln oder das Umhängen eines Schwarzpulversäckchens um meinen Hals«, sagte Agnes. »Ich kenne das doch alles, Geneve. Ich wohnte solchen Hinrichtungen bei, voller Wut und Hass auf die Unwissenheit der Menschen. Kampf gegen das Böse, dass ich nicht lache! Es geht denen alleine darum, starke Frauen zu beseitigen.« Sie blickte Geneve an. »Starke Frauen wie du und ich.«

»Ich?« *Sie versucht schon wieder, mich hineinzuziehen.*

»Sicherlich. Du verweigerst dich deiner Familie und dem Töten. Bist eine zweifach Ausgestoßene.« Sie nickte zum Korb. »Du schleppst es mir dir rum, das Wissen von Hexen und Weisen Frauen. Von Kreaturen der Dunkelheit, die sich für deine Freundlichkeit bedankten.« Sie lächelte. »Wisse: Mein Schatten berichtete mir von dir.«

Geneve beendete das Nähen und schnitt den Faden ab. »Ist das so?«

»Ja. Ich wollt' dich bald schon aufsuchen, um mich mit dir auszutauschen. Dein Wissen ist so viel überragender als meines.«

Geneve fühlte Unbehagen. Die Vorstellung, von Schatten verfolgt und ausgespäht zu werden, verursachte ihr Gänsehaut und einen eisigen Schauder am ganzen Leib. »Mit deiner Welt hab' ich nichts zu schaffen.«

»Die Wesen der Anderswelt gehen bei dir aus und ein, Geneve«, sprach Agnes. »Leugne es nicht. Mein Schatten spionierte euch aus. Alles, was die Menschen fürchten, kennst du. Ohne dich zu ängstigen. Du besitzt eine große Gabe. Wahrlich, du bist eine gänzlich andere Meisterin als deine Mutter!« Sie senkte die Stimme vor Ehrfurcht. »Und du bist unsterblich. Ein Alchemist oder Zauberer verriet es dir. Oder irr' ich mich? Wie war noch gleich sein Name?«

Verflucht! Es stimmt alles, was sie sagt. »Nun wird's mir zu bunt und zu eng mit dir. Setzte dich Rinaldi in Wahrheit auf mich an?«, erwiderte Geneve halb im Scherz und verband die Löcher in den Händen. »Am Ende macht man mir wegen dir noch den Prozess.«

»Nein, ich schwör's! Bei meinem Leben, das ich bald verlieren muss.« Agnes biss die Zähne zusammen, als sie neuerliche Schmerzen fühlte. »Ich wollt' nicht unsterblich sein. Überleben würd' mir ausreichen.« Neugierig sah sie in Geneves Gesicht. »Wie kamst du an das Mittel?«

Sie ist mir zu beharrlich. »Sag, wieso rettet dich *dein* Schatten nicht aus dem Kerker?«, fragte Geneve zurück.

»Mein Schatten. Er ist … zu frisch. Zu jung. Es ist schwirig zu erklären.«

»Ich hör' dir zu.« Geneve war wirklich auf neues Wissen aus. *Eine echte Schattenhexe.*

»Damit *du* mich bei Rinaldi verrätst?« Agnes schloss die Augen. »Wir trauen uns gegenseitig nicht, Geneve. Das ergibt keinen Sinn.«

»So ist es wohl.« Geneve schickte sich an, die Zelle zu verlassen, und sammelte ihre Materialien ein, um sie in den Korb zu packen, streng nach ihrer Anordnung, um alles auch im Dunkel griffbereit zu haben.

»Warte!« Die Angeklagte öffnete die Augen, »wenn du mir Geheimnisse anvertrautest, würd' ich's umgekehrt ebenso halten.«

Sie versucht mit allen Mitteln, mich auf ihre Seite zu ziehen. Geneve nahm es ihr nicht übel. Sie kannte das Verhalten aus unzähligen Prozessen. »Säßest du nicht im Kerker, nicht in Ketten, ginge ich darauf ein.« Sie berührte die Schattenhexe sachte am Unterarm. Sie wusste um die Kunst ihres Bruders. Agnes würde alles verraten, was sie in ihrem Kopf und Herzen und im Grund ihrer Seele trug. »Meine Geheimnisse sind bei dir nicht sicher.«

Agnes' Gesichtsausdruck wurde schlagartig feindselig. »Dazu muss ich nicht einmal echtes Wissen über dich haben. Ich könnt' dich beschuldigen! Dich und deine ganze Familie.«

Geneve richtete sich auf. *Das war zu viel.* »Du drohst?«

»Der Inquisitor wird sich mit Freude deiner annehmen. Dir, deiner Mutter und deines Bruders. Seine beiden italienischen Gesellen sehen noch jung aus, aber sie verstehen ihr Handwerk. Diese Bugattis werden's noch weit bringen.«

»Das würdest du nicht wagen!« Geneves Mitleid verging wie Schnee in der Frühlingssonne.

Agnes rutschte auf Geneve zu, die Ketten klirrten. »Ich muss, Geneve!«, sprach sie verzweifelt. »Hab' doch keine andere Wahl! Lass mich frei, und ich verschwinde.«

»Das kann ich nicht.«

»Bitte! Meine Kinder vermögen sich nicht ewig vor Rinaldi zu verbergen, und wenn die Nachbarn sie bemerken, droht ihnen das gleiche Schicksal wie mir. Der Inquisitor wird sie als Brut des Teufels ansehen und sie mit mir auf dem Scheiterhaufen verbrennen.« Sie legte die verbundenen Hände auf Geneves Unterarme. »Du halfst so vielen von uns …«

Die Kinder! Das weiche Herz hinderte Geneve, sich loszureißen und aus dem Verlies zu eilen. »Nie half ich jemandem zur Flucht«, entgegnete sie. »Nur, die Folter zu überstehen und kein Geständnis abzulegen.«

»Du hast somit Leben gerettet. Dann ist's an der Zeit, den nächsten Schritt zu tun und zu handeln!«

»Es wird auf meine Familie zurückfallen. Rinaldis Rachsucht –«

»Du kannst sagen, dass ich dich verhexte und mit einem Fluch belegte. Dass mein Schatten dich zwang. Denk dir etwas aus.« Agnes vergoss leise Tränen. »Ich bin eine Hexe, aber ich tat nichts Böses! Ich bitte dich darum, mir die Ketten zu lösen, damit ich bis zum Kamin gelange und über die Dächer entschwinde. Ich verlasse das Land. Mit meinen Schatten. Kindern.«

Das Elend in den Augen der Angeklagten rührte Geneve. Der Gedanke, die unschuldigen Kinder in den tödlichen Flammen grausam sterben sehen zu müssen, brachte ihre Ablehnung ins Wanken. »Und niemand kommt zu Schaden?«

»Nein, niemand.«

»Schwör's mir!«

»Ich schwör' es dir bei meinem Leben. Sollt' ich dich verraten, darfst du sämtliche Verbündete, die du hast, auf mich hetzen und in Stücke reißen lassen.« Zuversicht legte sich auf die Züge der Angeklagten.

»Weder Gefolgschaft noch Verbündete oder dergleichen nenne ich mein Eigen.« Geneve dachte unentwegt an die Kinder, die sich irgendwo in Moorweiler verbargen und auf die Rückkehr ihrer Mutter warteten. *Ich darf sie weder dem Hunger- noch dem Flammentod überlassen.* »Ich ... ich schaue, dass mir etwas einfällt.«

Agnes küsste Geneves Hände unter neuerlicher Tränenflut. »Ich danke dir!«

»Nicht zu früh.«

»Heute Nacht wär's recht.«

»Ich sagte: Nicht zu früh!« Geneve bereute ihre Zusage fast schon. Sie kramte ein Fläschchen mit schmerzstillendem Mittel aus dem Korb. »Den Kopf in den Nacken. Ich lass' es dir in den Mund tropfen.«

»Was ist's?«

»Es nimmt dir das Leid in den Gliedern.« Was Geneve verheimlichte, war, dass es Agnes auch schlafen lassen würde. »Ich kehre zu dir zurück, sobald mir etwas in den Sinn kam.«

»Verzeih mir mein Drängen. Ich will nicht undankbar sein.« Agnes nickte und nahm Arznei, ein Lächeln stahl sich auf ihr erschöpftes Gesicht. »Ich werde dich zum Dank lehren, was Schattenmagie ist. Sie sind schon längst unter uns.«

»Wer?«

»Die freien Schatten. Jene, die ich *nicht* von den Toten stahl. Sie lauern und warten. Bis sich jemand ihrer annimmt und sie mit ihren Geschwistern im Spiegel vereint.« Agnes schloss die Lider. »Die Schmerzen schwinden. Dank dafür.« Sie rutschte seitlich an der groben Wand hinab und wurde von Geneve aufs Stroh gebettet.

»Die freien Schatten«, wiederholte sie, während sie rasch Agnes' Wunden an den Gelenken versorgte. Auch wenn sie die Vorstellung faszinierte, dass es solche Wesen gab, bescherte es ihr zugleich einen unsäglichen Schrecken. *Schatten vermögen sich überall zu verbergen und verstecken. Sogar am Tag.*

»Wird sie morgen bereit für das Verhör sein, mein Kind?«, erklang unvermittelt Rinaldis Stimme hinter Geneve.

Sie ließ sich ihr Erschrecken nicht anmerken. *Wie lange steht er schon da?* »Ja, Eminenz.«

»Dein Bruder versteht sich über die Maßen auf sein Handwerk. Einen wie ihn könnt' ich gut gebrauchen.« Der Inquisitor betrat den kargen Raum und schaute auf die Frauen herab. »Schändet er?«

»Eminenz?« Die Ungeheuerlichkeit, die er Jacob unterstellte, machte sie noch unruhiger.

»Dein Bruder. Ob er die Hexen pflügt, die er foltert. Ich hörte davon, dass manche Henker sich an den Angeklagten vergehen. Oder auch Räte.«

»Nein, Herr. Das würde meine Mutter niemals erlauben. Sie … sie ist gewissenhaft.«

»Löblich, löblich.« Rinaldi blickte auf die Schlafende. »Verriet die Schattenhexe noch etwas? Lockerte sich ihre Zunge unter deinen sachten, sanften Händen? Dankbarkeit vermag solch ein Wunder.«

»Nein, Eminenz. Sie jammerte vor Schmerzen und schlief dann ein.« *Dann bekam er nichts von unserer Unterredung mit.* Geneve erhob sich und deckte den Inhalt des Korbs mit einem Tuch zu. »Sie wird sich erholen, Eminenz.«

»Eine kuriose Familie seid ihr. *Sehr* kurios.« Rinaldi legte einen Finger unter Geneves Kinn, die Hand roch nach Essen und Wein. Der Blick wollte durch ihre Pupillen tief in ihr Denken eindringen. »Schön. Denkst du, dein Bruder würd' in meine Dienste treten?«

»Er wird meine Mutter nicht verlassen. Es gibt in der Stadt viel zu tun, was in die Geschäfte meiner Zunft fällt.«

»Deiner?« Rinaldi hatte seinen Finger nicht von ihrem Kinn gelöst. »Du hast dein Meisterstück nicht abgelegt. Das sagte mir Ratsherr Stein.«

»Das braucht es nicht, Eminenz. Wir haben uns die Aufgaben aufgeteilt.« Geneve spürte die starke Aura, die von dem Mann ausging. *Ist es sein Glaube?* Diese Präsenz und ein paar Drohungen brachten einfache Angeklagte gewiss zum raschen Einknicken.

»Bedauerlich, dass dein Bruder bleiben möchte. Aber verständlich. Er will ein guter Sohn sein und seine Mutter ehren.« Der Inquisitor senkte endlich die Hand und wandte sich der Angeklagten zu. »Wie viele Prozesse hast du bislang begleitet? Und ich meine nur jene, die sich gegen Hexen richteten.«

»Es werden mehr als zwei Dutzend gewesen sein,

Herr.« Geneve spürte die bohrende Kuppe des Mannes noch unter ihrem Kinn. *Als habe er ein Mal hinterlassen.*

»Hörtest du jemals von einer Schattenhexe?«

»Nein, wahrlich nicht. Nur von Teufelsbuhlen, die Schadzauber und dergleichen gewirkt haben sollen, wie deren Nachbarn es beschworen.« Geneve wusste, dass die bedachte Formulierung sie bereits in Bedrängnis bringen konnte. Zweifel waren nicht gut gelitten. *Aber ich kann's und will's nicht anders sagen.*

Rinaldi schien sich nicht daran zu stören. »Sie sind äußerst selten und mit nichts zu vergleichen, was dem Bösen sonst Gefolgschaft schwor«, wisperte er versonnen. »Verdorbene Seelen. Unrettbar. Ich halte sie für die größte Gefahr der Menschheit. Der Heilige Vater ist meiner Meinung, aber die Kardinäle …« Er räusperte sich. »Das soll dich nicht belasten, mein Kind. Achte auf deine Umgebung und auf die Schatten, wie du sie schon einmal gesehen hast. *Lebendige* Schatten, eigenständig, geraubt von den Toten.« Er stieß die schlafende Agnes mit dem Fuß an. »Was immer sie dir sagen wird oder verspricht: Sie trachtet nach Unheil.« Er wandte sich um und ging zur Tür. »Morgen hab ich das Geständnis und kenne sämtliche Geheimnisse. Dann endet der Schrecken für uns. Buena notte.« Rinaldi verschwand hinaus. »Und gesegnete Träume, mein Kind.«

»Gute Nacht, Eminenz.« Geneve folgte ihm und schloss die Tür hinter sich ab. *Was tue ich nur?* Sie umfasste den Schlüssel. *Was nur?*

Hexenprozesse.

Sie kamen oft vor. Den meisten ist nicht bekannt, dass diese Verfahren von Beginn an vehemente Feinde und prominente Gegner hatten, die sowohl den Glauben an Hexen als auch an die Zauberkraft als reine Einbildung abtaten. Es dauerte lange, bis man ihnen Gehör schenkte und die Vernunft siegte.

Ich sage nicht, dass es keine Hexen gab und gibt. Aber der Umgang mit ihnen, war der falsche. Zudem kamen bei den Prozessen geschätzt zehn Prozent echte Zauberinnen ums Leben, und die allerwenigsten wollten etwas Böses. Der Rest der etwa sechzigtausend Toten in Europa waren unschuldige Frauen, die unter der Folter gestanden und weitere Unschuldige denunzierten.

Ich gehörte zu dieser Maschinerie.

Machen Sie mir deswegen keine Vorwürfe. Das tue ich schon selbst. Ich sah mich in der Pflicht und als Vollstreckerin der Gerechtigkeit, auch wenn ich nicht bei vielen Hexenprozessen zugegen war. Geneve wusste es damals bereits besser.

Sie werden sich fragen, warum meine Kinder und ich durch unser Amt zu einer Art ... Unberührbaren wurden.

Dies ging auf alte Tabu-Vorstellungen im Volk zurück und hat etwas mit dem sakralen Charakter der früheren Todesstrafen zu tun, bei denen der Täter den Göttern als Opfer dargeboten wurde, um die Gottheiten zu versöhnen. Die Opferungen wurden von Menschen getätigt, die also in Berührung mit dem Göttlichen gerieten und dann als Träger enormer Kräfte galten, die das Volk fürchtete. Diese Ansichten wurden vom christlichen Glauben verdeckt übernommen.

Die Bezeichnung zu meiner Zeit war »Unehrlichkeit«, wie ich schon erwähnte. Diese ergab sich hauptsächlich aus folgenden, offensichtlicheren Gründen: Wir töteten für Geld, kannten uns mit abscheulichen Foltermethoden aus und hatten eben mit den bereits aufgeführten weiteren unappetitlichen Aufgaben in einer Stadt zu tun.

Diese Unehrlichkeit war wie eine ansteckende Krankheit und sprang auf jeden über, der sich mit uns einließ. Um das zu verhindern, mussten wir Henker in der Öffentlichkeit spezielle Kleidung tragen, damit man uns von Weitem erkannte. Meist war das einfache Kleidung in Grau, Grün oder Rot, die Amtskleidung beim Richten war Schwarz. Da das Amt des Henkers ein relativ gut bezahltes war, sorgte die Kleiderordnung zugleich dafür, dass die Scharfrichter nicht allzu protzig auftraten. Ich kann Ihnen versichern, dass wir bei Zusammenkünften und Hochzeiten oder Gelegenheiten, bei denen wir unter uns waren, Garderobe trugen, die Königinnen und Könige neidisch hätte werden lassen können.

Dennoch ist ein Scharfrichterleben ein einsames. Ein Bier in fröhlicher Runde zu trinken, war uns nicht möglich. Wir hatten entweder Wirtschaftsverbot oder Einschränkungen. Der Platz in einem Gasthaus war extra gekennzeichnet, und wir mussten eigenes Geschirr benutzen.

Von der Kirche wurde ein Scharfrichter als sündiger Mensch behandelt, der mit Blutschuld beladen war und sowohl einen Extraplatz in der Kirche als auch auf dem Friedhof erhielt.

Wegen der befürchteten Übertragung der »Unehrlichkeit« wagte auch nach dem Tod niemand, den Nachrichter anzufassen. So erfolgte die Bestattung meist auf harsche Anordnung der Obrigkeit, die die Knechte oder Verwandte zwangen, sich des Toten anzunehmen. Selten bekamen wir Henker ein »ehrliches« Begräbnis.

Das Geld lockte. Wer einen Henker aus finanziellen Vorteilen zum Paten seiner Kinder wählen wollte, wurde bestraft.

Wir durften kein Stück Vieh zusammen mit den anderen auf der Weide haben, und der Umgang mit uns erregte grundsätzlich Ärgernis, wurde stellenweise sogar bestraft. Unser Haus stand meistens abseits an der Stadtmauer, auf oder an Brücken.

Die Unehrlichkeit übertrug sich ebenfalls auf die Werkzeuge des Henkers, wie das Beil, das Schwert und dergleichen, und von dort aus weiter. Regelrechte Rituale wurden von den einfachen Handwerkern betrieben, wenn es um die Herstellung oder Instandsetzung einer Richtstätte, von Henkerswerkzeugen oder -zubehör ging. Mittels solcher Rituale sollte die »Unehrlichkeit« der Handwerker umgangen werden. Ich allein könnte ein halbes Dutzend Fälle von Arbeitsverweigerung aufzählen.

Trotz der »Unehrlichkeit« war ein Henker testier- und erbfähig. Die »Unehrlichkeit« ging auf die Kinder über: Die Töchter und Söhne heirateten entweder Kollegen, Verwandtschaft oder in andere »unehrliche« Berufe ein. Die Heirat durfte nur mit der Zustimmung der Obrigkeit und unter Beachtung der Religionszugehörigkeit stattfinden. Seltener war, dass »ehrliche« Berufler einen Scharfrichter heirateten, denn auch der Schwiegersohn eines Henkers wurde »unehrlich«. Die Heirat war oftmals mit der Leistung des Meisterstückes verbunden.

Das Ende dieser Unehrlichkeit wurde per Gesetz 1731 offiziell verkündet und der Henker für zunftfähig erklärt.

In den Jahren zuvor war die Ehrlichmachung nur

durch eine Betätigung der Obrigkeit mittels der Rückerstattung der Bürgerrechte, durch den Sündenablass und/ oder das »Fahnenschwingen« möglich. Das gestaltete sich derart, dass der Henker unter einer Fahne mit theomorphen Götterzeichen, Tiergestalten und Zaubersprüchen stand. Die Fahne wurde um ihn herumgewirbelt, wobei das bunte Tuch als eine Art Fächer fungierte, der mit seinem lüftenden Charakter das Böse vertrieb. Das Fahnenschwingen konnte auch zusammen mit einer Prozession erfolgen, zum Beispiel einem Fußmarsch zur Hinrichtungsstätte und zurück. Danach war der Mensch wieder »ehrlich« und ein Teil der Gesellschaft.

So kompliziert war das Leben damals, von dem ich gerne noch mehr erzählen werde.

Nun aber zurück in die Gegenwart und zu meiner Tochter, die sich mit diesem Bugatti-Abkömmling nach Amerika aufmachte. Nach Louisiana und New Orleans. Dort wollten sie Kruger auf die Schliche kommen.

Doch zuvor bedurfte es eines Planes.

Geneve und Alessandro bummelten gegen Mittag die Bourbon Street entlang, unter einer gnadenlosen Sonne, welche die Temperaturen in die Höhe trieb. Zusammen mit der hohen Luftfeuchtigkeit, die nach einem Schauer angestiegen war, trieb es den beiden den Schweiß aus den Poren. Sie wollten sich bei einem ersten Rundgang jedoch nicht durch die Massen quälen, die sich nach Einbruch der Dämmerung in den Straßen drängten.

»In zwei Tagen ist die Eröffnung.« Geneve wischte sich die Feuchtigkeit mit einem Tuch von der Stirn. Zwar trug sie ein leichtes, weites Kleid, aber es half wenig in dem gnadenlosen Klima. »Auf der linken Seite:

das *Deadly Days*. Das ist Krugers neuer Laden. Er wird bei der Einweihung dort zu finden sein.«

»Unsere Gelegenheit, ihn live zu sehen. Bis dahin muss uns was eingefallen sein.« Alessandro stieß die Luft aus. Er hatte seine Anzugstrategie fallen lassen und trug ein weißes Hemd weit aufgeknöpft über einer schwarzen Dreiviertelhose, die Sonnenbrille steckte in den zurückgegelten Haaren. »Ich bin die drückende Hitze aus Rom gewohnt, aber New Orleans schlägt sie locker.«

Sie waren dennoch nicht die Einzigen; überwiegend bewegten sich Touristen durch die berühmten Straßen, einzeln oder in Grüppchen, ausgestattet mit Kameras und Smartphones, um die pittoresken Häuser zu fotografieren. Die Einheimischen blieben in ihren klimatisierten vier Wänden.

»Du meine Güte«, sagte Geneve, die gelegentlich einen Blick auf den Reiseführer in ihrer warf. »Was es alles gibt. Vampir-Bars, ein Vampirfilm-Festival, ein Vampir-Ball. Und eine Vampir-Boutique, in der man Parfum erstehen kann, das angeblich jahrhundertelang nur den Vampiren vorbehalten war.« *Das werde ich den Langzähnen in Leipzig mal vorschlagen.*

Alessandro lachte leise. »Da haben sich die Menschen Jahrhunderte vor ihnen gefürchtet, bis die Vampire zu Unterhaltungsmonstern mutierten.«

Der beste Kniff, um von den Menschen als Hirngespinst abgetan zu werden. Sie senkte den Reiseführer. »Stammt Anne Rice nicht aus New Orleans?«

»Ich glaube, ja.« Alessandro blieb vor einem Schaufenster stehen. »Wir haben den Laden der berühmten Voodoo-Zauberin Marie Laveau gefunden. Geführt wird der Shop von ihrer Ahnin, steht da.«

Geneve hob den Reiseführer. »Laveau soll Gelbfieberkranken mit Kräutern und Liebeskranken mit Tinkturen geholfen haben. Ihr Grab auf dem Saint Louis Cemetery in New Orleans ist noch immer mit Voodoo-Püppchen geschmückt, ebenso ihr Altar in einem Laden in den Bourbon Street«, fasste sie zusammen.

»Den wir gefunden haben.« Alessandro beugte sich vor, um die Auslage besser sehen zu können. »Brauchen wir Monkey-&-Cock-Amulette oder Zombie Spirit Bottles? Die sind gerade im Angebot.«

Geneve lachte leise. *So ändern sich die Zeiten. Heute kann man so was regulär und legal kaufen. Früher hat man Menschen wie die Ladeninhaberin verbrannt.* Sie legte eine Hand gegen die Schläfe. »Vielleicht haben sie was gegen meine Migräne?« Nach wie vor quälten sie die Auswirkungen des Mittels, das sie durch die Jahrhunderte gebracht hatte. *Irgendeiner von diesen Läden wird doch Cannabisöl haben.*

»Die Tabletten helfen nicht, die wir gekauft haben?«

»Nein.«

Alessandro grinste und zeigte nach links. »Vielleicht einen Sack Chicken Feet?«

»Was ist das?«

»Schwarz lackierte Hühnerfüße. Da steht: Zum Befestigen über Wohnungstüren, an Auto-Rückspiegeln und Computern. Mit Federn geschmückt und mit übersinnlichen Kräften aufgeladen halten sie Diebe, Dämonen und Computerviren ab.«

Geneve suchte ihre Sonnenbrille aus der Handtasche und setzte sie grinsend auf. *Wenn es so einfach wäre.* Die Haut über den Schläfen brannte, jede Erschütterung beim Laufen schmerzte im Kopf. Die Nebenwirkungen des Unsterblichkeitsmittels verstärkten sich durch das Reisen, den Stress und den Mangel an Cannabisöl. Sie stand unmittelbar davor, eine Voodoo-Heilerin aufzusuchen. *Oder den lokalen Dealer.*

»Sollen wir noch nach dem Laden schauen, an dem Kruger eine Beteiligung hat? Kann nicht schaden, wenn wir wissen, wo es Ein- und Ausgänge gibt.«

»Gleich. Erst mal einen Kaffee. Der Jetlag macht mich wirklich müde.« Geneve erstand zwei Becher von einem Straßenverkäufer. In ihren presste sie frischen Zitronensaft, der für den Tee gedacht war, und legte dafür noch einen Dollar obendrauf. Einen Becher reichte sie an Alessandro, während sie ihr Smartphone herauszog und die Nachrichten prüfte. »Wir haben Neuigkeiten von den ansässigen Wiccas über unseren Mann.«

»Oh. Ich bin gespannt.« Alessandro pustete über seinen glühend heißen Kaffee. »Ich hätte Eiswürfel reintun sollen.«

»Nicht zu sehr gespannt sein, bitte.« Geneve überflog die Nachricht. »Sie wissen nichts über ihn. Kruger gilt als harmlos. Oder besser gesagt: Er findet magisch nicht statt.«

»Das klingt, als wüssten die Hexen dafür andere Dinge.«

»So sieht's aus. Kruger hat nach dem Wirbelsturm 2005 das ganze verwüstete Land rings um New Orleans aufgekauft über Mittelsmänner.« Sie scrollte abwärts. »Die überfluteten Vorstädte, in denen überwiegend Afroamerikaner lebten, hat er sich heimlich unter den Nagel gerissen. Und: Er hält diverse Beteiligungen an etlichen Läden in der Innenstadt.«

»Außer der Bar?«

»Genau. Zwei Juweliere und, o Wunder, ein Voodoo-Shop, der aber überwiegend an Touristen verkauft, sagen die Wiccas. Nichts von Wert oder Wirkung.« Kruger war offenbar ein emsiger Geschäftsmann.

Geneve trank von ihrem Zitronen-Kaffee; der Geschmack war furchtbar. Die Migräne verstärkte sich sogleich. *Dumme Idee.* Vitamin C hatte das Getränk auch nicht, die Hitze zerstörte das Vitamin im Saft. Ihre Laune sank. »Habe ich nur den Eindruck oder mache ich hier die ganze Recherche-Arbeit?«

»Ich bin nur höflich.« Alessandro zwinkerte ihr zu und wischte sich den Schweiß mit dem Taschentuch von der Stirn. »Erfolgserlebnisse sind gut für die Seele.«

»Das ist eine sehr gute Ausrede.«

Alessandro lächelte. »Ich gestehe: Ich war auch nicht untätig.«

»Schieß los.« Geneve konzentrierte sich auf seine Ausführungen statt auf das Pochen in ihrem Kopf. »Und ich will mindestens so fundierte Informationen hören, wie ich sie liefern konnte.«

»Va bene. Ich habe die Neuigkeiten nach der Landung bekommen, von einem Freund, der bei der französischen Polizei arbeitet.« Er zog sein Smartphone aus der Hosentasche.

»Zu was denn?«

»Er verschaffte mir Details zum Unfallverlauf, der DeTemple erledigte.« Alessandro referierte teils auswendig, teils las er nach. »Es gab verschiedene Gutachten. Die Fachleute wurden sich nicht einig, was den genauen Ablauf angeht.«

»Wo lag das Problem?« Sie entdeckte die Leere in seinem Becher. »Du hast den Kaffee inhaliert!«

»Ich bin Italiener. Ich trinke Kaffee immer schnell.« Alessandro warf das Behältnis in einen Mülleimer. »In einem umstrittenen Gutachten ist die Rede davon, dass zwei Wagen der Kolonne bewusst in die anderen gefahren sind. Mit Vollgas. Die Bremsspuren und der Abrieb der durchdrehenden Räder, die unter Vollgas liefen, ließen den Schluss zu.«

Geneve blieb vor der Auslage des nächsten Voodoo-Ladens stehen, in dem eine Gruppe asiatischer Touristen verschwand. Durch die Scheibe sah sie das lichtdurchflutete Innere, das weder zugerümpelt noch verkrampft geheimnisvoll daherkam. Die Asiaten liefen umher, staunten und fotografierten die Flaschen und Regale. *Das sieht vertrauenerweckend aus.*

»Ich bin gleich wieder da«, verkündete sie und betrat das Geschäft.

Durch das Gewusel der Touristen gelangte sie zum Tresen und erstand ohne Wartezeit ein Mittel, das angeblich gegen Kopfschmerzen half: *Bonehead's.* Der Blick auf die Zutatenliste, welche das Tonikum enthielt, stimmte sie zuversichtlich. *Alles drin, was helfen kann.*

Nach nicht mal einer Minute stand sie wieder neben Alessandro auf der Straße und schraubte das Fläschchen auf. »Sollte ich tot umfallen, kehre ich bestimmt als Untote zurück.«

»Voodoo gegen Migräne?«, sagte er grinsend. »Echt jetzt?«

»Ich bin verzweifelt.« Sie ließ sich zwei, drei Tropfen der bitteren Flüssigkeit auf die Zunge fallen. Es schmeckte nach Arznei, nach purer Bitterkeit und einem Hauch Zimt mit starker Nelke. Geneve schüttelte sich. »Du meine Güte«, stieß sie kurzatmig aus. *Ich unterschätzte*

die Stärke des Alkohols und der ätherischen Anteile.
»Das …« Sie horchte in sich.

»Und?«

»Weg«, sagte sie überrascht. Dafür schmeckte sie nichts mehr. *Taub. Der ganze Mund.* Geneve grüßte den Ladeninhaber durch die Scheibe, und er winkte freundlich zurück. »Bei uns bräuchte man dafür ein Rezept.« Ihr Denken wurde leichter, ähnlich wie nach dem Genuss von Cannabis. »Wo waren wir stehen geblieben?«

»Die Kolonne von DeTemple, die merkwürdigen Spuren und den Ablauf des Unfalls«, fasste Alessandro zusammen.

Geneve nickte, was ohne den Kopfschmerz angenehmer war. »Jemand bezahlte die Fahrer für das Manöver oder zwang sie dazu. Aber reicht das aus, um die anderen Autos auszuschalten? Wie geht das?«

»Aus dem Grund glauben die hinzugezogenen Fachleute nicht daran.« Alessandro zeigte auf eine kleine Jazz-Bar, welche die Läden aufklappte und das Tagesgeschäft eröffnete. Musik klang heraus und lockte umherstreunende Touristen an. »Ich brauche jetzt was Kaltes, nach dem heißen Kaffee. Ich geb uns einen aus.«

»Gerne.« Geneve verzichtete darauf, ihren Kaffee auszutrinken. In ihrem Mund hielt sich der penetrante Geschmack von Nelke und Zimt und einer neu aufsteigenden Nuance. *Tonka-Bohne? Safran?*

»Alora, weniger Diskussionsbedarf verursachte eine zweite forensische Untersuchung der Leichen«, erzählte Alessandro, während sie die Bourbon Street überquerten. »Den Toten wurden ein Dutzend Wunden zugefügt. Postmortal.« Er suchte die Bilder heraus, die er erhalten hatte, und zeigte sie Geneve auf dem Display.

»Zwar hatten die Täter versucht, die Verletzungen anschließend zu verstecken, indem sie Wrack- und Trümmerteile auf die Leichen warfen, aber die findigen Spurenkundigen ließen sich nicht täuschen.«

»Wäre es möglich, dass die Fahrer der Crash-Autos überlebten, anschließend DeTemple und seine Leute töteten und verschwanden?«

Geneve und Alessandro setzten sich unter das Vordach des Cafés und bestellten zwei große Mineralwasser und je einen Eistee. Die Bedienung nahm den halbvollen Pappbecher mit, um ihn zu entsorgen.

Er zog seinen Tabletcomputer aus der Umhängetasche und legte ihn auf den Tisch, zeigte ihr darauf die Bilder in größerer Auflösung mit Zoom. »Wie du siehst, gab es bei der Art von Schäden an den Fahrzeugen kein Entkommen oder Überleben. Vollkommen zerquetscht. Daher gehen die Franzosen davon aus, dass etwas von außen geschehen sein muss. Fernsteuerung, ein starker elektromagnetischer Impuls, eine Drohne oder was auch immer.« Er zuckte mit den Schultern. »Sie tappen im Dunkeln.«

Wir haben den Vorteil, dass wir die übersinnlichen Kräfte nicht ausschließen. Geneve betrachtete die Wracks und die Leichen. Der Anblick machte ihr wenig aus.

Dann entdeckte sie etwas. *Nanu?*

Sie deutete auf einen kleinen Gegenstand. »Was ist das auf dem Foto da? Im Fußraum des gepanzerten Jeeps? Kannst du das vergrößern?«

»Kann ich. Warte.« Alessandro wischte auf dem Display herum, es piepste mehrmals. Er öffnete ein zweites Bild, bei dem der Gegenstand besser zu sehen war. »Da ist es.«

»Ein Anhänger. Ein ... Amulett an einem Lederband. Es wird beim Aufprall abgerissen worden sein«, stellte Geneve überrascht fest. »Das ... das ist ein Siegel! Ein Siegel aus der Ars Goetia, dem kleinen Schüssel Salomons.« Sie kannte das Standardwerk ebenso wie zig weitere, die sich mit der Typologie von Dämonen beschäftigten. Das Foto ließ aus diesem Winkel die genaue Form des Zeichens nicht erkennen. *Verdammt. Das hätte uns weitergebracht.* »Könnte es DeTemple gehört haben? Saß er in dem Wagen?«

Alessandro scrollte sich auf dem Smartphone durch die Berichte. »Weiß man nicht. Seine Leiche wurde außerhalb des Autos gefunden, der Kopf von einer Stoßstange halb abgeschlagen.«

»Post mortem, nehme ich an?«

»Ja. Inoffiziell.«

Jemand wollte sichergehen, dass der Tote auch wirklich tot bleibt.

Die Getränke wurden vor ihnen abgestellt, und sie stießen kurz an.

»Möge New Orleans Licht ins Dunkel bringen«, sagte Alessandro.

Geneve trank und sah sich dabei um. Das Pochen in ihrem Schädel blieb im Hintergrund, das Voodoo-Mittelchen hatte seine Schuldigkeit getan. *Ich werde es in Leipzig analysieren.* Es wäre perfekt für Reisen, da dabei die Drogenhunde nicht anschlugen.

Auf der Bourbon Street liefen inzwischen deutlich mehr Menschen umher. Aus den Restaurants quoll der würzige Duft der Cajun- und Kreolischen Küche, für welche die Stadt ebenso berühmt war wie jazzlastige Musik und Alkohol.

Geneve zermarterte sich das Hirn, zu welchem Dämon die Linien auf dem Amulett im Unfallwagen passten. *Ich kenne das Zeichen.* Mit dem Finger malte sie die erkennbaren Striche auf dem Tisch nach. *Es fällt mir wieder ein. Ich muss nur ...* Sie ergänzte die fehlenden Stücke behutsam aus dem Gedächtnis, Millimeter um Millimeter. *Das ist es!* Geneve blickte auf das imaginäre Werk auf der Unterlage. *Andras!*

Laut dem Nachschlagewerk Goetia war der Dämon ein großer Marquis der Unwelt, ein unhimmlischer Engel und Zwietrachtbringer. Genaueres würde sie nachschlagen, bevor sie Alessandro davon berichtete. Sie bemerkte seinen neugierigen Blick auf ihren Fingern und entschied, dass es Zeit war, ihn besser kennenzulernen.

»Wir wurden in London vom Anruf deiner Mutter unterbrochen«, setzte sie an. »Als es um deine Frau und deinen Sohn ging. Giovanni, richtig?«

Alessandro warf ihr einen dankbaren Blick zu. »Und du bist deinen Mann losgeworden?«

»Meinen Freund. Er ist gegangen. Wegen einer anderen.« Geneve spielte mit dem Glas und drehte es. »Wir waren vier Jahre zusammen.«

»Wir sieben. Giovanni ist fünf.« Alessandro trippelte mit den Schuhen auf der Stelle, was wohl ein Zeichen war, dass ihm das Thema zusetzte. »Sie meinte, die Gefühle wären weg. Und sie möchte ihre Zeit nicht verschwenden und lieber etwas Neues beginnen, anstatt nach verlorenen Emotionen zu wühlen.«

Geneve seufzte. »Mein Freund stand vor mir und verkündete, er habe eine Neue. Er sei verliebt. Er könne sich nicht dagegen wehren.« Sie nahm einen Stift aus der Tasche und malte auf dem Bierfilz. Mit wenigen Strichen entstand eine abstrakte Variante der Bourbon Street. »Irgendwie ehrlich und unmissverständlich. Aber auch … scheiße.« Der Seelenschmerz baute sich langsam auf, die Erinnerung an die verlorenen Gefühle waren unschön.

»Merda. Sì.« Alessandro rieb sich den feuchten Nacken mit der Serviette ab und räusperte sich. »Scusi, aber ich glaube, dieses Mal wechsele ich das Thema. Bei einem Glas Wein wäre es leichter, uns unsere Herzen auszuschütten.«

»Sollten wir nachholen.« Geneve verbarg ihre Erleichterung. Ganz wohl war auch ihr nicht dabei gewesen. Sie verbesserte ihre Straßenskizze in den Details. »Tut mir leid, dass ich damit anfing. Reden wir lieber über … unsere Hobbys, bis die Getränke leer sind.«

»Einverstanden.« Alessandro zeigte auf ihr Bildchen. »Ich zeichne. Wie du.«

»Oh. Jetzt verstehe ich die Anmerkungen zu meinen Bildern in der Wohnung!« Das machte ihr den Mann noch sympathischer.

»Du kannst unglaublich gut malen. Fantastico! Aber ich bin Laie.« Er seufzte. »Das letzte Porträt war von Giovanni.«

Und wieder eine Erinnerung, die ihn nach unten zieht. Und mich. Auf diese Weise würden sie sich nicht vom dünnen, emotionalen Eis bewegen. *Er braucht Anregungen für neue Motive.* »Hier könntest du viel malen.« Sie warf einen Blick auf den Stadtführer und schlug ihn auf. »In der gruseligsten Stadt der Vereinigten Staaten.«

»New York?«, erwiderte er scherzhaft.

»Nein, New Orleans, laut Beschreibung: verheerende Brände, Gelbfieberepidemie mit Zehntausenden Toten, der Voodoo-Zauber der afrikanischen Sklaven und alte Friedhöfe mit Mausoleen tragen zum schaurigen Anstrich der Stadt bei«, las sie vor.

Alessandro machte ein nachdenkliches Gesicht. »Warum Mausoleen?«

Sie überflog die Passage im Stadtführer. »Sumpfboden. Aus Angst vor Seuchen hat man die Toten seit 1830 nicht mehr unter der Erde begraben. Daraus entstanden die Cities of the Dead, die Städte der Toten.« *Gut für Vampire. Die Behausungen stehen zu Hunderten herum.* Geneve deutete die Straße hoch und runter. »So wurde aus Halbwahrheiten über Zombies und Blutopfer ein Stück Popkultur. Und Touristenabzocke im French Quarter. Mit Voodoo und Vampirzeug.«

»Wir *wissen*, dass es funktioniert«, erwiderte Alessandro leise. »Auch bei Migräne.«

Geneve wusste seine Antwort nicht zuzuordnen. »Deine Ahnen hatten mit Voodoo zu tun?«

»Nein. Ich meinte das Böse. In vielen Facetten. Unsichtbar und mächtig.«

»Voodoo ist an sich nicht böse«, widersprach sie. »Und ich mache mich nicht lustig darüber. Schon gar nicht, seit es gegen Migräne hilft. Ich wundere mich lediglich.« Geneve deutete auf die Werbeanzeigen auf dem Touristenführer. »Das meinte ich mit Kommerzialisierung: Marie Laveaus *House of Voodoo*, *Voodoo-Authentica*-Shop, *Lafittes Blacksmith Shop Bar*, *Fortune Teller Intuitions* mit mehr als vierzig Jahren Berufserfahrung, *Psychic readings by Gina* und so weiter.«

»Gina, soso.« Alessandro konnte sich ein Grinsen nicht verkneifen. »Nachfrage und Angebot, würde ich sagen.«

»Wie wäre es mit *Draw Money*-Seifen, *Strong Love*-Kerzen und *Stay away evil*-Tropfen?«

»Oh, die *Stay away evil*-Tropfen müssen wir haben! Damit setzen wir Kruger binnen Sekunden schachmatt!«, rief Alessandro amüsiert.

»Kostet alles eine Stange Geld. Da kam ich mit meinen Migräne-Tropfen noch gut weg.« Geneve blätterte im Stadtführer. *Das ist wirklich eine interessante Stadt.* »Sie bieten Gruseltouren an.«

»Natürlich.« Alessandro lachte laut auf.

»Geordnet nach Themen: Vampire, Mörder, Mystery ...«

»Der Geschäftssinn der Einwohner ist bestens.« Alessandro lehnte sich zu ihr und schaute mit in den Reiseführer. »Was Gutes im Angebot?«

»Was darf's denn sein?«

»Überrasch mich.«

Geneve überflog die Angebote. *Immerhin habe ich ihn von seinem Sohn abgelenkt.* »Wie wäre es mit ... Madame Delphine LaLaurie, Dame der Gesellschaft und Serienmörderin, bekannt für die Folterung und Tötung Dutzender Sklaven. Sie lebte in der Royal Street 1140 ... und das Haus wurde gekauft *von*? Na?«

»Keine Ahnung.«

»Nicolas Cage!«

Alessandro lachte lauthals. »Das muss gewesen sein, als er noch Geld hatte. Was immer er mit dem Haus will. Hast du noch was? Madame LaLaurie sagt mir nicht zu.«

Geneve stöberte weiter in den Legenden von New Orleans. »Oh, wie wäre es mit den Brüdern John und Wayne Carter, die um 1930 im French Quarter lebten?

Man fand in deren Haus Menschen mit angeritzten Pulsadern, welche die Brüder als Blutquelle nutzten, wenn sie von der Arbeit nach Hause kamen.« *Frischer geht es kaum.* »Es wurden vierzehn Tote gefunden, und es bedurfte acht Mann, um die Brüder zu überwältigen.«

»Vampire«, meinte Alessandro. »Oder?«

»Die Carters wurden hingerichtet. Gehenkt. Als man ihre Gruft nach Jahren öffnete, fehlten die Leichen. Einige sagen, man kann die Brüder in manchen Nächten im French Quarter sehen.« Geneve blickte sich um. »Nein, ich sehe sie nicht«, sagte sie scherzhaft und dachte: *Was mögen das für Wesen sein?*

»Es ist ja auch Tag. Da sehen wir höchstens …« Alessandro setzte das Glas, das er eben zum Mund führte, hart auf dem Tisch ab. »Kruger!«

»Wo?«, erwiderte sie, schlagartig konzentriert.

»Bei seinem Laden. Zusammen mit etwa zehn Leuten.«

Geneve sah in die Richtung des *Deadly Days*. »Tatsächlich.« Sie hob ihr Smartphone und schoss einige Fotos von dem Mann.

Kruger trug leichte, weiße Kleidung und einen Panamahut, die Augen waren hinter einer schwarzen Sonnenbrille verborgen. Die Männer und Frauen um ihn herum bevorzugten dank der dauerscheinenden Sonne helle Anzüge, die Bodyguards waren anhand der kompakteren Statur sofort zu identifizieren.

Offenbar prüfte Kruger seinen Club vor der Eröffnung. *Bauabnahme oder etwas in der Art.*

»Was tun wir?« Alessandro wirkte extrem angespannt. *Er würde sich Kruger am liebsten sofort schnappen.*

»Nichts übereilen.« Sie war zwar eine Freundin davon,

Gelegenheiten zu ergreifen, wenn sie sich anboten. *Aber ob das ein gutes Angebot ist?*

Zwei Arbeiter kamen aus dem *Deadly Days* und gaben den Neuankömmlingen die Hand. Es wurden Worte gewechselt, und die Gruppe betrat lachend den Laden. Zwei Leibwächter bezogen Position vor dem Eingang, die Schirme ihrer Basecaps tief ins Gesicht gezogen.

»Ihre Wagen stehen zur Linken«, sagte Alessandro. »Ich notiere mir die Nummernschilder.«

Geneve nickte abwesend. Sie hatte durch die Vergrößerung beim Fotografieren etwas im Hintergrund entdeckt, was sie schlagartig nervös werden ließ. *Täusche ich mich?* Sie legte Dollarscheine plus Trinkgeld auf den Tisch und stand auf.

»Komm mit«, sagte sie in einem Tonfall, der die Dringlichkeit verdeutlichte.

»Ich dachte, wir sondieren erst?« Alessandro erhob sich ebenfalls und folgte ihr verwundert die Bourbon Street entlang. »Wenn du einen Plan –«

»Es geht nicht um Kruger.« Geneve deutete nach rechts. »Der blassgelbe Van. Mit der Aufschrift *Voodoo Delivery*. Beifahrerseite.«

Alessandro blickte genauer hin. »Eine bella signora. Weißes Feinrippunterhemd, schwarze Haare. Ziemlich blass.«

»Nicht irgendeine Frau.« Geneve sah genauer hin. *Kein Zweifel.* »Sie gleicht der Frau auf den Zeichnungen des Pärchens, mit dem der Tamesis-Covens in London zu tun hatte.« *Und sie hat es auf Kruger abgesehen.*

»Elaine und Gedeon! Die Dämonenjäger«, entfuhr es Alessandro. »Porca miseria.«

»Sie werden Kruger gefolgt sein.« Geneve blieb an der

Hausecke im Schatten eines Balkons stehen. Wenn das Pärchen den Mann erledigte, bevor sie mit ihm gesprochen hatten, verloren sie womöglich wertvolle Informationen zum Mord an der Familie Vornelius und zur Verschwörung obendrein. »Diesen Gedeon sehe ich nicht. Vielleicht ist er schon im Gebäude.«

»Dann retten wir dem stronzo das Leben.«

»Aber so, dass er nichts davon mitbekommt.« Geneve überlegte fieberhaft. Es blieb im Grunde nur die Möglichkeit, Elaine und Gedeon einzeln abzugreifen. »Kruger könnte uns erkennen. Wir müssen aufpassen.« Sie deutete auf den Van. »Ich kümmere mich um die Elaine, du suchst Gedeon.«

Alessandro nickte zur Bestätigung. »Was genau machen wir mit ihnen?«

Geneve zögerte keine Sekunde. »Reden. Wir brauchen sie als Verbündete.«

»Va bene. Wir halten uns via Telefon auf dem Laufenden.«

Sie zogen ihre Smartphones und stellten die Verbindung her, dann trennten sie sich und überquerten die Bourbon Street.

Alessandro nutzte vorbeifahrende Wagen als Sichtschutz und verschwand vor Geneves Augen. »Ich bin gleich vor dem Laden. Keine Spur von Gedeon«, hörte sie ihn aus dem Smartphone.

»Bin auf dem Weg zum Van.« Geneve tauchte in einer Touristengruppe unter und ließ sich von ihr bis an den Transporter herantragen. *Das ist die perfekte Tarnung.*

»Ich gehe um das Gebäude. Hier ist alles ruhig.«

»Habe den Van erreicht. Wünsch mir Glück.« Was genau sie unternehmen wollte, um Elaine von ihrem Tun abzuhalten, wusste Geneve nicht. Da sie weder Waffen noch andere Druckmittel zur Verfügung hatte, entschied sie sich für das Einfachste: An der Beifahrerseite angekommen, pochte sie gegen das Fenster und spähte in den Transporter.

»Und?«, erkundigte sich Alessandro.

»Elaine ist weg!«

Katzenleise Schritte erklangen hinter ihr. »Ist sie nicht«, raunte eine dunkle Frauenstimme.

Im gleichen Moment schrie Alessandro auf, und sein Handy klapperte zu Boden.

Meine Tochter ist keine Kämpferin.

Sie hat einen starken Willen, und über die Jahrhunderte kamen Situationen auf sie zu, in denen sie ihr langes Leben verteidigen musste. Gegen Menschen mit Waffen, gegen Messer, Dolche und Schwerter.

Aber das Abenteuer, in das sie sich gerade stürzte, bedeutete eine Herausforderung, der nicht einmal ihr versierter Bruder gewachsen war. Geneves Prüfung. Womöglich so etwas wie ihr Meisterstück, obwohl sie darauf niemals Wert gelegt hatte.

Leipziger Abenteuer von ungeahnten Ausmaßen erlebte auch Dara, die nach ihrer wilden Flucht aus der Halle und vor ihrem Häscher in die Arme der Kirche sank.

Und dort kam sie zu sich.

Dara erwachte in einem Raum, den man für ein spartanisches, fensterloses Krankenhauszimmer halten konnte. Sie lag in einem einfachen Bett, nackt und zugedeckt. Die platinblonden Haare wurden unter einem feinmaschigen Netz zusammengehalten.

Umgeben von freundlich hell gestrichenen, aber dennoch einsperrenden Wänden und angesichts einer massiv wirkenden Metalltür, stieg die Angst der zierlichen Wandlerin, in eine Falle gelaufen zu sein. *Wenigstens haben sie mich nicht angebunden.*

An der Decke saß eine kleine schwarze Halbkugel, in der ein rotes Lämpchen leuchtete. *Kameraüberwachung.*

»Hallo? Sie hören mich doch bestimmt.« Dara prüfte die Wunden, die ihr die Silberkugeln aus Hos Pistole gerissen hatten. »Können Sie mir sagen, wo ich bin?«

Unter den Kompressen in ihrer Seite kamen verheilte Stellen zum Vorschein. Die Haut dort war etwas weißer als die umliegende. Sie wollte gerade nach ihrer pochenden und klopfenden Schulter schauen, als sich die Tür öffnete.

»Hallo, Dara!« Ignatius trat ein, begleitet von einer Ordensschwester. Er hatte die Soutane nicht abgelegt; das Kreuz, mit dem er Ho geblendet und in Brand gesetzt hatte, baumelte an einer Kette um seine Brust und war an einem Knopf auf Höhe des Solarplexus fixiert. »Sie sind wach. Und Sie machen einen sehr munteren Eindruck. Wie schön.«

»Das ist kein Krankenhaus.« Dara schüttelte die letzten Nachwirkungen des Beruhigungsmittels ab, das sie bekommen hatte. Sie schmeckte es in ihrem Atem.

»Nein, ist es nicht.« Ignatius blieb neben ihr stehen und betrachtete sie gütig, faltete die Hände vor dem Bauch. Niemand würde dem Mann mit dem rundlichen Gesicht zutrauen, dass er sich furchtlos gegen Vampire stellte. »Was macht die Schulter?«

»Tut weh.« Sie betrachtete den Geistlichen und versuchte, seine Intention zu erkennen. Er kam nicht nur wegen eines Krankenbesuchs.

»Wollen Sie nachsehen, wie es darum steht?«

»Gerne.« Dara war verunsichert. Sie hatte noch in Erinnerung, dass er sie in einen Fahrstuhl getragen hatte. Danach gab es nur Schwärze.

Die Nonne streifte Einweghandschuhe über und entfernte behutsam den Verband, ohne die Decke zu heben. Offenbar respektierte sie Daras Intimsphäre.

»Ihre kleine Einlage in der Straßenbahn sorgte für gehörigen Wirbel«, erklärte Ignatius unterdessen und nahm die Designerbrille ab, um sie prüfend gegen das Licht zu halten. »Glücklicherweise hat keiner der Passagiere ein vernünftiges Foto von Ihnen und dem Vampir schießen können.«

»Es waren Kameras im Wagen.«

»Nicht alle von diesen Dingern sind echt. Sie kamen unerkannt davon.« Ignatius lächelte beruhigend auf sie nieder und setzte die Brille zurück auf die Nase. »Der Polizei war es nur eine winzige Meldung wert. Es wird wegen Sachbeschädigung seitens der LVB ermittelt. Gegen unbekannt.«

Die Ordensschwester hatte die Kompresse entfernt. Darunter kam eine münzgroße Kruste zum Vorschein, aus der gelbliche Flüssigkeit sickerte. »Es hat sich leicht entzündet«, verkündete sie.

»Ein gutes Zeichen. Wir haben das nekrotische Gewebe herausgeschnitten und die Silbersplitter entfernt«, erklärte Ignatius. »Damit sollte die Heilung in ein, zwei Tagen abgeschlossen sein. Auch für eine grazile Bestie wie Sie.«

Dara fuhr der Schreck durch die Glieder, und zu allem Übel knurrte sie vor Verwunderung auf. »Sie wissen, was ich bin?«

»Ich bitte Sie, Dara. Ich besitze eine gewisse Vorkenntnis.« Ignatius nickte der Krankenschwester zu, die einen frischen Verband anlegte. »Die Wege des Herrn sind unergründlich.«

»Und … ich bin wo?«, hakte Dara nach und verlor allmählich die Angst. Wäre dem Geistlichen nach ihrem Tod gewesen, hätte es kein Erwachen für sie gegeben.

»Unter der Kirche Sankt Trinitatis. Wir haben einen kleinen Krankentrakt eingerichtet, von dem weder in den offiziellen Bauplänen noch in den Anträgen etwas steht.« Ignatius zog einen Stuhl heran und setzte sich neben sie, strich die braunen Haare glatt. »Ihnen kam das zugute. Und unser Wissen um … ja, wie nennen *Sie* sich eigentlich, Dara?«

»Gestaltwandler.«

»Gestaltwandler. Ja, das klingt wesentlich besser als Werwolf oder Bestie oder derlei, was der Vielschichtigkeit Ihrer Spezies nicht gerecht wird. Denn letztlich« – er klatschte einmal in die Hände – »sind auch Sie ein Geschöpf Gottes.«

Das Gespräch bekam für Daras Geschmack einen zu christlichen Einschlag. »Ich bin Ihnen dankbar für die Hilfe.« Die Nonne beendete ihre Arbeit und verließ den Raum. Die Wandlerin setzte sich auf, hielt die Decke vor ihren nackten Leib. »Aber kann ich jetzt gehen? Bitte?«

»Das können Sie. Sobald wir über diesen Vampir gesprochen haben, der Sie erschießen wollte.«

»Ah. Voigt, dieses Drecksarschloch!« Dara hätte am liebsten bei seinem Namen ausgespuckt. »So, wie sie Ho erledigt haben, nehme ich an, dass die Kirche Sie schickte, um den Kampf aufzunehmen.«

»Ganz recht. Wir haben von den Turbulenzen gehört, die sich im Untergrund der Stadt abspielen. Ich brauche Informationen. Von Ihnen, Dara.« Der Geruch des Mannes rollte gegen sie: frisches Wasser, Leinen und kalter Kerzenrauch, darunter mischte sich würziges Harz. »Ich glaube, Sie wissen, wo ich Herrn Voigt und seine Manananggal-Brut finde.«

Dara war beeindruckt. »Okay, Sie *kennen* sich aus. Ich kann das Wort nicht mal aussprechen.« Sie legte den Kopf schief, während sie sein Gesicht musterte. »Was haben Sie vor? Die Scheißvampire auslöschen?«

»Was sonst?«

»Weil Sie sagten, ich sei ein Geschöpf Gottes. Was unterscheidet die Vampire von mir?«

»Na, sieh einer an. In Ihnen steckt eine theologische Herausforderung, Dara.« Ignatius lachte. »Sie fragen sich, ob ich Sie nicht auch töten werde, sobald ich von Ihnen bekommen habe, was ich möchte.«

»Gut erkannt, Pater.«

»*Monsignore* lautet der richtige Titel, doch woher sollten Sie das wissen?« Ignatius behielt seine Freundlichkeit bei. Er strich nebenbei einmal über das große Kreuz mit der eingelassenen fingerhutgroßen Kristallkapsel, in der die zähe, rote Flüssigkeit eingeschlossen war. »Ich gehöre nicht zu den völlig Verblendeten, die jede Kreatur ausrotten, die man zur Seite der Dunkelheit zählt. Ich glaube nicht daran, dass es rein böse Wesen gibt.«

»Bis auf eingeschleppte Vampire.«

Ignatius wackelte mit den Fingern. »Sagen wir: Bei diesem Voigt liegt die Sache ein bisschen anders. Ich habe die Information, dass er sich mit einer neuen Art von Gegnern verbündet hat. Wechselbälger, die nicht aus unserem Kulturkreis stammen. Genauso wie die Manananggal. Sie sind aggressiver, expansiver, rücksichtsloser. Das macht sie gefährlich. Für uns alle.«

»Woher wissen Sie das?« Dara kam aus dem Staunen nicht mehr heraus. Der Mann war ein wandelndes Lexikon. *Ein Spezialist des Vatikans. Die Meisterin hatte recht.*

»Der Heilige Vater hat die Augen überall, Dara. Der Vatikan ist ein kleines Fleckchen Land in Italien, mit unendlich großer Reichweite in die Welt.« Ignatius goss Tee ein. »Ich hörte davon, dass Ihr Freund mit einem ausländischen Wechselbalg aneinandergeriet. Ich nehme an, das war der Anlass für Herrn Voigts Attacke auf Sie?« Er nahm sein Smartphone heraus.

Dara überlegte. Da sie fest daran glaubte, dass der Feind ihres Feindes zumindest ein Verbündeter war, entschied sie, ihm ihre Geschichte zu erzählen, wenn auch nicht in allen Einzelheiten. *Vertrauen muss ich ihm nicht. Aber ich kann ihn für meine Rache einspannen.*

Geneve Cornelius' Rolle sparte sie bei den Abläufen komplett aus. »Dann hat Ho meinen William erschossen und es bei mir versucht«, endete sie nach wenigen Minuten. »Ich konnte flüchten. Und den Rest kennen Sie ja.«

»Die Adresse in der Eisenbahnstraße habe ich mir notiert. Das ist perfekt, um dem Vampir auf den Zahn zu fühlen, wenn Sie mir das wenig originelle Wortspiel gestatten.« Ignatius drückte auf seinem Handy herum. »Das gehe ich am besten sofort an, bevor die Beweise gänzlich verschwinden.«

»Was haben Sie vor, Monsignore?« *Bitte, geh los und ziehe für mich in den Krieg, Mann des Glaubens.*

»Reingehen, den Vampir verhören und die Flut der Wechselbälger samt der Manananggals aufhalten, nachdem ich herausgefunden habe, was genau deren eigentliches Vorhaben ist«, sagte er, als wäre es das einfachste Vorhaben der Welt. »Europa ist ihr erklärtes Ziel. Das kann ich nicht zulassen.«

Dara fühlte einen neuerlichen Regenerationsschub, der ihre Wunden rascher heilte. Probeweise bewegte sie die Schulter. *Besser als zuvor.* »Ich ... ich will mit!«

»Rachedurst, Dara? Das liegt Ihnen vermutlich im Blut.«

»Das Arschloch hat William umgebracht! Mich beinahe auch«, brauste sie auf. »Natürlich will ich Rache!«

»Ihr ... sagen wir *animalisches Temperament* könnte dabei zum Problem werden. Sie würden Herrn Voigt womöglich schneller umbringen, als ich ihn befragen könnte.«

»Ich halte mich zurück! Ich schwöre es Ihnen, Monsignore!« Dara sprang aus dem Bett und kümmerte sich für den Moment nicht darum, dass sie nackt vor dem Mann stand. »Bitte! Sehen Sie? Ich bin fit!« Prompt versetzte ihr das Schultergelenk einen fiesen Stich, sie konnte das Ächzen nicht unterdrücken.

»Mit der Schulter werden Sie nicht kämpfen können. Sollte uns ein Krait-Wechselbalg erwarten, bräuchten Sie Ihre gesamte Kraft.« Er pochte lächelnd auf die Matratze. Hinter den Brillengläsern blitzte nicht der Hauch von sexueller Begierde, das rundliche Gesicht zeigte lediglich Besorgnis um sie. »Legen Sie sich bitte wieder hin, Dara. Bevor die Kruste aufbricht.«

Schnaubend und grollend setzte sich die Wandlerin und zerrte die Decke um sich. »Dann lassen Sie mich gehen.«

Ignatius lachte nachsichtig. »*Nach* meinem Einsatz in der Eisenbahnstraße. Sonst verderben Sie und Ihre Leute mir alles. Haben Sie bitte dafür Verständnis.«

Dara knurrte ungehalten. »Sie scheinen mehr über die Wechselbälger zu wissen, als Sie mir sagen.«

»Das stimmt. Doch wir reden von einem gemeinsamen Feind, die Manananggal und ihre Krait-Wechselbälger. Daher kann ich Ihnen mehr verraten.« Ignatius erhob sich und stellte sich ans Fußende. »Wechselbälger an sich sind nichts Neues in der Historie der Menschheit. Früher galten Naturgeister, Feen, Kobolde, Nixen und was immer sich die Leute ausdachten als Schuldige, die ihre Kinder der Anderswelt gegen jene von Menschen austauschten. Sie sahen natürlich ein wenig anders aus und wurden damit zu etwas Besonderem. Solche Kindsraube und Austauschungen geschahen sehr selten«, referierte er. »Die alte Kirche erklärte körperliche Anomalien zum Werk des Teufels, von Hexen und Dämonen. Der Wechselbalg erhielt eine Umdeutung, vom Besonderen zum Schlechten.«

»Mit dieser *alten Kirche* haben Sie nichts mehr zu tun?«, warf Dara spöttisch ein. »Sie betonen es so auffällig.«

Ignatius lächelte die Frage diplomatisch hinfort. »Diese asiatischen Wechselbälger, die Ihren Freund töteten, wurden hingegen gezielt ins Leben gerufen. Mit voller Absicht und für einen bestimmten Zweck.«

Dara erinnerte sich an Hos Worte, dass Kadek zu einer neuen Generation gehörte, die für Europa entworfen worden war. »Wie tut man das?«

»*Das* ist die spannende Frage, der ich nachgehen möchte.« Ignatius ließ den Metallrahmen des Bettes los. »Europa hat dieses Wechselbalg-Phänomen nicht gepachtet. Aber wenn ich Sie mit meinen Ausführungen langweile, dann –«

»Nein, nein. Ich ... fühle mich schon viel besser vorbereitet«, sagte Dara. *Ich hätte es mir nur gerne aufgeschrieben.* »Falls die Wichser nochmals auftauchen. Anscheinend könnte das passieren.«

»Ganz recht.« Ignatius verschränkte die Hände hinter dem Rücken und ging auf und ab. Er war offenkundig in seinem Element. »Gut, gut. Ähnliche Wechselbalg-Vorstellungen kommen sowohl im chinesischen Raum als auch bei den nordamerikanischen Eingeborenen vor. Westafrika, Algerien, in Regionen Zentralindiens tauchen diese gleichen oder sehr ähnliche Kreaturen auf.«

»Wie Wandelwesen«, ergänzte Dara und machte es sich im Bett gemütlich. Die Mischung aus Märchen und Unterrichtsstunde sagte ihr zu. »Wir sind überall.«

Ignatius ging auch darauf nicht ein. »Im Allgemeinen ist ein Wechselbalg in diesem Sinn keine große Sache. Launen der Anderswelt, Wegkreuzungen zweier Welten.« Er war in seinem Vortrag versunken, den er offenbar nicht zum ersten Mal hielt. »Dann kam ich einer Sache auf die Spur. Bei einem balinesischen Ritual wurde nach einer Beschreibung um 1900 eine Bajang Colong –«

»Was ist das?«

»Eine menschenähnliche Puppe, die man zu dem Kind in die Wiege legte, damit sie das Schlechte aufsog, das in dem kleinen Menschen steckt. Sobald das Baby drei Monate alt wurde, hatte diese Puppe ihren Zweck erfüllt: Man warf den Bajang Colong weg, um das Kind vom Dämonischen zu befreien. Erst damit wurde es zum Teil der Gemeinschaft. Es ähnelt ein wenig der europäischen Vorstellung, dass Kinder erst mit der Taufe vor dem Bösen geschützt sind.« Ignatius blieb stehen und blickte Dara verschmitzt an. »Bajang Colong bedeutet unter anderem *Wechselbalg*.«

»Was meinen Sie mit *unter anderem?*«

»Es würde zu lange dauern, um Ihnen die Details zu schildern und in die Tiefe der malaiischen Inselweltvorstellungen einzutauchen«, sagte Ignatius. »Das bedarf es gar nicht. Nur so viel: Als *Bajang* werden auch blutrünstige Dämonen bezeichnet, die im Körper von toten Kindern heranreifen und durch Magiekundige befreit werden können.«

Kinder, das Böse, tote Kinder, Dämonen. Das klingt nicht gut. Dara fehlte noch der Zusammenhang mit den Schlangen. »Sie erwähnten Bali. Warum?«

»Dort lebt der Malaiische Krait.« Ignatius wippte auf den Zehenspitzen. »Ich kann nur vermuten, dass diese Schutzzeremonien bei Kleinkindern bewusst in den letzten Dekaden weggelassen wurden, um gezielt Bajang Colongs zu erzeugen. Wir haben in den letzten Jahren ein verstärktes Auftauchen der Krait-Wechselbälger erlebt. Das Böse, das Dämonische steckt tief in ihnen. Sie sind durch und durch verkommene Kreaturen.«

Nun dämmerte Dara das ganze Ausmaß. »Ach du Scheiße! Jemand hat sich eine Armee gezüchtet.«

»Und hat man erst eine Armee, wird man sie einsetzen. Zum Beispiel in Europa.« Ignatius nickte Dara zu. »Sie sehen, Ihre Informationen zu Herrn Voigt und seinen Schlangenfreunden können entscheidend sein.« Er wandte sich zum Ausgang. »Sie bekommen einen ausführlichen Bericht von mir.«

»Eins noch!«

»Ja?«

»Was hat es mit den Vampiren auf sich? Warum nutzen die ...«

»Bajang Colong.«

»Warum nutzen die Bajang Colong ausgerechnet die Mana-manas?«

»Die Manananggal. Auch das gilt es noch herauszufinden.« Ignatius legte die Hand auf die Klinke und drückte sie herab, die Tür schwang auf. »Wie gesagt: Ich werde berichten, was ich in der Eisenbahnstraße erlebt habe. Und Sie erholen sich von Ihrer Blessur.«

»Danke. Können Sie meine Familie anrufen lassen, Monsignore?«, bat sie ihn. »Sie werden sich Sorgen machen.«

»Eltern. Sind sie nicht alle gleich, ganz egal, ob Mensch oder Kreatur, nicht wahr?« Er nickte ihr zu. »Das ist bereits veranlasst. Die Nummer haben Sie im Schlaf mehrmals gemurmelt.«

»Im Schlaf?«, machte Dara verdutzt. Die Angst und Unruhe, die sie beim Erwachen gespürt hatte, kehrte zurück. Die feinen Härchen im Nacken stellten sich auf. »Das glaube ich nicht.«

Ignatius ging über die Schwelle und zog die Tür langsam hinter sich zu, das polierte Kreuz vor seiner Brust blinkte auf. »Machen Sie sich keine Sorgen. Sie werden bald hier sein.«

Dara musste lachen. »Die werden keinen Fuß in eine Kirche setzen.«

»Ich sagte nicht, dass sie freiwillig kommen.«

»Was?« Dara sprang aus dem Bett und hetzte zu Ignatius, der den Eingang vor ihrer Nase schloss. Klackend verriegelten mehrere Bolzen.

»Hey!« Sie warf sich erbost gegen den Eingang, es krachte metallen, aber die Tür rührte sich nicht. »Kommen Sie zurück! Was haben Sie vor?«

Die Sprechanlage knackte. »Dara, beruhigen Sie sich.«

»Einen Scheiß werde ich!« Sie fauchte und grollte, riss sich das Haarnetz vom Kopf. Mit Mühe hielt sie die Verwandlung in eine Wölfin zurück.

»Ich kann Ihnen versichern, dass wir sie gut behandeln werden. Mindestens so gut wie Sie. Wir haben Großes mit Ihnen und Ihrer Familie vor«, erklärte Ignatius gelassen.

»Das können Sie nicht entscheiden!«

»Es *ist* bereits entschieden. Zu Ihrem Besten. Ich möchte meinen Vorgesetzten beweisen, dass es möglich ist, das Schlechte aus Ihnen zu bannen. Ohne dass Sie Schäden davontragen. Sie, meine liebe Dara, werden zu einem reinen Geschöpf des Herrn, ohne den Makel der Finsternis auf Ihrer Seele und in Ihrem Körper. Eine neue Form des Exorzismus. Sie werden es bald erleben. Doch erst, wenn Sie ganz bei Kräften sind. Und Ihre Familie ebenso.«

»Sie Dreckschwein!« Dara tobte und hämmerte gegen die Tür. »Sie haben mich reingelegt!«

»Ich habe Sie bereits vor dem Tod bewahrt. Bald rette ich Sie vor der Verdammnis. Geduld. Sie werden sehen: Es wird ein neues Leben für Sie sein. Für Sie und Ihre Lieben.«

Mit einem Knacken verstummte der Lautsprecher.

»Nein!«, schrie Dara und drosch auf die Tür ein. Aber das Metall hielt ihren Schlägen stand. Es gab kein Entkommen. »Du Scheißpfaffe! Dafür büßt du!«

Schluchzend sank sie auf den Boden nieder.

***

Kapitel VIII

Nur weil man einem Übel entkommen ist, bedeutet das nicht, dass sich daraus etwas Besseres ergibt. Dara musste das am eigenen Leib erfahren.

Bevor wir zurückkehren nach New Orleans, rasch eine Anmerkung zum Standesbewusstsein meiner Zunft, denn Sie erinnern sich an die Anrede Vetterin, mit der sich meine Tochter und ihre Brieffreundin benennen.

Damals, in der alten Zeit, vollzog sich ein Wandel in der Bevölkerung in Bezug auf den Henker: vom Ekel und der Verachtung hin zum scheuen Respekt. Immerhin hatten die meisten Henker eine so hohe Auffassung von ihrer Tätigkeit und von sich als Diener der göttlichen Gerechtigkeit, dass sich eine eigene Standesehre entwickelte.

Wir hatten eigene Siegel und die zunftmäßige Ordnung der Scharfrichter mit Absolvierung des Meisterstückes, das ausschließlich mit dem Schwert vollzogen werden durfte. Wer mit einem Streich einen Kopf von den Schultern trennte, hatte die Bezeichnung Scharfrichter verdient. Vorher musste der Henkergeselle die Zustimmung des Stadtrates oder der zuständigen Herrschaft einholen, die auch beim Meisterstück anwesend waren, um die Atteste über den gelungenen Schlag auszustellen.

Einige Henker konnten lesen und schreiben, verfassten Scharfrichtertagebücher. Meine habe ich verbrannt.

Ich wollte nicht, dass meine Erinnerungen der Nachwelt hinterlassen bleiben.

Das hohe Standesbewusstsein der Henker zeigte sich auch daran, dass sich die Scharfrichter untereinander mit dem besagten »Vetter« anredeten – gerade wie es Könige untereinander in ihren Korrespondenzen taten.

Trotz der Kleiderordnung bevorzugten viele Henker einen gewissen Luxus, verwendeten die teuersten Stoffe für ihre Gewänder. Protziges Auftreten und ihre sehr gute Organisation bewies die Zunft beispielsweise bei der Hinrichtung des jüdischen Financiers Joseph Süß Oppenheimer, bei der korporativ einundzwanzig Scharfrichter auftraten. Oppenheimer wurde Opfer eines Komplotts, daran besteht heute kein Zweifel mehr. Zu unbequem, zu jüdisch, zu fortschrittlich für die Reichen, die Angst um ihre Pfründe hatten. Am 4. Februar 1738 war es so weit. Was für ein Aufwand betrieben wurde, um den armen Oppenheimer ins Jenseits zu befördern! Über neunundvierzig Leitersprossen musste er hinaufklettern. Für die Vollstreckung des Urteils hatte man einen Franzosen angeheuert, und ich habe bis heute nicht verstanden, warum. Armer Kerl, der Oppenheimer. Und die Nazis machten später nochmals Propaganda mit ihm. Armselig.

Doch zurück zum eigentlichen Thema.

Viele Henker entwickelten großes sachliches Interesse an der menschlichen Anatomie und übernahmen nicht selten chirurgische Tätigkeiten, wie auch an meiner Tochter ersichtlich ist. Dazu später noch einige Sätze mehr.

Es mag Sie verwundern – gerade mit Blick auf das Verhalten meines Sohnes, was die Folter angeht –, doch wenn es zu Ende gebracht wurde, meistens vor aller Augen, waren wir darauf bedacht, keine allzu große Grausamkeit an den Tag zu legen. Bei Enthauptungen erfolgte der Schlag meist für das Opfer überraschend und unversehens, damit sich die Todesangst des Delinquenten nicht ins Unerträgliche steigerte.

Das waren die »fetten Zeiten«, wie mein Sohn sagen würde.

Im 18. und 19. Jahrhundert wurde die Arbeit des Henkers menschlicher. Die zahlreichen Folterungen, Strafpraxen und dergleichen fielen weg, was zu einer Verschlechterung unserer wirtschaftlichen Lage führte. Wir ergriffen bald andere Berufe. Bader, Tierarzt, Barbier, Doktor der Medizin oder Ähnliches, womit eine gewisse Ehrenrettung einsetzte. Das betrachtete mein Sohn mit Bedauern, aber das interessiert die Geschichte nicht.

Dennoch verhinderten die Zünfte lange Zeit die Eingliederung des Scharfrichters in die »ehrliche« Berufsarbeit, trotz der 1731 erlassenen »Ehrlichmachung«.

Und Sie ahnten es bereits: Über Jahrhunderte hinweg entstanden weitverzweigte Scharfrichterfamilien. Sie hielten sich aufgrund der gesellschaftlichen Abgeschlossenheit in denselben Orten auf und bildeten regelrechte Henkerdynastien, die sich wie bei uns zu einem Bund zusammenschlossen.

Geneve hatte allerdings keine Zeit, ihre amerikanische Brieffreundin und Nachfahrin einer bekannten Henkerdynastie in New Orleans um Hilfe zu bitten. Dafür gingen die Dinge zu rasch vonstatten an diesem schwülheißen, sonnigen Tag, mitten auf der Bourbon Street.

Geneve drehte sich langsam um, um Elaine zu zeigen, dass sie keine Angst hatte und keinen Angriff beabsichtigte. Sie blickte der jungen Frau in die hellgrauen Augen.

Die perfekten Züge wurden von langen schwarzen Haaren gerahmt. Sie ragte vor Geneve empor, unter dem hellen Unterhemd einer Nobelmarke zeichnete sich ein schwarzer Spitzen-BH ab. Ihre Kleidung war die einer Fashionista oder einer Style-Bloggerin, die als Model aufgehört hatte.

»Ihr Freund?«, fragte Elaine.

»Kruger?«

Die Augenbrauen wanderten gleichzeitig in die Höhe. »Nein. Der im Dreck der Seitengasse neben dem Club liegt.«

»Ja.«

»Freund wie *Fickfreund?*«

»Nein. Wie ein Team. *Nicht* intim.«

Aufmerksam sah Elaine an Geneve vorbei zum *Deadly Days*. »Was haben Sie mit Kruger zu tun?«

»Sie sind Elaine, und Ihr Begleiter heißt Gedeon«, erwiderte Geneve statt einer Antwort. *Mal sehen, wie sie reagiert.* »Sie beide bringen Dämonen oder deren Knechte zur Strecke.«

Langsam hob Elaine den muskulösen Arm mit ihrem Smartphone ans Ohr. »Hast du ihn schon umgebracht, Gedeon?«

»Nur kaltgestellt«, kam es deutlich zurück. »Soll ich?«

»Warte einen Augenblick. Es könnte spannender werden, als wir angenommen haben.« Elaine musterte Geneve. »Ich kenne Sie nicht, aber Sie mich. Wie kommt das?«

»Sie hinterlassen Spuren.«

»Das lässt sich nicht vermeiden.« Elaine dachte einige Sekunden nach. »Sie wollen was von uns. Wegen Kruger?«

»Ja.«

»Hat er sie geschickt? Als diplomatische Delegation?«

»Nachdem Sie beide DeTemple in Frankreich umgebracht haben, geht Kruger höchstwahrscheinlich nicht davon aus, dass sich das friedlich regeln lässt«, gab Geneve zurück. Sie genoss die Wirkung ihrer Worte, die sie deutlich auf dem schönen Gesicht ablesen konnte. *Sie hat keine Ahnung, wer wir sind.* Die Verwirrung wollte sie zu ihrem Vorteil nutzen. »Wir haben den gleichen Feind. Mein Teamkollege und ich beabsichtigen nicht, Kruger am Leben zu lassen. Wir wollen über die Reihenfolge reden, nach der wir gegen ihn vorgehen.«

Elaine betrachtete Geneve. »Sie sind nicht das, was Sie vorgeben zu sein.«

»Ich habe mich noch gar nicht vorgestellt.«

»Sie sind keine normale Frau.« Elaine lächelte und zeigte reine, weiße Zähne, wie sie in Katalogen von Bleaching-Firmen zu sehen waren. »Mir können Sie nichts vormachen.«

Geneve schwieg.

»Was ist mit dem Mann?«, kam Gedeons Stimme aus dem Handy. »Ich habe ihn durchsucht. Er hat einen Polizeiausweis dabei. Vom Vatikan.«

Elaine holte tief Luft. »Es wird immer besser mit Ihnen«, sagte sie zu Geneve.

»Am Leben lassen?« Gedeon klang indifferent.

Elaine musterte Geneve, die sich nicht zu rühren

wagte. Die vollen Lippen bewegten sich zeitlupenhaft und sagten: »Ja.«

Zum Glück. Sie dankte es mit einem erleichterten Lächeln. *Ich hätte seinen Tod nicht verhindern können.* »Wir müssen besprechen, wie wir beide den größtmöglichen Ertrag aus dieser Angelegenheit ziehen können.«

»Das ist in meinem Fall leicht.« Elaine kam an ihre Seite und hakte sich unter. Ihre Alabasterhaut war kühl und schien unter leichter elektrischer Spannung zu stehen. Das Kribbeln sprang auf Geneve über. »Kruger wird sterben. Aber nicht sofort, wie wir es ursprünglich beabsichtigten.« Sie zeigte die Bourbon Street hinab. »Hungrig?«

»Wollen wir das wirklich in der Öffentlichkeit beraten?«

Elaine lachte bezaubernd, und sogleich wandten sich mehrere Männer nach ihr um. »In New Orleans kann man über die schlimmsten magischen Dinge sprechen. Es wird niemanden stören. Ganz im Gegenteil. Sie sehen doch, was alles geboten ist. Voodoo, Vampire, Zauberei.«

Gut, so verlieren wir keine Zeit. Geneve zeigte auf das nächstgelegene Restaurant. »Dann das *Creolian Kingdom*.«

»Sehr gut.« Elaine brachte das Smartphone dicht an ihre ebenmäßigen Lippen. »Hast du gehört, Gedeon?«

»Auf dem Weg«, lautete die Antwort. »Ich wecke den Typen noch und komme nach.«

Was bist du? Wieso erkennst du meine Besonderheit dermaßen rasch? Geneve wusste, dass sie mit einem sehr gefährlichen Wesen in Frauengestalt Seite an Seite über die Straße ging und auf ein Restaurant zusteuerte, als wären sie beide alte Bekannte.

»Sie sind nicht weniger ungewöhnlich«, setzte sie an.

»So? Nun, ich finde mich sehr gewöhnlich. Gedeon nennt mich sogar vulgär.« Elaine ging betont aufreizend und legte es darauf an, dass sich Menschen nach ihr umdrehten. »Sehen Sie? Wären Sie nicht dabei, würde ich mein Shirt hochziehen und meine Brüste zeigen. Die sind toll. Ohne OP.«

»Sie stehen gerne im Mittelpunkt.«

»Es macht mir Spaß.« Elaine grinste diabolisch. »Wie kommen Sie auf die Annahme, dass ich ungewöhnlich bin?«

»Die Aufzeichnungen über Sie und Gedeon reichen über viele Jahre zurück«, antwortete Geneve. »Die Bilder oder besser gesagt die Zeichnungen aus früheren Epochen lassen den Schluss zu, dass Sie einen Weg gefunden haben, länger als andere Menschen zu leben.«

»Ah. Sie waren in England. Bei den Wiccas vom Tamesis-Coven«, sagte Elaine.

»Möglich.«

»Uh, ja.« Sie seufzte. »Mit den Ladys hatte ich viele schöne Stunden. Sinnlich und ergiebig.« Elaine steuerte einen freien Tisch an, von dem aus man hinter Pflanzkübeln mit langen Gräsern auf das *Deadly Days* blicken konnte. »Nehmen Sie Platz. Geht alles auf mich.« Sie warf sich in den Sessel gegenüber und stemmte das Knie gegen die Tischkante, flegelte sich in das Polster, sodass das Shirt verrutschte und mehr von der Unterwäsche sowie ihrer Makellosigkeit offenbarte. »Essen, Trinken, Drogen, was immer zu haben ist.«

Geneve setzte sich. »Sie klingen wie die Anführerin eines Drogenkartells.«

»Mexiko ist nicht so weit weg.« Elaine grinste herausfordernd. »Aber ich habe Besseres zu tun, als Pülverchen zu verticken.«

»Dachte ich mir.« Geneve lehnte sich zurück. »*Sie* haben DeTemple eliminiert. Am Tatort befand sich ein Medaillon mit dem Symbol von Andras.« Sie drückte die langen Halme der Ziergräser leicht auseinander, sodass sie auf die Bar schauen konnte. »Daher nehme ich an, Sie jagen die Gefolgschaft des Dämons. Durch die Jahrhunderte.«

Elaine ließ sich von dem verschüchterten Kellner die Karten reichen, der nicht wusste, wohin mit seinen Blicken. »Das ist fast richtig. Aber bevor ich mehr über mich sage, verraten Sie mir *Ihr* Geheimnis.«

»Sie haben noch nicht mal nach meinem Namen gefragt.«

»Ist *das* Ihr Geheimnis?«

»Sie heißt Geneve Cornelius. Eine Deutsche«, sagte Gedeon unvermittelt, der von der anderen Seite der Veranda das Restaurant betrat und Alessandro stützte. Anscheinend wirkte der Schlag noch nach, mit dem Gedeon ihn zu Boden geschickt hatte.

»Es tut mir leid, Geneve«, sagte Alessandro schwach. »Ich habe ihn nicht kommen sehen.«

»So, Kleiner. Setz dich.« Gedeon ließ den Italiener in einen Sessel plumpsen und flankte sportlich über den Tisch, landete neben Elaine auf dem Stuhl, als könnte das jeder Mensch von Geburt an. Wo sie mit weiblicher Perfektion glänzte, stand er dem Abbild von einem klassischen Athleten in nichts nach. Auch er trug modisch perfekte Kleidung zu seinen makellosen Zügen. Dieses Paar würde jede Schönheitswahl gewinnen. »Habe ich was verpasst?«

»Die Vorstellungsrunde haben wir dank dir bewältigt.« Sie wandte sich ihm zu und küsste ihn leidenschaftlich. »Perfekt wie immer.«

Gedeon grinste Geneve an. »Sie haben keine Vorstellung, wie knapp Sie beide dem Tod entronnen sind. Ich …« Er stockte und lehnte sich nach vorne, starrte Geneve ins Gesicht. »Sie ist anders!«, stieß er verblüfft aus. »Nicht wie wir und auch nicht eine von denen, aber –«

»Ich merkte es bereits«, unterbrach ihn Elaine amüsiert. »New Orleans bietet uns etwas.« Sie deutete auf Alessandro, der sich bemühte, die Benommenheit abzuschütteln. »Ciao, ragazzo.« Sie langte in den Krug mit dem Wasser, fischte einige Würfel heraus und stopfte sie dem Italiener ins Hemd. »Eine Handvoll davon unter den Kragen, und der Junge ist wieder bei Sinnen.«

»Fanculo!«, stieß Alessandro erschrocken aus.

»Deswegen sind wir nicht hier«, erwiderte Gedeon kühl. »Sondern wegen Kruger. Wie Sie.«

»Die beiden sind echte Fans von uns«, erklärte Elaine. »Sie wissen, dass wir schon längere Zeit über die Erde wandeln.«

»Und dass man Sie verletzen kann. Sie bluten, habe ich gehört«, warf Alessandro ein, der es stoisch über sich ergehen ließ, dass das Eis unter seinem Hemd schmolz. »Darauf werde ich vielleicht zurückkommen.«

»Nur die Ruhe.« Geneve legte eine Hand auf seine Schulter. »Wir wollen Sie nicht aufhalten bei dem, was Sie tun. Aber ich brauche zuerst Informationen von Kruger. Es geht um eine Verschwörung und den Tod meiner Familie, bei dem er, DeTemple und eine Frau namens Samantha Fry eine maßgebliche Rolle spielen.«

»Ah.« Elaine klang interessiert. »Nur zu. Ich höre.«

»Wir helfen Ihnen dabei, an Kruger heranzukommen. Danach überlassen Sie ihn uns für eine Befragung. Was Sie danach mit ihm machen, ist Ihre Sache.« Geneve blickte das überattraktive Paar eindringlich an. »Mehr wollen wir nicht.«

»Sie hatten Angst, dass wir zuschlagen und Ihnen die Informationen abtöten«, sagte Elaine und sah zu ihrem Begleiter. »Was denkst du?«

»Mich würde interessieren, was ein Vatikanpolizist dabei zu suchen hat« – Gedeon blickte zu Geneve – »und was Ihre Besonderheit ist.«

»Das ist nicht von Belang«, gab Geneve höflich zurück. »Es geht einzig um Kruger.«

Der Kellner brachte eine Runde Getränke und verteilte kleine Schälchen mit pikanten Snacks, Brot und Salzgebäck auf dem Tisch, um sich gleich wieder zurückzuziehen. Dabei konnte er die Augen nicht von Elaine wenden, die ihm frivol zuzwinkerte und sich über die Lippen leckte.

»Lass das«, fuhr Gedeon sie an.

»Sehen Sie?«, beschwerte sie sich gespielt beleidigt bei Geneve. »Das war ihm wieder zu ordinär.« Sie lachte und warf den Kopf in den Nacken.

»Hören Sie mit dem Scheiß auf«, schnarrte Alessandro. »Haben wir einen Deal oder nicht?«

»Sonst?«, gurrte Elaine herausfordernd. »Wissen Sie: *Wir* brauchen *Sie* nicht. Aber wenn wir Kruger erledigen, sitzen Sie beide –«

»Elaine, schau rüber zum *Deadly Days*«, wies Gedeon sie kalt an. »Er kommt raus.«

Geneve und Alessandro folgten den Blicken des Pärchens.

Kruger verließ mit seinem Tross den Laden, schüttelte

den beiden Männern mit den Bauhelmen die Hand und sah dabei vergnügt aus. Die zwei Leibwächter gaben den wartenden Fahrzeugen Handzeichen, dass sie zu ihnen fahren sollten.

Geneve vermochte nichts an Krugers Begleiterinnen und Begleitern zu erkennen, was die Sorge auf den Mienen von Elaine und Gedeon erklärte. *Sie sehen mehr als Alessandro und ich. Es ist Teil ihrer Gaben. Deswegen erkannten sie meine Andersartigkeit.*

Stumm saßen sie am Tisch und beobachteten, wie der Tross ein paar Flyer an vorbeilaufende Touristen verteilte und zwei Plakate an den Wänden befestigte, welche auf die Eröffnung in zwei Tagen hinwies. Anschließend begaben sie sich in die Wagen, und die Kolonne rauschte die Bourbon Street hinab.

Gedeon wandte sich mit einem langen Ausatmen Geneve und Alessandro zu. »Woher wussten Sie das?« Er wirkte konsterniert.

»Ich würde gerne sagen, dass es zu unserem Plan gehörte, aber offen gestanden: Ich weiß nicht, wovon Sie sprechen«, erwiderte Geneve.

Elaine langte über den Tisch und legte ihre kühle Hand auf Geneves. »Danke. Wirklich. Sie haben uns vermutlich das Leben gerettet.« Sie klang zum ersten Mal weder spöttisch noch sarkastisch.

Gedeon lachte leise. »Schau dir ihre ratlosen Gesichter an. Sie haben keine Ahnung, mit wem sie sich anlegen wollten.« Er kostete die Snacks. »Ich denke, wir brauchen gegenseitige Hintergrundinformationen, damit wir unser Vorgehen abstimmen können. Bugatti ist von der Vatikanpolizei. Haben Sie noch eine weitere Ausbildung?«

»Hat er nicht. Wetten?«, stichelte Elaine.

»Was meinen Sie?«, erkundigte sich Alessandro ratlos.

»Exorzist«, antwortete Geneve.

»Leider nein. Bestatter. Im Zweitberuf.« Alessandro nahm einen Schluck Cola. »Das wird hier wenig helfen.«

»Kommt darauf an. Wenn Sie rasch ein Geschäft aufmachen? Wer weiß, wie unser Vorhaben abläuft?« Elaine hatte wieder in den alten Modus gewechselt. Die Dankbarkeit war verflogen.

»Und Sie, Miss Cornelius?« Gedeons dunkelblaue Augen richteten sich auf sie. »Was ist Ihre Besonderheit? Wir benötigen für dieses Unternehmen außergewöhnliche Fertigkeiten, um es erfolgreich zu Ende zu bringen.«

Geneve beschloss, langsam aus der Deckung zu kommen. »Ich kenne mich mit verschiedenen Wesen aus. Auch mit Dämonen und ihren Zeichen. Wie das von Andras, dessen Zeichen im Fußraum von DeTemples Wagen lag.«

»Sie sind keine Exorzistin. Keine Hexe. Nichts ... aus einer der Zwischenwelten oder der Anderswelt«, zählte Elaine auf. »Und doch steckt mehr in Ihnen.«

»Ich bin jemand, der den Mörder seiner Familie stellen und die Welt vor einer dämonischen Verschwörung retten möchte«, sagte Geneve ausweichend.

Gedeon warf Elaine einen Seitenblick zu. »Um ehrlich zu sein: Sie hätten gegen Kruger bei einem normalen Zusammentreffen keine Chance.«

»Dann erklären Sie uns bitte, wen wir vor uns haben«, sagte Geneve. »Und was genau Sie sind.«

»Lassen Sie sich von unserem attraktiven Äußeren

nicht täuschen«, raunte Elaine und bleckte die hellen Zähne. »Es ist nur eine schicke Hülle, die uns das Leben erleichtert.«

Gedeon ließ den Unterarm auf dem Tisch ruhen und lehnte sich nach hinten. »Wir beide trugen einst andere Namen. Unsere Körper haben wir uns selbst ausgesucht, nachdem wir von unserem einstigen Herrn auf die Erde verbannt worden waren.«

»Andras. Dieses Stück Scheiße«, zischte Elaine hasserfüllt. »Wie alle in der Unwelt.«

»Oh«, entfuhr es Geneve. *Sie stammen auch aus der Unwelt!*

Alessandro räusperte sich. »Ich fürchte, ich kenne die Goetia nicht annähernd so gut wie der Rest am Tisch. Wäre jemand so nett?«

»Andras ist ein Großfürst der Unwelt, Zwietrachtbringer in Gestalt eines Engels mit dem Kopf eines Waldkauzes oder eines Raben. Je nachdem, wie er drauf ist«, fasste Gedeon knapp zusammen. »Er lehrte mich und Elaine, Feinde für ihn zu töten. Er lehrte uns, Zwietracht und Hass zu bringen. Und er machte uns zu den obersten Feldherren seiner dreiundsechzig Legionen.«

»Aber wir wurden von diesem Arschloch verstoßen und eines Großteils unserer Kräfte beraubt«, fügte Elaine wütend hinzu und schlug mit der flachen Hand auf den Tisch. »Auf diese Erde geschleudert. Wegen einer Nichtigkeit. Einer *Nichtigkeit!*«

»Jetzt verstehe ich, warum du *oh* sagtest«, kommentierte Alessandro die Neuigkeiten.

Gedeon legte beruhigend eine Hand auf Elaines Knie. »Wir trachten seitdem danach, zu unserem einstigen

Herrn zurückzukehren und ihn samt den übrigen Fürsten für das, was sie uns angetan haben, zu vernichten.« Seine Augen glommen leicht. »Ich weiß, dass es möglich ist, denn wir gehörten einst zu ihnen. Wir kennen die Schwächen von Vagares, Asmoday, Samigina, Vassago und jenen, denen wir einen Gefallen taten – und die bei unserer Verbannung zuschauten, ohne etwas zu sagen. Ohne für uns zu sprechen!«

»Dafür werden die Feuer der Unwelt verlöschen«, merkte Elaine düster an.

»Ihr, die Menschen, würdet die Unwelt vielleicht als Hölle bezeichnen, auch wenn der Begriff nicht zutrifft. Es ist viel mehr«, fügte Gedeon hinzu.

Geneve sah ihre Theorie bestätigt. »Deswegen haben Sie DeTemple ausgeschaltet. Weil er für Andras arbeitete. Aber was erreichen Sie damit?«

»Sie mögen es nicht, wenn man ihre irdischen Diener eliminiert. Dann lassen sie sich zu Aktionen hinreißen, bei denen man sie töten kann«, erklärte Gedeon.

»Sie töten … Dämonen«, hakte Alessandro ungläubig ein. »Ich weiß, die katholische Kirche hat –«

Elaine und Gedeon lachten gleichzeitig auf, als habe er einen köstlichen Witz gemacht.

»Entschuldigen Sie. Die katholische Kirche ist nicht alleine, auch wenn sie sich gerne als Beschützerin der Menschheit aufspielt. Aber Sie als Vatikanbulle müssen das natürlich so sehen.« Gedeon machte ein belustigtes Gesicht. »Auf der ganzen Welt stemmen sich Mutige gegen diese Dämonenfürsten oder verbünden sich mit ihnen. Sie geben ihnen andere Namen und Aussehen, aber es sind doch immer die gleichen. Der größte Irrtum der Menschen ist es anzunehmen, dass unendlich viele verschiedene Dämonen existieren. Der größte Irrtum bislang.«

»Abgesehen von der Annahme der Unendlichkeit des Weltraumes.« Elaine kicherte. »Die werden sich eines Tages sehr wundern.«

»Und ... wie schaffen Sie eine Vernichtung?«, fragte Alessandro nach.

»Betriebsgeheimnis.« Elaine grinste. »Alles müssen Sie jetzt echt nicht wissen.«

»Das Problem liegt darin, dass es uns durch die Verbannung nicht mehr gelingt, aus eigener Kraft an die Orte in der Unwelt zurückzukehren, wo wir einst lebten und uns wohlfühlten. Um die Tore zu den Ebenen aufzustoßen, benötigen wir Tricks. Manchmal sind das einfältige Menschen, denen sie die passenden Formeln König Salomons zuspielen. Die *wahren* Formeln. Nicht dieser gedruckte Quatsch, den Sie im Internet bestellen können.«

»Oder sie eliminieren die Anhänger der Unwelt-Fürsten, damit sie sich zeigen. Ich verstehe.« Geneve sah zum *Deadly Days* hinüber. »Nachdem DeTemple tot ist, wollen Sie nun Kruger erledigen. Hat DeTemple nicht ausgereicht, um einen Fürsten hervorzulocken?«

»Kruger ist Andras' einflussreichster Hohepriester. DeTemples Tod war gedacht, um den Druck zu erhöhen. Wenn wir Kruger in die Enge treiben, wird er mit ein wenig Glück seinen Herrn in der Unwelt kontaktieren. Der Durchgang ist geöffnet, und wir schlagen zu.« Gedeon langte nach seinem Wasser. »So ist der grobe Plan.«

»Wir bekämen vom Papst einen Orden verliehen, wenn er das wüsste.« Elaine gluckste. »Ach nee, stimmt ja: Wir sind ja *auch* die Bösen.«

»Warum greifen die Dämonen Sie nicht an?« Geneve sah zwischen den beiden hin und her. »Es wäre denen doch ein Leichtes, Sie auszuschalten. Ohne Ihre einstige Macht.«

»Was für uns gilt, gilt auch für diese Wichser«, stieß Elaine aus. »Auf der Erde sind sie verletzbar. Man kann sie töten.«

»Wir sammeln unsere Kräfte und verbergen uns meistens bis zu unseren nächsten Anschlägen. Auf dieser Erde ist auch die Macht der Unwelt-Herrscher geringer. Sie müssen sich ihrer irdischen Diener bedienen, um Elaine und mich zu fassen. Besessene, Vampire, was immer Ihnen gerade recht kommt. Dennoch gelang es ihnen bisher nicht.« Er strotzte vor Selbstbewusstsein.

»Manche sagen, wir gefährden das Gleichgewicht zwischen Licht und Schatten.« Elaine wirkte gelangweilt von dem Vorwurf. »Deswegen jagen uns die Guten *und* die Bösen. Wir haben schon alles Mögliche umgelegt, aufgeschlitzt, ausgeweidet –«

»Was Elaine sagen möchte: Wir töten unsere Verfolger ohne Unterscheidung. Wir wollen Vergeltung und scheren uns nicht um den Ausgleich von Gut und Böse. Und schon gar nicht um das, was nach unserem Feldzug kommen wird.«

»Ist die Unwelt leer, bleibt mehr Platz für uns.« Elaine deutete zuerst auf Alessandro, dann auf Geneve. »Haben Sie *jetzt* verstanden, wie nahe Sie dem Tod waren? Wir hielten sie nämlich zuerst für irgendwelche Trottel, die uns jemand aus der Unwelt auf den Hals gehetzt hat.«

»Und dabei haben wir Ihnen das Leben gerettet«, entgegnete Geneve.

»Warum eigentlich?« Alessandro kramte in einer Snackschüssel nach etwas, was ihm zusagte, und steckte es sich in den Mund. »Was haben Sie bei Kruger gesehen, das Sie aus der Fassung brachte?«

»DeTemples Tod hat Andras aufgescheucht. Kruger bekam zwei Leibwächter zur Seite gestellt, die nicht leicht auszutricksen sein werden«, erklärte Gedeon.

»Sie wittern uns und alles Dämonische. Wie Spürhunde.« Elaine fluchte in einer unbekannten Sprache. »Wir kommen nicht an ihn heran.«

Geneve lächelte. »Ich sehe schon. Wir brauchen uns gegenseitig, wenn wir unsere Ziele erreichen wollten.« Sie winkte den Kellner zu ihnen an den Tisch. »Also: Stärken wir uns, entwickeln einen Plan und gehen es an.«

»Darauf trinke ich!« Elaine hob das Glas, sie stießen gemeinsam an.

Gedeon betrachtete Geneve ausgiebig, bis er einmal auflachte. »Ich habe soeben Ihre Besonderheit erkannt.«

Sie ließ sich nichts anmerken. *Ich denke nicht, dass er das kann.* »Ach? Welche wäre das?«

Gedeon deutete eine Verbeugung an. »Sie sind der unerschrockenste Mensch, den ich jemals gesehen habe.« Das Lächeln war gespickt mit Neugier. »Sind Sie mit irgendetwas zu beeindrucken, Miss Cornelius?«

Geneve blieb ihm die Antwort schuldig. *Ich denke, das finden wir bald heraus.*

So fanden sich die ungleichen Verbündeten.

Meine Tochter tat schon immer die ungewöhnlichsten Dinge. Aus heutiger Sicht betrachtet hätte ich ihr öfter ein offenes Ohr schenken müssen. So wäre es vielleicht nicht zur Entzweiung gekommen.

Aber wem nützt es, verschütteter Milch nachzuweinen?
Habe ich Fehler begangen?
Mit Sicherheit.
Einer der größten war, dass ich ihr zu selten gesagt habe, wie stolz ich auf sie war. Es wäre vielleicht ein Ansporn für sie gewesen.

Abends verwandelte sich die Bourbon Street in ein Spektakel aus Jazzmusik, Unmengen ausgelassener Menschen und dem pulsierenden Leben der Stadt New Orleans.

Mitten in dem Trubel stand der gelbe Van von Elaine und Gedeon, in dem das Paar zusammen mit Geneve und Alessandro saß und wartete, dass der Einlass für die große Eröffnung des *Deadly Days* begann.

»Bleibt es bei unserem Plan?«, erkundigte sich Alessandro, der sich ebenso untypisch gekleidet hatte wie die Übrigen im Transporter. Ein falscher Schnurrbart und eine blonde Perücke veränderten sein Äußeres völlig.

»Ihn jetzt zu verwerfen, wäre sinnlos.« Elaine trug knappe, aber schicke Sachen, die sie an jedem Türsteher der Welt vorbeibringen würden. »Nachdem wir ihn zwei Tage wieder und wieder besprochen haben.«

»Fangen wir an.« Geneve hatte ihre Haare ebenfalls unter eine Perücke gezwängt, eine Hornbrille mit Fensterglas saß auf der Nase. Leute, die sie flüchtig oder von einem Foto kannten, würden sie nicht erkennen.

»Funktionieren die Smartphone-Ohrstecker und sind die Akkus voll?«, erkundigte sich Alessandro.

Er bekam reihum Bestätigungen.

Geneve drückte die ungewohnte Brille auf der Nase nach oben. »Gut. Erst verhören wir Kruger, danach gehört er Ihnen, Gedeon.«

»Und mir«, flüsterte Elaine drohend und verrückt zugleich.

Durch das Blech und die getönten Scheiben erklang das Lachen der Flaneure und die Musik aus den Bars. Übermütige pochten gelegentlich gegen die Seitenwände und sangen schief Melodien mit.

»Sie halten uns über die Konferenzschaltung auf dem Laufenden. Wenn Sie nicht sprechen können: einmal räuspern heißt *ja*, zweimal *nein*.« Gedeon gab ihnen Waffen und einige Amulette mit, angefertigt nach altem Wissen und nicht auf Grundlage von neuzeitlichem Unsinn, wie er anmerkte. Absolut wirkungsvoll. »Sie sollten notfalls bei der Abwehr von Zauber helfen, sofern Kruger über irgendeine dämonische Macht verfügt und wir noch nicht nahe genug herangekommen sind, um eingreifen zu können.«

»Kurz vor zweiundzwanzig Uhr. Es geht los.« Alessandro wollte die Tür öffnen.

»Halt!«, befahl Elaine scharf.

»Was?«, erwiderte er.

»Wollen Sie nicht noch einen Segen erteilen? Als Vatikanpolizist?« Sie lachte bösartig.

»Polizist. Nicht Papst.« Alessandro drückte die Griffe nach unten, und die Flügel der Doppeltür schwangen auf.

Das ausgelassene fröhliche Lärmen warf sich gegen das ungleiche Quartett und hüllte es ein.

»Wie sieht das erst bei Mardi Gras aus?«, funkte Alessandro über sein Headset.

»Noch voller.« Geneve richtete ihr Kleid, was für sie eine ungewohnte Art der Bekleidung war. Darüber lag ein leichter knöchellanger Überwurf, unter dem sie die Ausrüstung verbarg.

»Anschauen würde ich mir das gerne.« Alessandros Hawaiihemd hing weit um ihn, um gleichermaßen Waffen zu verbergen. »Was machen wir, wenn sie uns filzen wollen?«

Hintereinander schlängelten sie sich durch die Massen. Elaine und Gedeon bogen ab und wurden von der feiernden Menge verschluckt.

»Improvisieren.« Geneve zweifelte die Wirkung der Amulette nicht an, war aber nervös. *Letztlich ist er nur ein Mensch, der einem Dämon dient. Nichts Besonderes*, sagte sie sich. »Ich weiß, für dich ist das nichts Aufregendes.«

»Bitte? Zu dir kommen die rätselhaftesten Wesen und erhoffen sich Heilung.«

»Und sie sind überwiegend freundlich. Abgesehen von Kadek«, erwiderte sie. »Und ich bin kein Undercover-Polizist.«

Alessandro lächelte sie aufmunternd an. »Ich auch nicht.«

Sie reihten sich in die Schlange ein und warteten, dass der Einlass begann.

»Ich habe mir Gedanken gemacht«, begann Geneve. »Als wir im Transporter saßen.«

»Worüber?«

»Den Morden an meiner Familie. Diese Sache mit den Tonaufnahmen, den verschiedenen Brandzeichen, mal mit Schwert, mal mit dem Lötkolben ... da stimmt etwas nicht.« Geneve schob die Brille wieder nach oben.

»Ich denke, es sind *doch* zwei Täter. Aber ich tue mich schwer, eine sinnvolle Theorie zu finden.«

»Reden wir später darüber. Wir sollten uns auf unsere Aufgabe konzentrieren.«

»Ja. Ja, in Ordnung. Der Andrang ist weniger hoch als erwartet«, stellte Geneve erleichtert fest. »Damit kommen wir schneller bis zu ihm.« Dann bemerkte sie Kruger und zeigte unauffällig nach links. »Da ist er. Mitten auf der Straße.«

»… Sie doch vorbei. Große Neueröffnung! Es wird *höllisch*, das verspreche ich«, rief Charles Kruger mit Reibeisenstimme und verteilte mit enorm blendender Laune Flyer. »Das *Deadly Days* bietet Voodoo-Drinks! Die Neuerung in New Orleans! Madame Viveau mixt Cocktails, die die Toten lebendig machen. Hier, kommen Sie und gewinnen Sie Freiverzehr, die ganze Woche!«

»Wir könnten ihn jetzt schon ansprechen«, sagte Alessandro und hob den Kopf, um sich umzuschauen. »Seine Aufpasser sind weit genug weg.«

Geneve nickte. *Eine Gelegenheit, die man nutzen sollte.* »Komm mit. Denk an deine Rolle.«

»Natürlich.«

Sie bewegten sich auf Kruger zu, dessen hellbraune Hautfarbe einen auffälligen Kontrast zu seinem weißen Anzug bildete. An seinem Panamahut prangte eine schwarze sowie eine blutrote lange Feder. »Auch Sie sind herzlich eingeladen – wenn Sie es wagen, Madam«, sagte er zu Geneve und drückte ihr einen Zettel in die Hand. Schon wollte er sich wieder abwenden.

»Danke, Mister Kruger. Ich weiß, es ist Ihre große Nacht, aber wenn Sie ein paar Minuten für mich Zeit hätten«, bat Geneve. »Es geht um Monsieur DeTemple.«

Krugers becircender Blick wechselte abrupt ins Alarmierte. »Ich kenne Sie nicht. Und auch keinen DeTemple.«

»Ich bin eine Vertraute von Monsieur DeTemple gewesen. Die als Einzige nicht im Polizeibericht auftaucht.« Geneve deutete auf das *Deadly Days*. »Wollen wir in Ihrer Bar weiterreden?«

Kruger erwiderte nichts, verteilte weiter seine Flyer.

»Die Leibwächter, Madam«, sagte Alessandro, als wäre er ihr Bodyguard. »Die Herrschaften rücken näher und sehen nicht erfreut aus. Was soll ich machen?«

»Mister Kruger. Mein Boss gab mir den Auftrag, mich mit Ihnen zu treffen, sollte ihm etwas zustoßen. Ich habe Informationen dabei.« Geneve senkte die Stimme, legte Nachdruck und Inständigkeit hinein, um sich ihre aufsteigende Angst nicht anmerken zu lassen. *Spürt er, dass ich lüge, scheitert der Plan.* »Im Namen von Andras: Schenken Sie mir ein paar Minuten, und ich habe meine Pflicht erfüllt! Danach können Sie Ihre Bar aufmachen.«

Kruger wandte sich ihr wieder zu und hob kurz die Hand. Seine grimmig dreinblickenden Leute blieben unweit von ihnen stehen. »Wehe, Sie versauen mir die Cluberöffnung, Madam …?«

»*Madame* Giscard. Ich bevorzuge die französische Aussprache.« Sie deutete erleichtert auf Alessandro. »Das ist Alain, mein Aufpasser.«

Kruger hatte erkennbare Vorbehalte. »Von einer Madame Giscard, die für Pierre arbeitete, ist mir nichts bekannt.«

»Mit voller Absicht. Monsieur DeTemple wollte nicht, dass es eine Spur zu mir gibt, welche die Gegenseite nutzen könnte. Sein schrecklicher Tod spricht voll und ganz für seine Weitsicht.« Geneve tippte sich gegen den leichten Überwurf. »Diese Informationen, die ich bei mir trage, sollten sie auf alle Fälle erreichen.«

»Und um was geht es? Wissen Sie das? Hat Pierre Sie eingeweiht?«

»Nur grob. Damit ich Ihnen Andeutungen machen kann, um Sie zu überzeugen.« Geneve entschied, volles Risiko zu gehen. Sie musste ihm etwas anbieten, das er unmöglich ignorieren durfte. »Sie drehen sich um Elaine, Gedeon und Andras.«

»Folgen Sie mir, bitte, Madame Giscard.« Kruger ging mit den beiden zurück, vorbei an der Schlange der Wartenden, und drückte einem seiner Mitarbeiter die Flyer in die Hand. »Verteilt den Kram. Und dann macht ihr auf. Ich bin im Büro.«

Geneve und Alessandro betraten hinter Kruger das *Deadly Days*, in dem Technomusik dröhnte, die mit New Orleans wenig zu tun hatte. Das Interieur war eine geschmacklose Mischung aus mexikanischer Bar, Friedhof und Vergnügungspark. Die Idee dahinter mochte gut gewesen sein, aber an der Umsetzung haperte es. Kellnerinnen und Kellner warteten darauf, die ersten Gratisgetränke zu reichen, ein duftendes, üppiges Büfett war aufgebaut.

Mit jedem Meter, den sie zurücklegten, gesellten sich weitere Leibwächter und Mitarbeiter zu ihnen, die Kruger heranwinkte. Die Entourage wuchs auf ein Dutzend Leute an.

»Das ging ja gut«, hörte Geneve Elaines Stimme im

Ohr. »Denken Sie dran: Die beiden Typen mit Zahnspangen sind die gefährlichsten.«

»Direkte Dämonenhandlanger von Andras. Sie bemerken uns auf eine Entfernung von dreißig Schritten. Sie müssen abgelenkt oder ausgeschaltet werden«, fügte Gedeon hinzu. »Sonst kommen wir nicht an ihn heran.«

Geneve räusperte sich als Antwort einmal.

»So. Da wären wir.« Kruger bediente ein Nummerntastenfeld an der Wand und öffnete eine schmucklose Tür. Dahinter erwartete sie nicht etwa das Büro, sondern der große Vorratsraum mit einem Durchgang zur Kühlkammer des Ladens. »Das wird's tun. Verlieren wir keine Zeit. Ich muss gleich zu meinen Gästen.« Er reckte die Hand und winkte mit den Fingern. »Pierres Informationen, bitte, Madame Giscard.«

Geneve langte vorsichtig in ihre Überwurftasche und nahm einen Umschlag heraus. Sie hatte das Material und die fingierte Botschaft mit Alessandros Bildern am Laptop zusammengebaut, damit es authentisch wirkte. »Das ist von Monsieur DeTemple. Informationen zu dem Paar, das ihn tötete.«

»Das *Paar*?« Kruger ließ seine Sekretärin den Umschlag annehmen und öffnen, bevor er ihn anfasste und den Inhalt behutsam herausschüttelte.

»Sie nennen sich Elaine und Gedeon, Mister Kruger. Anbei finden Sie Bilder der zwei. Das wird Ihnen und Ihren Suchern« – sie deutete auf die bulligen Männer mit den Zahnspangen, deren Gesichter keine Regung zeigten – »die Andras sandte, ein wenig erleichtern.« Geneve hoffte, mit ihrem Wissen Eindruck zu machen.

»Wie haben die das angestellt? Pierre hatte mehr Leibwächter als ich.«

»Den Mord an Monsieur DeTemple?«

»Ja.« Kruger überflog die Aktenkopien. »Die Polizeiberichte sagen –«

»Bei den Unterlagen finden Sie eine Auflistung der Ungereimtheiten in den Berichten. Vor seinem Tod sandte mir Monsieur DeTemple eine Sprachnachricht«, log Geneve souverän.

»Sagen Sie ihm, wir hatten uns als Sicherheitsleute getarnt«, vernahm sie Gedeon in ihrem Ohr.

Gute Idee. »Elaine und Gedeon schlichen sich mit falschen Papieren ein und –«

»– haben den Unfall initiiert, um die Überlebenden umzubringen«, ergänzte Kruger. »Schöne Scheiße.« Er schlug gegen die Blätter. »Wie lautete seine letzte Botschaft an Sie, Madame Giscard?«

Geneve hatte sich die vermeintliche Nachricht sorgfältig ausgedacht. »Andras. Seine Schuld. Achten.«

»Mh.« Kruger machte einen unzufriedenen Eindruck. »Mehr nicht?«

»Er klang beim Sterben nicht so, als hätte er wahnsinnig viel Zeit, sich Gedanken über die Semantik zu machen, Mister Kruger.«

Der Mann schürzte die Lippen. »Sie wissen, wer Andras ist?«

»Selbstverständlich. Ein großer Marquis der Unwelt.« Geneve gab ihrer Stimme einen ehrfurchtsvollen Ton. »Wir arbeiteten für den gleichen Dämon.«

Kruger setzte sich halb auf eine Kiste und legte den Umschlag neben sich. »Was könnte DeTemple damit gemeint haben, Madame Giscard?«

»Es ist nicht mein Job, das zu wissen. Ich sollte Ihnen lediglich die Unterlagen und die Nachricht überbringen.« Geneve war noch keine Möglichkeit eingefallen, wie sie den Weg für das Pärchen frei machen konnten. Der Tross stand unbeweglich und starr um sie herum. *Mit wenigen Schritten wären die Leibwächter bei uns, um uns niederzuringen.*

»Ich habe keine Lust mehr zu warten. Wir sind gleich drin«, erklang Elaines gereizte Stimme in ihrem Ohr. »Was ist mit den Suchern? Sind sie ausgeschaltet?«

Geneve räusperte sich zweimal.

»Pierre vertraute Ihnen, Madame.« Kruger sah Geneve an. »Sagen Sie, hätten Sie Lust, mich bei einem Ritual –«

Einer der Sucher griff sich abrupt an die Schläfe. »Sir. Ich ... spüre etwas!«

»Ist Elaine schon bei euch?«, hörte Geneve gleichzeitig Gedeons aufgeregte Stimme. »Sie ist einfach losgestürmt.«

Von draußen erklangen plötzlich Rufe, gefolgt von mehreren gedämpften Schüssen und Schreien.

Alessandro wollte seine Waffe ziehen, aber Geneve hielt ihn zurück. *Da ist meine Gelegenheit!* »Mister Kruger, wir sollten verschwinden.«

»Einverstanden.« Kruger erhob sich und eilte zur Seitentür. »Zum Lieferanteneingang!«

* * *

Kapitel IX

Nun ist meine Tochter jemand, der sich kümmert, das werden Sie mittlerweile erkannt haben.

Dazu gehört in der Gegenwart auch, dass sie Kontakt zu ihrer Freundin Elisabeth Georgina Sanson hielt.

Ich weiß, Sie haben aufgepasst. Die Anrede Vetterin lässt darauf schließen, dass Elisabeth einer Scharfrichterdynastie unseres Kreises angehört.

Ich kann und will Ihnen nicht verraten, wer alles zu uns gehört. Nennen wir es ... Schutz der Privatsphäre. Nicht jeder Scharfrichter oder seine direkten Nachkommen gehören uns an. Ich musste mich anschließen, auch wenn ich mich weitestgehend raushalte.

Damit Sie nicht denken, Europa wäre besser als die Vereinigten Staaten, weil es auf die Todesstrafe verzichtete: Sie gehörte lange ins Strafrecht. Aktiv. Nicht als passiver Posten wie einst in der hessischen Landesverfassung. Nehmen wir beispielsweise die Linie Olbrecht. André Olbrecht war von 1921 bis 1976 an Exekutionen beteiligt und seit 1951 oberster Scharfrichter der Franzosen.

Überrascht?

322 Todesurteilen wohnte er bei. Angefangen hat er als Helfer seines Onkels Deibler. Olbrecht verdiente nicht schlecht, am Ende 46 000 Franc pro Jahr. Die Gangster Buffet und Bontems hat er gerichtet und 1976 den Kindermörder Christian Ranucci. Auch bei der Exekution dreier Frauen und mehr als dreißig politisch Ver-

urteilter der Nazis half er. Nach seinem Tod wurden seine Tagebücher veröffentlicht, Mitte der Achtziger, glaube ich. Er schrieb auch darüber, dass den Toten Hirne und Nieren, Lebern, Herzen und Arterien für Medizin oder Transplantationen entnommen worden seien.

Ich hielt Olbrecht stets für ein wenig zu sensibel.

Er schrieb: »Meine Kindheitsnächte waren von folgendem schrecklichem Traum gequält: Ein fahler Mann, dessen Hemd am Kragen ausgeschnitten ist, wird gefesselt auf den Tod vorbereitet. Dann habe ich immer gesehen, wie mein Vorgänger sich über ein blutendes Etwas beugte.« Nun ja.

Sein Vorgänger war jener Onkel Anatole Deibler. Es blieb in der Familie. Wie beim Sanson-Clan. In Frankreich wurde die Todesstrafe letztlich 1981 abgeschafft.

Auch in Deutschland wurde im Namen des Gesetzes noch im 20. Jahrhundert gerichtet. Sagen wir, in Teilen von Deutschland: der DDR.

Das wussten Sie nicht?

Es geschah mitten in Leipzig, einen Stock unter den Gefängniszellen. Im früheren Wohnzimmer des Hausmeisters befand sich das Büro des Henkers, mit Telefon und Schreibmaschine. Vom Flur ab ging die vergitterte Wartezelle der Delinquenten, der Kiefernsarg wartete im abgeschlossenen Räumchen daneben.

Raten Sie, in welchem Raum im Namen des Volkes getötet wurde!

Im umgebauten Kinderzimmer des Hausmeisters.

Mithilfe der Fallschwertmaschine, wie man in der DDR die Guillotine nannte. 100 Mark kassierte der Henker pro Hinrichtung, der extra aus Berlin kam. Doch der letzte Wunsch der Verurteilten durfte die

Grenze von zehn Mark nicht übersteigen. 34 Menschen sollen auf diese Weise exekutiert worden sein, bevor Ende der Sechzigerjahre das Regime auf Tod durch Erschießen wechselte. Es hatte zu viele Pannen mit der Fallschwertmaschine gegeben. Erschossen wurden nochmals 29 Leute.

Der letzte Delinquent starb 1981, und 1987 schaffte man die Todesstrafe auch in diesem Land ab, und zwar – halten Sie sich fest – als Geste der Menschlichkeit, unmittelbar vor dem Besuch Honeckers in Westdeutschland.

Gehen wir wieder weiter zurück in die Vergangenheit. Zu meiner Tochter, der freundlich-heimlichen Helferin. Das war sie auch damals, als die Schattenhexe im Kerker saß und von Inquisitor Rinaldi verhört wurde.

Geneve sorgte sich um die Kinder, die Agnes erwähnte. Allerdings traute sie der Erzählung der Schattenhexe nicht vorbehaltlos. Daher machte sie sich noch in der gleichen Nacht ins Dorf auf, um nach der Hütte der Angeklagten zu schauen, während Agnes, von der Tinktur tief in den traumlosen Schlaf gezwungen, in ihrer Zelle lag.

Hätte ich davon erfahren, ich glaube, ich hätte meine Tochter windelweich geschlagen.

Warum? Das fragen Sie?

Weil sie sich mit ihrer Unternehmung der Mitwisserschaft schuldig machte!

Nur ein *Augenpaar* musste Geneve sehen und erkennen und damit zum Rat laufen – und Rinaldi würde sie sogleich neben die Hexe auf die Streckbank schnallen und von Jacob foltern lassen.

Törichtes, mutiges Ding!

Geneve schlich in der verlassenen Hütte umher, die sie unschwer als Behausung von Agnes ausgemacht hatte. Am Rande des Moores gab es lediglich diese eine Kate, alt und in schlechtem Zustand.

Gelegentlich stolperte sie über Gegenstände, die am Boden umherlagen. Die Häscher hatten Steinzeug zerschlagen, Pfannen und Töpfe machten verräterischen Lärm, sobald sie mit dem Fuß dagegenstieß. *Verdammt noch eins! Ich brech' mir alle Knochen!*

»Kinder! Seid ihr da? Eure Mutter sendet mich«, sprach sie freundlich und lauschte. »Ich soll nach euch sehen.«

Das Licht des vollen Mondes schien durch die Fenster herein. Die Läden waren nicht geschlossen, was Geneve eine Orientierung ermöglichte. Wind wehte um die Mauern, das Schilf vor den Fenstern rauschte und bog sich. Leise ächzte das Dach, und immer wieder knackte das Holz der groben Planken, über die sie ging.

Ansonsten blieb es in dem Häuschen totenstill.

»Kinder, ich tu' euch nichts. Ich gehöre nicht zu jenen, die euch die Mutter raubten.« Geneve vermied es, eine Laterne zu entzünden, um die Aufmerksamkeit des Dorfes nicht auf sich zu lenken. »Ich bring euch etwas zu essen, damit ihr nicht darbt.« Sie öffnete den Korb und stellte die Sachen nacheinander ins Mondlicht auf den Tisch. »Schaut doch: Brot, frische Äpfel und ein Stücklein Honigwabe.«

Der Wind frischte auf und heulte lauter, als bedankte er sich an der Stelle der Kinder, die sich nicht aus ihrem Versteck trauten.

»Mein Name ist Geneve.« Sie lauschte aufmerksam. »Freiheraus: Wie heißt ihr denn?«

»Du bist anders«, antwortete eine verzerrte Stimme, die nicht männlich und nicht weiblich war. Sie klang wie nicht aus dieser Welt.

»Du bist aber nicht wie Mutter«, sagte eine zweite, tiefere Stimme.

»Und sie bringt uns dieses nutzlose Zeug«, fiel eine dritte Stimme in die Begrüßung ein.

Geneve fröstelte. Doch sie wollte sich nicht durch die List in die Flucht schlagen lassen. *Die Kleinen sprechen durch Rohre und hohle Gefäße, um schauerlich zu klingen.* »Na, wo sitzt ihr? Ich seh' euch nicht.«

»Wir erblicken dich.«

»Das soll dir reichen.«

»Und erst wenn wir sicher sind, dass du nichts Böses im Schilde führst, zeigen wir uns dir vielleicht.«

»Und das nennt ihr *nutzlos*?« Geneve betrachtete ihre Gaben. »Ich nenn's fein und gut.«

»Uns trachtet nicht nach dem, was du isst«, sagte die erste Stimme wieder.

»Blut wäre besser. Frisches Blut!«, juchzte die zweite Stimme.

»Nehmen wir doch ihres«, schlug die dritte vor.

»Nein. Sie kam freiwillig und von Mutter geschickt«, widersprach die erste. »Außerdem weiß ich nicht, wie wir an ihr Blut kommen sollen. Ich kenne mich damit nicht aus.«

»Mutter fütterte uns immer, sollst du wissen«, erklärte die zweite Stimme versöhnlicher.

Geneve packte das Grauen bei der Vorstellung. »Ihr bekamt Blut statt Milch?«

»Ja«, riefen sie im Chor. »Leckeres, süßes Blut!«

»Das habe ich nicht gewusst.« Dann lachte Geneve.

Sie sind wirklich gut. Man wollt's ihnen beinahe glauben. Abergläubische oder ängstliche Menschen hätten Reißaus genommen. »Nein, ihr foppt mich und haltet mich zur Närrin. Es fügt sich zum Trug eurer verstellten Stimmen.«

»Ich dacht', Mutter sendet dich?«

»Du müsstest es doch wissen!«

»Betrug! Betrug an uns!«, kreischte die dritte Stimme. »Wir warten schon so lange, aber sie kommt nicht.«

Geneve fahndete mit Blicken nach den verborgenen Kindern, doch sie verrieten sich durch nichts. *Wie gut sie dieses Spiel beherrschen.* »Sie kann nicht. Sie sitzt im Verlies und wartet, dass man ihr den Prozess macht.« Sie ging langsam durch das silberne Mondlicht, spähte um sich. »Ihr Kleinen, zeigt euch doch.«

»Was ist ein Prozess?«, erkundigte sich die erste Stimme dünn.

»Eine … Anklage.« Geneve versuchte unverdrossen, den Ursprung der wabernden Stimmen zu erfassen. Sie scheiterte an dem unbestimmbaren Klang. *Sie können überall sitzen.*

»Was willst du von uns?«, fragte die zweite Stimme.

»Nach euch sehen. Wie's euch ergeht. Und … ob ich eure Mutter befreien sollt', damit sie mit euch flieht.« Geneve blickte unter Bank, Bett und hinter den Herd. *Nicht ein Zeichen.*

»*Das* würdest du tun?«, fragte das erste Kind staunend.

»Und dann?«, wisperte das zweite.

»Sie käme zurück!«, rief das dritte erfreut.

»Ihr würdet mit ihr zusammen fortgehen. Wo euch nichts geschehen kann.« Geneve erklomm die Leiter, die zu ihren Schlafkojen unter dem Dach führte. Auch hier fand sie keine Spur von den Kleinen. *Ich geb' auf. Die find' ich nie, wenn sie nicht wollen.* »Nun denn: Ihr habt gewonnen. Wo steckt ihr? Und wie macht ihr das mit den Stimmen? Los, zeigt's mir.«

Durch die Stille klang das Säuseln des Windes.

»Kinder?«

Krachend wurde die Tür aufgestoßen. »Wer bist du?« Ein greller Lampenstrahl erfasste Geneve auf der Leiter und malte ihren Schatten riesig gegen das Dach. »Was hast du in der Hütte der Strega zu schaffen? Mitten in der Nacht und ohne Licht, wie ein Geschöpf der Dunkelheit?«

»Ich suche nach neuen Beweisen gegen sie«, log Geneve und blickte über die Schulter. »Deine Stimme kenn' ich doch. Du bist …«

»Flavio Bugatti. Der Geselle von Eminenz Rinaldi.« Er senkte die Lampe, damit sie nicht geblendet wurde. »Und du die Heilerin. Der Scharfrichterin Tochter.« Flavio lachte erleichtert auf. »Da hatten wir wohl den gleichen Gedanken.«

»Den hatten wir.« Geneve stieg behutsam die Stiegen hinab. »Hier oben gab's nichts Verdächtiges. Keine Aufzeichnungen und Spuren, die sie belasten.« Sie hoffte, dass die Kinder in ihrem Versteck blieben. Sie überkreuzte die Finger hinter ihrem Rücken als Zeichen an die Sprösslinge der Hexe: *Ich lüge für euch.* »Hast du Anweisungen, wonach genau wir Ausschau halten sollten?«

»Nach allem, was nach Zauberei und Hexerei erscheint. Oder den Schweif des Teufels höchstselbst.« Flavio stellte die Lampe auf den Tisch neben die Gaben. »Weitsichtig bist du. Was zum Essen gegen Hunger.«

»Ja. Wer weiß, wie lange ich suchen muss, um Belege zu finden?« Sie näherte sich dem Italiener. »Und ich bin schon *lange* hier.« Sie sah ihm an, dass er ihr glaubte. Das machte das Lügen einfacher.

»Weswegen hast du kein Licht entzündet?«

»Zum einen, um die braven Moorweiler Menschen nicht zu beunruhigen, zum anderen, um die Geheimverstecke zu erkennen.« Geneve zeigte zum Fenster. »Das Mondenlicht. Es enthüllt bestimmte Symbole der schändlichen Magie. Da wär' eine Lampe hinderlich.«

»Sehr gut! Du hättest das Zeug zu einer Inquisitorin, gäb' es eine solche Stellung für ein Weib.« Flavio lachte. »Die Schlafkoje kann ich mir sparen?«

»Ja.«

»Schautest du auch unter die Dielen?«

»Signore … so sagt man doch?«

»Ja, sagt man«, erwiderte Flavio mit einem Grinsen.

»Signore, dies ist nicht mein erster Hexenprozess. Ich weiß, worauf es ankommt.«

»Aber deine erste Schattenhexe. Habe ich recht?« Er setzte sich auf einen Stuhl.

»Ich dacht', du wolltest suchen?«

»Ich glaub, ich möcht' mich erst mit dir unterhalten, Geneve.« Er drehte das Licht heller. »Das ist doch dein Name? Wenn du es mir gestattest.«

»Ja.«

»Gut, Geneve.« Er nahm sich nach einem bittenden Blick und ihrer genickten Zustimmung von der Honigwabe. »Ich freue mich, dich kennenzulernen. Abseits von Rinaldi und dem Gestank des Kerkers.«

»Ist das so?« Geneve setzte sich ihm gegenüber aufrecht hin, faltete die Hände im Schoß. Ein Vorbild an

Züchtigkeit. »So willst du mir gleich unterbreiten, auf einen Spaziergang durch die Nacht zu schreiten?«

»Ein guter Vorschlag!« Flavio deutete eine Verbeugung an und fuchtelte übertrieben höfisch mit der Hand. »Du weißt, wie's mit unserer Zunft bestellt ist. Keine Maid geht auf das Werben eines angehenden Scharfrichters ein.« Mit beiden Händen deutete er auf sie. »Aber *hier* hab' ich eine Henkerstochter vor mir, eine bellissima obendrein. Wir sind vom gleichen Schlag.«

Geneve grinste. »War dein Spaß beabsichtigt?«

Er sah sie verwundert an.

»Vom gleichen Schlag. Henker«, sagte sie.

»Bravo!« Flavio lachte laut. »Und gewitzt bist du obendrein. Ich meinte: von der gleichen Zunft.«

Geneve lächelte nachsichtig. »Ich weiß, wie schwer es ist.« Nur dass es ihr nichts ausmachte. Ihre Ansprüche an einen Mann waren hoch.

»Sag an: Wollt' dich deine Mutter schon verkuppeln? An einen anderen Scharfrichter-Sohn?«

»Diese Frage scheint mir reichlich forsch.«

»Also ja.« Flavio zeigte ein Lausbubengrinsen. »Ich weiß, wovon ich sprech'. Mein Vater stellt mir unentwegt die Töchter der Henker von ganz Italien vor. Rom und die Nähe zum Papst vermögen doppelt, dreifach anziehend zu wirken.«

Geneve musste lachen. »Mein Mitleid. Aber ist das nicht schmeichelhaft?«

»Anstrengend ist's. Mir ist nicht nach Heiraten, weil es mein Vater so will.« Er klopfte sich gegen die Brust. »Mein Herz ist frei.«

»Hört, hört. Oder wartest du auf eine bessere Partie? Ich wär' keine. Sei gewarnt.«

»Doch, für mein Herz, bella Geneve. Du wärst die beste Partie für mein Herz.« Er klatschte in die Hände. »Va bene. Kannst du schreiben und lesen?«

»Ja.« Geneve fand die Unterhaltung erfrischend, und solange er sich mit ihr unterhielt, blieben die Kinder in ihren Verstecken sicher.

»So wag' ich den Vorschlag: Wie wär's, wenn wir uns regelmäßig Briefe schickten? Einmal oder zweimal per annum. Geld dafür wär' gewiss da.«

Geneve ging mit einem weiteren Nicken darauf ein, um den Henkersgesellen von seinem eigentlichen Vorhaben abzulenken. »Ich frag' Mutter, ob sie einverstanden ist.«

»Ich halt' doch nicht um deine Hand an!« Flavio lachte. »*Noch* nicht.« Er zwinkerte ihr zu. »Aber wer weiß? Wie könnt' ich einer so bella donna widerstehen?«

»Ich frag' sie dennoch lieber.« Sie sah zum Fenster, vor dem sich Fackelschein näherte. *Die Bewohner haben uns bemerkt.* »Wir bekommen Besuch. Dein Licht lockt die Dörfler heran wie Motten.«

»Dann werd' ich die Motten rasch vertreiben, bevor sie die Hütte niederbrennen, weil sie denken, es hätten sich Dämonen zum Stelldichein getroffen.« Flavio erhob sich. »Und danach suchen wir. Gründlich. Ich bin sicher, es gibt noch etwas zu entdecken, das die Strega vor uns verbarg.« Er begab sich zur Tür, öffnete sie und trat hinaus.

Jetzt schnell! »Kinder!«, sagte Geneve leise. »Kinder, seid ihr noch da?«

»Wir sind in unserem Versteck«, wisperte das erste.

»Hast du uns verraten?«

»Nein, hat sie nicht. Das hätten wir bemerkt«, befand das dritte.

Geneve blickte sich in der erhellten Kate um. *Wo stecken sie?* Es war ihr nicht möglich, die Kleinen zu sehen. Trotzdem konnten sie nicht länger in der Hütte bleiben. Flavio wusste, wie man eine Behausung durchsuchte. »Lauft hinaus. Hinten herum, ins Schilf. Da bleibt ihr, bis ich euch holen komme«, gab sie rasche Anweisungen.

»Weswegen?«

»Wir haben nichts getan!«

»Überhaupt nichts.«

Das Diskutieren kam Geneve alles andere als recht. »Das spielt in deren Augen keine Rolle. Flavio ist von einem Mann gesandt, der eure Mutter umbringen möchte. Weil sie eine Schattenhexe ist.«

»Oh«, erwiderten sie erschrocken im Dreiklang, der Geneve eine Gänsehaut bescherte.

Die Tür öffnete sich.

»... wieder zurück in eure Hütten«, rief Flavio den Bewohnern zu und verharrte auf der Schwelle. »Es ist alles in Ordnung. Ihr saht das Siegel von Inquisitor Rinaldi und mein Kruzifix. Betet für mich, während ich nach den Zeichen des Bösen suche.«

Sind sie entkommen? Geneve vernahm nichts mehr von den Kindern, hörte nur das Ächzen des Windes und das Rauschen des Schilfs.

»Geht und schlaft! Gute Nacht, ihr braven Leute!« Flavio kehrte in den Raum zurück und schloss die Tür. »Geschafft. Die Tumben lassen uns in Frieden.« Er nahm die Lampe, leuchtete umher. »Sehen wir uns um, Geneve. Erkunden wir die Verstecke und Geheimnisse der Teufelshure.« Er begann, hinter und unter jedes Ding zu schauen, was sich innerhalb der vier Wände befand, pochte, klopfte, hämmerte mit der Faust. »Ihr Cornelius', ihr seid ungewöhnlich.«

»Das find' ich keineswegs.« Geneve tat es ihm halbherzig nach, um keinen Argwohn zu wecken.

»Dio mio! Eine Henkersfamilie, bei der die Frau Axt und Schwert führt?« Flavio lachte einmal auf.

»Mein Vater starb, und mein Bruder war zu jung. Wir hatten Schulden. In der langen Form ist's eine Geschichte, die ich dir gerne schreibe. Nun sollten wir unser Augenmerk besser auf das Durchsuchen richten.« *Er ist ein netter Kerl.* Geneve musste sich eingestehen, dass sie Flavio interessant fand. Es war eine große Freude, sich mit jemandem zu unterhalten, der keinerlei Ängste und Vorbehalte hatte. Zugleich schien er ein freundliches Wesen zu haben, das für einen Spaß offen war. Seine Forschheit, mit der er um sie warb, ohne Grenzen zu überschreiten, gefiel ihr. *Das Briefeschreiben wird nicht schaden.*

Flavio klopfte gegen die Dielen und sah genauer hin. »Da ist ein Kratzer im Boden.« Er stemmte ein loses Brett mit seinem Dolch in die Höhe und leuchtete hinein. »Menschenknochen.«

Geneve sah ihm über die Schulter. *Tatsächlich!* »Sie sind schwarz!«

Flavio streifte Handschuhe über und hob die Knochen behutsam heraus. »Mh. Schade. Alt und vom Moor schwarz gemacht. Die liegen schon lange an diesem Ort und taugen wenig zur Beweisführung. Sie wurden beim Bau gewiss übersehen.« Er langte in seinen Umhängebeutel und nahm einen Kinderschädel heraus, der heidnische Bemalungen aufwies; es folgten weitere kleine Knöchlein. »So. Damit wird's besser.«

»Was … was tust du?« Geneve schaute Flavio vorwurfsvoll an. *Er legt absichtlich eine falsche Fährte!* »Das ist ein –«

»Sei ruhig, sei ruhig«, unterbrach er sie. »Ich hab' niemanden dafür umgebracht. Wir fanden das Skelett am Wegesrand. Jemand warf seine ungewollte Brut weg, und wir nahmen die Überreste in weiser Voraussicht mit. Rinaldi betete für die arme Kinderseele.« Er deutete auf das Loch. »Und nun kommen die Gebeine einem höheren Zweck zugute.«

Geneve fasste es nicht. »Das ist Unrecht!«

»Sie ist eine Strega. Daran gibt's keinen Zweifel.«

»Aber ihr gefälschte Beweise zuzuschanzen, das ist …« In Geneve sträubte sich alles gegen dieses Vorgehen.

»Rinaldi und wir kämpfen gegen das Böse. Daher ist's meine Pflicht, dafür zu sorgen, dass wir den Kampf gewinnen«, sagte Flavio. »Es beschleunigt nur das Gute.«

»Es bleibt Unrecht!«

Flavio nickte langsam. »Diese Agnes vermag's, bei voll erlangter Macht ganze Landstriche zu unterwerfen. Ihre Schattenarmee bräche jeglichen Widerstand bei Tag und bei Nacht. Das Joch wär' kaum mehr abzuschütteln.« Er berührte sie an der Hand. »Es kostete den Inquisitor ein Jahr und viele gute Männer, eine Strega, die dämonische Umbra tenebrai zu erschaffen vermag, zu stellen und zu überführen. Sie brachte hundertfach den Tod und herrschte wie eine Königin über die armen Leute in ihrem Gebiet. Das darf kein zweites Mal geschehen!«

Wie grausam. Geneve blickte verunsichert auf die Kinderknochen. »Was hast du vor?«

»Ich gehe gleich hinaus, rufe den Dorfschulzen und weise ihm den neuerlichen Beweis und benenne dich und ihn als Zeugen, damit …«

Geneve zog die Hand weg. »Lass mich außen vor, darum bitt' ich dich!«

»So? Weswegen?«

»Es … ist Unrecht.« Geneve vermochte nicht gegen ihre Überzeugung anzukommen. *Agnes schwor mir, nichts Böses zu tun.* Dass es keine Hinweise auf Dämonenbeschwörung oder sonstige finstere Machenschaften gab, stützte Agnes' Behauptung.

Flavio lächelte schwach. »Einverstanden. Versteck dich hinter der Hütte, während ich die Dörfler von meinem Fund in Kenntnis setze. Damit bist du frei. Aber es ist nichts Falsches, Geneve.«

»Was willst du ihnen sagen?«

Flavio zeigte auf die deponierten Gebeinchen. »Die Strega lockte Kinder an und kochte ihr Fett für Salben aus. Neue Beweise. Damit können wir sie verhören bis in alle Ewigkeit. Wobei ich nicht glaube, dass ein Geständnis noch lange auf sich warten lassen wird. Dein Bruder ist sehr gut.« Er ging langsam zur Tür. »Du kannst gehen, wenn du möchtest.«

Geneve nickte. »Ich wünsch dir eine gute Nacht.«

»Dir auch. Gesegnete Träume.« Er blickte sie ernst an. »Ich tu's für das Gute, Geneve. Vergiss das nicht. Sie *ist* eine Strega.«

»Ich weiß.« Geneve schritt durch die Hintertür ins Freie und fand sich umgeben von Wind und raschelndem Schilf. *Aber gut muss ich's nicht finden.*

Ein wackliger Steg führte vom Haus in den Wald aus langen Stängeln, die sie in den Böen knackend wiegten, die Blätter knisterten. Langsam ging Geneve über das brüchig wirkende Holz, das unter ihren Sohlen knarrte.

»Kinder«, rief sie, als sie weit genug von der Hütte entfernt war. »Kinder, wo steckt ihr?«

»Wir bleiben lieber verborgen.«

»Der Mann ist nicht nett.«

»Er hat unsere Mutter verraten!«

Geneve sah die Schatten der Kinder zwischen dem Schilf. Sie fürchteten sich offenbar nicht vor dem tückischen Moor, das die Lebenden zu sich zog, wenn ihm danach war. *Sie sind sich der Gefahr nicht bewusst!* »Kommt heraus. Ihr könntet jederzeit versinken!«

»Nein«, erwiderte die erste Stimme lachend.

»Niemals«, beteuerte die zweite.

»Sei unbesorgt«, sagte die dritte. »Wir kennen uns aus.«

»So versprecht mir: Sobald die Leute verschwunden sind, kehrt ihr ins Haus zurück und versteckt euch. Es wird regnen. Den Tod könntet ihr euch holen, und das würd' eure Mutter grämen.«

Die Kinder lachten auf ihre unheimliche Weise.

»Wirst du uns die Mutter bringen?«

»Wir haben nur die eine. Keine sonst auf dieser Welt.«

»Nicht mal einen Vater.«

Was Flavio tut, ist nicht rechtens. Das darf ich nicht hinnehmen. »Ich werde sehen, dass sie dem Kerker entflieht«, versprach Geneve und bekam fröhliche Rufe dafür.

»Danke! Du gute, liebe Frau!«

»Das werden wir dir niemals vergessen!«

»Selbst wenn wir alt und grau geworden sind.«

Geneve winkte ihnen zu. »Haltet aus.« Es musste in

der nächsten Nacht geschehen. *Sonst ist's zu spät.* Sie wandte sich um und ging über den Steg zurück.

Meine Tochter mühte sich, Unrecht mit ihrer eigenen Art der Gerechtigkeit auszugleichen. Ob es dadurch gerechter wurde, lasse ich dahingestellt.

Sie war sehr unerfahren und vielleicht noch zu gutgläubig, blauäugig, wie auch immer man es nennen mag. Vielleicht kam Trotz ins Spiel, sich gegen den Inquisitor zu stellen, der mit unlauteren Mitteln arbeitete.

Ich kann Ihnen versichern: Es hatte Folgen.

Doch aktuell haben Geneve und der Bugatti-Spross im New Orleans der Gegenwart andere Probleme.

Nach einem kurzen Sprint die Seitenstraße entlang zur Kolonne aus vier gepanzerten weißen Geländewagen saßen Geneve und Alessandro mit Kruger, den beiden Suchern und seiner Sekretärin in einem Fahrzeug; der Rest der Entourage hatte sich auf die übrigen Autos verteilt. Sie donnerten durch die Straßen und Sträßchen der Stadt.

»Haben wir sie abgehängt, Philips?« Kruger sah angespannt zum rechten Sucher.

»Die Spur ist weg«, erwiderte der Mann, und das Metall seiner Zahnspange leuchtete grell auf. »Sie sind mehr als fünfzig Meter von uns entfernt, Sir.«

Geneve ließ sich vom menschlichen Äußeren nicht täuschen, ebenso wenig von der Spange. Andras' dämonische Schutzgeister trugen diese Hülle, um keine Aufmerksamkeit zu erregen. *Nichts überstürzen*, mahnte sie sich.

»Ausgezeichnet. Wegen diesen Leuten habe ich meinen geliebten Hut verloren. Die Federn waren sehr teuer.« Kruger richtete den dankbaren Blick auf Geneve. »Madame Giscard, ich schulde Ihnen was. Ohne Sie hätte ich mich nicht in diesem Vorratsraum befunden und hätte womöglich etwas abbekommen.«

Geneve nickte. »Das höre ich gerne. Aber mein Leben stand nicht weniger auf dem Spiel.«

Die Motoren dröhnten, die Geländewagen zeigten ihre Kraft. Die Fahrer nahmen wenig Rücksicht auf den fließenden Verkehr. Der gepanzerte Tross fuhr Stoßstange an Stoßstange, um kein Einscheren zu ermöglichen.

Alessandro nahm seine Rolle als Leibwächter ernst. Immer wieder blickte er aus den Fenstern des Hummers, der an dritter Stelle des Konvois fuhr, und hielt Ausschau nach möglichen Verfolgern.

Mal sehen, ob ich Kruger in die richtige Richtung manövrieren kann. »Aufgeben werden Elaine und Gedeon nicht, Mister Kruger. Deren Ziel bleiben Sie«, sagte Geneve. »Nach dem Jagderfolg auf meinen Boss sind sie ziemlich motiviert. Harmlos ausgedrückt.«

Kruger fuhr sich einmal durch die Haare. »Wir sollten ihnen eine Falle stellen.«

»Die beiden sind kein einfaches Wild, Sir.«

»Blutgier und Mordtrieb bringen sie dazu, Fehler zu machen. Das Spiel habe ich schon öfter gespielt.« Kruger wirkte erregt, doch nicht kopflos. »Die Gegner waren von kleinerem Kaliber, aber es wird auch hier funktionieren.«

»Ah, ich verstehe. Wie Jacob Cornelius«, fragte Geneve ins Blaue und hoffte, etwas über den Mord zu erfahren.

»Wer ist Jacob Cornelius?«

Sie hörte ihm an, dass er sich dumm stellte. *Er will zu dem Thema nichts sagen.* »Ein Agent des MI6.«

Kruger zückte sein Smartphone und tippte abwesend eine Nachricht ein.

Alessandro und Geneve wechselten Blicke. *Ich muss ihn herauslocken.* »Was sollte diese Sache mit dem Schwert, Mister Kruger?«

»Mh?« Er blickte nicht auf.

»Jacob Cornelius. Er wurde enthauptet, was für ein ziemliches Aufsehen sorgte. In London«, fuhr sie unbeirrt fort. »Ein Gegner von kleinem Kaliber, wie Sie sagten.«

Kruger hielt einen Moment inne. »Ach so. Das war Samanthas Idee.«

»Oh. Und warum?« Geneve zwang sich zu einem Lächeln, hinter dem sie ihre Wut versteckte.

Kruger nahm das Tippen erneut auf. »Weil sie von seinen Ermittlungen gegen uns erfuhr. Sie hielt das Köpfen für eine gute Sache. Zur Ablenkung.« Nacheinander schloss er mehrere Kästchen auf dem Display. »Ich habe es mir nicht gemerkt. Es war irgendwas mit seiner Familie. Sie kümmerte sich drum. Ich hatte alle Hände mit den Vorbereitungen für das Ritual zu tun.« Kruger steckte das Smartphone ein. »Haben Sie einen Vorschlag?«

Geneve schloss für die Dauer von ein paar Herzschlägen die Augen. Die Information, auf die sie sehnlichst gewartet hatte, erfuhr sie ganz nebenbei. *Ich weiß nun, wer Jacob töten ließ.* Samantha Fry war ihre Spur zum Mörder ihrer Mutter. *In London.* »Wofür, Mister Kruger?«

»Die Falle. Für diese beiden Killer, die Ihren Boss erlegten. Um meinen Freund Pierre zu rächen.«

»Na ja, eigentlich ist mein Auftrag erfüllt, Sir. Sie werden verzeihen, dass ich nicht in der Schusslinie zwischen Ihren Leuten und dem mordlüsternen Pärchen stehen will.« Geneve hatte die Erwähnung des Rituals nicht überhört. *Was hat es damit auf sich?*

Alessandro gab noch immer den Bodyguard, drehte und wendete sich und sondierte die Umgebung. Dadurch achtete keiner der Leibwächter und Sucher auf ihn.

Kruger blickte sie irritiert an. »Was soll das heißen?«

»Ich hatte einen Auftrag von Monsieur DeTemple. Den erfüllte ich.«

»Sie gehören zu unserem Team, dachte ich. Eine Anhängerin von Andras.« Kruger blinzelte verwundert.

»Schon, aber …«

»Da Samantha nicht dabei sein kann, wäre es mir eine Freude, wenn Sie mir bei der Zeremonie assistieren, Madame Giscard.«

Genau auf diesen Vorschlag hatte Geneve gewartet. Damit käme sie der Verschwörung sicher näher. »Vielen Dank. Eine große Ehre. Was genau ist vorgesehen, Mister Kruger?«

»Opfer, um mehr Macht auf die possessionis zu übertragen, damit sie wiederum ihre Umgebung besser beeinflussen können. Wir sind in der Endphase unseres Vorhabens.« Kruger runzelte die Stirn. »Erstaunlich, dass Sie davon nichts wussten. Ich sehe schon, DeTemple hat Sie nicht in alles eingeweiht.« Sein Gesicht verschloss sich plötzlich. »Ich frage mich, *warum* er darauf verzichtete.« Er sah zum rechten Sucher. »Philips?«

»Sie ist sauber, Sir«, meldete der und bleckte die metallverkleideten Zähne. »Sonst hätte ich mich längst gemeldet.«

»Also.« Kruger legte die Hände zusammen und kniff die Augen zusammen. »Warum hat er Sie nicht eingeweiht, Madame Giscard?«

»Auf meinen eigenen Wunsch.« Geneve bewahrte die Ruhe. »Ich wollte keine Spur zu der Zeremonie legen können, falls mich unsere Gegner erwischen. Eher sterbe ich für unsere Sache und Andras.« *War ich überzeugend?*

Kruger machte ein betretenes Gesicht. »Sie werden mir mein Misstrauen verzeihen. Sehr, sehr clever von Ihnen, Madame Giscard. Meine aufrichtige Entschuldigung.«

»Akzeptiert, Sir.« Aus dem Augenwinkel sah sie Alessandros anerkennenden Blick. Er hatte die Hand verdeckt an den Waffengriff gelegt, um eingreifen zu können.

»Wir sollten die Falle für Elaine und Gedeon sehr gut vorbereiten.« Kruger blickte auf die Armbanduhr. »Wir ziehen das Ritual vor. Danach setze ich mich aus New Orleans ab. Sollen sich die beiden Dreckstücke den Arsch nach mir absuchen.« Er richtete seinen Blick auf Geneve. »Sind Sie dabei? Bei der Zeremonie?«

»Kontakt«, rief Philips unvermittelt und starrte zum Heckfenster, als würde er etwas Konkretes sehen. »Gelber Van. Sie holen auf.«

»Wie haben die uns finden können?« Kruger zog die Brauen zusammen. »Wir fahren viel zu schnell, um –«

Philips beugte sich zu ihm und raunte ihm etwas zu.

»Madame Giscard, wir sollten uns überlegen, das Paar

gleich zu stellen«, sagte Alessandro. »Für eine Falle wird uns keine Zeit mehr bleiben.«

»Es ist riskant. Die Entscheidung überlasse ich Mister Kruger.« Sollte er darauf eingehen, hatten sie den Dämonenhandlanger.

Kruger nahm sein Smartphone zur Hand und telefonierte. »Ich bin's. Bereitet alles vor«, sagte er zu seinem unbekannten Gesprächspartner. »Ja, das ist sicher. Ich weiß, dass wir es dann nicht mehr abbrechen können. Wir bringen noch Gäste mit.« Dann nickte er Philips zu. »Tun Sie's.«

Ansatzlos trat der Sucher nach Alessandro. Die Sohle traf den Polizisten unters Kinn und ließ ihn aufschnaufend zusammenbrechen. Die Wucht war groß, die Perücke flog ebenso davon wie der angeklebte Schnauzbart.

Der zweite Sucher zog seine Pistole und richtete die Mündung auf Geneves Gesicht.

»Was soll das, Mister Kruger?« Stocksteif blieb sie sitzen, während ihr Herz raste. *Scheiße! Er hat uns durchschaut!*

»Nimm ihnen die Telefone ab, Erica«, befahl er seiner Sekretärin, die der Aufforderung nachkam. »Und aus dem Fenster damit.«

Surrend fuhr die Scheibe nach unten, die Smartphones landeten in New Orleans' Straßen.

»Das kann nur ein Missverständnis sein.« Geneve verbat sich weiterhin eine überhastete Reaktion. Mit Charme und vorgetäuschter Überzeugung konnte sie ihn vielleicht umstimmen.

»Wie man es nimmt. Sie hatten mich vorhin überzeugt, dass Sie beide zu uns gehören. Hätte Ihr Alain nicht versucht, bei seiner kleinen Leibwächter-Show die

Straßenschilder heimlich über seinen Handy-Bluetooth-Ohrstecker weiterzugeben, hätte ich Ihnen geglaubt«, erklärte Kruger. »Philips bemerkte es.« Er verlor jegliche Freundlichkeit aus dem Gesicht. »Sie arbeiten mit den beiden Arschlöchern zusammen. Nur so konnten sie uns finden.« Mit der Linken hielt er sich am Griff fest, als der Hummer in die Kurve ging. »Da Sie nicht Madame Giscard sind: *Wen* habe ich wirklich vor mir?«

Aus geringer Entfernung erklang das Aufbrüllen von Motoren zusammen mit dem Kreischen von reißendem Blech und Schüssen aus verschiedenen Waffen. Fahrzeuge hupten, Bremsen quietschten. Weil die Sucher die Sicht aus dem Heckfenster versperrten, sah Geneve nichts.

»Sir, der feindliche Van schließt rasch auf. Er hat gerade Wagen vier abgedrängt«, meldete Philips.

»Fuck! Wagen eins soll sich darum kümmern.« Kruger schwitzte und verlor einen großen Teil seiner Souveränität. »Also, wer sind Sie?«

Der Hummer beschleunigte merklich und überholte das vordere Fahrzeug, das ihnen Elaine und Gedeon vom Hals schaffen sollte.

Geneve warf einen besorgten Blick zu Alessandro, der schlaff teils auf der Rückbank lag, teils in den Fußraum gerutscht war. *Es muss ein gutes Ende nehmen. Das bin ich ihm und seinem Sohn schuldig.* »Ich bin die Schwester von Jacob Cornelius.«

»Ah. *Jetzt* ergibt es Sinn! Sie kamen Samantha auf die Schliche, entdeckten bei den Nachforschungen Elaine und Gedeon und kamen darüber auf mich«, fasste Kruger zusammen. »Sie sind ganz schön abgebrüht. Und Sie kennen sich aus. Mit Dämonen und der Welt jenseits der Vorstellungen der braven Bürger. Wie das?«

Geneve lächelte verächtlich. »Das geht Sie nichts an.«

»Na ja. Dann behalten Sie Ihre kleinen Geheimnisse für sich. Ich lüfte sie nach Ihrem Tod, sollte ich Langeweile haben.« Kruger lehnte sich zurück. »Sie werden an der Zeremonie teilnehmen. Anders, als ich vorgesehen hatte. Zwei Opfer mehr können nicht schaden.«

»Sir, der Van ist von unseren Leuten aufgehalten worden«, meldete Philips. »Schweres Feuergefecht.«

Kruger lachte gehässig. »Dann brauchen wir keine Falle mehr.«

Die Hupe ihres Wagens erklang, dann rammte der Hummer etwas Schweres, ein Schlag ging durch das gepanzerte Fahrzeug.

Der Sucher fluchte. »Sir, wir haben eben einen Fußgänger …«

»Ist mir scheißegal«, schrie Kruger. »Weiter! Geben Sie Gas! Ich will auf dem schnellsten Weg ins Hospital! Die warten auf uns.«

»Wie sollte diese Zeremonie gelingen« – Geneve spannte ihren Körper an – »ohne den wichtigsten Mann?«

»Sie? Sie wollen mich aufhalten?« Kruger richtete arrogant seinen Anzug. »Das wird Ihnen nicht gelingen. Ich –«

Erneut hupte der Hummer und legte sich heftig in die nächste Kurve, driftete mit hüpfendem Heck und quietschenden Reifen. Blauer Qualm stieg an den Fenstern auf. Die Insassen wurden zur Seite gepresst. Die Mündung der Pistole, die der Sucher hielt, ruckte einige Zentimeter zur Seite – weg von Geneves Gesicht.

Die Gelegenheit, auf die ich gewartet habe. Sie duckte sich unter dem Lauf weg und drückte sich aus der Rückbank. Anstatt sich auf Kruger oder die Sucher zu stürzen, warf sie sich durch die schmale Lücke in den Fahrerraum und griff überraschend ins Lenkrad. Ruckartig schlug sie es nach rechts ein.

Der schwere Geländewagen schwenkte die Schnauze herum, kippte seitlich und überschlug sich. Aufgrund der hohen Geschwindigkeit rotierte er mehrmals um die eigene Achse. Glas sprang, das dicke Metall knirschte, verbog sich jedoch kaum.

Nicht ohnmächtig werden! Geneve machte sich im Fußraum klein und stemmte sich gegen die Sitze. Das Scheppern und Rumpeln hielt an, die Innenkabine verzog sich unter den brachialen Kräften, die Motorhaube sprang auf und riss ab.

Nach einer letzten Drehung kam der Wagen auf dem Dach zum Liegen.

Verdammt! Ein bewusstloser Sucher lag auf Geneve und machte sie bewegungsunfähig. *Wo ist Kruger? Lebt er noch?*

Ein Scharren erklang aus dem Passagierbereich hinter ihr, eine Tür wurde mit einem Fluch aufgestemmt, und keuchend rutschte jemand heraus. Schnelle Schritte entfernten sich vom kolosshaften, halb zerstörten Geländewagen.

»Scheiße!« Geneve schob sich mit Mühe unter dem Mann heraus. Sie stemmte sich in die Höhe und bemerkte das Blut, das aus ihrer Nase lief. Die Kopfschmerzen waren zurückgekehrt. Die Sekretärin und die Sucher lagen regungslos und teils umeinander verschlungen im Fahrzeug. Sie hatten sich etliche Knochen gebrochen, aus Ericas Ohren rannen rote Rinnsale.

»Alessandro?«

»Hier. Abgesehen von blauen Flecken und Quetschungen bin ich in Ordnung«, gab er gequält zurück. Es hatte ihn in den Kofferraum geschleudert. »Hättest du mich nicht sanfter aus der Ohnmacht wecken können?«

»Kruger ist abgehauen.« Geneve kletterte aus der geborstenen Frontscheibe und stand umgeben von Steintrümmern in einer nebeligen Landschaft. Alles an ihr schmerzte, die rechte Schulter brannte. Auch sie war ohne schwere Verletzung davongekommen. *Das ist ... ein Friedhof!*

Alessandro schwang sich durch die rechte Hintertür aus dem Wrack. Aus der Ferne heulten erste Sirenen; um sie herum blieb es dunkel und gespenstig ruhig. »Vermutlich der Lafayette Cemetery.« Er bewegte probeweise die linke Hand und wischte sich das Blut aus dem rechten Auge. In der Braue darüber klaffte eine Platzwunde. Schnell presste er ein Tuch dagegen. »Das werden Sie nähen müssen, fürchte ich.«

Geneve blickte sich um. Kruger flüchtete hinkend zwischen den Mausoleen und suchte Rettung in den wabernden Nebelbänken. »Los! Hinterher!«

Sie nahmen die Verfolgung des Mannes auf. Kruger blickte sich mehrmals um, bevor er zwischen den hohen Grabsteinen und Mausoleen abtauchte.

Er kennt sich aus und sucht etwas. Geneve hielt sich die Seite, keuchte. *Scheint, als hätte ich mir eine Rippe angeknackst.*

»Es tut mir leid. Ich dachte, sie merken nicht, dass ich Gedeon unsere Position durchgebe.« Alessandro klang zerknirscht. »Aber durch den unerwarteten Start des Konvois aus der Seitengasse war ich nicht sicher, ob sie das Pärchen abgehängt haben.«

»Ist nicht mehr zu ändern.« Geneve musste hustend stehen bleiben. Die Gespinste wurden dichter, als wollten sie Krugers Flucht decken. »Ich sehe ihn nicht mehr.«

»Ich auch nicht.«

Das ist in dieser Suppe vergebliche Mühe. »Zurück zum Hummer. Wir brauchen Infos, wo das Ritual stattfindet.« Geneve ging, so rasch es ihr möglich war, den Weg zurück, den sie gekommen waren. »Kruger sagte etwas von einem Hospital.«

»Das haben wir gleich. Das Internet wird wissen, was …« Alessandro tastete sich ab. »Verdammt. Ich habe mein Smartphone bei dem Überschlag im Wagen verloren.«

»Nein. Kruger hat es unterwegs aus dem Fenster werfen lassen.«

Geneve und Alessandro erreichten den demolierten Hummer. Die dicken, weißen Gespinste verbargen das Wrack vor den Polizeiwagen auf der Straße. Erst wenn die Ordnungshüter die Bremsspuren oder den zerstörten Eingang entdeckten, kämen sie auf den Gedanken, den Friedhof zu untersuchen.

Geneve öffnete die verbeulte Seitentür.

»Du nimmst die Sekretärin, ich die anderen Typen.« Alessandro tastete die Sucher und den Fahrer nacheinander ab. »Handys, Brieftaschen.«

»Ein Organizer und ein Tabletcomputer«, rief Geneve ihm zu und nahm ihre Beute aus der Tasche der jungen Frau. Die Halsschlagader pochte leicht, Erica lebte noch. Geneve aktivierte das Gerät. *Passwortabfrage.*

Die Sirenen rückten gefährlich nahe heran. Es war nur eine Frage von Minuten, bis einer der Polizisten den verräterischen Reifenabrieb auf der Straße entdeckte, der zum Friedhof führte.

»Wir sollten weg. Ich habe keine Lust, Fragen zu beantworten, nach allem, was sich in der Innenstadt gerade abgespielt hat«, sagte Alessandro. »Schießerei, Verfolgungsjagd und was weiß ich noch alles.«

»Ja, ja.« Hastig durchwühlte Geneve die ausgedruckten Unterlagen im Organizer. Rechnungen für das *Deadly Days*, Auftragsbestätigungen. *Bürokram.*

»Komm jetzt! Das kannst du dir später anschauen. Runter vom Friedhof.«

Geneve kletterte aus dem demolierten Wagen. »Kruger sagte, er wolle ins Hospital. Ich glaube, dass das Ritual dort stattfindet.«

Sie entfernten sich zügig vom Unfallort. Polizeiwagen jagten im Nebel an ihnen vorbei. Eines der Fahrzeuge bog plötzlich mit Blaulicht und Sirene zum Friedhof ab.

»Wir sind keine Sekunde zu früh verschwunden«, stellte Alessandro fest.

Geneve fiel das Atmen ein wenig leichter. »Wir werden das Ritual verhindern, Alessandro, was auch immer Kruger plant, um seine possessionis zu stärken. Danach suche ich Fry.«

»*Wir* suchen Fry.« Er winkte mit energischen Gesten ein Taxi herbei. »Dein Plan ist?«

»Zuerst ins Hotel. Wir müssen herausfinden, welches Hospital Kruger meint. Und hoffen, dass es Elaine und Gedeon noch gibt. Sonst ziehen wir zu zweit los.«

Der Wagen hielt am Straßenrand für sie an, um sie einzusammeln.

»So einfach?« Alessandro öffnete die Tür.

»So einfach.« Geneve stieg ein. *Wir werden improvisieren müssen. Einmal mehr.*

Verlassen wir in diesem Moment das feuchtschwüle New Orleans und betrachten, was sich in Leipzig tut.

Denn Daras Aussage zu Voigt und den Wechselbälgern stieß bei Monsignore Ignatius auf großes Interesse. Er hatte auf einen konkreten Hinweis gewartet, den ihm die junge Gestaltwandlerin geliefert hatte.

Ganz in der Tradition der unerschrockenen Kirchenmänner zog der Exorzist los, um die Vampire und Wechselbälger aufzusuchen, ausgestattet mit überbordender Zuversicht und Vertrauen in seinen Glauben.

Und mit einem Plan.

»Einen schönen Abend wünsche ich«, grüßte Monsignore Ignatius die Umstehenden und schlenderte in seiner Soutane vollkommen angstfrei die Eisenbahnstraße entlang. Über der rechten Schulter trug er einen schweren Seesack und passierte die Läden und Geschäfte, aus denen man ihm verwundert hinterherschaute, bis er die Hofeinfahrt gefunden hatte, die ihn zur Horst Voigts Import und Export brachte. Einen christlichen Geistlichen im vollen Ornat sah man hier sonst nie.

Ignatius kratzte einen kleinen Aufkleber vom Boden des Seesacks ab und hielt sich nicht mit Warten auf. Ein Kirchenlied summend, ging er durch das Zwielicht zur Eingangstür. Die Namen waren von den Klingelschildern entfernt worden. Nichts wies mehr darauf hin, dass in dem Haus jemand Quartier bezogen hatte.

»Hallo?« Ignatius pochte gegen die Tür, während ein großer Tanklastwagen vor dem mehrstöckigen Gebäude anhielt und die Warnblinkanlage einschaltete; das Tuckern des großen Dieselmotors übertönte sein Rufen.

»Herr Voigt, ich komme jetzt rein.«

Ignatius nahm eine Brechstange aus dem Seesack und hebelte den Eingang auf. Splitternd barst das Holz. Nach einigen wuchtigen Tritten war der Eingang geöffnet. Immer noch summend betrat Ignatius das Erdgeschoss, in dem Stille herrschte, nur die Geräusche der Großstadt um das Gebäude herum drangen herein.

»Herr Voigt? Ich weiß, dass Sie da sind. Sonst hätten Sie den Eingang besser geschützt.« Ignatius schulterte den Sack und ging los, vorbei an dem verwaisten Büro und direkt in die große Halle, die sich ihm leer und einsam präsentierte. »Eine gemeinsame Bekannte erzählte mir von Ihnen.«

Tauben flatterten erschrocken beim Klang seiner Stimme auf.

»Sie machen es sehr, sehr spannend, Herr Voigt.« Er warf den Seesack auf den Boden, das Brecheisen klirrend daneben. »Wissen Sie, ich will Ihnen nichts Böses. Für mein Handeln bei unserem ersten Zusammentreffen entschuldige ich mich. Aber ich musste die Wandlerin in Sicherheit wiegen.«

Dann entdeckte er etwas auf dem Boden.

»Ist das abgestreifte Schlangenhaut, Herr Voigt?« Er ging in die Hocke und hob es auf, betastete das papierhafte Fundstück. Langsam erhob er sich, ging in der Halle herum, atmete tief ein und aus. »Haben Sie einen Bajang Colong zu Besuch. Aus Bali? Ein Original?«

Da knirschte etwas unter seinen Sohlen. Ignatius blieb stehen und beugte sich ein zweites Mal nach unten. *Eierschalenstücke.*

»Herr Voigt«, rief er. »Jetzt kommen Sie doch heraus, bitte. Ich richte die Kraft des Herrn nicht gegen Sie.«

Ein leises Klirren erklang irgendwo aus der Halle.

»Herr Voigt möchte nicht mit Ihnen reden«, sagte eine weibliche Stimme aus der Dunkelheit, die lange in dem großen Raum hallte. »Er ist nachtragend und wartet darauf, es Ihnen heimzuzahlen.«

»Nun, ich bin nicht nachtragend. Der Herr lehrte uns Vergebung, auch denen gegenüber, die einem nach dem Tod trachten.«

»Du beschissener Priester!«, rief Voigt wütend von weiter weg.

»*Monsignore*«, verbesserte Ignatius. Ein leises, röhrenhaftes Gluckern erklang im gesamten Gebäude. »Natürlich weiß ich, dass ich umzingelt bin. Sie rechneten vermutlich mit der bezaubernden Dara und ihrem Werwolfclan. Meine Überlebenschancen sind entsprechend gering, sollte unsere Unterhaltung nicht den erfreulichen Verlauf nehmen, den ich erhoffe.«

»Was wollen Sie, Monsignore?«, erkundigte sich die Unbekannte.

Ignatius ahnte, mit wem er es zu tun hatte. »Sie sind die Mutter von Kadek, dem bedauernswerten Wechselbalg, der durch widrige Umstände sein Leben verlor?«

»Das ist richtig.«

»Wie darf ich Sie ansprechen?«

»Luh.«

»Geschätzte Frau Luh, ich bin zu Ihnen gekommen, um Ihnen und Ihren Bajang Colong ein Angebot zu unterbreiten.« Ignatius korrigierte den Sitz seines Kreuzes vor der Brust. Es war eine Absicherung gegen Angriffe, wenn auch eine schwache.

»Ich bin ganz bei Ihnen, Monsignore.«

»Vorschlag für einen Handel: Ich bekomme von Ihnen und Ihren Vampirknechten genaue Informationen zu den Verhältnissen in Leipzig: Was es an Wandelwesen und sonstigen Gestalten gibt, die sich den Blicken der Menschen üblicherweise entziehen oder getarnt mitten unter ihnen leben. Wer was plant. Was sich unter der Oberfläche der Stadt tut.« Er drehte sich und versuchte, in dem schwachen Licht zu erkennen, wo sich die Frau befand. Das Kreuz schimmerte gelegentlich auf, die Kristallkapsel glomm rot und warnend. »Dafür lasse ich Ihre Diener und Sie in der Stadt gewähren. Sofern wir uns auf eine Handvoll Spielregeln einigen.«

»Das klingt interessant, Monsignore.« Luh erschien wie aus dem Nichts seitlich neben ihm, eine kleine, zierliche Frau mit asiatischen Zügen, die eine weiße Seidenbluse und einen langen dottergelben Rock trug. Ihr Gesicht war von tiefen Falten durchzogen, die Augen dunkelbraun wie ihr Haar, das unter einem locker geworfenen Kopftuch lag. »Was würden Sie mit diesem Wissen anfangen?«

»Die Kirche schickte mich nach Leipzig, um zu sondieren, wie es um die Stadt bestellt ist. Es gab schon lange Gerüchte über das Böse, das im Schatten lebt.« Er deutete eine Verbeugung an. »Meine Devise ist: Lieber ein wenig kontrolliertes Böse als unkontrolliertes, solange dabei Ruhe herrscht.«

Luh ließ sich nicht anmerken, wie sie den Vorschlag fand. »Sie würden demnach mit dem Wissen, das ich Ihnen bringe, losziehen und gegen … zum Beispiel Wandelwesen vorgehen.«

»Natürlich. Damit hätten Sie eine Sorge weniger, und

ich könnte Rom schnelle Erfolge vorweisen.« Ignatius lächelte gewinnend und korrigierte den Sitz seiner Brille im rundlichen Gesicht. »Nach den Wandelwesen wären die nächsten Kreaturen an der Reihe, die Sie mir ausliefern. So geht es Schritt für Schritt.«

»Bis es in Leipzig nur noch meine Bajang Colong und eine Handvoll Manananggal gibt«, führte Luh die Überlegung zu Ende.

»Ganz recht. Sofern Sie sich nicht übermäßig gefräßig benehmen.« Ignatius schaute sich um, während wieder das Klappern und Vibrieren der alten Rohre des Gebäudes erklang. Staub und Schmutz rieselten von der hohen Decke auf sie. »Hoppla.«

»Die Baustelle in der Nähe.« Luh ließ sich zu keiner sichtbaren Regung hinreißen, verharrte statuengleich. »Wer sagt mir, dass unser Pakt bestehen bleibt?«

»Ich.«

»Und wenn Sie gehen, Monsignore?«

»Das wird noch lange dauern. Ich fange gerade erst mit dem Aufräumen an. Die Sankt Trinitatis wurde nicht ohne Grund errichtet.« Er verschränkte die Hände auf dem Rücken. »Reden wir Klartext: Sollten Sie sich weigern und auf meinen Handel nicht einsteigen, gehe ich auch gegen Sie vor, Frau Luh. Und gegen Ihre Manananggal.«

Sie kicherte vornehm und hielt sich eine Hand vor den Mund. »Ich respektiere Ihr ungewöhnlich gutes Wissen um unsere Kultur. Aber, und verzeihen Sie mir das: Sie sehen nicht aus, als wären Sie schwierig zu töten.«

»Bringen Sie mich um, und es kommt der Nächste, der meine Aufgabe übernimmt. Die katholische Kirche lässt sich die Unterwanderung der Stadt durch das Böse nicht länger gefallen.«

Luh lächelte. »Sie expandieren, meine Bajang Colong expandieren. Zur gleichen Zeit. Das trifft sich doch sehr gut.«

»Ich nehme an, Sie legten Nester im Keller an.« Ignatius deutete auf die Eierschalenreste. »Sie, Frau Luh, sind Mutter *und* Organisatorin zugleich.«

Jetzt grinste die Balinesin, und ihre Pupillen veränderten sich für die Dauer eines Herzschlags. Sie erlaubte sich den Spaß, eine gespaltene, dunkle Zungenspitze zwischen den Lippen hervorschnellen zu lassen. »Wie kommen Sie darauf?«

»Durch Dara, die Werwölfin, die Herrn Voigt entkam. Sie hatte den Eierschalenabrieb unter ihren Sohlen. Ich fand ebenso Überreste davon in der Halle. Und Ihr Name fiel als Familienoberhaupt der Cocordas. Der Schluss liegt daher auf der Hand.« Ignatius schlug einen bescheidenen Tonfall an. »Ich zählte die Hinweise lediglich zusammen.«

»Und Sie unterbreiten Allianzangebote in Verbindung mit einer Drohung.«

»Das ist der Stil, den ich bevorzuge. Sie sollten wissen, woran Sie sind, Frau Luh.«

Sie sah nachdenklich aus. »Denken Sie, man könnte unseren Pakt auf Europa ausdehnen? Zusammen rotten wir die Kreaturen aus, die Sie als das angestammte Böse betrachten. Und danach wird es friedlich. Keine Vampire, keine Wandler, keine Dämonendiener. Nichts mehr.«

»Das müsste ich erst in Rom erfragen, aber es klingt nicht schlecht.« Ignatius lächelte. »Sehen Sie? Es ist doch einfach.« Er blickte sich in der Halle um. »Sagen Sie, wie kommen die Bajang Colong eigentlich dazu, sich verstärkt in Europa auszubreiten?«

»Sie lagen richtig, Monsignore. Es ist mein Projekt.« Luh wirkte stolz. »Ich verschwendete viel Zeit und Energie damit, um ein eigenes Gebiet in Bali zu ringen. Die Konkurrenz ist in Indonesien sehr hart. Daher dachte ich, dass eine geheime Invasion eine lohnenswerte Sache wäre. Einst kam Europa zu uns, nun erwidern wir den Besuch.« Sie blickte nach links. »Ho!«

Voigt trat auf ihren Befehl ins Licht der wenigen eingeschalteten Lampen.

»Ich verzeihe dir das nicht, Pfaffe«, schleuderte er Ignatius entgegen. Die heiligen Flammen des Kreuzes hatten seinen Kopf entstellt, auch die Unterarme zeigten Brandspuren. Der Vampir war nicht in der Lage, seine Feuerwunden zu regenerieren, da sie von gesegneter Lohe angerichtet worden waren. Hätte er die Hände nicht zur Abwehr erhoben gehabt, wäre er gewiss erblindet. »Niemals!«

Luh machte eine einladende Geste. »Fragen Sie Ho, warum er sich freiwillig zu unserem Sklaven macht. Als gewöhnlicher europäischer Vampir.«

»Er alleine?«

»Wir haben noch einige mehr, aber die sind zurzeit nicht verfügbar.«

Weil sie sich um die Brut kümmern. Im Keller. Wie ihre Manananggal, mutmaßte Ignatius. »Ich denke, ich muss ihn nicht fragen. Außerdem möchte er nicht mit mir sprechen.«

»Das ist scheißrichtig, du –«, fauchte Voigt.

»Ho, bitte«, bremste ihn Luh. »Ich bin gespannt auf Ihre These, Monsignore.«

»Das Blut. Schlangenblut. Der Lebenssaft der Bajang Colong wird eine besondere Wirkung auf die europäischen Vampire haben.«

Wieder ächzten und gurgelten die alten Rohre im Gebäude und tickten hörbar. Mehr Staub rieselte wie falscher Schnee auf das Trio.

»Oh, sehr gut gefolgert!« Luh lächelte. »Sie zogen den richtigen Schluss. Es macht die westlichen Vampire stärker. Verbessert ihre Fertigkeiten. Und verleiht ihnen gegenüber den übrigen heimischen Blutsaugern Überlegenheit.« Sie nickte Voigt zu. »Ho war der Erste, an dem wir es ausprobierten. Hätten Sie nicht Partei für die Wandlerin ergriffen, wäre sie von Ho zerlegt worden. Mit bloßen Händen.«

Ignatius bezweifelte das, zog es jedoch vor, unterschätzt zu werden. Die Kraft des Kreuzes und der Substanz in der Kristallphiole besaßen im Zusammenspiel mit ihrem gläubigen Träger immense Macht. »Das ist sehr klug. Damit haben Sie neben Ihrer Armee aus treuen Wechselbälgern und Manananggal eine zweite aus verbesserten Vampiren. Sie wären damit die Herrscherin über Europa.«

»Nicht nur ich. Vergessen Sie unseren Pakt nicht: Die römische Kirche ebenso.« Luh fühlte sich sichtlich geschmeichelt. »Was halten Sie davon?«

»Wie gesagt, ich brauche die Zustimmung aus Rom, aber ...« Er legte den Zeigefinger auf sein Silberkreuz und tippte dagegen. »Wie wäre es, wenn wir Leipzig als Test ansehen?«

»Sie meinen: Wenn es gelingt, ein Miteinander zu finden, könnte es als Modell ausgeweitet werden.«

»Ganz recht. Wir sind die katholische Kirche. Wir haben Niederlassungen beinahe überall auf der Welt«, sagte Ignatius fröhlich.

»Und Sie wollen mich mit diesem Schwachsinn, den

Sie mir erzählen, reinlegen«, sprach Luh im gleichen heiteren Tonfall. »Sie dachten, Sie kommen einfach in die Eisenbahnstraße, geben vor, eine Allianz schmieden zu wollen, horchen mich aus und ergreifen Gegenmaßnahmen, sobald Sie aus der Halle spaziert sind.« Die Balinesin stemmte die Hände locker in die Hüften.

»Nein, ich –«

Luh wurde ernst. »Sie machen dabei einen entscheidenden Fehler.«

»Ach ja?«

»Als Sie sagten, dass es nichts brächte, Sie zu töten, weil der Nächste kommen wird, um fortzuführen, was Sie begannen.« Luh zuckte mit den Achseln. »*Das* ist mir *egal*. Den töte ich auch. Und den Übernächsten und den danach. Und dann stecke ich Ihre leere Kirche in Brand, gebe den Atheisten die Schuld und lache dabei. Unterdessen habe ich mein Imperium aufgebaut und breite mich aus. Heimlich. Mit meinen Kindern, den Bajang Colong!«

»Ein Brand. Scheint, als wollten Sie Nero imitieren.«

»Wer immer Nero ist. Ich hatte meinen Spaß mit Ihnen und unserer kleinen Unterhaltung.« Schlangenschnell schnappte Luh zu und riss dem Monsignore das Kreuz ab, die weißen Marmorperlen lösten sich von der gekappten Schnur und rollten über den staubigen Boden. Triumphierend sah sie zu Voigt. »Du kannst ihn jetzt töten. Er ist nicht mehr gefährlich für dich.«

Weitere Vampirinnen und Vampire traten aus den Schatten und bildeten einen Ring um Ignatius. Dem Äußeren nach gehörten sie zur europäischen Art.

Allesamt vollgesogen und durch das Blut der Krait-Wechselbälger stärker und schneller gemacht. Ignatius drehte sich einmal um die eigene Achse. *Sehr viele. Wie ich es mir dachte.*

»Niemand berührt ihn!«, schrie Voigt und zischte in die Runde, zeigte seine langen Fänge. »Das Blut des Priesters gehört mir! Ich will dieses Schwein aussaugen und ihm beim Sterben in die Augen sehen.« Er machte einen halben Schritt vorwärts.

Unvermittelt erklang ein anhaltendes, lautes Hupen von der Straße.

»Einen Moment. Ich habe noch etwas, das ich Ihnen zeigen möchte.« Ignatius langte behutsam in den Seesack und zog einen langen Schirm heraus, den er mit einem Druck auf den Knopf aufspannte. Mit einem leisen Geräusch entfaltete sich der Stoff über seinen Kopf.

»Ein Schirm.« Luh lachte lauthals. »Was soll das Theater?«

»Denken Sie nicht, das Plaudern wäre *meinem* Vorhaben nicht entgegengekommen, Frau Luh«, antwortete er durch das abrupt einsetzende Klappern der Rohre. »Sie haben sich verschätzt, was mein Anliegen angeht.«

Laut klirrend sprangen Leitungsventile in der gesamten Halle auf. Übergroßer Druck sprengte die verschraubten Enden auf und die maroden Röhren auseinander. Von allen Seiten sprühte und floss durchdringend riechende Flüssigkeit nieder. Dämpfe bildeten sich.

»Das ist … Benzin!«, kreischte Voigt, während er damit getränkt wurde.

»Ganz genau. Das Gebäude hat leere Steigleitungen, die eigentlich für die Feuerwehr und Wasser gedacht sind. Zur Brandbekämpfung. Geht auch mit Benzin. Bei zu viel Druck regnet es.« Ignatius stand unter seinem riesigen Schirm und hielt einen kleinen Gegenstand in der Hand. »Dieses Feuerzeug wird elektrisch gezündet. Sollte sich jemand auf mich werfen wollen, reicht ein Fünkchen, und alles vergeht in einem spektakulären Feuerball. Und ja, ich würde mein Leben für Ihren Tod geben.«

Von den Wänden und dem Dach plätscherte es wie in einer gefluteten Tropfsteinhöhle. Rinnsale bildeten sich auf dem Boden und sickerten in die Fugen, krochen und schwappten die Treppen hinab.

»Was wollen Sie?«, fragte Luh und wischte sich Benzin aus den Augen.

»Ihnen zeigen, zu was ich in der Lage bin, wenn mir danach ist.« Ignatius lächelte mit dem ganzen runden Gesicht. »Kann ich mein Kreuz zurückhaben?«

Luh reichte es ihm mit mörderischem Gesichtsausdruck. »Das haben Sie eindrucksvoll bewiesen.«

»Ich bringe das Schwein um!«, kreischte Voigt und spuckte den Treibstoff aus, der ihm dabei in den Mund lief.

»Ho, halt dich zurück!«, erklang erneut Luhs Befehl.

Ignatius hielt den Daumen auf dem Auslöser des Feuerzeugs. »Ganz vergebens soll unser Plausch nicht gewesen sein. Ich frage Sie noch einmal nach unserem kleinen Pakt. Haben Sie Interesse daran?«

»Wie könnte ich jetzt ablehnen?«

»Mit einem kleinen Wörtchen. Es lautet *nein*.« Ignatius sah sie auffordernd durch die Designerbrille an. »Na?«

»Ich bin dabei, Monsignore.«

»Ich höre.«

»Was?«

»Informationen. Zu den Wandlern beispielsweise.«

»Wir stehen knöchelhoch im Benzin, und Sie …«

»Ihre Motivation wird so schnell keinen weiteren Höhepunkt erreichen, Frau Luh.« Ignatius drehte den Schirm, und dicke Tropfen spritzten gegen das Duo. »Daher nutze ich die Gelegenheit. Wo finde ich unsere gemeinsamen bestialischen Feinde?«

Luhs Augen waren vor Wut so eng zusammengezogen, dass sie geschlossen wirkten. »Ho, sag ihm, was du weißt.«

Voigt ratterte verschiedene Orte in Leipzig runter, während es ringsherum ununterbrochen plätscherte und sprühte.

»Gut, danke. Das überprüfe ich natürlich.« Ignatius musste husten. Die Dämpfe wurden unangenehm. »Und nun rasch die Unterschlupfe der Vampire, die nicht im Dienste der Bajang Colong stehen, bitte.«

Voigt kam auch diesem Verlangen nach.

»Besten Dank.« Ignatius deutete eine Verbeugung an. »Frau Luh. Es war mir ein Vergnügen, diesen Pakt zu schmieden. Bevor der ganze Laden sich in ein Schwimmbad verwandelt, gehe ich hinaus und sage dem Fahrer, er soll mit dem Pumpen aufhören.« Er wandte sich um. »Den Seesack können Sie behalten. Ist ein schönes Andenken.«

Die Schuhe platschten in Spritpfützen, der Saum der Soutane sog sich voll, während er durch die Halle schritt.

»Hey! Hey, Pfaffe! Wie sollen wir die ganze Scheiße aufwischen? Hast du daran gedacht?«, schrie ihm Voigt nach. »Dazu braucht man Spezialbindemittel!«

»Es ist nur Wasser«, erwiderte Ignatius lachend vom Ausgang her. »Wasser mit ein bisschen Farbstoff und Diesel, damit es stinkt. Der Geruch wird bald verfliegen.« Er stand in der trockenen Tür und klappte den Schirm zu, schüttelte ihn aus. »Reingefallen.«

Ignatius ging durch die Einfahrt auf die Straße und gab dem Lkw-Fahrer das Zeichen, dass er verschwinden solle. Der Mann hatte die Leitung bereits entkoppelt und verstaut, winkte aus dem Fenster des Führerhauses und legte krachend den ersten Gang ein. Zischend öffneten sich die Bremsen, der Tankwagen entfernte sich rasch vom Gebäude.

Ich weiß, Herr. Ich soll nicht lügen. Ignatius befestigte das Kreuz mit der Öse an seiner Soutane. »Aber in dem Fall durfte ich eine Ausnahme machen.«

Er beugte sich zu der feinen Spur aus schwarzem Pulver, die neben ihm auf dem Boden verlief. Die Substanz war aus dem Loch im Seesack gerieselt, seit er den Aufkleber abgezogen hatte.

Ignatius betätigte das Feuerzeug und hielt das Flämmchen daran.

Sofort zischte das Pulver auf, fing rauchend und funkend Feuer, das entlang der gestreuten Linie zurück in das Haus raste.

»Ich muss meinem Namen Ehre machen, Herr«, murmelte er. Ignatius drückte sich in einen Ladeneingang und ging in die Hocke, steckte die Finger in die Ohren und öffnete leicht den Mund.

Nach wenigen Sekunden erklang eine dröhnende Explosion aus dem Gebäude, die Benzindämpfe verpufften spektakulär. Die Wucht blies die Scheiben aus den Fenstern, meterlange Stichflammen standen laut pfeifend waagrecht aus den Öffnungen, bevor sich der Brand im Innern ausbreitete. Heißer Wind jagte durch die Eisenbahnstraße, Staub und Qualm wirbelten umher.

»Herr, dein Wille ist geschehen.« Ignatius erhob sich und betrachtete zufrieden die Lohen, die aus dem Gebäude schlugen.

Dann entfernte er sich summend durch die Schwaden.

* * *

Kapitel X

Ignatius machte seinem Namen alle Ehre: Tod durch Feuer. Damit kannte sich die Kirche bestens aus.

Mit Todesstrafen generell gedachte die Menschheit, zum einen für Gerechtigkeit, zum anderen für Abschreckung zu sorgen. Aber im 20. Jahrhundert setzten sich neue Ansichten durch, sehr zu meinem Bedauern. Mit der Gründung der Bundesrepublik wurde die Todesstrafe im Westteil Deutschlands abgeschafft, auch wenn es zunächst Bestrebungen gab, sie wieder einzuführen und die Alliierten in ihren Zonen Todesurteile vollstreckten. Erst am 30. Oktober 1952 war sie in Westdeutschland endgültig vom Tisch.

Einen Blick nach Frankreich hatten wir schon geworfen, schauen wir nach England.

»Hängen ist unser Nationalsport. Dafür verzichten wir auf den Stierkampf.« Der Slogan ist nicht von mir. Das schrieb einst das Londoner Wochenblatt The Spectator.

Bereits 1738 reglementierten die Briten den Hinrichtungsablauf. Weil ein stockbetrunkener Henker versehentlich statt des Verurteilten den Pfarrer aufgehängt hatte. Stümper!

Sei es ihrem Sinn für Sportlichkeit geschuldet – die Briten wollten ihre Todgeweihten rasch und human eliminieren. Zwölf bis siebzehn Sekunden vergingen zwischen dem Augenblick, in dem der Henker in die Zelle trat, und dem Tod des Delinquenten. Den Rekord hält

Albert Pierrepoint, Englands vorletzter Scharfrichter, der 450 Hinrichtungen vornahm. Die schnellste dauerte neun Sekunden.

1780 befanden Englands Richter noch 350 verschiedene Verbrechen für todeswürdig, unter anderem das Beschmieren der Westminster-Brücke mit Sprüchen.

1922 verurteilte man Miss Edith Thompson zum Tod wegen Anstiftung zum Mord an ihrem Gatten. Dafür gab es zwar keine Beweise, aber zumindest der Nachweis des Ehebruchs. Der Henker, der Miss Thompson hängte, unternahm in den Wochen danach einen Suizidversuch. Der Fall Thompson diente Gegnern der Todesstrafe oft als Beispiel für die Grausamkeit von Hinrichtungen. Hernach stieg die Zahl der Begnadigungen – was die Todeskandidaten aber nicht vor Zuchthaus schützte.

Auch wenn mehr als achtzig Prozent aller Briten 1969 für das Hängen waren, stimmten mit 343 zu 185 Stimmen im Unterhaus und im Oberhaus einmütig die Parlamentarier gegen die Todesstrafe. Zuvor gab es eine ... Testphase. Das Unterhaus hatte die Todesstrafe für fünf Jahre ausgesetzt.

Entscheidend für die Abschaffung war zum einen eine Fehlentscheidung des Gerichts, das einen Unschuldigen töten ließ, und zum anderen, dass die Zahl der todeswürdigen Verbrechen für 1969 nicht höher ausfiel als zu Zeiten der Todesstrafe.

Nun ja. Ich sage dazu besser nichts.

Zurück zur Kirche: Die nutzte schon immer gerne das Feuer, um das Böse zu vernichten oder ihrer Ansicht nach Ungläubige auszurotten. Da sind sich der Monsignore und der Inquisitor über die Jahrhunderte gleich, wenn sich auch die Vorgehensweisen unterscheiden.

Natürlich hatte die Neuigkeit von Flavios Fund die Runde in der Stadt gemacht: Kindergebeine! Eine Steigerung dieser Ungeheuerlichkeit konnte es nicht geben.

Es wurde auf den Märkten und Plätzen, in den Straßen und in den Gassen darüber gesprochen, welch grausame Entdeckungen in der Hütte der Hexe gemacht worden waren.

Geneve war heimlich und unbemerkt von ihrer Familie aus dem nächtlichen Moorweiler zurückgekehrt und begab sich am nächsten Morgen unverzüglich zu Agnes in die Zelle. Den plötzlich postierten Wachen sagte sie, dass sie nach den Wunden sehen müsse, damit das Verhör weitergehen und endlich ein Geständnis erzwungen werden könne.

Geneve trat durch die Tür, hängte die Lampe an den Wandhaken und begab sich mit dem Korb über das nassfeuchte Stroh zu Agnes, die aus dem Schlaf hochschreckte. Ihre Ketten zuckten wie erstarrte Schlangen und klirrten leise.

»Guten Morgen wünsch' ich.«

Noch immer war Geneve aufgewühlt von den nächtlichen Ereignissen und dem Umstand, dass Beweise gefälscht worden waren. Nach der Stimmung in der Stadt zu urteilen, die sie unterwegs aufgefangen hatte, würde Agnes bald sterben. *Das Volk verlangt ihren Tod.*

»Glaub nicht, dass es einer wird. Aber es tut gut, dich zu sehen.« Agnes setzte sich. »Meine Schmerzen sind weniger geworden. Sogar die Entzündungen meiner offenen Stelle bilden sich zurück. Kaum mehr da! Das müssen mächtige Mittel sein, die du herzustellen vermagst.«

»Das Wissen der *Nonnen*«, betonte Geneve.

»Gewiss.« Agnes zeigte ihre verbundenen Hände. »Die Löcher in den Handflächen heilen bereits. Ich spür's am Kribbeln. Am Ende werden sie dich auch noch wegen Hexerei anklagen.«

»Das wird nicht geschehen. Sie werden's auf deine Zauberkünste schieben.« Geneve betrachtete die Verletzungen. *Ich muss es ihr sagen.* »Sei gewarnt: Man schob dir Beweise unter.«

»Ich hab's mir gedacht. Dieser verfluchte Inquisitor!«

»Er sorgte dafür, dass in deinem Haus Kindergebeine gefunden wurden. Natürlich ist's eine List, aber das passt zu deiner Anklage. Neue Beweise gegen dich. Damit kann der Inquisitor mit dir machen, was immer er möchte.« *Niemand wird für sie sprechen.*

»Wer fand sie? Dörfler?«

»Die Schergen des Inquisitors«, antwortete sie ausweichend.

Agnes schnaubte. »Der Teufel wird sie holen!«

Gib ihr Zuversicht. Geneve legte eine Hand auf ihren Unterarm. »Aber deinen Kindern geht es gut.«

Erstaunt hob Agnes den geschorenen Kopf. »Meinen Kindern? Du warst dort?«

»Ich dacht', sie brauchen zu essen und zu trinken. Aber sie verlangten anstelle von Brot und Honig nach Blut.« Alleine die Erinnerung an die verstellten Stimmen brachte die Gänsehaut zurück.

»Du hast sie gesehen?«

»Nur ihre Schatten«, gestand Geneve. »Sie können sich sehr gut verbergen. Wohlauf sind sie, will ich meinen, und verstecken sich im Schilf. «

»Oh, danke! Tausend Dank! Wie gut du zu mir bist.

Ein Engel. Mein Trost und Anker.« Agnes lehnte sich gegen Geneves Schulter und seufzte. »Das mit dem Blut ist ein Scherz von ihnen. Nicht, dass du …«

Der strenge Geruch, den Agnes verströmte, stieg in Geneves Nase. »Ich dacht's mir.« Sie musste lachen. »Sie könnten als Schausteller auftreten, so gut sind sie mit ihren verstellten Stimmen.«

»Wir machten uns immer darüber lustig, dass Kinder mit Milch großgezogen werden. Dabei benimmt sich der Mensch doch wie ein Monstrum und müsst' Blut saufen.« Agnes seufzte. »Was sagten meine lieben Kleinen noch?«

»Sie lassen grüßen. Und sie freuen sich auf dich.«

Agnes drehte den Kopf und blickte Geneve flehend in die Augen. »Fiel deine Entscheidung? Wirst du mir *nun* helfen, da du weißt, wie man mich um mein Recht betrog? Dies ist kein Prozess! Es ist ein makabres Schauspiel, an dessen Ende mein Tod steht. Die Wachen sprachen bereits von Hexenproben, die man mit mir anstellen wird. Dabei sind sie verboten!«

Vieles von dem, was ihr widerfährt, ist verboten. Geneve schaute über die Schulter zur Tür. »Ich lass' dir das Öl da. Damit kannst du die Haut schmieren und aus den Eisenringen schlüpfen. Du hast schmale Gelenke, es wird klappen.«

»Aber die Tür?«

»Wohl wahr.« Rinaldi hatte zwei Mann postiert, die über Agnes wachten. Gegen sie konnte Geneve nichts tun, ohne dass sie sich eines erkennbaren Verbrechens schuldig machte. Fieberhaft dachte sie nach.

»Und ich hörte Wachen reden. Wie soll ich an ihnen vorbeigelangen?« Agnes' Verzweiflung kehrte zurück.

»Grausam, mit meiner Hoffnung zu spielen. Einer neuerlichen Folter vermag ich nicht zu widerstehen. Und ich werde alles sagen.« Sie senkte den Blick. »*Alles*, hörst du, Geneve? Ich reiße ins Verderben, wer mir gerade unter den Schmerzen in den Sinn fährt.« Sie senkte den Blick. »Es mag sein, dass es auch dich trifft.«

»Wieder die Drohung?«, entgegnete Geneve verärgert. *Aber wie kann ich's ihr verdenken, bei der aussichtslosen Lage, in der sie steckt?*

»Es ist keine Drohung. Es ist … Verzweiflung! Mein Leben und das meiner Kinder sind in Gefahr. Nach wie vor. Es änderte sich nichts.« Agnes vergoss bittere Tränen und wischte sie hastig weg, ohne dass sie der Flut Herrin wurde. »Ich soll sterben.«

Es muss mir doch … Geneve holte tief Luft. *Natürlich! So könnte es uns gelingen, ohne dass ein Verdacht auf mich fällt.* »Die Schatten! Lass sie ihr Unwesen im Kerker treiben. Nur zur Verwirrung.«

»Eine gute Eingebung!«

Da war Geneve sich nicht so sicher. Aber es wollte ihr keine bessere in den Sinn kommen. Sie packte Agnes an den Schultern. »Schwöre mir bei deinem Leben und deiner Ehre, dass du das Land zusammen mit deinen Kindern verlassen wirst und niemals Leid über die Menschen bringst!«

»Das tu' ich! Ich gelob's! Ich tat zuvor schon nichts dergleichen! Alles Lüge der Moordörfler.«

Geneve erhob sich. Vor Aufregung pochte ihr Herz rasch, ihr wurde warm. Misslang ihr vager Plan und geriet sie in Verdacht, wäre es ihr Ende. *Ich verhindere größeres Unrecht. Es muss sein.* »Dann rufe deinen Schatten, und wir führen unser Theaterstücklein auf.«

Agnes rieb sich die Haut mit dem Öl ein und schlüpfte nach ein wenig Hin-und-Her-Ruckeln aus den weiten Eisenmanschetten. »Ich bin sehr schwach«, sagte sie entschuldigend. »Der Schatten mag mir nicht lange gehorchen.«

»Wir brauchen ihn! Sonst glauben mir die Wachen später nicht. Ich will nicht der Beihilfe zur Flucht angeklagt werden und an deiner statt bestraft werden.« Geneve vermochte sich nicht auszumalen, wie ihre Mutter und ihr Bruder reagierten. *Das kann ich ihnen nicht antun.*

Agnes nickte und schloss die Augen. »Umbra tenebrai! Komm zu mir, schwarzes Nichts, das du doch alles bist. Umbra tenebrai! Ihr Schemen! Sendet einen aus euren Reihen! Umbra tenebrai! Erscheine und stehe mir bei.«

Nun beginnt mein Teil. Geneve pochte wild gegen die Tür. »Wachen! Seht!«, schrie sie in vorgetäuschter Todesangst. »Kommt schnell!« Sie ließ ihre Stimme überschnappen. »Sie versucht, mich zu töten!«

Es rumpelte, der Eingang wurde hastig entriegelt und aufgestoßen. Die beiden Wärter traten mit gezogenen Schwertern in den Raum.

Geneve schob sich scheinbar vollkommen verängstigt hinter die Bewaffneten. Das Blut rauschte in ihren Ohren, sie wischte sich über die Stirn, um den Schweiß nicht in die Augen laufen zu lassen. »Da! Seht doch! Die Schatten!«

»Ihr werdet alle vergehen!«, kreischte Agnes und erhob sich vom Strohlager. Um sie herum huschte und wimmelte es unbestimmbar und düster. Die Schwärze bewegte sich gegen die Gesetze des Lichts über die

Wände, als gäbe es die Laterne nicht. Das Flämmchen zuckte furchtsam hinter dem Glas und wurde rasch kleiner. »Meine Schatten befreiten mich!«

»Hör auf damit«, befahl die rechtes Wache furchtsam. »Sag ihnen, sie sollen in die Finsternis zurückkehren!«

»Oder wir töten dich sogleich!«, fügte der zweite Wärter drohend hinzu und hob die Klinge, richtete die Spitze auf Agnes' Kehle.

Die Schatten taugen nicht als Helfer. Doch Geneves Vorhaben war angelaufen und nicht mehr anzuhalten, die Flucht musste gelingen, sonst legte man Agnes erneut in Ketten. *Es bleibt an mir hängen. Genau, wie es nicht hatte sein sollen.*

Geneve nutzte die Ablenkung und machte einen raschen Schritt in den leeren Gang. Sie nahm eine erloschene Fackel aus der Halterung. »Gebt acht! Die Schatten! Sie sind überall«, rief sie aufgeregt und schlug das schwere Ende hinterrücks in die ungeschützten Nacken der Männer, die mit einem Keuchen nacheinander auf den Boden sanken. »Geschafft! Raus mit dir!«

»Ihr Bastarde!« Agnes kniete sich neben die Ohnmächtigen und zog den Dolch eines Wärters aus der Hülle. »Die Kehlen werd' ich euch aufschneiden!«

»Was tust du?«

»Sie töten.« Agnes zeigte auf die bewusstlosen Männer. »Vergewaltigt haben sie mich, mitten in der Nacht! Das müssen sie büßen.«

»Dazu ist keine Zeit. Lauf und fliehe aus dem Kerker.« Geneve rieb die erloschene Fackel an ihrem Hals hin und her, Ruß- und Kratzspuren sollten sich auf ihrer Haut abzeichnen. Damit würde sie alle glauben machen, sie wäre ebenfalls von den Schatten niedergeschlagen worden.

Widerwillig ließ Agnes den Dolch fallen. »Ich kriege sie noch. Aber nicht heute.« Sie warf sich herum und rannte aus der Zelle. »Die Zeit der Rache kommt. Umbra tenebrai!« Ihre Schritte verklangen auf dem Steinboden.

Nun der letzte Akt des Stückes. Geneve setzte sich rasch neben den Wachen in die Zelle. Noch immer war sie aufgeregt. Sie nahm Schwung und Maß, schlug mit dem Hinterkopf gegen die Wand, damit sich eine Beule bildete. Der Beweis, dass sie niedergeschlagen worden war.

Doch Geneve unterschätzte in der Erregung ihre eigene Kraft. Der Aufprall war heftig, benommen sackte sie zusammen und landete quer über einem Wachmann.

Sie schwebte mit geschlossenen Lidern zwischen Wachen und Ohnmacht. Die Umgebungsgeräusche veränderten sich, bekamen Hall und Echo, durch das Stimmen drangen, die durcheinanderriefen und Befehle brüllten.

Irgendwann wurde Geneve angehoben. Jemand tätschelte fest ihre Wange.

Jacobs Stimme drang undeutlich in ihren Verstand. »Aufwachen, Schwester! Wach auf! Was ist geschehen?«

Geneve stöhnte und öffnete die Augen. *Gelang es?* Sie lag noch in der Zelle, in ihrem Mund haftete ein metallischer Geschmack. Halb richtete sie sich neben ihrem Bruder auf. »Die Hexe. Ihre Schatten …«

»Zur Seite«, erklang Rinaldis entschiedene Stimme. Dann tauchte er vor ihr auf und füllte ihr gesamtes Gesichtsfeld aus, der Stoff der roten Soutane rieb sanft aneinander, als er sich zu ihr beugte. »Hörst du mich, mein Kind?«

»Ja, Eminenz«, erwiderte sie und klammerte sich an Jacob, um nicht nach hinten umzukippen. Die Schwäche und die Verwirrungen waren nicht vorgetäuscht, sie rang mit den Nachwirkungen des Aufschlags.

»Was trug sich zu?«

Nun kommt's drauf an. »Die Hexe. Sie ... sie nutzte ihre schwarze Magie, und ihre Schattenmonstren griffen mich an. Mich und die heldenhaften Männer, die mir zu Hilfe eilten.« Geneve blickte an Rinaldi vorbei. »Die Wachen! Sind sie wohlauf?«

»Sie hatten weniger Glück als du. Jemand riss ihnen die Kehlen durch«, erklärte Jacob leise.

»Nein!«, keuchte sie entsetzt, als sie die Wunden in den Hälsen der Männer entdeckte. *Sie versprach es mir! Agnes versprach mir, dass den Männern nichts geschieht.*

Rinaldi schob Geneve vorsichtig eine braune Strähne aus dem Gesicht, der Handschuh und der Siegelring wurden riesig vor ihren Augen. »Die Strega verschonte dich. Weswegen?«

Geneve vermied es, die Leichen zu betrachten, die keine Armlänge von ihr entfernt lagen, roch jedoch deren Blut. *Reiß dich zusammen. Gib ihm keinen Grund zum Zweifeln.* »Sie ... beschwerte sich, dass die Männer sie vergewaltigt hatten. Sie wollt' Rache, nehm' ich an.« Ihr Schrecken über die Todesnachricht schützte ihre Lüge. Agnes musste während ihrer Ohnmacht zurückgekehrt sein, um die Drohung umzusetzen. *Und damit brach sie ihr Wort.*

»Gott hielt seine schützende Hand über dich, Kind.« Rinaldi schlug das Kreuzzeichen über ihr. »Wohin wollte die Teufelshure? Sagte sie irgendetwas, was uns hilft?«

»Sie schrie nur, dass sie verschwinden wollte.« In Geneve rang das Gewissen mit der Enttäuschung. »Vielleicht hat sie das Land verlassen, und die Gefahr ist gebannt!«

»Nichts ist gebannt, mein Kind. Erst mit dem Tod der Strega. Und ich befürchte, so rasch werden wir sie nicht los. Sie wird sich sammeln, in einem Versteck verkriechen wie Ungeziefer und ihre volle Kraft erlangen wollen.« Er stand auf. »Flavio!«

»Ja, Herr.« Der junge Gehilfe kam an seine Seite.

»Was fandest du gestern Nacht? Außer den Beweisen?«

»Nichts Auffälliges, Herr.«

Geneve warf ihm heimlich einen dankbaren Blick zu. In ihr breitete sich große Sorge um die Menschen in Moorweiler aus. Agnes schien von Rachsucht getrieben. *Sie wird den Leuten hoffentlich nichts antun und die Beine in die Hand nehmen.*

»Was übersehen wir?« Rinaldi wandte sich zum Zelleneingang. »Ratsherr Stein!«

»Hier bin ich, Eminenz.« Der Mann kam regelrecht hineingesprungen und deutete eine Verbeugung an.

»Ich versuche zu verstehen, wohin die Strega nach ihrer Flucht am ehesten gehen würd'.« Der Inquisitor schüttelte einige schmutzige Halme angewidert vom Soutanensaum. »Was sagten die Dorfbewohner über die Strega?«

»Die Dörfler?« Stein wechselte einen raschen Blick mit den Umstehenden. »Ich gestehe, ich weiß nicht, was Ihr meint.«

»Schafft mir die Protokolle herbei. Wir müssen die Aussagen durchgehen, ob sich etwas Wichtiges darin findet.«

»Es gibt keine Protokolle, Eminenz.«

»Ist das ein Scherz?« Rinaldis Gesicht verhärtete sich. »Korrigiert mich, aber: Die Menschen von Moorweiler zeigten diese Dämonenmetze doch an!«

»Wegen Diebstahls, Eminenz. Nicht wegen Hexerei und dergleichen. Zudem genügten uns die verschwundenen Gegenstände, die wir bei ihr fanden.«

»Demnach befragte keiner die Bewohner ein *zweites* Mal, ob sie etwas Verdächtiges sahen, was auf Missetaten der Hexerei und Zauberei hindeutete?«

»Nein, Eminenz«, antwortete Stein zerknirscht. »Wir hielten's nicht für nötig. Die Beweislast war erdrückend genug, will ich meinen.«

Agnes wurde einmal schon wortbrüchig. Ihre Rachsucht bringt Leute in Gefahr. Was habe ich nur angerichtet? Geneve ertrug es nicht länger. Sie musste weitere Tote verhindern. Sollten sie rechtzeitig im Ort erscheinen, ergriff Agnes gewiss die Flucht. *Niemandem würde ein Leid geschehen.* »Eminenz, verzeiht, dass ich Euch unterbreche. Ich befürchte, dass die Hexe sich an den Dörflern rächen will. Tragen sie doch in ihren Augen die Schuld, dass man ihr auf die Schliche kam«, sagte sie. »Seht, was sie mit den Wachen tat. Denkt Ihr, sie lässt das Dorf ungeschoren, dem sie die Inhaftierung und den Prozess verdankt?«

»Da! Die Jugend spricht voll Vernunft und Schläue, Ratsherr Stein. Ihr solltet ihre Meinung öfter einholen.« Rinaldi bekreuzigte sich. »Gen Moorweiler! Hoffen wir, dass wir die Menschen vor dem Hass der Hexe retten können.« Er betrachtete Geneve mit einem Lächeln. »Du bist vom Herrn beschützt, mein Kind. Vergiss das nicht, wenn du dich heute Nacht zum Gebet wendest. Danke ihm. Danke ihm oft.«

»Ja, Eminenz.«

»Ratsherr, ich brauche zehn gerüstete Männer, die mich und meine Gesellen begleiten. Furchtlos. Gottgefällig. Gute Christen und sicher mit dem Schwert.«

»Sicherlich, Eminenz.«

»Ich komme mit«, sagte Jacob voller Eifer. »Diese Strega wird mir nicht entkommen.«

»Ich ebenso«, verkündete Geneve zu ihrer aller Überraschung. »Die Menschen im Dorf benötigen unter Umständen meine Hilfe.« Sie deutete auf den Korb mit ihren Heilungsutensilien.

»Einverstanden. Der Herr ist mit dir, gutes Kind. Dein Beisein mag nicht schaden.« Rinaldi warf sich herum. »Jagen wir die Strega!«

Überall galt es, Vorbereitungen zu treffen.

Geneve ahnte damals, dass die Schattenhexe sich nicht an ihre Versprechen halten würde. Zu groß waren der Hass und die Wut auf jene, die sie hintergangen hatten. Das hatte meine Tochter nicht bedacht. Emotionen hebeln jegliche Vernunft aus.

Ein Mensch, der auf solche Weise gedemütigt und aus dem Leben gebracht werden sollte, trachtet nicht nach Vergebung. Erst recht nicht, wenn er mit Kräften im Bunde ist, die ihn zu mehr als einen Schwerthieb ermächtigen.

Jahrhunderte später brach Geneve in New Orleans auf, um Kruger zu stoppen und an der Durchführung seines Rituals zu hindern. Es stand wesentlich mehr auf dem Spiel als bei der Schattenhexe, doch sie und der Bugatti-Nachfahre hatten immerhin Verbündete, die mächtiger als Menschen waren.

Vorausgesetzt, Elaine und Gedeon waren noch am Leben und in der Lage, sich am Gefecht zu beteiligen.

Geneve roch Blut, als sie in die gemeinsame Hotelsuite trat.

Hinter der Tür stand Gedeon, eine entsicherte HK MP7 in der Hand. Außer dem Badehandtuch um seine Hüften trug er nichts, die schwarzen Haare noch nass vom Duschen. Er sah makellos und unverletzt aus; nicht eine Tätowierung zierte seinen Körper.

»Er ist uns entwischt«, begrüßte er sie.

»Uns auch.« Geneve trat ein, Alessandro folgte ihr.

»Wo ist Elaine?«

»Liegt in der Badewanne. Sie blutete stark.« Gedeon klang nicht beunruhigt. »Das wird wieder. Die Heilung hat schon eingesetzt.«

»Kein Krankenhaus?«, vergewisserte sich Geneve.

»Nein. Wir kennen das.« Gedeon schloss die Tür hinter ihnen.

»Hätte sie keinen Alleingang hingelegt, wäre Kruger jetzt erledigt!«, fuhr ihn Alessandro genervt an. »Die Verletzungen hat sie sich zuzuschreiben.«

Gedeon zuckte mit den Achseln. »Das weiß sie. Ihr Temperament ist nun einmal so. Manchmal ist es nützlich, manchmal nicht.«

Geneve warf einen Blick ins Bad, wo Elaine in der riesigen Wanne lag, alabasternackt und mit glitzernden Eiswürfeln und Crushed Ice bedeckt. Aus verschiedenen Wunden sickerte Rot. Einschusslöcher, klaffende Schnittwunden, aufgeklappte Hautfetzen. Aus ihren geschlossenen Augen rannen schwarze Tränen. Das Dunkle färbte auf dem Weg ins Schmelzwasser das Eis ein,

bevor es das verdünnte Blut grau machte. Schwachblaue Blitze tanzten über die Hautoberfläche und erinnerten an elektrische Entladungen. »Sie leidet.«
»Ja. Aber daraus lernte sie doch nie was.« Gedeon zog die Badtür ins Schloss. »Sie wird in zwei Tagen wieder einsatzbereit sein. Ich besorge ihr ein paar Nutten, dann geht's schneller.«
»Nutten«, wiederholte Alessandro ungläubig.
»Nun, wir ernähren uns von –«
»Blut?«, ergänzte der Italiener wenig überrascht.
»Widerlich!« Gedeon verzog angeekelt das Antlitz.
»Nein. Wir ziehen unsere Lebensenergie aus den Sterblichen. Eine Nacht mit uns ist faszinierend, unvergesslich und kostet einiges an Lebenserwartung.« Er legte die Maschinenpistole auf den Tisch. »Im Fernsehen brachten sie was über unsere Schießerei. Die Polizei vermutet eine versuchte Entführung von Kruger. Der ließ dementieren. Er sei die ganze Zeit in seinem Club gewesen.«
»Was ist dann die offizielle Version?« Geneve ging mit ihnen zusammen in den Wohnbereich.
»Terroranschlag.« Gedeon grinste. »Heutzutage die beste Erklärung für solche Vorkommnisse.«
Wir müssen wissen, wo das Ritual stattfindet. Geneve setzte sich an den Laptop und suchte im Internet nach einem Zusammenhang zwischen Krankenhaus und Kruger. Ihre vermutlich angeknacksten Rippen schmerzten, sobald sie tiefer einatmete als gewöhnlich. Das würde sie beim Einsatz beeinträchtigen, trotz der Schmerzmittel, die sie sich an der Rezeption hatte geben lassen.
Geneve wurde rasch fündig. *Na also!* Sie ließ sich den passenden Artikel anzeigen. »Das Charity Hospital in

New Orleans«, las sie den anderen beiden vor. »Hier steht: *... erfuhr unser Blatt nach eingehender Recherche, dass sich Charles Kruger das seit 2005 leerstehende marode Gebäude über Mittelsmänner sicherte. Eine diesbezügliche Anfrage an Mister Kruger blieb bislang ergebnislos.*«

»Dann wird dort die Zeremonie stattfinden!«, stimmte Alessandro zu.

Geneve sorgte sich, dass sie nicht rechtzeitig kommen würden. Kruger ahnte, dass sie bei ihm auftauchen würden. »Das Gute ist: Er *muss* ins Hospital. Weil die Zeremonie bereits initiiert wurde.«

»Woher wissen Sie das alles?« Gedeon schien beeindruckt.

Alessandro deutete auf den Artikel. »Er sagte zu seinem Fahrer, er wolle ins Hospital. In dem leeren Kasten kann er tun und lassen, was er möchte. Niemand schaut ihm auf die Finger.«

»Das Charity Hospital wurde in den Zwanzigern erbaut und beim Sturm Katrina 2005 schwerstens beschädigt. Die Details über die Historie lasse ich weg.« Geneve scrollte abwärts. »Seitdem fehlten die Mittel, um das Art-déco-Gebäude instand zu setzen und wiederzueröffnen, sagt das Netz. Es ist abgesperrt.« Sie deutete auf den Bildschirm. »Die Bilder von dort sehen reichlich gruselig aus.«

»Ein altes Krankenhaus. Va bene«, meinte Alessandro. »Das wird ja heimelig.«

»Sie haben recht, Vaticano. Guter Platz für eine Zeremonie.« Gedeon warf das Handtuch ab, als wären die beiden Menschen nicht anwesend, und schlüpfte in frische Kleidung.

Geneve nickte Alessandro zu. »Umziehen und los.«

»Gebäudepläne werden wir auf die Schnelle nicht bekommen«, sagte er. »Das heißt, wir werden da drin suchen müssen.« Er deutete auf die Fotos des maroden Charity Hospital. »Ich will nicht wissen, was es dort für Erreger gibt, um die sich in den letzten Jahren keiner gekümmert hat.«

Die Zeremonie macht mir mehr Sorgen. Geneve erhob sich und wechselte ihre ramponierte Kleidung gegen ein einfaches, dunkles Outfit. Zwischendurch trank sie von *Bonehead's,* dem Voodoo-Mittel gegen ihre Kopfschmerzen. Zwei Schmerztabletten warf sie ebenfalls ein, obwohl ihr Magen von der ersten Handvoll noch wehtat. Mit dem aufdringlichen Zimt-Nelken-Geschmack verflog das Pochen in den Schläfen; auch die Pein in ihrer Seite ließ nach.

»Haben Sie eine Ahnung, was bei einem solchen Ritual normalerweise geschieht, Gedeon?«

»Opfer für Andras«, antwortete er lakonisch. »Was sich am ehesten findet.«

»Also Menschen«, hakte Alessandro ein.

»Sicher. Es geht immer um die Energie, die in den meisten Lebewesen, auch in wenigen Pflanzen pulsiert. Vampire nehmen sie über das Blut auf, andere Kreaturen über das Fleisch«, fasste Gedeon zusammen. »Diese Energie wirkt wie Brennstoff, wie ein Katalysator, um Dinge in Gang zu setzen. Mehr ist es nicht.«

»Klingt profan«, sagte Alessandro. »Würde es sich dabei nicht um Menschen handeln.«

»Ist es auch. Treibstoff. Wenn man herausgefunden hat, *was* man damit antreiben kann, wird es spannend. Bei sieben Milliarden Bewohnern dieses Planeten versiegt der Brennstoff so schnell nicht.« Gedeon öffnete einen der umherstehenden Koffer, in dem Pistolen, Gewehre, Magazine und Patronen verschiedenen Kalibers durcheinanderlagen. »Greifen Sie zu. Das werden wir vermutlich brauchen.«

Geneve betrachtete den Berg aus Feuerwaffen. »Ich kann damit nicht umgehen.«

»Es ist ganz einfach. Durchladen, entsichern, den Lauf in Richtung der Gegner halten«, sagte Alessandro und suchte sich eine kleine Auswahl zusammen, prüfte routiniert eine SIG Sauer P226.

»Besser nicht. Das überlasse ich euch zwei.«

Gedeon reichte ihr eine abgesägte Schrotflinte mit einem Doppellauf. »Nehmen Sie die. Und Munition. Halten Sie die Mündung weg von uns, und abdrücken, sollte Ihnen einer von Krugers Leute zu nahe kommen.«

»Geneve, bitte. Nimm sie«, riet ihr Alessandro. »Und wenn es nur zum Verscheuchen ist.«

»Meinetwegen.« Sie steckte die abgesägte Flinte in die Tasche und warf eine Packung schwerer Patronen dazu.

»Am einfachsten wird sein, wenn wir die Zeichen verwischen, die Kruger auf dem Boden und an einer Wand auftragen muss. Damit ist das Ritual sofort beendet«, erklärte Gedeon, während sich Alessandro umzog. »Ich sage Ihnen, was genau zu tun ist, sobald wir den Ort gefunden haben. Sollte Andras erscheinen, überlassen Sie ihn mir.«

»Nichts lieber als das.« Alessandro blickte skeptisch auf die Uhr. »Sofern wir nicht zu spät kommen.«

Geneve fühlte sich unwohl. Die bevorstehende Auseinandersetzung in der Höhle des Dämons weckte Erinnerungen an manche geschlagenen Schlachten, die sie vom Feldrand aus beobachtet hatte. *Ich bin keine Kriegerin.* Die Schrotflinte wog gefühlt einen Zentner. »Gehen wir.«

Gedeon trat ins Badezimmer und kniete sich neben die wie tot daliegende Elaine, deren lange schwarze Haare erstarrter Tinte gleich um ihren Kopf schwammen. Die Eiswürfel klirrten gegeneinander. »Ich bin bald zurück. Konzentriere dich. Wir sind noch lange nicht am Ziel. Die Feuer der Unwelt werden verlöschen.« Er küsste sie behutsam auf die Lippen und redete in einer unbekannten Sprache zu ihr.

»Mir passt das ebenso wenig«, sagte Alessandro neben Geneve, die das Paar beobachtete. »Ich jage normalerweise Taschendiebe oder Kirchenräuber im Vatikan. Aber Dämonen? Meine Mutter hätte mir mehr erklären müssen, fürchte ich.«

»Mir geht es nicht anders. Ich fühle mich schlicht unvorbereitet«, erwiderte sie. Daheim in Leipzig hätte sie sich auf die Suche nach einem Mittel gegen Andras gemacht. Die Almanache und Enzyklopädien, ihre eigenen Aufzeichnungen hätten ihnen eine Strategie gegen Kruger und den Dämon an die Hand gegeben. Es existierten immer Schwachstellen. Sie stieß die Luft aus. *Aber so? Wie ein Schnorchler, der plötzlich in die Tiefsee tauchen soll.*

»Wir sind auf Gedeons Wissen und Erfahrung angewiesen.« In Alessandros Stimme schwang Frust mit. »Will er uns verarschen, sind wir geliefert.«

»Um Gedeon mache ich mir keine Sorgen. Er hasst die Dämonen genug.« Geneve sah in ihre Tasche nach der Waffe.

Gedeon trat zu ihnen. »Es kann losgehen.«

Die drei verließen gemeinsam die Suite und begaben sich schweigend mit dem Fahrstuhl in die Tiefgarage, wo ein gemieteter Ford Mustang auf sie wartete. Der Van war Schrott.

Das ungleiche Team. Menschen und dämonische Gestalten im Kampf vereint – aber wird diese Allianz halten, wenn sie dem Gegner gegenüberstehen?
Geneve war alles andere als gut vorbereitet. Doch was nützte lamentieren, wenn die Zeit verstrich und Kruger in die Karten spielte?
Es gab nur einen Weg: den Angriff.

Der Mustang brachte das Trio durch New Orleans. Gedeon beherrschte den Sportwagen perfekt, die PS orgelten und dröhnten unter der Haube. Um jedoch kein Ärger mit den nervösen Sicherheitskräften zu bekommen, hielt er sich brav an die Geschwindigkeitsbeschränkung.

Während Geneve auf der Beifahrerseite gedankenverloren aus dem Fenster blickte und sich innerlich sammelte, reichte ihr Alessandro unvermittelt ein Kinderbild von der Rückbank nach vorne. Ein schwarzhaariger Junge in kurzer Hose und Shirt, um die fünf, sechs Jahre alt und verdreckt vom Spielen, lachte fröhlich in die Kamera.

»Das ist mein Giovanni«, erklärte Alessandro mit weicher Stimme. »Ein Bengel. Immer Flausen im Kopf. Am Ende muss man mit ihm lachen.«

Geneve betrachtete das Bild eine Weile und wandte sich dabei halb um. »Er ähnelt dir. Und sieht nach einem netten Jungen aus.«

»Ist er auch.« Alessandro wehrte den Versuch der

Rückgabe ab. »Ich möchte, dass du es behältst. Auf die Rückseite habe ich die Adresse geschrieben. Sollte mir etwas geschehen, darf ich dich bitten, zu ihm zu gehen und« – er nahm einen gefalteten Brief aus der Tasche – »ihm das von mir zu geben? Egal, was meine Ex-Frau dazu sagt.«

Geneves Kehle wurde eng. *Verdammt, nein. Das werde ich gewiss nicht.* »Du kommst lebend raus. Wir alle«, erwiderte sie betont ruhig.

»Das weiß man nie«, warf Gedeon ein. »Tun Sie ihm den Gefallen.«

Geneve hätte ihn für den Einwand am liebsten geschlagen. »Alessandro, bitte, ich –«

»Du hast keine Kinder, ich weiß. Aber … es ist mir sehr wichtig. Es sind vielleicht die letzten Worte, die er von seinem Vater erhalten wird.« Er schob ihre Hand zurück. »Bitte.«

Das fühlt sich nicht gut an. Schweren Herzens steckte sie Foto und Nachricht ein. Die Erkenntnis, keinen Verwandten mehr auf der Welt zu haben, keine Menschenseele, die mit ihr in einer solchen Verbindung stand, traf sie hart. Aber sie ließ sich nichts anmerken. »Einverstanden.«

Er klopfte ihr auf die Schulter und ließ die Hand eine Weile dankbar liegen. »Danke«, flüsterte er. Die Wärme seiner Finger sickerte durch die Kleidung auf ihre Haut. Dann lehnte er sich wieder zurück.

Sie schwiegen bis zur Ankunft am verlassenen Charity Hospital. Die Gedanken wirbelten in Geneves Kopf, und es kostete sie Mühe, zur inneren Ruhe zu finden.

Gedeon parkte den Mustang in der gleichen Straße etwas weiter entfernt. Zu Beginn ihrer Fahrt hatten sie sich an einer Tankstelle drei Taschenlampen, Prepaidhandys und Bluetooth-Stecker gekauft, um im Krankenhaus kommunizieren zu können, sollten sie voneinander getrennt werden.

Sie stiegen aus und gingen zum Kofferraum, öffneten die Klappe.

Gedeon zog Handschuhe an und nahm ein armlanges, altes Schwert heraus, um es mit einer Rückenhalterung anzulegen. »Manchmal sind die alten Waffen die besten. Heilige Klingen ärgern Dämonen.«

»Dann hätte ich das Schwert meiner Ahnen auch mitbringen können«, sagte Alessandro. »Wenn man es mir nicht gestohlen hätte.«

»Ihr Henkersschwert ist nicht heilig.« Klackend schloss sich der Kofferraum wieder. »Es hat nur dutzendfach getötet.« Gedeon lud die MP7 durch. »Es würde mit Freude einem Dämon dienen.«

Zu Fuß begaben sie sich zu dem alten Hochhaus, dem man ansah, dass sich niemand darum kümmerte, obwohl es im gut belebten und bekannten French Quarter stand. Sprayer hatten Tags auf der Fassade hinterlassen. Die Fenster nach vorne waren verschlossen und mit schwarzer Folie abgeklebt.

»Hintenrum«, gab Alessandro Anweisung.

Geneve blickte zum Hospital, das wie ein grauer Grabstein vor ihr aufragte. Stoff bewegte sich im Wind. »Müssen wir nicht. Auf der linken Seite ist ein Fenster offen.«

»Gutes Auge.« Gedeon übernahm die Führung, und sie huschten durch die Schatten voran.

Ohne Mühe kletterten sie ins Innere und traten auf umherliegenden Unrat. Etliche Bierbüchsen und bedruckte Fast-Food-Papiertüten verrieten, dass jemand eine Party gefeiert hatte. Das Rascheln und Trappeln von Pfoten erklang, kleine Tiere flüchteten in der Dunkelheit vor den nahenden Menschen.

»Wie kann man an einem solchen Ort essen?« Alessandro hielt die SIG Sauer P226 und eingeschaltete Taschenlampe professionell an langen Armen gekreuzt, um leuchten und schießen zu können.

»Wohin?« Geneve atmete flach, um so wenig möglich von der stinkenden Luft in sich zu lassen. *Wir hätten Mundschutz mitnehmen sollen.* »Wo würde sich ein Ritual für Andras anbieten?«

»Sagen Sie nicht *Dach*, Gedeon«, warf Alessandro ein. »Bis wir da oben sind, ist es früher Morgen.«

»Das würde zu viel Aufmerksamkeit erwecken. Wir sind im Stadtzentrum.« Er deutete den Flur hinab. »Suchen wir eine Treppe, die abwärts führt.«

In den abgeschwächten Lichtkegeln der Taschenlampen tasteten sie sich durch das aufgegebene Krankenhaus, immer begleitet vom Rascheln und Trappeln. Ab und zu flatterte ein Schatten davon.

»Katzen. Ratten. Waschbären«, sagte Alessandro im Umblicken. »Krähen und Tauben. Noch ist nichts davon gefährlich.«

»Die neuen Herrscher über das Gebäude.« Geneve sah im Lichtschein Farn und andere unverwüstliche Gewächse, die auf dem Korridor und in jenen Zimmern, zu denen die Türen offen standen, im kleinsten Krümel Dreck wuchsen. Insekten krabbelten über den Boden, gelegentlich knackte eines davon unter ihren Sohlen.

Abgedeckte Maschinen standen umher, Röntgenbilder hingen an den Wänden der Behandlungsräume. *Als würden sich Geister hier behandeln lassen.* In ihrer Vorstellung erwachte die Umgebung zum Leben. Sie hörte die Geräusche der Geräte, die Unterredungen der Menschen. Ihr Blick fiel auf die am Boden verteilten Fotos von Patienten und Angestellten, von Sturm und Flut willkürlich verstreut.

Der Lichtschein von Gedeons Lampe richtete sich auf einen Wegweiser.

»Blutbank, Medizinisches Zubehör, Pathologie, Leichenschauhaus, Chirurgie«, las Geneve halblaut vor. *Viele Stockwerke voller Behandlungsmöglichkeiten.*

»Da entlang. Die Stufen abwärts«, wies sie Gedeon an.

Das Trio nutzte die Treppen und gelangte in den unteren Bereich des Charity Hospital. Die feuchte, stickige Luft roch nach Verfall und Verwesung, nach Tod. Der Boden wurde matschig. Organisches Material und Pflanzen zersetzten sich, machten das Atmen zu einem widerlichen Erlebnis, das den Würgereflex auszulösen drohte. Es schien ein anderer Druck in den unteren Etagen zu herrschen, es schien Geneve, als könne man die schimmelsporige Luft schneiden.

»Wir tragen nicht mal Atemschutzmasken«, sagte Alessandro mit hörbarem Abscheu.

»Dekontamination wäre keine schlechte Idee«, stimmte Geneve zu und bog in den Korridor ab, der sich nach der letzten glitschigen Stiege anschloss.

»Da sind Spuren. Nach links«, befahl Alessandro und leuchtete die Abdrücke entlang.

»Ein Zigarettenstummel. Frisch«, stellte Gedeon zufrieden fest. »Wir sind richtig.«

Es ging vorbei an der Leichenkammer und dem Sektionssaal.

Geneve wollte keinen Blick hinwerfen – und tat es dennoch. Der Kegel ihrer Lampe zerschnitt die Finsternis. Verschiedene Präparate schwammen in verschraubten Behältnissen, in einigen Gläsern waren Körperteile nur unvollständig von der konservierenden Flüssigkeit bedeckt, sodass sie teils verrottet und schwarz herausragten, während das untere Stück unversehrt wirkte. *Hier war schon lange keiner mehr.*

»Der Gestank lässt mich gleich kotzen«, murrte Alessandro.

Geneve schwenkte den Lichtkegel suchend über die Wände. »Wohin führt der Korridor?«

»Dahinter ist ein Durchgang zur Tiefgarage.« Gedeon wies nach rechts. »Da sind neue Abdrücke.«

»Von vielen Menschen«, merkte Geneve nach einem Blick auf den Boden an.

»Wieso biegen welche ab? Das sind Schleifspuren. Und eine Patronenhülse.« Alessandro ging zwei Schritte zur Seite und betrat den Raum, zu dem die Reifen im Schlamm führten. »Merda!«

»Was ist?« Geneve folgte ihm. *Oh. Oh, nein.*

Sie entdeckte zwei nackte Kinderleichen, frisch und mit Zeichen bemalt. Die Schüsse hatten sie den Wunden nach in den Rücken getroffen; auch eine entkleidete tote Frau war achtlos hineingeworfen worden.

Alessandro bekreuzigte sich. »Für diese Widerwärtigkeit gibt es keine Worte. Und keine Gnade.«

Geneve kehrte auf den Gang zurück, wo sie in helles Licht blickte. »Gedeon, nehmen Sie die Lampe runter.«

»Wer ist Gedeon?«, erklang eine tiefe Stimme hinter dem Strahl. »Wer seid ihr zwei? Das ist ein abgesperrtes Gebäude. Unbefugte haben hier nichts verloren.« Ein melodisches Funkrufsignal erklang. »Jeff, hörst du mich? Ich habe hier zwei Komiker, die eingestiegen sind. Vermutlich gibt es noch einen dritten. Halt mal die Augen offen.«

»Denkst du, er gehört zu Kruger?« Alessandro stand so hinter Geneve, dass der Wachmann seine Waffe nicht sah.

»Ich weiß es nicht.« Geneve hob die Arme. »Officer, ich bin Reporterin.«

»Aha. Illegales Eindringen bleibt illegales Eindringen, Miss.«

Lass sehen, was du weißt, Aufpasser. »Wir recherchieren wegen des Rituals von Mister Kruger und Andras«, sagte sie. »Und –«

Klackend wurde ein Hahn gespannt. »Jeff, erledige den Idioten, wenn du ihn siehst. Das sind die –«

»Runter, Geneve!«, befahl Alessandro und riss die Pistole in den Anschlag. Sie duckte sich, und er drückte zweimal ab.

Der Wachmann schrie auf, der Lichtschein glitt nach oben weg und blieb an die Decke gerichtet. Der Getroffene fiel rücklings in den Gang und regte sich nicht mehr. Gleichzeitig erklangen aus dem Stockwerk über ihnen gedämpfte Schüsse aus der Maschinenpistole.

»Weiter. In die Tiefgarage!« Geneve stürmte auf die Metalltür zu. Gedeon kam klar. Sie mussten Kruger stoppen. Die Kinderleichen zeigten, wie brutal der Dämonenanbeter vorging und wie er zum Wert von menschlichem Leben stand.

»Va bene!« Alessandro öffnete die schwere Eingangstür, die mehrere Zentimeter dick war.

Anhaltendes, beschwörendes Gemurmel eines einzelnen Mannes rollte aus größerer Entfernung durch die niedrige Parkhalle. Licht aus aufgestellten Scheinwerfern blendete sie, machte sie sichtbar.

»Ich kann nichts erkennen.« Alessandro schwenkte die SIG und suchte geduckt ein Ziel für die Kugeln.

Dass nicht sofort auf sie geschossen wurde, stimmte Geneve zuversichtlich. »Nach rechts.« Gebückt eilten sie aus der gleißenden Helligkeit und harrten an einer schattigen Stelle hinter einem Pfeiler aus, um sich zu orientieren. Baulampen und fauchende, rot brennende Bengalfackeln erhellten die Tiefgarage punktuell, der Rest blieb in mystischer Dunkelheit. Es stank durchdringend nach Moder und Verfall, darunter mischte sich der beißende Qualm.

Der Singsang kommt von der Ebene unter uns. Geneve ging leise los, Alessandro folgte ihr. *Das Ritual ist anscheinend noch nicht beendet.*

»Was machen wir, wenn Gedeon nicht erscheint?«

»Improvisieren.« *Was soll ich sonst sagen?*

»Schon wieder?« Er lachte leise. »Ich hatte gehofft, dass die Maestra mehr weiß.«

»Ich bin keine *Maestra*. Schauen wir, was Kruger treibt. Dann entscheiden wir.«

Sie eilten von Stützpfeiler zu Stützpfeiler die Rampe hinab in das Stockwerk darunter und näherten sich der Quelle des Gesangs.

Das zunehmende, rötliche Licht wurde von mehreren brennenden Kohlebecken und den Taucherfackeln erschaffen. Die so erzeugte Wärme verschlimmerte den Gestank des Schlamms und verrottender Biomasse.

Nackte Menschen saßen in dem knöchelhohen verkeimten Matsch, die Leiber mit Zeichen bemalt. Die

Kauernden waren in mehreren großen und kleinen Kreisen angeordnet, die sich überlappten und im Zentrum eine gemeinsame Schnittmenge bildeten; in den Händen hielten sie Skalpelle. Im Mittelpunkt stand ein Mann, behängt mit Ketten, Arm- und Fußbändern, einer Halsspange und mit einem maskenhaften Helm auf dem Kopf. Das Visier war geschlossen; anstelle von Gucklöchern saßen zwei geschliffene Kristalle darin.

Nach dem letzten Ton endete dessen Singsang.

»Betet!«, feuerte er sie an, die Stimme verriet Kruger unter der Maske. »Betet stumm für das Erscheinen von Andras, und er wird zu uns kommen und euch die Macht geben, die ich euch versprochen habe! Konzentriert euch auf die Formeln, die ich euch lehrte.«

Die Männer, Kinder und Frauen wiegten sich mit den Oberkörpern vor und zurück, gelegentlich erklang ein Flüstern, wenn über die Lippen doch ein Laut schlüpfte. Sie erschufen ein wogendes Geflecht, wiegende Kreise, die sich in ihren Schwankungen ergänzten und in einen hypnotischen Rhythmus verfielen.

»Er verarscht sie«, sagte Gedeon plötzlich zwischen Geneve und Alessandro, die zusammenzuckten. Lautlos hatte er sich angeschlichen und lud ein frisches Magazin in die Maschinenpistole. »Sie sind Krugers Opfergaben und nicht jene, die übernatürliche Kräfte erhalten sollen. Seine wertvollen possessionis sind nicht hier.«

»Scheiße, erschrecken Sie mich nicht so!«, fluchte Alessandro unterdrückt. »Sie hätten sich melden können!«

»Hab' mein Handy verloren. Außerdem gäbe es in der Tiefgarage keinen Empfang.« Gedeon deutete auf die Versammlung und die Muster, in denen sie angeordnet saßen. »Ich kenne das Ritual. Die Kreise der Hingabe. Ahnt einer von Ihnen, warum sie so sitzen?«

Mein Gott! »Er bringt sie dazu, sich gegenseitig die Kehlen aufzuschneiden!«, erkannte Geneve entsetzt.

»Ja. Sie denken, sie würden auf die nächste Ebene gehoben. Unsterblichkeit erlangen. Aber das ist eine Lüge. Ein typischer Dämonentrug.« Gedeon lächelte kalt. »Die Kreise fangen die freigesetzte Energie ein und leiten sie in die Mitte.«

Geneve zog die abgesägte Schrotflinte. *Wo Kruger sie auffängt.* »Was macht er damit?«

»Sehen Sie seinen Schmuck? Die unzähligen Anhänger und Ketten?«

»Die sind schwer zu übersehen.«

»Sie gehören den possessionis und dienen Kruger als Überträger. Sie werden die gesammelte Kraft an jene senden, denen sie geweiht wurden.«

»*Damit* kontrolliert Kruger seine Gefolgsleute!«, sagte Alessandro.

»Ganz genau.« Gedeon stellte die Sicherung der MP7 auf Einzelschuss. »New Orleans wurde nicht umsonst ausgesucht. Es ist ... verbessertes Voodoo.«

Geneve überschlug die Anzahl der Anwesenden. »Das sind ... in etwa dreihundert Leute.«

»Genau die Anzahl seiner possessionis«, fügte Gedeon hinzu. »Genug Energie für alle.«

Sie prüfte ihre abgesägte Schrotflinte. Schwierig sah das Bedienen tatsächlich nicht aus. »Wie kann man das Verschwinden so vieler Menschen geheim halten?«

»Ein Brand? Ein Flugzeugabsturz? Irgendwas wird sich der Scheißkerl ausgedacht haben, damit niemand nach den Männern, Frauen und Kindern fragt. Kruger riskiert sicher nicht, damit in Verbindung gebracht zu werden.« Alessandros Anspannung wuchs. »Garantiert gibt es genug Zeugen, die aussagen, er sei immer noch in seinem Club.«

Kruger stimmte erneut einen Singsang an. Sein Gesang schwoll an und näherte sich seinem Höhepunkt. Der umgehängte Schmuck begann zu schimmern.

»Schnell! Was tun wir, Gedeon?«, wollte Geneve wissen. »Sie haben Erfahrung mit Andras.«

Gedeon deutete nach vorne. »Wir warten, bis sich die Schafe die Hälse aufgeschlitzt haben, dann werde ich Kruger vernichten. Die gesamte Energie wird in mich fließen. Mit etwas Glück kann ich das Tor zu Andras –«

»Niemals!«, unterbrach ihn Geneve harsch. *Hätte ich mir denken können, dass seine Maßstäbe andere sind als meine.* »Das mögen Ihre normalen Methoden sein. Aber solange Alessandro und ich dabei sind, *retten* wir diese Menschen.«

Gedeon lachte überrascht auf. »Es sind Dämonendiener, Miss Cornelius«, erwiderte er. »Keine netten Menschen.«

»Es sind Kinder darunter!«

»Die einem Dämon geweiht wurden«, hielt Gedeon unbarmherzig dagegen.

»No. Keiner wird sterben«, betonte Alessandro. »Außer Kruger vielleicht.«

Gedeon verzog sein Gesicht und zeigte einen Hauch des Bösen, das sich hinter der schönen Fassade verbarg. »Das macht es kompliziert.«

Geneve zuckte mit den Achseln. »Mir egal. Also, was tun wir?«

»In etwa fünf Minuten ist es so weit. Die Menschen

sind in Trance und für Ablenkung nicht empfänglich.« Gedeon zeigte auf Kruger. »*Ihn* müssen wir zu Fall bringen. Bevor er uns bemerkt. Sonst wird er sich gegen uns wenden.«

Alessandro deutete auf ihre Waffen. »Ein Schuss und –«

»Ein Hohepriester steht mitten in einem Ritual in direktem Kontakt mit seinem Herrn. Das ist eine andere Sache als vorhin im Wagen«, schmetterte Gedeon den Vorschlag schlecht gelaunt ab.

Die Anhänger und Kettchen um Krugers Körper glommen durchdringender und funkelten.

Er hat recht. Wir müssen es anders lösen. Geneve blickte sich in der Tiefgarage um – und entdeckte etwas. »Gedeon, Sie lenken Kruger ab. Mir egal, wie Sie das anstellen. Alessandro und ich versuchen, das Ritual zu unterbrechen. Schaffen Sie das?«

»Sollten wir sie sich nicht doch lieber die Hälse aufschneiden lassen?«, schlug er vor und hob kapitulierend die Hand. »Schon gut. Aber ich übernehme keine Verantwortung für Ihr Vorhaben. Ein Fehler, und wir sind tot. Wegen Ihnen.«

Alessandro schaute ihn verwundert an. »Sie auch?«

»Ich auch.« Gedeon nahm die MP7 hoch und stahl sich in die Schatten. »Sie haben noch drei Minuten.«

»Mir nach.« Geneve rannte geduckt im schwachen rötlichen Licht zur Wand. »Das sind ein Wandhydrant und ein Schlauch.«

»Was hast du vor? Das Wasser ist längst abgestellt.«

Sie öffnete die korrodierte Klappe. *Gut. Der Schlauch ist noch intakt.* Sie nahm das schwere Spritzenende. »Hast du schon mal einen Tortenboden mit einem Faden geteilt?«

»Nein. Warum?«

»Komm. Ich zeige dir, was ich meine.«

Gebeugt eilten sie zurück. »Du bleibst hier«, befahl sie ihm leise. »Wenn ich dir das Zeichen gebe, hältst du den Schlauch fest und tust, was ich dir sage.« Sie pochte gegen den Bluetooth-Stecker. »Hörst du mich?«

»Schwach. Sollen wir nicht lieber ein Lichtsignal geben?«

»Kruger! Du elender Götzendiener. Andras scheißt auf dich«, schallte Gedeons Stimme durch das Parkdeck. »Deine Ära endet in dieser Nacht. Der Zwietrachtbringer wird dir nicht zu Hilfe kommen.« Laut ratterten die Schüsse aus der Maschinenpistole und hallten unangenehm wider.

Geneve verfolgte, wie Kruger herumwirbelte und den Arm hob, die Hand zur Abwehr gerichtet. Die Kristalle im Helm leuchteten auf, und die abgefeuerten Projektile wurden abgefälscht. »*Du!* Ich ahnte, dass du und deine Freundin mich stören wollen. Aber es ist zu spät.«

Verderben wir das grausame Spiel. Geneve glitt quer zwischen den betenden, abwesenden Menschen hindurch und fädelte den Schlauch an ihnen vorbei, legte eine Bahn, die sich durch drei der Kreise zog.

»Ihr Gesegneten! Ihr Gesegneten, vernehmt mich in eurer Trance. Bei Andras: Der Moment ist gekommen«, rief Kruger. »Vertraut ihm. Gebt ihm etwas von eurem Blut, und ihr werdet im Tausch unsterblich werden!«

Die Männer, Frauen und Kinder hoben die Hände und setzten sich die Skalpelle gegenseitig an die Kehlen, die Blicke waren leer und entrückt.

Geneve packte die schwere Spritze und stemmte ihre

Stiefelsohlen in den weichen Untergrund, dann stand sie auf und schrie: »Jetzt, Alessandro! Zieh nach rechts!«

Mit aller Kraft, die sie im Körper hatten, zogen sie den gespannten Schlauch durch die Sitzenden und warfen sie um, rissen sie zur Seite. Manche verschoben sie um etliche Meter, andere nur um eine Armlänge, aber es reichte aus, um die Formation der Kreise aufzubrechen.

In der gleichen Sekunde fiel die Trance von den Versammelten ab. Sie starrten auf die Hände, in denen die Klingen schimmerten. Einige hatten leichte Schnitte in der Haut, manche hatten ihrem Gegenüber bereits tiefere Wunden zugefügt. Ein verwundertes Flüstern und Raunen kam auf.

Wir haben es geschafft! Geneve ließ das Spritzenkopfende fallen. *Das Ritual ist –*

»Nein!«, schrie Kruger und riss den Helm vom Kopf. »Nein, das darf nicht sein!« Er hob ein Skalpell auf und stach es einem jungen Mann neben sich in den Hals, sodass das Blut hervorsprühte. »Her mit eurer Energie! Ich brauche sie! Sonst … sonst … Andras, erhöre mich! Gib mir deine Kraft, damit ich die Frevler vernichte!«

Die Kettchen und Anhänger an seinem Körper leuchteten grell auf. Sie knisterten und sandten ein stromähnliches Geräusch aus.

Alessandro hob die Pistole. »Schieß, Geneve!«, rief er quer durch die Tiefgarage. »Schieß, bevor er etwas tun kann!«

»Gedeon, verstoßener Diener des Andras! Deine enorme Energie wird ausreichen, um meine Pläne wahr werden zu lassen!« Kruger vollführte eine Handbewegung.

Gedeon wurde von unsichtbaren Kräften angehoben.

Er krachte mit dem Kopf gegen die Decke und stürzte in den Schlamm, wo er regungslos liegen blieb. Einen normalen Menschen hätte der Aufprall das Leben gekostet.

Geneve sah auf die abgesägte Schrotflinte. *Ist er nicht zu weit weg für meine Waffe?*

»Gleich bist du tot, Abtrünniger!« Kruger stürmte mit zwei Skalpellen in den Händen auf Gedeon zu.

Alessandro hatte die SIG auf den Mann angelegt, aber vor ihm erhoben sich immer mehr erwachende Menschen, die aufsprangen und aus der Garage flüchten wollten. Ein sauberer Schuss war nicht möglich.

Keuchend hetzten Kinder, Frauen und Männer davon, riefen und schrien vor Verwirrung und Angst durcheinander. Darunter mischte sich gelegentliches Kinderweinen und das Trappeln der blanken Füße durch den Schlick.

Alessandro zielte hin und her. »Verdammt! Ich erwische ihn nicht!«

Geneve befand sich in besserer Position, ihre Schussbahn war frei. Sie hob die Waffe, löste beide Läufe der Schrotflinte aus und rechnete mit dem mörderischen Rückstoß.

Klack.

Die Feuchtigkeit war den Patronen nicht bekommen.

Scheiße! Sie warf die Waffe weg und hob den Feuerwehrschlauch auf. *Improvisieren.* Sie schleuderte den Spritzkopf über die fliehenden Menschen hinweg.

Das schwere Ende wickelte sich um Krugers Beine und brachte ihn zu Fall, bevor er den regungslosen Gedeon erreichte. Ein Skalpell bohrte sich dabei in seine eigene Brust, und er schrie auf.

Geneve hetzte stolpernd und rutschend auf ihn zu. Im Vorbeirennen ergriff sie Gedeons Schwert, das aus dem Matsch herausragte wie ein toter Ast. Sie hatte lediglich einen kurzen Blick für die Gravuren auf dem Damaststahl, bevor sie den Elfenbeingriff mit beiden Händen umfasste und zu einem wuchtigen Hieb gegen Kruger ausholte, der sich just aufrichtete.

»Es ist nicht zu Ende!« Die Ketten und Reife glommen düster. Die Luft lud sich mit Energie auf, die ihm sein Herr zur Unterstützung aus der Unwelt sandte. Kruger riss das Skalpell aus dem Leib und schleuderte es gegen die Henkerinnentochter. »Stirb!«

Geneve tauchte mit rasendem Herzen unter der schlanken Klinge weg und rutschte im Schlick aus, geriet ins Taumeln und fiel in den weichen Untergrund.

Im gleichen Moment sandte Kruger einen breiten Deckenbrocken herab, der sie aufgrund ihres Sturzes verfehlte. Der aufspritzende Dreck traf ihn in die Augen, fluchend wischte er sich übers Gesicht.

»Doch«, sprach Geneve und stemmte sich auf die Füße, ignorierte die schmerzenden Rippen. Das Atmen fiel ihr zunehmend schwerer. »Es *ist* zu Ende!« Mit einem langen Ausfallschritt war sie dicht vor dem Dämonendiener und drosch viel zu hastig zu.

Das Schwert fuhr seitlich in Krugers Körper und fraß sich durch die Rippen bis zum Herzen.

Er gab ein ungläubiges Stöhnen von sich. »Du ... du wagst es? Eine Hand streckte er nach ihrer Kehle aus, die andere richtete er gegen die Decke, an der sich sofort neuerliche Risse zeigten. Ein weiteres Stück Decke löste sich langsam aus dem Beton.

»Und wie ich es wage!« Geneve riss das Schwert aus

ihm heraus und schlug aus der Bewegung nochmals zu. Konzentriert und mit einer bestimmten Absicht. Wie oft hatte sie diesen Schlag in den vergangenen Jahrhunderten an den Richtstätten gesehen. Sie kannte jede Nuance, jede Feinheit, auf die es bei dem Hieb ankam – um einen Menschen mit einem Schlag zu enthaupten.

Die Schneide traf präzise zwischen Kinn und Rumpf, zerteilte spielend Krugers Hals und die Wirbelknochen; der abgetrennte Kopf flog davon.

Die Ketten fielen klirrend vom Stumpf in den Schlamm und verloren das Glimmen. Es zischte, als sie im Matsch versanken. Der Schlick brodelte, und Elmsfeuer tanzte darüber.

Geneve starrte auf den zurücksinkenden Leichnam, dann auf das Schwert.

»Weg von ihm!« Alessandro sprang seitlich gegen Geneve und riss sie um.

Mit einer Stichflamme lösten sich die Schmuckstücke auf und verbrannten den Leib des besiegten Hohepriesters binnen Herzschlägen zu Asche, rauchend und stinkend verging der Körper. Nur Krugers abgetrennter Schädel blieb übrig, die toten Augen und der Mund weit aufgerissen. In der nächsten Sekunde stürzte die beschädigte Decke über dem Mann ein und zermalmte den Kopf. Erneut flog Schlamm umher, heiß und beißend.

»Danke!« Geneve stemmte sich halb aus dem Matsch und blickte sich um. Dort, wo sie eben noch gestanden hatte, lagen die Betontrümmer. *Alessandro hat mich zweifach gerettet!*

Die Tiefgarage hatte sich geleert, auch die verletzten Menschen waren geflüchtet. Das leise werdende Trampeln ihrer Schritte und ihre Stimmen waberten durch das Parkdeck. Gedeon lag regungslos auf dem versifften Boden.

»Wir haben es geschafft«, sagte Alessandro stolz. »Nein, *du* hast es geschafft!«

»Wir«, verbesserte sie ihn und stand auf. Sie hustete, wieder stachen die Rippen. Beinahe hätte sie sich übergeben. »Verschwinden wir.« Die vielen nackten, schmutzigen Leute mit Halsverletzungen weckten sicherlich die Aufmerksamkeit einer Polizeistreife. Wenn Beamte auftauchten, um nachzuschauen, was sich im Hospital tat, wollte ich nicht mehr da sein. *Keiner von uns sollte das.*

»Va bene.« Alessandro zeigte auf den regungslosen Gedeon, der die Augen geschlossen hatte. »Was machen wir mit ihm, falls er noch lebt? Er mag uns geholfen haben, aber er ist … keiner von den Guten. Und du hast ein sehr scharfes Schwert in der Hand.«

Geneve schüttelte den Kopf. Es mochte sein, dass sie eines Tages gezwungen war, ihn und Elaine zu stellen. Aber dieser Tag war nicht heute. Sie ging zu Gedeon, suchte seinen Puls an der Halsschlagader. *Er lebt noch.* Das Schwert steckte sie ihm zurück in die Rückenhalterung.

»Los, hoch mit ihm.« Gemeinsam hoben sie Gedeon auf. »Und dann raus.«

»Ich werde dich nie verstehen«, sagte er.

»Du bist ein Bugatti, ich eine Cornelius. Das ist normal.« Geneve lächelte. »Danke, Alessandro.«

»Ebenso. Wir sind ein gutes Team.«

»Dann hilfst du mir noch einmal?«

»Wegen Fry?«

»Wegen Fry.«

»Naturalmente.«

Sie verließen das Charity Hospital auf dem gleichen Weg, den sie beim Reinkommen genommen hatten. Etliche schmutzige Abdrücke von kleinen und großen Füßen auf dem Asphalt vor dem Hochhaus zeigten, dass die Dämonendiener das Weite gesucht hatten.

Vor Deck starrend warfen sie sich in den Mustang und betteten den bewusstlosen Gedeon auf die Rückbank.

»Porca miseria! Ich stinke wie ein Stall voller verwesender Schweine«, beschwerte sich Alessandro und ließ die Scheibe nach unten gleiten. »Damit lassen sie uns niemals ins Hotel.«

Geneve schaltete den Motor ein und steuerte den Sportwagen durch New Orleans' Straßen. »Da drüben war ein Self-Service-Autowaschanlage. Eine erste Grundreinigung wird uns nicht schaden.«

»Eine sehr gute Idee«, sagte Gedeon unvermittelt hinter ihnen aus dem Fonds. »Haben wir es geschafft oder flüchten wir gerade?« Ächzend richtete er sich auf.

Geneve blickte in den Rückspiegel und lächelte ihm zu. »Allerhöchstens vor dem Gestank.«

* * *

Kapitel XI

Oh, Geneve! Ich kann wirklich sagen, dass ich sehr stolz auf dich bin.

So viele Unschuldige gerettet und die Welt vom Bösen befreit. Es hätte gänzlich anders enden können.

Was mich wieder zurück in die Vergangenheit treibt, in die Erinnerungen an jenen Tag, als Geneve mitritt, um den Bewohnern von Moorweiler zu helfen. Wer sich in Not befand, ließ sich auch von der Tochter eine Henkerin zusammenflicken. Ein paar Gebete und der Segen des Pfarrers würden es richten, um die Arbeit ehrlich zu machen.

Der Glaube, dass Krankheiten Werke von Dämonen seien, was mitunter nicht falsch ist, hielt sich lange. Und so suchte man bisweilen einen Mann mit magischen Fähigkeiten auf, und zwar, Sie ahnen es: den Scharfrichter!

In manchen Gegenden hatte er einen Ruf als Arzt, Zauberer und Geisterbanner, modern gesprochen: einen Medizinmanncharakter. Er wurde gelegentlich sogar »weiser Mann« genannt. Aus diesem Grund verbot die Obrigkeit seine Doktortätigkeit.

Weiterhin war er, wie Sie bemerkt haben, mit vielen pflanzlichen Drogen vertraut, die unter anderem der Ruhigstellung der Delinquenten vor der Hinrichtung dienten, und kannte geheimnisvolle Mittel, deren Rezepturen er bisweilen den Gefolterten abrang.

Geneve tat das nie. Sie bekam ihr Wissen geschenkt. Wegen ihrer Milde und ihrer Warmherzigkeit.

Häufig wurde der Henker in Fragen der Tiermedizin aufgesucht. Auch bei Hexenverdacht gegen eine bestimmte Person im Dorf holte man sich die Meinung des Henkers, bevor die Obrigkeit eingeschaltet wurde.

Hätte Moorweiler das bloß getan.

Außerdem, so der herrschende Glaube im Volk, wusste der Henker um Mittel gegen den Schadenszauber der Hexen und Hexer. Meine Tochter verstand sich zumindest bestens gegen die Wirkung des Bösen.

Auch hielt sich die Vorstellung, dass der Henker die Fähigkeit des »Wolfens« beherrsche, also die Verwandlung in einen Wolf. Wie das zu bewerkstelligen ist? Dazu brauchte er die Hand eines Gehängten und sieben echte Wolfszähne.

Geneve, Jacob und ich haben es nicht praktiziert, aber ich kann mir vorstellen, dass es funktioniert.

Ich muss es an dieser Stelle ansprechen: Leider gab es Henker, die allenfalls den Titel Kurpfuscher verdienten und die obendrein regen Handel mit Teilen der Hingerichteten oder benutzten Werkzeugen trieben, von denen sich das Volk Zauberwirkung erhoffte. Sie verkauften Fingerkuppen, Galgenstricke, Alraunen oder sogar das Blut der Opfer.

Wir, die Familie Cornelius, beteiligten uns niemals daran, denn wir hatten einen tadellosen Ruf.

Dass ein Henker vollends auf die Seite der Ausgestoßenen und damit der Kriminellen wechselte, war bisweilen die logische Folge der gesellschaftlichen Abgrenzung zu der Welt der »Ehrlichen«. Er wendete sich eben den »Unehrlichen« zu: fahrendes Volk, Spieler, Gaukler,

Schausteller. Oftmals bot er ihnen, natürlich gegen entsprechendes Entgelt, Unterschlupf an, und nicht selten bekam er dafür gestohlenes Gut.

Erneut muss ich darauf drängen, dass meine Familie nach dem Tod meines Mannes derlei nicht pflegte.

Suspekt war ein Henker vor allem, wenn das Amt durch einen Ausländer besetzt war, was nicht selten vorkam: Fand sich kein Einheimischer, der die Aufgaben des Henkers übernehmen wollte, verpflichtete der Rat fahrende Leute oder durchreisende Ausländer, die gegen das gute Geld nichts einzuwenden hatten. Aufgrund ihres Fremdseins brachte man ihnen ohnehin ein gewisses Misstrauen entgegen.

Ich erspare Ihnen Details, aber ich kenne etliche Fälle von Kurpfuscherei, liederlichem Lebenswandel und Selbstmorden unter Henkern. Wenn man so möchte, soff sich auch mein Gemahl in den Tod. Das Steinigen der aufgebrachten Meute zog sein Ableben lediglich vor. Das ist meine Überzeugung.

Die Menschen in Moorweiler jedenfalls wären an diesem Tag gewiss froh gewesen, außer dem Mann der Kirche noch ein ganzes Rudel Scharfrichter zu sehen, die sich bestens mit Hexenwerk und Zaubertrug auskannten.

Denn meine Tochter Geneve erblickte mit eigenen Augen, was es bedeutet, sich eine Schattenhexe zur Todfeindin zu machen.

Der berittene Tross um Inquisitor Rinaldi erreichte Moorweiler erst am späten Nachmittag im Schein der sinkenden Sonne. Es hatte lange gedauert, bis ein Wagen mit einem eisernen Käfig herbeigeschafft worden war, in dem die Hexe transportiert werden sollte, sofern man ihrer lebendig habhaft werden konnte.

Außer dem Geistlichen aus Rom waren seine Gesellen, Geneve, Jacob und Catharina, Ratsherr Stein und ein Dutzend bewaffnete Reiter gekommen, um die Angeklagte zu fassen.

Als die Gruppe das Dörfchen erreichte, breitete sich der Schrecken in ihr aus. Überall, auf dem Platz, auf den Dächern, sogar auf den Türschwellen und zu den Fenstern heraus lagen und hingen Leichname. Männer, Frauen und Kinder jeden Alters. Hier und da fraßen freilaufende Schweine an den Toten.

»Bei Gott dem Allmächtigen!« Rinaldi stieg vom Wagen und bekreuzigte sich. »Das Werk der Strega!«

»Das ... das ist ...« Geneve sprang von der Ladefläche und folgte ihrer Mutter. Sie starrte umher, entsetzt von der Brutalität. *Grausam. So viele Leben, die genommen wurden. Und ich ... ich trage daran Mitschuld.* Agnes' tränenreiche Beteuerungen, niemandem zu schaden, entpuppten sich als blanke, zynische Lüge.

»Seht! Ihr alle seht die Boshaftigkeit einer Strega und ihrer Umbra tenebrai.« Rinaldi ging vorbei an den Toten. Seine Schuhe wirbelten Staub auf, die Schweine wichen grunzend vor ihm zurück. »Ratsherr Stein, Ihr und sechs Männer stecken die Häuser mitsamt der Toten in Brand. Die Leichen in den Straßen werft Ihr in die Behausungen zu den anderen.«

»Wie Ihr wünscht, Eminenz«, rief Stein mit Furcht in der Stimme.

»Nichts darf von dem unheiligen Zauber bleiben, den die Strega sponn. Am Ende erheben sich die Leichen mit dem Einbruch der Nacht und fallen über uns her! Die

Messe für die armen Seelen will ich im Anschluss halten.« Rinaldi schritt schnell voran. »Die anderen kommen mit mir. Am Moor, das ist ihre Hütte?«

»Ja, Herr.« Flavio prüfte seine Waffen und Ausrüstung.

»Dann wird sie von dort ihren neusten Zauber sprechen.«

»Was meint Ihr damit, Herr?« Geneve stolperte voran und sah überall Tote. In ihr nagte sich die Schuld tief und tiefer. *Wie konnte ich nur so dumm sein?* Das Unrecht, das man Agnes angetan hatte, hatte sie blind gemacht. *Mich und mein weiches Herz.*

»Die Kehlen sind ihnen geöffnet worden. Selbst jenen, die auf den Dächern lagen. Aber es gibt kein Blut«, erwiderte Flavio an der Stelle des Inquisitors. »Das bedeutet, dass die Teufelshure ihre Umbra tenebrai mit dem Lebenssaft der Lebenden säugte.«

»Sie stahl die Schatten von den Toten«, fügte Geneve erschrocken hinzu. *War es nicht so? Dass sie dies vermag?*

»Genau das, mein Kind.« Rinaldi bekreuzigte sich und verfiel in leises Beten.

»Herr im Himmel, stehe uns bei! Was habe ich getan?«, entfuhr es Geneve, die ihre seelische Last nicht länger stumm zu ertragen vermochte.

»Nichts, für das man dich zur Rechenschaft zöge«, erwiderte Flavio ruhig. »Die Strega war's. Sie und ihre dämonische, schwarze Kunst.« Er sah sie verständnisvoll an. »Sie nutzte dich bloß aus.«

Er … er weiß, was ich tat? »Woher … ich mein', wie … kommst du darauf?« Geneve fühlte sich ertappt, Panik stieg in ihr auf.

»Es liegt auf der Hand: Sie machte dir Angst mit ihrem Schatten in der Zelle, sodass du nach den Wachen rufen musstest«, erklärte er. »Sie wusst's ganz genau. Das war ihr Plan, um zu entkommen.«

»Ach so. Ja, sicherlich.« Geneve spürte Erleichterung. »Ich dacht', du verstehst mich womöglich falsch. Ich –«

»Eminenz«, rief Stein von Weitem, und sie wandten sich zu ihm um. Der Ratsherr kniete neben einem jungen Mann, der im Schmutz der Straße lag. »Der hier hauchte im Sterben aus, dass sie es war. Agnes. Die Schattenhexe.«

»Stupido! Wer sonst?«, murmelte der Inquisitor und trat an die angelehnte Tür. Die Sonne sank rasch und verlor an Kraft, die Schatten fielen länger. »Macht eure Waffen bereit«, wies er seine Gesellen an. »Sie könnte eine Falle vorbereitet haben. Vincenzo, du gehst mit drei Mann hintenrum.«

»Eminenz, der Mann stammelte, sie habe ihre Kinder abgeholt«, ließ Stein sie wissen.

Oh, nein. Jetzt ist es offenbart. Geneve machte sich unscheinbar, um keine Aufmerksamkeit zu erregen.

Rinaldi wandte sich abrupt um. »Wie viele Kinder?«

Der Ratsherr stand auf und schüttelte den Dreck von seiner Hose und dem Mantel. »Drei. Der Sterbende warnte mich vor ihnen, bevor er verendete.«

Der Inquisitor blickte Flavio fragend an. »Sahst du gestern Nacht einen Hinweis auf diese Bälger?«

»Nein. Die Knöchlein, aber nicht mehr. Kein Spielzeug oder Tellerchen oder Bettchen. Sie hat keine echten Kinder.«

Wieso fiel mir das nicht auf? Geneve erinnerte sich, ebenfalls keinerlei Hinweise auf Nachwuchs gesehen zu haben. Sie vermied es, den Gesellen anzuschauen, da sie fürchtete, dass er ihr das Wissen um die Kleinen anmerkte und sie sich erklären müsste. *Räumte sie alles fort, um sie zu schützen?*

»Herr, vernichte diese Strega und sei mit uns! Beschütze deine Diener, damit wir das Böse ausmerzen, das sie armen Menschen heimsucht.« Rinaldi stürmte mit gezogenem Dolch und dem Kreuz in der Hand durch die Tür. »Strega! Veni! Zeige dich!«

»Was hat das zu bedeuten?«, wollte Geneve leise von Flavio wissen.

»Die Strega meinte mit *Kinder* ihre Schatten, neu erschaffen und jung. Sie sind leicht zu vernichten, weil sie schwach und unwissend sind. Ein gebündelter Lichtstrahl genügt. Oder glühende Kohlen.« Er blickte sie freundlich und besorgt zugleich an. »Gib gut auf dich acht, Geneve. Wir wollen noch Briefe schreiben.«

Flavio betrat die Hütte als Nächster, die übrigen Soldaten flankierten ihn.

Ich Närrin! Geneve trat neben ihrer Mutter in die von Talgkerzen spärlich beleuchtete Hütte und verbarg ihr Zittern, so gut sie konnte. Der Wunsch der schemenhaften Kinder nach Blut war kein Scherz gewesen. Es gab auch keine verstellten Stimmen. Sie hatte sich des Nächtens mit lebendigen Schatten unterhalten. *Ich kann froh sein, dass es mir nicht so erging wie den Dörflern.*

»Du musst nicht schreien, Pfäffchen«, hörten sie Agnes' matte Stimme mit Gefährlichkeit und Tod im Klang. »Ich lauf' dir nicht davon. Hab' noch was vor mit dir.«

»Ihr Heiligen!«, stieß Flavio aus und drängte sich mit Jacob vor Geneve und Catharina, um sie zu beschützen; dabei versperrte er ihnen die Sicht. »Da ist sie!«

»Ja, da bin ich.« Agnes lachte maliziös. »Ihr wart schneller, als ich es mir erhoffte.«

Wo steckt sie? Geneve blickte an den abschirmenden Männerschultern vorbei.

Agnes hing auf dem Stuhl, kraftlos und halb nackt. An ihren entblößten Stellen zeigten sich neben den heilenden Wundmalen der Folter etliche weitere Schnitte, aus denen Blut sickerte. Um sie herum kauerten, standen und hockten verschieden große Schatten, die sich an ihrem Rot labten, das über den gewaschenen Körper ran. Mit den Fingern nahmen sie es auf, leckten es mit langen Zungen von der Haut oder sogen es aus den Wunden.

Geneve hielt sich die Hand vor den Mund, um den Aufschrei zu ersticken. *Das sind sie! Ihre wahren Kinder! Diese Lügnerin!* Agnes hatte die Schatten der ermordeten Dörfler an sich gebannt.

»Haltet Abstand«, warnte Rinaldi und hob sein Kreuz, reckte es der Hexe entgegen. »Du wirst gerichtet werden, Strega! Wir sehen, was du Unheiliges tust.«

»Meine alten und neuen Kinder fallen über die Welt her, sowie ich vergehe.« Sie neigte den geschorenen Kopf leicht und bot einem Schatten ihre angeschnittene Halsader feil. »Ihr werdet's nicht mehr aufhalten.«

Die verschieden großen Schemen stritten und zischten sich wütend an wie Raubtiere an einem Kadaver; ein Windhauch brachte die Kerzen bis auf eine zum Verlöschen.

»Nicht doch, Kinderlein. Draußen gibt's noch mehr Blut zu holen. Und hier drinnen.« Agnes lachte schwach. »Fahl wie Mehl ist meine Haut. Schaut doch. Ich muss schon alles gegeben haben, um sie zu nähren.« Ihr Blick richtete sich auf die Eindringlinge. »Gut, dass ihr gekommen seid!«

Rinaldi langte in die Manteltasche und bewarf Agnes mit grobem Salz, in dem Silber- und Metallspänchen funkelten. »Strega! Deine Macht wird gebrochen, im Namen des Herrn, des einzig wahren Gottes und Bezwinger der Dunkelheit«, sprach er inbrünstig. »Das geweihte Salz wird dich –«

»*Nichts!* Das Salz wird *gar nichts*«, hauchte Agnes und lachte mühsam. »Siehst du, wie es mir nichts anhaben kann?«

»Herr, sollen wir sie ergreifen?« Flavio richtete das Schwert auf die Schattenhexe. »Es wäre ein Leichtes. Euer Segen und unsere Kreuze –«

»Macht noch einen Schritt, noch *einen einzigen Schritt*, und meine Schatten werfen sich auf euch!« Agnes atmete schwer. »Hab's mir überlegt. Bin doch kein Unmensch und kein Scheusal. Barmherzig schenk' ich euch das Leben, wenn ihr meine Hütte verlasst. Und geht.«

Niemals. Eine Lüge jagt die nächste. »Glaub ihr nicht«, flüsterte sie Flavio zu.

»Stecken wir die Kate an, Eminenz«, raunte Jacob. »Zu schwach ist sie für eine Flucht. Soll sie mit ihrer Schattenbrut verbrennen und im Feuer vergehen.«

»Deine Barmherzigkeit sahen wir, Strega«, sagte Rinaldi. »Jedes Wort aus deinem Mund ist ein Betrug, um uns hinzuhalten.« Er ließ sich von Vincenzo die Stricke mit den Bleigewichten geben. »Ich treib' dir den Dämon aus, der in dir steckt. Das geweihte Salz mag nicht fruchten. Mein Glaube und meine Gebete werden es sehr wohl!« Psalmen rezitierend, hob er den Fuß und setzte ihn nach vorne, die Soldaten fächerten auseinander.

Fauchend schossen zwei Schatten heran und wollten den Inquisitor ergreifen. Weder störten sie sich an der Macht seines Glaubens noch am erhobenen Kreuz oder am gesprochenen Gebet.

»Achtung!« Geistesgegenwärtig riss Geneve ihre Spange mit der polierten Brosche vom Mantel und hielt sie über die Schwelle in die einfallenden Strahlen der untergehenden Sonne.

Das polierte Metall reflektierte den Schein, jagte eine münzgroße Lanze aus Licht gegen die Schatten – und durchstach sie damit. Aus den schwarzen Umrissen wurden graue Schemen, die sich in rauchhaften Gespinsten auflösten. Kreischend verging zuerst der eine, danach der zweite Angreifer.

»Ausgezeichnet!«, rief Flavio. »Das war schlau!«

»Grazie, mein Kind.« Dem bleichen Rinaldi stand der Schrecken ins Gesicht geschrieben. Er machte einen Schritt zur Seite und nach hinten, um sein Silberkreuz ebenfalls ins abnehmende Licht zu bringen. »Rasch, bevor die Sonne gänzlich erlischt!«

»Du wagst es, meine Kinder zu töten? Ausgerechnet *du*, Geneve?«, schrie Agnes durch das wütende Zischen der Schatten. »Vernichtet sie! Reißt ihnen die Hälse auf und nehmt euch ihr Blut, noch bevor sie die Hütte verlassen können!«

»Verteilt euch!«, befahl Flavio. »Und sucht nach etwas, mit dem sich das Licht spiegeln lässt.«

»Pass auf, Flavio! Hinter dir!« Geneve korrigierte den Winkel und leitete den Strahl der Spange, um dem jungen Mann einen herbeispringenden Schatten vom Hals zu halten. Schrill zischend verlor das Wesen die Schwärze und diffundierte zu nichts. *Ich kann meinen Fehler nicht wiedergutmachen. Aber ich werde es versuchen, bis auch der letzte –*

Da tauchte Jacob plötzlich neben ihr auf. »Gib mir das!« Er entriss ihr den Schmuck. »Ich werd' diese Brut vernichten! Diese Hexe entkommt mir nicht!« Jacob warf sich nach vorne, die Brosche geschickt haltend, um dem Inquisitor im Gefecht beizustehen. »Eminenz, ich bin mit Euch!«

Kreuz und Brosche funkelten im Sonnenstrahl auf und erwischten etliche der umherstreifenden Schattenkreaturen, die fauchend zur Seite stoben, um der Auflösung zu entgehen.

Eine von ihnen steuerte den abgelenkten Flavio an, um ihn von der Seite anzufallen.

Da Geneve keine Brosche mehr besaß, versetzte sie Flavio einen Stoß, der ihn aus der Flugbahn des nahenden Gegners warf. »Weg da!«

Der Geselle entging der Attacke um Haaresbreite und stolperte gegen die Wand.

Mit einem hässlichen Zischeln griff nun der dunkle Schemen Geneve an und riss sie zu Boden. Ihr Kopf schlug gegen die Holzdielen, und sie verlor für einen Moment die Besinnung. Um sie herum herrschte Schreien und Fauchen, in das sich unvermittelt das Knistern auflodernder Flammen mischte.

Es … es brennt! Ruckartig öffnete Geneve die Augen – und sah nichts als Qualm, der über ihr in dicken Wolken und Schwaden unterhalb der Dachbalken wogte. Das Prasseln verstärkte sich. Aus dem grauweißen Rauch erklangen das Rufen und Keuchen der Kämpfenden sowie das wütende, boshafte Zischen der lebendigen Schatten.

Der Qualm! Es fällt nicht ein Lichtstrahl mehr herein. Geneve fasste sich an die schmerzende Schläfe. Blut haftete an den Fingerkuppen. *Ich muss ...*

»Warum verrietest du uns?«, zischelte unvermittelt eine Stimme.

»Warum hast du unseren Bruder getötet?«

»Warum führtest du Feinde zu uns?«

Geneve sah drei Schatten um sich herum, und ihre Angst wuchs, während sie noch am Boden lag. Das Aufrichten wagte sie nicht. »Ihr seid es!«

»Ja. Wir sind es.«

»Wir hatten doch alles getan, was du uns sagtest.«

»Aber jetzt gehörst du zu denen, die Mutter umbringen wollen!«

»Ich ... sie brach ihr Versprechen«, entgegnete Geneve und blickte sich um, drehte sich auf den Bauch. Etwa vier Schritte entfernt war die geschlossene Eingangstür. Unter dem Spalt glomm der schwache, orangefarbene Schimmer des letzten Sonnenlichts. Das Taggestirn stand tief, bald würde es keine Rettung mehr bringen können. »Sie sagte, sie würd' kein Leid mehr bringen.«

»Sie hatte keine Wahl«, sprach der erste Schemen sanft.

»Die Menschen fanden uns«, führte der zweite fort.

»Und sie wollten uns vernichten!«, rief der dritte.

Wo sind die anderen? Geneve spähte mit tränenden Augen in den dichten, graubraunen Rauch. Sobald sie sich aufrichtete, würde sie in den Schwaden husten und nichts mehr sehen. Das war der Fehler, den die anderen begingen. Weder der Inquisitor noch die Soldaten erschienen; dafür erklang lautes Fluchen, Husten und das Krachen der Schwerter, die in Holz anstelle der Feinde fuhren.

»Flavio? Jacob? Mutter?«, rief sie.

»Sie sind beschäftigt«, gluckste die tiefste Stimme.

»Kämpfen gegen die Jüngsten von uns«, ergänzte die zweite.

»Aber die Menschen werden verlieren«, beteuerte die dritte.

Geneve kroch langsam auf die Tür zu. »Könnt ihr ihnen nicht helfen?«

»Nein!«, riefen die Schatten im Chor.

»Aber dir werden wir nichts tun«, sagte der gedrungenste Schemen.

»Weil du uns geholfen hast.«

»Und weil wir eine neue Mutter brauchen.«

Ihre Mutter? Niemals. Eher sterbe ich. Geneve bewegte sich mehr und mehr auf den Eingang zu. Der rötlich goldene Schein unter dem Türschlitz rückte näher. »Dann helft mir, dem Feuer zu entkommen.« Sie musste die Schatten in Sicherheit wiegen, damit sie nicht ahnten, was ihre wahre Absicht war. »Wieso ausgerechnet ich?«

»Wir vertrauen dir«, antwortete die hellste Stimme.

»Und wir können dich beschützen«, sagte die dunkelste.

»Vor den anderen Schatten in der Welt«, ergänzte die letzte.

Geneve hatte den Ausgang beinahe erreicht und musste husten. Der Rauch senkte sich wirbelnd ab, die Kate füllte sich zusehends mit den giftigen Dämpfen, das Feuer griff weiter um sich. *Gleich ist's geschafft!* »Ihr seid keine gewöhnlichen Kinder. Wie sollt das vonstattengeh'n?«

»Es findet sich was.«

»Wir gehorchen dir.«

»Bitte! Wir haben sonst niemanden, wenn Mutter stirbt.«

Geneve langte in die Höhe und bekam den groben Riegel zu fassen. »Jacob!«

Niemand reagierte auf ihren Ruf, die Truppe rang mit dem Qualm und den allgegenwärtigen Jungschatten. Das Gefecht tobte, gelegentlich erklang ein Schrei oder stürzte ein schwerer Körper zu Boden. Fallende Schwerter klirrten.

»Was hast du vor?«, erkundigte sich der größte Schatten.

»Die Rettung bringen.« Geneve stieß die Tür auf und ließ das letzte bisschen Sonnenlicht herein, das rotgolden und erlösend in die Hütte fiel. *Es werde Licht!*

Durchzug entstand, der die beißenden Schwaden nach oben gegen das Dach und durch die Lücken in den Schindeln drückte. Schlagartig klarte es im Innern der Hütte auf.

Die Soldaten, der Inquisitor und seine Gesellen lagen mit Blessuren am ganzen Leib auf dem Boden. Kreischend und fauchend vergingen die verschieden großen Schatten im warmen Schein und ließen von ihren zerkratzten, blutigen Opfern ab. Es gelang ihnen nicht, sich in Sicherheit zu bringen. Zu abrupt kam der Wechsel von Dunkelheit zu Licht. Aus den schrecklichen Wesen wurden Gespinste, die der Wind zusammen mit dem Rauch aus der Hütte fegte.

Im hinteren Teil der Kate kokelten die Dielen, es brannte die karge Bank samt Tisch und Herd. Jacob und Catharina lagen regungslos auf dem Holzboden, im vollen schützenden Lichtschein. Ihre Brustkörbe hoben und senkten sich, füllten die Lungen mit Luft.

»Sie leben«, raunte Geneve erleichtert.

»Meine drei Ältesten, helft mir!«, verlangte Agnes, die im mühsam emporgezogenen Kleid halb über ihrem Stuhl lehnte. »Tötet ... tötet die ...« Sie sackte kraftlos zusammen und kippte mitsamt dem Möbelstück um. Polternd landete sie auf dem Boden.

»Mutter!«, schrien die drei Schatten besorgt, schossen auf sie zu und umkreisten sie.

»Geneve! Töte die Strega!«, raunte Flavio inständig, während er versuchte, Rinaldis aufgeschlitzte Kehle mit einem Tuch abzudrücken und den Inquisitor vor dem Ausbluten zu bewahren. »Rasch! Wenn sie stirbt, vergehen die Schattenwesen!«

Geneve zögerte. »Sind die Kreaturen dann nicht erst recht frei?«

»Deswegen kehrte die Strega nach Moorweiler zurück: Sie wollte das Ritual beenden, mit dem sie die drei ältesten Umbra erschuf, und die Schatten befreien.« Er presste verzweifelt an der breiten Halswunde des Inquisitors herum. »Noch sind sie an das Leben der Strega gebunden. *Du* musst es tun! Wenn ich die Hände wegnehme, wird Rinaldi sterben.«

»Aber ich ...« Geneve erhob sich und tastete an ihren Gürtel, wo sie einen Dolch trug. Ein Leben nehmen erforderte Mut. Der Gedanke, die Spitze durch Agnes' Herz zu stoßen, überforderte sie. *Wir könnten einfach warten, bis die Hütte ...*

Ein Schemen zerrte einen der bewusstlosen Soldaten am Fuß in den Schatten und riss ihm den Kopf nach mehrmaligen Versuchen von den Schultern; gierig trank er vom heraussprudelnden Blut.

»Herr, beschütze uns!«, stieß Geneve aus.

»Die Nacht ist gleich heran und das Licht verloschen! Wenn du's nicht tust, sterben wir.« Flavio nickte ihr zu. »Geneve! Du musst!«

Geneve zitterte am ganzen Leib. Sie starrte auf die Schattenwesen, die sich von der Hexe entfernten und auf die Umherliegenden zukrochen. »Ich ... ich kann nicht.« Die Kreaturen kamen den hilflosen Soldaten, Vincenzo, ihrer Mutter und Jacob näher. »Meine Beine. Sie ... sie bewegen sich nicht.«

»Komm her und übernimm das Abdrücken«, befahl ihr Flavio. »So schick' ich die Teufelsbuhle in die Hölle.«

Dicht und dichter kamen die Schemen an die Bewusstlosen.

Ich ... ich kann nicht! Geneve war gebannt, eingefroren und aus der Zeit gefallen, die für alle in der Kate unbarmherzig weiterlief. Die Schuld, die Angst, die Verantwortung zerrten an ihr. Ihr Blicke zuckten umher, richteten sich für ein, zwei Herzschläge auf das Geschehen, um sogleich weiterzuspringen. Nicht ein klarer Gedanke ließ sich fassen, keine Entscheidung fällen. *Es ist ... es ist so...*

»Geneve!«, brüllte Flavio sie an, die Hände auf dem getränkten, blutigen Tuch, um den Inquisitor zu retten. »Töte die Strega!«

Sie machte einen unbeholfenen, wackligen Schritt nach vorne, als wäre sie von ihrer eigenen Courage ins Kreuz gestoßen worden, und zog den Dolch. Mehr gelang ihr nicht. *Wie soll ich bloß ...*

Unvermittelt setzte einer der Schatten über Jacob hinweg und warf sich auf den reglosen Vincenzo. Mit einem widerlichen Lachen zerrte er die Kehle des Gesellen in einem Blutschwall aus dem Hals heraus. Der junge Mann gab ein fürchterliches Geräusch von sich und riss die Lider weit auf, bevor er tot zusammensackte.

»Nein! Nicht er!« Flavio ließ das Tuch los, mit dem er Rinaldis Wunde abdrückte, und sprang vorwärts, riss seinen Dolch aus der Scheide. »Zurück, ihr Geister! Meines Bruders Blut bekommt ihr nicht.« Anstatt zu Vincenzo zu eilen, warf er sich in seinem blinden Furor auf die Schattenhexe und rammte ihr die Klinge tief ins Herz. »Sterbt! Sterbt zusammen mit eurer verdammten Erschafferin!«

Geneve blieb von den Eindrücken überwältigt, gelähmt, zu einer Statue gemacht. Es roch nach Blut, nach Feuer. Das Tuch über Rinaldis zerfetzter Kehle hob und senkte sich im Herzschlag, und das Blut floss in Strömen auf die groben Dielen.

Agnes stieß abgehackte Schreie aus, wurde von Flavios unentwegtem Zustechen hin und her geschüttelt.

»Verrecke!« Flavio stocherte mit der Klinge in der durchlöcherten Brust der Hexe. Knisternd brachen die Rippen unter seiner rohen Gewalt.

Was soll ich tun? Geneve trat ins gefährliche Halbdunkel. Wieder gelang ihr nur ein Schrittchen, ihre bebenden Finger verloren den Dolch.

»Du hast uns doch verraten!«, flüsterte ein Schatten bedauernd.

»Du bist wie die anderen«, gesellte sich ein enttäuschtes Stimmchen hinzu.

»Wir vernichten dich!«, fauchte das dritte.

Die drei Schemen schnellten vorwärts und flogen mit ausgestreckten Armen auf Geneve zu.

»Zurück mit euch!«, rief sie verzweifelt und vermochte sich nicht einmal nach der Waffe zu bücken, um sich zu wehren. Was hätte ihr das Eisen gegen die lebendigen Schatten auch gebracht?

»Hier ist es!« Flavio zerrte das Herz aus der aufgebrochenen Brust der Hexe, deren Kopf weit in den Nacken gebogen war, die Arme waren nach rechts und links ausgebreitet. Es lief kaum mehr Blut aus den Kammern, Agnes hatte beinahe alles für ihre Schattenwesen gegeben. »Jetzt seid ihr verloren!« Flavios Klinge schnitt den pumpenden Klumpen mitten entzwei.

Vor Geneves Augen lösten sich die aufschreienden Schatten in graue Schlieren auf, die vom Wind in den Rauch gedrückt wurden und verschwanden, noch die ausgestreckten Krallen sie erreichten. Kalt berührten die Ausläufer ihr Gesicht, und sie meinte, einen sanften ritzenden Schmerz am Hals zu fühlen. Bis zum letzten Moment ihres Daseins hatten sie versucht, sie zu töten.

»Vincenzo!« Flavio warf die tropfenden, blutigen Herzhälften ins brennende Feuer an der Wand und robbte zu seinem toten Bruder, der von einer roten Lache umgeben war. Schluchzend sackte er über ihm zusammen und barg ihn in seinen Armen.

Geneve schaffte es endlich, die Starre abzulegen. *Die Gefahr ist noch nicht gebannt.* »Mutter!« Sie wankte zu Catharina und fand nach etwas Suchen ein schwaches Pochen in der Halsader. »Mutter, erwache. Wir müssen fort. Es brennt lichterloh.« Sie rüttelte an der Schulter ihres Bruders, um ihn zu wecken, griff dabei in seine Wunden, um ihn durch den Schmerz zu wecken.

Jacob ächzte und stemmte sich in die Höhe. »Was ist geschehen?« Er schlug ihre Hand weg. »Wo ... wo sind die Schatten?«

»Nimm Mutter und trag sie hinaus«, befahl sie und ging zu den Gesellen. »Ich kümmere mich um Flavio.«

Jacob versuchte, etwas in der dunklen, verrauchten Kate zu erkennen. Der Lichtschein des Feuers wurde durch den Qualm gedämpft. »Was ist mit Eminenz Rinaldi?«

Geneve durchfuhr der Schrecken. *Den hab ich in dem Durcheinander vergessen!* Schnell kniete sie sich neben den Geistlichen und suchte den Herzschlag. »Er ist tot.«

»Verflucht! Gut, ich berge seine Leiche, nachdem ich Mutter in Sicherheit brachte.« Jacob warf sich Catharina über die Schulter und blieb dabei unter den beißenden Schwaden. »Was ist mit dir?«

»Ich hole Flavio und folge mit ihm.«

»Rasch!« Jacob eilte durch die Tür ins Freie.

»Flavio, komm. Das Dach kann jeden Augenblick einstürzen.« Geneve legte ihm eine Hand auf den Rücken. »Flavio, hörst du? Wir müssen uns in Sicherheit bringen.«

Flavio starrte sie aus verquollenen, kühlen Augen an. »Geh. Ich schaff's alleine.« Schniefend zog er die Nase hoch.

»Aber ich –«

»Geh!«, schrie er sie an.

»Was ... was hast du?«

»Das fragst du noch?« Flavio stieß ihre helfende Hand zur Seite.

»Du bist verwirrt. Ich ...«

»Ich sagte dir: Töte die Hexe.« Er wuchtete sich Vincenzos Leiche über die Schulter. »Das hast du nicht getan.«

Kann ich im Leben einmal etwas tun, ohne mir Schuld aufzubürden? »Es tut mir leid! Ich war gelähmt vor Angst!«

»Deinetwegen starb mein Bruder. Und der Inquisitor ist tot.« Flavio stapfte durch die brennende Hütte, und sie folgte ihm. »Nur deinetwegen!« Während hinter ihnen die ersten Balken brachen, gelangten sie ins rettende Freie.

»Bitte, ich konnte nicht.« Geneve stolperte neben Flavio her. »Die Schatten rasten auf mich zu und …«

Das ganze Dorf stand in Flammen, die Rauchsäulen schwangen sich zusammen mit den Funken hinauf in den Abendhimmel und waren bis in die Stadt zu sehen.

Die verbliebenen Soldaten und Ratsherr Stein starrten ihnen entgegen.

»Geneve! Geht es dir gut?« Jacob warf die Leiche des Inquisitors auf den staubigen Erdboden. Er musste sie im letzten Moment aus der Kate geborgen haben, Teile des Gewands und der Haare waren verbrannt.

»Deinetwegen, Geneve. Deinetwegen sind zwei Menschen gestorben. Der Herr mag dir verzeihen.« Flavio ging mit seinem toten Bruder über der Schulter zum Wagen. »Ich nicht. Ich kann es nicht.« Vorsichtig legte er Vincenzo auf der Ladefläche neben dem Käfig ab.

»Ist alles gut mit dir?« Jacob gesellte sich zu ihr. »Hier. Deine Brosche.« Er drückte ihr das Schmuckstück in die Linke. »Sie leistete mir im Kampf gegen diese Kreaturen aus der Hölle beste Dienste.«

Geneve nahm sie und sah Flavio nach. »Meinetwegen«, erwiderte sie gedankenverloren.

»Ganz genau. Deinetwegen! Ohne dich wär's um uns geschehen gewesen.« Jacob nahm sie am Ellbogen und führte sie mit sich. »Du musst nach Mutter schauen. Sie trug Wunden davon, die deiner Kunst bedürfen.«

Geneve nickte abwesend. Das Schuldgefühl war nicht vergangen, es hatte sich lediglich verändert.

Es ist heraus. Dieser Sieg über das Böse legte den Grundstock für die Fehde der Bugattis mit den Cornelius'.

Ich erzähle Ihnen noch, was danach geschah, damit Sie verstehen, welches Nachspiel der Sieg über das Böse hatte.

Die übrigen Familien hielten sich aus der Fehde raus.

Wobei nicht alle berühmten Henker den alteingesessenen Familien entstammten.

Ich denke dabei gerne an Josef. Josef Lang war der letzte Scharfrichter der Österreich-Ungarischen Monarchie. Das Kuriose an ihm: Er richtete nicht aus finanziellen Gründen. Er hatte Berufe, die ihm das Geld einbrachten. Josef war gelernter Schreiner und Inhaber eines Kaffeehauses. Der Tod, das muss ein Wiener sein. Kennen Sie das Lied?

1899 hatte Josef seinen Dienstantritt, nachdem er einige Zeit, neben dem Betreiben des Kaffeehauses, aus sportlichen Gründen seinem Vorgänger assistiert hatte. Neununddreißig Hinrichtungen nahm er in seinem Amt vor mittels Würgegalgen. Die Methode unterschied sich von der in Großbritannien, wo man das Hängen mit der Falltürmethode aus großer Höhe vornahm, was den sofortigen Genickbruch zur Folge hatte. Also wenn es richtig ausgeführt wurde. Josef hielt das aber für unmenschlich. Wir stritten uns oft deswegen.

Er knüpfte die Delinquenten meistens dreißig Zentimeter über den Boden auf, und seine Assistenten häng-

ten sich an den Leib des Verurteilten, um das Strangulieren zu beschleunigen.

Ich bleibe dabei: Köpfen ist das Beste. Damals zumindest.

Die Zeiten, dass Henker wie Aussätzige behandelt wurden, waren da schon vorbei. Josef konnte man als gesellig bezeichnen, hoch angesehen in der Wiener Gesellschaft. Und die Frauen liebten ihn. 1925 nahm ihn der Gevatter zu sich, und über zehntausend Menschen standen an den Straßen ihm zum Geleit.

Aber Josef war eine Ausnahme.

Ich weiß, Sie haben inzwischen nach bekannten Henkern geforscht und werden über den deutschen Scharfrichter Johann Reichhart gestolpert sein. 3165 Menschen richtete er hin, unter anderem für die Nazis, zum Beispiel die Geschwister Hans und Sophie Scholl von der Weißen Rose. Er war nie bei unserer Vereinigung. Eine Linie der Deiblers schon und auch die Familie Sanson. Die Sansons, ach, was haben wir lustige Stunden verbracht.

Machen Sie sich schlau über Chevalier Charles-Henri Sanson de Longval, den man Charles Henri Sanson nannte. 1778 bestellte man ihn mit der Übergabe des blutroten Mantels zum Henker von Paris, später bekam er den Titel Scharfrichter der Französischen Revolution. Charles-Henri entstammte einer Henkersfamilie, studierte zuvor Medizin und wollte das Beil nicht führen. Letztlich kam er auf 2918 Enthauptungen.

Und obwohl er Monarchist war, musste er Ludwig XVI. richten, sein Sohn übernahm Königin Marie-Antoinette. Ich weiß, dass es für Charles-Henri große Genugtuung bedeutete, die Revolutionäre später zu ent-

haupten. Georges Danton, Camille Desmoulins, Maximilien de Robespierre oder Antoine de Saint-Just. Ich kann meinen Freund noch immer lächeln sehen. Ich empfehle Ihnen seine Tagebücher.

Eine Linie seiner Nachkommen wanderte später in die Staaten aus, und dieser entstammt Geneves Brieffreundin, Elisabeth Georgina Sanson.

Nun aber zurück in die Gegenwart.

Auch hier gibt es noch etwas zu erzählen. Beispielsweise, wie es mit der Jagd auf Samantha Fry weiterging, die Mörderin von ... aber lesen Sie selbst. Begeben wir uns zunächst zum Flughafen Louis Armstrong New Orleans International Airport.

»Ein Hinweis für die Passagiere von Flug LH-271 nach London: Boarding und Abflug verzögern sich leider um sechzig Minuten. Ich wiederhole: Ein Hinweis für die Passagiere von Flug LH-271 nach London: Boarding und Abflug verzögern sich leider um sechzig Minuten. Wir danken Ihnen für Ihr Verständnis«, schallte die Durchsage durch die Halle.

»Dann hätte ich noch in aller Ruhe einen Doppio trinken können«, kommentierte Alessandro, der wieder einen seiner geliebten Anzüge trug.

»Unser Flug geht pünktlich. Immerhin.« Gedeon zeigte zum gegenüberliegenden Gate, wo gerade das Boarding begonnen hatte. Er und Elaine trugen legere Sportkleidung und wirkten wie Beauty-Influencer auf Urlaub.

»Ich kann es gar nicht erwarten. Argentinien soll so schön sein«, sagte Elaine. »Und es gibt dort so viele junge Leute. Mit viel Lebensenergie.«

Alessandro zeigte sich schwer beeindruckt. »Complimenti. Ihnen sieht man nicht an, dass Sie gestern noch dem Tode nahe waren.«

»Ich habe Mittel und Wege gefunden, meine Heilung zu beschleunigen«, erwiderte Elaine und zeigte ihre perfekten Zähne.

»Sie meint das Zimmermädchen«, sagte Gedeon. »Sie hat Elaine ein paar Jahre überlassen, ohne es zu merken. Vor lauter Ekstase.«

Geneve, in Jogginghose und weitem Shirt und damit bestens gerüstet für die Langstrecke, betrachtete das Dämonenpaar. »Ich weiß gar nicht, was ich Ihnen wünschen soll.« Sie streifte die braunen Haare zurück.

»Dass wir uns nie als Feinde über den Weg laufen«, schlug Elaine vor. »Ehrlich. Ich mag Sie beide. Es täte mir leid.« Ein Blick aus den unergründlichen Augen traf Geneve. »Und möchten Sie mir einige Ihrer vielen Jahre abgeben, rufen Sie mich an. Sie werden es nicht bereuen.«

»Ja, meine vielen Jahre. Genau. Viel Glück bei der Jagd.« Geneve reichte Elaine und Gedeon nacheinander die Hand. Die Dämonen hatten kein Gerede gebraucht, um hinter das Geheimnis zu kommen. Sie hatten es erspürt, was auf der Hand lag, da sie ihre Kraft aus der Lebenszeit von Menschen zogen. »Sollte es ein Wiedersehen geben, dann nur im Guten.«

Alessandro grüßte mit einem Nicken. »Auf das Händeschütteln verzichte ich. Sonst bin ich meine besten Jahre los«, scherzte er.

»Würde ich niemals tun, Vatikanboy. Das geschieht nur mit unvergesslicher Gegenleistung«, erwiderte Elaine und leckte sich über die Lippen.

»Bringen Sie Fry zur Strecke. Für uns hat sie ihren Wert verloren. Es gibt bedeutendere Dämonendiener als sie. Mit denen kommen wir unserem Ziel näher als mit ihr.« Gedeon deutete eine Verbeugung an.

Elaine hakte sich bei ihm ein, und sie schritten unter den Blicken der Umsitzenden zu ihrem Gate.

»Ich hatte ein wenig Angst, dass sie ihre Brüste zeigt und wir Schereien bekommen.« Alessandro steuerte den Kaffeeautomaten an. »Ich gebe uns einen Kaffee aus. Oder vielleicht doch lieber nur ein Wasser, wenn ich diese *macchina* so sehe.«

»Pfefferminztee genügt.« Geneve zog ihren Tabletcomputer aus der Tasche und aktivierte ihn.

»Wie oft willst du noch nachschauen?«

Bis ich es glaube. Geneve ließ das Suchprogramm auf das Internet los. Keine Meldungen über die Vorkommnisse im Charity Hospital. Auch über den Tod von Kruger las sie nirgends etwas. »Alles ruhig.«

Der Automat summte und spuckte nacheinander den verlangten Tee in die Behältnisse.

Alessandro reichte ihr den Becher. »Die enttäuschten Dämonenfreunde schweigen, die Ratten, Katzen und Insekten werden Krugers Kopf schon zerlegt und in die dunkelsten Winkel des Hochhauses verschleppt haben. Genauso die toten Wachmänner.« Er stieß mit ihr an. »Es gibt offenbar keine unvoreingenommenen Zeugen, und niemand würde diese Geschichte glauben.«

So gesehen ... Geneve scrollte durch die Artikel. »New Orleans schreibt immerhin über die Verfolgungsjagd und die Schießerei.«

»Es wird eine Zeit dauern, bis sich herumspricht, dass Kruger verschwunden ist. Und damit hat es sich dann.«

Alessandro zog sein Smartphone. »Ich habe ein paar interessante Meldungen über Rücktritte von hochrangigen Politikern und Vorstandsbossen bekommen. Quer verteilt über die Welt, aber ziemlich zeitgleich.«

»Krugers possessionis.« *Als habe sie der Mut verlassen. Oder die Vernunft getroffen.* Geneve trank einen Schluck Tee.

»Dazu passen die Berichte über Selbstmorde von sechs Ministern«, ergänzte Alessandro. »Auch in verschiedenen Ländern.«

»Ist Fry dabei? Vielleicht tat sie uns den Gefallen und sprang von der Tower Bridge.«

Alessandro scrollte. »Nein«, erwiderte er gedehnt. »Ihr Name taucht nicht auf.«

Geneve hatte ebenfalls einiges darüber gelesen. Die Boulevardmagazine redeten von einem Fluch, die seriösen Medien spekulierten über ein Bestechungsnetzwerk oder dergleichen. Die Finanzbörsen brachen für einen halben Tag ein, fingen sich aber wieder.

Die Wahrheit werden sie nicht herausbekommen. Geneve sah auf die Flugsteiganzeige. Noch vierzig Minuten. »Ich stelle dir frei, mich nach London zu begleiten.« Sie nahm das Foto und den Brief für seinen Sohn hervor. »Du hast den Keller überlebt.«

Alessandro verweigerte die Rücknahme mit einer Handbewegung. »Behalte es. Es bringt mir Glück, wenn du meinen Letzten Willen bei dir trägst.« Er lächelte sie warm an.

Geneve verstaute die Sachen in der Tasche und fühlte sich gut dabei. »Weißt du was? Ich rufe Grey vom Tamesis-Coven an und frage –«

Alessandros Smartphone gab ein Klingeln von sich.

»Meine Mutter. Einen Moment.« Er ging ein paar Schritte weg. »Ciao, Mamma«, grüßte er und verfiel ins Italienische, ging weiter und weiter.

Geneve nutzte die Gelegenheit und kontaktierte die englische Wicca via Telefon.

Es läutete lange.

»Grey?«, meldete sie sich verschlafen.

Geneve sah auf die Uhr. *Shit.* »Oh, verzeihen Sie.« *Ich habe die Zeitverschiebung vergessen.*

»Ah, Sie sind es, Miss Cornelius. Ich werde mich bei passender Gelegenheit revanchieren.« Es raschelte, offenbar richtete sich Grey im Bett auf. »Ich nehme an, die Schießerei in New Orleans hat was mit Ihnen zu tun?«

Gut informiert war die Wicca, das musste ihr Geneve lassen. »Das erzähle ich Ihnen bei einem Tee. Alessandro Bugatti und ich sind auf dem Rückflug nach London. Ich bräuchte Ihre Hilfe. Unter Umständen.«

»Um was dreht es sich?«, kam es von Grey ohne Zaudern.

Die halbe Zusage nahm Geneve einen Teil ihrer Sorge. »Samantha Fry ist vermutlich nach London zurückgekehrt. Sie ist die Mörderin meines Bruders und eine von Andras' hochrangigen Anhängern. Fry wird mir helfen können, auch das Rätsel um den Tod meiner Mutter zu lösen. Ich nehme fast an, dass sie auch dahintersteckt«, fasste sie zusammen. »Es könnte sein, dass Fry über Kräfte verfügt, die ich nur mit Ihrer Hilfe bändigen kann.«

»Ah, Sie planen eine Hinrichtung.«

Genau das stand nicht im Entferntesten in Geneves Absicht. »Nein. Ich will die Mörderin ihrer Taten überführen. Sie soll vor ein weltliches Gericht.«

»Einverstanden.« Grey klang nun wach und neugierig. »Ich lese mich ein wenig ein und höre mich um, ob Fry in London weilt.«

»Sie bekommen selbstverständlich einen Lohn für Ihre Mühe.«

»Das möchte ich nicht. Sie sind die Meisterin. Aber wenn Sie mir dafür eines Tages vielleicht einen Gefallen tun würden?«

»Das ist in Ordnung, Miss Grey.«

»Sehr schön. Melden Sie sich, wenn Sie in London gelandet sind.«

»So machen wir das. Bis später, Miss Grey.«

»Bis dann, Miss Cornelius.«

Klick.

Geneve atmete langsam aus und trank vom belebenden Pfefferminztee. Sie beobachtete Alessandro, der wie immer gestikulierend sprach und dabei nicht einen Spritzer von seinem Getränk verschüttete.

Wie macht er das? Sie entspannte sich ein wenig. Bald konnte sie nach Leipzig zurückkehren. Sämtliche Familiendinge waren alsbald erledigt.

»Die letzte Cornelius«, murmelte sie. »Die *allerletzte* Cornelius auf der Welt.«

Der Plan stand, und so zog meine Tochter los. In die nächste Schlacht, ohne dass ihr die Beine den Dienst verweigerten. Sie hatte gelernt, war älter geworden. Erfahrung. Innere Festigung.

Die letzte Cornelius.

Bei diesem Gedanken könnte ich unglücklich werden. Auch meinen Tod möchte ich von Herzen beweinen. Aber wem nützt's?

Ich begleite lieber meine Tochter, die allerletzte Cornelius, die nach dem Flug über den Teich in der Londoner Old Broad Street auf dem Weg ist, mein Ableben zu rächen. Mit der Festnahme von Samantha Fry.
Ich bin gespannt, wie Geneve das anstellen will.

Geneve durchquerte zusammen mit Alessandro den leeren Empfangsraum vor Samantha Frys Büro. *Genau wie ich es gehofft hatte.* Sie hatte sich in ein Businessoutfit gezwängt, um weniger aufzufallen, und kam sich darin erst recht auffällig vor. *Keiner da.*

Die Vorzimmerdame befand sich auf dem Weg nach unten, um das wichtige Paket persönlich abzuholen, das Mister Kruger angeblich aus New Orleans gesandt hatte. Durch die Finte und eine gestohlene Zugangskarte waren Geneve und Alessandro bis in den 42. Stock des Gebäudes Tower 42 in der Old Broad Street gelangt, unterstützt von Grey und zwei weiteren Schwestern des Tamesis-Covens, die den Wachschutz gehörig mit Diskussionen und Durcheinander in der Lobby beschäftigten. Derweil konnten Geneve und Alessandro nach oben vorrücken und tun, was getan werden musste: eine Mörderin überführen, um sie einem Gericht zu übergeben.

»Perfetto.« Alessandro, im Overall eines Putzmannes und einen Utensilienwagen vor sich herschiebend, blickte sich um. Für den Notfall befanden sich im Karren Waffen. Im Vorbeigehen nahm er sich den unangerührten Kaffee, der am Platz der Sekretärin stand. »Sagen wir ciao zu Miss Fry.«

So was von. Geneve öffnete die Doppeltür, ohne zu klopfen, und trat in das geräumige Büro. Es roch nach einem Hauch von Rosen und Vanille.

Fry, gekleidet in ein teures Designerkostüm in Beige und Altrosa, stand mit dem Rücken zu ihnen und blickte über Straßen und Häuser ringsum. »Haben Sie das Paket, Mildred?«

»Mildred muss noch ein bisschen diskutieren«, erwiderte Geneve.

Fry wirbelte herum, die verwunderten Blicke richteten sich zuerst auf Geneve, dann auf Alessandro. »Wer zum …?«

»Tun Sie nicht überrascht. Sie wissen, wer ich bin.«

Fry stand stocksteif da und schien zu überlegen, was sie tun sollte. »Nein. Ich werde es auch nicht erfahren, weil der Wachschutz Sie beide hinausbefördern wird.«

»Das ist gelogen«, sagte Geneve ihr auf den Kopf zu. »Aber ich stelle mich gerne vor: Geneve Cornelius, die Schwester von Jacob und die Tochter von Catharina Cornelius.« Sie ging langsam auf Fry zu und spürte, wie ihre Wut auf die Frau zurückkehrte. »*Sie* ließen die beiden umbringen!«

Fry legte eine Hand auf die Perlenkette um ihren Hals, zog den Oberkörper leicht zurück, als könne sie dem Vorwurf ausweichen. »Sie sind ja verrückt!«

»Danach versuchten Sie, die Schuld diesem Mann in die Schuhe zu schieben.«

»Buongiorno. Alessandro Bugatti«, stellte er sich vor und strich den Overall vor dem Bauch glatt. »Sie haben mein Schwert. Ich hätte es gerne zurück.« Er kostete den Kaffee.

»Die Irren sind ausgebrochen! Und ausgerechnet in meinem Büro landen sie.« Fry begab sich langsam an ihren Schreibtisch und setzte sich, drückte den Sprechknopf ihrer Telefonanlage. »Mildred, sind Sie da?«

»Mildred ist noch nicht da. Das Paket ist eine Aufgabe, um Ihre Assistentin zu beschäftigen. Sie werden wissen, dass Kruger ebenso tot ist wie DeTemple.« Geneve langte in ihre Blazertasche und zog Jacobs eingetütetes Smartphone aus der Tasche. »Das gehörte meinem Bruder. Wir fanden es neben der Leiche meiner Mutter, und es sind *Ihre* Fingerabdrücke darauf, Miss Fry. Damit haben wir Beweise gegen Sie.« Die Fingerabdrücke waren eine Behauptung, welche die Geschäftsfrau aus der Reserve locken sollte. »Ich bin hier, um Ihr Geständnis zu hören.«

Fry lehnte sich in den Sessel. »Sie haben einen Scheiß gegen mich. Fingerabdrücke besagen gar nichts. Ich kann Ihren Bruder getroffen und damit telefoniert haben.« Fry zuckte mit den Achseln. »Ich rufe jetzt den Wachschutz an.«

Sie ist aalglatt.

»Tun Sie das. Ich schaue mich mal um.« Alessandro trank den Kaffee aus und wanderte durch das Büro, öffnete Schränke.

»Hey! Hey, lassen Sie das!«, rief Fry.

»Ich bin Polizist.« Alessandro zeigte ihr flüchtig seinen Ausweis. »Ich darf das.«

Doch Fry hatte gute Augen. »Da steht *Vatikan!* Sie haben hier keine Befugnisse.«

»Gott ist überall. Sogar in London.« Alessandro setzte seine Erkundung fort.

Geneve schob ihre Wut zur Seite. *Ich muss sie aufs Glatteis führen, ein Geständnis entlocken. Etwas Brauchbares herausfordern.* »Wenn die Behörden die Bewegungsprofile von diesem Handy und Ihrem auswerten, kommen die gleichen Aufenthaltsorte heraus.

Die sich mit den Mordzeiten decken.« Sie lächelte herausfordernd. »Das ist wesentlich mehr als *Scheiß*. Das sind *Beweise*.« Behutsam ging sie auf den Schreibtisch zu, an dem die Mörderin saß. »Sie wandern wegen Mordes hinter Gitter, Miss Fry. Der Geheimdienst ist bereits informiert und wird bald erscheinen. Der MI6 interessierte sich sehr dafür, wer seinen Mitarbeiter tötete.«

»Sieh einer an«, sagte Alessandro. Er hatte einen in der Wand verborgenen Ausstellungsschrank mit diversen Kunstwerken gefunden und aufgeklappt. »Hier ist es ja.« Er hob ein hüllenloses Schwert auf. »Meins! Das Zeichen der Bugattis auf der Klinge. Sauber abgewischt und« – er brachte es dicht an die Nase und schnupperte – »es riecht nach Chlor. Die Spezialisten werden trotzdem Blutspuren darauf finden.« Dann beugte er sich nach vorne und nahm einen kleinen Gegenstand heraus. »Ein Siegelring.« Er warf ihn Geneve zu, die ihn sicher fing. »Der ist für dich.«

»Er ... gehörte Jacob«, stellte sie mit einem Blick fest. Wie oft hatte er das Schmuckstück vor ihren Augen getragen und ausbessern lassen müssen.

»Oh, bitte!« Fry lachte freudlos auf. »Sie bringen Ihren eigenen Kram mit und schieben ihn mir unter?« Sie deutete auf das Handy. »Tricks also. Dann kann es mit den Fingerabdrücken auf dem Smartphone nicht gut bestellt sein.«

»Tricks haben wir nicht nötig.« Alessandro trat zu ihnen und legte das Schwert vor Fry auf den Tisch. »Sie sind am Arsch.«

»Bin ich das?« Fry blickte zwischen ihnen hin und her, faltete die Hände. »Na los. Erzählen Sie mir, was ich getan haben soll. Sie haben meine ungeteilte Aufmerksamkeit.«

Geneve erschien das Verhalten der Frau seltsam. Weder machte sie Anstalten zu fliehen noch rief sie den Wachschutz oder dämonische Mächte an. *Weswegen? Was macht sie so sicher, dass wir ihr nichts anhaben können?* Hatten am Ende doch die Carstensens etwas damit zu tun? Sie setzte sich Fry gegenüber auf die andere Seite des Tisches und öffnete den Blazerknopf. »Sie haben erfahren, dass mein Bruder Ihrer Verschwörung auf die Schliche kam.«

»Aha.«

»Sie haben die Drohungen aufgenommen und verfremdet, um sie im Hof des *Happy Hangman* ...«

»Halt.« Fry deutete auf das eingetütete Handy. »Sie haben diese Drohungen gewiss abgehört, die der Mörder gegen Ihren Bruder ausstieß: Ich kann es nicht gewesen sein.«

Geneve erlaubte sich ein böses Grinsen. Damit hatte sie zugegeben, das Smartphone in der Hand gehabt und die Nachricht abgerufen zu haben. Die aufkommenden Zweifel an Krugers Aussage, mit Fry die Schuldige vor sich zu haben, lösten sich auf. Dafür kehrte die Wut zurück. *Ich kriege dich.* »Sie ließen Ihre eigene geflüsterte Stimme mittels einer Software umwandeln.«

»Habe ich nicht. Und das meinte ich auch nicht.« Fry legte die Hände auf die Arbeitsplatte. »So viel kann ich Ihnen sagen: An dem Abend stand ein spontanes Treffen mit Ihrem Bruder an, um über seine Recherchen zu sprechen. Er kontaktierte mich einige Tage zuvor und wollte bei uns mitmachen. Im Team Andras. Aber zu *seinen* Konditionen.«

»Das bedeutet?« Geneve ballte die Finger zu Fäusten. *Sie war es zu hundert Prozent!*

»Er wollte einen Priestertitel. Und Krugers Stellvertreter werden.« Fry verzog geringschätzig den Mund. »Opportunistischer Emporkömmling.«

»Egoistischer Machtwille. Das passt zu ihm.« Geneve atmete lange aus und konzentrierte sich, um keine Regung der Frau zu verpassen. »Was ist danach geschehen?«

»Als ich ins *Hangman* kam, sagte Jones, Ihr Bruder sei in den Hof. Da entdeckte ich ihn. Enthauptet. Auf seinem Smartphone fand ich die Aufzeichnung. Mit ihm musste ich mir die Finger nicht mehr schmutzig machen.« Fry pochte mit der flachen Hand auf die gravierte Klinge. »Ja, ich habe Ihre Mutter beseitigt, als sie zu sehr schnüffelte. Nachweisen werden Sie es mir nicht können. Aber *das* Schwert habe ich nicht benutzt.« Sie schnippte gegen den Stahl, ein heller Ton erklang.

Geneve glaubte, vom Blitz getroffen worden zu sein. *Mutter? Sie selbst hat Mutter enthauptet?* »Sie lügen!«

»Sie sahen die Leiche Ihrer Mutter, richtig? Ich musste die Siegel der Familie Bugatti auf ihrem Körper mit dem Lötkolben imitieren, was mir nicht richtig gut gelang.« Fry erhob sich und stellte sich vors Fenster. »Weil mir *diese* Waffe fehlte, die Sie und Ihr Vatikankasper mir untergeschoben haben.«

»Oh, kommen Sie. Sie ließen es stehlen, weil Sie von der Fehde unserer Familien erfuhren«, erwiderte Alessandro scharf. »Sie können sich nicht mehr rausreden. Alles wurde eingefädelt für Ihren Plan.«

»Von dem alten Zwist, den die Cornelius-Familie mit den Bugattis an den Hacken hat, wusste ich nichts. Davon sagte die Stimme des Mörders auf dem Tonaufnahme kein Wort. Ich dachte, das sei sein Siegel.« Fry zuckte mit den Schultern. »Was soll's? Mit Krugers Tod änderten sich sämtliche Pläne. Alles, wofür ich die letzten Jahre gearbeitet habe, ist hinfällig. Eine Alternative zu ihm gibt es nicht. Er war die Verbindung zu Andras.« Sie lehnte sich mit der Schulter gegen das Fenster.

Geneve verstand die in den Medien gemeldeten Rücktritte in Politik und Wirtschaft. Die possessionis waren frei, ihre Besessenheit hatte sich aufgelöst. Aber das erklärte nicht den Mord an ihrem Bruder. Fry machte auf sie einen überheblichen, aber aufrichtigen Eindruck, sie prahlte gar mit dem Mord an Catharina. *Warum weigert sie sich, die erste Tat zuzugeben?*

»Wollen Sie Mitleid?«, brauste Alessandro auf. »Es ist genau so, wie es sein soll! Sie verschwinden auf Jahre hinter Gitter. Denn Sie –«

»Warte.« Geneve betrachtete Fry und schaute auf das Richtschwert. Etwas stimmte nicht. *Doch die Carstensens?*

Vor der Tür erklangen mehrere Stimmen, die Rufleuchte an der Telefonanlage flammte auf.

»Der Geheimdienst, nehme ich an.« Fry blickte spöttisch zu Geneve. »Na? Haben Sie eine Erklärung für die Widersprüche gefunden, was die Umstände der Morde angeht? Dann könnten Sie dem MI6 helfen.«

Alessandro bewegte sich auf die Tür zu. »Geben Sie sich keine Mühe. Die werden alles aus Ihnen herausholen.«

Fry kehrte an ihren Schreibtisch zurück. »Versagt zu haben, fühlt sich nicht gut an«, sagte sie zu Geneve. »Dabei sah es sehr gut für uns aus. Die possessionis waren bestens ausgesucht. So viel Aufwand.« Sie blickte Geneve nachdenklich an, anschließend an ihr vorbei zur Tür, die aufschwang. Mehrere leise Stimmen erklangen vom Eingang. »Da sind die MI6-Knechte.« Fry atmete tief ein. »Ich habe Ihren Bruder nicht umgebracht, Miss Cornelius. Aber das spielt keine Rolle.« Blitzschnell schnappte sie das Richtschwert. »Keinesfalls wandere ich ins Gefängnis.« Mit einem lauten Schrei schwang sie es hoch über den Kopf. »Lebend bekommt ihr mich nicht!«

Verdammt! Geneve duckte sich geistesgegenwärtig hinter den Tisch, und die niedersurrende Klinge hackte über ihr ins Holz.

»Runter, Geneve!«, rief Alessandro hinter ihr.

Mehrere Schüsse dröhnten vom Eingang, während Fry das Schwert für eine neuerliche Attacke aus dem Tisch riss.

Mehrfach getroffen, taumelte sie unter den Treffern rückwärts. Die Projektile durchschlugen die Frau, das Blut spritzte gegen das Glas, zwei Kugeln stanzten Löcher in die Scheibe.

Die Metallspitze des Schwertes durchbrach die große Panoramascheibe, das geschwächte Glas löste sich in einem Scherbenregen auf.

Nein! Sie soll ... Geneve sprang auf und versuchte noch, die Mörderin zu packen. Doch es war zu spät: Fry stürzte rücklings durch das Loch hinaus und verschwand.

Der Aufprall ertönte binnen Sekunden. Menschen schrien auf der Straße, und Autos hupten, kollidierten hörbar miteinander.

»Geneve! Alles in Ordnung?« Alessandro half ihr beim Aufstehen, in der Linken die Beretta.

»Alles heil und ohne Kratzer«, antwortete sie. »Lass uns nach Fry sehen.«

Gemeinsam gingen sie über die knackenden Splitter zum Loch im Fenster, durch das der Wind hereinwehte und lose Blätter umherfegte, die raschelnd durch das Büro wehten.

In vielen Metern Tiefe lag Frys zerschmetterter Körper auf der Straße. Mehrere Wagen standen quer auf der Fahrbahn, einem Auto war sie offenbar aufs Dach geknallt, bevor sie eine Karambolage auf der Old Broad Street ausgelöst hatte.

Das Schwert der Bugattis lag in vier Teile zerbrochen auf dem Asphalt.

»Gerechtigkeit«, murmelte Geneve.

»Sie *wollte* gerichtet werden.« Alessandro legte ihr eine Hand auf den Rücken.

Die Mörderin ist bestraft worden. Geneve blickte unvermindert auf die Tote. Menschen rannten herbei, kümmerten sich um Fry und die verletzten Autoinsassen.

»Und? Fühlst du Genugtuung?«

Es dauerte, bis Geneve antwortete: »Ja.« Zu viele Gedanken gingen ihr durch den Kopf. Und eine entscheidende Frage, zu der sie Fry nicht hatte aushorchen können.

»Oh, ich höre ein *Aber*. Obwohl alles geklärt ist.«

»Ich weiß nicht. Der Mord an meinem Bruder …«

»Die Ergebnisse waren eindeutig. Ich ließ die verfremdete Stimme prüfen. Von unseren Spezialisten der Vatikanpolizei. Und sie hatte Jacobs Ring«, sagte Alessandro. »Fry *wollte*, dass du im Zweifel lebst. Dich an einer Suche aufreibst, die zu nichts führt.« Er nahm sie in den Arm. »Du hast deinen Bruder und deine Mutter gerächt, Geneve. Die Schuldigen sind tot, und wir vernichteten Krugers Dämonenpakt.« Er streichelte beruhigend ihren Rücken. »Vertraue mir. Vertraue deinem Gefühl.«

»Das werde ich.« Geneve erwiderte die Umarmung und genoss es, festgehalten zu werden und Geborgenheit zu fühlen. »Danke.«

»Weil ich dein Leben gerettet habe?«

»Für alles.« Geneve ließ ihn zögernd los. »Dafür stehe ich in deiner Schuld.«

»No, no!«, lehnte Alessandro mit einem schwachen Lachen ab. »Wir tauschen jetzt nicht diese dumme Fehde gegen eine Schuld.« Er imitierte den Tonfall eines Mafiapaten. »Alora, eines Tages, möge der Tag vielleicht nie kommen, könnte es sein, dass ich einen Gefallen von dir ...«

Geneve lachte erleichtert und zeigte auf die Agenten im Raum. »Kümmre dich um die.«

»Bis wir das erklärt haben, wird es komplizierter.« Alessandro steckte die Waffe weg, mit der er auf Fry geschossen hatte. »Ciao, ragazzi!«, grüßte er freundlich in Richtung der Agenten, zu denen Polizei und Wachschutz stießen, und wedelte mit seinem Ausweis. »Wir sind Kollegen.«

Geneve blieb am Fenster stehen. Sie schloss die Augen und lauschte in den Wind, der Frische in sich trug. *Erledigt. Endlich.*

* * *

Kapitel XII

Ich kann verstehen, sollten Sie enttäuscht sein, dass meine Tochter meiner Mörderin nicht den Kopf abschlug, aber ...

Oh, ich weiß: An dieser Stelle möchte ich die Gelegenheit nutzen und Ihnen vom Ablauf einer echten Hinrichtung berichten. Damit Sie in den zweifelhaften Genuss der Vorstellung kommen, wie Todesstrafen abseits des Hängens verliefen. Und vor Erfindung der Guillotine, die das Köpfen zu einer einfachen, schnellen Sache machte. Sie erinnern sich vielleicht an meine Ausführungen zum berühmtesten der Battistas und wie er noch mit einem Knüppel den Tod brachte.

Zu meiner Anfangszeit, etwa zweihundert Jahre vor der Fließbandhinrichtungsmaschine, lief das Ganze für gewöhnlich folgendermaßen ab: Der Delinquent wurde bei der Übergabe vom Henker an den Händen gebunden als Zeichen für die Gewalt, die der Scharfrichter nun über den Todeskandidaten hatte.

Das Opfer musste anfangs stehend den Hieb des Scharfrichters erwarten; hatte der Henker einen schlechten Tag und zielte ungenau, kam es zu üblen Verletzungen und Verstümmlungen. Ich erinnere mich an ein siebenmaliges Zuschlagen, bevor der Kopf rollte. Der Henker hatte sich zu viel Mut angetrunken, ähnlich wie bei meinem Mann. Bei einem anderen Fall begann das Opfer kurz vor dem Schlag zu schreien, der Henker kam aus der Konzentration und traf zu tief. Das Schwert trennte den linken Arm ab, durchdrang den Körper unter der linken Achselhöhle und blieb in den Rippen stecken.

Die Gefahr des Fehlrichtens, die bei einem stehenden Delinquenten sehr hoch war, suchte man mit dem Einsatz des Richtblocks und der schweren Axt zu bannen, die mit ihrem gewaltigen Schwung einen Hals leichter durchtrennte. Doch auch hier stellten sich oft genug grausame Fehlschläge ein. Adlige erhielten das Privileg, weiterhin mit dem Schwert enthauptet zu werden. Ein recht fragwürdiges angesichts der Treffsicherheit.

Das Fehlrichten, »putzen« genannt, stellte eine Gefahr für das Henkerleben dar. Er bekam dann kein Geld, und das Volk bestrafte ihn für die unangebrachte Grausamkeit mit Steinigen oder ähnlichen Attacken. Gott habe meinen Mann selig.

Das »Putzen« war meist zurückzuführen auf Alkoholisierung oder Nervosität des Henkers sowie Bewegungen und Verhalten des Opfers. Immerhin konnte es noch einen Fluch ausstoßen oder dem Henker einen letzten Blick zuwerfen, der den Tod brachte.

Nach der Hinrichtung erfolgte die Bestätigung des Rates an den Henker: »Hast du gericht', wie Urteil und Recht spricht, so lass es dabei bewenden«.

Ohne diese formelhafte Bestätigung, beispielsweise bei einer verpatzten Hinrichtung, sah der Henker kein Geld für den Dienst. Auferlegt war, dass beim Köpfen ein einziger Hieb ausreichen musste, um den Kopf vom Körper zu trennen. Nicht zuletzt spielte dabei die Furcht vor Wiedergängern und – weiter im Osten – vor Vampiren eine Rolle.

Der »Nachrichterfriede«, der von der Obrigkeit verhängt wurde, sollte das Leben des unglücklichen Henkers schützen und seine körperliche Unversehrtheit sichern. Nicht selten war der Rabenstein, wie die Richtstätte genannt wurde, untermauert, wohin der Henker im Notfall vor dem Volkszorn flüchten konnte.

Es hätte auch meinen Mann retten können.

Um den Delinquenten vor der Übertragung der »Unehrlichkeit« des Scharfrichters zu schützen, zog der Henker vor der Übernahme Handschuhe über, was als Gunstbeweis galt. Normalerweise reichte eine einfache Berührung mit der Hand, um die »Unehrlichkeit« zu übertragen. Und genau deswegen, Sie erinnern ich, mieden uns die einfachen Menschen.

Je nach Tat und Schwere der Schuld und entsprechendem Urteil ging die Bestrafung am Leichnam weiter, dazu gehörten das Flechten aufs Rad, die Zurschaustellung und das Zwicken mit glühenden Zangen.

Das bedeutet nicht, dass die Menschen in der Frühen Neuzeit grausamer als heute gewesen wären. Sie hatten eine andere Vorstellung davon, wie Gerechtigkeit gegenüber dem Opfer hergestellt werden sollte, nämlich indem man den Täter über den Tod hinaus bestrafte und seiner Seele Qualen hinterhersandte.

Und natürlich sollte es eine abschreckende Wirkung auf jene haben, die zusahen.

Ich kann Ihnen sagen: Es waren gewalttätigere Zeiten als die Gegenwart. Dennoch bleibe ich eine überzeugte Verfechterin der Todesstrafe, im Gegensatz zu meiner Tochter.

Nun überlege ich, welche Fragen Sie noch zum Henkergeschäft haben könnten.

Aber natürlich: die Maske!
Auch unsere Zunft war nicht frei von Furcht. Man mag es in der Moderne Aberglaube nennen, aber wie Sie jetzt wissen: Es gibt die Kreaturen mit Kräften, die Unheil und Verderben bringen, ganz gleich, ob sie von Wissenschaftlern belächelt werden oder nicht.

Ganz besondere Angst hatte ein Henker vor dem letzten Wort des Delinquenten, vor allem, wenn es um Prozesse rund um Hexerei und Zauberei ging. Der böse Fluch, den ein Opfer ausstieß, konnte die ganze Stadt treffen.

Wir haben versucht, uns gütlich mit den Angeklagten und Verurteilten zu stellen. Auf verschiedene Weise.

Deshalb gab es die Henkersmahlzeit, um das Opfer milde zu stimmen, die Entschuldigung des Henkers beim Opfer kurz vor dem Schlag, aber auch die Knebelung des Opfers, sollte es zu mächtig sein. Man konnte dafür eine Binde nutzen oder ihm die Zunge rausreißen, um sicher zu sein. Ein probates Mittel stellte das unvermittelte Zuschlagen dar, während das Opfer noch betete oder dem Gebet zuhörte, denn, so die landläufige Meinung, fromme Gedanken beim Tod bedeuten keine Gefahr: Entscheidend war der letzte Gedanke des Opfers.

Erinnern Sie sich an die Trommelwirbel, die in manchen historischen Filmen zu sehen und zu hören sind?

Das ist nicht falsch. Die Trommeln hatten den Zweck, das Geschrei des Opfers zu übertönen.

Beherrschend war zudem der Glaube, dass Sterbende in die Zukunft sehen können. Solche Schmähungen von der Richtstätte herab konnten ganze Exekutionen zum Stillstand bringen, denn der »böse Gedanke« hatte nach damaligen Vorstellungen vielfältige Kräfte. Vor allem dann, wenn er laut geäußert wurde, war er besonders machtvoll.

Die Todesdrohung des Delinquenten gegen uns oder die Zuschauer war nicht minder gefürchtet. Das Opfer lud ins »Tal Josaphat« ein, der Ort, an dem die Heiden zusammengetrieben und von Jahwe am Tag des Jüngsten Gerichtes verurteilt werden.

Als nicht minder gefährlich galt der letzte Blick des Opfers. Dem Sterbenden, Mensch oder Tier, wurden magische Kräfte und »böser Blick« nachgesagt. Man schützte sich davor mittels Abwenden und Verhüllen des eigenen Hauptes mit der berühmten Henkersmaske. Sie diente als Schild gegen den bösen Blick, gegen den Schadenszauber, der damit pariert werden sollte. Oftmals tauchen recht grimmige Masken auf, die die dämonischen, bösen Kräfte abschrecken und ablenken sollten. Schauen Sie sich mal in kleineren Museen um.

Das Aufstellen von heiligen Zeichen, das Abdecken oder Verbinden der Augen des Delinquenten oder das Verhüllen des Hauptes des Opfers wurde auch praktiziert. Mein Sohn Jacob bevorzugte das »Blenden« des Opfers, um sich vor dem bösen Blick zu schützen. Normalerweise wurden die gebrochenen Augen des Toten erst nach der Exekution sorgsam geschlossen. Ein anderer Henkertrick zum Schutz gegen den Blick war, dass er von hinten zuschlug.

Das sollte es im Groben gewesen sein; damit Sie im Bilde sind, was es bedeutete, in der Zunft der Henker zu dienen. Und ja, es gab auch Henkerinnen, die ihr Amt lange ausübten. Ich war nicht die Einzige.

Wo wir gerade in der Vergangenheit sind, verweilen wir doch dort.

Nach dem Tod von Inquisitor Rinaldi machte sich Flavio Bugatti bereit für die Rückreise nach Rom, um den Großinquisitoren persönlich zu berichten. Den Leichnam seines Bruders hatte man auf dem Friedhof bestattet, eine Überführung nach Rom wäre nicht praktikabel gewesen.

Bevor Flavio aufbrach, wollte er sich mit Geneve hinter unserem Haus am Rande der Stadt treffen, kurz nach Sonnenaufgang.

Zum Abschied, wie er sie in einer kurzen Notiz hatte wissen lassen.

Geneve saß mit einer groben Decke um die Schultern auf der kleinen Bank hinter dem Fachwerkhaus, den Blick auf die angrenzenden Felder gerichtet. Die Schweine grunzten aus der Stallung neben ihr, Hühner scharrten im Dreck und wagten sich einige Schritte weit in die Wiese. Laut krähend verkündete der Hahn, dass sich die Sonne erhob.

Noch war Geneve nicht richtig wach und lauschte dem Gesang der Vögel. *Es ist noch zu früh. Und ich schlafe zu wenig seit den Geschehnissen.* Sie hegte die Furcht, dass Flavio ihr bei der Unterhaltung nicht richtig zuhören würde und sie die rechten Worte nicht fand. *Ich hätt's mir aufschreiben sollen.*

Schritte näherten sich, dann kam Flavio um die Ecke und sprang über den kleinen Zaun. »Du bist schon auf.«

»Du wolltest dich von mir verabschieden. Wie könnt' ich das verpassen?« Geneve nahm ihren Mut zusammen. »Flavio, ich ... ich wollte dich um Verzeihung bitten.«

»Warte einen Augenblick.« Flavio erhob die Stimme. »Maestra Cornelius. Ich bin da.«

Zu Geneves Erstaunen öffnete sich die Hintertür, und ihre Mutter trat zusammen mit Jacob ins Freie. Sie trug das lange, schwere Richtschwert um die Hüfte gegürtet. »Bugatti«, grüßte sie ihn, ohne besondere Freude in der Stimme. »Lass hören, was du von mir und meiner Familie verlangst.«

»Mutter?« Geneve erhob sich langsam, die Decke rutschte ihr von den Schultern. Aus der Sorge, etwas Falsches zu sagen, erwuchs die Angst vor einer Auseinandersetzung zwischen ihrer Familie und Flavio. »Was geht hier vor?«

»Ich ließ deiner Mutter einen Brief zukommen«, erklärte der Italiener. »Da sie wie dein Bruder zum Zeitpunkt des Geschehens ohnmächtig darniederlag, musst' ich ihr schildern, was sich zutrug. Und wie Eminenz Rinaldi sowie mein geliebter Bruder ums Leben kamen.«

Geneves Mund wurde trocken. *Darum geht es also: um meine Schuld.* »Das habe ich bereits getan.«

»Das ehrt dich. Um sicherzugehen, dass es genau so berichtet wurde, wie es der Wahrheit entspricht, tat ich's erneut.« Flavios Stimme blieb kalt, seine Haltung verströmte Unnahbarkeit. »Maestra Cornelius, Ihr habt gelesen?«

»Ja. Und es deckte sich mit der Beschreibung meiner Tochter. Sie versuchte nicht, etwas vor mir zu verheimlichen.« Catharina klang ruhig, doch wachsam.

»Dann werdet Ihr für eine Bestrafung sorgen?«

»Was?« Geneve starrte Flavio entgeistert an. »Wie … wie kannst du eine Bestrafung verlangen?«

»Ich verlange *Gerechtigkeit*. Durch dein Zögern kamen zwei Menschen ums Leben. Das ist, als hättest du den Inquisitor absichtlich verbluten lassen und meinem

Bruder selbst die Kehle herausgerissen«, sprach er abweisend. »Du bist mindestens zur Hälfte eine Mörderin.«

»Ich –«

»Warum erhebst du diese dumme Anschuldigung nicht vor Ratsherr Stein?«, mischte sich Jacob ein. »Weil du die Antwort kennst: Niemand würd' meine Schwester für ihr höchstmenschliches Verhalten anklagen.«

»Zudem sorgte ihr Einfall dafür, dass du und Rinaldi zu Beginn des Angriffs am Leben geblieben seid«, fügte Catharina harsch hinzu. »Ihr Trick mit der spiegelnden Broschennadel bracht' uns den entscheidenden Vorteil.«

Jacob ging einen drohenden Schritt auf Flavio zu. »Geneve öffnete die Tür, die das Licht in die Kate brachte, und hat uns gerettet.«

»*Nicht* alle«, hielt Flavio düster dagegen.

»Aber dich und uns. Sonst wär'n wir tot und zu Schatten gebannt.« Catharina legte eine Hand auf ihr Henkersschwert. »Du forderst eine Bestrafung gegen die Frau, die dir das Leben rettete. Du wirst einsehen, dass es Unfug ist?«

»Sie ermordete zwei Menschen! Durch Untätigkeit.«

»Ich habe niemanden ermordet. Das Grauen war zu viel«, sprach Geneve flehentlich. »Und als mein Verstand die Angst überwand, die Schatten vergangen war'n und ich mich endlich bewegen konnt', da –«

»War's zu spät.« Flavio atmete tief ein. »Wenn Ihr sie nicht bestraft, Maestra, muss ich mir überlegen, welche Folgen für Euch und Eure Familie daraus erwachsen.«

»Rede freiheraus, Bugatti.« Catharina ließ sich nicht beeindrucken. »Wirst du in Rom vor den Inquisitoren Lügen berichten, um uns anzuschwärzen?«

»Sind es denn Lügen, wenn ich berichte, dass ich Geneve des Nachts in der Hütte der Strega antraf?«, konterte Flavio. »Auf Euer Geheiß, Maestra Cornelius? Das könnte man Euch anders auslegen. Scharfrichter haben einen gewissen Ruf, was Zwielichtigkeit anbelangt.«

Catharina blieb gelassen. Aber Jacob warf Geneve einen verwunderten Blick zu.

Nein, bei Gott dem Allmächtigen! Schau mich nicht so an. Sonst ...

Doch Flavio zog bereits die passenden Schlüsse. »Oh, Ihr wusstet es gar nicht? Was trieb Geneve wohl an, dort zu suchen, so es kein Auftrag war?«

»Das Gleiche wie dich«, erwiderte Geneve wütend und spürte Zorn in den Adern rasen. Sie fühlte sich schuldig, aber hatte nicht aus Absicht fragwürdig gehandelt. »Beweise finden.«

»Beweise. Oder Rezepte, aus denen du neue Tinkturen brauen kannst, beinahe wie eine Strega?«, gab Flavio schneidend zurück. »Ich hörte mich um. Deine Salben und Mittelchen sind berühmt, und man nimmt sie gerne von dir.«

»Ich sandte sie aus«, entgegnete Catharina. »Das ist damit erledigt.«

»Dann möcht' der Großinquisitor in Rom vielleicht ergründen, warum die Schatten vor ihrem Angriff zu *Eurer* Tochter sprachen, als kannten sie Euer Kind wie eine Freundin?«, fuhr Flavio fort und kreuzte die Arme vor der Brust.

»Du kannst in Rom lügen, so viel du möchtest, Bugatti. Wir bezeugen das Gegenteil von allem«, erwiderte Jacob. »Zeig Dankbarkeit, bei Gott dem Gerechten! Du wärst ohne Geneve ein toter Mann und dein Schatten wär' ein Sklave!«

»Das wär' ich.« Flavio blickte Geneve ins Gesicht. »Aber es fühlt sich nicht an, als wär' das schlechter.«

»Du bist töricht, Bugatti.« Catharina wies auf den Zaun. »Du kannst verschwinden und nach Rom pilgern, sofern du nichts Freundliches zu sagen weißt. Deine Anschuldigungen sind fehl am Platze, und ein Dank an meine Tochter ist mehr als gerechtfertigt.«

Flavio sah zwischen den dreien umher. »Ich verstehe. Ihr verweigert mir Gerechtigkeit.«

»Die Trauer blendet dich und dein Herz. Es sei dir verziehen.« Jacob nickte zur Straße. »Und nun geh mit Gott, bevor ich dich vom Hof prügle!«

Ich will ihn so nicht gehen lassen. Geneve fürchtete um ihre Familie, sollte man Flavio in Rom Gehör schenken. Der Streit sollte beigelegt werden, noch bevor er sich auf den Weg machte. »Was … was wäre in deinen Augen eine gerechte Strafe, Flavio?«

»Sieh an. Dein schlechtes Gewissen gibt dir Vernunft.« Er neigte den Kopf leicht. »Da deine Mutter sich weigert, ein Strafmaß festzulegen, schlage ich vor, dass sie dich öffentlich peitscht und an den Pranger stellt.« Seine Stimme kippte und wurde hässlich. »Die Stadt soll sehen, wie groß deine Schuld an den Toten ist.«

Geneve zuckte zurück. *Vor aller Augen erniedrigt?*

»Was dachtest du, was ich sage? Eine Handvoll Münzen an die Kirche und zehn Vaterunser?« In Flavios Tonfall lag nun blanker Zorn. »Du musst leiden für deine Schuld. Sei froh, dass ich nicht deine Hände verlange, die untätig blieben. So wird deine Haut auf dem Rücken in Fetzen geschlagen. Mehr nicht.«

»Das Gesetz sieht Derartiges nicht vor.« Catharina bedachte ihn mit einem abfälligen Blick. »Geneve hat einen tadellosen Ruf, wenn man von ihrer Herkunft einmal absieht. Den lass ich nicht zerstören, weil du nicht erkennst, wie verwerflich dein Anliegen ist, Bugatti.«

»Undankbar bis auf die Knochen«, stimmte Jacob zu. »Das würd' ich meiner Schwester niemals antun lassen.«

»Es würd' dir doch Vergnügen bereiten«, erwiderte Flavio verächtlich. »Ich sah, wie deine Augen glänzten, als du die Schattenhexe foltern durftest. Wie steht's? Hättest du nicht Lust, die Riemen über den Rücken deiner Schwester tanzen zu lassen? Und sie danach zu pflügen? Es würd' dich –«

Jacob machte einen blitzschnellen Satz nach vorne und schlug Flavio die Faust ins Gesicht.

Der Italiener brach zusammen und fiel in den Hühnerdreck. Blut sickerte über die aufgeplatzten Lippen und aus der gebrochenen Nase. Der Schlag war hart gewesen.

»*Das* bereitet mir Vergnügen, Bugatti. Dir das liederliche Maul zu stopfen. Mit deinen eigenen Zähnen.«

»Nun gut«, sagte Flavio und spuckte Blut auf die Stiefel seines Gegners. »Du willst meinen Hass. Sollst ihn bekommen.« Er erhob sich und wischte sich die schmutzigen Hände an der Hose ab. »Du und deine Familie.«

»Wir wollen keinen Hass«, sprach Catharina bedächtig. »Kehr nach Rom zurück und komm unterwegs zur Vernunft. Wenn du begriffen hast, wie falsch und beleidigend dein Verhalten war, schreib uns.« Sie legte einen Arm um Geneves Schultern. »Schreib *ihr*, die du am meisten verletztest, und entschuldige dich. Wir werden nicht nachtragend sein. Gott verlangt Vergebung von uns allen.«

»Maestra Cornelius, ich bin weder verblendet noch in irgendeiner Weise von meiner Trauer beeinflusst.«

»Umso schlimmer«, warf Jacob ein.

»Da Ihr keinerlei Veranlassung seht, für Gerechtigkeit zu sorgen«, fuhr Flavio fort, »verspreche ich Euch, dass die Bugattis vom heutigen Tage an niemals die Freunde der Cornelius sein werden. Diese Fehde werde ich führen, von Rom und jeder Stadt aus, in der ich mich befinde. Und zwar so lange, bis ich um Sühne weiß, um den Tod meines Bruders gutzumachen. Persönliche Sühne. Abbitte.« Er wandte sich um. »Meine Forderung kennt Ihr, Maestra Cornelius, und sie wird sich nicht ändern. Nicht jetzt und nicht in hundert Jahren.«

»In hundert Jahren bist *du* tot«, merkte Jacob spöttisch an.

»Meine Kinder und Kindeskinder werden wissen, was zu tun ist und welche Schuld es zu tilgen gilt.« Flavio sprang zurück über den Zaun. »Bis ans Ende aller Tage werden die Bugattis nicht vergessen. Niemals. Das schwöre ich beim Herrn.« Nach einem letzten Ausspucken verschwand er um die Ecke.

Geneve sackte auf die Bank. »Es tut mir leid, Mutter. Ich wusst' nicht, dass er …«, stammelte sie.

»Es ist gut, Kind.« Catharina setzte sich neben sie und legte ihr erneut die Decke um. »Du hast uns gerettet. Mehr als einmal. Das wird Gott zu schätzen wissen, sollt' dein Ende eines Sonnenaufgangs nahen.«

»Und die Fehde?« Geneve sah zu Jacob. »Was denkst du?«

»Rom ist weit weg, Schwesterherz«, antwortete er mit einem aufmunternden Lächeln. »Dieser Idiot wird sich besinnen. In ein paar Wochen bekommst du einen Brief von ihm, in dem er sich wortreich winden und entschuldigen wird. Dann kannst du ihn heiraten und viele Kinder mit ihm machen. Aus der Fehde wird eine Großfamilie der berühmtesten und besten Scharfrichter!« Er ging lachend ins Haus.

Catharina nahm Geneves Hand. »Was suchtest du in der Hütte?«

»Als ich Flavio begegnete?«

»Ja.«

Es ist Zeit für die Wahrheit. »Ich suchte … nach ihren Kindern. Ich dachte, es wären *echte* Kinder, die alleine und verängstigt in ihren Verstecken sitzen und um die sich keiner kümmert und …« Sie seufzte. »Ich wusste nicht, dass es Schattenwesen waren. Ich hielt es für einen Streich.«

»*Deswegen* haben sie dich erkannt.«

Geneve nickte, in ihren Augen brannten Tränen. »Wie es Flavio erzählte. Ich Närrin!«

Catharina lächelte schwach. »Du bist keine Närrin, du hast nur ein weiches Herz. Daher wirst du niemals eine Meisterin sein. Niemals eine Scharfrichterin. Gott scheint etwas anderes für dich vorgesehen zu haben.« Sie erhob sich. »Geh und füttere die Schweine. Das Abenteuer ist überstanden. Die alltägliche Arbeit erwartet dich.«

»Ja, Mutter.«

»Und kein Wort über deinen Ausflug oder die Schatten. Zu niemandem«, schärfte sie ihr ein. »Du wirst dich dort nicht blicken lassen oder auch nur in die Nähe von Moorweiler gehen.«

»Ich habe verstanden.« Sie sah dankbar zu ihrer Mutter auf. »Nach all den Albtraumgestalten, die wir bereits kennenlernen durften, dacht' ich, ich sei gefeit gegen Schrecken. Aber in der Hütte …«

»*Niemand* ist gegen *jeglichen* Schrecken gefeit. Nicht

einmal der Teufel und seine Diener.« Catharina strich ihr nachsichtig über die Haare.

»Du schon!«

»Auch ich nicht. Es war bislang nur nicht das rechte Wesen dabei, um mich steif wie ein Stein werden zu lassen.« Sie lächelte. »Und das muss auch gar nicht sein.« Catharina ging ins Haus. »Denk an die Schweine«, rief sie von drinnen.

»Das erledig' ich sogleich.« Geneve stand auf und blickte in die aufgehende Sonne. Die Strahlen schienen ihr ins Gesicht und wärmten die Haut, vertrieben die Schrecken zumindest ein wenig. *Es tut mir leid, Flavio.* Sie streifte die Decke ab und faltete sie, legte sie auf die Bank. Dabei fiel ihr Blick auf eine krakelige Schrift auf der Hauswand, auf die just der Schein des Taggestirns fiel. Wie von unkundiger Hand in tiefstem Schattenschwarz geschrieben stand dort:

Es sey nichts vergessen.

Der Satz hatte sich nicht dort befunden, als sie Platz genommen hatte.

Das muss Einbildung sein. Ein Schauder rann Geneve vom Nacken den Rücken hinab, und sie eilte in den Schweinestall, um sich in die Arbeit zu stürzen.

Als sie wenig später mit einem mulmigen Gefühl zurückkehrte, war die Botschaft verschwunden, wie von der Sonne aufgelöst. Sie beschloss, dass es nichts weiter als Trug ihres überhitzten, aufgeregten Verstandes gewesen sein konnte.

Nun ist geklärt, wie die Fehde entstand.
Sie können selbst entscheiden, ob die Forderung von Flavio Bugatti gerechtfertigt war.

Jedenfalls hörten wir lange nichts mehr von ihm und seiner Familie. Die Großinquisitoren hatten offenkundig Besseres zu tun, als einem aufgeregten Gesellen ein Ohr zu leihen, der sichtlich angeschlagen vom Tod seines Bruders und seines Mentors war.

Jahre später, als sich die Henker ihres Standes bewusster wurden und wir untereinander korrespondierten, als wir zu Hochzeiten reisten, bei denen sich durch die Vermählungen starke Bande quer durch Europa bildeten, was zu einer eingeschworenen Gemeinschaft wurde, trafen wir uns wieder.

Es wurde unschön.

Nur mit Mühe konnte ich verhindern, dass sich Jacob zu einer Bluttat hinreißen ließ. Aber das erzähle ich Ihnen ein anderes Mal, sofern Sie Interesse haben.

Auch wie sich Geneve von uns entfernte, da sie das Leben an der Seite zweier Scharfrichter nicht ertrug. Jacob zeigte immer weniger Geduld und Verständnis mit seiner Schwester und sie immer weniger für seine Neigungen – bis es zum Bruch kam.

Ich könnte Ihnen erzählen, welche Freundschaften und Feindschaften wir pflegten. Dinge über das fahrende Volk, Kreaturen der Dunkelheit, Hexen und Zauberer, Gestaltwandler. Die abstrusesten Vorfälle bei Hinrichtungen und etwas über Kriminalfälle; wie wir zu unserer Langlebigkeit kamen – oh, ja, ich könnte Bücher damit füllen.

Doch bleiben wir einstweilen bei dieser Geschichte.

In der Gegenwart war Geneve aus London zurück, und sie fühlte sich gut. Meine Tochter hatte meinen Tod und den meines Sohnes aufgeklärt. Daher begann sie unmittelbar nach ihrer Ankunft mit dem Versuch, jenes

beschauliche, aufregungsfreie Leben zu führen, das sie vor dem Abenteuer gehabt hatte.
Es war ein Versuch.

Geneve saß auf der abendlichen Dachterrasse ihrer kleinen, alten Villa und las im Schein von Dutzenden Lampions, Kerzen und Lämpchen in ihren Aufzeichnungen über die Behandlung von Schuppenflechte. Ein Patient, dem die Schulmedizin nicht helfen konnte, wartete schon lange darauf, dass sie sein Leiden linderte.

»Irgendwo habe ich doch …« Sie blätterte sich durch ihre Aufzeichnungen. *Im Jahr 1832? Nein. 1712?* Sie fluchte leise. Sie musste die Register dringend überarbeiten.

In ihrem Laboratorium köchelten derweil die Reste des Kopfschmerzmittels aus New Orleans und wurden von den Dekoktorien und anderen Gerätschaften in seine Bestandteile zerlegt. In Leipzig nutzte sie ihr bewährtes Cannabisöl.

Das lockere Lauftraining mit Peggy hatte ihr gutgetan. Die Gespräche mit ihr über die einfachen Dinge des Lebens und die Organisation der Obdachlosenbetreuung erdeten sie.

Geneve blickte auf die Uhr. Auf das vereinbarte Video-Telefonat mit Alessandro in ungefähr einer Stunde freute sie sich. Er blieb auf unbestimmbare Weise in ihren Gedanken. Sein Abschiedsbrief und das Foto seines Sohnes lagerten in ihrem Tresor.

Die Weiße Elster rauschte im Hintergrund, aus einiger Entfernung drangen Unterhaltungsfetzen und leise Musik mit dem Wind bis zu ihr.

Geneve hob den Blick und sah über den Tisch zur

Staffelei, auf der eine große Leinwand mit einer Vorzeichnung stand. Das Charity Hospital prangte darauf, über das sie eine große Eule ziehen ließ: Die Weisheit hatte den Schrecken besiegt.

Das geht doch besser. Geneve wollte sich erheben, um einige Striche zu korrigieren, als ihr Smartphone abrupt aufleuchtete. Als Absender der Nachricht stand dort *Dara2*.

Oh, verdammt. Die beiden habe ich total vergessen. Geneve nahm das Gerät und telefonierte Dara voller schlechtem Gewissen an, ohne vorher die eingegangene Nachricht zu lesen.

Klackend wurde abgehoben.

»Entschuldige! Ich war in London und in New Orleans«, erklärte Geneve sofort schuldbewusst. »Wegen der Morde an Mutter und meinem Bruder. Und hier ist auch wieder viel los. Ich hoffe, es geht dir und William gut? Du willst sicherlich die Münze und die Urne haben, um sie zurückzugeben.«

»Nein, Frau Cornelius. Hier ist Daras Mutter«, lautete die Antwort. »Ich rufe mit dem alten Handy meiner Tochter an, weil Ihre Nummer eingespeichert ist.« Sie räusperte sich. »Wir ... wir machen uns große Sorgen um sie.«

»Warum?« Geneve legte beunruhigt das Rezeptbuch zur Seite. »Was ist passiert, Frau Oschatz?«

»Sie und William sind verschwunden. Sie wollten in die Eisenbahnstraße, um etwas zu erledigen«, erklärte sie nervös. »Dara hatte mir gesagt, dass William Scheiße gebaut hat, und das müsste geregelt werden.«

»Oh. Und nun sind sie weg?«

»Ja.«

»Ist sie mit William vielleicht nach Irland, um –«

»Nein, da sind sie auch nicht. Keine Spur.« Frau Oschatz putzte sich hörbar die Nase und schniefte. »Es gab eine Explosion. Genau in dem Haus, das sie aufgesucht hatten. Die Leichen in der Ruine waren aber nicht Dara und William. Man hat meine Tochter vorher noch gesehen.«

Geneve durchfuhr es kalt. *Ich hätte mich mehr um sie kümmern müssen.* »Wo?«

»In einer Straßenbahn. Eine Schlägerei, bei der sie aus dem Fenster geworfen wurde. Laut dem Polizeireport und Zeugenaussagen. Die Beschreibungen passen auf sie.«

»Das ist alles?«

»Danach verliert sich Daras Spur, Frau Cornelius.« Frau Oschatz weinte unterdrückt.

Sei ruhig. Stell die richtigen Fragen, mahnte Geneve sich. »Gibt es Aufzeichnungen von den Überwachungskameras in der Tram?«

»Nein. Die hatten keine.« Oschatz klang abgrundtief verzweifelt. »Sie … sie können doch bestimmt was machen? Sie ist wie vom Erdboden verschluckt. Wir können nicht mal ihre Witterung aufnehmen!«

»Und William?«

»Der war nicht dabei. Kann sein, dass er in dem Gebäude verbrannt ist. Die Leichen sind noch nicht alle identifiziert.«

Geneve aktivierte ihren Tabletcomputer und rief die Nachrichtenseite auf, suchte nach den Vorkommnissen in der Eisenbahnstraße. Tatsächlich fand sie mehrere Artikel über das Inferno, das ein denkmalgeschütztes, im Umbau begriffenes Wohn- und Geschäftsgebäude komplett ausgebrannt hatte. *Da kam keiner lebendig raus.* »Also befand sich nur Dara in der Bahn.«

»Ich denke ja. Aber ich … ich kann es nicht mit Bestimmtheit sagen.«

»Mh.« Geneve betrachtete die pendelnden Laternen auf ihrer Terrasse und streifte die wehenden, braunen Haare aus den Augen. »Wo genau flog Ihre Tochter aus der Tram?«

»Martin-Luther-Ring. In etwa auf der Höhe vom Neuen Rathaus.«

»Gut.« Geneve überlegte und betrachtete die Bilder vom Brand auf dem Display. »Ich schaue mich mal in der Ruine in der Eisenbahnstraße um. Vielleicht entdecke ich einen Hinweis auf William oder darauf, was passiert ist, der Ihnen entgangen ist. Danach gehe ich zu der Stelle, wo Dara verschwand.«

»Danke, Frau Cornelius! Bitte, finden Sie mein Kind!« Oschatz sprach mit gemischten Gefühlen, Verzweiflung und Zuversicht.

»Wie lange ist das her?«

»Schon eine Woche. Wir hatten keinen Streit, nichts. Sie hätte sich längst gemeldet!«

»Natürlich hätte Dara das. Seien Sie versichert, ich tue mein Bestes. Bis bald!« Geneve legte auf und blickte zum Sternenhimmel hinauf. Die Rezeptbücher räumte sie auf einen Stapel. Der Patient musste warten. Nach kurzem Überlegen rief sie Alessandro an. »Ciao, mein Bester.«

»Geneve! Ciao, ciao! Schön, dich zu hören.« Der Italiener klang überrascht und gehetzt. »Scusi, habe ich mich vertan? Ich bin noch am Aufräumen. Unser Internetdate ist doch erst in einer Stunde. Oder ist was passiert?« Sofort sprang Alessandros Sorge in seine Stimme.

»Nein. Noch nicht.« Geneve erhob sich und löschte die Kerzen sowie die Lampen. »Ich wollte nachfragen, ob du mich gleich begleiten kannst.«

»Aus Rom bräuchte ich …«

Geneve musste lachen. *Er ist wirklich süß.* »Ich meinte telefonisch. Als Rückendeckung.«

»Va bene. Aber wenn dir was geschieht, kann ich erst mit … ungefähr vier Stunden Verzögerung eingreifen. Das ist dir klar?« Er bemühte sich, scherzhaft zu klingen.

»Es geht mir mehr darum, meine Gedanken mit jemandem auszutauschen.« Sie warf eine Plane über die Staffelei und ging die Treppe nach unten.

»Was unternehmen wir denn?«

»Umschauen. In einer Ruine. Erinnerst du dich an den Wechselbalg?«

»Der in dein Haus einbrach?«

»Ja. Kadek.« Sie atmete tief ein. »Ich glaube, hier ist etwas grässlich schiefgelaufen, während ich unterwegs war.«

»Jetzt fühlst du dich deswegen schuldig?«

»Na ja. Ich hatte verlangt, dass Dara und William sich bei dem Angehörigen des Wechselbalgs entschuldigen. Das hat sie offenbar in Schwierigkeiten gebracht. Das Lagerhaus, zu dem sie gegangen sind, ist abgebrannt. Beide sind verschwunden.«

»Porca miseria.« Eine Kaffeemaschine sprang im Hintergrund an. »Espresso läuft. Ich bin gleich richtig wach.«

Geneve erreichte das Stockwerk, in dem der Tresor stand, und öffnete ihn. Sie nahm die goldene Münze heraus, die William ihr zur Tilgung seiner Schulden hinterlassen hatte und die eigentlich dem Wechselbalg gehört hatte. Dabei berührte sie Alessandros Brief und sandte ihre Gedanken zu ihm, danach schloss sie die Stahltür.

Die Urne mit Kadeks Asche stand auf dem Sideboard. *Tot. Staub. Wie Fry.* Geneve betrachtete sie. »Sag mal, gibt es noch was Neues zu Fry?«

»Ich weiß nur das, was dir auch gesagt wurde. Anhand der Indizien wurde sie als Schuldige für die Morde an deiner Familie betrachtet. Auch vom MI6.«

»Und es sind bei deren Untersuchungen keine Zweifel aufgekommen?«

»No. Die Kollegen aus England, die ich gefragt habe, bestätigten es.«

Geneve wischte über die Urne. »Mh.«

»Was? Glaubst du den Schwachsinn, den Fry vor ihrem Tod sagte?«

»Sie kam mir ehrlich vor. Und mein Bauchgefühl verlangt, dass ich nachhake.«

Alessandro lachte. »Eine Mörderin und Ehrlichkeit! Sie diente einem Dämon, Geneve! Sie würde sich freuen, wenn sie wüsste, dass du darauf hereingefallen bist.«

»Du hast recht. Ich sollte das abhaken.« Sie rieb sich einmal über die Augen, die vom vielen Lesen brannten. »Und danke für deinen Tipp, was den Bestatter in Leipzig angeht. Das *Ars Moriendi* hat die ganze Überführung und den Papierkram übernommen. In zwei Wochen wird die Beisetzung meiner Familie stattfinden.«

»Meine Mutter hat nur Bestes über diesen Korff und seine Leute gehört. Der Hinweis kam von ihr, wenn ich ehrlich bin.«

Geneve war überrascht. »Was sagte deine Mutter dazu, dass dein Schwert zerstört ist?«

»Sie bedauert es.«

»Mehr nicht? Lasst ihr es zusammenschmieden?«

»Die Klinge ist zersprungen. Das sei ein Zeichen, sagte sie.« Alessandro schlürfte an seinem Espresso. »Aber die Fehde will sie deswegen nicht ruhen lassen. Sie meinte, ich könne denken, was ich wolle, doch erst mit ihr wäre die Angelegenheit gestorben. Buchstäblich.«

»Oh«, sagte Geneve enttäuscht.

»Hast du etwas anderes erwartet?«

»Nein. Doch. Vielleicht.«

»Ich wusste schon, dass meine Mamma das anders sieht. Ich hatte zwar auch ein wenig Hoffnung, aber ...« Klirrend stellte Alessandro das Tässchen ab. »Kümmern wir uns um Dara. Das ist wichtiger.«

»Einverstanden. Ich fahre los und melde mich, sobald ich angekommen bin. Ciao.«

»Ciao, ciao.«

Geneve zog sich eine Lederjacke an, steckte ihre Taschenlampe sowie ein Brecheisen ein, dazu einen stabilen Silberdolch und verschiedene Pülverchen, um sich gegen Angriffe von Wesen der Anderswelt zur Wehr zu setzen.

Rasch verließ sie ihre altertümliche Villa, schloss die Kette an ihrem Fahrrad auf und setzte die Freisprecheinrichtung ins Ohr in. Dann fuhr sie durch das nächtliche Leipzig. Es herrschte wenig Verkehr, sie kam gut voran. Unterwegs machte sich Geneve verschiedene Gedanken zum Kommenden. *Improvisation. Wie in New Orleans. Es wird allmählich zu meinem Credo.*

Dank Schleichwegen und Abkürzungen radelte sie

nach kurzer Fahrt auf die mit Flatterband abgesperrte Ruine in der Eisenbahnstraße zu. In der Nähe des ausgebrannten Gebäudes hielt Geneve an, die Bremsen quietschten. Der Geruch von erloschenem Feuer und Ruß hing in der Luft, intensivierte sich, je näher sie kam. Das Rad stellte sie vor einem geschlossenen Handyladen ab und kettete es an das heruntergelassene Eisenrollgatter.

Anschließend rief sie Alessandro an. »Es kann losgehen. Ich bin da.«

»Und? Kommst du leicht rein?«

»Sie haben Bretter vor die Fenster und den Eingang genagelt. Aber das wird mich nicht aufhalten. Mach dich bereit. Wir gehen rein.«

»Warte! Hast du eine Waffe dabei?«

»Nur meinen scharfen Verstand. Der schneidet alles.« Geneve musste grinsen, weil sie ihn seufzen hörte. »Ich habe keine Pistole, wenn du das meinst.«

»Sag mir bitte, dass du irgendwas ...«

»Einen Silberdolch und genug Sachen, die Wesen vertreiben.«

»*Sachen?* Oh, madonna!«

Geneve trat in die Hofeinfahrt und betrachtete die grobe Holzverkleidung, die über die Reste der Tür geschraubt worden waren. Sprayer hatten bereits ganze Arbeit geleistet, Kürzel und Schmierereien hafteten darauf. Ein einfaches Vorhängeschloss verwehrte den Zutritt.

Das wird einfach. Geneve setzte das gebogene Ende des Brecheisens am Rahmen an und sprengte die Angeln aus dem angeschlagenen Stein. Rumpelnd fiel die Holzverkleidung nach vorne, und Brandgeruch wallte heraus.

»Ist offen.« Sie schaltete die Lampe ein. »Ich gehe hinein.«

»Soll ich weiter mit dir reden?«

»Warte, bis ich die Lage einschätzen kann.« Geneve betrat die Ruine.

Die Hitze musste enorm gewesen sein. Beton und Putz waren aufgeplatzt, das Dach der Halle war eingestürzt und bildete mit den verbogenen, geborstenen Streben ein surreales Dinosaurierskelett. Es roch nach Feuchtigkeit des hektoliterweise eingesetzten Löschwassers, die Ausdünstungen von Chemikalien gesellten sich hinzu. Der Gestank von Verbranntem würde sich so rasch nicht mehr aus ihrer Kleidung lösen. »Sieht ungefährlich aus.«

»Va bene.«

»Ich hatte keine Zeit mehr, über den Brand nachzuforschen. Machst du das bitte rasch?« Geneve kletterte vorwärts, leuchtete umher und blickte sich aufmerksam um.

»Einen Moment.« Eine Tastatur klackerte. »Da gibt es einige Berichte. Großfeuer, Verpuffung, Brandstiftung oder Unfall, illegale Werkstatt, Millionenschaden, mehrere unbekannte Leichen im Innern geborgen«, leierte Alessandro runter. »In der Nachbarschaft und auf der Straße gab es nur Leichtverletzte.«

»Was sagt die Polizei zu den Toten?«

»Wie gesagt: unbekannt. Identifiziert wurde nur der Inhaber. Ein Horst Voigt. Die Behörden vermuten, er habe den Brand entweder selbst gelegt oder es sei ein Unfall gewesen«, fasste Alessandro zusammen. »Es fanden sich Hinweise auf Werkstätten, die nicht angemeldet gewesen seien. Weiteren Zeugenaussagen werde noch nachgegangen.«

Was ist das? Geneve bückte sich und hob einen dünnen, gebogenen Splitter auf, der ihr im Lichtschein aufgefallen war, da er nicht recht zum sonstigen Umfeld passen wollte. »Ich habe was entdeckt. Es« – sie kratzte am Ruß, und das Stück zerbrach mit einem charakteristischen Knacken – »es sind Eierschalen.«

»Was?«

»Ich habe Eierschalen gefunden.« Sie leuchtete umher. »Die Halle war wohl eine Schlangengrube, nehme ich an.«

»Dann haben Dara und der Werwolf die Wechselbälger verbrannt, anstatt sich zu entschuldigen?« Alessandro lachte böse. »So schafft man Unstimmigkeiten auch aus der Welt.«

Geneve leuchtete nach rechts. *Da ist noch etwas!* »Moment.« Sie zwängte sich unter einem Balken hindurch, um an das zu kommen, was sie entdeckt hatte. *Ich ... ich habe es!* Sie wischte den Schmutz von den kleinen Kügelchen ab.

»Was ist es?«

»Perlen.«

»Passt zu doch Asien.«

»Aber nicht zu Voigts Import und Export.« Sie wog sie in der Hand und blies den Dreck aus den gebohrten Löchern. »Weiß. Aus Marmor.«

»Du hörst dich an, als wüsstest du, was du gefunden hast.«

Sie hatte so was schon mal gesehen. Und es hatte nichts mit exotischen Importen zu tun. *Aber wo?* Geneve grübelte. »Sie könnten einen ...« Der Gedanke befiel sie ansatzlos. »Dara verschwand aus der Tram auf Höhe des Neuen Rathauses, sagte ihre Mutter.«

»Scusi?«

»Das Neue Rathaus! Ich dachte, Dara sei dorthin gelaufen. Aber sie ging in die andere Richtung. Und da steht *was?*«

»Woher soll ich das wissen? Das ... *alte* Rathaus?«, riet Alessandro.

»Nein. Sankt Trinitatis. Die Perlen gehören an die Kette um den Hals von Monsignore Ignatius. Er weilt zurzeit in der Kirche!« *Hoffe ich.* Geneve machte unverzüglich kehrt. »Das ist kein Zufall. Ich statte dem Exorzisten einen Besuch ab. Wenn er Dara eingesackt hat, will ich sie zurück.«

»Ein Exorzist ist er? Dann könnte er das Feuer gelegt haben.«

»Er ist höchstens dreißig. Wie viele Monsignores in seinem Alter gibt es? Ich beantworte das rasch selbst: keinen einzigen, weil der päpstliche Ehrentitel nur an ältere Geistliche vergeben wird. Es sei denn, er hat eine ganz besondere Aufgabe.« Sie begab sich ins Freie und trabte auf die Eisenbahnstraße zu ihrem Rad. »Kannst du für mich mehr über ...« Sie stockte. *Oh, nein. Bitte, nur das nicht!*

»Mehr über?«, fragte Alessandro nach.

»Schick mir die Dinge, die du über ihn finden kannst. Melde dich dann. So schnell, wie es dir möglich ist.« Geneve befreite das Fahrrad von der Kette und wickelte sie auf. »Ciao, Alessandro.«

»Ciao, ciao!« Er legte auf.

Ein zweiter Gedanke war ihr gekommen, und der gefiel ihr nicht. *Ich hoffe, du gehörst nicht zu denen. Sonst habe ich gleich ein gehöriges Problem.*

Ein weiteres Mal musste Geneve handeln. Ihr weiches Herz ...

Natürlich fühlte sie sich schuldig an dem, was vorgefallen war. Sie hatte Dara und William dazu geraten, eine Entschuldigung zu überbringen.

Sie schaffte es mit dem Rad in Rekordzeit von der Eisenbahnstraße zur Kirche Sankt Trinitatis und klingelte Sturm, bis ihr von einer verwunderten Mitarbeiterin geöffnet wurde. Nach ein wenig Hin und Her und einigen Telefonaten führte man sie durch die Flure des Kirchenneubaus. Ignatius selbst wollte die späte und schmutzige Besucherin empfangen.

Und so sollte ein weiteres Zusammentreffen mit dem Monsignore stattfinden, das meine Tochter an die Begegnung mit Inquisitor Rinaldi erinnerte.

Und wie diese endete, haben Sie noch in bester Erinnerung, hoffe ich.

Geneve auch. Trotz der Jahrhunderte, die seitdem vergangen waren.

In den Gängen roch es nach Weihrauch, das Licht war gedimmt, und Kerzen flackerten in Halterungen. Es schien, als sollten hier Moderne und Vergangenheit miteinander verschmelzen. Die Sohlen der vorausgehenden Nonne klackerten über das nagelneue Parkett.

Geneve war gespannt, wie und ob sich Ignatius rausreden würde. Dass er sie empfing, bedeutete weder Eingeständnis noch Hilfsbereitschaft. *Ich denke, er ist neugierig, was ich herausgefunden habe.*

Ihr Smartphone meldete mit einem leisen Signalton einen Anruf. *Alessandro!* Geneve folgte der Frau im Habit weiter, die ihr nur einen bösen Blick zuwarf, als sie das Gespräch annahm. »Hast du was für mich?«

»Sì, certamente.«

»Nicht wundern, wenn ich wenig sage. Ich kann gerade nicht offen sprechen.«

»Dann halte ich mich auch knapp«, erwiderte er. »Der Monsignore ist tatsächlich Exorzist, er galt als enger Vertrauter von Pater Amorth und bildet selbst Exorzisten aus. Er hat bereits mehrere hundert Austreibungen vorgenommen und wird seit ungefähr zwei Jahren bei der *Operation Heidenfront* eingesetzt«, referierte Alessandro.

»Was ist das?«

»Ein Programm, um das Böse in atheistischen Regionen zurückzuschlagen. Wie in Leipzig und christlich kritischen Gebieten weltweit.« Alessandro klickte hörbar mit einer Maus herum. »Er hat sich noch nichts zuschulden kommen lassen. Jedenfalls nach Maßstäben der Vatikanpolizei. Warte.« Das Drehrädchen ratterte. »Da. Die Gerüchteküche besagt, er sei just in Ungnade gefallen und werde nach Rom zurückbeordert.«

»Ach? Gibt es dazu Details?«

»Scusi. No.«

Dann habe ich eine Ahnung. »Danke. Ich melde mich morgen bei dir. Du kannst jetzt schlafen.«

»No! Melde dich später, bitte!«

»Versprochen.« Sie legte auf, als Monsignore Ignatius aus einem Seitengang trat und auf sie zukam.

»Frau Cornelius!« Die schwarze Soutane saß perfekt, und er polierte die Gläser seiner Designerbrille, ehe er sie aufsetzte. Er hatte offenbar noch nicht geschlafen. *Oder ist er vorgewarnt worden?* »Das ist eine ungewöhnliche Zeit für eine Unterredung. Ich hoffe, es ist nichts Schlimmes geschehen?« Er nickte der Nonne zu. »Danke, Schwester Alba. Sie können jetzt gehen.«

Sie machte eine angedeutete Verbeugung und schritt den Gang zurück, um die beiden alleine zu lassen.

Geneve entschied, freundlich und höflich zu sein. Erst benötigte sie Informationen. »Monsignore, ich habe ein paar Dinge, zu denen ich Ihren fachlichen Rat bräuchte.«

»Um was dreht es sich?« Er öffnete den Eingang zu seinem Büro und schaltete das Licht ein. »Es wird dringend sein, wenn Sie mich aus dem Bett klingeln lassen.« Ein nüchtern eingerichteter Raum wurde sichtbar, in dem es lediglich einige funktionale Möbel und ein großes Kreuz an der Wand gab. Weder verströmte das Zimmer Behaglichkeit noch Wärme. »Etwas über die Bingen'schen Einhörner?« Er trat ein und steuerte den Schreibtisch an. »Setzen Sie sich.«

»Danke. Ich bleibe stehen.« Geneve ging einige Schritte umher und blickte sich um. Steril. Nüchtern. *Aufs Wesentliche beschränkt*. Der übliche Pomp der katholischen Kirche fand in diesem Büro nicht statt. »Was sagt Ihnen der Name Andras?«

Ignatius setzte sich und legte die Hände auf den Tisch. »Oh. Sie fangen mit den richtig großen Tieren an. Ein Dämon. Sehr mächtig.«

»Wie würden Sie gegen ihn vorgehen?«

»Ist das eine ernst gemeinte Frage, Frau Cornelius? Ich hatte nicht den Eindruck, dass Sie sich unbedingt für das Gute in die Schlacht werfen.«

Und nun die Überraschung. »Bevor wir über meine Motive fachsimpeln, Monsignore« – Geneve langte in die Tasche und warf die Marmorperlchen auf die Platte –, »was ist das?«

Hopsend und hüpfend rollten die weißen Kügelchen über die Unterlagen, einige fielen von dort zu Boden.

»Das?« Ignatius hüstelte. »Nun, es sind Marmorperlen. Wie an meinem Rosenkranz.«

»Wir wissen beide: Es *sind* Ihre.«

Der Exorzist bückte sich nicht nach den verlorenen Perlen. »Wo haben Sie sie gefunden?«

»Auch das wissen Sie.« Geneve deutete auf ihre schmutzigen Schuhe, an denen Rußflecken hafteten. »Eisenbahnstraße.«

»Mh«, machte der Monsignore.

Geneve wunderte sich nicht über seine Ruhe. Verfiele Ignatius leicht in Panik, hätte man ihn nicht zu einem Exorzisten gemacht. »Sie legten das Feuer in Voigts Halle, um die Vampire und das Wechselbalgnest auszubrennen«, sprach sie mit Bedacht. »Dabei zerriss die Kette. Im Kampf vielleicht?« Sie musterte ihn aus ihren unterschiedlich farbigen Augen. »Aber ich sehe keine Wunden, daher schätze ich, Sie haben die Brut überrascht.«

Ignatius lächelte gewinnend. »Interessante Theorie, die Sie da haben.«

Dann zünde ich die zweite Stufe. »Interessant, dass der Vatikan Sie deswegen zurückpfeift. Sie haben mit dem Inferno mitten in der Innenstadt ein bisschen übertrieben, schätze ich. Es heißt in der Berichterstattung, dass die Polizei Zeugenaussagen nachgeht. Es könnte brenzlig für Sie werden, denn Sie trugen wahrscheinlich Ihre Soutane.« Geneve lächelte falsch zurück. »Aber das interessiert mich nicht.«

Er nickte, als wollte er sich für ihre letzte Anmerkung bedanken. »Sondern Andras.«

»Nein. Dara.«

»Dara, Dara«, murmelte Ignatius glaubhaft nachdenklich. »Wer soll das sein?«

Geneve spielte das Spiel mit. »Die junge Frau, blond, zierlich, recht auffällig, die vor Ihrer Kirche aus der Tram flog und deren Spur sich seltsamerweise genau hier verliert.«

»*Wer* sagt das?«

»Werwölfe. Sehr besorgte Werwölfe.« Geneve betrachtete ostentativ das Büro. »Sie, Monsignore, gehen zwar nach Rom zurück, aber die Menschen, die in den Mauern dieser Kirche arbeiten, bleiben in Leipzig.«

»Versuchen Sie, mich zu erpressen, Frau Cornelius?« Ignatius ließ zum ersten Mal Unruhe anklingen. Unruhe, gepaart mit einer Gegendrohung.

»Sehr schnell verstanden.« Geneve setzte nach, da er Nerven zeigte. »Dara ist meine Freundin. Sie werden jetzt dorthin marschieren, wo sie Dara und William festgesetzt haben, und sie zu mir bringen. Anschließend gehe ich mit ihnen nach Hause. Einfach so.« Sie sah ihn angstfrei an und legte eine Hand gegen die Wand. »Oder ich stecke den Werwölfen, wo sich die beiden aufhalten. Anschließend wird es hier sehr, sehr unangenehm.«

»Sie stellen sich gegen das Gute?« Ignatius blitzte sie wütend durch die Gläser an.

»Ich stelle mich gegen *Sie*. Dara hat niemandem etwas zuleide getan. William prügelte sich mit einem Krait-Wechselbalg. Kein Unschuldiger kam dabei zu Schaden, wenn es das ist, was Sie sorgt«, erwiderte sie nachdrücklich. »*Sie* hingegen haben sich zum Entführer gemacht.«

»Ich hege beste Absichten. Sie ist in meiner Obhut, um das Böse aus ihr zu treiben. Den Dämon aus ihr zu zwingen und ihre Seele zu reinigen.«

»Möchte Dara das?«

Ignatius lachte nachsichtig. »Gute Frau! Der Dämon will das gewiss nicht! Es ist meine Pflicht –«

»Wenn Sie das Mädchen und ihren Freund freilassen, werde ich darauf hinwirken, dass die Werwölfe sich nicht an Ihren Mitarbeitern und Nonnen rächen.« Geneve zeigte mit dem Finger auf den Monsignore. »Für *Ihre* Sicherheit will und kann ich nicht garantieren.« Sie entfernte etwas Ruß von ihrer Jacke und malte damit ein Kreuz auf den Schreibtisch. »Nicht, dass es tragisch für Sie endet.«

Ignatius starrte sie zornig an. »Diesen William habe ich nicht«, offenbarte er. »Er wurde erschossen.«

»Legen Sie mich gerade herein?«

»Dara erzählte es mir. Der Vampir hat ihn niedergestreckt.«

Geneve lächelte. Der Geistliche würde auf die Forderung eingehen. *Auch wenn er mich dafür hasst.* »Sie haben ihr hoffentlich nichts angetan?«

»Lediglich einige Exorzismen angedeihen lassen. Wie es von mir verlangt wird. Um die Seele zu erquicken und sie zu erinnern, dass sie dem Dämon nicht auf ewig unterworfen sein muss.« Er wackelte mit dem Kopf. »Aber die Kleine lebt.«

»Sie Glücklicher.« Sie steckte die Hände in die Taschen. »Wenn Sie dann Dara holen würden?«

Ignatius blieb sitzen und faltete die Hände. »Frau Cornelius, Sie wissen, dass Sie sich auf diese Weise mit mir keinen Freund gemacht haben.«

»Das muss ich nicht.«

»Diese Besessene sollte mich nach Rom begleiten. Es besteht eine sehr große Hoffnung, dass ich den Makel von ihr nehmen kann.«

»Und wenn Dara dabei stirbt?«

»Ist wenigstens ihre Seele gerettet.«

Geneve kannte die Ansicht der Kirche und verabscheute sie. »Sagen *Sie*, Monsignore. Aber solange Dara nicht den eigenen Wunsch hat, diesen ... Makel zu verlieren, möchte ich darauf drängen, dass Sie solche Versuche gegen den Willen von Menschen –«

»Es sind Bestien, solange sie dem Dämon unterliegen!«, fuhr er ihr ins Wort.

»... an *Menschen* unterlassen.« Geneve nickte ihm auffordernd zu. »Also?«

»Es stimmt, Frau Cornelius. Ich muss zurück nach Rom wegen meines erfolgreichen, wenn auch ungestümen Einsatzes in der Eisenbahnstraße. Aber ich hoffe, dass ich eines Tages zurückkehren kann, um den Kampf wiederaufzunehmen«, erklärte er bedächtig. »Sobald es Vorgesetzte gibt, die meine Vorgehensweise gutheißen, betrete ich erneut Leipziger Boden. Und ich werde nicht vergessen haben, was Sie von mir verlangten und wessen Fürsprecherin Sie waren.«

»Das sei Ihnen freigestellt, Monsignore.«

Ignatius lehnte sich in den Sessel. »Wissen Sie überhaupt, was ich mithilfe des Feuers ausgerottet habe?«

»Voigt. Und vermutlich einige Wechselbälger und Vampire.«

»Da haben wir's: Nichts wissen Sie!« Ignatius lachte verächtlich. »Sie wohnen in einer Stadt, die kurz vor dem Fall an einen Schlangendämon stand, der hier seinen Tempel, seine Stätte, seine Brut einschmuggelte – und ahnten es nicht einmal. Ohne mich« – Ignatius erhob sich und richtete wie in Erwiderung ihrer Geste anklagend den Finger auf sie – »wären Ihre Werwolffreunde bald Geschichte. Jede Bestie ausgelöscht. Und vermutlich auch Sie.« Er schritt an ihr vorbei. »Sie sind so arrogant und berufen sich darauf, neutral zu sein. Dabei bedeutet dies nichts anderes, als dem Untergang tatenlos zuzuschauen.« Der Monsignore öffnete ihr die Tür. »Warten Sie draußen. Ich bringe die Bestie zu Ihnen.«

Geneve ging langsam hinaus. »Wann werden Sie von hier verschwunden sein?«

»Morgen geht mein Flieger.« Er folgte ihr und schloss den Büroeingang hinter sich ab.

»Ich würde Ihnen raten, Leipzig *sofort* zu verlassen. Daras Eltern könnten nachtragend sein.«

»Sie finden hinaus?«

»Ja.«

»Gut.« Ignatius schritt zum Fahrstuhl und betrat die Kabine, steckte einen Schlüssel ins Schloss und drehte ihn, dann tippte er einen Code in das Tastenfeld. Die Tür schloss sich, der Fahrstuhl surrte davon.

Es funktionierte. Geneve wandelte durch das Halbdunkel und verließ das Gebäude. Die frische Luft pustete den penetranten Weihrauchgeruch aus ihrer Nase und klärte ihren Kopf. Sie unterdrückte den Impuls, Alessandro anzurufen und ihn zu fragen, ob er noch mehr über Monsignore Ignatius herausfinden könne.

Wenige Augenblicke später trat der Exorzist aus einer Seitentür. Dara führte er am Arm mit sich. Die zierliche Wandlerin trug neue Kleidung, die überhaupt nicht zur ihr passte. Ihr Blick war leicht abwesend, das Gesicht starr, als stünde sie unter Drogen oder unter Schock.

»Wie versprochen.« Ignatius ließ die junge Frau los, und sie blieb stehen. »Alles, was sie besaß, als ich sie fand, trägt sie bei sich. Die Kleider sind ein Geschenk, sie kann sie behalten. Die alten Sachen waren nicht mehr zu gebrauchen.« Er wandte sich um. »Denken Sie an meine Worte, Frau Cornelius.« Mit wehender Soutane verschwand er durch den Haupteingang zurück in das Gebäude.

»Dara?« Geneve ging langsam auf sie zu. *Sie ist noch halb weggetreten.* »Dara, erkennst du mich?«

»Oh, Frau Cornelius?« Dara hob den verschleierten Blick. »Hey, Frau Cornelius!«, wiederholte sie freudiger, aber wie schlaftrunken.

»Dara, was haben sie dir gegeben?«

»Nichts. Nur … nur die Gnade des Herrn.« Die Wandlerin hob die dünnen Finger wie zum Segen. »Die Gnade. Sie … sie hat mich verwirrt. Innerlich.«

»Das wird wieder, Dara.« Geneve streckte die Hand aus. »Komm. Ich bringe dich zu deinen Eltern.«

»Oh, das wäre schön, Frau Cornelius. Ich habe mir Sorgen gemacht, wissen Sie?«

»Ich weiß. Es geht ihnen gut.«

»Nein, weil sie … weil sie doch die Gnade des Herrn nicht empfangen haben. Das ist doch entsetzlich.« Sie legte ihre Hand in die von Geneve. »In mir ist alles durcheinander, Frau Cornelius. Durcheinander. Oben und unten und unten und oben.«

Die Gnade des Herrn? Geneve legte einen Arm um Daras Schultern und fürchtete, dass es mehr als die Gnade war, die man der Wandlerin hatte zuteilwerden lassen. »Nach einem langen Schlaf und einem guten Steak sieht die Welt wieder anders aus.«

»Ja. Bestimmt.«

Sie gingen los.

»Frau Cornelius?«

»Ja, Dara?«

»Das mit William ...«

»Ja?« Geneves Kehle zog sich zusammen.

»Das ist nicht Ihre Schuld. Er ... er wollte es selbst auch. Wir konnten ja nicht wissen, was geschehen würde.« Sie lächelte Geneve an. »Sie wollten Streit zwischen denen und uns verhindern. Ich weiß das.« Sie drückte sich an Geneve. »Weil Sie eine von den Guten sind.«

»Genau, Dara.« Geneve seufzte schwer und lange. *Ganz genau.*

Gemeinsam setzten sie ihren Weg zum Taxistand nahe des Neuen Rathauses fort.

Ich muss zugeben, dass ich fürchtete, beim Aufeinandertreffen meiner Tochter und des Exorzisten gäbe es einige Verletzte. Dieser Ausgang ist mir wesentlich lieber. Wenn man die nötige Distanz hat, und die habe ich wahrlich seit meinem Tod, sieht man manches anders.

Ich habe überlegt, was mich auf der Erde hält und warum mich das Schicksal zu einer Beobachterin gemacht hat.

Liegt es an mir?

Kann meine Seele nicht loslassen?

Oder soll ich noch eine Aufgabe erfüllen?

Das wird zu ergründen sein.

Aber zurück zu Geneve und diesem Bugatti. Es hat den Anschein, als habe dieser Spross nicht die Verblendung seines Vorfahren übernommen.

Geneve blinzelte in die Sonne und öffnete das Kuvert, auf dem das Siegel der Sanson-Familie mit dunkelrotem

Wachs prangte. Mit weitem Shirt, in einer bequemen weißen Hose und nackten Füßen fläzte sie in ihrer Sitzgruppe und genoss das schöne Wetter; zuvor hatte sie Gartenarbeit gemacht, und auch mit dem Eulenbild ging es voran. Erste Farben leuchteten von der Leinwand.

Bevor Alessandro sich gleich via Internetanruf meldete, wollte sie rasch den Brief ihrer Seelenfreundin lesen, der überraschend bei ihr angekommen war. Die Antwort würde sie später verfassen, nach einer Runde Schwimmen. Peggy wollte mitkommen, obwohl sie passionierte Läuferin war.

Der Anblick der geschwungenen Schrift erfreute Geneve.

Meine liebe Vetterin Geneve!

Am liebsten hätte ich Dich angerufen oder eine Mail geschrieben – ich hörte von Deinen Heldentaten! Das ist so wundervoll und einzigartig, was Du vollbracht hast! Dir gebührt der Dank von vielen Menschen, aber woher sollten sie es wissen?
Und ich bin der Meinung, dass Du mich beim nächsten Mal mitnehmen solltest. Unbedingt!
Auch wenn mich die meisten wegen meiner Einschränkung als schwächlich oder unnütz oder auf andere despektierliche Weise bezeichnen würden, ich schwöre Dir: Keiner kann besser schießen als ich! Mit Gewehren und Armbrust oder Pfeil und Bogen!
Geneve, bitte, lass mich wissen, wenn Du eine weitere Heldentat vollbringen möchtest, und ich halte Dir den Rücken frei. Wir hatten schon drüber gesprochen, dass Dir die Schusswaffen nicht unbedingt liegen.

Ach, das ist so grandios!
Mehr wollte ich gar nicht schreiben, nur Dich wissen lassen, dass Du in meiner Bewunderung ins Unermessliche gestiegen bist. Nun gedulde ich mich und warte, bis Du meinen Brief beantwortet hast.
Nimm eine kleine Auszeit, mach ein Reise oder tue irgendwas, was Du noch nie getan hast. Belohne Dich.

Es grüßt Dich überschwänglich und mit größter Herzenswärme
Deine Elisabeth Georgina
aus der Familie Sanson

PS: Alessandro Bugatti ist ein toller Mann.
Auch um seine Bekanntschaft beneide ich Dich im allerbesten Sinne. Wer weiß, was aus Eurer Freundschaft werden wird? Ich würde mich sehr freuen, wenn er Deinen Trennungsschmerz vergessen machen könnte. Besuche ihn doch in Rom!

Der Tabletcomputer auf dem Tischchen fiepte. Alessandro kontaktierte sie, als hätte er den Brief insgeheim mitgelesen. *Verflixt! Das hat er doch gespürt!* Schnell nahm Geneve den Anruf an, und das Gesicht des Italieners erschien auf dem Display, der in einem gemütlich eingerichteten Zimmer saß, während lauter Regen an seine Scheibe prasselte. Rom kannte auch schlechtes Wetter.

»Ciao, bella donna«, sagte er freudig und beugte sich näher an den Monitor, wodurch sein ansprechendes Gesicht größer wurde. »Oh. Ist das Sonnenschein?«

»Ist es. Warte, ich zeige dir, wie gut es bei mir aussieht.« Geneve erhob sich und drehte mit dem Tablet eine kleine Runde über ihre Dachterrasse, verbunden mit Erläuterungen zur Aussicht. Die Worte sprudelten nur so über ihre Lippen. »Da drüben, das sind meine Kräuter. Das sind zu viele, um sie alle aufzulisten. Und da ist das Spatzen-Spa.«

Die Vögel hüpften durch den warmen Sand und tschilpten ausgelassen, bevor sie vom Wasser tranken und davonflogen.

»Perfetto«, sagte Alessandro aus dem fernen Rom. »Dann komme ich gerne zu Besuch, sobald das Obst reif wird.«

»Jederzeit. Pizza gibt es in Leipzig übrigens auch sehr gute.« Geneve setzte sich in ihren großen Sessel. »Danke übrigens für das gezeichnete Porträt von mir. So vorteilhaft, wie du malst, kann keiner fotografieren.«

»Prego. Das ist sehr nett, weil ich weiß, dass du besser bist. Die Eule auf der Staffelei, sie wirkt lebendig!«

»Das ist noch gar nicht fertig!«

»Umso schlimmer! Und ich werde so tun, als hätte ich die Cannabispflanzen nicht gesehen.« Er grinste. »Bevor du fragst: Nein, es gibt keine neuen Erkenntnisse zu den Morden. Alle Beweise und Indizien haben Fry als Mörderin bestätigt.«

»Ist ja gut. Ich frage nicht weiter.« Geneve machte ein unschuldiges Gesicht. »Das Cannabis dient übrigens heilkundlichen Zwecken.«

»Naturalmente. Und wie geht es Dara?«

»Ihre Verwirrung hat sich gelegt. Nach einer Woche benahm sie sich wie früher, auch wenn ihr Vater schwört, sie sei früher viel lebhafter gewesen«, berichtete Geneve. »Sie kommt später zu mir. Ich bringe ihr etwas über

Heilkräuter bei. Und ... vielleicht auch ein bisschen mehr. Mein Wissen muss weitergegeben werden. Habe ich entschieden.«

»Sehr gut!«

»Jetzt du, Commissario.« Geneve lächelte ihn an und freute sich die ganze Zeit während ihres Telefonats, ihn zu sehen, obwohl sie täglich miteinander sprachen. »Was erzählt man sich im Vatikan über den Monsignore?«

Alessandro lachte schadenfroh. »Er wurde verbannt.«

»Nicht dein Ernst!« Sie fiel in sein Lachen ein. »Entschuldige. Das ist zu lustig.«

»Alora, sie haben es so nicht genannt, aber seine neue Mission führt ihn nach Afrika. Anscheinend soll er dort über seine Tat nachdenken und wie er in Zukunft weniger auffällig vorgeht.«

»Mh. Nein, das glaube ich nicht.«

»Nein?«

Geneve legte die Füße hoch. »Sie haben ihn dorthin geschickt, wo es weniger auffällt, wenn solche Sachen passieren. Aber es wird sicherlich eine Sache geben, die seine Anwesenheit erfordert. Es hat garantiert mit der Operation Heidenfront zu tun.«

»So habe ich das gar nicht gesehen.«

»Tja.«

Wieder lachte er. »Das deutsche Wort als Reaktion auf größte Katastrophen: tja.«

»Es beinhaltet eben alles.« Geneve schloss die Augen und lauschte dem Fluss, dem Gesang der Vögel und dem leisen Gongen des Windspiels. Gerade genoss sie ihr langes Leben sehr. Sogar mehr als sonst. »Weißt du, Ignatius hat etwas Kluges gesagt.«

»Oh! Ich bin neugierig!«

»Neutral zu sein bedeutet nichts anderes, als dem Untergang tatenlos zuzuschauen.«

»Ein Philosoph. Damit hat er tatsächlich gar nicht mal so unrecht. Und was bedeutet es für dich?«

»Dass ich Position beziehen sollte.«

»Bene! Wir suchen bei der Vatikanpolizei immer beste Leute, Geneve.« Alessandro hüstelte gekünstelt. »Du hast einen guten Leumund. Bei *der* Ahnentafel.«

Geneve lächelte. *Ein schöner Versuch, mich nach Rom zu locken.* »Du weißt, dass es nicht funktionieren würde.«

»Sì, sì. Aber alleine um die entgleiste Mimik des Monsignores bei seiner Rückkehr zu sehen, müsstest du es tun.«

Es wurde Zeit, ihre Pläne mit ihm zu teilen. »Mir schwebt etwas anderes vor.«

»Alora?«

»Ignatius sagte, dass sich diese Wechselbälger eine Basis einrichteten. In Leipzig. Dara erwähnte etwas Ähnliches, auch wenn sie sich nicht mehr genau an die Unterredung erinnern konnte. Jedenfalls wollen die Asiaten von hier aus wohl unauffällig einen Fuß nach Europa setzen.«

»Interessant.«

»Die Werwölfe wussten von den Wechselbälgern und dass die Vampire ihnen dienen. Und dass sie neue Blutsauger mitbrachten.« Sie senkte ihre Stimme. »Aber keiner ging der Sache nach. Es wurde hingenommen.«

»Geneve, mir ist nicht klar, auf was –«

»Ignatius sagte sinngemäß, dass ohne ihn jede andere Kreatur, die weder versklavter Vampir noch Krait-Wechselbalg ist, ausgelöscht worden wäre.« Geneve öffnete die Lider und betrachtete den Flug der Vögel über ihrer kleinen Villa. »Es musste ein Monsignore anrücken, um die Angelegenheiten zu regeln, die *uns* betreffen. Die *mich* betreffen.«

Alessandro atmete langsam aus. »Aha. Daher weht der Wind.«

»Ganz genau.«

»Wie stellst du dir das vor? Machst du dich zum Sheriff?«

»Ich habe entschieden, in Zukunft einzugreifen und meine kleine Welt nicht alleine zu lassen, sondern gegen Unrecht vorzugehen«, erklärte sie. Das war sie Dara und Williams Angehörigen schuldig. *Das bin ich mir schuldig.*

»Va bene. Du bist eine Institution unter den Guten und den Bösen der Stadt. Sie werden dir vielleicht helfen.« Alessandro versuchte nicht, sie umzustimmen. »Und sogar vertrauen. Du könntest ihre ... wie sagt man ... Schiedsfrau sein.«

»Oh, genau. Und sie werden ganz bestimmt nicht versuchen, mich für ihre eigenen Belange einzuspannen«, erwiderte Geneve mit einem Lachen. »Ich bin nicht naiv.«

»Nein. Denn du bist die Maestra.«

»Ich bin *was*?«

»Maestra. Die Meisterin.«

Geneve hatte sich doch nicht verhört. Sie atmete lange ein und wieder aus.

»Und nicht vergessen« – er zwinkerte in die Kamera –, »dass du unsterblich bist. Ein Mythos.«

Sie lachte zu laut. *Wieso vergisst er diese Sache nicht einfach?* »Sicher.«

»Hey, ciao, ragazzo!« Alessandro winkte an der Linse

vorbei, und ein sechsjähriger Junge sprang unerwartet ins Bild. »Giovanni, schau mal. Diese Donna ist unsterblich.«

Geneve grinste. »Ah, dein Sohn.«

»Er ist zu Besuch hier. Seine Mamma hatte ein Einsehen. Könnte auch dran liegen, dass sie Freizeit haben wollte«, erklärte Alessandro.

»Ciao, ciao«, rief Giovanni ihr begeistert zu und fuhr auf Italienisch fort: »Die sieht aber nicht alt aus, Papa. Und sie ist hübsch.«

»Ja, sie sieht umwerfend aus. Weil sie einen Trank hat, der sie jung hält.«

Giovanni äugte bittend in die Kamera. »Oh! Wie aufregend! Woher hast du denn den Trank?«

Geneve spielte das Spiel mit, weil sie dem Charme des Jungen nicht widerstehen konnte. Außerdem hoffte sie, das Thema auch gegenüber Alessandro abschließen zu können. »Du darfst es keinem verraten!«, flüsterte sie geheimnistuerisch.

»Klar!«, wisperte er gespannt zurück.

Der Wind frischte auf, und ein Schwarm Krähen zog über die Villa hinweg, drehte grüßende Runden über dem alten Haus.

»Vor vielen, vielen Jahrhunderten half ich einem mutigen Reisenden, der falsch beschuldigt wurde. Hieronymus war sein Name, und er hatte ein ganz vernarbtes Gesicht. Der unerschrockene Gelehrte besuchte düstere, unheimliche Länder, und dabei –«

»Oh! Hatte er den Trank von dort?«, fragte Giovanni fasziniert.

»Nicht so eilig.« Und als Geneve erzählte, drehte sich die Zeit zurück. Auch für sie …

Hieronymus blickte sich um, als er die Verriegelungen des großen braunledernen Reisekoffers öffnete. Das Behältnis erinnerte Geneve an eine senkrecht aufgestellte Truhe, mit etlichen Schlössern versehen. »Du hast mich vor dem Tode bewahrt«, sagte er getragen und schob die Kappe auf seinem hellen Schopf zurecht. »Und wie ich's dir versprochen, soll's dein Schaden nicht sein.«

Der Mann mit dem entstellten Gesicht und Geneve saßen im Schein einer funzeligen Lampe auf der übervollen Ladefläche seines Karrens, über den sich eine flickengezierte, vergilbte Segeltuchplane spannte. Sie schützte lediglich mäßig gegen Wind und Wetter. Es roch aus allen Ecken nach Gewürzen und alchemistischen Substanzen, die stanken und durch die Nase unmittelbar ins Hirn stachen. Seine ramponierte Kleidung ähnelte der eines Adligen, den man davongejagt hatte und der seither keine neue Garderobe hatte kaufen können. Draußen war es längst dunkel. Ein Kauz schrie verhalten im Wald, ein Fuchs bellte den abnehmenden Mond an.

Hieronymus hatte bei Einbruch der Nacht vor dem abgelegenen Haus der Familie Cornelius mit seinem Eselwagen angehalten, unerschrocken vor der unehrlich machenden Wirkung, die der Besuch bei Scharfrichtern nach sich zog. Um sein Versprechen einzulösen, das er Geneve gegeben hatte.

»Der Rat entschied. Nicht ich.« Geneve sah dem fahrenden Gelehrten, als der er sich selbst bezeichnete, gespannt beim Aufschließen zu. Für jedes Schloss nutzte er einen anderen Schlüssel, die er an einer Kette wie Schmuck um den Hals trug.

»Du brachtest die neuen Beweise für meine Unschuld.

Die Mordtat wurde anderen nachgewiesen, und so« – Hieronymus öffnete den Lederkoffer – »gebührt dir Dank. Nicht dem Rat. Ihnen ist's gleich, solange sie was zum Hängen, Köpfen und Auspeitschen haben.«

Im Innern kamen kleine Fächer zum Vorschein, die mit Stroh und Leinen ausgepolstert waren.

Behutsam tastete er in den knisternden Halmen umher, bis er eine Phiole von der Länge eines Erwachsenenfingers herauszog.

»Bin kein reicher Mann und nenn kein unermesslich' Gold mein Eigen«, begann er und überreichte sein Geschenk zwischen Daumen und Zeigefinger an Geneve. »So überlasse ich dir dies: eine kleine Ewigkeit.«

Geneve nickte artig und unterdrückte das Lachen. In dem Glasröhrchen, um das sich Draht wickelte, schwappte eine schwarzrote Flüssigkeit und zog grünliche Schlieren. »Du hast die Ewigkeit in Öl gelöst und abgefüllt?«

»Ich hör' deinen Spott, Mädchen.« Hieronymus lehnte sich gegen den Koffer. »Ich schwör's dir, so wahr ich vor dir sitze: Trink dieses Elixier, und du lebst fünfzig Jahre zu deinem eigenen Leben. Aber es könnte dir gelegentlich Schmerzen bereiten. Das ist der Preis, den du zahlen musst.«

Jetzt musste Geneve doch laut lachen. »Verzeih. Mit dem Anpreisen deiner Quacksalberei machst du bei simplen und dummen Leuten dein Geschäft, aber ich –«

»Hör mir zu!«, herrschte er sie maßregelnd an. »Was du da zwischen deinen Fingern hast, bezahlte ich fast mit meinem Leben!« Er hielt sein entstelltes Gesicht in den Schein der Lampe, die Mischung aus Helligkeit und Schatten machte es noch schauerlicher. »Was denkst du, was das war?«

Geneve fürchtete sich nicht vor den Narben. Sie kannte derlei Anblicke. »Ein Messer.«

»Rate weiter.«

»Ein Hund?«

»Daneben, Mädchen!«

»Wolf oder Bär?«

Hieronymus schüttelte den Kopf und nahm Geneves Hand, legte sie auf sein Gesicht und spreizte die Finger. Die Kuppen passten genau in den Ansatz der Wunden, die unterhalb des Haaransatzes begannen. »Es war die Klaue eines Blutsaugers. Mit langen Nägeln dran, scharf wie gewetzte Klingen!« Er zog ihre Hand behutsam abwärts, durch die Furchen. »Wieder und wieder schlug er nach mir, aber ein Bächlein hielt ihn davon ab, mich zu zerfetzen.«

»Was soll das sein, ein Blutsauger?«

»Ein Upyr. Mit roten Haaren!« Hieronymus atmete schneller. »Ich reiste mit meinem Karren durch viele Lande, unerschrocken und kühn. Mein Aufenthalt weit, weit im Osten, jenseits der Grenze zu den Osmanen, kostete mich beinahe das Leben.«

»Upyr. Das Wort hast du dir erdacht!«

»Nein! So nennen sie die Bestien dort. Ein Wiedergänger, ein lebendiger Toter, der nicht verwest und des Nachts umhergeht und die Lebendigen heimsucht. Um ihnen das Blut aus den Adern zu saugen und sich davon zu ernähren. Im Osten leben sie, massenhaft. In verschiedensten Formen. Sogar die osmanischen Krieger scheißen sich die Hosen voll, wenn die Nacht hereinbricht und sie wissen, dass ein Upyr in der Nähe haust«, berichtete Hieronymus mit gedämpfter Stimme. Er ließ Geneves Arm los. »Dieser hier war ein Forscher auf der

Suche nach dem ewigen Leben. Er wollte mich für seine Sache gewinnen, mich zu seinem Sklaven machen und mir mein alchemistisches Wissen stehlen.«

Hieronymus war es ernst mit seinem Vortrag. Das machte es beinahe glaubwürdig.

Geneve würde ihm nicht sagen, welche Sorte Kreaturen von Licht und Dunkelheit ihr geläufig waren. Vieles hatte sie gesehen, auch Wiedergänger und Geister. Aber niemals einen Upyr, wie er ihn beschrieben hatte.

»Du hast ihn bestohlen.«

»Aus Rache, Mädchen. In einer mondlosen Nacht brach ich in das geheime Laboratorium ein und nahm die Phiolen an mich, die ich greifen konnte. Dieses Scheusal bemerkte es und verfolgte mich und bekam mich fast zu greifen, als ich mich mit letzter Kraft durch einen Bach schleppte. Gerade mal knöcheltief. Aber er konnte ihn nicht überqueren.« Hieronymus lachte und schlug sich auf die Schenkel. »Wie er die Zähne fletschte und schrie und tobte! Dabei war er sonst flink und stark und stand mit dem verfluchten Teufel im Bunde. Aber ein Bächlein, ein Rinnsal, in dem nicht mal ein Kind ertrinken könnte, hielt ihn auf. Als wär's Weihwasser aus dem Brunnen Gottes.«

Geneve hörte fasziniert zu. Sie hob die Phiole gegen das Licht und schüttelte sie. »Aus was ist's?«

»Die Ingredienzen?«

»Ja.«

Hieronymus zuckte mit den Achseln. »Er mischte, was nötig ist.«

»Und 's ist kein Gift?«

Er breitete die Arme aus. »Schau, wie lebendig ich bin, Mädchen.«

»Du nahmst's?«

»Ich nehm's seit vielen Jahren schon. Denn es lindert eine tödliche Krankheit, an der ich zuvor litt. In Wahrheit bin ich über neunzig. Aber man sieht's mir nicht an.« Er schloss ihre Finger um das Fläschchen. »Sag's keinem, welchen Schatz du besitzt. Sonst …«

»Sonst?«

»Werden … sie ihn dir stehlen wollen.«

»Nein. Das hast du nicht sagen wollen.« Geneve verstaute die Phiole in der Schürzentasche. »Der Upyr verfolgt dich!«

»Dann glaubst du mir!«

»Wenn dir ein Upyr folgt und das Monstrum sich benimmt, wie du es sagtest, wär's wohl klüger.«

»Manchmal denk' ich, er steht hinter mir. Aber dann erweist sich's als Trug.« Hieronymus schloss den Koffer. »Doch er hat nicht aufgegeben. Ich stahl ihm, was wertvoller ist als Kammern voller Schätze. Bald ist's vorbei. Ich gehe übers Meer, nach Afrika. Dahin kann er mir nicht folgen. Und bis er über Land gelaufen wäre, das ist ihm hoffentlich zu viel.«

Geneve beobachtete ihn beim Absperren. »Wie viele davon hast du noch?«

»Es könnte reichen für eintausend Jahre oder mehr.« Er grinste. »Was sind da schon fünfzig, die ich dir schenkte? Nutze sie, Mädchen! Und tue Gutes.«

»Das werd' ich.«

Er machte scheuchende Bewegungen, als wäre sie wie eine aufdringliche Katze zu verjagen. »Nun husch, weg mit dir. Mein Esel und ich wollen los.«

»In der Nacht? Du kannst bei uns bis zum Morgen rasten.«

»Das Grauohr sieht im Dunkeln besser als bei Tag.« Hieronymus zwinkerte mit einem Auge. »Ich will weg von dieser Stadt, die mich unschuldig gerichtet hätt'. Mir ist nicht wohl, in diesen Mauern zu verweilen. Und meinem Esel auch nicht.«

Sie kletterten von der Ladefläche. Hieronymus schwang sich auf den Kutschbock und nahm die Zügel. Der Esel schien im Stehen zu schlafen, die Ohren hingen leicht herab.

Geneve sprang auf den Boden. »Was mache ich, wenn meine fünfzig Jahre vergangen sind?«

Hieronymus tat, als müsste er nachdenken. »Sterben. Für den Anfang.«

»Und der Upyr?«

Er löste die Bremse, das Quietschen weckte den Esel aus seinem Dösen, und die Ohren schnellten in die Höhe. »Die Menschen im Osten sagen, man müsse sie köpfen und verbrennen. Das empfehl' ich dir, sollt' er dir erscheinen.« Hieronymus ließ die Zügel knallen, und der Esel schrie empört. Dennoch trottete er los. »Deswegen verberge des Elixier oder trink's gleich.«

»Dein Geschenk erscheint mir arg gefährlich.«

»Ein langes Leben gibt es nicht umsonst.« Er reichte ihr im Vorbeirollen die Hand vom Bock herab. »Gehab dich wohl, Geneve, Retterin meines Lebens.«

»Auf Wiederseh'n.«

»Oh, ich glaub's nicht. Aber kommst du nach Afrika, such nach mir. In Tunis. Ich werd' gewiss noch leben.« Mit einem Lachen fuhr Hieronymus in die Nacht.

Die Räder klapperten, der Karren rumpelte über die unebene Straße. Die Lampe auf der Ladefläche glomm in der Dunkelheit wie ein schüchternes Glühwürmchen, bis der Schein erlosch. Noch einmal schrie der Esel, dann kehrte die Stille zurück.

Umgeben von den Geräuschen des nächtlichen Waldes hob Geneve die Phiole vor den abnehmenden Mond. Die Flüssigkeit glomm geheimnisvoll, Dampf stieg auf und schlug sich als Tröpfchen am Glas nieder, als reagierte das Elixier mit dem Silberschein.

»Du sollst mir fünfzig Jahre bringen?«, murmelte sie zweifelnd. »Du siehst mir nach Gift aus.«

Hieronymus hatte überzeugend geklungen und sein Abenteuer freiheraus erzählt, als wäre es das Selbstverständlichste. Keinesfalls würde sie den Trunk einfach zu sich nehmen. Vorangehen würde eine Untersuchung mit allen Dekoktorien und sonstigen Infundier- und Destillationsgerätschaften, derer sie habhaft werden konnte.

Eine Idee schwebte durch die Nacht zu ihr und nistete sich in Geneves Verstand ein.

»Fünfzig Jahre wären mir nicht genug«, befand sie und verstaute das Gefäß. »Je mehr Zeit, desto besser.« Konnte sie das Elixier ergründen, ließe es sich womöglich verstärken.

Wir werden sehen, dachte Geneve und verstaute die Phiole wieder. Sie ging auf das Häuschen ihrer Familie zu, wo Mutter und Bruder hinter den beleuchteten Fenstern mit dem Essen warteten.

Unvermittelt jagte eine wütende Böe die Straße entlang und riss an ihrem Kleid und der Haube auf den braunen Haaren. Zweige und Blätter rauschten in dem eisigen Wind, und reifbedecktes Laub regnete von den Ästen. Knisternd und knackend landeten sie auf dem Boden, während sich die Luft beruhigte.

Mit rasendem Herz stand Geneve wie angewurzelt, ein Schauer rann über ihren ganzen Körper.

Schritte wandelten über die gefrorenen Blätter, die sich in ihrem Rücken näherten. Die Finsternis raunte ihren Namen, und eine unverständliche Sprache erklang in ihren Ohren. Mehrmals vernahm sie das Wort *Upyr*, während unsichtbare Zähne drohend aufeinanderschlugen und ein unheimliches Zischen erklang.

Geneve hastete ins Haus und schlug die Tür keuchend hinter sich zu.

Sie bückte sich fröstelnd und versteckte die Phiole in einer tiefen Spalte im Holzbalken.

Vorerst würde niemand von dem Geschenk erfahren, das ebenso gefährlich wie wertvoll zu sein schien ...

»Ich habe das Geheimnis des Tranks ergründet. Und seitdem lebe ich auf ewig«, schloss Geneve mit verstellter Stimme. Sie überspielte den Moment, den sie mit sich rang, um aus der Vergangenheit zu finden. Die Bilder waren stark und hallten nach, die Kopfschmerzen stellten sich binnen Sekunden ein. *Keine gute Idee*. Doch für Bedauern war es zu spät.

Giovanni starrte sie einige Augenblicke lang an, was ihr etwas Zeit verschaffte, während die Krähen ihre letzten Kreise flogen und abdrehten.

»Voll stark!«, jubelte der Junge und wandte sich elektrisiert an Alessandro, der nicht minder gebannt gelauscht hatte. »Papa, ist das deine Neue? Die ist total cool!«

»Nein«, gab er lachend zurück und zwinkerte an seinem Sohn vorbei in die Kamera.

Geneve dachte, in seinem Blick mehr als Amüsement

zu lesen. »Wir sind sehr, sehr gute Freunde«, sagte sie. *Niemals*, sagte eine leise Stimme in ihrem Kopf. *Wir sind schon mehr. Ob wir es wollen oder nicht.*

»So, ab mit dir ins Fußballtraining«, sagte Alessandro zu seinem Spross.

»Ciao, ciao, alte Frau!« Giovanni sprang aus dem Bild.

»Charmant geht anders, junger Mann«, rief sie ihm nach.

»Das hast du dir schön ausgedacht.« Alessandro lächelte. »Er wird jetzt auch die Formel wissen wollen.«

»Ich denke mir was aus. Die Antwort bleibe ich euch nicht schuldig.«

»Aber nichts mit aufgelösten Gummibärchen! Das findet er eklig.«

»Wer nicht?«

Alessandro klatschte in die Hände. »Danke für den Rundgang. Und die Geschichte. Die Raben im Hintergrund machten es perfekt.« Er wurde ernster. »Wann ist die Beerdigung? Ich würde gerne ein Gesteck senden.«

»In zwei Wochen. Die Überführung ist kein Problem, aber die Krematorien sind überlastet.«

Es klingelte an der Tür.

»Ich muss Schluss machen, Alessandro. Die Patienten warten. Das Gesteck ist eine Geste, die ich zu schätzen weiß, aber spende das Geld lieber. An die Obdachlosenhilfe. Oder gib es Giovanni, damit er sich ein gruseliges Buch kauft.«

»Va bene.«

»Dann …«

»Halt. Eins noch.«

»Was denn?«

»Was hast du mit der Münze und Kadeks Asche gemacht?«

Geneve lächelte schwach. »Stehen beide in meinem Tresor. Es mag sich die Gelegenheit ergeben, dass ich sie in Bali zurückgeben kann. Unter friedlichen Umständen.«

»Ich wünsche mir, dass sie bis in alle Ewigkeiten darin bleiben und niemals jemand auftaucht und danach fragt. Ciao, ciao, Maestra!« Er legte auf.

Geneve erhob sich und ging zur Brüstung, blickte nach unten. »Frau Tirinack. Ich bin gleich bei Ihnen.«

»Ja, danke. Keine Eile, Frau Cornelius«, rief sie zurück. »Ich habe Ihnen Johannisbeermarmelade mitgebracht. Selbst gemacht. Die wollte ich Ihnen rasch geben. Ansonsten bin ich dank Ihnen kerngesund.«

»Das ist sehr lieb, Frau Tirinack. Ich komme runter.« Geneve ging über ihre Terrasse und stieg die Treppen abwärts. »Eine Meisterin. Eine *gänzlich andere* Meisterin«, wiederholte sie die Worte, die einst Agnes benutzt hatte. *Was meine Mutter dazu sagen würde?*

Oh, was ich dazu sage?

Nun ja. Das Meisterstück hat meine Tochter im eigentlichen Sinn nie abgelegt. Aber das weiß sie, und es war nie ihr Wille. Sie hat in den Jahrhunderten weder gerichtet noch gefoltert noch all das getan, was von einer Scharfrichterin verlangt wird.

Aber sie hat sich meisterlich verhalten und getan, was ich nicht hätte besser machen können.

Nein, wenn ich ehrlich bin, hat sie mehr geleistet als

ich jemals in meinem Leben. Wann hatte ich schon die Welt gerettet?

Auch in meinen Augen ist Geneve eine Meisterin geworden.

Eine wahre Meisterin.

* * *

Nachwort

Das war er, der Auftakt für eine kleine dreibändige Serie. In den kommenden beiden Teilen wird Geneves neue Rolle als Einmischerin beleuchtet: Die Meisterin auf Pfaden jenseits der Neutralität!

Und die nächsten Herausforderungen lauern bereits in Form vom zweiten Roman *Die Meisterin: Spiegel & Schatten*. Nomen est omen. Ich bin sehr sicher, dass nach der Lektüre bei manchen Lesenden eine latente Abneigung gegen reflektierende Oberflächen und Schattenwürfe entsteht.

Falls ja, habe ich meinen Job gut gemacht!

Ohne zu viel zu verraten, kann ich schon mal andeuten, dass bekannte Figuren wie mein Lieblingsbestatter aufkreuzen und Handlungsfäden aufgenommen werden, die in früheren Geschichten ihren Anfang nahmen.

Keine Sorge, Einsteiger in meine Welten werden damit spielend leicht klarkommen, und treue Fans freuen sich hoffentlich über die Anspielungen – und sehnlichst erwartete Fortführungen.

In freudiger Erwartung auf ein
Wiedersehen im Herbst 2020
Markus Heitz

Leseprobe zu:

MARKUS HEITZ
DIE MEISTERIN 2

Kapitel I

Ich sagte Ihnen einst, dass ich Ihnen eine Geschichte erzählen werde.

Das habe ich getan. Und ich hätte noch eine weitere Episode auf Lager, die ich mit Ihnen teilen würde.

Darin werden Sie etwas Neues hören … über einen alltäglichen Gegenstand.

Beinahe niemand kommt ohne ihn aus – und genau das ist das Perfide.

Oh, machen Sie mir danach bitte keine Vorwürfe, dass Sie nicht mehr ruhig zu Bett gehen könnten! Sie sind gewarnt, und es dient in gewisser Weise auch Ihrem Schutz. Was man kennt, kann man bekämpfen.

Nun denn.

Beginnen wir mit meiner zweiten Geschichte dort, wo auch die erste begann: in Deutschland, in der heutigen Stadt Leipzig.

Willow Tree hieß wirklich so.

Das hatte beim Einchecken im Hotel ihr Gegenüber wie immer amüsiert, denn jeder stutzte bei ihrem Namen, zumal man eine eher zierliche Frau Anfang zwanzig vor sich sah, die weder mit einer Trauerweide noch mit einem Baum im Generellen etwas gemein hatte.

Normalerweise reagierte Willow stets mit einem Lächeln, einem Scherz oder auf andere charmante Weise. Aber nicht dieses Mal. Dafür fehlten ihr die Nerven und die gute Laune.

»Es wäre schön, wenn es etwas schneller ginge«, erwiderte sie stattdessen auf die nett gemeinte Anspielung des Angestellten auf ihren Namen und klammerte nebenbei ihre halblangen dunkelblonden Haare mit einer Spange am Hinterkopf fest. »Ernsthaft.«

Das Westin hatte als einziges Hotel noch Kapazitäten zur Messezeit. Mit mehr als vierhundert Zimmern auf etlichen Stockwerken und fast hundert Metern Höhe war es bestens auf den Ansturm der Besucher aus nah und fern vorbereitet. Um Willow herum herrschte rege Betriebsamkeit und Sprachengewirr, wobei es für sie als Britin einfacher war, die englischen Unterhaltungen zu verstehen.

Der errötete Angestellte steckte sich langsam sein Namensschildchen an das Jackett und wurde zu einem E. Anders. Ein Friedensangebot für sie, Wortspiele auf seine Kosten zu machen. »Es tut mir leid, aber das Zimmer ist noch nicht für Sie vorbereitet, Miss Tree. Wir haben gerade einen Engpass beim Housekeeping. Entschuldigen Sie bitte vielmals.« Nonchalant legte er einen Gutschein für die Bar auf den Tresen. »Wegen meines Fauxpas und gegen Ihren Stress.«

»Vielen Dank.« Willow strich das Papier ein, das ihr einen sehr willkommenen Gin Tonic bescheren würde.

Anders' roter Kopf, der seine blonden Haare und die hellen Augenbrauen unvorteilhaft betonte, nahm langsam eine normale Färbung an. Er deutete auf die Lounge gegenüber der Rezeption. »Wenn Sie da warten möchten?

Oder Sie fahren hoch in die Bar und genießen die phänomenale Aussicht, und wir sagen Ihnen Bescheid, sobald das Zimmer bereit ist.«

Willow haderte mit sich. Sie zog ihr Smartphone und ließ es eine eingespeicherte Nummer wählen.

»Hier ist die automatische Ansage von Geneve Cornelius. Leider rufen Sie außerhalb der Bereitschaftszeiten meiner Praxis an. Schreiben Sie mir gern eine …«

Mist. Willow legte auf. Das machte ihr Unterfangen nicht einfacher und den Drink notwendiger. Sie würde eine E-Mail an Cornelius verfassen, den Drink genießen und zur Praxis fahren, wenn binnen einer oder zwei Stunden keine Reaktion erfolgte. Zeit war ein wichtiges Gut. Und Geneve Cornelius die einzige Person, die ihr helfen konnte.

»Miss Tree?« Anders streckte ihr einen einfachen Umschlag entgegen.

»Für mich?« Willow sah irritiert auf das Kuvert. Handelsüblich, ohne Fenster, keine Marke und mit ihrem Namen darauf. Der Überbringer musste persönlich im Hotel gewesen sein. Sie rückte überrascht an ihrer Brille herum, als würden ihr die Gläser einen Blick ins Innere erlauben. »Wann wurde das abgegeben?«

»Tut mir leid, das weiß ich nicht, Miss Tree.«

Willow nahm den Umschlag entgegen. Leicht, mit nur einem Blatt. Und etwas knirschte und rieb darin wie feiner Sand. Sehr ungewöhnlich.

»Ich warte da drüben, Herr Anders. Danke.«

Sie ging nachdenklich zur Lounge, drehte und wendete den unauffälligen Umschlag, setzte sich an einen freien Tisch und öffnete das Kuvert behutsam. Dabei überlegte sie, wer ihr die Nachricht übermittelt haben mochte. Sie war zum ersten Mal in Leipzig, niemand wusste, dass sie sich in Deutschland aufhielt.

Mit spitzen Fingern zog sie das Kuvert auseinander.

Darin lag ein harmloser, gefalteter Brief.

Behutsam nahm sie ihn heraus, wobei glitzerndes, silbriges Pulver auf dem Tisch und ihrer Jeans landete. Daher das Knirschen. Willow kannte Spaßvögel, die Briefe mit extra viel Glitter versendeten, um dem Empfänger die Putzhölle zu bescheren. Bei genauerem Hinsehen erwies es sich als gemahlenes, farbloses Glas, das im Licht der Lampen wie kleine Kristalle funkelte; der leichte Schmutzfilm auf ihrer Brille verstärkte den Effekt.

Willow faltete mit schlechtem Gefühl die Nachricht auf.

Bin,
wo Du bist.
Sehe,
was Du tust.
Hasse,
dass es Dich gibt.
Legion
heiße ich.
Denn wir
sind
unser viele.

Willow wurde heiß. Die Zeilen waren handgeschrieben, die Tinte schimmerte quecksilberartig. Leichter Schwindel erfasste sie, die Lounge wankte und kippelte.

Ihr Blick fiel auf das gemahlene Glaspulver auf dem Tisch. Es hatte die Züge einer unbekannten Frau angenommen, deren Mund zu einem lautlosen Lachen geöffnet war, wie um sie zu verhöhnen.

Willow atmete tief und langsam durch. Trugbilder. Einbildung. Ihre überdrehte Vorstellungskraft und ihr Talent machten ihr zu schaffen.

Sie steckte den Zettel zurück in den Umschlag und wischte den Glasstaub damit vom Tisch. Sie wollte ihn nicht berühren. Glitzernd und flirrend fiel er auf den Teppich und funkelte in den kurzen Fasern weiter.

Auch wenn sie die Nachricht zurück in das Kuvert gesperrt hatte, die Worte blieben in ihrem Verstand.

Und ängstigten sie.

Willow erhob sich und warf den Umschlag hastig zum Mülleimer, um sich der Zeilen zu entledigen, als wären sie vergiftet. Er landete daneben und blieb hochkant stehen, als begehrte die Nachricht gegen die Entsorgung auf.

Im Badezimmer angekommen, legte Willow die Brille ab und wusch sich das glühende Gesicht mit kaltem Wasser; ließ es sich über die Pulsadern laufen. Ihr Herz pochte zu schnell, doch das permanente Rauschen aus dem Hahn beruhigte sie. Ihre Augen waren auf das fließende Wasser gerichtet. Ohne die Sehhilfe war die Umgebung undeutlich und weichgezeichnet. Konzentration, Meditation, Fokussierung.

Willow war allein im Waschraum. Sie atmete langsam ein und aus, genoss die Stille nach der hektischen Lobby.

Ihr Blick fiel auf ihre dunkelblaue Handtasche, die auf dem Waschbeckenrand stand. Darin bewahrte Willow ihren Fund auf, dieses rätselhafte Fragment, mit dem sie nichts anzufangen wusste und über das sie zufällig gestolpert war. Schon beim ersten Blick darauf war sie neugierig geworden, beim zweiten waren ihr Bedenken gekommen.

Und beim dritten hatte sie auch ohne Nachforschungen gewusst: Sie brauchte eine Spezialistin.

»Geht es Ihnen nicht gut?« Wie aus dem Nichts wurde Willow von einer Frau angesprochen.

»Danke, das ist gleich vorbei.« Sie hob den Blick und betrachtete im Spiegel die hilfsbereite Schwarzhaarige, die Anfang dreißig sein mochte und leicht asiatische Züge hatte. So genau sah Willow die Unbekannte ohne ihre Brille nicht. »Kleine Kreislaufschwäche.«

Die Frau im schneidigen dunkelroten Dress einer Airline stand neben dem Eingang und lächelte sie an. Das Namensschild war aufgrund der Entfernung unleserlich. »Das kenne ich.«

»Wollen Sie ans Waschbecken?« Willow setzte die Brille auf. Die Umgebung erhielt etwas mehr Schärfe.

»Ach, nehmen Sie sich die Zeit, die Sie brauchen.« Die Frau sah sich im Vorraum um. »Schön gemacht. Da kenne ich ganz andere Waschraumeinrichtungen.«

»Sie kommen in Ihrem Job ordentlich rum? Beneidenswert.« Willow stellte das Wasser ab.

Die Halbasiatin nickte und kam langsam näher. Ihre Bewegungen waren geschmeidig wie die einer Bodenturnerin. »Auf der ganzen Welt. Heute hier, morgen dort.«

Das Namensschild im Spiegel wurde lesbar, auch dank der geschliffenen Gläser vor Willows Pupillen: Jade-Aileen.

Willow wusste nicht, weshalb, doch sie fühlte sich abrupt unwohl. Etwas stimmte nicht.

Langsam langte sie nach den Handtüchern und trocknete die Finger ab; das Papier raschelte überlaut in der plötzlichen Stille des Vorraumes. Zeit zu gehen.

Jade-Aileen kramte in ihrer winzigen schwarz-weißen

Handtasche. »Oje. Hätten Sie leihweise einen Eyeliner? Ich fürchte, ich habe meinen verloren.«

Willows feine Nackenhärchen richteten sich auf. Sie wollte gehen, aber ihre Höflichkeit verhinderte es.

»Klar.« Sie langte nach ihrer Handtasche – und da fiel es ihr auf: das Namensschild! Es war im Spiegel zu lesen wie direkt daraufgeschrieben. Die Buchstaben waren nicht falsch herum, wie es sich für eine Reflexion gehörte.

Willow gefror in der Bewegung, ihr Puls schoss in die Höhe.

»Der Kreislauf?«, erkundigte sich Jade-Aileen vorgetäuscht besorgt.

Die Stimme der Stewardess erklang nicht von hinten, wie es sein müsste.

Sondern von vorne. Aus der reflektierenden Oberfläche.

Das kann nicht sein! Langsam wandte Willow den Kopf weg vom Spiegel zum Eingang, drehte dabei leicht den Oberkörper.

Dort stand niemand.

Ansatzlos bekam Willow einen Stoß in den Rücken, der sie gegen den Papiertuchspender beförderte. Ihr Kopf knallte an die Plastikabdeckung, es rumpelte dumpf, und der Bewegungssensor spuckte gehorsam ein frisches Blatt aus. Die Hornbrille zerbrach und landete auf dem Boden.

»Oder ist es doch mehr die Erkenntnis, Miss Tree?« Jade-Aileens Arm schoss aus dem Spiegel, mit eiskalten Fingern packte sie Willow im Nacken und presste sie gegen die Wand. Mit der anderen Hand drehte sie die dunkelblaue Handtasche um und schüttelte den Inhalt ins Waschbecken. Klimpernd ergoss sich die Flut aus persönlichen Gegenständen in die Keramik. »Wollen Sie mir verraten, was Sie herausfanden?«

Willow vermochte sich gegen die zwingende Kraft nicht zu wehren. Es fühlte sich an, als könnte die Gegnerin mit einer Bewegung ihre Wirbel zerquetschen. »Was meinen Sie?«

»Sich dumm zu stellen, wird Ihnen nichts nützen.« Jade-Aileen fluchte laut. »Wo ist er?« Brutal drosch sie die leere Handtasche an Willows Gesicht. Die Metallhalterungen des Schulterriemens hinterließen blutige Kratzer in der Haut. »Ich weiß, dass Sie ihn mitgenommen haben!«

Im ersten Moment wusste es Willow wirklich nicht.

Sie schielte schräg zur Seite, weil sie den Kopf nicht drehen konnte, und sah auf Smartphone, Geldbeutel, Taschentücher, Schminkutensilien, Schlüssel, Stift, Notizblock, Powerbank für das Telefon.

Aber jener Gegenstand, weswegen sie nach Leipzig gekommen war, war nicht darunter.

Dann fiel ihr unvermittelt ein, wo er sich befand.

»Er ist mir gestohlen worden«, behauptete Willow.

»Schwachsinn!«, zischte die Halbasiatin, und es klang, als würde sich Glas in ihrem Hals befinden, das bei dem Wort schwang und klirrte.

Jade-Aileens Gesicht schob sich langsam durch die glatte Oberfläche des Spiegels, tauchte wie aus einem ruhigen See auf; ihr Oberkörper folgte. Sie lehnte sich aus dem Rahmen und brachte ihre Lippen dicht an Willows Ohr. »Du hast ihn mitgenommen. Nach Leipzig. Was willst du hier? Wer soll dir helfen?« Der Druck im Nacken verstärkte sich. »Wenn du nicht in diesem Waschraum enden willst, gib mir das, was nicht dir gehört, kleine Diebin. Oder ich töte dich und suche selbst.«

Willow zitterte – und wusste, dass sie so oder so hier sterben würde. Die Spiegelfrau hatte kein Interesse daran, dass über sie gesprochen wurde. Oder über das, wonach sie suchte.

Da sie nicht genug Kraft besaß, die eiskalten, kräftigen Finger abzuschütteln, tat sie das, was ihr das einzig Sinnvolle erschien: Willow schnappte sich ihr Smartphone – und warf es gegen den Spiegel.

Das klackende Geräusch des Einschlags mischte sich mit einem vernehmbaren Knistern und Knacken. Das Telefon prallte ab, scheppernd hüpfte es im Becken hin und her.

»Verdammt!« Die todeskalten Finger wichen aus Willows Genick, die Gegnerin glitt zurück in die Zweidimensionalität.

Sofort sprang Willow in Richtung Ausgang. Nur raus! Handtasche und Inhalt gab sie verloren.

»Denkst du, dass du mir entkommst?«, wisperte die Halbasiatin klirrend. »Eine reflektierende Oberfläche genügt mir. Eine Pfütze, ein Stück Metall, Glas, Spiegel, ganz gleich.«

Willow erreichte die Tür. »Lass mich in Frieden!«

»Du hättest ihn nicht mitnehmen dürfen, Willow«, verfolgte sie die drohende Stimme. »Du bist eine Diebin. Eine Todgeweihte.«

Willows Hand legte sich auf die Klinke. Jetzt benötigte sie erst recht Beistand, um das ganze Ausmaß ihrer Entdeckung zu erfassen. »Was immer du bist, ich halte dich auf.« Erleichtert beobachtete sie die sich ausbreitenden Sprünge und kriechenden Risse in der Spiegeloberfläche, die sie auch ohne Brille erkannte. Fortschreitendes Knacken und Knistern erklang.

»Große Worte. Dabei weißt du nicht einmal, was du gefunden hast.« Jade-Aileen wich zurück. Ihr Gesicht war eine Grimasse aus Wut und Besorgnis. Sie fürchtete sich offenkundig vor der Zerstörung, solange sie im Spiegel verweilte. »Welcher Sache du im Weg stehst.« Das unregelmäßige Netz zuckte voran und trieb die Angreiferin mehr und mehr in den Hintergrund, bis sie zu einem verschwommenen Umriss wurde.

»Fürchte reflektierende Oberflächen. Legion heiße ich. Denn wir sind unser viele«, erklang es schneidend. »Und ich bin überall. Überall!«

Mit einem unterdrückten Angstschrei rannte Willow los, quer durch die Lobby und hinaus ins Freie.

Sie brauchte einen Ort, an dem es nichts gab, was Reflexionen erzeugte. Sonst bin ich verloren.

Hatte ich Ihnen zu viel versprochen, als ich Sie vor einem Alltagsgegenstand warnte?

Geben Sie es ruhig zu, Sie haben sich schon umgeschaut und die Bewegungen Ihrer eigenen Reflexion überprüft.

Haben Sie je darüber nachgedacht, wie oft man sich tagtäglich in etwas spiegelt? In Glas, Metall, glanzlackierten Oberflächen und Wasser – unsere Spiegelbilder sind allgegenwärtig.

Ab diesem Moment achten Sie öfter darauf, vermute ich.

Ja, Sie werden von nun an aufmerksamer sein.